행복한 날 마주 보기

행복한 날 마주 보기

초판 1쇄 찍은 날 § 2008년 12월 5일
초판 1쇄 펴낸 날 § 2008년 12월 15일

지은이 § 김랑
펴낸이 § 서경석

편집장 § 문혜영
편집책임 § 이종민
편집 § 조수희

펴낸곳 § 도서출판 청어람
등록번호 § 제1081-1-89호
등록일자 § 1999. 5. 31
어람번호 § 제5-0219호

주소 § 경기도 부천시 원미구 심곡동 163-2 서경B/D 3F (우) 420-010
전화 § 032-656-4452 팩스 § 032-656-4453
http://www.chungeoram.com
E-mail § eoram99@chollian.net

ⓒ 김랑, 2008

ISBN 978-89-251-1591-7 03810

※ 파본은 구입하신 서점에서 교환하여 드립니다.
※ 저자와 협의하여 인지를 붙이지 않습니다.
※ 이 책은 도서출판 청어람과 저작자의 계약에 의해 출판된 것이므로,
  무단 전재 및 유포·공유를 금합니다.

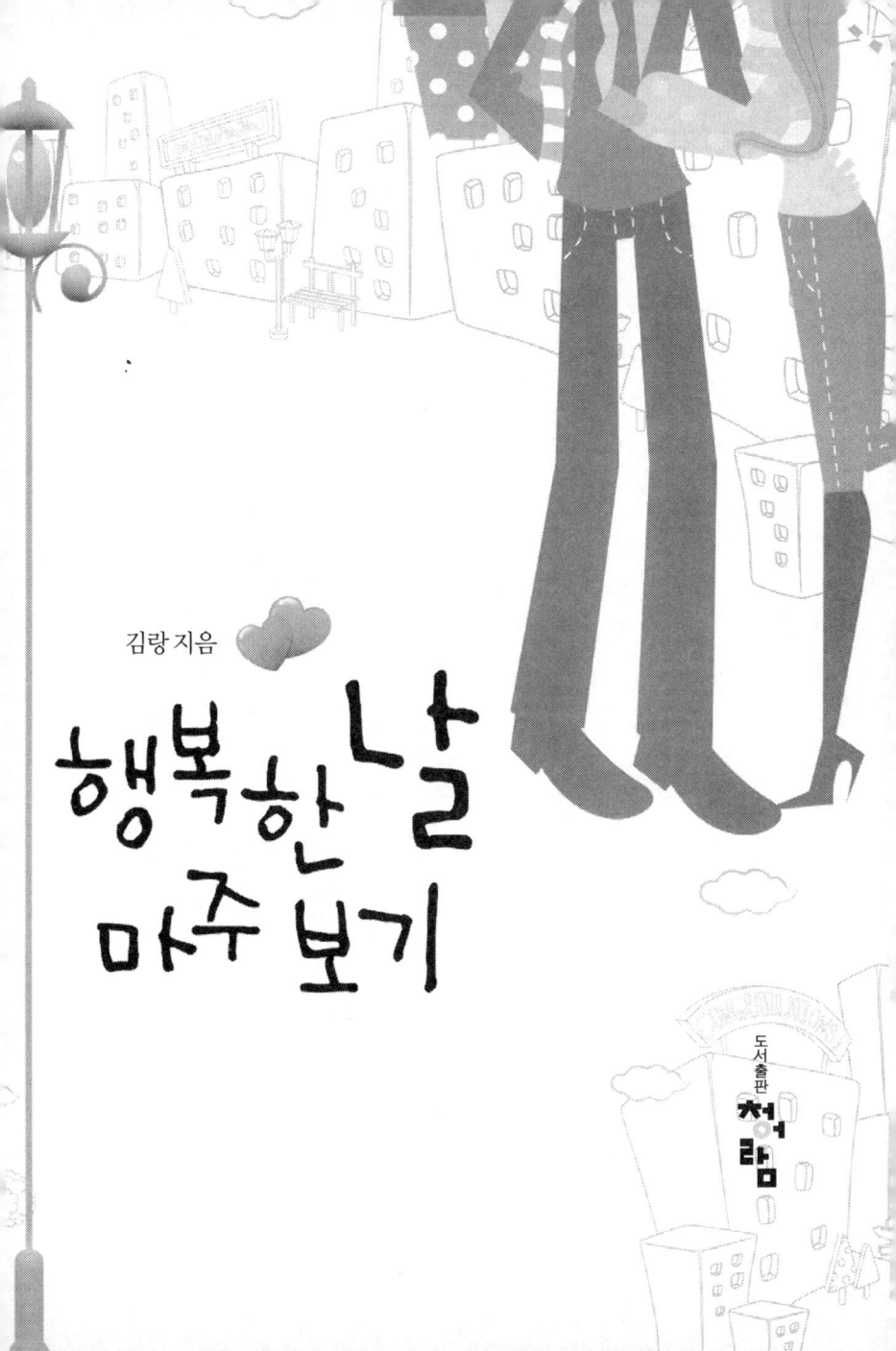

세1장•7 / 세2장•49 / 세3장•80 / 세4장•131 / 세5장•174
세6장•190 / 세7장•229 / 세8장•271 / 세9장•301 / 세10장•348
세11장•394 / 세12장•453 / 에필로그 I•526 / 에필로그 II•545 / 에필로그 III•554 / 작가후기•559

제 1 장

지후는 의외라는 표정으로 서영을 쳐다봤다.

서영은 지후의 기억 그대로였지만, 모습만 그대로일 뿐 눈빛은 따뜻함과 수줍음에 담뿍 담겨 있던 예전의 그것이 아니었다. 서영의 눈에는 적대감과 냉소만이 서려 있었다.

―실장님, 윤서영 씨께서 오셨습니다.

인터폰을 통해 비서의 목소리가 흘러나왔을 때 지후는 자신의 귀를 의심했었다. 윤서영이 찾아왔다? 온다는 연락을 받은 적이 없었다. 윤서영은 물론이고 회장님에게서조차 언질을 받은 것이 없었다.

지후는 즉시 자리에서 일어나 비서실로 나가는 문을 열어젖혔다. 문 앞에는 정말 윤서영이 서 있었다.

단정하고 깔끔한 윤서영. 화려함과는 거리가 멀었지만 도시적인 세련됨과 고풍스러운 아름다움을 가진 여자. 육 년이라는 세월이 흐르는 동안 서영의 모습에선 더 이상 앳된 장난기는 찾아볼 수 없었지만 단아한 아름다움은 지나간 세월만큼 농익어 있었다.

"안녕하세요, 강 실장님."

서영이 먼저 인사했다. 높지도 낮지도 않은 음성이었고 표정은 미간에 짜증 섞인 주름이 잡힌 것을 보니 썩 반가워하는 것 같지 않았다. 반갑지 않을 것이다. 반가워하려야 할 수가 없는 관계이니까.

"안녕하세요."

지후도 긴장 때문인지 건조한 억양으로 인사했다.

"바쁘신 줄은 알지만 이십 분만 시간 내주세요."

서영이 차분하게 말했다. 하지만 그 음성 속에서 분명 호전적인 짜증스러움이 배어 있었다.

"들어오시죠."

지후는 문을 활짝 열어주었고 서영은 시간을 내주어 고맙다는 뜻으로 가볍게 목례를 하고는 지후의 비서인 박 비서를 잠깐 쳐다본 후 지후를 지나쳐 사무실로 들어갔다.

지후는 서영이 자신의 앞을 지나칠 때 이름을 알 수 없는 향긋한 향기를 맡았는데 향수는 아닌 듯했다. 샴푸나 비누일 것이다. 아니, 화장품 냄새일지도 모른다. 어쨌거나 꽤 마음에 드는 향이었다.

"차 줘요."

지후가 비서에게 말한 후 사무실 문을 닫고 서영을 쳐다봤다. 아담한 체구의 서영은 소파에 앉지 않고 곁에 서 있었다. 지후가 앉으라고 말해주길 기다리는 듯.

"앉으세요."

지후의 말에 서영이 자리에 앉았고 지후는 서영의 맞은편 자리에 앉았다.

"오랜만입니다."

지후가 먼저 말했고 서영이 '그러네요' 하고 대답했다.

서영은 굉장히 깨끗한 피부를 가진 여자였다. 콧잔등과 오른쪽 볼에 옅은 점 몇 개가 보였지만 오히려 그 옅은 점이 서영을 더 매력적으로 보이게끔 했다. 티 하나 없이 완전하게 깨끗하다면 사람이라기보다는 마네킹을 보는 기분일 테니까 말이다.

서영을 이렇게 가까이에서 마주 보는 것은 오늘이 세 번째였다. 세 번을 제외한 대부분은 주의 깊게 보지 않거나 먼발치에서였고 그마저도 아주 잠깐이라고 할 수 있었다.

서영과의 첫 번째, 두 번째 만남은 썩 유쾌하지 못한 기억을 남겼기 때문에 지후는 서영이 직접 찾아올 것이라곤 생각하지 못했다. 그러니까 언젠가는, 아니, 곧 서영을 만나게 될 거란 걸 알고 있었지만 서영이 연락도 없이 직접 찾아올 줄은 상상도 못했다.

둘의 두 번의 만남이 지후에겐 불쾌함에 가까운 기억을 남겼다면, 서영에겐 기억조차 하기 싫을 정도로 끔찍했을 것이 분명하기 때문이다.

지후는 불쾌하고 서영에겐 끔찍한 만남 이후, 제법 긴 시간이 흘렸다. 지후는 내내 외국 지사에 나가 있었기 때문에 서영과 부딪칠 기회가 거의 없었다. 그런데 갑자기 서영과 이렇게 가까운 거리에서 정식으로 대면하자 지후는 진땀이 나는 것을 느꼈다.

서영은 지후가 몸담고 있는 정일그룹 사주의 맏딸이자 그리고 곧…….

"밖에 계신 비서…… 박정준 씨인가요?"

"맞습니다."

지후의 대답에 서영이 황당하다는 얼굴로 소리 없이 한숨을 내쉬었다. 박정준이 강지후 기조실장의 비서라니. 참 놀라운 일이었다.

서영은 기막힌 심정은 접어두고 곧 본론으로 들어갔다.

"아시죠?"

서영이 물었다.

지후는 서영이 무엇을 아냐고 묻는지 알고 있었기 때문에 가볍게 고개만 끄덕였다.

서영은 잠깐 지후를 쳐다보다가 다른 쪽으로 시선을 돌렸다. 어쩐지 지후의 얼굴을 정면으로 바라보는 게 겁이 났다.

이런 감정을 '겁'이라는 단어로 표현해도 되는지 모르겠지만 지후는 무의식적으로 서영이 똑바로 쳐다보지 못하게 하는 힘을 가지고 있었고 그 힘은 아마도 과거에 두 사람 사이에 일어났던 일에서 비롯됐을 것이다.

강지후로부터 철저하게 무시당해야 했던 과거의 일.

"그 일 때문에 오셨습니까?"

지후가 정중한 어조로 물었다.

서영이 과거의 관계를 배제하고 철저하게 강 실장으로 대하고 있기에 지후 역시 그렇게 대할 수밖에 없었다.

"네."

서영은 짧게 대답한 후 잠깐 생각하는 듯 입을 다물고 있었다.

"하실 말씀 있으십니까?"

지후의 물음에 다른 쪽으로 시선을 피하고 있던 서영이 지후를 쳐다봤다.

"아버지께서 강 실장님을 깊이 신뢰하고 계신 건 알고 있었지만 이런 일로 뵙게 될 줄은 몰랐어요."

"나도 그렇습니다."

"물론, 그쪽에서 거절하시겠죠?"

서영이 신중한 표정으로 물었다.

순간 지후는 당황했고 그래서 즉답을 피한 채 서영의 얼굴을 바라보고 있었다.

"거절해 주세요."

정중하지 않은 부탁이었지만 서영의 말투는 더없이 정중했다. 하지만 서영의 정중한 말투 속에 들어 있는 차가운 비아냥거림과 모욕감에 지후의 미간에 잔주름이 잡혔다.

"난, 강지후 씨하고 결혼하고 싶지 않아요."

서영이 지후를 똑바로 쳐다보며 차갑게 내뱉었다.

"안 할 거예요. 물론 강 실장님도 그럴 거라고 생각하구요. 이유는 말하지 않아도 아시죠? 아버지께는 하겠다고 대답했다던데, 아버지 때문이라면 걱정 마세요. 그건 내가 해결할게요."
 서영이 꽤 너른 아량을 베푸는 듯한 얼굴로 말했다. 그리고 기다렸다. 강지후의 대답을. 아니, 사과를. 아니, 용서를 비는 모습을.
 "거절합니다."
 지후는 낮게 가라앉은 목소리로 대답했다. 목소리는 낮았지만 군더더기 없이 단도직입적이었다.
 거절?
 서영은 순간 옆구리를 찔린 듯 움찔했다.
 거절해 달라는 부탁에 거절한다는 대답은 무엇을 뜻하는 것일까? 거절해 달라는 부탁을 받아들여 거절하겠다는 것일까? 아니면 그 부탁 자체를 거절한다는 뜻?
 서영은 갑자기 자신의 머리가 둔해진 것 같은 기분을 느끼며 지후를 쳐다봤다.
 "거절해 주시겠다는 건가요?"
 "거절해 달라는 그 말을 거절한다는 뜻입니다."
 지후가 여전히 가라앉은 목소리로 말했고 서영의 얼굴이 붉은 빛으로 물들기 시작했다. 역시나 그 뜻이었는데 못 알아듣다니. 순간적으로 뇌 기능이 어떻게 됐던 모양이다. 그런데 저 말투 굉장히 거슬렸다.
 "거절한다구요?"
 서영이 믿을 수 없다는 표정으로 되물었다. 이것은 서영이 예상했던 답이 아니었다.

"거절합니다."

지후가 선명한 어조로 말했다. 이 문제는 협상의 여지가 단 1%도 없다는 듯이.

서영은 당황했고 당황함을 숨기기 위해 일그러진 실소를 머금었다.

그래, 거절해 주길 바랐다. 거절해 달라는 말에 단박에 '알았어요' 할까 봐 살짝 겁도 났었으니까.

그런데 가만히 생각해 보니 웃긴다, 이 남자. 정말 웃긴다. 거절하기 전에 먼저 용서를 빌어야 하는데 용서를 빌기는커녕 어쩜 저렇게 지은 죄 없는 사람처럼 느긋할까.

서영은 배꼽 근처에서 슬금슬금 화기가 치밀어 오르는 것을 느꼈다.

서영은 차가운 표정으로 지후를 노려봤고 지후는 서영의 얼음장처럼 차가운 눈빛을 담담하게 받아들이고 있었다.

"나, 놀려요?"

"놀리는 거 아닙니다."

지후가 정중하게 대답했다. 너무 정중해서 그래서 더 화가 날 정도로.

이미 두 번의 경험으로 그가 상대하기 쉽지 않다는 것은 알았지만 전적을 차치하고서라도 이 싸움은 굉장히 쉬울 것이라 생각했었다. 싸움이라도 할 것도 없이 단 오 분이면 완벽하게, 깔끔하게 자신이 원하는 답을 얻을 수 있는 간단한 문제라고 생각했다. 당연히 그래야 하고 그럴 수밖에 없는데 강지후라는 남자 무슨 꿍꿍이며 이 담담한 태도는 어디서 나오는 걸까.

"하겠다구요?"

"합니다."

'합니다'에서 딱 부러지게 마침표가 찍어졌다.

순간 서영은 기쁨인지 분노인지 분간할 수 없는 감정 때문에 심장이 욱신거리는 것을 느꼈다.

어쨌거나 서영의 예상은 빗나가 버렸다.

이게 아닌데, 서영이 어제 밤새도록 그렸던 그림은 이런 게 아닌데, 꽤 쓰린 말로 찔러대는데도 돌부처처럼 꿈쩍을 하지 않으니 갑자기 꽤 어려운 싸움이 되겠다는 생각이 스쳤다. 그래서 불안했다.

강지후라는 남자, 두 번의 만남 후 육 년이 흐른 지금, 그는 변함없이 오만한 남자였다. 맞다. 오만한 것이다. 전혀 느긋하지 못하고 담담하지 못할 상황에서 저토록 평온하다면 오만한 것이 틀림없다. 앞서 두 번은 당했지만 이번만큼은 제대로 본때를 보여줄 것이다 작정하고 왔는데 본때는커녕 자칫하면 서영이 당할 판이었다.

"내가 알기론……."

서영은 당황하지 않으려고 했지만 흐려진 말끝은 당황했다는 것을 대변해 주고 있었다.

이렇게 차분할 줄 몰랐다. 지후가 서영의 예상을 뒤엎으며 너무도 사사롭지 않고 무덤덤하게 굴자 오히려 서영이 움찔 말문이 막혔다.

그때 다행스럽게도 비서—박정준이 아닌 여비서였다—가 차를 가져왔기에 몇 분간 머릿속을 정리할 시간을 얻었기에 망정이지 하마터면 우물쭈물 난약한 모습을 보일 뻔했다.

지후는 비서가 놓고 간 녹차를 한 모금 마셨지만 서영은 머릿속을 맴도는 생각을 정리하느라 차는 손도 대지 않았다. 계획대로 되지 않았기 때문에 서둘러 다른 계획을 세워야 하는데 새로운 계획을 짜내기엔 시간이 부족했다.

"강지후 씨는 당연히 거절을 해야 해요."

정확하게는, 거절이 아니라 용서를 빌어야 한다!

"왜 그렇게 생각합니까?"

지후가 진중한 표정으로 물었고 서영은 무슨 이런 경우가 다 있을까 하는 얼굴로 지후를 노려봤다. 왜 그렇게 생각하냐니? 정말 몰라서 묻는 걸까?

"나를 싫어하잖아요."

서영이 말했고 말하고 보니 갑자기 자존심이 상했다. 이런 걸 꼭 내 입으로 했어야 했나 후회됐다. 차라리 '난 네가 싫어!' 라고 소리칠 걸.

"그랬었죠."

지후가 나지막이 대답했다.

'그랬었죠' 라는 지후의 말에서 서영은 어처구니가 없어 한숨이 터져 나올 것 같았다. 하지만 서영은 동요하는 기색을 내비치지 않으려고 노력했고 어느 정도 성공했다.

"설마, 그사이에 생각이 바뀌었다는 건 아니겠죠?"

"바뀔 겁니다."

지후가 꽤 성의있게 느껴지는 억양으로 대답했다. 하지만 바뀔 거라는 건 아직까지 윤서영이라는 여자를 싫어한다는 뜻이었다. 말하자면 아직은 좋아하는 감정이 없다는 뜻이기도 했다.

"강지후 씨는 굉장히 신중하신 분이라던데, 심사숙고를 하신 건가요?"

"물론입니다."

지후의 대답은 즉시 나왔다.

아직 윤서영을 좋아하는 감정이 없는 사람이 심사숙고 끝에 결혼을 결정했다? 이걸 어떻게 받아들여야 할까.

"난, 강지후 씨가 싫어요. 그리고 내 마음은 바뀌지 않을 거예요."

서영이 칙칙한 표정으로 말했고 이쯤 되면 강지후도 상당히 동요할 것이라 생각했다. 그러나 아니었다.

"서영 씨도 바뀔 겁니다."

지후가 서영의 기분을 상하게 하지 않으려고 노력하며 말했다. 하지만 서영의 기분은 상해 버렸다. 내가 싫어한다는데, 바뀔 거라니!

"난 이미 결혼하고 싶은 사람이 있어요."

서영이 자신도 모르게 날이 선 어투로 말했고 이렇게까지 얘기하는데도 흔들리지 않는다면 사람이 아니라 소라고 생각했다. 그런데 강지후는 소였다. 그것도 황소.

"상관없습니다."

여전히 덤덤한 말투.

서영의 미간에 잔주름이 잡혔다. 상관없다니, 결혼할 상대인데, 그 상대에게 이미 마음에 둔 사람이 있다는데 상관없다니.

'뭐야, 이 사람!'

자신을 무시하기 위한 발언인지, 아니면 자존심 상한 것을 감추기 위한 발언인지 알 수가 없어 서영의 머릿속이 복잡해졌다.

"상관없다구요?"

"상관없습니다."

지후가 다시 말했다.

상관없었다.

지후는 서영의 마음에 다른 사람이 있다는 건 조금도 문제될 것 없었다. 한 남자가 아니라 백 명의 남자가 우글거려도 상관없었다. 이미 결정된 일이고 그렇다면 서영은 마음에 둔 남자를 스스로 쫓아내야 할 것이기 때문이다.

하지만 자신도 모르게 어금니에 힘이 들어가며 불쾌해지는 기분은 어쩔 수 없었다.

"놀랍네요."

서영이 빈정거림이 섞인 투로 말했다.

강지후라는 이 남자는 도대체 무슨 생각을 하고 있는 걸까. 결혼할 여자에게 다른 남자가 있다는데 어떻게 상관없을 수가 있지. 분명히 자존심이 상했을 것이다. 다만 상한 자존심 감추느라 아무렇지도 않은 척하는 것일 테다. 그럴 것이다. 그래야 하는데…….

"어째서 상관없다는 거죠?"

"회장님께서는 뱉은 말을 번복할 분이 아니시니 내가 상관할 이유 없습니다."

맙소사.

어느 쪽인지 분명해졌다.

다친 자존심을 감추기 위한 발언이 아니라 서영을 무시하는 발언이었다.

서영의 얼굴이 창피함과 분노에 의해 붉게 달아오르기 시작했다.

서영은 모멸감에 아랫배가 꼬이는 듯한 통증을 느꼈고 그래서 더 이상은 대화를 이어나갈 기분이 아니었기에 자리에서 벌떡 일어나고 말았다.

"그만 하죠."

서영이 휙 돌아서서 출입문을 향해 걷는데 '거기 서요' 하는 낮지만 거역할 수 없는 억양의 명령이 날아와 귀에 꽂혔다.

서영은 순간 어이없는 낯으로 지후를 돌아봤다.

"앉아요."

지후의 목소리는 낮았지만 미간에는 짜증 섞인 주름이 잡혀 있었다.

기가 막혀 찡그린 눈길로 지후를 쳐다보던 서영이 지후를 무시한 채 돌아서서 문을 열어젖히는데 어느새 지후가 다가와 쾅 소리가 나도록 문을 밀어 닫은 후 서영의 손목을 움켜잡았다.

"이거 놔요!"

서영이 지후의 손에서 놓여나기 위해 팔을 흔들어대자 서영의 손목을 움켜잡은 지후의 손에 더욱 강한 힘이 들어갔다.

"끌어다 앉힐까요?"

지후가 낮았지만 꽤 가시 돋친 음성으로 물었다.

끌어다 앉히다니? 포만무례한 사람.

"내가 끌려갈 것 같아요?"

서영 역시 지지 않고 받아쳤다.

"그럼, 안아다 앉힐까요?"

"어디 한번 해보세요."

서영이 설마 하며 내뱉던 그때였다.

지후가 서영을 번쩍 안아 들더니 소파로 걸어와 서영이 앉았던 그 자리에 그대로 내려놓았다.

"내가 나가라고 하기 전엔 여기서 못 나갑니다."

"뭐라구요?"

서영이 화를 참지 못해 벌떡 일어나서 지후의 가슴팍을 밀치려는데 지후가 빨랐다. 지후는 서영의 양 손목을 움켜잡은 후 서영의 허리 뒤로 돌려 포박해 버렸다. 그 바람에 두 사람의 몸은 빈틈없이 밀착됐다.

굉장히 민망한 상황이었다.

지후에게 손목을 붙잡혀 포박당한 것도 민망했고 원치 않게 꼭 달라붙게 된 것도 무안했다. 하지만 서영을 더욱 무안하게 만드는 것은 코끝을 간질이는 그의 숨결이었다. 그의 숨결 때문에 가슴이 떨리고 있는 이 순간이 당혹스러워 견딜 수가 없었다. 떨려 하다니, 무례한 사람 때문에 떨려 하다니.

그의 입술은 거리를 측정하기 불가능할 정도로 너무 가까이 있었고 서영은 자신이 지금 정체를 알 수 없는 감정에 떨고 있다는 것을 그에게 들킬까 봐 진땀이 났다. 그와 시선을 맞추는 것조차 힘겨울 정도로.

"나 만지고 싶어요?"

지후가 낮게 깔린 목소리로 중얼거렸다.

"뭐라구요?"

서영이 번쩍 정신을 차리며 눈을 치켜떴다.

"나 비쌉니다. 아무나 함부로 못 만져요."

지후가 엄중하게 말했다. 그런데 그 엄중함 때문에 더 약이 올랐다. 몹시 낯간지러운 말을 저토록 엄격한 표정으로 말할 수 있다니.

"착각하지 마세요. 내 몸은 싼 줄 알아요? 이거 놔요!"

서영이 몸을 흔들었지만 지후는 꿈쩍도 하지 않았다.

"윤서영 씨는 내 맘대로 만질 수 있어요. 이제 내 아내가 될 테고 이미 내 손안에 들어왔으니까."

"내가 강지후 씨 손에 들어갔다구요? 누구 맘대로요?"

서영이 발끈해서 쏘아붙였다.

"내 마음대로."

지후가 대답했다. 옆구리를 찔러주고 싶을 만큼 너무나도 태연한 표정으로.

"내가 여기서 소리를 질러 창피당하고 싶어요? 창피당하게 해줘요?"

서영이 쏘아붙이자 지후의 입가에 뜻을 알 수 없는 미소가 감돌았다.

"그 입 어떻게 막아줄까요?"

지후가 고요하면서도 그 고요 속에 야릇한 무엇인가가 담긴 눈길로 서영의 입술을 훑으며 물었다.

"강지후 씨!"

서영이 지후의 손에서 자신의 손을 빼내려고 애쓰며 소리쳤다.

"손으로 틀어막을까요?"

"그렇게만 해봐요!"

"그럼, 입술?"

지후의 입술이 불과 1mm의 공간을 두고 서영의 입술에 다가와 있었다.

"말해요. 나한테 키스 받고 싶어요?"

"……!"

서영은 마른침을 꼴깍 삼키며 아무 대답도 못했다.

어린 시절 산꼭대기에서 뚝 떨어지는 꿈을 꾸고 놀라 깨어났을 때처럼 화들짝 놀란 가슴이 방망이질 해대고 있었기 때문이다.

"그렇게 해줘요?"

"정말 미쳤군요?"

서영은 설렘으로 입 안이 메말라 곧 숨이 넘어갈 것 같았지만 겉으로는 분노에 이글거리는 눈으로 지후를 노려보며 낮은 목소리로 내뱉었다.

"내 사무실에서, 내 부하 직원들이 있는 데서 창피를 줄 생각을 하다니. 뱃심 좋은걸요?"

지후가 마치 칭찬을 하듯 너그러운 목소리로 말했지만 절대 칭찬은 아니었다.

"좋게 얘기할 때 그만 놓으시죠, 강지후 실장님."

서영이 강단있게 말하자 이내 지후가 손을 놓아주었다.

잠깐 동안 깊은 눈길로 서영을 내려다보던 지후는 소파가 아닌 서울 시내가 한눈에 내려다보이는 창가로 걸어갔고 서영은 평정심을 되찾으려고 애를 쓰며 자리에 앉았다.

"다시 한 번 말하지만, 난 회장님의 제의를 받아들일 겁니다. 회장님이 뱉은 말을 물리지 않는 이상 내 생각은 바뀌지 않아요."

지후가 조금 전 아무 일도 없었던 것처럼 말했다.

자칫 키스를 할 뻔했던 순간 때문에 가슴도 조금 울렁거리고 또 아까부터 신경 쓰이게 아프던 아랫배도 여전히 괴롭히고 있었기에 할 수만 있다면 작전 타임을 가진 후에 재대결을 하고 싶었지만 그건 불가능했다. 어떻게 하든 기운을 내서 끝장을 봐야 하는데 서영은 지쳐 있었다.

"왜죠? 왜 싫은 사람과 결혼하겠다는 거죠?"

서영이 지친 기색을 숨기며 물었다. 가장 의문스러운 부분이었다.

"놓치기 아까운 기회입니다. 나는 놓치고 후회할 짓은 안 합니다."

"그건……."

"회장님의 사위가 될 수 있는 기회를 잡을 수 있는 사람이 이 나라에 사는 남자들 중에 몇 프로나 된다고 생각합니까?"

지후가 창밖을 내다보며 설명조로 말했다.

맙소사. 담담하고 차분한 강지후의 겉모습 바로 뒤편에는 무서운 기회주의자의 야욕이 숨어 있었던 것이다.

놓치고 후회할 짓은 하지 않는다라……

그래, 놓치기엔 너무나 아까운 기회인 것은 분명했다. 속물로 보일지언정 사내라면 누구든 붙잡으려 들 것이고 붙잡았음 놓지 않으려 들 것이다. 서영이 지금의 고운 모습이 아니라 도저히 눈 뜨고는 못 봐줄 만큼 박색이라 할지라도 말이다. 하지만 강지후의 솔직함이 서영의 속을 잔인하게 후벼 파고 있는 것만은 분명했다.

"그럼 그 여자는요? 나 같은 여자 한 트럭을 실어다 놔도 바꾸지 않겠다던 그 여자는요? 그 여자 분께도 양해를 구했나요?"

서영이 뾰족하게 곤두선 채 물었다.

"그건 윤서영 씨가 신경 쓰지 않아도 됩니다. 이미 깨끗하게 정리했으니."

지후가 담백한 억양으로 말했다.

"윤서영 씨 역시 마음에 두고 있다는 남자를 정리할 거라고 믿습니다."

지후가 다시 한 번 잘라 말했다.

이 나쁜!

나쁜데, 정말 나쁜데 질문에 대한 대답이 잠깐의 여유도 없이 즉시 날아오니 말문이 막히는 쪽은 서영이었다.

이제 뭘 물어야 할지, 무슨 꼬투리를 잡아야 할지 머릿속에 담겨 있던 생각들이 어디론가 다 도망가 버리고 텅 비어버렸다.

"그럼 난, 순전히 강지후 씨의 야망을 충족시키기 위한 도구일 뿐이군요."

서영이 커다란 바위처럼 창밖을 내다보며 서 있는 지후를 노려보며 중얼거렸다.

"아버지도 아세요? 당신이 날 도구로밖엔 여기지 않는다는 걸? 대체 우리 아버지를 어떻게 속인 거죠?"

서영의 목소리는 톱니처럼 날카로워졌다.

"난 속인 적 없습니다."

지후가 몹시도 엄격한 목소리로 대답하더니 몸을 돌려 서영을 쳐다봤다.

"난 서영 씨한테 최선을 다할 겁니다."

지후가 마치 서영이 아니라 자신에게 약속을 하는 듯 신뢰가 느껴지는 어투와 표정으로 말했다.

그래서 더욱 혼란스러웠다. 거칠지 않고 은근한 태도이면서도 서영의 요구는 깔끔하게 묵살해 버리고 그러면서도 신뢰가 느껴지는 태도. 그래서 더욱 모호했다.

"최선? 어떻게 할 건데요?"

"알게 될 겁니다."

지후가 간결하게 말했다.

최선을 다한다…….

근본적으로 강지후라는 남자는 윤서영을 조금도 좋아하지 않는데 어떻게 최선을 다하겠다는 것일까. 깨끗하게 정리했다는 말을 믿어도 될까?

어제저녁이었다.
"서영아, 네가 여섯이지?"
식사 중에 윤 회장이 얼마 전에도 했던 질문을 또 했다.
"일곱이에요, 아버지."
서영은 문득 아버지 기억력에 문제가 생긴 것은 아닐까 걱정스러웠다.
"일곱이라 했지, 참."
서영이 약간 신경 쓰여하는 낯으로 어머니를 쳐다보았지만 어머니는 서영과 같은 걱정이 들지 않는 것인지 별다른 표정을 짓지 않았다.
윤 회장은 서영의 나이가 스물여섯이 아니라 스물일곱이라는 것을 확인한 후 더는 말씀이 없었고, 식사는 계속됐다.
"남편감으로 강 실장이 좋을 것 같은데……."
다시 이어진 윤 회장의 말에 순간 서영의 심장이 철렁 내려앉았다. 온 가족의 시선이 아버지에게 향했다. 온 가족이라 해봤자 새어머니와 서영, 그리고 동생 라영이 전부였지만.
"지금 저의 결혼에 대해서 말씀하시는 거예요?"
서영은 긴장하지 않은 척 물었다.
"물론이지. 내가 네 어머니의 남편이 될 사람을 고를 리는 없잖아?"
윤 회장의 말에 새어머니는 마치 대단한 위트라도 되는 듯 웃었지만 서영은 조금도 재밌지 않았다. 물론 새어머니를 두고 하시는 말씀이 아닌 줄 알고 있었다. 이제 고등학교 2학년인 동생 라영을 두고 하신 말씀이 아니라는 것도 알았고.

하지만 '결혼'도 아니고 '남편감'이라는 단어와 '강 실장'이라는 단어에서 알 수 없는 흥분과 불안함을 느끼고 있었다.

"아버지, 아버지께선 지금 저한테 혹시 결혼할 사람은 없니? 라고 물으신 게 아니라 남편으로 강 실장이 좋을 것 같다고 하셨어요. 아세요?"

"그럼, 알지."

윤 회장이 웃는 낯으로 대답하셨다.

"강 실장이라면 강지후 실장을 말씀하시는 거예요?"

"맞아."

"설마 강 실장하고 결혼하라는 말씀은 아니시죠?"

"아버진 그 친구가 참 좋아. 일도 잘하고."

"그건 늘 하시던 말씀이잖아요."

새어머니가 거들었다.

"어떻게 생각하냐?"

윤 회장이 물었다.

도대체 뭘 어떻게 생각하냐는 것일까. 강 실장에 대해? 아니면 강 실장을 남편으로 삼는 것에 대해? 물론 둘 다겠지만.

하지만, 하지만 이건 아니었다. 뭔가 이상하게 진행되고 있었다. 평소 아버지의 성격을 비추어 보았을 때 말이다.

"정말로 제 생각이 듣고 싶으세요?"

서영이 되묻자 예상하고 있었던 것처럼 윤 회장의 입가에 미소가 걸렸다.

"정말 네 생각이 듣고 싶어."

"제가 혹시 오해했을까 봐 여쭤보는 건데 강 실장과 결혼하는 것에 대해서 어떻게 생각하냐고 물으시는 거예요? 아니면 단순하게 강 실장이라는 사람에 대해 어떻게 생각하는지 물으시는 거예요?"

"같은 말이잖니."

"전 싫어요."

서영은 일단 거절했다. 거절할 수밖에 없었다. 그런데 이상하게 거절한 직후부터 후회가 되기 시작했다. 왠지 해서는 안 될 말을 한 것 같은 기분이 들었기 때문이다.

"왜?"

"왜라뇨, 아버지. 전…… 그 사람을 몰라요. 잘 모르는 정도가 아니라 아예 몰라요. 아버지가 총애하는 부하 직원이라는 것 외에 아는 바가 없어요. 그런 사람과 결혼이라뇨?"

서영은 솔직하게 말하지 못했다. 강지후라는 사람에 대해 전혀 모르는 것이 아니라 너무도 잘 알고, 너무도 잘 알기에 싫다고, 그와 과거에 몹시도 좋지 못한 기억이 두 번이나 있다고 솔직하게 말할 수 없었다. 강지후는 윤서영이라는 여자를 무슨 벌레 보듯 한다는 말은 도저히 할 수가 없었다.

창피했고, 그리고 그와 다른 일도 아닌 결혼이 거론되는 것이 너무도 갑작스러워 뭐랄까, 혈액순환이 순조롭지 못해 몸 여기저기가 불편한 듯한 기분이었기 때문이다. 특히 머리 쪽으로.

"전 싫어요, 아버지."

서영의 미간에 점점 더 많은 주름이 잡히기 시작했다. 이번엔 처음만큼 후회스럽지 않았다. 생각해 보니 분명 강지후 쪽에서는 거절할 것이기 때문이다. 그가 거절하기 전에 서영 자신이 먼저 거절해야 과거에 있었던 불쾌한 기억의 이자까지 쳐서 자존심을 지킬 수 있을 것 같았다.

"모르던 사이에서 소개로 만나 결혼해서 하나씩 알아가는 커플도 아주 많아. 네 엄마하고 아버지도 그랬고."

"전 중매가 아니라 연애를 선호해요, 아버지. 아시잖아요. 전 싫어요."

서영이 다시 한 번 말했다.

늘, 언제나, 항상! 외쳤듯이 서영은 자신을 열렬하게 사랑해 주는 사람을 만나 결혼하겠다는 생각은 변함없었다. 그냥 적당하게가 아니라 열렬하게 사랑해 주는 남자.

그런데 강지후는 아니었다. 윤서영이라는 여자를 결코 열렬하게 사랑해 줄 남자가 아니었다. 열렬한 사랑은커녕 오로지 불쾌한 기억밖에 없는 사람이었고 더구나 그는 여자가 있다.

사랑하는 여자가 따로 있는 남자와 결혼?

정말 어처구니없는 일이었다. 그리고 지난주에 사진 공부를 위해 미국으로의 장기간 여행을 말씀드렸던 터였다. 짧아도 일 년, 길면 이 년 정도의 여행을 가장한 유학을 말씀드려 놓았는데 갑자기 결혼이라니.

"전 아버지가 강요하시지 않으실 거라고 믿구요, 제 의사를 존중해 주실 거라고 믿어요."

"물론 강요하는 것은 아니야. 절대 강요하지 않을 거야. 강요하는 것은 아니지만…… 아버지는 그 친구를 꼭 우리 식구로 맞고 싶구나. 반드시 우리 집 사람으로 만들고 싶어. 다른 놈들에게 뺏기고 싶지 않아. 다른 놈들에게 뺏기면 약 올라 못 견딜 것 같아."

강요하는 것은 아니라고 하셨지만 '꼭'이라는 단어와 '반드시'라는 단어를 연거푸 쓰시고, 그도 모자라 '못 견딘다'라는 말씀까지 하신 것은 분명 누가 봐도 강요였다. 고집이라면 따라갈 장사가 없으신 아버지의 강요라.

그 순간 이러다가 밀물에 밀리듯 떠밀려 조선시대 처자들처럼 신랑 얼굴도 모른 채 찍소리 못하고 무조건 연지곤지 찍어 붙이고 결혼해야 하는 것은 아닌가 하는 불안감이 스쳤다.

"강 실장은 뭐라고 해요?"

아까부터 서영이 묻고 싶었던 걸 다행스럽게도 어머니가 물어 주셨다.

"강 실장은 하겠다는군."

서영은 다시 한 번 심장이 발밑으로 철렁하고 내려앉는 것을 느꼈다.

하겠다고? 강지후가?! 그 사람이 하겠다 했다고? 설마, 그럴 리가, 대체 왜?

그 이유가 너무너무 궁금했다.

"그 사람이…… 나를 안다고 해요?"

"알고 있다고 하더구나."

알고 있다고 말했다고? 그럼 오래전에 있었던 그 낯 뜨거운 사건들도 얘기했을까? 대체 어디까지 얘기한 걸까?

"우리 서영이 어떻대요?"

이번에도 어머니가 대신 물어주셨다. 너무 고맙게도.

"얼굴만 알고 있는 정도라고. 내내 외국 지사에 나가 있었잖아. 지금부터 차차 알아가야지."

다른 얘기는 하지 않은 것 같아 그나마 안심이었다. 그런데 강지후가 어째서 결혼하겠다고 한 것인지 그 부분은 여전히 의문이었다.

일단은 강지후와의 결혼에 대해 재차 부정적인 입장을 밝혀두고 자신의 방으로 온 서영은 내내 그 생각에 매달려 있었다.

강지후가 어째서 결혼에 동의했을까? 그 여자는? 그 여자와는 헤어진 걸까? 혹시, 내가 좋아진 걸까?

사실 어느 쪽이든 상관없었다. 강지후가 윤서영과의 결혼을 받아들였다면 서영도 극렬하게 반대할 것까지는 없었다. 한 번 차근차근 생각해 봄 직한 일이었다.

물론, 푼수처럼 대번에 반색하며 이것이 어디서 굴러 들어온 횡재일까 하고 답삭 안아 챙겨서도 안 되지만 극렬한 반대가 아닌 긍정적인 방향으로 전환해도 될 듯했다.

"정말, 정말 나하고 결혼할 생각이 있는 거야?"

갑자기 육 년 전에 사라졌다고 믿었던 첫사랑의 알싸한 감정이 고스란히 되살아나며 가슴속은 설렘이 남실거리기 시작했다.

"아니야."

서영이 설렘을 애써 누르며 고개를 가로저었다.

"마냥 좋아라 할 수는 없어. 그 남자가 나한테 어떤 짓을 했는데 그냥 받아줘? 그럴 수는 없어."

서영이 반드시 받아내야 하는 것이 꼭 한 가지 있었다. 강지후의 진심 어리고 눈물겨운 반성문과 충성을 맹세하는 각서. 그런데 그건 완전히 한여름 밤의 꿈에 불과했다.

결혼할 상대를 만나고 보니 그가 결혼하려는 것에는 다른 명백한 이유가 있었던 것이다.

강지후. 아버지와 외모는 완전히 다르지만 매우 낮으면서도 상대를 압도하는 억양의 말투와 어떤 순간에도 흔들림이 없는 표정, 그리고 단 몇 마디의 대화로 느낄 수 있는 쇠심줄 같은 고집스러움 등 구석구석에서 아버지의 모습을 어렵지 않게 찾을 수 있었다. 그래서 아버지는 강지후를 선택했을 것이다. 아버지를 닮았기 때문에.

"그러니까 결국 나에 대한 감정은 여전히 좋지 않은데 아버지 사위가 되고 싶어서 결혼하겠다는 거군요? 내가 정일그룹 사주의 딸이기 때문에······."

서영은 지친 것이 분명했다. 자신도 모르게 한숨 쉬는 듯한 어조로 물었기 때문이다. 지친 게 아니라면······ 몹시 실망한 것이다.

"회장님께 결혼 적령기에 있는 따님은 서영 씨 하나고, 정일그룹의 맏사위가 되는 유일한 남자가 될 겁니다."

끝내 강지후는 서영이 원하는 답을 주지 않았다.

서영은 이제 확실히 알았다. 자신이 지후와의 언쟁으로 지친 것이 아니라 몹시, 몹시 실망했다는 것을. 실망해서 서운하고 슬프다는 것을.

"윤서영 씨는 좋아하는 남자와 결혼할 수 있는 자유가 없지 않습니까?"

지후가 정곡을 찔렀고 서영은 지구가 멸망하기 전까지 결코 뒤바뀔 수 없는 사실을 다시 한 번 알려준 지후를 찡그린 얼굴로 바라봤다.

어제 아버지가 결혼 얘기를 꺼내기 전까지 서영은 자신이 원하고 사랑하는 사람과 결혼할 수 있는 자유가 자신에게 있는 줄 알았었다. 틀림없이 있는 줄 알았다. 하지만 지금은 확신할 수 없었다. 아니, 그런 자유는 애초부터 서영에게 없었던 것이 분명했다.

"강지후 씨는 아버지의 명령을 어기지 않겠다는 거죠?"

서영의 목소리가 너무 가라앉는 바람에 들릴 듯 말 듯 물었다.

서영 쪽에서 먼저 강지후를 찾아왔을 때에는 그가 매우 낮은 자세로 임하며 지난 시절의 잘못을 진심으로 뉘우치고 서영의 까칠한 태도를 겸허히 받아들이는 것을 보기 위해서였다.

그러나 강지후는 서영과의 예상과는 전혀 반대로 반응했고 서영은 자신의 예상이 유아적 발상에 지나지 않았다는 것을 깨달았을 뿐만 아니라 어처구니없는 판단 착오에 한숨만 나왔다.

"명령이 아니라 제안을 하셨고, 나는 회장님의 제안을 받아들인 겁니다."

지후는 명령이 아니라 제안이었다는 것을 명확하게 하는 동시에 받아들였다는 말로 번복은 없을 것이라는 것을 다시 한 번 상기시켜 주었다.

"나와 결혼하면 장차 이 회사를 물려받을 수 있기 때문에 싫은 사람과도 결혼할 수 있다…… 참 무서운 사람이네요."

서영이 낮았지만 꽤나 곤두선 음성으로 쏘아붙였어도 강지후는 흔들리지 않았다.

"나에게 자격이 있다면 굳이 거절할 이유 있겠습니까?"

지후가 대답했고 서영은 지끈 두통이 이는 것을 느끼며 소리 없이 한숨을 내쉬었다.

"어디 한번 해보세요. 원하는 대로는 되지 않을 테지만."

서영이 굳은 표정으로 자리에서 일어났고 지후는 붙잡지 않았다.

"내일 전화할게요."

서영이 돌아서는데 지후가 말했고 서영은 지후를 뒤돌아보며 전화를 왜 하겠다는 거냐는 듯한 얼굴로 지후를 올려다봤다.

"나는 내 신부를 이런 식으로 대면한 후 결혼식장에서 다시 만나고 싶진 않거든요."

"네, 전화하세요. 얼마든지."

서영은 차갑게 내뱉은 후 강지후 기조실장의 사무실을 나와 버렸다. 지후가 직접 문을 열어주고 엘리베이터 앞까지 배웅하기 위해 따라 나왔지만 서영은 정중하지만 다소 쌀쌀맞게 거절한 후 나와 버렸다. 어쨌거나 오늘은 참패였다. 완전한 참패.

 서영은 한참 동안이나 멍한 채로 운전석에 앉아 있었다. 시동을 걸고 출발을 해야 하는데 운전석에 올라 차 문을 닫는 순간부터 온몸에 힘이 쭉 빠지더니 아무것도 하고 싶지 않았다.
 답답하고 기운 없고 약간 춥기도 하고 무엇인가 대단히 잘못되어 가고 있는데 바로 잡을 수 없는 것에서 오는 좌절감에 사로잡혀 끝없이 멍했다.
 "멍청하긴."
 어떻게 그가 용서를 빌 것이라 생각했을까.
 아니, 용서를 빌어야 하지 않을까? 멍청한 생각이 아니라 그랬어야 하지 않을까? 아버지가 허락한 결혼이기 때문에 용서를 빌지 않아도 된다고 생각한 걸까?
 그렇다면 강지후야말로 판단 착오였다. 아버지가 허락했다 하더라도 결혼해서 살 사람은 서영이지 장인어른이 될 윤 회장이 아니지 않나.
 "……창피해."
 결혼 상대로 지목된 사람에게 끝내 잘못했다는 말도, 사랑한다는 말도 듣지 못하다니. 아니, 사랑한다는 말은 시기상조라 할지라도 하다못해 좋은 감정을 갖고 있다는 말 정도는 해줬어야 하지 않을까? 사람을 이렇게까지 창피하게 만들다니.

 "까불지 마."

좋아하고 있다는 고백에 대한 대답은 '까불지 마'였다.

얼마나 큰 용기가 필요했던 고백인데 까불지 마라니. 그때를 생각하자 서영은 명치끝이 꽉 막히는 듯하며 창피함으로 얼굴이 새빨개졌다.

대학교 2학년 끝 무렵, 스물한 살의 겨울이었다.

서영은 정일그룹 사주인 아버지 덕분에 방학 때면 아르바이트 자리를 구하러 돌아다닐 필요 없이 아버지 회사에서 잔업을 거들며 꽤 괜찮은 보수를 받았다. 같은 부서가 아니라 1학년 여름방학 때 마케팅부에서 일했다면 겨울방학엔 전략팀, 이듬해 여름방학 땐 개발팀, 이번엔 총괄팀 이런 식으로 매번 부서가 달라지긴 했지만 그건 서영이 여러 부서를 경험할 수 있도록 한 아버지의 특별한 배려였기에 불편하기보다는 오히려 감사할 뿐만 아니라 무엇보다 아버지의 회사니까 안전해서 좋았다.

물론 서영은 아버지의 명에 따라 자신이 정일그룹 사주의 딸이라는 것은 철저하게 비밀에 부치고 다른 대학생 아르바이트생들과 똑같은 조건에서 일을 했지만 아무래도 마음 밑바닥엔 든든함이 깔려 있었기에 두루두루 편했다.

서영이 총괄팀에서 아르바이트를 하기로 정해졌던 그해 겨울, 정일그룹은 삼 년간의 공사 끝에 완성된 삼십칠층짜리 신 사옥으로 이사를 했다. 그 때문에 모든 것이 새로워지고 모든 부서의 자리도 새로 배치된 상황이라 출근 당일 로비에서 허둥거리기 싫어 회장실 안 비서님께 부탁해 총괄팀 전화번호를 받아 미리 전화를 걸었었다. 그때 서영의 전화를 받아준 사람이 강지후였다.

[감사합니다, 총괄팀 강지후입니다.]

서영은 지후의 목소리를 듣는 순간 움찔했었다. 굵직하면서도 부드럽고 감미로운 목소리. 성우를 해도 될 법한 참 멋진 목소리였다.

"여보세요?"

목소리에 반해 서영이 잠깐 멍한 채로 있자 강지후가 '응답하라, 오버' 하는 것처럼 '여보세요?' 하고 서영에게 대답하길 재촉했다.

"아, 네. 안녕하세요, 전 내일부터 총괄팀에서 잔업을 하기로 한 대학생 윤서영이라고 하는데요."

[예.]

"몇 시까지 가면 될까요?"

[출근 시간은 아홉 시입니다.]

"총괄팀이 몇 층에 있는지 알려주시겠어요?"

[십이층이고 엘리베이터에서 내려서 왼쪽이에요. 총괄2팀으로 오면 됩니다.]

"네, 감사합니다."

[내일 봅시다.]

"내일 봬요······."

서영이 대답했을 때 이미 전화는 끊어진 후였다. 그래도 좋았다. 목소리는 들으면 들을수록 좋았고 먼저 끊긴 했지만 친절하게

'내일 봅시다' 하고 말해준 것도 좋았다.

달콤하고 멋진 목소리에 반해 하루 종일 그 사람의 목소리가 귓가에 맴돌고 어떻게 생긴 사람일까 궁금하게 만들었던 사람. 드디어 목소리의 주인공과 대면하게 됐을 때 목소리만큼이나 더없이 매력적인 모습에 단번에 첫사랑을 앓게 만들었던 사람.

강지후는 감정적으로 강하게 끌어당기는 매력을 가진 남자였다. 금방 눈에 띌 만큼 상당히 멋진 외모나 목소리 외에도 나이답지 않게 훨씬 더 어른스러운 행동, 맡은 건 끝날 때까지 쉬는 법이 없는 성실함, 총괄팀 여직원들이나 파릇파릇한 여대생들에게 전혀 관심이 없는 척 데면데면하게 구는 무뚝뚝함. 그런 모든 것이 서영의 마음을 뒤흔들어 놓았다.

너무 좋고, 너무너무 좋아서 눈만 마주쳐도 가슴이 방망이질 해 대고 먼저 말이라도 걸어주는 날이면 밤새도록 그가 걸어주었던 몇 마디의 말을 되뇌느라 잠 못 들게 했던 사람. 하루 종일 설레는 마음이 수백 번씩 들떴다가 가라앉게 만들었던 사람. 그가 강지후였다.

회식 때나 점심을 먹는 자리에서도 그의 옆자리에 앉기 위해 갖은 꾀를 다 쓰고 그로부터 관심을 얻기 위해 서른 가지도 넘는 립스틱 컬러를 바꾸게 만들었던 사람이 바로 강지후였다.

아르바이트를 하던 겨울방학 내내 '강지후 생각하기' 외엔 아무것도 할 수 없을 정도로 끙끙 앓게 했던 사람. 수줍고 부끄러워 고백도 못하고 용기를 내서 막상 고백을 하려고 하면 차마 입이 떨어지지 않아 또 포기하길 거듭. 드디어 꿈같은 기회가 왔다.

서영은 고백할 기회가 왔다기보다는 오직, 단둘이 있을 수 있는 기회가 생겼다는 것에 흥분했었고, 육 년이나 흐른 지금까지도 심장이 아플 만큼 소용돌이 쳤던 그날의 흥분을 고스란히 기억하고 있었다.

그날은, 다음날 굉장히 중요한 프레젠테이션이 있었기에 총괄팀 직원 전체가 초긴장 상태로 스탠바이에 걸려 있었다.

서영은 잔업을 하는 아르바이트생에 불과했기에 그다지 큰 역할을 할 주제는 못됐지만 총괄팀 전체가 밤샘 근무를 하는데 혼자 빠져나갈 수 없어 프린트를 하거나 워드 작업을 하거나 차를 돌리거나 등의 그야말로 잔업을 하며 덩달아 밤샘 근무를 하고 있었다.

자정이 넘어 새벽 한 시 즈음 됐을 때 모두 지쳤을 뿐 아니라 시장기에 허덕였고 부리기 제일 편한 대상인 서영과 총괄팀 막내인 지후가 주문한 야식을 무사히 사무실까지 배달하는 특명을 받고 일층에 있는 화장실로 가게 되었다.

원칙적으로 오후 아홉 시 후로는 외부인은 물론이고 야식 반입도 철저하게 통제됐기 때문에 경비에게 들키지 않고 요령껏 획득해야 했는데 그 요령이 바로 일층 남자 화장실이었다. 야식 전문집에 음식을 주문하면서 접선 장소를 일층 남자 화장실 창문으로 정하고 시간 역시 정확하게 약속을 해서 순식간에, 또한 은밀하게 음식물 반입을 성공시켜야 했다. 물론 경비에게 들킨다 하더라도 눈감아줄 것이 뻔했지만 예의상 007 작전을 펼쳐야 했다.

어쨌든 지후와 함께 사무실을 나와 십이층에서 엘리베이터를 타고 일층까지 내려오는 그 짧은 순간, 서영의 머릿속에서 뒤엉켰던 수십만 가지의 생각이 하나로 정리되었다. 이 순간 신의 도움으로 엘리베이터가 멈춰 아침까지 이 좁은 공간에 그와 갇혀 버렸으면 좋겠다는.

무심할 정도로 지후는 단 한 마디도 건네지 않았지만 그와 단둘이 야심한 밤에 엘리베이터에 있다는 것이 미치도록 행복해 핏줄이 피부 밖으로 튀어나올 것처럼 팽팽하게 긴장이 돼서 숨이 막힐 지경이었다. 신이 돕지 않아 엘리베이터는 멈춰 서지 않았고, 그래서 첫 번째 고백 기회는 사라졌다.

엘리베이터에서 내려 경비의 눈을 피해 무사히 일층 남자 화장실에 도착했을 때 서영이 망을 보고 지후가 화장실로 들어갔다. 아무도 나타나지 않았지만 괜히 긴장되고, 초조해하며 기다리길 이 분 정도. 지후가 주문한 야식을 건네받아 화장실에서 나왔다.

"가자."

지후가 낮게 말했고 서영은 조용히 지후를 따라 다시 엘리베이터에 올랐고 두 사람을 태운 엘리베이터가 오층을 통과하던 시점에 고백하고 말았다. 연습이나 의도를 했다기보다는 시간에 쫓겨 불쑥 털어놓고 말았다. 한층한층, 갑자기 유별나게 빨리 올라가는 엘리베이터의 속도에 쫓겨 어쩌면 두 번 다시는 이런 기회가 없을지도 모른다는, 그래서 지금 털어놓지 않으면 두고두고 후회할지 모른다는 불안감에 쫓겨 털어놓고 말았다.

"저, 지후 씨 좋아해요. 아주 많이."

수줍음 때문에 얼굴은 누가 불을 붙여놓은 것처럼 화끈거렸고 가슴에서는 방아를 찧어대고 있었다.

그런데 지후는 대꾸가 없었다. 얼마나 어렵게 꺼낸 고백인데 온몸이 부끄러울 만큼 무시하고 있었다.

"저…… 지후 씨 좋아한다구요."

서영이 다시 한 번 용기를 내서 고백했다. 고백이 아니라 거의 호소에 가깝게.

"까불지 마."

지후의 대답은 단 한 마디, 까불지 마였다.

사랑 고백을 까불고 싶어서 하는 사람이 어디 있다고 지후의 반응은 너무 무심하고 예의가 없었다. 얼마나 어렵게 낸 용기인데, 마지막 한 방울의 용기까지 짜내서 힘들게 고백했건만 까불지 말라니.

지후의 반응이 뜨악해서 멍했지만 서영은 너무 순진했다. 아니, 단순했다. 이런 반응에 화를 내기보다는 어떻게 하든 진심을 보여주고 전하고 싶었다.

"까부는 거 아니에요. 정말로……."

서영이 진심을 다해 다시 한 번 고백하려는 순간 지후가 정색을 하고 서영을 노려봤다.

"너 혼날래?"

"네?"

"알바생들 남편감 골라잡으려고 내기 중이라며?"

"뭐라구요? 아니, 그건요……."

"너희들 제대로 혼나기 전에 처신 잘해라."

지후가 날카롭게 내뱉었을 때 엘리베이터 문이 열렸고 그는 싸늘한 공기만 남겨두고 먼저 내려 버렸다.

"그게 아닌데……."

그래, 그런 게 아니었다. 그따위 내기는 없었다. 그런 말도 안 되고 유치한 내기 따위는 없었다. 그저 단지, 총괄팀에서 아르바이트하는 다른 대학 학생인 영애가 반반한 외모를 내세워 남자라면 누구든 단 하루 만에 자신에게 푹 빠지게 만들 수 있다고, 이참에 남편감이나 제대로 된 남자를 하나 골라잡아 놔야겠다고, 지후 말대로 영애 혼자 까부느라 한 소리였다.

그 얘기가 어떻게 하다가 내기로 와전이 되었는지는 모르겠지만 서영과는 전혀 상관없는 일이었다. 전혀 상관없는 일로 오해를 받아 깨끗하고 해맑은 서영의 첫사랑 고백이 아프게 짓밟힌 것이다.

안타깝게도 그건 잘못 알고 있는 거라고 올바르게 정정하고 오해를 풀 기회는 오지 않았다. 그날 이후 지후는 모질게도 서영을 외면했기 때문에 도저히 다가갈 수가 없었다. 서영뿐이 아니라 알바생 전체를 투명인간 취급해 버렸다.

그 정도로 무시당하고 마음을 다쳤다면 그래, 싫으면 말아라! 하고 돌아서면 그만인데, 남자가 세상에 강지후 하나뿐이더냐고 더 멋진 남자 보란 듯이 사귀어주마 하면 될 텐데, 첫사랑이라는 것은 정말 무서웠다.

이놈의 마음이 그 창피를 당하고도 돌아서지지가 않았다. '첫사랑'이라는 것이 무서운 것인지, 생겨먹은 마음이 못났던 것인지

지후가 싫어한다는 것을 알면서도 마음 깊은 곳에서는 그를 향한 사랑을 떨칠 수가 없었다. 그가 이제는 마음을 풀었을까 기대하게 되고 이젠 그가 말을 걸어주지 않을까 바라면서 악착같이 개강 전날까지 출근했다.

 아르바이트 마지막 날, 수고했다는 의미로 총괄 팀장이 마련해준 회식이 끝나고, 서영은 무슨 봉변을 당하게 될지도 모른 채 그의 집까지 따라갔다. 아니, 그전에 회식이 있었던 술집에서 일어난 일부터 얘기해야겠다.

 총괄팀에서 지후와 입사 동기인 박정준이라는 사람이 있었다. 그날 정준은 그동안 술이 무척 고팠던 사람처럼 초반부터 퍼마시기 시작하더니 불과 한 시간이 지나기도 전에 만취해 버렸다.

 술을 마시지 않으면 안 될 별다른 이유가 있었던 것인지 몇 마디 말도 하지 않고 연거푸 퍼마시더니 평소에 굉장히 깔끔하고 단정했던 태도는 온데간데없이 속된 말로 '개'가 됐다. 성추행이라고 해도 과언이 아닐 만큼 수위 높은 야한 농담을 서슴없이 내뱉는가 하면 곁에 앉은 서영에게 치근덕거리기 시작한 것이다.

 처음엔 어깨부터 시작된 스킨십이 등과 허리로 영역을 넓혔고 나중에 허벅지까지 더듬기 시작해 서영은 견디다 못해 다른 사람과 자리를 바꾸기까지 했다.

 그런데 그 행동이 너무도 교묘했기 때문에 다른 사람들의 눈에는 쉽게 띄지 않았고 다들 기분이 좋은 상태로 회식을 즐기고 있었기에 쉽사리 분위기를 깨뜨릴 행동도 할 수 없는 참으로 애매한 상황이었다.

마음 같아서는 당장 아버지에게 정준의 만행을 고자질해 뜨거운 맛을 보여주고 싶었지만 그 방법은 정말 최후의 방법이었기에 참는 데까지는 참아야 했다.

박정준을 떼어놓기 위한 임시방편으로 화장실에 갔던 서영은 그만 집으로 가는 것이 좋겠다고 생각하며 나오는 길인데 정준이 화장실 앞에 버티고 서 있었다. 서영은 심장이 발밑으로 떨어지는 듯한 공포를 느꼈고, 아주 불결한 냄새가 맡아졌다.

"서영 씨."

그냥 지나치려는 서영을 정준이 붙잡았고 우악스럽게 끌어당겨 벽에 밀어붙였다.

"왜 이러세요? 하지 마세요."

"할 얘기 있어."

"나중에 하세요. 취했어요."

"너 때문에 취했어."

"뭐라구요?"

"너 좋아하는데, 너 진짜 좋아하거든? 그런데 도저히 맨정신으로는 말을 할 수가 없어서 그래서 마셨다고. 내 마음 모르겠어?"

그러니까 말하자면 사랑 고백을 하겠다는 건데, 서영은 무조건 싫었다. 이렇게 취해서 주정하듯 하는 고백은 정말 싫었다.

"맨정신일 때 얘기하세요."

그래도 사랑을 고백한다는데 매몰차게 잘라 상처를 줄 수는 없어서, 자신도 상처를 받았었기에 그렇게 하지는 말아야지 싶어서 좋은 목소리로 말하고 돌아 나오려는데 정준은 서영을 놓아주지 않았다. 놓아주지 않은 정도가 아니라 맥주, 소주, 골뱅이가 뒤섞여 역한 냄새가 풍기는 입술을 서영의 입술에 밀어붙인 것이다. 이건 추행이지, 도저히 사랑 고백이라고 할 수가 없었다.

"미쳤어요?"

서영은 정준의 입술이 닿기 전에 그를 세차게 밀쳐 내며 거친 어조로 내뱉었다.

"이리 와."

정준이 서영을 끌어당겨 안으려던 그때였다. 서영의 눈에 지후의 얼굴이 보였다. 지후는 몹시도 경멸하는 듯한 표정으로 서영을 노려봤다. 서영이 너무 놀라 정준을 밀쳐 냈을 때 지후가 정준의 어깨를 두 손으로 꽉 틀어잡았다. 눈은 여전히 서영을 매섭게 노려보는 채로.

"어린애 데리고 뭐 하는 거냐. 취했으면 집에 가!"

지후가 말했고 서영은 머리에 총을 맞은 듯한 기분으로 돌아서서 자리로 돌아왔다.

그 다음에 상황이 어떻게 전개되었는지는 기억할 수 없었다. 서영이 기억하는 것은, 지후의 집 앞까지 쫓아갔다는 것과 정준의 일방적인 행동이었다는 것을 설명하려고 애썼다는 것이다. 그리고 다시 한 번 고백했다.

"난 지후 씨 좋아해요. 영애하고의 내기는 잘못 알고 있는 거예요. 난 내기 같은 거 하지 않았어요. 그리고 정준 씨도 자기 혼자 그런 거예요. 내 의사와는 상관없이 자기 맘대로 그런 거라구요."

스물한 살 끝 무렵 부끄러울 만큼 말주변이 없던 때였다. 그랬기에 서영은 그냥 생각나는 대로 내뱉고 말았다.

"너 못됐구나?"

"네?"

"네가 정준이를 헷갈리게 했잖아."

"그게 무슨 말이에요?"

"정준이가 싫었으면 그동안 그의 장난을 왜 다 받아줬어?"

서영은 지후가 무슨 말을 하는지 도무지 알아들을 수가 없었다. 정준이 언제 장난을 쳤으며, 또 언제 정준의 장난질을 다 받아줬다는 말일까?

"난, 너 같은 애 한 트럭을 실어다 줘도 싫어. 너처럼 순수하지 못한 여자는 질색이야."

서영은 시속 200km로 달려오는 트럭에 치인 기분이었다. 너무 놀라고 어이없고 당황스러워서 아무 말도 못한 채 지후를 올려다보고만 있었다.

소리라도 질러줄 걸, 욕이라도 퍼부어줄 걸 하는 후회는 나중에야 하게 됐지, 그땐 너무 멍해서 그런 것조차 생각할 겨를이 없었다.

"그리고 난 사랑하는 사람이 있어. 돌아가."

"지후 씨……."

서영의 눈에서 굵은 눈물방울이 굴러 떨어졌다. 아니, 뚝 떨어졌다.

지후는 뒤도 돌아보지 않고 문을 쾅 닫고 들어가 버렸다. 쾅 하고 문 닫히는 소리에 도망갔던 정신이 확 돌아올 만큼 커다랗게 울렸던 쇠문 소리.

아무도 가지고 논 사람이 없는데, 그 누구도 가지고 놀아볼 생각조차 해본 적이 없는데, 지후는 처음부터 끝까지 철저하게 서영의 진심을 왜곡된 시선으로 바라보고 있었던 것이다.

그게 끝이었다.

그때서야 비로소 그와는 도저히 어찌할 수 없다는 것을 받아들였다. 그가 윤서영이라는 여자에 대해 완전히 오해하고 있는 것은 둘째 치고 이미 사랑하는 사람이 있다는데 무엇을 더 노력하겠는가. 두 번씩이나 무참하게 짓밟혔는데 무엇을 더 기대하겠는가. 포기라면 포기고 버렸다면 버렸다 할 수 있는, 서영은 그렇게 강지후라는 남자를 마음속에서 떠나보냈다. 아니, 보내 버리겠다고 결심했다. 결심대로 되진 않았지만 말이다.

그 후 시간이 꽤 흐른 어느 날, 그가 아버지로부터 전폭적인 지지를 받으며 승승장구한다는 듣게 됐다. 자신에게 상처를 준 남자가 다름 아닌 아버지에게 신임을 받으며 성공을 향해 몰아쳐 달려간다는 말을 듣게 됐을 때의 기분은, 마치 커피 다섯 스푼에 설탕 다섯 스푼이 녹아든 커피를 마시는 것처럼 쓰고도 달았다. 첫사랑의 달콤함과 아픔이 동시에 고개를 쳐들며 가슴을 울적하게 했지만 서영은 들썩거리며 되새김질해 대는 달콤함과 슬픔을 애써 감추어 버렸었다.

살짝 약이 올라서 그래, 잘난 강지후 잘난 것만큼 앞서 가고 있구나 하면서도 한편으론 그래 봤자 내 아버지 밑에 있는 부하지 정도로 씹어주며 굳이 덮어둔 기억을 끄집어내서 곱씹거나 내가 바로 네가 모시고 있는 사주의 딸이다 하며 거들먹거리지도 않았다.

그런데 두 번 연거푸 치욕적인 모욕을 준 남자와 결혼을 하게 되다니. 윤서영 같은 여자 한 트럭을 실어다 줘도 싫다던 사람이 결혼을 하겠다고? 윤서영의 남편이 아니라 윤 회장의 사위가 되고 싶어서?

'무심한 사람.'

윤서영이라는 여자가 이제는 좋아졌다고, 예전에 했던 말들과 행동들에 대해서는 진심으로 사과한다고, 당신에 대해서 제대로 알고 싶어서, 살아보고 싶어서 결혼하기로 마음먹었다 라는 뻔한 거짓말이라도 해주면 어때서. 달콤하거나 설레는 멘트를 기대했던 것은 아니지만 강지후의 솔직함이 서영의 자존심을 구겨놓은 것만은 틀림없었다.

아니다. 설레는 멘트를 기대했었다. 그래, 그게 가장 솔직한 감정이다. 그가 용서를 빌면서 용서의 말끝에 가슴 두근거리는 얘기를 해주길 원했다.

"한심해."

그를 만나러가는 길이 너무도 설레서 가슴이 두근거렸었건만, 그게 얼마나 한심한 짓이었는지.

그가 달콤한 거짓말을 들려준다면 거짓말이라는 걸 알면서도 속고 믿었을 것이다. 그런데 모든 것이 부질없는 기대였고 부질없는 설렘이었다. 그래서 더 화가 나고 그래서 더 비참했다. 번번이 무참하게 짓밟히는 사랑이 너무 아파서.

그가 자기 실속만 차리겠다면 서영이라고 그러지 말라는 법 없다. 자기들 좋자고 자기들 고집만 내세운 두 남자에게 자존심을 짓밟힌 여자가 화가 나면 얼마나 지독해지는가를 제대로 보여주고 싶었다.

그래서 생각했다. 피할 수 없는 결혼이라면, 앞으로 어떻게 해야 하는지에 대해서. 생각의 끝에 기다리고 있는 대답은…… 각자 생활, 별거였다.

"두고 봐. 나 정말 화났어. 진짜 제대로 싸워줄 테니까 한번 붙어보자고."

서영이 그제야 시동을 걸며 낮게 내뱉었다. 석고처럼 굳은 표정으로.

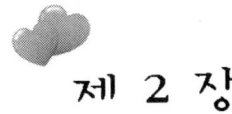

제 2 장

다음날, 서영은 어제와는 달리 전투태세에 돌입한 태도로 강지후를 만났다. 지후가 먼저 서영에게 전화를 걸어 저녁식사를 제의하며 미리 예약한 레스토랑의 이름과 위치를 알려주었고 서영은 결전의 날이 도래했다고 생각하며 지후의 저녁식사 제의를 굳이 거절하지 않고 시간에 맞춰 레스토랑에 도착했다.

"합의를 하죠."

서영은 서로 소화가 안 돼 밤새 고생하는 일이 없도록 저녁식사를 모두 끝낸 후에, 조용하지만 치열한 전투를 시작했다.

"합의?"

지후가 서영을 쳐다봤다. 짙은 눈썹에 잔뜩 힘을 실은 채.

서영은 지후를 천천히 훑어봤다.

오늘 만남에 어떤 의미를 둔 것일까? 무척 신경을 쓴 모습이었다. 깔끔하고 세련된 헤어스타일, 말끔하게 면도한 턱 선, 몸에 꼭 맞게 피트 된 근사한 슈트, 슈트와 와이셔츠, 그리고 넥타이가 멋들어지게 매치 된, 베스트 드레서였다.

보통 사람들은 지후의 멋진 모습에 흔들리겠지만—서영 역시 약간은 흔들렸지만—그것은 단지 시각적인 것일 뿐 이미 그가 어떤 목적과 어떤 욕심을 가진 사내라는 것을 알게 됐으니, 또 그의 가슴에는 윤서영이라는 여자가 비집고 들어갈 자리는 없다는 것을 알았으니 눈요기만 실컷 하고 그 이상의 감정은 철저하게 억눌렀다.

"나도 나름대로 준비를 했어요. 결혼은 피할 수 없다는 결론에 도달했구요. 피할 수 없다면 즐기겠어요."

서영의 말에 지후의 입가에 살며시 만족의 미소가 걸렸다. 서영은 지후의 입가에 미소가 걸리는 것을 오래 두고 보지 않고 다시 입을 열었다.

"단, 즐기려면 제대로 즐겨야 하지 않겠어요?"

서영의 말에 지후의 입가에 걸렸던 미소가 옅어졌다. 그리고 지후의 눈은 탐색견의 그것처럼 날카로워졌다.

"원하는 게 있는 것 같군요."

"맞아요."

"뭡니까?"

"미국 시애틀 지사장으로 발령 나는 거 알죠? 우리가 결혼한 직후에 말이에요."

"알고 있어요."

"아버지와 강지후 씨는 나에게 아주 크고 중요한 것을 강요하며 포기하도록 했으니 강지후 씨와 아버지도 포기하는 게 있어야 공평하지 않겠어요?"

"그래서요?"

"강지후 씨가 미국으로 가면 난 알래스카로 갈 거예요."

"알래스카?"

강지후가 한쪽 눈을 찡그렸다. 마음에 들지 않는다는 뜻일 것이다. 서영은 드디어 어떤 경우에도 굳세기만 하던 그의 심기를 건드린 자신에게 찬사를 보내며 두 눈을 반짝였다.

"난 사진 공부를 더 하기 위해서 미국으로 갈 계획이었어요. 지난주에 그런 뜻을 아버지께 말씀드렸구요. 아버진 허락하셨어요. 그런데 일주일 만에 아버지는 결혼이라는 비밀 카드를 내미시더군요."

"서영 씨가 사진 공부를 더 하고 싶어한다는 얘기는 들었습니다."

"어제 아버지께 사진 공부하러 미국에 가는 문제를 허락하지 않으셨냐고 했더니 기다렸다는 듯이 지사가 있는 시애틀에 우리의 신혼집을 마련해 두셨다 하더군요. 그리고 이미 결혼식 날짜까지 잡혔더군요. 강지후 씨가, 아버지가 이미 물밑 작업을 모두 끝낸 후에 비어 있는 자리에 나를 밀어 넣었다는 거죠. 그것도 강제로. 지나치다고 생각하지 않나요?"

"그건……."

"내가 이해할 수 없는 건 어째서 아버지가, 딸인 내가 아니라 강지후 씨와 이 모든 일을 꾸몄냐는 거예요."

서영은 그의 말을 중간에서 자르던 그 순간 쾌감을 느꼈다.

시작도 하기 전에 말꼬리가 잘려 버리자 지후가 아까보다 더 많이 찡그렸기 때문이다.

"난, 내가 아버지와 강지후 씨에게 이런 식의 대접을 받는 것이 불쾌해서 견딜 수가 없고 그렇다면 내가 소중한 것을 포기하는 대신 나도 내가 원하는 것을 얻어야겠어요."

서영이 고집스럽게 말했다.

"왜 나한테……."

"강지후 씨한테 화풀이하는 거라고 생각하지 마세요."

서영은 두 번째로 지후의 말을 잘라 버렸다.

"어젯밤 아홉 시부터 새벽 한 시까지 난 아버지와 격렬하게 싸웠어요. 태어나서 처음으로 말이죠. 강지후 씨한테는 비교적 신사적으로 대하는 거예요."

서영의 말은 거짓말이 아니었다.

어젯밤, 저녁식사 후 결혼을 강요하지 말아달라는 서영의 부탁으로 시작된 언쟁이 점점 커지더니 결국 부녀지간으로 보이지 않을 만큼 격한 싸움이 되어버렸는데 그토록 격렬한 언쟁은 태어나서 처음이었다.

감정 폭발의 시발점은 바로 그 신혼집이었다. 신혼집마저도 서영이 아닌 강지후와 의논해 정해 버렸다는 것이 서영을 더는 참지 못하고 터지게 만든 것이다.

다른 일도 아니고 평생을 좌지우지하는 결혼이라는 인륜지대사를 독단적으로 결정하다니, 그것도 서영이 아닌 강지후와 의논해서 말이다.

"좋은 사람이야. 내가 설마 돼먹지 못한 놈을 네 짝으로 만들겠어?"

"제가 말씀드리는 건 그런 뜻이 아니잖아요. 아무리 좋은 사람이라도 제 의견을 물어보셨어야 하잖아요!"

"나는 물었고 넌 싫다고 했지. 하지만 난 네가 그 친구를 놓치는 것이 너무 안타깝기에 네 뜻을 받아들일 수가 없다."

"제가 아니라 아버지가 놓치기 싫으신 거겠죠. 저한테 의견을 물으셨다구요? 신혼집까지 벌써 정해두셨으면서 제 의견을 물으셨다구요?"

서영이 화가 나서 소리쳤다.

"전 아버지가 저를 제쳐 두고 어째서 그 사람과 일을 꾸미셨는지 이해할 수가 없어요. 어떻게 저에게 한 마디도 하지 않고 신혼집까지 구하실 수가 있어요! 그건 정말 잘못하셨어요!"

밖에서 부녀의 격한 언쟁을 가슴 졸이며 듣고 있던 새어머니가 서재로 들어오시며 서영을 거들었다.

"서영아, 나도 몰랐어. 전혀 몰랐어. 왜 그러셨어요? 나도 서운해요, 여보."

아내까지 합세하자 윤 회장은 골치가 아픈 듯 낯을 찡그리더니 장식장에서 코냑 병을 꺼내 잔에 채운 후 한 모금 삼켰다.

"신혼집은 오늘 말하려고 했었어. 서영아, 지금은 화만 나겠지만 나중엔 아버지한테 고마워할 거야. 정말 좋은 친구고 너에게 정말 좋은 남편이 될 거다."

"아버지!"

"내 말 들어라. 이것 하나는 약속할 수 있어. 죽을 때까지 너 하나만 아껴줄 친구야. 나한테 입은 은혜 때문에라도 너한테 정성을 다할 거야. 난 내 딸이 정말 좋은 남자를 만나 사랑받으며 사는 걸 보고 싶어. 아버지 마음을 모르겠니?"

"그 사람이 평생 나만 사랑할 거라는 걸 어떻게 아세요? 그걸 아버지가 어떻게 아시냐구요."

"믿을 수 있는 녀석이야."

믿을 수 있는 사람?

기가 막혔다.

아버지가, 누구보다 사람을 잘 보실 줄 아는 아버지가 어쩜 감쪽같이 속으셨을까. 딸한테 사막의 모래처럼 아무 감정도 없이 건조하게 굴 수도 있는 남자라는 걸 어떻게 몰라보셨을까.

네 시간 동안의 언쟁 끝에도 아버지는 강지후와 결혼해야 한다는 뜻을 굽히지 않았고, 서영은 아버지와 더 없이 좋았던 관계가 완전히 비틀어졌다고 생각하며 별거의 결심을 더욱 확고하게 굳힌 것이다.

"강지후 씨는 아버지의 사위 자리를 얻었으니 다른 하나는 포기해야 공평해요."

서영의 말에 지후가 한참 만에 입을 열었다.

"시애틀이 아니라 알래스카로 가겠다는 건 나와 함께 살지 않겠다는 뜻이군요."

"맞아요. 법적으론 분명히 부부겠지만 난 강지후 씨와 살고 싶지 않아요. 난 존중받지 못했고 나를 존중하지 않는 사람들을 존중하고 싶지 않아요. 강지후 씨는…… 단 한 번도 날 존중한 적이 없어요. 기억할지 모르겠지만."

"나와 회장님을 향해 전쟁을 선포하는 것 같군요."

지후는 말 그대로 서영이 전쟁을 선포했음에도 별다른 동요 없이 무뚝뚝한 표정으로 말했다.

서영은 바늘로 찔러도 피 한 방울 나오지 않을 것처럼 태연하기 짝이 없는 지후의 모습에 속에서 부글부글 화가 끓어오르는 것을 느꼈다.

강지후라는 남자는 피와 살로 만들어진 사람이 아니라 쇠줄과 돌로 만들어진 사람 같았다.

결혼해서 같이 살지 않겠다는 이 말은 상당히 충격적이고 무서운 얘긴데 어떻게 저렇게까지 태평할 수 있을까.

"전쟁 선포하는 것 맞아요. 내가 이 결혼 때문에 어느 정도로 화가 났는지 온몸으로 보여줄 거예요."

서영이 당신이 언제까지 그렇게 태평할 수 있는지 지켜보겠다는 듯 야무진 어조로 말했다.

"미국에서 삼 년 있을 겁니다."

"알아요."

"삼 년 후에 한국으로 돌아오면 어떻게 할 겁니까?"
"그건 그때 가서 얘기하죠."

서영이 그렇게 말했다. 서영 자신도 삼 년 후에 있을 일은 미처 생각해 보지 못했으니까.

"삼 년 후에 있을 일까지 미리 생각해 두기엔 우리 두 사람 너무 바쁘잖아요? 열흘 후엔 양가 부모님 상견례가 있고 상견례하고 꼭 사 주 후에 결혼식이 있으니 말이에요. 정말 멋지죠? 평생이 걸린 일을 불과 한 달 만에 해치우다니 말이에요. 존경스럽네요. 아버지와 강지후 씨의 그 추진력 말이에요."

"윤서영 씨."
"아주 재미없을 거예요, 나와 결혼해서 사는 거."

서영이 지후의 말을 자르며 의미심장한 목소리로 중얼거렸다.

"가장 재미없을 거예요. 당신이 한 일 중에."

"윤서영 씨."

지후가 아주 낮은 목소리로 느릿느릿 서영을 불렀다. 지루할 정도로 느릿하게. 그 느림이 오히려 섬뜩하게 느껴질 만큼.

냉소를 머금은 채 커피 한 모금을 삼키던 서영이 지후를 쳐다봤을 때 차가운 불꽃이 타오르는 지후의 눈동자가 서영을 무섭게 노려보고 있었다.

"계속 모욕하면...... 안 참을 겁니다."

지후가 낮은 목소리로 경고했다.

갑자기 너무도 차갑고 무서워진 그의 눈빛 때문에 서영은 순간 흠칫했지만 그의 협박성 경고 한 번에 흔들린다면 앞으로 두고두고 고단할 것이 분명했다.

어쨌거나 그는 남편이 될 사람이지 않은가. 이런 식으로 초장부터 그가 뿜어내는 기에 압도당해 쩔쩔맨다면 평생, 아니, 그와 함께 사는 동안엔 꽉 눌려 지내야 할 것이다. 그럴 수는 없었다.

"난 할 얘기 끝났어요. 먼저 일어날게요."

서영은 커피 잔을 내려놓고 지체없이 자리에서 일어났다.

그가 경고했다고 움츠러들어 사과를 할 생각은 조금도 없었고 당신만큼 나 역시 만만한 상대는 아니라는 것을 명확하게 보여주고 싶었다. 한 방 먹였고 그래서 상대방을 화나게 했다면 절반의 성공은 거둔 것이다.

이제 뒤도 돌아보지 않고 떠나면 아주 깔끔하게 모욕의 끝을 보여주는 것이다. 강지후 당신과 아버지가 나를 이만큼 화나게 만들었다는 것을 정확하게 확인시켜 주는 것일 테고.

아버지는, 아니, 어쩌면 두 사람 모두 서영에게 소중한 사람이었지만 사랑하는 마음은 마음이고 두 사람이 자신에게 어떤 일을 하고 있는지는 깨닫게 해줄 필요가 있었다.

"상견례 때 뵙죠."

"윤서영 씨."

"내가 한마디 할까요? 모욕이라는 말 함부로 하지 말아요. 모욕은 당신이 나한테 줬어요. 그리고 내 의사를 조금도 존중해 주지 않았으니 이런 대접 당연하게 받아들여요. 그래야 양심이 있는 거예요."

서영의 말에 강지후가 두 눈을 치켜뜨고 서영을 노려봤다.

"잘 가요."

서영은 분노로 굳어버린 지후를 남겨둔 채 휙 돌아서서 레스토랑을 나와 버렸다.

"계속 모욕하면 안 참겠다고?"

한 방 제대로 먹여준 것이 분명한데 서영은 오히려 화가 났다. 화가 나서 사정없이 쌩쌩 얼굴로 날아와 부딪치는 한겨울 칼바람이 조금도 시리지 않았다.

"모욕이라니? 어디서 모욕이란 소릴 해?!"

아니, 강지후에게 퍼부을 것도 없었다. 서영은 자신이 정말 화가 난 이유가 무엇인지 알고 있기 때문이었다.

"어떻게 끝까지 미안하다는 소릴 안 해? 어떻게?!"

정말 싫었다. 강지후도 미웠지만 그가 원하는 말을 해주지 않은 것 때문에 화를 내는 자신이 싫어서 견딜 수가 없었다.

이렇게 엉뚱하고 소심할 수가. 이런 치사하고 유치한 감정 따위에 휘둘리다니.

"짜증나, 정말."

서영이 씩씩거리며 주차장을 가로질러 자신의 차로 걸어가는데 우악스러운 손이 팔을 움켜잡는가 싶더니 휙 돌려 세웠다. 강지후였다.

"뭐예요?"

서영이 깜짝 놀라 지후를 올려다봤다.

"한 달 후에 결혼할 사람들인데 이대로 헤어지면 서운하지 않겠어요?"

지후의 목소리는 여느 연인처럼 부드러웠지만 그의 눈과 그의 입가 그의 얼굴에는 온통 비틀어진 비웃음이 서려 있었다.

"조금도, 전혀 서운할 것 없어요."

서영이 그의 손아귀에 잡힌 팔을 털어내려고 하며 대꾸했지만 지후는 서영의 팔을 놓아주지 않았다.

"난 서운한데요?"

"서운해서 뭘 어쩌라구요?"

"아내가 될 사람과의 첫 번째 데이트를 이런 식으로 끝내는 것은 예의가 아니지요."

"무슨 말이 하고 싶은지 모르겠지만……."

"내 아내 될 사람에게 첫 번째 데이트한 기념으로 입 맞춰도 되겠습니까?"

지후가 이를 갈듯 낮게 내뱉은 후 서영의 허리에 팔을 감더니 자신의 몸 쪽으로 바짝 끌어당겨 안았다. 무방비 상태에서 지후의 팔에 붙잡힌 서영은 저항할 틈도 없이 지후의 품에 안기고 말았다. 지후의 품에서 놓여나기 위해 저항을 시작했을 때는 이미 온몸이 지후의 품에 포박된 후였다.

"당장 놔요!"

"어디 놓게 만들어봐요."

"놓으라고요!"

"놓게 만들어봐."

지후가 서영의 허리가 으스러지도록 꽉 틀어 안으며 낮게 윽박질렀다.

"나를 모욕한 그 기세로 어디 나한테서 도망가 봐."

지후가 눈빛을 번득이며 뇌까렸다.

"나한테서 도망갈 수 있다고 생각해?"

"못 갈 줄 알아요? 그리고 왜 반말이에요?"

"해봐. 나한테서 벗어나 보라고."

지후가 낮으면서도 위협적으로 내뱉었고 서영은 움찔했지만 물러서지 않았다.

"여자한테 힘 자랑 하니까 좋아요? 재밌어요? 신나요? 힘세서 좋겠네요."

서영이 비꼬자 지후의 턱 근육이 실룩거렸다.

"보아하니 운동해서 근육을 좀 키운 모양인데, 힘없는 여자 제압하려고 비싼 돈 들여 운동했어요? 얼마나 꼴사나운지 모르죠?"

"그 밉살맞은 입술을 조용하게 만들 방법은 키스밖엔 없겠군."

지후가 낮게 으르렁거렸다.

"하기만 해봐요."

서영도 지지 않고 으르렁거렸다.

"해달라고 계속 날 자극한 것 아닌가?"

"여기 주차장이에요, 주차장에서 날 창피 줬다간 가만두지 않을 거예요."

"주차장이 싫으면 호텔로 갈까? 호텔 가서 뜨거운 맛 보여줘? 그걸 원해?"

지후가 서영의 귓가에 은밀하고 하얀 입김을 내뿜으며 속삭였다.

"두고 봐요, 내가 놓여나는 순간 갈기갈기 뜯어놓을 거니까 이 개똥 같은 자식!"

서영이 소리치는데 지후가 차로 서영을 밀어붙이며 자동차와 자신의 몸 사이에 서영을 가두어 버렸다.

"감히 나한테 개똥 같은 자식이라고 욕을 하다니."

지후가 이를 갈듯 뇌까렸다.

"마지막 경고예요, 당장 물러서요!"

"주차장에서 아내 될 사람에게 입맞춤한다고 뭐라고 할 사람 아무도 없어."

지후의 목소리는 지극히 낮았지만 그 낮은 목소리에서는 이글거리는 분노가 축축하게 묻어나오고 있었다.

"아주 근사한 데이트였어. 평생 잊지 못할 만큼."

지후가 신경질적인 목소리로 낮게 내뱉은 후 커다란 두 손으로 서영의 얼굴을 아프게 감싸 쥐더니 거침없이 서영의 입술에 자신의 입술을 부딪쳤다. 입술이 부딪친 순간 불처럼 뜨거운 지후의 혀가 서영의 입속을 파고들었다.

"미쳤……!"

하고 소리쳤지만 지후의 입술과 입 안을 가득 점령한 그의 혀 때문에 뜻 없는 웅얼거림이 되고 말았다.

그의 키스는 짧지만 강렬했다. 서영의 입속으로 파고든 그의 성난 혀는 서영의 타액을 맛본 후 곧장 빠져나갔고 그의 혀가 빠져나가는 순간 서영은 그의 품에서 놓여졌다.

갑자기 툭 내던지듯 놓아주었기 때문에 서영은 잠깐 동안 중심을 잡지 못해 비틀거려야 했고 중심을 잡는 순간 자동 반사적으로 손이 올라가더니 그의 뺨을 후려쳤다. 아주 아프게, 그리고 쓰리게.

서영의 매서운 손에 얻어맞은 그의 볼은 금세 붉게 물이 들었다. 어금니를 틀어 물었는지 그의 강인한 턱이 실룩거렸다.

"한 번은 맞아줄게. 이제 빚을 갚은 건가? 하지만 두 번은 안 돼."

그가 한밤중 깊은 산중을 어슬렁거리며 먹이를 찾는 맹수의 그것처럼 눈을 번득이며 경고했다.

"나쁜 자식."

서영이 원인이 무엇인지 알 수 없이 부들부들 떨며 그에게 소리쳤다. 그가 허락도 없이 키스를 해서 화가 났기 때문인지, 아니면 갑작스레 달아오른 열기 때문에 한기가 느껴졌기 때문인지, 그것도 아니라면 정작 그를 때려놓고 자신이 한 짓이 과해서 그리고 그의 경고가 정말 두려워서인지 정말 복잡하고 알 수 없는 이유로 몸은 가누기가 힘들 정도로 떨리고 있었다.

"속물이라고 욕하고 싶겠지? 윤서영도 다를 것 없어. 어제 마음에 두고 있는 남자가 있다며 이 결혼 거절해 달라 했어. 하지만 단 하루 만에 마음에 둔 남자를 버리고 유치한 조건을 내세우며 결혼하겠다고 한 여자야. 윤서영도 나만큼 속물이야. 우린 같은 종족이라고."

"아니야."

"아니야? 그럼 어디 한번 들어볼까, 어떤 이유로 하루 만에 마음이 바뀌었는지? 어디 설명해 봐."

내가 왜? 내가 왜 너한테 설명해야 해! 그렇게 소리치고 싶었지만 서영은 입술을 꼭 틀어 물며 돌아섰다.

서영은 어쩌면 강지후의 말이 맞을지도 모른다고 생각하며 차에 올랐다. 아니, 강지후의 말이 맞을 것이다. 그래, 자신 역시 속물이었다. 강지후와 같은 종족 말이다.

서영은 시동을 걸고 곧장 레스토랑 주차장을 빠져나와 버렸다. 돌아보지 않았다. 그냥 내처 달렸고 달리다가 어디쯤 차를 세웠다. 가슴이 조이고, 신물이 치밀어 오르고, 가슴 위에 무엇인가 무거운 돌덩이를 올려놓은 듯 꽉 눌려 답답해서 견딜 수가 없었기 때문이다. 모든 것이 뒤엉켜 머리가 터져 버릴 것만 같았다.

자신도 몰랐다, 단 하루 만에 강지후와의 결혼을 받아들일 줄은.

어제 강지후를 만나고 불쾌감만 잔뜩 짊어지고 돌아 나오면서 싸우고 또 싸워서라도 이대로는 결혼하지 않겠다고, 기필코 사과를 받아내고 용서를 빌게 만들겠다고 다짐했었다. 결혼은 나의 몫이고 권리이기에 내가 원하는 대로 강지후의 태도를 바꾸어놓고 말리라 결심했었다.

어제, 유태호가 지껄이는 소리를 듣기 전까지만 해도 말이다.

"윤서영은?"

저 목소리는 분명 우진전자 둘째 아들 이성환이었다. 태호의 사무실로 향하던 서영은 엘리베이터와 태호의 사무실 중간쯤에 있는 개방된 응접실 형식의 휴게실에서 부하 직원이자 친구인 성환이 있는 것을 보고 막 반가워하려던 참이었다. 그런데 갑자기 윤서영의 이름은 왜 나온 것일까.

서영은 두어 걸음 뒤로 물러나며 창을 바라보며 등을 보이고 앉아 있는 두 사람을 조심스럽게 바라봤다.

"윤서영하고 만났던 것 아니야?"

"만나기만 했지, 연애는 아니지."

태호의 목소리가 들렸다. 맞다. 유태호와 연애를 한 적은 없다.

"가깝게 지내서 사귀는 줄 알았더니."

"서영이가 날 마음에 두고 있는 것 같긴 한데 내가 아직 마음을 안 열었지."

헛, 서영은 기가 막혀서 웃음이 나왔다.

"그럼 양설리하고는 연애를 했고?"

설리? 설리라면 태상그룹 손녀가 아닌가. 곱지 않은 행실 때문에 며느리 절대 불가 판정을 받은 여자. 그런데 태호가 설리와 연애를 했다? 왜? 언제부터?

서영은 다시 두어 걸음 더 물러나며 벽 뒤로 몸을 숨겼다.

"연애는 무슨. 알면서 뭘 묻냐. 아버지 다음 대선에 나가시려고 준비하시는데 윤 회장, 서영이 아버지 말이야, 우리 아버지 뒷배로는 부족하니 설리를 선택한 거지."

"아버지를 위해 기꺼이 희생하시겠다?"

"희생이라고 할 건 없지. 어차피 태상그룹은 내 뒷배도 되어줄 테니까."

"유 대표님이 설리는 마음에 드신대?"

"설리가 아니라 태상그룹이 흡족하신 거지. 양 회장님 역시 무척 반기는 듯하고. 설리를 어떻게 치울까 늘 고민이셨잖아?"

"난 네가 윤서영을 꽤 좋아하는 줄 알았는데."

"괜찮은 여자긴 하지. 뻣뻣하고 다소 불친절한 구석이 있지만 그런 점이 매력이고. 어쨌거나 배울 만큼 배우고 교양 있고 무엇보다 헤프지 않아 소문도 없고. 그런데 문제는 윤 회장이란 말이지. 알잖아. 윤 회장은 정치 자금 안 주기로 유명한 것. 아버지께서 그러시더군. 서로에게 도움이 되지 못하는 제휴는 맺지 않느니만 못하다고."

"유 대표님다우시네."

"나한테는 또 다른 이유가 있어. 솔직히 정치 자금이나 아버지 뒷배 따위는 내 알 바 아니고. 윤 회장은 허리 아래 쪽 일에 관대하지 못한 거, 그게 문제지. 윤 회장 당신의 물건이 모범생이라 사위의 물건도 모범생이길 강요할 거란 말이야. 최악의 조건이잖아?"

"정일그룹 양 회장님은?"

"알다시피 자유분방하시지. 회장님 아래 다섯 명의 아드님과 수많은 손자와 손녀까지 모두 그 자유분방함을 물려받았어. 최적의, 최상의 조건이잖아?"

"넌 놀아도 와이프는 안 논 여자를 찾을 줄 알았더니 의외네."

성환의 말에 태호가 피식 웃었다.

"어차피, 제휴잖아? 설리도 만만치 않은 전적이 있으니 내 전적을 탓할 리 없고 또 결혼 후에도 정절을 요구한다거나 스스로 지킬 것이라는 생각도 안 해. 반드시 백년해로해야 한다는 생각도 없고."

태호의 말끝에 성환과 태호가 킬킬거리고 웃었다. 그 웃음소리가 어찌나 추하게 느껴지는지 서영은 온몸에 소름이 돋는 듯했다.

서영이 마음에 둔 남자라고 한 사람은 물건을 자유분방하게 놀리고 싶어하는 바로 저 남자, 태호였다. 서영은 저렇게 질 낮은 놈에게 걱정거리를 의논하기 위해 만나자고 한 자신의 혀를 깨물어 뜯어버리고만 싶었다.

"하긴, 윤서영도 널 남자로 보는 것 같진 않더라."

"아니, 윤서영은 날 남자로 생각해."

유태호가 자신있게 말했다.

"어째서? 너한테 좋아한다고 고백이라도 했어?"

"아직은 아니지만 날 보는 눈빛이 달라."

"착각하는 거 아니냐? 내가 볼 땐 똑같던데."

"윤서영이 다른 놈들한테 어떻게 하는지 알면서도 그러냐? 모임에서 다른 놈들하고는 단 일 분도 놀기 싫어하면서도 나한테는 계속 달라붙어 있잖아."

"야, 솔직히 까놓고 얘기해서 너한테 달라붙은 건 아니지. 그래봤자 만나서 헤어질 때까지 사진 얘기만 하잖아. 따로 나가서 술 한잔한 적도 없지 않냐?"

성환이 거들먹거리는 태호에게 한마디 했다.

"너 공통 주제가 있다는 거, 그거 중요한 거다."

유태호의 말에 성환이 픽 웃었다.

"말해봐. 윤서영하고 잤나?"

성환이 묻는 말에 엿듣고 있던 서영은 귓불이 뜨거워지는 것을 느끼며 숨을 죽였다.

"유일하지."

"뭐가?"

"내 배 밑에 깔리지 않은 여자로. 곧 깔리겠지만."

태호가 대답했고 서영은 하마터면 토할 뻔했다. 저렇게 저질일 줄이야, 유태호가 저 정도로 형편없을 줄이야. 저렇게 캄캄하게 추한 남자를 괜찮은 사람으로 생각하고 중요한 문제를 상담하려고 했다니.

서영은 몸을 돌려 후들후들 떨리는 다리를 가까스로 버티고 서 있었다.

왜 만나자고 했을까.

태호를 만나면 어떤 돌파구가 생길 것이라는 기대에 지후를 만나고 회사를 나오며 태호에게 전화를 걸었던 것이다. 태호는 의논 상대로 아주 괜찮은 사람이었기 때문이다.

어떤 주제의 상담도 진지하고 신중하게 받아들였고 상대방이 답을 원할 때는 성숙하고 진보된 답을 주는 사람이었다. 그래서 여러 번 약간의 골머리를 앓는 문제를 유태호에게 의논한 적이 있었고 그때마다 상당히 도움을 받았기에, 이번에도 같은 남자로서 강지후를 굴복시킬 방법을 알려줄 것이라는 기대를 안고 유태호를 찾았던 것인데, 그런데 믿었던 놈에게 뒤통수를 얻어맞은 꼴이었다.

여자의 관점에서 속엣것을 다 털어놓고 의논할 수 있는 여자친구로 박은수가 있다면 남자의 관점에서 진지하게 대화를 나눌 남자 친구로 유태호가 있다고 생각했는데 유태호는 서영을 친구가 아닌 잠재적 잠자리 상대로 생각하고 있었던 것이다.

진지하고 신중한 대화 태도가 순전히 일명 '여자 꼬시기'에 지나지 않았다니. 그것이 놈의 방법이었다니.

이렇게까지 사람을 볼 줄 몰랐단 말인가? 어쩜 이다지도 아둔할까. 하긴, 사람의 얼굴에 청색, 적색, 흑색 식으로 명확하게 점이 찍혀 있지 않으니 얼굴만 보고 판단할 수는 없는 노릇이라지만 도대체 유태호의 어떤 모습에서 그를 괜찮은 사람으로 여기게 됐던 걸까.

친절함? 예의 바름? 깔끔함? 꽤 매력적인 외모? 속된 표현으로 먹어주는 집안? 모두 다일 것이다.

유태호는 놀라울 만큼 친절한 동시에 예의가 바르고 늘 방금 목욕을 하고 치장한 사람처럼 깔끔했으며, 그리고 서영이 아니라 모임에 나오는 사람들 중 열에 아홉은 인정할 만큼 매력적인 외모를 갖고 있었다.

외무부 장관, 부총리, 국무총리를 역임하고 지금은 여당의 대표를 맡고 있어 유 대표님으로 불리는 태호의 아버지를 비롯해 몇 년 전에 돌아가신 태호의 할아버지도 장관이었고, 뇌졸중으로 투병 중인 태호의 작은 할아버지는 3선 국회의원을 지냈으며 작은 아버지 역시 주미 대사를 거쳐 현재 2선 국회의원, 그러니까 유태호의 집안은 대대로 정치를 한 정치 집안이었다.

오래전부터 유 대표님은 대통령을 할 사람이라는 얘기가 나오고 있었고 다음 대선을 노리고 있는 대통령 후보의 아들이니 그만하면 집안도 경쟁력이 있었다.
  그러나 서영이 그를 괜찮은 사람으로 인식하게 된 결정적인 이유는 그가 사진에 대한 조예가 상당히 깊었기 때문이다.
  퓰리처상을 받은 작가나 혹은 뛰어나거나 멋진 작품으로 명성이 높은 사진작가들을 줄줄 꿰고 있었고 태호가 소싯적 카메라가 주는 신비한 매력에 빠져 좋은 카메라를 갖고 싶어 카메라 수집을 한 경력이 있었다는 점, 그 부분에서 끌렸었다.
  모임에 나온 다른 멤버들이 각자 얼마나 알아주는 대학에서 유학 생활을 했으며 조만간에 아버지 회사의 주요한 자리를 차지할 것 같다는 자랑과 요즘 한물 간 브랜드와 뜨는 브랜드는 어떤 것이며 너보다는 내가 한 수 위에 있고 너희 회사보다는 우리 회사야말로 두 수 위라는 잘난 척을 하느라 입에서 단내가 날 때, 유태호는 우리가 누리고 있는 특별한 혜택을 사회에 환원하는 것이야말로 진정한 부의 결실이라며 노블리스 오블리쥬를 외쳤다.
  또한 다른 회원들이 어느 나라 어느 호텔의 하룻밤에 천만 원이 훌쩍 넘어가는 룸에서 묵어야 자는 맛이 난다고 떠들 때, 태호는 인디아와 네팔 접경 지역의 원주민이 마흔 명 남짓 되는 어느 마을에 간 적이 있는데 개발이나 문화적 혜택이 닿지 않아 천연 모습을 유지해 말로는 표현할 수 없을 만큼 아름다웠다고, 그래서 할 수만 있다면 내 눈이 카메라가 되어 그 영상을 영원히 담아두고 싶더라 하는, 소박함과 낭만도 갖춘 남자였다. 말하자면 공통

된 관심사와 주제가 있었고, 그래서 대화가 통했던 남자였기에 마음에 들었던 것이다.

우리나라에서 서열 20위 안에 드는 그룹의 2세부터 3세들과 나라 안에서 이름만 대면 모르는 사람이 없고 정계와 재계를 아울러 힘깨나 쓴다는—가령 유태호의 아버지 유 대표처럼—명사의 자제들이 회원인 모임.

돈이 넘치고 권력이 넘치는, 그래서 귀하고 잘나신 도련님과 아씨들만 모인 자리에서도 유태호는 단연 눈에 띄었다. 잘생긴 얼굴과 근육으로 다져진 몸도 눈에 띄었지만 단 한 번도 말실수를 한 적이 없고 담배를 피우지도 않았으며 술에 취한 모습을 보인 적도 없고 여자 회원들은 희롱한 적도 없으며 대표님 때문에 스스로를 너무 엄격하게 구속하고 희생하는 것이 아니냐는 놀림 아닌 놀림을 당할 만큼 그는 흠을 잡으려야 잡을 구석이 없었다. 내 배 밑에 깔린 여자 어쩌고 하는 말을 지껄일 줄은 꿈에도 생각 못했을 만큼 말이다.

저렇게 철저하게 본모습을 감출 수 있는 무서운 사람이었다니. 무섭다기보다는 징그럽고 소름 끼치는 인간이라고 말하는 것이 더 어울릴 것이다.

"미친……."

기분 같아서는 당장이라도 달려들어 가서 태호의 머리채를 쥐어뜯으며 욕을 퍼붓고만 싶었다.

뛰는 가슴은 진정이 되지 않고 모멸감 때문에 달아오른 얼굴은 쉽게 가라앉지 않았다.

'어떻게 할까? 어떻게 복수해 줄까?'

서영은 태호와 통화할 때 그가 했던 말이 이제 무슨 말인지 알 것 같았다.

"태호 씨, 나 잠깐 만나요. 할 얘기 있거든요. 시간 돼요?"
[시간 돼. 나도 할 얘기가 있어.]

서영은 자신의 일을 의논하기 위해 만나자고 했던 것인데 태호도 할 얘기가 있다고 했다. 무슨 얘길까 했었는데, 아니, 그땐 자신이 해야 할 얘기 때문에 그가 무슨 얘기를 하려는 걸까에 대한 생각은 깊게 하지 못했는데 지금 생각해 보니 바로 저 얘기를 하려던 것이었다.

대놓고 대선의 꿈을 키우는 우리 아버지 뒷배로 네 아버지는 자격 미달이야, 그리고 아랫도리 단속 잘하는 네 아버지 때문에 내 아랫도리가 고문당하기 싫어 라는 말은 못할 것이다. 그저 성격이 맞지 않은 것 같으니 '그만 만나자'라고 할 것이다.

'그래, 어떻게 지껄이나 들어보자.'

서영은 단단히 마음을 다잡고 태호의 사무실로 향했다.

지금 당장은 아니지만 머지않아 아버지의 뒤를 이어 정계에 뛰어들 준비를 하고 있는 유태호. 지금은 돌아가신 할아버지가 설립한 난치병 환자에게 의료비를 지원하는 재단에서 일하고 있었다.

의료비가 부족해 제대로 치료를 받지 못하는 어려운 사정에 처한 환자들은 상당히 많았고 재단에서는 환자의 형편을 심사해 차

등을 두어 적게는 30%에서 많게는 의료비나 약제비의 70%를 부담해 주었기에 어려운 처지의 환자들에게는 너무나 고마운 재단이었다. 난치병 환자들에게뿐만이 아니라 태호가 일하고 있는 재단은 우리나라에도 이런 재단이 있다는 것이 자랑스러울 만큼 훌륭한 재단이었다.

그런 훌륭한 곳에서 일하는 태호 역시 훌륭하면 좋으련만 겉만 훌륭할 뿐 속은 훌륭하지 못했다.

서영은 아무 말도 못 들은 것처럼 멀쩡한 얼굴로 가슴속에서 치솟아오르는 분노를 숨기고 태호의 앞에 나타났다.

"나 왔어요."

서영이 명랑한 목소리로 인사하자 태호와 성환이 뒤돌아봤다.

"어, 왔어?"

태호가 무척 반가운 척했다. 가증스럽게도 그 깍듯하고 순수한 미소를 던지며.

"오랜만이에요, 서영 씨."

"그러네요, 성환 씨."

서영은 성환에게도 인사를 했다.

성환은 서영과 태호가 대화를 나누도록 자리를 비켜주려고 했지만 서영은 일부러 성환을 붙잡았다. 태호가 지껄이는 소리와 서영 자신이 태호에게 한 방 먹이는 것을 성환이 지켜봐 주길 원했기 때문이다. 나중에 태호가 헛소리하지 못하도록 말이다.

"할 얘기는 간단해요. 성환 씨가 피해주실 필요 없어요."

서영이 굳이 붙잡자 성환은 태호의 눈치를 보다가 도로 자리에 앉았다.

"어디 갔다 오는 거야?"

서영은 태호가 말을 놓기 시작한 것이 두 달 정도 된 것 같다고 생각했다. 그가 처음 말을 놓기 시작했을 땐 더욱 친해진 것 같아 친근하게만 느껴졌는데 지금은 듣기 싫어 견딜 수가 없었다. 저 부드러움의 극치인 목소리도 소름 끼치고.

"회사요."

"회장님 뵙고 와?"

"아뇨, 다른 볼일이 있었어요. 참, 그런데 나한테 할 얘기라는 게 뭐예요?"

서영이 일부러 무척 궁금하다는 듯이 또 뭔가를 기대하는 듯한 표정으로 물었다.

"성환이 있는 데서 말해도 될까?"

"왜요? 사적인 거예요?"

"조금."

서영은 무슨 말을 하려는지 몰라 살짝 걱정된다는 듯 미간에 주름을 잡으며 태호와 성환을 번갈아 쳐다보자 태호가 씩 웃었다.

'웃지 말고 어디 지껄여 봐.'

유태호는 서영의 눈동자에 가득 담긴 경멸을 보지 못한 듯 여전히 입가에 버터와 설탕이 뒤섞인 미소를 머금고 있었다.

"지난번에 앙코르와트에 다시 한 번 가고 싶다고 했었잖아."

"네."

"……갈까?"

유태호가 딴에는 조심스러운 척하며 물었다.

서영은 심장이 순식간에 얼어붙는 듯한 기분을 느끼며 오싹 소름이 끼쳤다.

뒷배가 어쩌고 아랫도리가 어쩌고 하는 이유로 결혼 상대자는 아니라더니 여행을 가자고? 제 놈의 배 밑에 깔리지 않은 유일한 여자라더니, 그러니까 유태호 저 죽일 놈은 결혼은 하지 않더라도 헤어지기 전에 제 놈의 배 밑에 깔아뭉개 놓겠다는 계획인 것이다.

"싫어?"

유태호가 갈까? 하고 물었을 때보다 더욱 조심스럽게 물었다. 네가 만약 거절한다면 몹시 서운하고 상처받을 것이라는 표정까지 지어가며.

"태호 씨."

서영은 그만 픽 웃고 말았다.

"여행은 애인하고 가야지, 친구하고 무슨 여행을 가요."

서영의 말에 태호와 성환의 입가에 미묘한 미소가 걸렸다.

"부담스러운 모양이네. 난 다른 뜻은 없고……."

"나 결혼해요."

서영의 말에 태호의 얼굴에서는 모든 표정이 사라졌고 곁에서 은근히 즐기고 있던 성환 역시 깜짝 놀란 얼굴로 서영을 쳐다봤다.

"뭐라고?"

"결혼해요, 나."

"결혼?"

태호가 평상심을 찾으려고 애를 쓰며 되물었다.

"본 적 있나 모르겠어요. 강지후 실장요."

"강지후…… 실장?"

"프러포즈 받았어요. 물론 받아들였구요. 혹시 소문 안 좋게 날까 봐 조용히 만났는데 결혼하기로 했어요. 결혼하재요. 더는 못 기다리겠다고."

서영이 행복한데 그 행복을 숨기려고 노력하는 듯이, 아니, 숨기려고 애를 쓰지만 아무리 해도 숨겨지지 않아 어쩔 줄 모르겠다는 얼굴로 말했다.

"그 사람이 이틀 동안 회사 밖으로 나오지 못할 만큼 바빠서 갈아입을 옷 챙겨주고 오는 길이에요. 그때 태호 씨가 지상낙원이 따로 없다고 했던 곳 있죠? 할 수만 있다면 오십 즈음에 거기로 가서 거기서 살다 죽고 싶다고 했던 곳이요. 신혼여행을 거기로 갈까 해서요. 어디라고 했는지 기억이 안 나서 물어보려고 왔어요."

서영은 마치 몇 달 동안 연습해서 완벽하게 준비한 듯 거짓말이 술술 흘러나왔다.

거짓말쟁이라고 욕해도 상관없었다. 서영은 지금 이 순간 자신에게 이런 임기응변의 능력이 있다는 것에 스스로가 대견해서 견딜 수가 없었으니까. 솔직히 모두 다 거짓말이랄 수도 없고 말이다.

결혼한다고, 결혼식에 꼭 와달라는 서영의 부탁에 태호의 반응이 어땠는지는 굳이 말할 필요도 없다. 서영은 완벽하게 복수해 주었고, 태호의 턱 선은 서영이 눈을 떼기 직전까지도 격렬하게 실룩거리고 있었다.

제대로 한 대 맞은 얼굴을 하고 있는 태호와 그 순간을 꽤 재미나게 즐기고 있던 성환에게 밝고 상쾌한 미소를 날려주고 태호의 사무실을 나와 엘리베이터로 향했다. 그때 태호가 쫓아왔다.

"강 실장의 프러포즈를 받아들였다고? 어떻게 그럴 수가 있어?"

태호는 당황한 것이 분명했다. 당황한 것이 아니라면 서영으로부터, 아니, 어떤 여자든 이런 식의 뒤통수치기 대접은 받아본 적이 없어 속된 말로 열이 받았든지.

"그럴 수가 있냐니, 뭘요?"

"나한테 한 번쯤 상의라도 했어야 하는 것 아닌가?"

"내 결혼인데 왜 태호 씨하고 상의를 해요?"

"나 지금 화났거든? 내가 무슨 말 하는지, 왜 이런 말을 하는지 몰라서 그래?"

"이해할 수가 없네요. 도대체 뭣 때문에 화가 난다는 거죠? 나 윤서영이에요, 양설리 씨가 아니라."

"뭐…… 뭐?"

"왜 못 알아듣는 척해?"

서영의 입가에 싸늘한 냉소가 걸렸고 태호의 피부색이 붉게 변하기 시작했다.

"네가 설리 씨하고 결혼하기 전에, 아니면 내가 다른 남자와 결혼하기 전에 당신 배 밑에 날 깔지 못하게 돼서 열 받은 거야?"

"……!"

"장난질도 상대 봐가며 해야지. 나, 꽤 괜찮은 친구 놈 하나 얻었다 생각했는데, 너 완전 잡놈이야."

"무슨 말을 어떻게 들었는지 모르겠지만……."

"네 입으로 하는 말 제대로 들었어. 다시 말해줘?"
"내가 해명할게."
해명은 무슨 똥물에 튀겨 죽일 해명.
"그냥 입 다무는 게 나아."
서영은 뒤도 돌아보지 않고 와버렸다.
서영은 벌겋게 달아오른 태호에게 보기 좋게 복수를 해주었지만 기분은 말할 수 없이 엉망진창이었다.

"그럼 어디 한번 들어볼까, 어떤 이유로 하루 만에 마음이 바뀌었는지? 어디 설명해 보시지."

하루 만에 마음이 바뀐 이유를 설명해 보라고?
좋은 친구라 생각했던 남자가 알고 보니 제 놈 배 밑에 깔 계획을 세우고 있더라. 그래서 홧김에 또 복수심에 이러저러한 기타 등등의 이유로 당신과 결혼한다는 말을 입 밖으로 내놓고 말았기에 당신과 결혼할 수밖에 없다는 말을 하라고?
아니면 세상에 존재하는 모든 여자가 물러 터진 멍청이라고 욕을 해도, 두 번씩이나 창피를 준 남자에게 시집을 가냐고, 너 같은 여자 때문에 여성의 인권 신장이 늦춰지는 것이라고 타도를 당해도 가슴 깊은 곳에 꼭꼭 숨겨둔 채 죽을 때까지 비밀로 간직하려 했던, 잊혀지지도 지워지지도 않는 첫사랑의 달콤 쌉싸래한 감정 때문이라고 말을 할까?
'내 무덤을 내가 판 거야. 누굴 탓하겠어.'

'나를 싫어하잖아요'라고 서영이 말했을 때 지후가 '그랬죠'라는 멋대가리 없고 가슴 쑤셔대는 말이 아니라 그땐 정말 미안했다고 너의 진심을 몰랐다고 그래서 큰 잘못을 저질렀고 진심으로 사과하고 싶고 네가 나를 물리치지 말고 받아주었으면 좋겠다고 부탁했다면 좋았을 텐데. 그랬다면 돌아가는 상황이 아주 많이 달라졌을 것이다.

두 번씩이나 거절당했고, 다른 남자였다면 뒤도 돌아보지 않을 상황인데도 '첫사랑'이란 단어를 가슴에서 지우지 못한 그녀였기에 아직도 강지후란 남자를 사랑하고 있는 서영이었기에 그와 결혼한다는 사실 자체가 행복이었을 것이다.

"이게 아닌데……."

모든 것이 엉망이 된 기분이었다.

강지후에게 마음에 둔 남자 운운하며 결혼을 거절해 달라고 부탁했다가 되레 거절당하고, 유태호는 배 밑에 깔아보기 위해 더러운 여행 따위나 제안하고 그런 놈에게 멋진 복수라며 강지후와의 결혼을 공표했다. 그리고 지후에겐 결혼은 하되 함께 살지 않겠다는 괴변을 잔뜩 늘어놓았고 말이다.

서영은 깊은 한숨을 내쉬고 말았다.

어디서부터 어떻게 잘못된 것인지…… 길을 잘못 찾은 시점만 알 수 있다면 되짚어가서 고쳐 보기라도 하겠는데 처음부터 끝까지 죄 악수만 골라두었으니 되짚어갈 수도, 고칠 수도 없었다.

이대로 가야 하는 거야? 다른 수는 없는 걸까?

어제 강지후를 만나고 난 후부터 지금까지 이틀 동안 서영은 마치 뿌연 안개 속을 헤매는 기분이었다. 그리고 그의 키스. 그걸 키스라고 해도 되는지 모르겠지만 어쨌든 키스.

"감히 내 허락도 받지 않고 키스를 하다니."

지후의 일방적이고 강압적이었던 키스 때문에 불쾌하기 짝이 없으면서도 서영은 자신도 모르게 지후의 입술이 닿았던 자신의 입술을 쓰다듬고 있었다.

"내가 미쳤나 봐."

서영은 또다시 한숨을 내쉬고 말았다.

아무에게도 말하지 못하고 자신에게조차 부끄럽지만 그의 짧고도 강렬했던 키스를 생각하면 가슴이 떨렸다. 이 떨림은 거짓이라고, 그의 키스와는 아무 상관이 없다고 되뇌었지만 소용없었다.

허락 없이, 그리고 거침없이 입속으로 침범했던 그의 혀, 타액, 뜨거운 입김, 뒤엉킴…… 몸서리쳐지도록 떨리고 설레었다.

"미치겠다, 정말……."

서영은 복잡하고 창피한 생각들을 떨쳐 내기 위해 머리를 세차게 내저었다.

"아무것도 아니야. 그 키스는 아무것도 아니라고."

여기까지 왔으니 어쩔 수 없었다. 돌아가는 길은 꽉 막혔고 전진 외엔 선택의 여지가 없는 지금, 그냥 가보는 수밖에 없었다.

"어디, 가보자구. 어디까지 가나 가보자구."

제 3 장

한 손으로는 여행용 가방을 끌고 한 손으로는 휴대전화로 친구 은수에게 전화를 걸며 출국장을 향해 걷고 있던 서영은 앞을 가로막는 그림자에 주춤하며 고개를 들었다가 깜짝 놀라고 말았다. 서영을 막아선 사람은 다름 아닌 강지후였기 때문이다.

보름 만에 만난 지후는 정말 이 남자가 남편이 될 사람인지 의심스러울 만큼 무미건조한 표정으로 서영을 바라보고 있었다. 그런데 여긴 어떻게 알고 나타난 것일까?

서영은 얼떨떨한 표정으로 지후를 바라보다가 은수에게 다시 걸겠다고 말한 후 휴대폰을 접었다.

"무슨 일이에요?"

무슨 일이냐기보다는 여기 왜 나타났냐고 물었어야 하는데 얼떨결에 그렇게 묻고 말았다.
"갑시다."
지후가 낮은 목소리로 말했다.
"뭐라구요?"
"여행은 못 가니까 갑시다."
"여행을 못 가다니요? 표가 있는데 왜 여행을 못 간다는 거예요?"
서영이 지후의 눈앞에 중국으로 향하는 비행기 티켓을 들이밀며 따지는데 지후가 서영의 손에 있던 티켓마저 낚아채더니 놀랍게도 찢어버렸다.
"이게 무슨……."
서영은 어처구니가 없는 표정으로 자신의 여행 가방을 달랑 집어 들고 저벅저벅 걸어가는 지후를 쳐다보다 화들짝 정신을 차리며 지후를 쫓아갔다.
사람이 갑자기 생각지도 못하게 어이없는 일을 당하게 되면 머릿속이 순식간에 백지 상태가 된다더니 딱 그것이었다. 서영은 멍한 채로 지후의 손에 찢겨진 티켓을 쳐다만 보고만 있었을 뿐 다음 행동으로 옮기는 데 족히 일이 분은 걸렸다.
"뭐 하는 짓이에요?"
서영이 지후를 쫓아가 지후의 팔을 거칠게 붙잡았다.
"집으로 갑시다, 데려다 줄 테니."
"지금 나한테 무슨 짓을 했는지 알고 있어요?"
서영의 목소리가 높아지기 시작했다.

"조용히 갑시다. 그렇지 않으면 끌고 갈 겁니다. 그래도 상관없다면 그렇게 하죠."

지후가 낮은 목소리로 경고했다.

"뭐라구요?"

"조용히 따라와요."

지후가 쐐기를 박듯 말한 후 몸을 돌려 가버렸다.

서영은 이토록 누군가를 때려주고 싶기는 태어나서 처음 느껴본다 생각하며 분해서 파르르 떨기 시작했다.

분노에 찬 에너지가 충만해지는 순간 서영은 자신이 서 있는 곳이 공항 청사 한복판이라는 것도 잊은 채 버럭 소리를 내지르고 말았다.

"당장 내 가방 내려놔요!"

서영이 소리를 지르는 바람에 공항 안에 바글거리던 사람들의 시선이 일제히 서영에게 날아와 꽂혔다.

너무 화가 난 터라 소리를 지르고 난 후의 상황은 전혀 계산하지 못했기에 수천, 아니, 수만 개의 눈동자가 자신에게 날아와 꽂히자 서영은 투명인간이 되고 싶을 만큼의 창피함을 느끼며 얼굴이 붉어졌다. 하지만 지후는 무안해서 어쩔 줄 몰라 하는 서영을 내버려 두고 그대로 청사를 나가 버렸다.

"미치겠다."

서영은 서둘러 지후를 뒤쫓았다. 지후에게 빼앗긴 가방을 되찾기보다는 일단은 우스운 여자가 되어버린 상황을 모면하고 싶었기 때문이다.

"내 말 안 들려요? 내 가방 당장 내려놓으란 말이에요!"

주차장까지 허겁지겁 쫓아온 서영이 분에 못 이겨 소리쳤다.

"조용히 해요."

지후가 서영을 노려보며 낮게 윽박지르자 서영은 순간 지후의 기세에 눌려 움찔했다.

지후는 서영을 조금 더 노려보다가 자동차 트렁크를 열더니 서영의 여행 가방을 내팽개치고 탕 소리가 나게 문을 닫았다.

"당장 꺼내요!"

"차에 타요."

"돌려줘요. 말했잖아요, 여행 가는 거라고."

"못 가요."

"못 가다니? 누구 맘대로 못 가요?"

"앞으로는 내 허락 없이 여행 못 가요."

"내가 여행을 가는데 뭣 때문에 강지후 씨 허락을 받아야 해요?"

서영이 소리쳤다.

"정일그룹 윤 회장님의 딸답게 행동해요. 내 경고를 무시하면 그땐 나도 앞뒤 안 가릴 겁니다."

지후가 여행 가방뿐 아니라 윤서영마저도 트렁크 안에 내팽개칠 듯 바위처럼 굳은 표정으로 서영을 노려보며 말했다.

"나한테 이렇게 함부로 해도 된다고 허락한 사람이 누구예요?"

또다시 끓어오른 분노의 에너지가 격발해 주먹을 틀어쥐고 지후를 향해 공격을 시작하던 서영은 갑자기 호흡곤란을 느끼며 지후의 차에 기댔다. 갑자기 가슴이 답답하게 옥죄어오며 하루 24시간 잠깐도 거르지 않고 자동으로 실행되던 숨 쉬기가 마음대로 되지 않았다.

"왜 그래요?"

"이 지독한…… 후…… 후……."

꼭대기까지 치밀어 오른 것이 분명했다. 서영의 힘으로는 도저히 제어를 할 수 없을 정도로 화가 치받쳐 그에 따른 부작용으로 호흡곤란이 온 것이다.

지금껏 자신에게 이렇게 무례하게 군 사람은 없었다.

아니다. 강지후는 늘 이랬다. 오직 강지후만이 서영을 이렇게 형편없는 사람 취급을 한 것이다.

"천천히, 천천히, 한 번씩 쉬어요."

달래는 것도 아니고 야단치는 것도 아닌 아주 애매한 억양으로 서영의 손을 잡으며 지후가 말했다.

자신의 손을 잡고 있는 지후의 손을 거칠게 털어낸 서영은 자꾸만 가빠지는 숨을 진정시키기 위해 우선 앉을 곳이 필요해 차에 올랐다. 그리고 다행스럽게도 곧 정상 호흡을 되찾았다.

"괜찮아요?"

운전석에 탄 지후가 옆을 돌아보며 물었다.

괜찮냐고?

서영이 또다시 호흡곤란 증세가 생길까 두려워 흥분하지 않으려고 애쓰며 지후를 노려봤다.

"우리 결혼에 대한 기사도 이미 실렸어요. 결혼식이 보름도 채 남지 않았는데 신부 혼자 여행을 가는 건 모양새가 좋지 않아요. 언제 어떤 식으로 소문이 날지 모르니 여행은 포기해요."

조용히 다녀올 건데 무슨 소문이 나겠냐고 따지려던 서영은 기운도 쪽 빠져 버렸고 싸우고 싶은 의욕마저도 상실해 눈을 감아버렸다.

"갑자기 여행은 왜 간다는 겁니까?"

"알래스카에서 살 집을 알아보러 가는 길이에요. 말했잖아요, 난 강지후 씨하고 같이 살지 않을 거라고."

"……살 집은 내가 구해줄 테니 결혼식이 끝날 때까지는 무조건 한국에 있어야 해요."

집을 구해주겠다고?

서영은 맥이 탁 풀리는 것을 느꼈다.

하늘이 두 쪽이 나고 땅이 다섯 쪽이 나도 있을 수 없는 일이라고 붙잡을 줄 알았는데 나서서 집을 구해주겠다니. 정말 강지후와는 사랑으로 맺어질 수 없는 관계인 모양이었다.

"내가 여행 가는 거 어떻게 알았어요?"

서영이 지후를 쳐다보지도 않고 물었다.

"아버님이 알려주셨어요."

"아버지가요?"

"여행을 갈 계획이었으면 나한테 먼저 알렸어야 해요. 내가 왜 내 아내의 일정을 다른 사람한테 들어야 합니까?"

지후가 불만이 섞인 억양으로 말했다.

"난 아직 당신의 아내가 아니에요. 우린 아직 결혼하지 않았어요."

서영이 지후를 노려보며 되받아쳤다.

"아버님한테 듣지 못했습니까?"

"뭘요?"

"우린 이미 부부예요. 지난주에 혼인신고를 마쳤어요."

"뭐, 뭐라구요?"

서영이 마치 사만 피트 상공을 날고 있던 비행기에서 뚝 떨어진 표정으로 지후를 쳐다봤다.

"뭘 했다구요?"

"아버님 뜻이었고 난 따랐을 뿐이에요. 지난주에 비서진에서 모두 처리했어요. 그러니까 윤서영은 이미 내 아내예요."

서영은 멍청하다 못해 현기증이 이는 것을 느끼며 한숨을 내쉬고 말았다.

참 이상하게 돌아가고 있었다.

혼인신고라니. 아, 그 얘기였던 모양이다.

어머니가 결혼식 올리고 신혼여행 다녀오면 곧장 시애틀로 가야 하니 혼인신고를 미리 해두는 것이 좋을 것 같다고 하시더니 바로 그 얘기였던 모양이다.

웨딩드레스와 예물 반지 때문에 스트레스를 받았던 터라 그 말을 흘려들었더니, 어느새 혼인신고까지 마쳐 법적으로 부부가 되어 있었던 것이다.

"두 남자가 합작으로 날 바보로 만드는군요."

서영이 슬프게 중얼거렸다.

"서로를 위해서예요."

"서로를 위해서? 강지후하고 아버지를 위해서겠죠."

서영이 분노가 치밀어 오르는 것을 느끼며 거친 어조로 말했다.

"결혼도 아버지와 강지후 씨가 밀어붙였고, 웨딩드레스도 당신이 골랐고, 예물도 다 당신 맘대로 정했어요. 난 뭐예요? 난 꼭두각시예요? 당신이 입으라는 웨딩드레스 입고, 당신이 고른 반지 끼고, 아무 소리 말고 닥치고 인형처럼 웃고 서 있으라고요!"

가까스로 가라앉혔던 분노와 슬픔이 폭발하며 서영은 또다시 소리를 지르고 말았다.

"흥분하지 말아요."

지후가 가라앉은 목소리로 말했다. 서영은 금방이라도 울음이 터질 것 같아 고개를 돌려 지후를 외면했다. 이미 진 게임이었지만 우는 모습까지 보여 KO패 당하고 싶진 않았기 때문이다.

"집에 데려다 줘요. 더는 아무 말도 하고 싶지 않아요."

서영이 창 쪽으로 완전히 돌아앉으며 말했다.

"나는…… 미안해요."

너무 심하게 몰아붙인 것 같아 지후가 사과했지만 서영으로부터 날아온 대답은 '필요없어요'였다.

"미안한 게 뭔지도 모르는 사람의 사과는 절대 받아주지 않을 거예요."

서영이 말했고 공항으로 떠나 집으로 올 때까지 두 사람은 단 한 마디도 하지 않았다.

"서영아……."

지후에게 붙잡혀 집으로 온 서영을 본 어머니가 깜짝 놀라며 서영과 지후를 번갈아 쳐다봤다.

"엄마도 아세요? 아버지가 이 사람 시켜서 공항에서 나 끌고 오게 만든 거?"

"이게 무슨…… 이보게, 이게 어떻게 된 일이야?"

"죄송합니다."

"그이가 시켰어? 서영이 데려오라고 시킨 거야?"

어머니도 모르고 계셨던 모양인지 적잖게 당황하셨다.

서영은 석고보드처럼 굳은 얼굴로 그대로 이층으로 올라와 문을 걸어 잠가 버렸다. 너무 화가 나는 것은 말할 것도 없고 그 누구든 단 한 마디도 하기 싫었기 때문이다.

서영이 옷도 벗지 않고 침대에 누워 이불을 뒤집어쓰는데 다급하게 노크하는 소리가 들렸다.

"서영아, 엄마야. 너 괜찮니? 공항에서 숨 쉬는 게 힘들었다며."

엄마가 문밖에서 속이 타는 목소리로 물었다.

"……."

"서영아."

"좀 쉴게요. 쉬게 해주세요."

서영이 울컥 울음이 터질 것 같아 겨우겨우 참으며 말했다.

"그래, 알았어."

서영은 어머니가 아래층으로 내려가는 소리를 듣곤 한숨을 푹 내쉬었다.

지독한 두 남자. 강지후와 아버지.

혼인신고를 할 거면 당사자인 서영에게 정확하게 말이라도 하고 진행을 했어야 옳았다. 자기들 마음대로 서영의 의사는 묻지도 않고 처리하다니.

어차피 올려야 할 결혼식이라 빨리 하든 늦게 하든 바뀌는 건 없지만 이런 식은 옳지 않았다.

강지후도 아버지의 뜻에 따랐다고는 하지만 아버지나 강지후 두 사람 중에 한 사람이라도 언제, 몇 시에, 어떤 이유로 혼인신고를 할 것이라는 설명 정도는 했어야 했다.

결혼식 전에 복잡다단한 머리를 정리하기 위해 짧은 여행을 계획했다가 출국 직전에 붙잡혀 온 것도 기막혀 죽겠는데 이미 강지후와 부부가 된 상태라니. 아직 저 소 같은 남자에게 정식으로 사과도 받지 못했는데 이미 남편이라니!

서영은 이 기막힌 상황을 누구에게 분풀이해야 할지 몰라 허망한 눈길로 천장을 쳐다보다가 은수에게 전화를 걸었다.

[잡혀왔어?]

"응."

[왜?]

은수도 뜨악해했다.

"결혼 기사까지 났는데…… 구설에 오를까 봐. 아버지가 붙잡아 오라 했나 봐."

[아…….]

은수는 잠깐 동안 말이 없더니 다시 입을 열었다.

[그건 말이 되는 것 같아.]

"뭐가 말이 되니?"

[너네 아버지 입장에서야 그럴 수 있지. 결혼식 얼마 안 남았는데 남편 될 사람하고 같이 가는 것도 아니고 혼자 외국까지 나가는 건 좀 그렇잖아. 오해하려면 얼마든지 할 수 있어.]

"너 정말 그렇게 생각하니?"

서영이 은수에게 따지듯 물었다.

[응, 정말 그렇게 생각해. 갑자기 공항에서 붙잡혀 와서 너 굉장히 흥분했을 수 있는데 말이 되긴 해.]

"미치겠다. 어떻게 그게 말이 돼? 난 그저 여행 가서 머리 식히려고 했을 뿐이야. 한 가지도 정리가 안 됐고 너도 알다시피 드레스하고 예물 때문에 내가 미치려고 했던 거 알잖아."

드레스, 예물. 결혼을 앞둔 신부가 어쩌면 가장 민감하게 챙기게 되는 품목들이 바로 드레스와 예물이었다. 하지만 보통은 신부의 뜻대로 골라지고 골라져야 하는 것들조차 서영의 마음대로 되지 못했다.

[알지. 하지만 서영아…… 지금 난 너한테 '너네 아버지 웃긴다 강지후 웃긴다 둘 다 미친 거 아니야?' 라고 할 수는 없어. 우리 엄마가 친구가 남편 흉본다고 철없이 싸잡아 그놈 나쁜 놈이라 맞장구쳐 주는 것처럼 바보 같은 짓은 없다 하셨거든. 자기 남편 죽일 놈이라 욕을 하면서도 누가 자기 남편 흉보면 못 참는 게 여자래. 아무리 가까운 친구라도 자기 가족이나 남편에 대해서 욕을 하면 어떻게 하든 친구 남편의 편을 들어줘야 친구와 좋은 관계를 오래

유지할 수 있다 하셨어. 난 우리 엄마 말 들을래. 너하고 좋은 관계를 오래 유지하고 싶거든.]

은수의 말을 들으며 서영은 웃고 말았다. 은수 어머니의 말씀이 듣고 보니 틀린 말이 아닌 듯했기 때문이다. 지금은 은수가 서영의 감정에 동조해 주었으면 싶지만 만약에 진짜 동조해서 아버지와 강지후를 나쁜 사람들로 몰아간다면 그것도 무척 듣기 싫을 것 같았다.

"이미…… 혼인신고까지 했대."

[그랬구나.]

은수는 별로 놀라지 않았다.

"너 왜 별것 아닌 것처럼 말해?"

[그게 뭐? 우리 오빠도 결혼식 날 잡아놓고 혼인신고부터 했었어. 신혼집 구입하는 문제부터 건강보험하고 뭐 자질구레한 것들 때문에 혼인신고를 미리 했어야 했거든. 요즘은 결혼하고 일 년이 지나도록 하지 않는 사람들도 많다는데 우리 오빤 일찍 했어. 나도 그래야 할 것 같고.]

"난 지난주에 처리된 혼인신고를 오늘에야 알았단 말이야."

[그건 열 받네.]

"그렇지?"

서영이 조금 기운을 얻었다.

[응. 그건 열 받아. 정말 열 받네. 그건 따져야겠다.]

"그래, 그래서 화가 나서 돌아버리겠어."

[그건 따져. 아버지든 강지후든 대차게 따져. 그러는 법은 없어.

강지후 혼자 결혼하나? 그걸 왜 아버지하고 강지후가 결정해? 법적으로 너한테 알릴 의무가 있어. 누가 했다니? 강지후니, 아버지니?]

"아버지."

[아버지라고 하니 욕도 못하겠네. 강지후였음 욕해주는데. 하여튼 따져.]

"그럴 거야."

은수의 말대로 서영은 아버지가 퇴근하실 때까지 방에 콕 틀어박혀 꼼짝도 하지 않은 채로 아주 강하게 은수 말대로 대차게 따져 주겠다고 벼르고 있었다.

"정말 실망했어요. 당신, 왜 그래요?"

남편이 돌아오자마자 신발도 채 벗지 않았는데 어머니가 공격을 퍼붓기 시작했다.

"나 지금 들어왔어. 숨이나 돌리고 나면 퍼부어."

"애 머리 식히려는 것 같으니까 며칠 여행 다녀오게 놔두라고 몇 번 말씀드렸잖아요. 무슨 심술이 나서 기어이 붙잡아 오게 해요?"

어머니가 윤 회장과 지후에게 번갈아 싫은 시선을 던지며 따졌다.

"심술은 무슨."

"심술이 아니면 뭐예요?"

"안 오면 어떻게 할 거야?"

아버지가 못마땅한 낯으로 말했다.

"안 오다니요?"

"서영이 여행 간다고 가서는 안 나타나면 어쩔 거냐고."

"왜 안 와요?"

어머니가 딱하다는 듯이 말했다.

"서영이가 그렇게 철없지 않아요."

"그걸 어떻게 알아?"

"딸을 못 믿으면 누굴 믿어요?"

"못 믿는 게 아니라…… 당신도 알잖아. 강제로 결혼시킨다고 저 녀석 나한테 퍼부어대고 그 길로 한 마디도 안 걸쳐. 내가 출근을 하는지 퇴근을 하는지 본척만척하잖아. 방에 틀어박혀서 얼굴도 안 마주치는데 무슨 짓을 할지 어떻게 알겠어?"

"그러게, 달래라니까 왜 밀어붙이기만 해요? 다 당신이 만든 일인데 누굴 탓하냐고요."

"허허, 이 사람이. 사위 앉혀놓고 면박 줄 거야?"

아버지의 언성이 높아졌다.

"둘이서 작당했는데 뭘 가려요?"

어머니도 지지 않았다.

"어허, 이 사람. 작당이라니."

"작당이지 뭐예요? 두 남자가 작당해서 애 하나를 말려 죽이고 있는데 내가 좋은 말 할 줄 알았어요?"

지후는 몹시도 당혹스러운 낯으로 장인어른과 장모님이 다투는 것을 지켜보고 있었다. 피할 수 있다면 피하고 싶었지만 이곳은 장인인 윤 회장의 집이니 마땅히 피할 곳도 없어서 고스란히 듣고 있어야 했다.

"그리고 혼인신고 얘기 당신이 하겠다 했잖아요. 혼인신고하기 전에 서영이한테 먼저 말해야 한다고 몇 번을 말했어요? 당신, 이제 내 얘기까지 무시하는 거예요?"

"그럴 수밖에 없었어."

"뭘 그럴 수밖에 없어요?"

"겁나서 그랬어."

아버지가 푸념하듯 말하고는 소파에 앉았다.

어머니와 아버지의 다투는 소리에 슬그머니 방에서 나와 계단을 내려오던 서영은 아버지의 겁나서 그랬다는 소리에 우뚝 걸음을 멈췄다. 겁이 났다니? 아버지가 딸인 자신을 겁내고 있었다는 것이 무척 놀라웠다.

"겁나요?"

어머니가 물었다.

"그래, 겁나. 내 딸이지만 저렇게까지 쌀쌀맞고 매몰차게 구는데…… 혼인신고 얘기 꺼냈다가 또 한바탕 퍼부어댈까 봐 겁나서 입이 안 떨어지는데 어떻게 해."

아버지가 풀이 죽은 목소리로 말했다.

"서영이 퍼부어대면 도저히 감당할 자신이 없어서 말 못했어."

"그러게 겁날 일을 왜 하냐구요."

"이럴 줄 몰랐어. 내 뜻에 따라줄 줄 알았다고. 당신도 동의했잖아. 신혼여행 다녀와서 일주일 후에 곧장 시애틀로 날아가야 하는데 어영부영하다 보면 혼인신고 놓칠 수도 있으니 미리 해두는 게 좋겠다 했을 때 당신도 동의했잖아."

아버지가 자신만 나쁜 사람 되는 것이 싫은 듯 말했다.

"그래요 했어요. 하지만 분명히 서영이한테 말해서 납득을 시킨 다음에 신고를 하기로 했잖아요. 내가 나서려니까 당신이 직접 차근차근 얘기해서 화해도 하겠다면서 말렸잖아요. 어쩔 거예요? 공항에서 붙잡혀 와 성나서 밥도 안 먹고 방에 틀어박혀 있어요. 강 실장이 그러는데 애가 너무 화가 나 숨을 못 쉬어서 무서웠대요."

"뭐? 숨을 못 쉬어?"

아버지가 깜짝 놀라며 지후를 쳐다봤다.

"한참 숨을 못 쉬어 얼굴까지 하얗게 질리는데 애 잡는 줄 알고 무서워서 혼났대요."

서영은 또 한 번 놀라는 한편 어처구니가 없었다.

강지후가 무서웠다고? 가증스럽기는. 혈압이 끝없이 치받쳐 오르게 한 사람이 누군데, 무서웠다고?

"뭘 어쨌는데 애가 숨을 못 쉬어?"

아버지가 지후를 향해 호통을 쳤다.

"죄송합니다. 좀 지나쳤던 모양입니다."

지후가 가라앉은 목소리로 용서를 빌었다.

"달래라고 했잖아. 잘 달래서 데려오라고 했지, 내가 언제 애 숨도 못 쉬게 닦달하라고 했어? 어떻게 한 거야, 너 이 자식아!"

아버지가 벌떡 일어나며 소리쳤다.

"너 서영이 멱살 잡아 끌고 온 거야?"

"죄송합니다."

"멱살 끌고 왔겠어요? 강 실장 잡을 것 없어요. 당신이 시켰다면서 왜 강 실장한테 화풀이예요?"

어머니가 책임을 윤 회장에게 돌렸다.

"난 달래서 데려오라고 했단 말이야."

"공항에서 데려오라고 한 것부터 잘못된 거잖아요."

"어허, 이 사람이 정말!"

"제가 잘못했습니다. 고정하세요, 아버님, 어머님. 제가 잘못했습니다."

"그래, 자네가 잘못했어. 자네, 왜 그랬어? 얼마나 몰아세웠으면 숨을 못 쉬어? 그리고 드레스는 그렇다 치더라도 반지 정도는 서영이가 마음에 드는 걸로 끼게 해주지, 왜 기어이 자네 맘대로 한 거야?"

"지나간 일을 왜 들춰?"

"결혼 예물은 좋든 싫든 신부 마음에 드는 걸로 끼게 해주는 거야. 어쩌자고 그런 것까지 사사건건 간섭을 해서 애 기를 죽여놔? 그런 건 그냥 못 이긴 척해줬음 됐잖아."

어머니가 날카롭게 나무랐고 지후는 몇 번이나 잘못했다며 용서를 빌었다.

"그만 해, 당신."

윤 회장이 완전히 굳어버린 억양으로 말하자 잠깐 동안 침묵이 찾아왔다.

"그래요, 강 실장 잘못도 아니죠. 강 실장도 당신이 결혼하라고 해서 하는 거니까 강 실장 잘못도 아니에요. 난 모르겠으니까 두 사람이 알아서 해요."

어머니가 찬바람을 일으킨 후 방으로 들어가 버렸다.

지후에겐 살 집을 알아보려 알래스카로 가는 거라 말했지만 그건 그냥 한 소리고, 순수하게 머리를 식히려던 여행이었는데 아무것도 아닌 여행으로 부모님까지 심하게 다투자 서영은 머릿속이 완전히 뒤죽박죽이 됐다.

부모님이 저렇게 언성을 높여서 다투신 적은 이번이 처음이었다. 어머닌 늘 아버지께 순종적이었고 아버진 그런 어머니를 억압하기보다는 고마워하며 항상 배려했었다.

혹, 서영이나 라영이 모르게 다투었다 할지라도 겉으로는 절대 내색한 적이 없었는데 오늘 자신 때문에 부모님이 크게 싸우는 것을 보자 서영은 모든 것이 자신의 탓인 것만 같아 걱정스러웠다.

"어허, 그것참……."

아버지가 난감한 얼굴로 중얼거리는데 지후가 조용히 입을 열었다.

"제가 올라가 보겠습니다."

"난 늙은 아버지라 그렇다 치고 자넨 젊은 사람이 여자 마음 하나 못 잡고 왜 그 모양이야?"

아버지도 참. 서영은 웃고 말았다. 어떻게 보면 다 당신 탓인데 괜히 강지후에게 덤터기를 씌우고 있었다.

"죄송합니다."

"잘 좀 달래봐. 결혼식 보름 남았는데 계속 으르렁거리다가 결혼할 거야?"

"제가 올라가 보겠습니다. 올라가서 풀겠습니다."

"어허, 거참."

아버지가 방으로 들어가시고 지후가 이층으로 올라오는 소리가 나자 서영은 재빨리 방으로 들어가 문을 걸어 잠근 후 이불을 뒤집어썼다. 그리고 생각했다. 문을 열어줄 것이냐, 끝내 모른 척할 것이냐를.

고민을 거듭하던 중 노크 소리가 들렸고 서영은 노크 소리가 다섯 번이 울린 후에야 문을 열고 강지후를 노려봤다.

"잠깐 들어갑시다."

지후가 가라앉은 목소리로 말했고 서영이 조금 비켜서자 방으로 들어오더니 문을 닫아 걸어버렸다.

"문을 왜 잠가요?"

"계속 이럴 겁니까?"

지후가 두 눈을 무섭게 부릅뜬 채 물었다.

"뭐라구요?"

"계속 이렇게 시끄럽게 할 겁니까?"

"이게 누구 때문에……."

"말해요. 나하고 결혼하는 게 죽기보다 싫다면 그만둬 줄 수 있어요."

지후가 서영의 말을 자르며 거칠게 내뱉었다.

그만둔다고?

"그럼 진작 그만두지, 왜 이제 와서 그래요?"

"알았어요. 그만둡시다."

지후가 냉담하게 내뱉었다.

"나도 피곤해. 더는 하기 싫어. 아버님께 내가 말씀드리지."

지후는 그 말을 끝으로 획 돌아서더니 문 쪽으로 걸어갔다.

"호, 혼인신고 했다면서요."

서영이 갑자기 격해진 지후의 태도에 너무 당황해 자신도 모르게 내뱉고 말았다.

서영의 물음에 막 문고리를 잡으려던 지후가 무서운 눈길로 서영을 돌아봤다.

"상관있어? 서류는 정리하면 그만이야."

"그, 그만이라면……."

그만이라니? 그만이라니!

그런데 어쩌자고 말은 이렇게 더듬는 건지.

상상도 못했다. 잘못했다고 싹싹 빌러 올라오는 줄 알았지, 이렇게 판을 깨뜨리려고 올라온 줄은 상상도 못했기에 당혹감으로 어쩔 줄을 몰랐다.

"결혼식 올린 후에 혼자 살겠다고 한 여자가 윤서영이야. 그런데 그새를 못 참아 잡음을 일으켜? 나와 결혼하는 게 그렇게 끔찍하다면 내가 물러나지. 죄 없이 욕먹는 것도 더는 못해먹겠어."

지후가 숨겨두었던 분노의 송곳니를 드러내며 으르렁거렸다.

"내가 원했던 결혼이 아니잖아요. 당신은 내가 아니라 회사 물려받으려는 욕심에……."

"그래서 그만둔다고!"

지후가 버럭 윽박질렀다.

지후가 이렇게 화를 내는 것도 지금이 처음이었다.

"나한테 소리 지르지 말아요. 누군 소리 지를 줄 몰라 참고 있는 줄 알아요?"

서영이 지후의 기세에 눌리지 않으려고 애를 쓰며 받아쳤다.

"소리 질러. 어디 질러봐!"

지후가 더욱 강하게 받아쳤다.

"나 겁날 것 없는 놈이야. 너한테 고함질렀다고 회장님 사모님 쫓아 올라와 멱살 잡고 흔들어도 겁날 것 없어. 윤서영하고 혼인신고 한 지 일주일 만에 이혼 서류 접수하고 윤서영이 이혼녀 만들었다고 붙잡아다 두들겨 패도 맞아주면 그만이야. 정일그룹에서 쫓겨나 온갖 구설에 올라도 난 다시 시작할 수 있어. 내가 정일그룹 아니면 굶어 죽을 줄 알아? 내가 그렇게 호락호락한 놈인 줄 알았나? 내가 그렇게 병신으로 보여?"

지후가 당장에 불이라도 지를 표정으로 몰아붙였다.

"난 호락호락한 줄 알았어요? 난 병신으로 보여요?"

서영도 약간은 두렵고 약간은 화가 나서 가슴이 옥죄어오는 것을 느끼며 최선을 다해 강단있게 되받아쳤다.

"그만두자고."

지후가 낮게 뇌까렸다.

"그만두면 끝이야. 그만두면 볼 일 없어."

지후가 활짝 문을 열어젖히더니 망설임도 없이 나가 버렸다.

하나, 둘, 셋.

망연자실 쾅 하고 닫힌 문만 쳐다보고 있던 서영은 순간 벼락을 맞은 듯 깜짝 놀라며 부리나케 달려나가 계단을 내려가고 있는 지후를 붙잡아 억지로 끌었다.

머릿속이 하얗게 탈색돼 아무것도 생각할 수 없었지만 분명한 것은 이대로 그만두게 해서는 안 된다는 것이었다. 이대로 내려가서 결혼은 없던 것으로 하고 이혼 서류 접수해 달라는 말을 하게 내버려 둬서는 안 된다는 것이었다. 그 다음에 불어 닥칠 후폭풍은 불 보듯 뻔했다.

아버지가 겁이 나서 말을 못했다고 했었지? 서영도 그랬다. 휘몰아 닥칠 폭풍을 생각하자 겁이 나서 오금이 저릴 지경이었다. 아버지는 어떨 것이며 또 어머니는 어떠하겠는가.

파혼, 아니, 이혼 후 '정일그룹 윤 회장의 맏딸 일주일 만에 의문의 이혼, 이혼의 전말' 따위의 제목을 붙이며 떠오를 신문기사들을 무슨 수로 감당할까. 무엇보다 강지후란 남자와 영영 남남이 되어 살아가는 건, 그에게 다시 거절당한 채 사는 건…… 자신이 없었다.

서영은 지후를 끌고 방으로 들어와 문을 닫은 후 문을 등지고 섰다. 절대 이 방에서 내보내 주지 않겠다는 듯이.

"그만둬요."

"그래, 그만둔다고."

"아뇨! 아버지한테 아무 말도 하지 말라구요."

"왜?"

"그건…… 그렇게 되면 우리 아버지 엄마 너무 창피해지잖아요."

"윤서영이 창피해지는 게 두려운 게 아니고?"

정곡을 찌르는 말에 서영이 원망스러운 눈길로 지후를 올려다봤다.

"난 창피해지는 거 상관없어. 난 이미 윤서영 때문에 온갖 모욕을 다 당했어."

"모욕당한 사람은 나예요. 혼인신고에 대해 아무도 내게 말한 사람이 없잖아요."

"회장님께 따져. 그건 내 책임 아니야."

"그럼 예물은요? 내가 싫다는 반지를 왜 굳이 끼게 만든 거예요?"

"나하고 결혼도 하기 싫다는 여자 아니었나? 반지 디자인 따위가 중요해? 같이 살지도 않겠다면서 반지 따위가 뭐가 중요하다는 거야."

서영은 말문이 막혀 버렸다.

그래, 같이 살지 않겠다고 엄포를 놓았는데 반지 따위가 뭐라고. 마음에 드는 반지 꼈다고 같이 살 것도 아닌데.

같이 살지 않겠다 했다고 정말 혼자 나가서 살게 만들 생각이었냐고 묻고 싶었지만 차마 입이 떨어지지가 않았다.

"비켜."

지후가 문을 막고 서 있는 서영을 밀어냈다.

"나가지 말아요."

서영이 지후의 팔을 와락 붙잡으며 말했고 문을 열어젖히려던 지후가 동작을 멈추며 서영을 노려봤다.

"정말…… 정말 나한테 사과할 것 없어요?"

"윤서영과 결혼하려면 윤서영 가족 모두에게 비굴하게 빌어야 하는 건가? 윤서영이 그렇게 대단해?"

"내 말은……."

"윤서영과 결혼하라는 회장님 제의를 받아들이는 순간부터 지금까지 사과하고 잘못을 빌었는데 그것으로는 부족하다고?"

언제, 언제 사과하고 언제 잘못을 빌었다는 것일까.

혹시 아버지한테? 서영 모르게 아버지와 어머니에게 빌기라고 한 것일까?

"더 이상 내 자존심 건드리지 마. 나도 폭발하면 무슨 짓을 할지 몰라."

"……."

서영은 무슨 말을 해야 할지 몰라 입을 꼭 다물고 있었다.

아버지에게 이혼 선언을 하러 내려가는 지후를 붙잡아 올라왔을 때부터 이미 서너 발 물러선 것이나 다름없었지만 더 이상 잡음 일으키지 않을 테니 아무 말 말아달라는 소리는 자존심 때문에 입 밖으로 나오지 않았다.

모멸감에 창피해서 죽을 지경이었지만 이대로 지후를 밖으로 나가게 할 수도 없었고, 그렇다고 이혼은 안 된다고 할 수도 없고…… 서영은 스스로가 너무 바보 같고 가여워서 견딜 수가 없었다.

"하룻밤만······."

입을 열었던 서영은 갑자기 목에 메어 다시 입을 닫았다.

명치끝에서 서러움의 덩어리가 치밀어 오르더니 왈칵 눈물이 쏟아질 것 같았다. 서영은 코끝이 찡해지고 눈시울이 뜨거워지는 것이 느껴져 얼른 돌아섰다. 그리고 서러움의 덩어리를 꿀꺽 삼키며 울지 않으려고 이를 악물었다. 여기서 울기까지 한다면 세상에서 제일 한심한 여자가 될 테니까.

"바람 쐬고 올게요. 해외로 나가지 않고 가까운 데로······ 하룻밤만 자고······ 돌아올 거예요."

눈물을 참느라 흔들리는 목소리는 어쩔 수 없었다.

"······."

"나도 분하고 억울해서······."

명치 밑으로 눌러 내렸던 서러움이 다시 기도를 타고 울컥 치솟아오르자 서영은 또다시 목이 메어 말을 끝맺지 못했다.

"행선지를 알려줘."

"······알았어요."

"하룻밤이야."

"알았어요."

"옷 입어. 밖으로 나갈 거야."

"그냥······ 잘게요."

"옷 입어. 옷 입고 나와."

"난······."

"아래층으로 내려오면 절대 인상 쓰지 마. 웃으라고는 안 할 테니 인상은 구기지 마."

지후는 자겠다는 서영의 말을 무시하고 먼저 나가 버렸다.

닫힌 문을 바라보던 서영은 그렁그렁 매달려 있던 눈물을 손등으로 축 처진 채 욕실로 들어가 남은 눈물자국을 닦아냈다.

서영은 거울 속에 비친 자신의 모습을 바라보며 한숨을 푹 내쉬고 말았다. 참 딱했다. 말도 못하게 딱했다. 걸어봤자 이기지도 못할 싸움, 이번에도 어김없이 완패를 당한 것이다.

바보 아니면 등신.

서영은 기막힌 얼굴로 거울 속의 자신을 쏘아보다가 얼굴을 구기지 않으려고 애쓰며 아래층으로 내려갔다.

"내려왔니? 배고프지? 어서 저녁 먹자."

어머니가 밝게 웃으려고 애쓰며 서영에게 말했다. 아버지는 거실 소파에 앉아 신문을 보고 계신 척했다.

"어서 식당으로 가. 강 서방도 어서 들어가."

"괜찮으시다면 저희는 밖에서 먹겠습니다."

지후가 말했고 그제야 아버지가 고개를 돌려 서영과 지후를 쳐다봤다.

"저녁 다 차렸는데 뭐 하러."

"그럴래? 그럼 그렇게 해. 나가서 서영이 맛있는 것 좀 사줘. 기분도 풀어주고. 응?"

어머니가 불만스러워하시는 아버지를 막으며 지후의 편을 들었다.

"저녁은 여기서 먹고······."

"가만히 좀 계세요. 애들이 저희들끼리 저녁 먹겠다는데 눈치 없이. 어서 나가. 너무 늦게 들여보내진 말고."

"예, 어머니."

어머니가 지후와 서영을 밖으로 떠밀었다.

차고로 나오자 지후가 조수석 문을 열어주었다. 서영은 말없이 조수석에 올랐고 지후는 문을 닫아준 다음 운전석에 올랐다.

"스테이크 먹으러 갈까?"

지후가 갑자기 퍽 다정해진 목소리로 물었다.

"스테이크는 별로예요."

서영의 대답은 퉁명스러웠다.

"그럼 뭐 먹을까?"

"가면서 생각해요."

서영이 말하자 지후가 곧 차를 출발시켰다.

입맛이 없었기 때문에 딱히 먹고 싶은 것도 없었는데 지후가 하도 뭘 먹을 건지 물어대는 통에 몇 가지 음식을 두고 조율을 하다가 이태원에 있는 인도 음식을 먹기로 합의를 봤다.

'뭄바이'라는 이름의 인도 요리 레스토랑으로 간 서영과 지후는 갑자기 친한 척을 할 수도 없고 그렇다고 서로 생전 처음 보는 사람처럼 할 수도 없어 은근히 서로를 의식하며 식당 이름만큼이나 인도의 정취가 물씬 풍기는 실내장식을 훑어보기만 했다.

"먹고 싶은 걸로 주문해."

지후가 말했다. 서영은 메뉴판을 훑어보다가 그린 샐러드, 인도 전통의 향신료로 맛을 낸 탄두리 치킨, 그리고 매운 양념의 치킨

잘프라지를 주문했다.

"저녁 먹고 뭐 할까?"

지후가 또 다정한 목소리로 물었다. 어울리지 않게.

"벌써 여덟 시가 넘었는데 저녁 먹고 나면 한참 늦었을 거예요. 집에 가야죠."

서영은 이번 역시 퉁명스럽게 대꾸했다.

"그럼 내일 일찍 만날까?"

서영이 계속 퉁명스럽게 구는데도 지후는 꿈쩍하지 않고 다정한 어조로 물었다. 얄미울 정도로.

"내일 아침에 여행 갈 거예요. 그런데 이젠 아예 반말이네요."

서영의 대꾸에 지후가 서영을 찡그린 눈길로 잠깐 쳐다보다가 픽 웃었다.

"어디로 갈 건지 정했어?"

"글쎄…… 집에 가서 앨범 들춰보며 찾아볼 생각이에요."

경치가 좋다는 곳은 사진 촬영 때문에 모두 가봤던 터라 앨범을 들추면 장소가 정해질 것 같았다.

"출발할 때 전화해."

"……알았어요."

주문했던 음식이 꽤 기다린 후에야 나왔고 서영과 지후는 그런대로 입맛에 맞다고 생각하며 먹기 시작했다.

여러 개의 메뉴를 주문했기에 덜어 먹어야 했는데 지후는 서영이 덜어 먹기 전에 알아서 접시에 덜어주며 신경을 썼다. 물론 서영은 고마운 척도 하지 않았지만.

"다른 것도 시켜줄까?"

서영이 맛에 대해 불평없이 잘 먹자 배가 고팠던 것으로 생각했는지 지후가 물었다.

"됐어요. 이거면 충분해요. 모자라요?"

"아니, 나도 충분해."

두 사람은 식사를 끝내고 인도 음식점을 나왔다. 정말 집에 갈 거냐는 지후의 물음에 서영이 그렇다고 대답했고 그래서 곧바로 차에 올라 서영의 집으로 향했다.

"비행기 표 어떻게 했어요?"

"환불 받았어."

빠르기도 하지.

꽤 오랫동안 대화 없이 지후는 운전을 하고 서영은 창밖을 내다보고 있는데 지후가 불쑥 입을 열었다.

"아버지가 궁금해하셔."

"무슨 아버지…… 대전 아버님요?"

"음."

"뭐라고…… 인사 안 드린다고 싫은 소리 하세요?"

"싫은 소리가 아니라 궁금해하신다고. 상견례 후로 연락이 없다고."

"그건…… 난 전화번호도 모르는데."

그러고 보니 대전에 계신 지후의 부모님께 너무나 예의없이 군 것 같았다. 상견례 때 처음 뵙고 벌써 시간이 한참이 지나 있었다. 서영의 입장에서는 반 강제적인 결혼이라 할지라도 지후 부모님

입장에서는 너무도 기쁜 결혼식에 예쁜 며느리일 텐데 아침저녁 문안 인사는 아니더라도 짬짬이 안부는 챙겼어야 했다 싶었다.
"알려줄게. 전화 드려."
"지금 걸어줘요. 너무 늦었나요?"
"괜찮아."
지후가 휴대폰을 열어 번호 하나를 길게 누른 후 서영에게 건넸다. 대여섯 번 신호음이 울린 후 곧 어머니의 목소리가 들렸다.
[여보세요?]
"어머니, 저 서영이에요."
[서영이? 아이고, 우리 며느리네.]
어머니가 반색하며 말했다.
"네. 너무 늦게 전화 드렸죠?"
[늦으면 어때.]
[누구라고? 며느리?]
옆에서 아버님 목소리도 들렸다.
"주무신 건 아니세요?"
[안 자. 이 시간에 뭘 벌써 자.]
"전화 못 드려서 죄송해요. 결혼식 준비 때문에 정신이 좀 없었어요. 죄송해요, 어머니."
[암, 정신이 없고말고. 아니, 이 양반이 말하고 있는데 왜 이런댜.]
저쪽에서 실랑이 소리가 들리더니 아버님 목소리가 들렸다.
[어이, 애기냐?]

"네, 아버님, 저예요. 서영이에요."

[으이, 그려. 잘 있냐?]

"네, 잘 있어요. 연락 못 드려서 죄송해서요……."

[어이, 괜찮여. 많이 바쁘제?]

"네, 조금……."

안 바빴는데, 바쁘진 않고 심술만 났었는데 서영은 왠지 죄송하고 거짓말한 것이 부끄러워 지후의 눈치를 살폈다.

"찾아뵙지 못해서 죄송해요, 아버님."

[못 오제. 얼매나 바쁠 것인디. 그려도 보고 잡다, 애기야.]

"네…… 저도 아버님 보고 싶어요."

[으이? 그려? 애기가 나 보고 잡다네.]

아버님이 어머니에게 자랑하는 소리도 들렸다.

상견례 때 딱 한 번 보고 인사드렸을 뿐인데 애기라고 부르는 아버님의 목소리에는 애정이 가득 담겨 있었다. 그래서 서영도 모르게 뵙고 싶단 말이 튀어나왔다.

[지후는 옆에 있냐?]

"네. 바꿀까요?"

[아녀, 냅둬. 우리 애기 목소리나 더 듣게.]

[나도 좀 바꿔주라니까요.]

어머니가 옆에서 잔소리하는 소리가 들렸다.

[가만있어 보아.]

어머니가 바꿔달라는데 아버님이 수화기를 넘겨주지 않았다.

"저녁은 드셨죠?"

[암만, 너덜은 묵었냐?]

"네, 지후 씨하고 같이 먹었어요."

[지후가 잘해주제?]

"네? 네…… 그럼요."

그렇게 대답하는 서영의 입가에 서운한 미소가 걸렸다.

[뭣 묵었냐? 맛난 거 묵었냐?]

"네, 인도 음식인데요……."

서영이 조금 전에 먹은 인도 음식 이름을 하나씩 말하는데 지후가 핸들을 꺾으며 커브 길을 돌았고 순간 한쪽으로 쏠리는 서영을 위해 지후가 팔을 쭉 뻗어 안전벨트 노릇을 한다는 것이 서영의 젖가슴에 손을 대고 말았다.

"매콤한 게 먹을 만했어요. 제가 매운 거 좋아하거든요. 다음에 아버지랑 어머니도…… 윽!"

깜짝 놀란 서영이 윽! 하고 숨을 멈추며 지후를 쳐다보자 지후 역시 몹시 당황한 얼굴로 얼른 서영의 젖가슴에서 손을 뗐다.

[왜 그냐?]

아버님이 물었다.

"아, 아니에요. 갑자기…… 사레가 들려서……."

지후가 젖가슴을 만졌다고 말할 수는 없으니 그렇게 둘러댈 수밖에 없었다.

서영은 어색하게 웃으며 자주 전화하겠다고 거듭 말한 후 전화를 끊고 나서 지후를 찢어 죽일 듯 노려보았다.

"무슨 짓이에요! 변태처럼!"

"미안해. 고의는 아니었어."

지후가 난감한 표정으로 사과했다.

"어딜 손을 대는 거예요!"

서영이 팔로 가슴을 가리며 다시 소리를 지르자 아무 대꾸도 못하고 있던 지후가 갑자기 낮게 웃기 시작했다.

"왜 웃어요?"

"아니야."

"왜 웃냐구요!"

"미안해. 안 웃을게."

지후는 웃음을 참으려고 노력했지만 계속 터져 나오는 웃음을 어쩔 수가 없었다.

서영은 기막힌 와중에도 지후가 웃는 걸 처음 보는 터라 조금은 의외인 기분으로 지후를 노려봤다. 절대 웃지 않는 사람인 줄 알았는데 그도 웃을 줄 아는 사람이었던 것이다.

하지만, 지금은 웃어서는 안 될 일이었다.

"웃지 말아요."

"안 웃어."

안 웃는다 하면서도 지후의 웃음소리는 한동안 계속 이어졌.

지후가 서영을 집에 데려다 놓고 돌아간 후 뭘 했으며 뭘 먹었냐고 묻는 어머니께 간단하게 대답해 주고는 내일 아침에 여행을 갈 거라는 소리에 놀라 쳐다보는 아버지께 강 실장이 허락했다고 한 후 방으로 올라왔다.

샤워를 하고 수건으로 젖은 몸을 닦던 서영은 거울 속에 비치는 자신의 젖가슴을 유심히 쳐다보다가 낯을 찡그렸다.

"왜 웃었지? 너무 작아서 웃었나?"

서영은 가슴을 쭉 펴며 앞으로 도드라지게 만들어보았다.

"아주 작은 작은 편은 아닌데……."

그런데 왜 웃었냐고!

목욕 가운을 걸치고 욕실에서 나와 화장대 앞에 앉던 서영은 갑자기 가슴이 두근거리는 것을 느끼며 조용히 숨을 내쉬었다. 지후의 커다란 손바닥이 가슴에 닿았을 때…… 아주 짧은 순간이었지만 따뜻한 온기가 전해져 오는 것을 느꼈고 그 온기를 떠올리자 갑자기 가슴이 두근거렸다.

"엉큼하기는."

실수로 만졌다는 것을 알고 있었지만 그래도 엉큼하기 짝이 없는 남자였다.

"엉큼하지만 웃는 건…… 꽤 멋졌어."

웃고 있던 지후를 떠올리며 씩 웃던 서영이 고집스레 웃음을 그쳤다.

"두고 봐. 한 번만 만지게 해달라고 싹싹 빌게 만들어줄 테니까. 흥!"

서영이 야무지게 다짐했다.

다음날, 강원도 발왕산으로 목적지를 정한 서영이 출발하기 직전 지후에게 전화를 걸었다.

"강원도로 가요. 지금 출발해요."

[강원도 어디?]

"발왕산이라고, 용평 리조트에서 곤돌라 타고 이십 분쯤 올라가면 발왕산 정상에 하늘정원이라는 곳이 있는데 거기 가려구요."

[숙소는 정했어? 별장으로 가는 거야?]

"아뇨. 별장은 싫고 가서 정하려구요."

[숙소 정해지면 전화해.]

"알았어요."

[운전 조심해서 하고.]

"알았어요."

전화를 끊은 서영은 곧 차를 출발시켰다.

덕평 휴게소에서 딱 한 번만 쉬고 내처 달렸더니 세 시간이 지나지 않아 용평에 도착한 서영은 곧장 발왕산으로 가려던 계획을 변경해 일단 숙소부터 정하기로 했다. 서울에서 출발할 때는 날씨가 괜찮았는데 강원도로 접어들자 날씨가 나빠져서 구름이 가득했고 언제 눈비가 쏟아질지 몰랐기 때문이다. 이런 날씨에 하늘정원에 올라봤자 전망을 감상하기는 힘들 것 같았고 오늘은 숙소에서 쉬는 편이 나을 것 같았다.

차를 몰고 팬션부터 리조트까지 경치가 좋은 방을 찾아다니던 서영은 마음에 꼭 드는 팬션을 발견해 빈방이 있는지 문의했고 다행히 예약을 되지 않은 남은 방이 있어서 재빨리 방을 잡아 숙박료를 치렀다.

방은 잡았는데 날씨 때문에 발왕산에 오르긴 글렀고 그러고 보니 할 일이 없었다. 날씨만 좋으면 카메라 들고 오대산월정사에 들렀다가 전나무 길도 걷고 대관령 양떼목장이나 삼양목장도 이삼십 분이면 갈 수 있는 거리고 근처에 가볼 만한 곳이 많은데 날씨가 궂으니 꼼짝 마라였다.

　서영은 금방이라도 비나 눈이 쏟아질 것 같은 하늘을 올려다보다가 숙소를 정하면 지후에게 전화하기로 했던 것을 기억해 내고 가방 속에서 휴대폰을 꺼내려는데 마침 휴대폰이 울렸다. 지후였다.

"여보세요?"

[도착했어?]

"방금 방을 잡았어요."

[어디?]

"용평 리조트 근처 칸타타 펜션이요."

[산에 올라갔다 왔어?]

"아뇨. 여기 뭔가 올 것 같아요. 꼼짝없이 방에 있게 생겼어요."

[점심은?]

"먹으려구요."

[뭐 먹을 거야?]

"글쎄, 곤드레 나물밥을 먹을지…… 오대산 근처에 유명한 산채정식집이 있는데 거길 갈지 생각 중이에요. 그런데 내일 일찍 갈 수는 없겠어요. 날씨가 안 좋아서 오늘 할 일을 내일 해야 하거든요."

[몇 시에 올 거야?]

"밤에나 도착할 것 같아요."

[알았어.]

지후가 별다른 잔소리 없이 알았다고 해서 다행이었다.

[다른 별일은 없지?]

"없어요."

[내일 아홉 시까지는 돌아와.]

"노력할게요."

[알았어.]

전화를 끊은 후 서영은 다시 밖을 내다봤다. 산간의 날씨가 원래 좀 변덕스럽기 때문에 지금은 좀 우중충해도 언제 그랬냐는 듯 갤 수도 있는데 이렇게 봐서는 좋아질 것 같지가 않았다. 그래도 펜션에 묶여 있으니 근처라도 둘러보자는 생각에 우산을 챙겨 들고 차를 몰고 나온 서영은 곧장 오대산으로 향했다.

얼마 전에 눈이 내렸는지 아직도 녹지 않은 눈이 많이 보였는데 눈 내린 산을 감상하는 맛도 꽤 상쾌하다는 걸 알고 있기에 날씨는 신경 쓰지 않기로 했다. 비가 아니라 눈이 내린다면 그 역시 색다른 정취를 느낄 수 있을 것이고. 코끝이 시리고 귀가 얼얼할 정도로 차가운 산바람이 세차게 불어왔지만 추운 곳이라는 것을 알고 왔기에 상관없었다. 두꺼운 외투 속으로 거침없이 밀고 들어오는 바람도 싫지 않고 을씨년스럽게 굴러다니는 낙엽도 싫지 않았다.

간단하게 월정사를 둘러보고 내려와 전나무 길로 들어선 서영은 한겨울이라 관광객 수가 적어 약간 썰렁하다고 생각하며 천천히 걷기 시작했다.

봄엔 봄대로 막 틔운 파릇파릇한 연두색 새싹들이 방실거리며 반겨주는 신선한 운치가 느껴지고, 여름엔 여름대로 하늘에 닿을 듯 키가 크고 나이가 많은 전나무 가지에 그득 매달린 나뭇잎이 만들어주는 싱싱한 그늘의 운치가 느껴지고, 가을엔 가을대로 **빨갛**고 노란 원색의 단풍이 주는 강렬한 운치가 느껴지고, 겨울엔 겨울대로 앙상하고 약간은 쓸쓸한, 그래서 혼자 생각하고 고민하기에 안성맞춤인 사색의 운치를 주는 전나무 길. 이 길을 카메라에 담은 것도 열 손가락으로는 다 꼽지 못할 만큼 서영은 이곳을 무척 좋아했다. 좋아하는 길을 걸으니 기분까지도 좋아지는 것 같았다.

"잘될까?"

서영이 자신에게, 아니, 양쪽으로 길게 늘어서서 마치 공주님을 영접하듯 반갑게 맞이해 주는 전나무를 향해 물었다.

"그 사람하고 나…… 잘살 수 있을까?"

그렇게 묻던 서영은 픽 웃고 말았다.

같이 살지 않을 거라고, 시애틀로 가면 곧장 알래스카로 가겠다며 별거를 선포한 사람이 누군데 잘살 수 있을까라니. 지후도 붙잡을 생각이 없는 것 같은데 그래서 함께 살 일이 없을 것 같은데 말이다.

"붙잡지 않을까?"

서영이 그렇게 묻다가 고개를 저었다. 더 솔직해질 필요가 있다고 생각했기 때문이다.

"붙잡지 않으면 어떻게 하지?"

어떻게 해야 할까. 강경하게 선포했으니 그런 말 한 적 없는 척할 수도 없고 어떤 행동을 취하긴 해야 하는데 만약 지후가 시애틀에서는 눈치 볼 사람이 없다며 네 마음대로 하라고, 당장 가버리라고 하면 어떻게 해야 할지 막막했다.

"뭘 어떻게 해. 안 붙잡으면 혼자 살지 뭐."

서영이 자신없는 어조로 중얼거리며 전나무 길을 걸었다. 하지만 한 걸음 한 걸음 뗄 때마다 발자국에 묻어나는 불안함이 그녀의 마음속에 쌓여만 갔다.

"어디라구요?"

[펜션이라고.]

"펜션이라니……."

서영이 깜짝 놀라며 문을 열어젖히자 펜션 마당에 서 있는 지후가 보였다.

"여길 어떻게……."

서영이 너무 놀라서 멍하게 쳐다보는데 지후 곁에 서 있던 기사 임 대리와 박 비서가 꾸벅 인사하는 것이 보였다.

"수고했어. 돌아가요."

"예, 실장님."

임 대리와 박정준이 지후와 서영에게 번갈아 인사하고는 곧 차에 올라 지후를 태우고 온 차를 몰고 가버렸다.

지후는 캄캄해서 보이는 것도 없는 펜션을 훑어보고는 서영이 묵고 있는 방으로 올라왔다.

"어떻게, 아니, 왜 왔어요?"

"데려가려고."

"내일 간다고 했잖아요."

"믿을 수가 없어서. 여기서 잠수 타버리면 성가시잖아."

지후가 조금 웃으며 말하고는 방 안으로 들어왔다.

"기사가 운전했으면 됐지, 박정준 씬 여기까지 왜 데려왔어요?"

"일부러. 예전에 서영이한테 한 짓이 있으니 한 번은 밟아주고 싶어서."

지후가 별것 아닌 듯 편안한 어투로 말하자 서영은 편안한 어투 때문에 오히려 조금 무섭게 느껴졌다.

"그런데…… 여기서 잘 거예요?"

"응. 깔끔하네."

"침대 하나밖에 없어요."

"밑에서 잘게."

"여기서 어떻게 같이 자요?"

"왜? 날 덮칠 것 같아?"

지후의 말에 서영이 어이없어하며 쳐다봤다.

"그건 내가 하고 싶은 말이에요."

"난 덮치지 않을 자신 있어."

"나도 있어요."

"그럼 됐네."

별꼴이야.

"우린 아직 결혼도 하지 않았어요."

"잊었어? 우린 부부야."

참! 그랬지.

"법적으로 내가 당신을 취해도 아무 상관이 없다는 말이지."

지후의 말에 서영이 펄쩍 뛰며 지후를 쳐다봤다.

"하지만 걱정 마. 당신을 건드릴 생각은 없으니까."

"내 가슴도 만졌으면서 그걸 어떻게 믿어요?"

서영이 쏘아붙이자 지후가 웃으며 코트를 벗어 티 테이블 의자에 걸쳐 놓더니 서영에게 다가와 앞에 우뚝 멈춰 섰다.

"솔직히 말해봐. 정말 내가 가만히 놔두길 바라는 거야?"

"당연하죠!"

그걸 말이라고! 그런데, 정말 그럴까?

"실망인걸. 난 윤서영이 건드려 주길 바라고 있거든."

꿈도 야무지셔.

"그런 일은 절대 없을 거니까 꿈도 꾸지 말아요."

서영의 대꾸에 지후가 또 웃었다.

서영은 지후가 어제부터 꽤 자주 웃는다고 생각하면서도 지후에게 눈을 흘겼다.

"저녁은?"

"늦게 먹었어요. 안 먹었어요?"

"휴게소에서 해결했어. 씻을게."

뭐야, 벌써 몇 달은 산 남편처럼. 하긴, 남편은 남편이지.

지후는 서영이 있든지 말든지 넥타이를 풀어 테이블에 내려놓고 와이셔츠까지 벗어 던져 맨몸을 드러내고는 욕실로 들어갔다.

"어디서 훌렁훌렁 벗어 던지는 거야? 근육 자랑하는 거야?"

얼핏 봤지만 근육이 장난이 아니었다. 잠잘 시간도 부족할 만큼 바쁜 사람이 근육은 언제 저렇게 만들어놓았는지. 하긴, 아무것도 볼 것이 없는 몸뚱이보다는 구경할 근육이 많은 몸이 좋긴 했다.

서영은 자신도 모르게 지후가 벗어 던진 옷가지를 개켜 한쪽에 정리하곤 카메라를 켜서 오대산 전나무 길을 걸으며 찍은 몇 장의 사진을 훑어보고 있는데 지후가 수건으로 젖은 머리를 닦으며 욕실에서 나왔다.

그런데 어떻게 된 남자가 웃통을 벗어 던진 채 옷 입을 생각을 하지 않았다.

"옷 안 입어요? 감기 걸려요."

"입을 옷 없어."

지후의 대꾸에 서영이 낯을 찡그리며 쳐다보자 지후가 창가로 다가가 커튼을 열어젖혔다.

"깜깜해서 볼 것 없거든요?"

"그러네."

"그런데 정말 옷 안 입을 거예요?"

"거슬려?"

"거슬려요."

솔직히 말하면 조금도 거슬리지 않았다.

"왜? 볼만하지 않아?"

"장난해요?"

"입을 게 입고 온 와이셔츠밖에 없어. 회사에서 곧장 왔거든."

"그래서 끝내는 계속 벗고 있겠다는 거예요?"

"이불 덮고 있을게."

지후가 이불장에서 이불과 요를 꺼내와 바닥에 깔더니 이불을 덮고 드러누웠다.

이불로 벗은 몸을 가려서 한결 시야가 편해지기는 했지만 강지후가 이 야심한 시간에 깊은 산속, 그것도 펜션 방에 함께 있다는 것부터가 너무 부담스러워서 서영은 행동 하나하나가 신경 쓰였다.

"좋지?"

"뭐가요?"

"내가 데리러 와서."

"잠수 탈까 봐 잡으러 왔다면서요."

서영의 입술을 비죽거리며 말하자 지후가 소리 없이 웃었다.

바보.

지후는 쪼그리고 앉아 카메라를 들여다보고 있는 서영을 가만히 바라봤다.

이 밤에 달려온 이유는 도망갈까 봐 잡으러 온 것이 아니라 보고 싶어서였다. 아침에 강원도로 출발한다는 연락을 받은 직후부터 괜히 마음이 초조해지더니 일이 손에 잡히지 않았다.

몇 번이나 전화를 걸려다 운전 중일 터라 방해될까 싶어 걱정스러워 참고 또 참았다.

처음엔 지후 자신도 서영이 강원도에서 소리 소문 없이 증발해 버릴까 봐 걱정하는 줄 알았는데 그게 아니었다. 무사히 잘 도착했는지, 혼자 다니는 여자만 골라 몹쓸 짓을 하는 강력범죄자가 따라붙는 건 아닌지, 끼니를 잘 챙겨먹는지, 이럴 줄 알았으면 경호원이라도 하나 붙여주는 건데 잘못했구나 그런 걱정 때문에 안절부절못했다.

　날씨가 나빠 아무 데도 못 가고 방에 있어야겠다는 연락을 받은 후에야 어느 정도 안심이 됐지만 그러고 나자 그 후부터는 서영이 보고 싶어 또 일이 손에 잡히지 않았다.

　보고 싶다니. 만날 때마다 심술이 덕지덕지 붙어 악악거리는 여자가 뭐가 보고 싶다고. 그런데 이상하게 눈에 밟히고 심술 난 모습조차도 그리웠다. 악악거려도 좋으니 서영이 옆에 있었으면 싶었다.

　보고 싶다고 당장 달려가면 목에서 힘을 풀었구나 생각해 까불 것 같고 강하고 다소 무심한 남자인 척하려니 가슴속은 어수선하고 고민을 거듭하던 지후는 결국 목에서 힘을 풀었다고 생각해 서영이 까불더라도 강원도를 향해 달려온 것이다. 그런데 속마음도 모르고 정말 잡으러 온 줄 알다니.

　윤서영 바보.

　"나한테 할 얘기 없어?"

　"무슨 얘기요?"

　"아무거나."

　"없어요."

　"그럼 난 일찍 잘게."

　지후가 눈을 감으며 말했다.

　"좀 피곤하거든."

　"그래요."

　대답은 그렇게 했지만 괜히 심술이 났다. 이 먼 곳까지 쫓아온 이유가 잠을 자기 위해서는 아닐진대 오자마자 잠이라니. 좀 놀아주면 안 되나? 서영은 놀아주고 싶을 만큼 사근하게 굴지도 않았으면서도 자겠다며 드러누운 지후가 괜히 미웠다.

설마, 정말 자는 건 아니겠지.

그렇게 생각했는데 웬걸, 지후는 정말 잠들어 버렸다. 그것도 코를 골며 아주 깊이.

서영은 코를 골며 자는 지후를 서운한 듯 쳐다보다가 불을 끄고 침대로 올라가 누웠다.

"밉다, 정말."

서영이 혼잣말로 구시렁거렸다.

꽤 시끄러운 코골이 소리가 미운 게 아니라 그냥 자는 게 미웠다. 그렇다고 덮쳐 달라는 것은 아니지만 여기까지 달려왔을 때는 뭔가 좀 특별한, 아니, 특별하지 않아도 마음을 풀어줄 만한 대사를 좀 날려주어야 할 것 아닌가.

서영은 조심스럽게 몸을 일으켜 편안하게 잠들어 있는 지후를 바라봤다.

그리고 깨달았다. 그가 와서 너무도 행복해하고 있다는 것을. 그의 코고는 소리마저 달콤하게 들릴 만큼 너무도 행복하다는 것을.

이렇게 행복해하는 줄도 모르고 태평하게 자다니. 미운 남자.

"돼지, 곰, 황소, 똥개."

서영은 신나게 코를 골아대는 지후를 향해 낮게 속삭이다가 어느새 잠들어 버렸다.

서영이 달그락거리는 소리에 눈을 떴을 때 지후는 싱크대 앞에서 뭔가를 하고 있었다.

서영은 잠이 덜 깬 얼굴로 눈을 끔뻑거리며 지후의 뒷모습을 쳐다보다가 꽤 맛있는 냄새에 '뭐 하는 거예요?' 하고 물었다.

"우동 끓여."

지후가 대답했고 서영은 우동이 어디서 났을까 생각하며 이불을 뒤집어쓰고 창가로 가서 커튼을 열고 밖을 내다봤다.

"우동 어디서 났어요?"

어제보다는 좀 나은 듯했지만 하늘은 여전히 우중충했다.

"펜션 주인이 가게를 알려줘서 가서 사 왔어. 밥을 하려고 했는데 쌀은 포대로 팔아서 안 되겠더라고."

"날씨가 별로네요."

"그러게."

"날 깨우지 그랬어요."

"우동 끓일 줄 알아?"

"내가 뭐 바본 줄 알아요?"

서영이 퉁하게 대꾸하며 돌아서서 지후가 있는 쪽으로 가는데 막 서영을 돌아보던 지후가 멈칫하며 서영을 쳐다봤다.

"왜 그렇게 봐요?"

"아, 아니야."

아니라고 하면서도 지후는 서영에게서 눈을 떼지 못했다.

"내 얼굴에 뭐 묻었어요? 눈곱 꼈나?"

서영이 눈을 비비는데 지후가 '응, 꼈어' 하고 말했고 서영은 얼른 눈곱을 떼어냈다.

"김치도 없는데."

서영이 우동 냄새를 맡으며 중얼거리자 지후가 '봉지 김치 사 왔어' 하고 말했다.

"나 먹고 씻으면 안 돼요?"

"먹고 씻어."

지후가 여전히 서영에게서 눈을 떼지 못한 채 대답했다.

지후는 사실 깜짝 놀랐다.

금방 잠에서 깬 서영의 모습이 이토록 청순하고 사랑스러울 줄은 몰랐기 때문이다. 살짝 부어올랐음에도 아기처럼 뽀얀 피부에 잠이 덜 깬 살짝 찡그려져 있는 모습이 갑자기 꽉 끌어안아 주고 싶을 만큼 사랑스러웠다.

육 년 전엔 어째서 저토록 사랑스러운 모습을 보지 못했을까.

인연이 아닌 줄 알았었다. 맺어지지 않을 사람일 줄 알았기에 서영의 사랑스러움도, 진심도 보려고 하지 않았었다.

지후는 어리석게도 진실의 눈을 가린 채 서영의 순수함을 보려 하지 않고 상처만 주었던 것이 미안하고 후회스러웠다. 그리고 생각했다. 저 사랑스러운 모습을 매일 보고 싶다고, 그리고 오랫동안, 아니, 영원히 아기처럼 사랑스러운 모습을 지켜주고 싶다고.

"금방 일어났는데 냄새 맡으니까 배고파요."

"다 됐어."

지후는 재빨리 우동을 그릇에 담아 식탁에 놔주었다.

"비나 눈이 올 것 같지는 않으니까 하늘정원에 가봐야겠어요."

서영이 굵은 우동 가락을 쭉 빨아 당긴 후 말했다.
"같이 올라가."
"그런데 더 자고 싶기도 해요. 잠이 많거든요."
"서울 올라가면서 자."
"공기가 좋아서 그런지 여기 오면 잠이 되게 잘 와요."
"그래. 나도 잘 잤어."

지후와 주거니 받거니 대화를 하며 우동을 먹던 서영은 오늘은 이상하게 지후와 대화를 나누는 것이 편하다고 생각했다.

하루 전까지 서로 몰아세우기만 했는데 이틀 만에 꽤 친절한 연인처럼, 아니, 부부처럼 대화를 나누고 있었던 것이다.

서로에게 친절한 부부처럼 대화를 나눈다? 계속 이렇게 할 수 있을까? 아직 깔끔하고 속 시원하게 풀지 못한 문제들이 있는데, 그래도 계속 이렇게 친절하게 지낼 수 있을까? 아직 사랑한다는 말을 듣지 못했는데도?

'모르겠다. 나도 모르겠어.'

그래, 그건 서영도 알 수 없었다. 앞으로 어떻게 흘러갈지, 어떤 일이 일어날지 겪어보지 않았으니 알 수가 없었다.

우동을 다 먹은 후 지후가 설거지까지 하겠다고 나섰기 때문에 그가 설거지를 하는 동안 서영은 얼른 씻었다. 되도록 서둘러 발왕산에 올랐다가 서울로 돌아가는 것이 좋을 것 같았기 때문이다. 하지만 서영이 씻고 나왔을 땐 안타깝게도 진눈깨비가 내리고 있었고 삼십 분이 지나지 않아 함박눈으로 변하고 말았다.

"더 늦어지면 길이 나빠질 테니 잠깐 산책하고 서울 올라가자."

"그래요."

아쉬웠지만 하는 수 없었다.

펜션을 나와 근처 숲으로 온 서영과 지후는 함박눈을 맞으며 천천히 걸었다. 서영과 지후는 말없이 걸었고 그렇게 걷는 동안 함박눈은 낙엽이 쌓인 산책로에, 그리고 서영의 머리 위에, 지후의 어깨 위에도 예쁘게 쌓였다.

말없이 걷던 지후가 걸음을 멈추더니 목에 두르고 있던 목도리를 벗어 서영의 목에 둘러주었다. 예상하지 못했던 다정한 행동이라 서영이 조금 수줍어하며 지후를 올려다보는데 지후가 입을 열었다.

"정말 알래스카로 갈 거야?"

갑자기 물었기 때문에 서영이 조금 당황하며 지후를 쳐다봤다.

"……갈 거예요."

일단은 그렇게 대답할 수밖에 없었다. 목도리 둘러줬다고 대번에 말을 바꿀 수는 없으니까.

"내가 어떻게 하면 되겠어?"

"뭘 어떻게 해요?"

"어떻게 하면 알래스카로 가지 않을 거냐고."

이건 분명, 붙잡는 거였다. 가지 말아달라고 매달려 애원하는 것은 아니지만 붙잡는 것이 틀림없었다.

'전나무들이 내 소원을 들어줬나 봐.'

이 세상에서 제일 잘난 척하고 이 세상에서 한 가지도 겁날 것이 없는 척하던 거만 강지후가 접어주고 들어왔다면 서영도 한발 물러서 주어야 할 때였다.

"그건……."

'잘못했다고 싹싹 빌고 사랑한다고 말해요. 죽을죄를 지었고 앞으로 윤서영만을 위해 온몸을 바치겠다고 말하라구요.'

이렇게 말한다면 다 된 밥에 코를 빠뜨리는 것이고.

"그건…… 지켜볼게요. 어떻게 하는지."

서영의 대꾸에 지후가 픽 웃었다.

"여자 문제로 신경 쓰게 할 일은 없을 거야."

"그뿐이에요?"

"이미 말했다시피 남편으로서 최선을 다할 거야."

"그러니까 어떻게 최선을 다할 건데요?"

서영이 입술을 비죽거리며 물었다.

"지켜보겠다면서. 지켜봐."

지후의 말대로 지켜보면 알 수 있겠지.

여자 문제로 신경 쓰게 하지 않게 하고 최선을 다하겠다고 했으니 그 정도라면 꽤 괜찮은 조건이니 믿어보기로 했다.

산책을 끝낸 후 서울을 향해 출발하고 한 시간쯤 지났는데 지후의 휴대폰으로 문자가 도착하는 소리가 들렸다.

"문자 왔어요."

지후가 문자가 왔는데도 운전만 하고 있었기 때문에 못 들은 줄 알고 서영이 말하자 지후가 주머니에서 휴대폰을 꺼내주며 '확인해 봐' 하고 말했다.

"내가 봐도 돼요?"

"보고 알려줘."

서영은 의외라고 생각하며 잠깐 망설이다가 휴대폰 폴더를 열고 문자를 읽기 시작했다.

"오빠, 많이 힘드시죠? 화끈한 밤을 원한다면…… 연락 주세요. A컵, B컵, D컵까지 원하는 대로 맞춰 드릴게요. 꼭 연락 주세요……. 섹시한 루미."

문자를 다 읽은 서영이 천천히 고개를 돌려 흰자를 드러내며 지후를 찢어 죽일 듯한 눈으로 노려보자 지후가 조금 당황한 얼굴로 서영을 쳐다봤다.

"섹시한 루미는 누구예요?"

"모르는 사람이야."

"여자 문제로 신경을 쓰지 않게 하겠다구요? 뭐? 최선을 다해요?"

"모르는 사람이라니까."

"허, 기막혀."

"스팸이야. 무작위로 발송되는 스팸 문자라고."

스팸 문자라는 것쯤은 서영도 눈치 챘지만 지후의 휴대폰에 도착한 문자를 직접 읽게 되자 기분이 정말 더러웠다.

"왜 나한테는 힘 좋은 변강쇠가 문자를 안 보내나 몰라. 섹시한 루미랑 놀고 있나?"

서영의 비아냥거림에 지후가 웃음을 터뜨렸다.

두 사람은 용인 휴게소에 들러 바닥난 기름을 채운 후 다시 서울을 향해 달렸다. 그리고 보름 후 서영과 지후는 결혼했다.

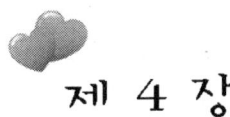
제 4 장

방에서 나와 주방으로 가던 지후는 깜짝 놀라 서영을 쳐다 봤다. 서영이 식탁에 아침밥을 차려놓고 지후를 기다리고 있었다. 그녀가 이 이른 시간에 일어나 아침밥을 차려줄 것이라고는 기대도 하지 않았었다. 끼니를 챙겨주겠다는 말을 한 적이 없고, 어제까지의 태도로 보아 나가든 말든 관심도 없어할 줄 알았다.

"마셔요."

서영이 이상야릇한 색깔의 액체가 담긴 잔을 내밀었다.

지후는 군소리 없이 받아서 한 모금 마셨다. 미끈거리며 넘어가는 느낌이 굳이 나쁘지는 않았지만 입맛에 맞는 것도 아닌 주스 비슷한 액체였다.

"뭐지?"

"엄마가 아침에 갈아서 먹이라고 싸주신 거예요. 생마에 검은깨 가루랑 꿀 타서 갈았어요. 위에도 좋고 여기저기 다 좋대요. 좋다니까 식사하기 전에 이거 먼저 마셔요."

"고마워."

지후는 취향에 맞지 않는 주스였지만 챙겨준 것이 고마워 남기지 않고 다 마신 후 자리에 앉았다.

"장을 보지 않아서 먹을 만한 것도 없고 할 줄 아는 것도 별로 없어서…… 오늘은 그냥 먹어줘요."

서영이 약간 미안해하는 어투로 말했다.

"괜찮아."

지후는 다시 한 번 조금 놀란 표정으로 서영을 바라봤다.

어제 저녁이 다 되어서야 시애틀에 도착해 따로 장을 볼 시간이 없었다. 길고 길었던 비행으로 모두 지쳐 있었기 때문에 집에 도착해 얼마 되지 않아 곯아떨어지고 말았다.

어제 시애틀 집에 도착했을 때 서영은 아주 잠깐 동안 신혼집을 둘러본 후 이렇다 할 평가도 없이 방 하나를 골라잡아 들어가더니 그 길로 깜깜무소식이었다.

지후가 두 시간 후에 방문을 두드렸을 때 서영은 아무런 대답이 없었고 지후가 문을 열었을 때 서영은 옷도 벗지 않은 상태에서 그대로 잠들어 있었다.

지후는 낮게 코까지 골며 잠들어 있는 서영을 내려다보며 이대로 자게 둘 것이냐, 아니면 침실로 옮길 것이냐를 두고 치열하게 고민하다가 침실로 옮기는 쪽으로 결정을 내렸다.

싸우든 지지고 볶든 부부는 한 침대에서 자고 일어나야 한다고 생각했기 때문이다. 지후는 서영을 가뿐하게 안아 들고 부부 침실로 와서 조심스레 내려놓았다.

  지후가 서영을 안아 들었을 때 서영이 눈을 뜨고 어리둥절한 얼굴로 지후를 쳐다봤지만 푹신한 침대에 내려놓자 곧 다시 잠이 들었다. 입고 있는 외출복을 벗겨내고 편안한 잠옷으로 갈아 입혀줄까 하다가 잠을 깨울 것 같아 그대로 두었다.

  지후는 서영의 자는 모습을 한참이나 바라보다가 밖으로 나왔고 내일 정식으로 출근하기 전에 미리 검토해 두어야 할 서류들을 꺼내 훑어보다가 오 분도 읽지 못하고 내려놓고 말았다. 글자도 숫자도 눈에 들어오지 않았기 때문이다.

  지후는 간단하게 샤워를 하고 서영이 잠들어 있는 침대로 올라갔다. 서영은 여전히 깊은 잠에 빠져 있었다. 지후는 서영의 숙면을 방해하지 않기 위해 조심스레 서영의 곁에 누워 긴 속눈썹을 드리운 채 잠들어 있는 서영을 바라보다가 미소 지었다.

  고집불통.

  고집이 대단했다.

  결혼식 전날부터 조금 이상했었다. 무언가 할 얘기가 있는데 숨기고 있는 사람처럼. 하지만 별 탈 없이 결혼식을 치렀는데 문제는 스위스에서 생겼다.

  시차 때문에 스위스에 도착하자마자 지후는 서영을 호텔 방에 남겨두고 경영 심포지엄이 열리는 경제센터로 달려가야 했다.

  경영 심포지엄 장에는 소위 일류 기업이라고 일컬어지는 기업들의 실세들이 대거 참석했고 지후 역시 한국의 정일그룹 대표로 참석한 자리였기에 그날의 기본 일정이 끝났다고 해서 즉시 호텔로 돌아올 수는 없는 상황이었다.

아직은 세계적으로 경쟁력이 낮은 기업의 대표였기에 회사의 이익을 위해서라면 한 사람이라도 더 만나 그들의 기업관과 경영관을 배워야 했고 지후의 능력에 따라 아주 큰 소득을 올릴 수 있는 계약을 체결할 수도 있었기에 신혼여행은 일단 뒤로 미뤄둔 채 두 발 벗고 뛰어야 할 처지였다.

그런데 그게 문제였다. 정일그룹을 위한 일이니 서영이 무조건 이해해 줄 것이라고 믿었던 것이 화근이었다.

새신부 서영은 나흘 내리 새벽에 쫓아나갔다가 자정이 훨씬 지나서야 돌아오는 새신랑 지후 때문에 무척 화가 나서 나흘째 밤에는 지후가 돌아올 때까지 자지 않고 기다리고 있었다. 그때가 새벽 세 시가 지난 시간이었다.

"내일은 쉴 거죠?"

"내일도 일찍 나가봐야 해."

"내일도 나간다구요?"

서영이 금방이라도 울음을 터뜨릴 얼굴로 소리쳤다.

"내일은 일찍 들어올게."

"여기 일하러 온 거예요?"

"나도 어쩔 수가 없어. 굉장히 중요한 기회야. 회사를 위한 일이니까 이해해 줘."

"어떻게 하루도 안 쉬고 계속 일이냐구요. 남편으로서 최선을 다하겠다고 했잖아요. 그런데 이게 뭐예요? 이게 최선을 다하는 거예요?"

"말했잖아, 회사를 위한 일이라고. 지금은 회사를 위해 최선을 다하는 거야. 나도 쉬고 싶지만 쉴 수가 없어. 나도 피곤해. 보채지 마."

서영이 계속 따지고 들자 지후도 기분이 상해 버려 자신도 모르게 말이 거칠게 나와 버렸다. 새벽에 나가서 지금까지 하루 종일 잠깐 쉴 시간도 없이 회의와 협상을 진행하느라 녹초가 된 상태였는데 서영까지 짜증을 피우자 신경이 곤두선 것이다.

"보채지 말라구요? 내가 지금 보채는 거예요?"

"내일은 일찍 올 테니 내일 얘기해."

"일찍 올 필요 없어요! 어차피 내가 좋아서가 아니라 아버지 사위가 되고 싶어 결혼한 거니까 일이나 실컷 하라구요!"

"윤서영! 말 그렇게 할 거야?"

"내가 틀린 말 했어요? 당신 입으로 한 말이잖아요. 일이 좋아 결혼했으니 일이나 하라구요!"

서영이 소리를 지르고는 침대로 들어가 이불을 뒤집어써 버렸다.

그날은 지후도 너무 지쳤기에 일단 모든 것을 접어두고 잠이 들었는데 다음날 서영의 화를 풀어주기 위해 어떻게 해서든 일찍 들어오려고 노력했지만 그마저도 지후 맘대로 되지 않아 또다시 자정이 지나서야 호텔 방으로 돌아왔고 서영은 잠들어 있었다.

그 다음날은 남은 일정을 두 개나 취소하면서까지 호텔로 돌아왔지만 그래도 꽤 늦은 시간이었고 이미 폭발해 버린 서영은 지후의 말에 단 한 마디도 대꾸를 하지 않는 것으로 철저하게 지후를 거부한 후 잠자리에 들어버렸다. 그리고 마지막 날은 서영이 만취한 상태여서 자신을 방치한 것에 대한 분노를 쏟아내다가 지후를 덮치는 사고까지 발생했다.

어쨌든 아내인 서영이 신혼여행에서 방치한 죄로 신랑인 지후에게 심술이 잔뜩 나서 '난 너하고 한 마디도 하기 싫어!' 하는 표정으로 일관하니 어떻게 해야 할지 답답하기 짝이 없었다. 그리고 혹시나 신혼여행이 끝났을 때 뒤도 돌아보지 않고 알래스카로 가 버릴까 봐 그것도 두려웠다.

그래도 서영에게 몹시 고마운 것은, 당장에 알래스카로 가버리지 않은 것과 일주일간의 신혼여행을 끝내고 대전에 있는 지후의 본가로 갔을 때 지후의 부모님께 보였던 서영의 태도였다. 서영은 몹시 성실했고 친절했으며 할 줄 몰라도 어떻게든 해보려고 열심이었다.

스위스에서 돌아오자마자 뚱하고 쌀쌀맞은 표정 때문에 윤 회장으로부터 싫은 소리를 잔뜩 들어 서영은 가뜩이나 좋지 않던 기분이 더 상해 버린 상태였다. 그럼에도 불구하고 서영은 대전에서는 속마음을 감추고 어른스럽게 행동했다.

멋쩍고 불편했을 텐데도 서영은 불편한 기색을 내비치지 않고 시어머니, 시아버지가 감동하실 만큼 살갑게 굴었다. 물론 잠자리에 들어서는 싸늘한 등을 보이며 철저하게 경계했지만 말이다.

"나한테 친한 척하지 말아요."

서영이 시부모님께 너무도 예쁘게 행동했기에 걸레질을 하고 있는 서영에게 다가가 힘들지 않냐고 물으며 도와주려는데 서영이 차가운 어조로 면박을 줬다.

부모님을 대하는 태도가 너무 사랑스러워 모든 감정이 다 풀어진 줄 알았는데 그건 지후의 착각이었던 것이다. 그저 어른들께 걱정을 끼치기 싫은 마음에서 한 행동이었을 뿐.

서영의 행동이 가식적이었다 해도 어쨌거나 지후는 부모님을 배려하는 서영의 마음이 예뻤고 그래서 서영이 이렇게 깊은 잠에 빠져 있을 때 바라보며 서영의 닫힌 마음을 열고 아내와 가까워지는 방법에 대해 혼자 고민해야 했다.

예쁜 사람.

보면 볼수록 예쁘고 귀엽고 사랑스러운 여자.

아버님, 어머님 하며 부모님을 챙기던 그 모습에서 지후는 드러내지는 않았지만 잔잔하게 감동을 받는 상태였다.

부모님께만이 아니라 지후의 동생인 지석에게도 마찬가지였다. 경찰 도련님이라고 부르며 밤늦게 들어온 지석에게 어머니를 대신해 간식을 차려주고 경찰 생활에 힘든 점은 없는지 자상하게 챙겨주었다.

부모님, 지석에게만 그렇게 하지 말고 자신에게도 그래 주면 정말 좋을 텐데. 스위스에서 같이 놀아주지 않았다고 남편을 강아지 엉덩이에 묻은 똥 보듯 하는 것인지. 괘씸한 마나님 같으니라고.

지후가 대전에서 있었던 일을 생각하며 희미하게 미소 띤 표정으로 서영의 얼굴로 흘러내린 머리카락을 쓸어 넘겨주는데 서영이 갑자기 눈을 뜨더니 몸을 일으켰다. 그러곤 오른쪽 팔을 등 뒤로 돌려 등을 긁더니 가려운 부위가 손끝에 닿지 않는지 이번엔 왼손을 어깨 너머로 넘겨 또 긁어댔다. 하지만 그것도 성에 차지 않은지 얼굴을 찌푸렸다.

"가려워?"

"네."

서영이 잠에 취한 목소리로 대답했다.

지후가 몸을 일으켜 잠깐 고민하다가 서영의 옷 속으로 손을 넣었으나 그녀는 아무 저항 없이 어서 긁어달라는 듯 가만히 있었다.

잠에 취해서인지, 아니면 저항보다는 가려운 걸 가라앉히는 것이 먼저인지 가만히 있어주어 지후가 여기저기를 더듬으며 긁어주다 오른손도 닿기 힘들고 왼손도 닿긴 힘든 사각지대에 뾰루지가 돋아 있는 곳을 발견해 살살 달래듯 긁어주었다.

"됐어요."

서영이 말했고 지후는 조금 아쉽다고 생각하며 서영의 옷 속에서 손을 빼냈다.

다시 누웠던 서영이 잠깐 후 약간 짜증이 섞인 투로 웅얼거리며 일어나더니 침대에서 내려섰고 방 한가운데 캄캄한 곳에 서서 갈피를 못 잡고 우왕좌왕했다.

"어디 가려고?"

"화장실."

"여기야."

지후가 얼른 침대에서 내려가 맞은편에 위치한 화장실 문을 열어주었다.

서영은 화장실에 들어갔고 지후는 쓸데없이 화장실 문 앞에서 서영을 기다렸다. 그냥 침대로 돌아가서 누우면 될 것을 혹시 서영이 화장실에서 나와 침대를 못 찾고 우왕좌왕할 것 같아 기다린 것이다. 괜한 걱정이었지만 어쩐지 그렇게 하고 싶었다.

화장실에서 나온 서영은 곧장 침대를 찾아 기어들어 갔고 이내 잠들었다.

한 시간은 족히 잠든 서영의 얼굴을 바라보았던 것 같다.

서영의 얼굴을 바라보며 앞으로 어떤 방법으로 이 고집불통의 아내와 친해질 것인지를 생각하느라 그리고 과연 서영과 재밌게 지낼 수 있을까에 대해서도 생각하느라.

그런 생각을 하다가 잠이 들었고 오늘 아침 눈을 떴을 때 서영이 곁에 없었기 때문에 뿔이 나서 다른 방으로 가버렸나 보다 생각했는데 놀랍게도 잠이 많은 서영은 그 이른 새벽에 일어나 남편의 아침을 준비하고 있었던 것이다.

전혀 예상치 못했던 아침상이었다. 지후는 마치 기대하지 못했던 깜짝 선물을 받은 사람처럼 서영이 식탁에 차려놓은 음식들을 조금은 뭉클한 기분으로 바라보고 있었다.

약간 누른 냄새가 나는 밥과 김치 조금, 도시락용 김, 계란 프라이 이것이 아침 메뉴의 전부였지만 아무 상관 없었다. 아침밥을 챙겨준 것만으로도 고맙고 무조건 맛있었다.

"대전 내려갔을 때 말이야. 잠깐 집을 비운 사이에 아버지 발 주물러 드렸다면서?"

"교통사고 나셨었다면서요."

"아버지가 시내버스를 운전하셨거든. 사고 났을 때 발등에 있는 뼈가 모조리 조각났었어."

"들었어요. 후유증인지 수시로 쑤신다고 하셔서 주물러 드렸어요."

"아버지가 무척 감동받으셨더라고. 애기가 발을 주물러 줬다고, 발 아프다는 소리에 대번에 발을 양손으로 붙잡더니 꾹꾹 주물러 주더라고. 다른 데도 아니고 발인데 더러워하지도 않고 주물러주더라고."

"더럽다는 생각 안 했어요."

"고마워."

"뭐가요?"

서영이 고개를 들고 지후를 올려다보자 지후의 입가에 미소가 걸려 있었다.

"아버지 기쁘게 해줘서."

지후의 말에 서영이 픽 웃었다.

"나도 당신한테 고마워해야 해요?"

"뭘?"

"우리 아버지가 기쁘시도록 나하고 결혼한 것에 대해서."

서영의 말에 이번엔 지후가 픽 웃었다.

서영은 시아버님의 발을 주물러 드리며 더럽다는 생각은 요만큼도 하지 않았었다.

신혼여행에서 돌아와 대전에 계신 시부모님들께 인사를 하러 내려갔을 때 서영을 맞이하는 시부모님들의 태도는 며느리가 아니라 마치 어느 높은 나라의 공주마마를 맞이하는 듯 그토록 극진하고 그보다 더한 환대는 없을 정도였다.

서영이 불편해할까 전전긍긍, 마음에 들지 않을까 안절부절, 재미없어할까 좌불안석. 아버님, 어머님, 그리고 경찰 도련님까지 혹여 서영에게 폐를 끼칠까 극도로 조심하는데 나중엔 그런 관심과 배려가 너무 불편해서 죄송스러울 정도였다.

특히 아버님. 어떻게 이렇게 예쁘고 귀한 며느리를 얻었는지 늦게 대복이 터졌다며 정이 넘쳐 나는 눈으로 보고 또 보시는데 그때 알았다. 아버님, 어머님이 진심으로 서영에게 애정을 갖고 계시다는 것을. 상견례 때 처음으로 인사드리고 결혼식 올리기 전날 한 번 더 인사드리고 고작 두 번밖에 인사를 드리지 못한 서영인데 며느리라는 이유 하나로 아버님, 어머님은 대번에 서영에게 애정을 쏟아주신 것이다.

서영은 아버님이 들려주신 말씀을 아직도 생생하게 기억하고 있었다.

"지후 놈, 살림이 어려운 집안에서 장남 노릇을 하다 보니 너무 힘들어 어느새 지독해졌어. 공부는 해야겠는데 부모는 능력이 없어 학비를 못 대주지, 그래서 이를 갈며 공부해 장학금으로 졸업한 놈이여. 고등학교 때부터 대학 졸업할 때까지 공납금을 한 번도 못 대줬는데 다 지가 알아서 장학금 받아 댕기고 아르바이트해서 용돈 해 쓰고 잠도 안 자가며 남이 내다 버린 헌책 주워다 악착같이 죽자 사자 공부를 하더라고. 없이 사는 집이라 지 앞가림하기도 바쁜데 장남이다 보니 동생들 나 몰라라 할 수는 없고 그렇게 살다 보니 성질이 사나워져서는 욱하고 화가 치밀어 성을 내놓을 적엔 아이고 누구도 못 말리제. 동생 놈들도 공부 안 하고 쓸데없이 빈둥거리다가 저희 큰형한테 엄청 두들겨 맞았어. 내가 우리 지후 성질을 알아서 허는 말인데 아가 네가 적잖게 맘고생을 할 것이구먼. 그래도 속이 나쁜 녀석은 아니고 실수허기 싫어서 악착을 떨며 살다 보니 그런 것인게 봐줘. 미운 짓 한다고 내치지 말고."

그러셨었다. 혹시 당신 아들 놈 고약한 성깔 내놓았을 때 그걸 못 견뎌 버리기라도 할까 봐 잔뜩 걱정하시며.

아들에 대한 단점도 말해주시고 그러면서 잘 부탁한다는 말씀까지 하신 것은 하필 며느리 자리가 너무 과한 자리라 혹시 아들 내외가 잘못 살면 어쩌나 하는 걱정도 있었겠지만 그보다는 서영을 며느리로 맞으며 진심으로 가족이 되었다고 생각했기 때문일 것이다.

"그런데 혹시 지후 씨를 어디서 주워온 건 아니죠?"
서영의 말에 지후가 놀란 얼굴로 서영을 바라봤다.
"그게 무슨 말이야?"
"아버님이랑 어머님이랑 안 닮은 것 같아서요."
"다들 아버지 많이 닮았다고 하는데?"

"얼굴 말고 성격이요. 아버님은 무지 다정하고 자상하신데 지후 씨는 정반대잖아요."

"나 다정한 사람이야."

지후의 대답에 서영이 어처구니없다는 표정으로 지후를 쳐다봤다.

"그럼 다른 사람한테는 다정하고 나한테만 다정하지 않는 거군요?"

서영의 말에 지후가 움찔했다.

"일찍 들어올게."

지후가 말했고 서영은 잠깐 지후의 얼굴을 쳐다봤을 뿐 별다른 대답이 없었다.

"대답 안 해? 일찍 들어와서 다정한 게 뭔지 보여줄게."

지후의 말에 서영이 픽 웃었다.

"별로 믿음이 안 가네요."

서영의 대꾸에 지후는 아무 말도 하지 않았다. 행동으로 보여주면 되니까.

"열한 시쯤에 청소하는 사람이 올 거야. 만나보고 마음에 안 들면 다른 사람으로 바꿔도 돼."

"알았어요."

서영이 빈 그릇을 싱크대에 담고 스펀지에 거품을 풀어 설거지를 시작했다.

"가구나 장식품들 배치를 바꿀 거예요. 지금은 마음에 안 들어요."

"알았어."

"오늘 잠깐 나가게 될지도……."

그 순간 쨍 하는 소리와 함께 그릇이 깨져 버렸다.

맨손으로 설거지를 하던 중이었고 거품 때문에 몹시 미끄러웠는데 거품으로 문질러 닦고 있던 샐러드 접시가 손에서 미끄러지면서 밑에 있던 밥공기를 건드려 밥공기도 깨지고 접시도 깨져 버렸다.

"괜찮아?"

지후가 깜짝 놀라며 달려왔다.

"깨졌네……."

서영이 깨뜨린 그릇들을 보며 민망한 표정을 짓자 지후가 얼른 깨진 그릇들을 꺼내 쓰레기통으로 치웠다.

"손은 괜찮아? 다치지 않았어?"

지후가 거품이 잔뜩 묻은 서영의 손을 붙잡고 이리저리 살펴보다가 거품 때문에 잘 보이지 않자 물을 틀어 거품을 씻어냈다.

"쓰라린 데 없어?"

"괜찮아요. 안 다쳤어요."

"됐어, 그럼."

지후가 다치지 않았다면 그깟 그릇은 백 개를 깨뜨려도 상관없다는 듯이 말하며 서영의 손을 조금 더 살펴본 후 손에 묻은 물기를 닦아냈다.

"내버려 둬. 낮에 사람 오면 시키고."

"나 설거지 잘해요."

"설거지보다 깨뜨리는 걸 더 잘하는데 뭘."

"실수한 거예요."

"설거지할 때마다 실수하는 거 아니야?"

지후가 말했고 서영은 농담인 줄 알면서도 투정 부리듯 지후를 흘겨봤다.

"처음 깨뜨린 거거든요? 대전에서는 한 개도 깨뜨리지 않았어요."

서영의 항의에 지후는 그냥 웃기만 한 후 주방을 나가 소파 위에 있던 서류 가방을 들고 현관으로 향했다. 현관으로 내려가던 지후는 걸음을 멈추고 주방 쪽을 돌아봤다.

"나 나가."

"가세요."

주방 쪽에서 서영의 대답이 들려왔다.

"배웅 안 해?"

"안 해요."

뚱한 서영의 대답.

심통쟁이 윤서영.

"이리 나와."

"안 나가요."

"나와."

지후가 일부러 목소리에 힘을 싣자 잠시 후 서영이 주방에서 얼굴을 내밀었다.

"여기까지 오라고."

지후가 말했고 홍 하는 표정으로 쳐다보던 서영이 못 이긴 척 다가왔다.

"어쩌라구요?"

"잘 다녀오라고 해야지."

"내가 잘 다녀오라는 말 안 하면 잘 못 갔다 와요?"

서영이 따졌다.

"출근하는 남편한테 심술부리는 거 바보 같은 여자들이나 하는 짓이야."

"내가 바보라는 거예요?"

서영이 발끈했다.

"아침 차려주니까 내가 다 풀어진 줄 착각하는 거예요? 아니에요. 나 아직도 엄청 화나 있어요. 나 한 번 화나면……."

서영이 따발총처럼 쏘아붙이는데 갑자기 지후가 서영의 머리를 끌어당겨 입을 맞추었다. 입술만 부딪치는 담백한 입맞춤이었지만 서영은 순간 숨이 막히고 말문이 막혀 더 쏘아붙이지 못하고 동그랗게 치켜뜬 눈으로 지후를 바라보고 있었다.

"출근하는 남편한테 짜증 부리는 것도 바보 같은 여자들이나 하는 짓이야."

"아까부터 바보라고 하는데 지후 씬 뭐……."

서영이 또 항의하는데 이번에도 또 지후가 서영에게 입을 맞추며 잔소리를 막아버렸다.

"누구 맘대로 자꾸 입 맞추는 거예요?"

무안하기도 하고 한편으론 좋기도 하고 한편으론 약간 야릇하기도 해서 이 복잡하고 어색한 분위기를 어떻게 할 줄 몰라 서영은 자신도 모르게 반항하는 십대처럼 쏘아붙였다.

"내 맘대로."

지후가 말했고 서영은 순간 지후가 굉장히 얄미우면서도 이상하게 끌린다고 생각하며 지후를 노려봤다.

"꼼짝 말고 집에 있어. 돌아다니다가 집 잃어버리지 말고."

굉장히 부드러운 말투였지만 분명 명령이었다.

"내가 뭐 어린앤 줄 알아요? 집 안 잃어버리거든요?"

"집에 있어. 위험해."

"어린애 아니라고……."

"안 돼."

지후가 중간에서 서영의 잔소리를 끊으며 낮게 말했다.

서영이 어이없는 얼굴로 지후를 쳐다보는데 지후는 요만큼도 물러설 생각이 없는 표정으로 서영을 내려다보고 있었다.

"주말에 나하고 같이 나가. 혼자서는 안 돼."

"아니, 내가 무슨……."

"안 돼."

지후가 또다시 서영의 말을 잘랐다.

서영이 중간에서 계속 말이 잘리자 정말 화가 나서 획 돌아서는데 지후가 서영의 팔을 붙잡았다.

"내 말 자꾸 잘라서 나 지금 화났어요."

서영이 얼굴을 찌푸리며 말하는데 지후는 미동도 하지 않았다.

"내가 나가지 말라고 했는데도 나가면 화낼 거야."

"협박하는 거예요?"

서영이 따졌다.

"갔다 올게."

협박하는 거냐는 서영의 물음엔 대답도 없이 갔다 오겠다니. 밥을 차려주는 것이 아닌데 후회됐다. 밥 한 번 차려줬더니 두손두발 다 든 것으로 착각하다니.

"갔다 올게."

서영은 심술이 나서 눈을 착 내리깔고 아무 대꾸도 하지 않았다.

"대답 안 해?"

"으 진짜, 갔다 오라구요."

서영이 어금니를 틀어 물고는 대꾸하는데 지후의 입술이 아슬아슬 닿을 듯 말 듯 서영의 입술로 불쑥 다가왔다.

갑자기 왜 이래?

서영은 순간 움찔했다.

입을 맞추는 줄 알았는데 그것도 아니고 바로 2mm 앞에서 지후는 서영의 얼굴을 뚫어져라 쳐다보고만 있었다. 여기서 물러서면 질 것 같고, 물러서지 않고 버티려니 어색하기 짝이 없고.

"간다면서…… 왜 안 가요?"

서영이 낯을 찡그리며 심술난 듯 물었다.

지후의 입술이 너무 가까이 있었기 때문에 서영은 갑자기 입 안이 마르는 것을 느꼈다. 그래서 당황한 것을 들키지 않기 위해 일부러 심술난 것처럼 물은 것이다.

"뭐, 뭐 하는 거예요? 빨리 안 나가고……."

단지 지후의 입술이 가까이 있을 뿐이었는데 서영은 입 마름 중상뿐 아니라 수줍음 때문에 피부가 이유 없이 따끔거려 더는 버티지 못하고 주춤 한 걸음 물러서는데 지후가 서영이 손을 들 때까지 기다렸다는 듯 갑자기 서영의 얼굴을 두 손으로 감싸 쥐더니 키스를 퍼붓기 시작했다.

이번엔 분명 키스였다. 입맞춤이 아닌 키스. 입술이 닿자마자 지후가 서영의 꼭 다물린 입술을 열어젖히며 안으로 밀고 들어왔다.

딩동.

별안간에 울린 초인종 소리 때문에 서영이 화들짝 놀라며 몸을 움츠리는데 지후가 서영의 입속에 있던 자신의 혀를 거두어들이며 입술을 떼더니 알아들을 수 없는 말을 낮게 내뱉었다.

"누구……?"

"박 비서."

지후가 낮게 대답하고는 바닥에 떨어뜨렸던 가방을 집어 들고 현관으로 나가 문을 열었다. 열린 문 밖에는 깔끔한 차림의 박 비서가 서 있었고 곧 예의 바르게 인사를 했다.

"안녕히 주무셨습니까, 사장님."

박 비서가 깍듯하게 인사하다가 이내 서영을 발견하고는 곧 그녀에게도 깍듯하게 인사를 했다. 그런데 시선 처리가 불안한 것을 보아 육 년 전 회식 자리에서 서영에게 저질렀던 작은 실수 때문에 아직도 불편한 모양이었다. 아직도가 아니라 어쩌면 영원히 불편해할지도 모르고.

"좋은 아침입니다."

지후도 화답을 한 후 서영을 돌아봤다.

"갔다 올게."

"다녀오세요."

지후는 서영에게 희미하게 미소 지어 보인 후 밖으로 나갔고 박 비서는 다시 한 번 서영에게 인사한 후 친절하게 문을 닫아주었다.

"으으."

문이 닫힌 직후 서영의 목구멍에서 억눌린 한탄이 터져 나왔다.

박정준, 나쁜 노옴!

왜, 왜 하필 그때 초인종을 눌렀냔 말이다!

오 분만 늦게 올 것이지. 아니, 일 분만 늦게 누를 것이지.

주먹을 불끈 쥐고 휙 돌아서서 주방으로 돌아온 서영은 설거지를 끝내기 위해 수세미를 집어 들었다가 욱하는 기분에 꽉 틀어잡았다.

"미운 놈은 미운 짓만 골라 한다더니. 뭐 하러 집에까지 올라왔어? 그냥 주차장에서 기다리면 되잖아!"

씩씩거리며 수세미로 그릇을 박박 문지르던 서영은 안정을 되찾기 위해 천천히 호흡하기 시작했다.

"왜 이래? 이러면 내가 마치 열렬하게 지후 씨의 키스를 기다린 것 같잖아. 난 그 사람의 키스를 기다린 적도 없고 좋지도 않아. 스위스에서 날 완전히 찬밥 취급한 거 벌써 잊어버렸어? 아침은 뭐 하러 차려준 거야? 그냥 쫄쫄 굶겨서 내보내지."

서영이 스스로를 타이르기도 하고 혼도 내면서 마음을 가라앉히기 시작했다. 그러다 푸욱 한숨을 내쉬고 말았다.

"그 사람 키스를 기다렸나 봐……."

아무리 숨기려고 해도 숨길 수 없는 한 가지. 자꾸만 그에게로 향하는 자신의 마음이었다.

조금 전 그릇을 깨뜨렸을 때 깜짝 놀라며 달려와 자신의 손을 살펴보던 지후의 행동에서 서영은 자신도 모르게 감동과 함께 명치끝이 따끔거리는 짜릿함을 느꼈었다. 생각해 보면 별것 아닌데 지후의 그런 작은 배려와 걱정이 서영의 마음을 흔들리고 있었다.

[지금 회사에서 출발해.]

지후에게서 전화가 걸려온 시간은 서영이 하루 종일 가구 배치를 하느라 힘을 쓰고 완전히 녹초가 돼서 소파에 드러누워 있을 때였다.

[외출복으로 갈아입고 기다려. 이십 분 정도면 도착할 거야.]

"외출복이요? 왜요?"

[밖에서 저녁 먹고 영화 볼 거야. 준비하고 있어.]

지후는 곧 전화를 끊었고 서영은 잠깐 동안 멍한 얼굴로 있었다. 이십 분이면 집에 도착한다면서 그동안 외출 준비를 하라니.

"미리 알려주면 좋았을 텐데."

부리나케 방으로 뛰어들어 간 서영은 일단 입고 나갈 옷을 골라 놓은 후 화장대에 앉았다가 화장은 포기하고 말았다. 옷을 고르느라 십 분 이상 소비했기 때문에 메이크업의 달인이 아닌 이상 칠 팔 분 만에 화장을 하는 것을 불가능했기 때문이다.

당신이 늦게 알려줬기 때문에 내가 화장을 끝낼 때까지 기다려 달라고 할 수도 있었지만 이상하게 그렇게 하기는 싫었다.

티켓을 이미 끊었다는데 자신이 화장을 하느라 시간을 끌어 영화 상영 시간에 늦을까 걱정되고 무엇보다 화장하는 동안 그를 기다리게 하는 것이 싫었다.

정확하게 이십일 분 후에 집으로 들어온 지후는 삼 분 내로 간편한 차림으로 갈아입은 후 방에서 나왔다.

"나 화장도 못했어요, 시간이 없어서."

"예뻐. 가자."

지후가 말했고 서영은 예쁘다는 말에 은근히 기분이 좋아져서 조금 여유롭게 시간을 주었으면 좋았을 것이다 라는 말을 하려다 그만두었다.

"저녁 먹고 영화 보자."

"알았어요. 그런데 뭐 먹어요?"

"극장 옆에서 간단하게 먹어."

"그래요."

집에서 이십오 분 정도 떨어진 곳에 있는 극장에 도착한 지후와 서영은 극장 근처에 있는 식당으로 들어가 일단 저녁을 해결했다. 지후는 서영에게 뭘 먹을 건지 물어보지도 않고 알아서 주문하더니 '먹을 만할 거야' 라고 말했다.

"칠리소스가 들어가서 느끼하지 않고 먹을 만해. 버터를 많이 쓰는 음식들이라 처음 몇 숟가락만 맛있지 먹다 보면 속이 거북하거든. 느끼한 거 싫어하고 매운 거 좋아하잖아."

지후의 말에 서영이 조금 놀라며 지후를 쳐다봤다.

"느끼한 거 싫어하는 걸 어떻게 알았어요?"

"스위스에서 매운 소스 들어간 것만 먹었잖아."

지후의 대답에 서영이 또다시 놀란 얼굴로 지후를 쳐다봤다. 신혼여행지인 스위스에서 함께 식사를 한 게 한두 번밖에 없는데 지후가 자신의 식성과 스위스에서의 식단을 알고 있는 것이 신기했기 때문이다.

"내가 스위스에서 뭘 먹었는지 알고 있어요?"

"응."

"어떻게요? 같이 먹지도 않았는데……."

"내 아내가 먹은 건데 알고 있어야지."

지후가 다정한 어조로 말했고 서영은 박 비서에게 보고를 받은 모양이라고, 식단까지 보고하느라 박 비서도 꽤나 귀찮았겠다고 생각했다.

물론 기분은 썩 괜찮았다. 방금 결혼해서 함께 신혼여행 온 신부를 내내 내팽개쳐 놓은 줄 알았더니 뒤로는 소소한 것까지 챙기고 있었다니 말이다. 이왕이면 뒤에서 모르게 챙기지 말고 앞에서 티나게 챙겼으면 더 좋았겠지만 어쩌겠는가. 이미 지나간 시간인데.

신혼여행을 생각하면 신혼여행이라고 말하는 것조차 부끄러울 정도로 외롭고 쓸쓸했지만 그 문제는 나중에 정식으로 따지기로 하고 지후가 주문해 준 저녁을 꽤 맛있게 먹은 후 극장으로 향했다.

지후가 고른 영화니 당연히 액션이나 사방으로 새빨간 피가 튀겨대는 괴기 영화일 줄 알았는데 놀랍게도 로맨스 색채가 짙은 영화였다.

문화적 차이는 분명 존재했지만 서로의 사랑을 확인해 가는 과정이 무척 독특하면서도 따뜻한 로맨스 영화.

서영은 일부러 자신을 위해 순수 여자 영화를 선택한 지후에게 고마움을 느꼈다.

"재밌었어?"

"네. 지후 씨는요?"

"난 잘 모르겠더라고."

영화가 끝난 후 집으로 돌아오는 길에 지후가 그렇게 대답했고, 그의 대답으로 서영은 지후가 로맨스 영화를 선택한 것은 순전히 아내인 자신을 위해서였다는 것을 다시 한 번 확인할 수 있었다.

"의외네."

욕실에서 이를 닦던 서영이 중얼거렸다.

정말 의외였다. 강지후라는 남자, 무지막지하거나 과격하지는 않지만 무덤덤함이라는 무기로 상대방의 항의를 꺾고 일관되게 자기 고집대로만 행동하는 사람인데 저렇게 자상한 면도 있다는 점이 퍽 의외였다.

남자들이 질색한다는 로맨스 영화도 아내를 위해 끝까지 봐주는 남자.

"저 사람에 대해 모르는 게 너무 많은 것 같아."

그럴지도 몰랐다.

지후를 향한 사랑을 간직하고 있었다 하더라도 지후와의 시작이 퍽 예쁘지 못했기 때문에 고운 점보다는 미운 점만 들추려 했었다. 그런데 오늘 겪어보니 미처 깨닫지 못했던 고운 점도 많은 사람이었다. 그래서 좋았고 그래서 행복했다.

서영이 욕실에서 나갔을 때 지후는 서재에서 통화 중이었다. 서재 문이 조금 열려 있어서 살짝 들여다봤는데 지후는 영어로 통화 중이었고 법률 쪽의 전문 용어가 많이 나오는 것으로 봐서 중요한 통화인 듯했다. 서영은 남편의 통화를 방해하지 않기 위해 먼저 침실로 들어왔다.

하지만 통화는 꽤 오래 진행됐고 서영이 기다리다 지쳐 까무룩 잠이 들어서야 통화를 끝낸 지후가 방으로 들어왔다. 방문이 열리는 소리에 서영이 번쩍 눈을 떴을 때 지후가 서영을 내려다보고 있었다.

"먼저 자."

"……알았어요."

지후는 서영에게 이불을 덮어주고 불을 끄고 나가 버렸다.

"휴……."

서운했다.

"또 시작이야."

서영이 이불을 둘둘 말며 불만스레 중얼거렸다.

"회사 일은 회사에서 해야지."

서영은 지후가 옆에 눕지 않고 그냥 가버린 것 때문에 서운해서 가늘게 한숨을 내쉬었다.

아내를 위해 노력을 하나 보다 했더니 또다시 일에 파묻히고 있었다. 일을 전혀 하지 않는 남자도 매력없지만 지나치게 일에만 매달리는 것도 정말 싫었다.

"그래도 오늘은 노력하는 모습을 보였으니까 참아주자."

서영은 좀 썰렁하고 심심하지만 이 정도면 괜찮다고 생각하며 눈을 감았다가 갑자기 눈앞에 아른거리는 여자의 얼굴 때문에 번쩍 눈을 떴다.

"누구였을까……."

결혼식 전날, 서영은 지후의 사무실에서 지후와 함께 나오는 여자를 목격했었다.

설마 지후와 그렇고 그런 관계에 있는 여자는 아닐 것이라 믿고 있었지만 그건 아무도 모르는 일. 두 사람이 주고받은 심상치 않은 대화를 아무리 떨쳐 내려고 해도 끈질기게 서영을 붙잡고 늘어졌다.

차마 자존심 때문에 그 여자가 누구냐고, 두 사람이 나눈 대화는 어떤 의미냐고 묻지 못했지만 서영은 내내 그 여자가 마음에 걸려 헤어나오지 못하고 있었다.

"아무것도 아닐 거야."

그렇게 믿고 싶었다.

지후가 다른 여자를 만나고 다른 여자를 탐하는 것은 절대 있을 수 없는 일이었다.

윤서영의 남편이 됐다면 죽을 때까지 윤서영의 남편으로 살아야지 윤서영의 남편이면서 다른 어느 여자의 애인이기도 한 것은 결코 용납할 수 없는 일이었고 그런 일이 일어난다면 도저히 견뎌낼 자신이 없었다.

"정리했다고 했으니까 믿어야 해."

그래, 믿자. 믿어버리자.

"그런데 왜 이렇게 안 오는 거야?"

서영이 눈을 감으며 중얼거렸다.

"그 사람 없이도 잘 수 있어. 혼자서도 잘 자잖아."

기도도 아닌 것이 주문도 아닌 것이 끝없이 중얼거리던 서영은 정말로 지후가 오기 전에 잠들어 버렸다. 끝까지 기다리기엔 그가 너무 늦게 돌아왔기 때문이다.

"어제는 몇 시에 잤어요?"

생마주스와 함께 샐러드와 토스트를 아침식사로 내놓으며 서영이 물었다.

"세 시쯤."

"그럼 겨우 두 시간 반쯤 잔 거예요?"

그렇게 늦게 잠자리에 든 줄은 몰랐었다.

"피곤하겠어요."

"괜찮아. 커피 한 잔 할 수 있을까?"

"알았어요."

커피메이커로 커피를 내려 갓 뽑은 커피를 지후에게 건넨 서영은 두 시간 반밖에 못 잔 사람치고는 피곤해 보이지 않는다고 생각하며 자신도 커피를 한 잔 따라 마셨다.

"회사에 무슨 문제 있어요?"

"문제 없어."

"그런데 왜 며칠 동안 그렇게 늦게 잤어요?"

함께 식사를 하고 영화를 본 다음날부터 어제까지 퇴근은 제 시간에 했지만 집으로 돌아온 후에도 일에서 놓여나질 못했다. 때문에 서영은 사흘 동안 독수공방 신세나 다름없었다.

"갓 부임한 터라 알아야 할 부분이 많아서."

"다른 문제는 없는 거죠?"

"없어."

있는 것 같은데 지후가 끝까지 없다고 말했기 때문에 서영은 더 이상 캐묻지 않았다.

아버지도 꼭 저랬다. 회사에서 일어난 일은 좋은 소식만 전할 뿐 걱정거리는 절대 알리는 법이 없었다. 어쩜 아버지와 저렇게 똑같을까.

"잘 잤어?"

서영이 한참 동안 아무 말도 없이 샐러드와 커피만 먹고 있자 이번엔 지후가 물었다.

"난 잘 잤어요. 지후 씨가 못 자서 큰일이네요."

밤마다 남편이 침대로 오길 기다렸다는 소리는 절대 하지 않았다.

"오늘 약국에도 가야 하고 잠깐 나갔다 올 거예요."

"토요일에 같이 나가."

"집 근처에 뭐가 있는지라도 대충 익히려구요. 잠깐 나갔다 올 게요."

"그럼 멀리 가지 말고 근처에만 나갔다 와."

"그럴 거예요."

지후가 오늘은 웬일로 슬쩍 물러나 주었다.

"남편으로 최선을 다하겠다는 말 잊지 않았죠?"

서영의 물음에 지후가 서영을 쳐다봤다.

"부족해?"

"아뇨, 부족하다는 게 아니라……"

날마다 먼저 자라고 하지 말고 같이 잤으면 더욱 좋았겠지만 말이다.

"안 해줘서 그래?"

지후가 물었고 서영은 무슨 뜻인지 몰라 지후를 빤히 쳐다봤다.

"뭘 안 해줘요?"

"그거."

"그거라뇨?"

"음…… 야동."

"야동?"

"화끈한 밤, 섹시한 루미."

지후가 미소를 머금고 말했고 그제야 무슨 소린지 알아들은 서영이 지후에게 눈을 흘겼다.

"내 말은 영화 보던 날 하루만 일찍 들어오고 또 스위스에서처럼 내팽개칠까 봐 하는 소리예요. 이틀 동안 집에 와서 일만 했잖아요."

서영이 다시 한 번 눈을 흘겼다.

"그리고 나 밝히는 여자 아니에요."

"난 또, 애프터서비스가 부족해서 하는 말인 줄 알았지."

지후가 입가에 미소를 걸어두고 말했다.

이런 쪽의 농담도 할 줄 알다니.

"오늘은 일 안 할게."

지후의 미소가 어쩐지 음탕해졌다.

"왜 그렇게 웃어요?"

"내가 어떻게 웃는데?"

"좀…… 아니에요. 하여튼 신경 쓰게 하지 않겠다고 했던 말도 잊지 않았죠?"

서영이 어느새 비어버린 커피 잔에 커피를 다시 채우며 물었고 이번엔 지후가 무슨 말이냐는 듯이 서영을 쳐다봤다.

"여자 문제는 신경 쓰지 않게 하겠다고 했었잖아요. 그 말도 지킬 수 있냐구요."

서영은 지후와 눈을 맞추고 얘기하는 것이 어쩐지 맥쩍어 일부러 시선을 피한 채 말했다.

"신경 쓸 일 없을 거야. 내가 바람피울까 봐 걱정돼?"

지후가 물었다.

"그런 걱정을 왜 해요? 그냥…… 죽여 버리면 되지."

서영의 말에 지후가 웃음을 터뜨렸다.

"분명, 아무도 없죠?"

"없어. 맹세코."

지후가 신뢰가 듬뿍 담긴 목소리로 말했다.

"알았어요."

이 정도로 확답을 받았으니 서영은 불투명한 유리벽 뒤에 숨어 있는 그 여자는 잊고 남편을 믿어보기로 했다.

지후가 주방을 나가 출근 준비를 하는 동안 설거지를 하던 서영이 픽 웃음을 터뜨렸다.

"섹시한 루미라니…… 음탕하긴……."

생각할수록 웃겼다.

"그런데…… 언제까지 독수공방하게 만들려나?"

꼭 그걸 하자는 말은 아니지만 말이다.

"우린 언제 야동을 찍지?"

"오늘 밤에."

갑자기 지후의 목소리가 들려 깜짝 놀라 고개를 돌리자 지후가 바로 뒤에 서 있었다.

서영은 너무 놀라고 창피해서 새빨개진 얼굴을 얼른 돌려 버리고 접시를 부러뜨릴 것처럼 꼭 쥔 채 박박 문질러 닦았다.

"일찍 올게."

지후가 은밀한 목소리로 속삭인 후 서영의 목덜미에 입을 맞추었다.

"난 절대 하고 싶어서 한 말이 아니라……."

"내가 오기 전에 절대 샤워하지 마. 같이 할 거니까."

지후가 끈적끈적한 목소리로 속삭인 후 주방을 나갔다.

"아으. 창피해, 정말."

창피함으로 새빨개진 얼굴을 쓰다듬던 서영의 입가에 슬며시 미소가 걸렸다. 창피한 와중에도 야릇한 기대감이 보글보글 솟아오르고 있었기 때문이다.

시애틀에 도착하고 나흘째 아침 지후를 출근시킬 때까지 서영은 친절한 아내의 의무에 충실했다. 오늘 밤 남편과 함께 보낼 화끈한 밤을 위해 섹시한 루미가 되어주겠다고 다짐하면서.

시애틀의 나흘째 아침까지는 말이다. 하지만 나흘째 오후, 친절했던 아내 윤서영은 증발하고 그 자리엔 에베레스트 정상에 부는 극한의 바람만이 존재하게 됐다.

서영이 남편 강지후가 맹세라는 단어까지 쓰며 했던 약속을 깨고 대낮에 시애틀 시내 한복판에서 '그 여자'와 껴안는 것을 목격했기 때문이다.

꼬리가 길면 밟히는 법이라는 옛말은 진리였다.

지후는 담담하고 차분한 얼굴로 윤서영쯤은 얼마든지 속일 수 있다고 생각했겠지만 그건 착각이었고 결국 서영에게 때 묻은 꼬리를 밟힌 것이다.

서영은 시애틀에서 제일 유명한 사진작가의 스튜디오에서 일하는 친구를 만나기 위해 스튜디오를 찾아가던 중이었다.

친구가 유학을 떠나기 전까지 꽤 친하게 지낸 사이였던 터라 시애틀까지 왔는데 모른 척할 수가 없었고 그래서 전화를 걸었더니 아니나 다를까, 친구는 반가움에 울먹거리기까지 하며 너무 보고 싶으니 당장 만나주길 부탁했다.

서영도 친구 못지않게 반가워 당장 만나고 싶었고 또 울먹거리기까지 하는데 도저히 다른 날로 늦출 수가 없어서 집 근처만 둘러보기로 했던 남편과의 약속을 어기고 조금 먼 곳까지 외출을 강행했다.

약속을 어긴 것 때문에 지후가 불쾌해할지도 모른다는 생각은 했지만 친구가 일하는 스튜디오가 마침 회사와 가까운 거리였기에 친구를 만난 후 아예 지후의 회사에 들러 같이 저녁을 먹고 퇴근하는 것도 나쁘지 않을 것 같았고 사정 얘기를 하면 지후가 받아들여 줄 것이라 생각했다.

집을 나서며 예고 없이 찾아가면 지후가 더욱 반가워할지도 모른다는 생각을 했다. 아침에 농담처럼 나누었던 은밀한 대화도 그렇고 불쑥 찾아가서 놀라는 지후의 얼굴도 은근히 보고 싶고 함께 근사한 곳에서 저녁을 먹은 후 집으로 돌아와⋯⋯.

그랬는데, 기대했는데 어처구니없게도 서영은 커피숍 창가 자리에서 마주 보고 앉아 있는 지후와 그때 그 여자를 다시 보게 된 것이다. 결혼식 전날 서울에서 본 그 여자가 틀림없었다. 담뱃불을 빌리려던 그 여자 말이다.

친구가 근무하는 스튜디오로 찾아가 화보 촬영을 하는 유명 사진작가의 뒤치다꺼리를 하느라 정신없이 바쁘고 군기가 바짝 든 친구 우희를 오십사 분이나 기다린 끝에 드디어 어린아이들처럼 팔짝팔짝 뛰며 서로 껴안았을 때까지만 하더라도 서영은 한 시간 후 끔찍한 장면을 목격하게 될 줄은 꿈에도 생각하지 못했다.

말도 못할 정도로 외로워서 죽고 싶다는 생각까지 했었다는 우희와 따뜻한 커피 한 잔을 마실 때까지만 해도 서영은 잠시 후 자신도 우희처럼 죽고 싶을 정도로 외롭게 될 것이라고는 상상도 하지 못한 것이다.

"성공해 보겠다고 남들이 들으면 말도 안 되는 푼돈만 손에 쥐고 포부 당당하게 미국으로 왔는데, 아휴, 그땐 무슨 생각으로 그랬는지 생각만 해도 아찔해. 말도 잘 안 통하지, 아는 사람도 없지, 나 초반에 엄청 굶었어."

"굶기까지 했어?"

"비행기 표에 월세 구할 집하고 한두 달 지낼 정도의 생활비만 챙겨 들고 왔잖아. 그게 전 재산이기도 했고. 일해서 벌어먹으면 된다고 생각했는데 누가 돈 줘가며 날 써줘야 말이지."

우희가 자신이 생각해도 참 철없는 자신감이었다 생각하며 웃었다.

"지금은 괜찮은 거지?"

"정말 이 악물고 피눈물 흘린 끝에야 가까스로 자리는 잡았어."

"참 대단하다. 존경스러워."

"존경은 무슨, 실은 지금도 가끔 울어. 정신없이 바쁠 땐 모르는데 혼자 있을 때나 어쩌다 아플 땐 너무 서럽더라고."

"중간에 포기하지 않았잖아. 그러니까 존경스럽지."

"포기하고 한국에 돌아가고 싶어도 비행기 표 살 돈이 없었어."

우희가 웃으며 말했다.

"너도 유학 온 거야?"

유학도 아니고 혼자 온 것도 아니라 결혼해서 남편과 함께 왔다는 서영의 말에 놀라는 한편 다행이라고 남편과 함께 있으니 외롭지 않겠다며 가까운 시일 내에 남편도 소개시켜 달라고 우희는 말했다. 함께 꼭 식사를 하자고 약속한 후 급한 호출을 받고 스튜디오로 돌아가는 우희와 헤어져 남편의 회사로 향했다.

기분이 참 좋았다. 불과 이삼십 분밖에 되지 않는 짧은 만남이었지만 오랜만에, 그것도 타국에서 친구를 만난 기분은 참으로 흐뭇하고 즐거웠다. 그래서 남편의 회사로 향하는 발걸음도 경쾌했고 우희를 만난 일을 남편에게 얘기해 줄 생각으로 조금 들뜨기까지 했다.

빈손으로 가는 것이 조금 무엇해서 간식거리를 살까, 사면 무엇이 좋을까 고민하던 서영은 마침 회사 근처에서 샌드위치 포장이 가능하다는 문구를 창문에 붙여놓은 카페테리아를 발견했다.

출출할 시간에 샌드위치와 커피 한 잔. 퍽 매력적인 간식 메뉴였다.

처음엔 남편 간식만 살 생각이었는데 왠지 박 비서도 걸리고 또 다른 직원이 있을지도 모르니, 얌체처럼 남편만 챙기지 말고 조금 넉넉하게 준비해야겠다고 생각하며 카페테리아로 들어가려던 참이었다. 그때 지후와 그리고 그 여자의 모습이 서영의 동공 속으로 파고든 것이다.

서영은 우뚝 멈췄다. 아니, 저절로 멈춰졌다. 그리고 둔탁한 물건에 뒤통수를 얻어맞은 듯한 멍한 기분으로 지후와 여자를 쳐다보고 있었다. 그때였다. 여자가 손을 뻗어 지후의 손을 꼭 잡았고 한 손으로도 모자라 놓고 있던 나머지 한 손까지 뻗어 지후의 손을 잡았다. 그것도 마치 기도를 하듯 아주 꼭 감싸 잡았다.

여자는 지후의 손을 그렇게 꼭 잡은 채 뭐랄까, 감격에 겨웠다고 해야 할지 행복에 겨웠다고 해야 할지 하여튼 금방이라도 울음을 터뜨릴 듯 행복하게 웃으며 지후에게 무언가 말했고, 지후는 어떤 감정에 사로잡힌, 그러니까 회환과 같은 감정에 사로잡힌 표정으로 여자를 바라보고 있었다.

"후……."

서영은 자신도 모르게 깊은 한숨을 내쉬었고 갑자기 숨이 막힌다고 생각하며 마른침을 삼켰다. 입 안과 입술이 메말라 물 한 모금이 절실했지만 서영은 '물'이라는 것이 무엇인지도 생각이 나지 않을 만큼 충격을 받은 상태였다.

'아니야. 지후 씨가 바람피우는 게 아니야. 다른 사정이 있을 거야.'

가까스로, 정말 필사적으로 서영은 그렇게 충격으로 굳어버린 자신을 달랬다. 아무리 봐도 다른 사정이 있는 것 같지 않았지만 그렇게 믿고 싶었다. 지후가, 남편이 자신 몰래 바람을 피우고 있다는 것은 도저히 인정할 수가 없었던 것이다.

'도망가지 말고 오해도 하지 말고…… 그래, 물어보자. 두 사람이 함께 있는 데서 풀어보자. 그게 제일 빨라. 그게 제일 좋은 방법이야.'

정말 어렵게 내린 결정이었고 용기였다.

지금 상태로선 도저히 함께 있는 두 사람 앞에 나설 자신이 없었고 이성적으로 대화를 나눌 자신도 없었다. 그렇다고 어느 주말 드라마에서처럼 머리채를 휘어잡고 행패를 부릴 용기도 없었지만 이렇게 충격을 받아 눈앞도 캄캄하고 가슴속도 캄캄한 상태에서 그래도 한번 부딪쳐 보겠다고 결심한 것은 엄청나게 큰 용기를 필요로 하는 일이었다.

바보가 될 수는 없으니까, 남편의 실체도 모른 채 언제까지 외사랑만 할 수는 없으니까.

서영이 결심을 하고 지후와 그 여자가 함께 있는 카페테리아로 들어가려는 순간 지후가 자리에서 벌떡 일어났고 서영은 자신도 모르게 화들짝 놀라며 돌아서고 말았다.

삼자대면이 오해를 푸는 가장 옳은 방법이라는 것을 알고 있었지만 몸은 생각과는 전혀 반대로 움직여진 것이다.

머리에서는 당장 달려가서 당당하게 맞서라고 명령했지만, 그래서 붙잡아보려고 애를 썼지만, 도무지 몸이 말을 들어주지 않았다. 강력한 명령이 내려질수록 몸은 더욱 빨리 뒷걸음치고 있었던 것이다.

'안 돼!'

서영은 가까스로 명령 불복종인 다리를 붙잡았다. 결혼식 전날처럼 또다시 도망친다면 지후와 영원히 메우지 못할 골만 파놓는 짓이라는 것을 알았기 때문이다.

그 여자의 존재가 지후에게 어떤 의미인지 정확하게 알아야 했다. 연인이든 친구든 그 여자가 남편에게 어떤 의미로 설정이 되어 있는 존재인지는 분명하게 짚고 넘어가야 했다.

그리고 만에 하나, 그 여자가 지후에게 연인의 존재라면 바람피우는 남편과는 결혼 생활을 유지할 수 없었다. 아무리 남편에 대한 사랑을 품고 있다 하더라도 다른 여자를 사랑하는 남자와는 함께 살 수 없었다.

서영은 기도했다. 부디 아니길. 제발, 제발 연인이 아니길.

그런데 서영이 남은 한 방울의 용기까지 짜내며 돌아섰을 때 카페테리아를 나온 두 사람, 지후와 그 여자가 서로 껴안았다.

서영은 그 자리에서 그 모습 그대로 돌이 되어버렸다. 움직일 수도 없고 고개도 돌릴 수 없는 돌상. 서영은 돌이 된 채 지후가 다른 여자를 껴안고 있는 모습을 바라보고 있었다.

자신의 남편이 아내가 아닌 다른 여자를 껴안는 모습. 표현할 수 없을 만큼 참담했다. 아니, 참담했다는 말로는 부족했다. 온몸이 갈기갈기 찢겨져 나가는 것 같았다.

믿었는데, 믿고 싶었는데, 제발 아니길 기도했는데…… 서영의 믿음도 기도도 다 부질없는 소망이었던 것이다.

참담함이 가득 찬 그 자리에 누군가 심장을 쥐어뜯는 듯한 고통이 뒤섞이며 끔찍한 절망감이 서영을 뒤흔들어 놓기 시작했다.

서영은 하얗게 질린 채 돌아섰다. 참 다행이었다. 이제라도 몸이 움직여 준 것이. 그리고 굳이 삼자대면을 하지 않게 된 것이.

서영은 갑자기 눈앞이 부옇게 흐려지자 비가 내리는 모양이라고 생각했다. 그러다 한참 만에 깨달았다. 비가 내리는 것이 아니라 자신이 울고 있다는 것을.

그날 밤, 함께 불태우기로 약속했던 화끈한 밤을 위해 가증스럽게 아무 일도 없었던 것처럼 태연한 얼굴로 제시간에 퇴근해 돌아온 지후를 향해 서영은 석고처럼 굳은 얼굴로 알래스카로 떠나겠다고 선언했다.

"갑자기 왜 그러는 거야?"

지후가 눈살을 찌푸리며 물었다.

"몰라서 물어요?"

서영이 그 어떤 표정도 지을 수가 없을 만큼 굳어버린 얼굴로 지후를 쳐다보며 되물었다.

"몰라서 묻는 거야."

"강지후 씨는 약속을 어겼어요."

"약속을 어기다니?"

"난……."

순간, 지후가 그 여자를 껴안고 있는 모습이 떠오르자 서영은 길고 슬픈 한숨을 길게 내쉬고 말았다.

"난 내 입으로 말하는 것조차 싫어요. 난 내일 떠날 거예요."

서영은 지후를 외면한 채 슬픔과 분노가 뒤섞인 목소리로 말했다.

"난 알래스카로 가는 걸 허락할 수 없어."

"허락을 구하는 게 아니에요. 통보지. 난 당신과는 절대 살 수 없어요."

"설명을 해."

"여러 가지 잡음이 생길 테니 당분간은 조용히 지내고 적당한 때 서류를 정리하도록 하죠."

서영이 너무 낮아서 억양을 느낄 수 없는 목소리로 말했다.

"서영아……."

"아버지께도 당분간은 말씀드리지 않기로 해요. 지금 당장은 아버지께 설명하고 이해시킬 힘도 없으니까."

"난 당신을 보낼 수 없어."

"날 막는다면…… 죽어버릴 거예요."

서영이 낮지만 확고한 어조로 말한 후 방으로 들어와 버렸다.

방으로 들어온 서영은 문을 걸어 잠근 다음 한국에서 가져온 수면제를 얼른 한 알 삼켰다. 약을 먹지 않곤 잠들 자신이 없었고, 이대로 미칠 것 같은 기분으로 참담한 생각을 하느라 밤을 지새울 자신도 없었기 때문이다.

서영은 침대로 올라가서 누웠다. 그리고 기도했다. 얼른 약기운이 퍼져서 깊은 잠에 빠졌으면 좋겠다고. 그래서 가슴 아픈 현실에서 벗어났으면 좋겠다고.

다음날, 서영은 지후의 아침밥을 준비하지 않았고 지후는 밤을 꼬박 새운 듯 꽤 피곤한 기색으로 알래스카로 사람을 보내 집을 마련할 테니 사흘 동안만 기다리라고 한 후 차가운 모습으로 나가 버렸다.

서영은 아무 대꾸도 하지 않았다. 집을 구해주겠다는 말에 비극적인 자신의 처지가 더욱 비극적으로 여겨져 울컥 눈물이 날 것 같았지만 울지도 않았고 동요하지도 않았다. 적어도 겉으로는.

서영은 말을 잃은 사람처럼 숨소리도 내지 않은 채 알래스카로 가져갈 물건들의 목록을 만들고 목록에 따라 짐을 꾸렸다. 사흘의 시간이 있었지만 결심한 이상 미리 싸두어서 해로울 것은 없었다. 마음속은 금방이라도 폭발해 버릴 것처럼 위태로웠지만 겉으로는 태연하게 밖으로 나가 대전에 계신 시부모님들께 보낼 비타민과 몇 가지 선물을 구입해 국제우편으로 보냈다. 미국으로 오기 전 괜찮은 영양제가 있으면 보내 드리겠다 약속했기에 그 약속은 꼭 지키고 싶었기 때문이다. 하지만 자주 전화 드리겠다는 약속은 지킬 수가 없었다. 도저히, 아무렇지도 않게 통화할 자신이 없었기 때문이다.

사흘 동안 지후는 자정이 넘어서 집에 돌아왔고 지후가 집에 돌아온 것을 알면서도 서영은 나가보지 않았다. 서영은 철저하게 지후를 투명인간 취급했고 지후 역시 서영과 무리한 대화를 시도하지 않았다.

지후가 서영의 방문을 두드린 것은 사흘째 되던 날 밤이었다.

그때도 자정이 넘은 시간이었고 문을 열었을 때 희미하게 술 냄새가 맡아지는 것으로 봐서 술을 약간 한 것 같았다. 그 여자랑 오늘은 차가 아니라 술을 마신 모양이었다. 술 마시고 노느라 늦게 들어온 게 틀림없었다.

"집, 구했어."

지후가 방 안으로 들어서며 건조한 어조로 말했다.

"알았어요. 주소 줘요."

서영이 지후를 쳐다보지 않은 채로 말했다.

"박 비서가 데려다 줄 거야."

"그럴 필요 없어요. 혼자 갈 거예요."

"박 비서와 함께 가."

또 시작이었다. 일관되게 자기 고집 세우기.

"박 비서가 아버지한테 말하면……."

"입 무거워. 걱정 마."

"……알았어요. 나가줘요. 잘 거예요."

서영은 말싸움하는 것도 싫어 누워버렸다.

잠깐 동안 서영을 바라보던 지후가 더 이상 아무 말도 없이 방을 나갔고 문 닫히는 소리와 함께 서영은 눈을 감았다.

"이제 자면 돼."

서영이 눈을 감은 채 중얼거렸다. 하지만 한숨도 자지 못했다.

이튿날, 서영이 커다란 두 개의 가방을 열어놓고 빠뜨린 물건이 없는지 마지막으로 점검하고 있는데 노크 소리와 함께 지후가 방으로 들어왔다.

서영은 일부러 지후를 쳐다보지 않았고 지후는 방문 앞에 선 채 마치 나무를 깎아 만든 인형처럼 굳은 표정으로 가방을 정리하는 서영과 침대 위에 놓인 두 개의 여행 가방을 바라보고 있었다.

서영은 시간을 확인한 후 여행 가방을 닫았다.

"박 비서는 주차장에서 기다리나요?"

"응."

서영은 가방을 침대에서 끌어 내린 후 양손에 하나씩 잡고 밖으로 나가기 위해 움직였다.

서영이 방문 앞에 서 있는 지후를 외면하고 방을 나가려는데 지후가 여행 가방을 든 서영의 팔을 붙잡았다.

"꼭 가야겠어?"

가지 말라도 아니고 꼭 가야겠냐고?

서영은 웃음을 터뜨릴 뻔했다. 애인과 실컷 놀고 들어와서 지금은 떠나려는 아내 때문에 상처받은 불쌍한 남편 연기를 하다니. 몹쓸 남자.

"가지 마."

지후가 말했다. 하지만 조금도 애원처럼 들리지 않았다.

서영은 자신의 팔을 잡은 지후의 손을 뿌리치는 것으로 대답을 대신한 후 미련없이 집을 나왔다.

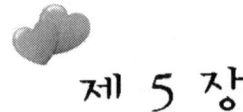

제 5 장

　문 두드리는 소리에 잠에서 깬 서영은 가물가물하던 정신을 차리자마자 시계부터 확인했다. 일곱 시가 조금 넘은 시간. 칠 개월 전 지후를 시애틀에 남겨두고 앵커리지로 온 후부터 지금까지 이 시간에 서영의 집 문을 두드린 사람은 아무도 없었다.

　앞으로 이십 분 정도는 더 자도 되는데 이 이른 아침에 누굴까. 이곳에 와서 친해진 잰? 아니다. 친하다지만 이 시간에 찾아올 만큼 친하지는 않았다. 잰이 그렇게 예의없는 사람도 아니고. 아니, 피치 못할 사정으로 찾아왔을지도 모를 일이었다.

　문을 두드리는 소리는 계속 들렸고 무시해 버릴 수 없었기에 서영은 가운을 걸치고 아래층으로 내려갔다.

　쾅쾅쾅쾅!

크지는 않았지만 이른 아침이라 그런지 어쩐지 크고 심상치 않게 느껴지는 문소리.

"내려가요. 잠깐만요."

서영은 서둘러 계단을 내려가 걸쇠를 끄르고 현관문을 열었다. 순간 서영은 잠깐 동안 아무 말도 못한 채 문 앞에 서 있는 사람을 쳐다봤다. 이 시간에 찾아온 사람의 정체를 확인한 순간 저절로 말문이 막혀 버린 것이다.

"잘 지냈어?"

찾아온 사람이 물었다.

그는 강지후였다. 서영의 남편 강지후.

잠이 덜 깨서 헛것을 보는 것일까?

서영은 눈을 비빈 후 다시 쳐다봤지만 역시나 그였다.

그가 오다니.

서영은 순간 가슴이 철렁 내려앉는 것을 느끼며 마른침을 꿀꺽 삼켰다.

"이 시간에…… 무슨 일이에요?"

의외였고 생각지도 못한 방문이었기에 서영이 멍한 얼굴로 물었다.

"먼저 들어갈게."

지후가 말했고 서영은 추운데 밖에 너무 오래 세워두었다는 것을 깨닫고 조금 비켜서며 지후가 들어올 수 있도록 길을 터주었다.

"어떻게 왔어요?"

서영이 현관문을 닫고 돌아서며 물었다.
"새벽에 도착해서 여기까지 경비행기를 타고 왔어."
지후가 서류 가방을 소파 옆에 내려놓으며 말했다.
"아뇨, 무슨 일이냐구요. 온다는 말 없었잖아요."
서영이 애써 불안함을 숨기며 말했다.
"전화했었는데 하루 종일 연락이 안 되더군."
"아, 어제……."
어제 서영은 잰이 근무하는 유치원 원아들의 사진을 찍어주느라 하루 종일 집을 비웠었다.

인물사진은 오랜만이었고 특히 어린아이를 찍는 건 처음이었다. 걱정 반 기대 반으로 시작된 촬영이 뜻밖의 즐거움을 주었고 내친김에 사진을 찍어주길 원하는 몇몇 마을 사람들까지 촬영을 하느라 밤늦게야 돌아왔었다.

덕분에 동양인이고 게다가 이방인이라 앵커리지에 온 지 칠 개월이 되도록 마을 사람들과 잘 섞이지 못했던 서영은 어제 사진을 찍으며 처음으로 그들과 정식으로 인사를 나누었고 또 그들이 얼마나 친절하고 좋은 사람들인지를 알게 됐다.

"바빴어?"
지후가 물었다. 전화를 받지 못한 이유에 대해 묻는 것 같았다.
"잰이라고 친해진 친구가 있는데 유치원에서 선생님으로 일해요. 유치원 아이들의 사진을 찍어주길 부탁해서 종일 촬영하느라 집을 비웠어요. 말하자면 처음 유일한 재주인 사진으로 돈이란 걸 벌었다는 거죠."

"잘됐네."

"맞아요, 잘됐어요. 그런데…… 무슨 일이에요?"

설마, 이쯤에서 이혼 서류를 작성하자고 온 걸까?

"뭐가? 아내를 보러 오면 안 되나?"

지후가 되물었다.

서영은 지후가 그렇게 되물어준 것이 이상하게 안도가 됐다. 남편이, 지후가 이혼을 요구하러 온 것이 아니라 자신을 보러 와준 것이 그냥 좋았다. 하지만 서영은 속마음을 들키기 싫어 틀린 말은 아니지만 다른 이유가 있지 않냐는 듯한 표정으로 지후를 쳐다봤다.

"시애틀로 갑시다."

지후가 말했다.

시애틀? 이혼 얘기를 하려면 굳이 시애틀로 가지 않아도 되는데, 그렇다면 정말 이혼 문제를 정리하기 위해 온 것은 아닌 듯했다.

'이혼하려는 건 아닌 것 같아.'

서영은 다시 한 번 가슴에서 훈훈한 기운이 감도는 동시에 움찔 행복한 복통을 느꼈다.

이혼이 아니라면 남편이 데리러 온 것이다.

칠 개월 만에 드디어, 비로소 남편이 데리러 온 것이다.

"왜……"

서영의 목소리가 가늘게 떨렸다.

"아버님 오실 거야."

아버지?

"언제요?"

"내일. 아버님께 촬영하러 갔다고 말씀드렸어. 시애틀에 도착하기 전에 돌아올 거라고 했어. 커피 마실 수 있을까?"

지후가 말했고 서영은 갑자기 환하던 기분이 조금 시무룩해지는 것을 느끼며 주방으로 걸음을 옮겼다.

데리러 온 줄 알았는데, 물론 데리러 온 것은 분명하지만 아주 데리고 갈 생각으로 온 줄 알았는데 그게 아니라는 것 때문에 울컥 속상했다. 휴, 참 딱하다. 속마음 들키기 싫어 굳은 표정으로 일관하면서 서운해하는 것은 또 무슨 짓인지.

"얼마나 계신대요?"

서영이 수납장에서 원두커피 캔을 꺼내며 나지막하게 물었다.

"나흘."

"아버지만 오세요?"

"어머니도."

"그럼 이번에······."

"지금은 이혼 얘기는 꺼내지 않는 게 좋을 것 같아."

지후가 말했고 서영이 잠깐 동작을 멈추고 지후를 쳐다봤다.

"한국 본사에 약간의 문제가 생겨서 아버님의 심기가 불편한 상황이야. 이번엔 조용히 있는 게 좋겠어."

지후의 말에 서영은 아무 말 없이 커피메이커 거름망에 원두가루를 넣고 물을 부은 다음 전원을 켰다.

사실, 이번에 부모님이 오시면 오랫동안 별거하게 된 이유를 설명하고 남의 눈을 의식해 미뤄두었던 서류 정리를 하는 것이 좋겠다는 말을 하려던 것이 아니었다.

부모님이 한국으로 돌아가시는 길에 따라붙어 한동안 한국에서 지내겠다는 말을 하려던 참이었다. 할 얘기도 물어보고 싶은 얘기가 많았기 때문이다. 특히 어머니와. 어머니와 딸로서, 여자 대 여자로서.

그런데 지후의 입에서 이혼이라는 단어가 나오자 조금 우울해졌다.

서영 자신이 뱉은 말이니 언젠가는 그렇게 해야겠지만 혼자 지내며 눈물이 날 만큼 외로웠던 터라 남편이 찾아온 것이 그저 기쁘기만 했는데 지후는 칠 개월 전부터 지금까지 이혼에 대해 잊지 않고 있었던 모양이었다.

어쨌거나 당장 이혼 서류를 작성하는 것은 아니지만 그래서 어쩐지 다행이다 싶지만 나흘 동안 그와 아무 문제 없이 잘살고 있는 부부 행세를 어떻게 해야 하나를 생각하느라 잠깐 동안 말이 없었다. 아니, 그 때문이 아니라 각자 생활하기를 끝내고 무조건 시애틀로 데려가려고 온 것이 아닌 것 때문에 서운해서 말이 없어진 것이다.

"본사에 생겼다는 문제는 어떤 거예요?"

"당신이 걱정할 정도는 아니지만 아버님께서 꽤 골머리를 앓고 계시니 이번엔 조용히 넘어갔으면 좋겠어."

"……그러죠."

서영이 낮게 대답했다.

지후는 서영이 불만스러워하는 것 같아 조금 걱정스레 서영의 표정을 살폈다.

무섭게 돌아서 버린 사람이었기에 칠 개월 만에 재회했다고 해서 달라졌을 것이라는 기대는 하지 않았지만 적어도 조금은 반가워하거나 반가워하지 않는다면 약간이라도 풀어졌을 것이라 생각했는데 서영은 여전히 표정 없는 얼굴로 시선조차 제대로 맞춰주지 않고 있었다.

"어때?"

"뭐가요?"

서영이 지후를 쳐다보자 여기서 지내는 게 어떠냐고 하고 다시 물었다.

"좋아요. 겨우 자리를 잡았어요. 괜찮아요."

괜찮지 않은데, 괜찮은 건 아니었다.

이틀 전까지 아는 척해주는 사람은 잰이 유일하고 칠 개월이 지나도록 낯설기만 해서 외로움에 사무쳤었다.

아, 물론 가끔 들르는 술집 바텐더 카일도 친절하고, 슈퍼마켓 할아버지 조나단도 친절하고, 서점 점원인 샌드라도 만날 때마다 인사를 나누지만 그것으로는 이 낯선 곳에서 버텨내는 일이 쉽지 않았다.

남의 탓 할 것 없이 순전히 자신이 선택한 삶이지만 막상 와보니 막막하고 쓸쓸해서 어떻게 살지 하고 겁부터 났다. 며칠간의 여행도 아니고 여기서 혼자 살아야 하는데 가뜩이나 추운 곳이다 보니 괜히 더 춥고 괜히 더 외로웠다.

다행히 어제 잰 덕분에 여러 명의 친구가 한꺼번에 생겼고 정식으로 저녁 초대까지 받아 몹시 기쁘고 들떴고 이제 외로움을 덜 탈 것 같지만 이틀 전까지만 해도 눈을 뜨는 즉시 외롭고 눈을 감는 순간까지 쓸쓸했다.

지후에게 당신과는 절대 함께 살 수 없다며 알래스카로 떠나온 것을 매일같이 후회했을 만큼. 당장 나를 데려가 달라고 매일같이 사정하고 싶었을 만큼.

"지후 씨는 어때요?"

"나쁘지 않아."

지후의 간결한 대답에 서영이 고개를 끄덕이자 지후도 고개를 끄덕였다.

"그런데 아버지는 왜 오시는 거예요? 본사에 문제가 생겼다면서."

"일도 있지만 아버님이 직접 오시지 않아도 될 일에 오시는 걸 보니 아무래도 당신을 보러 오시는 것 같아."

당신…… 당신이라는 말.

결혼하고 두 번째 듣는 것 같다. 일주일에 한 번이나 혹은 열흘 정도에 한 번씩 그저 안부를 묻기 위해 주고받는 통화에서 지후가 처음으로 '당신'이라는 단어를 쓴 것이 결혼하고 두 달 만이었다.

"당신 어떻게 지내는지 궁금해서."

그때 그렇게 물었다. 도무지 속을 알 수 없는, 담담한 어조로.

"시애를 집에서 지내시겠대요?"

서영이 커피 잔에 커피를 따르며 물었다.

"그러시지 않을까?"

"오늘 떠나야 해요?"

"그래야 해."

"오늘요?"

서영이 미간을 살짝 찌푸리며 다시 한 번 물었다.

"오늘."

지후의 대답에 서영의 미간은 아까보다 더 찌푸려졌다.

결정한 것을 번복하는 법이 없는 지후인데 서영은 오늘 가고 싶지 않았기 때문이다.

서영이 불만과 걱정이 뒤섞인 표정으로 커피메이커에서 커피가 내려지는 것을 쳐다보고 있는데 지후가 커피메이커가 놓여 있는 테이블 건너편에서 한 걸음 더 다가섰다.

"문제 있어?"

"그게……."

"할 말 있는 것 같은데?"

서영이 꾸물거리자 지후가 다시 물었다.

"내일 가면 안 될까요?"

"왜?"

"그게…… 오늘 저녁 초대를 받았는데…… 가고 싶어요."

"다녀와서 가면 안 되나?"

'역시, 아주 데리러 온 건 아니구나.'

서영은 또 한 번 서운했다.

"그럴 수 없는 초대예요. 아니, 그러고 싶지 않아요."

서영의 말에 지후가 더 합당한 이유가 필요하다는 표정으로 서영을 쳐다봤다.

"여기 오고 저녁 초대 받은 거 처음이에요."

서영이 커피 잔을 건네자 지후가 받아 들었고 지후는 무표정한 얼굴로 커피 한 모금을 마신 후 테이블 위에 내려놓았다. 서영이 설명을 했는데도 '좋다' 라는 대답 없이 코트만 벗는 걸 보니 마땅치 않은 모양이었다.

서영이 지후의 곁으로 다가가 벗은 코트를 달라는 듯 손을 내밀자 지후가 의외라는 얼굴로 서영을 쳐다보다가 이내 코트를 건네주었다.

"그동안 친구를 한 명밖에 사귀질 못했어요."

서영이 코트를 들고 이층으로 올라가자 지후도 테이블에 내려놓았던 커피 잔을 들고 서영을 뒤따랐다.

"모두 친절한 사람들이었지만 이상하게 친해지는 건 어려웠고 그래서 난 대화가 하고 싶은데 대화할 사람이 없어서…… 사람이 그리웠는데 어제 잰 덕분에 새로운 친구들을 많이 사귀었거든요. 저녁 초대까지 받고 말이에요. 사람들과 대화를 나누고 친해질 수 있는 기회를 칠 개월 만에 얻었는데 놓치고 싶지 않아요."

서영이 방으로 들어와 옷장에 옷을 집어넣고 고개를 돌려보니 지후는 방 안으로 들어오지 않은 채 방문 앞에 서 있었다.

"왜 거기 있어요?"

"당신 침실에 허락 없이 들어가기 싫어서."

좋지 않은 관계 때문에 떨어져 살고 있긴 하지만 명색이 남편인데 아내의 침실에 마음 놓고 들어오지 못하다니, 문제 있는 부부다.

"그러니까…… 난……."

"당신이 내 코트를 당신 옷장에 넣어줄 줄은 몰랐어."

지후가 말했고 서영은 자신도 미처 생각지 못했던 일이기 때문에 약간 당황했다.

"옷을 걸어둘 만한 곳은 이 옷장밖에 없어요."

말을 하고 보니 조금 궁색하지만 어쨌거나 거짓말은 아니었다.

"그러니까 내가 하고 싶은 말은……."

서영은 흐트러진 시트를 정리하며 어떻게 하면 조금이라도 더 조리있게 저녁 초대에 꼭 참석하고 싶은 심정을 설명할까 생각하는데 지후가 먼저 입을 열었다.

"사람을 그리워하는 척하지 않았잖아? 늘 잘 지내는 것처럼 말했잖아?"

"물론 잘 지냈지만…… 은수하고 통화하는 게 아니면 여기선 직접 얼굴 맞대고 대화를 나눌 사람이 없고 하루에 열 마디도 하지 않고 지내는 게 좀 지치더라구요."

서영의 말에 지후가 서영을 가만히 바라보다가 천천히 입을 열었다.

"친구한테는 전화를 하면서 왜 나한테는 하지 않았지?"

지후의 물음에 서영은 알면서 뭘 묻냐는 듯 씁쓸하게 웃었다.

"당신은 시애틀을 떠난 후 단 한 번도 나한테 전화한 적이 없어."

"지후 씨가 했잖아요. 그리고 딱히 할 얘기도 없었고……."
"당신 전화 기다렸어."
지후의 말에 복잡한 눈길로 지후를 쳐다보던 서영은 소리 없이 한숨을 내쉬었다.

어떻게 설명해야 할까. 전화를 기다렸다는 지후의 말을 듣는 순간 그가 나를 생각하고 그리워했다는 사실에 가슴속에서 달콤하고 부드러운 느낌이 일렁거리는 것을 느꼈다. 어쩌면 그건, 너무나 외로웠던 나머지 약해질 대로 약해진, 가장 취약한 부분을 건드렸기 때문일 것이다.

대체 내가 왜 이렇게 됐을까, 내가 왜 이렇게 외로워야 하는지 자신의 곱지 못한 인생을 납득할 수가 없어서 종종 누가 아프게 찌른 듯 울음을 터뜨렸을 만큼 가장 연약하고 위태로운 감성을 건드렸기 때문일 것이다.

하지만 서영은 지후가 그렇게 말해준 것을 무척 고맙게 생각하고 있다는 내색은 할 수 없었다. 그는…… 배신한 사람이니까.

"그러니까 난…… 저녁 초대에 가고 싶어요."
서영이 겨우 흔들리는 감정을 누르고 말했다.

지후는 서영의 대답에서 여전히 그녀의 마음이 닫혀 있다는 것을 다시 한 번 확인하며 안타까운 기분으로 서영을 바라봤다.

"당신 말대로 오늘이 아니라 내일 떠나야 한다면 문제가 조금 생기겠어. 난 몇 시간 후에 떠날 거라서 갈아입을 옷조차 가져오지 않았거든."

지후가 문틀에 기대선 채 말했다.

"하룻밤 입고 자는데 전혀 불편함이 없을 잠옷을 한 벌 사면 되지 않을까요?"

"내가 여기서 당신과 함께 하룻밤 묵는 것을 개의치 않는다면."

"어차피 시애틀로 가면 나흘을 함께 지내야 하는데요 뭘."

"좋아. 그런데 당신이 외출한 동안 난 뭘 하면 될까?"

"책도 있고 텔레비전도 있고 산책을 해도 되구요. 여긴 정말 아름다운 곳이거든요. 참, 당신은 텔레비전을 잘 보지 않았죠?"

"아니, 잘 봐. 다만 볼 시간이 없었을 뿐이지."

"다행이에요."

서영이 활짝 웃자 지후도 웃었다.

"웃는 거 오랜만에 보네."

"그래요? 오랜만에 만났잖아요. 자, 그럼 뭘 하죠?"

"글쎄, 이제 여섯 시 반이군. 아침을 해먹어야 하지 않을까? 난 보통 다섯 시 반이면 아침을 먹거든."

"아직도 여섯 시 반에 출근해요?"

"시애틀의 출근 시간도 서울 못지않게 전쟁터거든."

"아침엔 뭘 먹어요?"

"밥."

지후가 간단하게 대답했다.

"난 이 시간에 아침을 먹어본 적이 없고, 요리에 소질도 없어서……."

서영이 다시 아래층으로 내려가며 말끝을 흐리는데 지후가 픽 웃었다.

"내가 하지."

"밥할 줄 알아요?"

서영이 지후를 돌아보며 물었다.

"밥할 줄 모르는 사람도 있나?"

"남자들 중엔 할 줄 모르는 사람이 대부분이지 않아요?"

"하기 싫어서 할 줄 모른다고 하는 거지, 대부분의 남자들은 밥할 줄 알아. 군대 갔다 온 남자들은 밥도 하고 다림질도 잘하고 구두도 전문가처럼 닦아."

"그런데 문제는 쌀만 있다는 거예요. 어제 종일 밖에 나가 있느라 장을 보지 않았고, 또……."

서영이 냉장고 문을 열었다가 창피할 정도로 텅 빈 냉장고 속을 보고 얼른 도로 닫는데 지후가 막 닫히려던 냉장고 문을 다시 열고 안을 들여다봤다.

유통기한이 얼마 남지 않은 우유 한 통과 샐러드를 만들어 먹고 남은 야채 몇 가지, 김치가 너무너무 먹고 싶은데 배추는 없고 어떻게 해서든 매운 것은 먹어야겠고 해서 양배추로 얼렁뚱땅 담은 양배추 김치, 요즘 소화가 잘되지 않아 사다 둔 탄산음료 몇 개와 캔 맥주 다섯 개가 전부였다.

"제대로 챙겨먹지 않았군."

지후가 한심하기 짝이 없는 냉장고 안을 들여다보며 걱정이 섞인 목소리로 말했다.

"굶진 않았어요."

서영이 냉장고 문을 닫고 다시 못 열도록 냉장고를 막아서며 말했다.

"그러니까 여기 있는 건 쌀밖에 없다는 거지? 탄산음료와 맥주 몇 개 하고 통에 든 건 뭐였지? 무슨 무침인가?"

"양배추 김치예요. 김치가 먹고 싶어서 담았는데…… 두 번은 못 먹어요."

서영의 말에 지후가 웃으려다 참았다.

"토스트는 어때?"

"토니네 빵집은 문을 열었을 거예요."

옷을 갈아입기 위해 이층으로 올라가던 서영이 층계 중간쯤에서 걸음을 멈추고 지후를 돌아봤다.

"선착장 근처에 일찍 문 여는 가게가 있는데 거기서 아침 먹을래요?"

"그러지."

"옷 갈아입고 올게요."

서영은 재빨리 방으로 올라와 옷을 갈아입은 후 자신이 입을 두툼한 외투와 지후의 코트를 들고 아래층으로 내려갔다. 지후에게 코트를 건네고 외투를 입던 서영이 동작을 멈췄다.

"생각해 보니까 세수를 안 했어요."

"알고 있어."

"세수 안 한 거 티나요?"

"아니."

"이도 안 닦았는데, 한 번쯤 세수와 양치를 생략해도 불결하다고 생각하지 않는다면 그냥 가고 싶은데……."

"불결하지 않다고 생각하도록 할게."

서영은 픽 웃으며 외투를 입고는 집을 나섰다.

"꽤 춥군."

"많이 따뜻해진 거예요."

차에 올라 선착장에 있는 '그레이스'라는 가게까지 가는 동안 서영과 지후는 별다른 대화가 없었다.

집에서는 그럭저럭 대화거리가 이어졌기 때문에 순조롭게 대화를 나누었는데 집에서 할 얘기를 다 해버렸는지 대화가 끊어지고 말았다.

서영은 지후가 먼저 말을 걸어주길 기다렸지만 지후는 말이 없었다. 그저 고개를 돌려 창밖만 구경할 뿐이었다. 어쩌면 지후도 서영이 먼저 말을 걸어주길 기다리고 있을지도 몰랐지만 막상 대화가 끊어지자 무슨 말을 해야 할지도 몰랐고 너무나 오랜만에 만난 남편과 아무렇지도 않게 대화하는 게, 아니, 지후가 바로 옆자리에 앉아 있는 것 자체가 어색하게만 느껴져 결국 한 마디도 하지 못했다.

아니다. 어색하기보다는 긴장된다고 해야 할까? 이런 기분을 긴장이라고 해야 할지 떨린다고 해야 할지 설렌다고 해야 할지, 어떤 것이 정확한 표현일지는 모르겠지만 시선은 자꾸만 곁에 앉은 지후에게로 돌아가려 하고 귀 뒤쪽은 괜스레 따끈한 열기가 느껴지고 가슴엔 산들산들 봄바람이 스미며 물결쳤다.

제 6 장

"솔직하게 말해봐. 좋은 거니, 싫은 거니, 화가 나는 거니, 아니면…… 떨리는 거니?"

결혼하기 전 지후에게 결혼식을 올리고 시애틀로 건너가면 그 즉시 알래스카로 떠나겠다고 선언을 하고 다음날, 속엣것 모조리 다 털어놓아도 소문날 염려 없는 친구 박은수를 만나 강지후와 결혼 예정임을 알렸을 때 은수가 그렇게 물었었다. 거의 도사견 수준의 후각적 직감을 자랑하는 친구 박은수.

"떨려? 내가?"

서영이 부인하는 듯한 표정을 지어 보였지만 은수는 전혀 속아 넘어가지 않았다. 되레 어설픈 연기는 말라는 표정을 지어 보였다.

"너, 인상은 쓰고 있는데 각설탕 긁어대는 꼴을 보니 보통 초조한 게 아니거든? 그런데 중요한 건 그 결혼이 싫어서 초조한 게 아니라는 거지."

예리하다.

맞다. 그땐, 원하지 않는 결혼은 결코 하지 않겠다고 했지만 겉껍질을 수십 겹 벗겨낸 마음 자리엔 강지후와의 결혼을 환영하는 알토란 같은 진심이 숨어 있었다. 아무도 눈치 채지 못할 것이라 생각했는데 은수는 알아차린 것이다.

하긴, 은수를 속일 수 있다고 생각한 것은 정말 바보 같은 짓이었다. 짝사랑하고 있는 남자의 정체를 제일 먼저 밝힌 사람도 은수였고, 짝사랑을 짓밟히고 아파할 때 달래준 사람도 은수였고, 영영 남의 남자인 강지후를 잊지 못해 힘들어할 때 어르고 달래며 위로해 준 사람도 은수였다.

서영이 강지후보다 오십 배는 괜찮은 남자도 마다하고 얼마나 잘 빠진 남자를 들이대도 강지후와 비교 분석에 들어가는 통에 고질병에 걸린 서영을 낫게 하는 특효약은 오직 강지후밖엔 없다고, 강지후가 안 되면 강지후를 데칼코마니해서라도 데려다 놔야겠다고 우스갯소리를 했었는데 그런 은수를 속이려고 들었다니.

"내가 말했잖아, 내가 원해서 하는 결혼이 아니라 아버지가 강요해서……."

"원하잖아."

은수가 억지를 쓰는 서영의 말허리를 싹둑 자르며 또박또박 말했다. 반박할 여지가 없을 만큼 명료한 어조로.

정말 예리하다.

"그건……."

"왜 빼니? 빼면 모를까 봐?"

"티나?"

서영이 묻자 은수가 쓸데없이 속이려 든 것 때문에 눈을 흘기며 입을 삐죽였다.

"떨리면 떨려 죽겠다 할 것이지, 왜 빼는 건데?"

"괘씸하잖아."

"뭐가?"

"말하자면…… 시끄럽게 굴지 말고 시집오래."

"네가 뭐랬는데?"

"강지후하고 결혼하란다고 쫓아가 좋아라 뛰어댈 수는 없잖아. 그래서 나름 도도하게 나갔지."

"나름 어떻게 도도하게?"

"그쪽에서 거절해 달라고."

"뭘? 결혼을?"

"좋은 척할 수 있어? 나도 자존심이 있지. 두 번이나 차이고, 쌍빰 맞고도 춤춰?"

"그렇지. 자존심은 세워야지. 내장 다 빼주고 속 빈 년처럼은 못하지. 그런데, 그랬더니 시끄럽게 하지 말래?"

"결론은 그거야."

"열은 받았겠다."

은수의 말에 서영이 '한 대 때려주고 싶었어' 하고 중얼거렸다.

"그런데 그러고도 그 사람하고 결혼하는 게 떨려? 싫은 게 아니라?"

"응."

"겉으로만 까칠하면 뭐 하니, 속은 연두부인데."

은수가 짜증난다는 듯 키위 주스를 빨아 마셨다.

"내 말이."

서영도 풀이 죽어 대꾸한 후 커피를 한 모금 마셨다.

철없고 가식도 모르던 시절에 연두부인 속 고스란히 보여줬다가 퇴짜를 맞고 보니 이젠 속마음 보여주는 게 너무 두려웠다. 또다시 퇴짜를 맞을까 봐. 그 사람은 변함없이 딱딱한데 혼자 목을 맬 듯 있는 사랑 없는 사랑 다 퍼주었다 통곡할까 봐. 짝사랑, 그 몹쓸 것은 두 번은 할 것이 못 되니까.

"화가 나서 견딜 수가 없어. 강지후하고 결혼을 하라시는데, 아버지 얘기 듣고 순간 멍했어. 내가 잘못 들었나 싶어서. 그런데 정말 강지후더라고. 어떻게 설명을 해야 할지 모르겠는데 갑자기 가슴이 막 떨리면서도 화가 나는 거야. 강지후하고 결혼을 한다니…… 휴…… 지금도 떨린다."

서영이 얼른 커피를 한 잔 마셨다.

"그러니까 강지후하고 결혼을 하라니까 이게 꿈인가 생시인가 싶어서 떨렸다, 그 말이지?"

"아마 그럴 거야. 생각도 못했으니까. 그런데 갑자기 그게 현실이 되니까 막 떨리면서도 한편으론 화가 나는 거야. 나 다중인격 같니?"

"그 정도는 아니야. 다중은 무슨…… 어쨌거나 첫사랑하고 결혼하는 건데 당연히 떨리지. 거절당했던 사람이라 화나는 거고."

"내 결혼인데 강지후가 직접 청혼하는 것도 아니고 아버지가 하라 해서 하는 게 말이 되니? 결혼은, 결혼 당사자인 신랑이 될 사람한테 청혼을 받아서 해야 하는 거 아니야?"

"보통은 그렇지. 그런데 넌 보통 집 사람은 아니잖니."

"보통 집 사람처럼 청혼 받고 싶었어."

"그랬다면 강지후가 청혼 안 했을걸?"

은수가 정곡을 찔렀다.

"그랬겠지? 하여튼, 갑자기 막 화가 나는데 옛날에 거절당했던 것도 생각이 나고, 제대로 된 사과는 받아야겠다 싶어서 강지후를 만났는데 사과는커녕……."

"시끄럽게 굴지 말고 시집오라?"

"응. 그래서 더 화났어."

"화가 나는데도 계속 떨리고."

"내가 얼마나 바보 같은지 알아."

"바보 같지 않아. 어쩌겠니? 생겨먹은 게 그런 걸. 밉지 않아. 안 미워."

은수의 말에 서영이 고맙다는 듯이 웃었다.

"거절해 달라 하면 빌 줄 알았더니 되레 내가 진땀 **뺐어**."

"차라리 네가 싫다 하지 그랬어."

"내가 내 입으로 거절하는 것보다는 거절해 달라고 하는 편이 더 고상하고 자존심 제대로 구겨뜨려 줄 줄 알았지."

"고상 떨려다 진상이다."

"맞아."

"그래서? 어제는?"

"한 방 먹여줬어. 결혼해서 미국 넘어가면 곧장 알래스카로 뜨겠다고. 조용히 각자 알아서 살자고."

"오, 센데. 그랬더니?"

"놀라더라. 자존심도 상한 것 같고."

서영이 말하자 은수가 가자미눈을 하고 서영을 쳐다봤다.

"자존심 상하게 해줬는데 어째 전혀 통쾌해 뵈지 않는다, 너."

"청량리역에 자리 펴고 앉지 뭐 하러 은행 앉아 있니?"

신기가 극에 달해 통달한 박은수. 은수는 현재 외국계 은행에서 일하고 있었다.

"깨끗하잖아."

은수가 놀리 듯 씩 웃으며 말했고 서영이 눈을 흘기자 은수가 '어이그, 모질란 것' 하고 중얼거렸다.

"후회할 것 같으면 그냥 마지못해 하는 척 심술난 시늉만 하고 말지 따로 살잔 말은 왜 해?"

"왜 했겠어? 화를 내는 것도 아니고 흥분하지도 않고 낮고 조용하게 기술적으로 억누르는데 와, 나 그런 사람 처음 봤어. 정말 진땀 뺐다니깐. 그리고 나하고 결혼하는 거, 내가 좋아서가 아니라 우리 아버지 사위가 되고 싶어서 한다는데 그 말 듣고 넌 참니?"

"세상에, 때려 버리지."

은수가 분한 표정으로 말했다.

"어제 때렸어."

서영의 대꾸에 키위주스를 한 모금 삼키던 은수가 사레들려 캑캑거렸다.

"맞아줘?"

"두 번은 안 맞아준대."

"막상막하다."

"이미 뱉은 말이라 주워 담을 수도 없고……."

따로 살자는 말은 왜 했을까.

어떤 식으로든 응징을 해줘야 했기에 각자 생활을 부르짖었는데 막상 내뱉고 나자 정말로 그렇게 될까 봐 겁이 났고 후회 때문에 몇 번씩 자신의 입을 쥐어박았다.

"강지후 그 사람, 회장님 딸인데도 기 안 죽는 것 보면 따로 살자 한다고 말 들을 사람 아니야."

"그럴까?"

은수의 말에 서영이 기대감을 가지며 되물었다.

"이기지도 못할 거면서 자존심 싸움은 왜 하니? 너 목맸잖아. 두 번이나 발길질 당하고도 못 잊었잖아. 사과 못 받았지만 한 대 때려주기까지 했으면 너도 웬만큼 했어. 눈치 봐서 붙잡으면 그냥 넘어가."

"넘어가?"

"팔 벌리면 무조건 들어가 안겨. 그게 네가 원하는 거잖아. 마음이 시키는 대로 해."

"그러고 싶은데…… 내 자존심 똥 될까 봐."

"똥 될 것도 없어. 살면서 너한테 꼼짝 못하게 하면 되지."
"어떻게?"
"가령, 극강애교?"

은수가 예쁜 척을 하며 말했고 서영이 은수를 흉내 내며 예쁜 척 미소 짓자 은수가 서영을 향해 마음에 안 들어 죽겠다는 표정을 지어 보였다.

"좋댄다."
"나 정말 심각해."

서영이 기가 죽자 은수가 웃으며 서영의 손을 잡았다.

"도둑질도 해본 사람이 한다고 연애라고는 한 번도 해본 적이 없고 육 년 전에 강지후한테 꽂혀서 지금까지 오로지 강지후만 생각했는데 뭘 이길 생각을 해? 너 못 이겨. 끌어당기면 끌려가."

"끌어당길까?"
"백만 원 걸어. 자신있어."

서영은 은수가 백만 원씩이나 걸며 자신있게 말해준 것이 너무 고마웠다.

"같이 살자고 말해줄 것 같아?"
"건 천만 원. 삼십육 개월 무이자 할부로 해줄게."

서영은 다시 한 번 은수가 고마웠다.

"하지만, 이건 분명 알아둬라. 넌 대한민국에 사는 여자들을 쪽팔리게 할 정도로 자존심도 없는 여자라는 거. 남자 하나를 후리지 못해 질질거리는 꼴 하고는. 그걸 하나 확 휘어잡질 못해서……."

"그래, 그래서 나도 쪽팔려."

그때 은수의 휴대폰이 울렸다. 휴대폰의 발신자를 확인하는 순간 은수의 표정이 확 바뀌더니 폴더를 열었다.

"어머, 주혁 씨. 왜 이렇게 통화하기가 힘들어요? 오늘 세 번이나 전화했더랬어요. 많이 바빴어요?"

방금 전, 서영을 향해 근엄한 훈계를 날리던 그 박은수가 아니었다. 도도 당당 박은수의 탈을 뒤집어쓴 백년 묵은 여우가 한 마리 앉아 있었다. 삼칠일 동안 코감기를 앓고 있는 듯한 저 코맹맹이 소리는 어떻게 내는 걸까? 대단한 재주였다.

서영은 황당해서 은수를 노려보고 있었고 은수는 서영의 싸한 눈초리를 무시하며 계속해서 암고양이처럼 가르릉거리고 있었다.

어쨌거나 서영은 은수의 무려 천만 원이 걸린 내기를 굳게 믿고 또 믿었는데 결론은 지후는 시애틀에 서영은 알래스카에 살고 있다는 것. 은수의 내기가 틀려서가 아니라 서영이 자존심과 기타 등등을 선택했기 때문이다.

"다 왔어요."

서영은 그레이스에 다다랐을 때에야 입을 열었다. 서영이 시동을 끄자 지후는 조용히 차에서 내렸고 서영과 지후는 부부가 아니라 그저 직장 동료인 것처럼 무덤덤하게, 아니, 그보다도 못한 관계처럼 식당으로 들어가 자리를 잡고 앉았다.

식당에는 이른 시간임에도 아침을 먹는 사람들이 제법 많았는데 옷차림을 보아하니 선착장에서 일을 하는 사람들인 것 같았다.

"그레이스는 여기 주인인 토마스의 부인 이름이에요. 아침엔 토마스가 문을 열어 아침 장사를 하고 그레이스는 낮부터 저녁을 맡아요."

멀뚱하게 마주 보고 앉아 있는 것이 어색해 서영이 지후가 별로 궁금해하지도 않을 얘기를 꺼냈다.

"내 옷차림 때문에 다른 손님들이 기분 나쁘지 않았으면 좋겠군."

지후의 말에 서영이 '신경 쓰지 않을 거예요' 하고 말했다.

이 식당엔 주로 선착장 인부들이 끼니를 해결하기 위해 들렀기 때문에 다들 작업복 차림이었고 지후처럼 깔끔한 슈트 차림을 하고 오는 손님은 거의 없었다. 다른 손님들이 서영과 지후를 흘낏거리긴 했지만 슈트 차림 때문이 아니라 동양인이기 때문에 눈길을 끄는 듯했다. 적어도 서영이 아는 한 반경 300km 이내에 서영 외에 다른 동양인은 존재하지 않았으니까 말이다.

⟨좋은 아침이죠?⟩

토마스가 주문을 받으러 와서 인사했다.

⟨네, 좋은 아침이에요.⟩

⟨어제보다 오늘 더 따뜻할 거라더군요.⟩

⟨잘됐네요.⟩

⟨어제 에이미가 와서 잰 선생님의 동양인 친구가 사진을 찍어줬다고 자랑을 하던데, 분명 서영이겠죠?⟩

⟨네, 내가 맞아요.⟩

에이미는 토마스의 손녀였다.

〈사진이 예쁘게 나왔으면 좋겠다고 잔뜩 기대하고 있어요.〉
〈분명 예쁠 거예요.〉
서영과 즐겁게 대화를 나누던 토마스가 지후를 쳐다봤다.
〈반가워요, 난 토마스라고 해요.〉
토마스가 손을 내밀자 지후가 거리낌없이 고운 은발이 반짝거리는 토마스의 손을 잡았다.
〈반갑습니다. 강지후입니다.〉
〈서영의 남자 친구요?〉
〈남편입니다.〉
지후의 대답에 토마스가 놀란 듯 서영을 쳐다보더니 활짝 웃었다.
〈어쩐지, 서영의 얼굴에 꽃이 피었다 했지. 물론 내가 서영의 남편과 처음 인사한 사람이겠지?〉
토마스가 물었고 지후가 고개를 끄덕이자 토마스가 아까보다 더욱 활짝 웃었다.
〈내 특별히 맛있는 아침을 만들어줄 테니 기대해요.〉
토마스가 주방으로 들어간 후 서영이 지후를 쳐다봤을 때 지후는 서영의 손가락을 쳐다보고 있었다.
"결혼했다는 말을 하지 않은 모양이군."
"결혼했냐고 묻는 사람도 없었어요. 잰에겐 말했구요."
"반지를 끼지 않았어."
지후의 말을 듣고 지후의 손가락을 쳐다보니 지후의 손가락에는 결혼반지가 끼어져 있었다.

"집에 있어요."

"집에 두라고 만든 게 아니라 손가락에 끼고 다니라고 만든 반지야. 물론 당신은 그 반지를 마음에 들어하지 않았지만."

지후가 조용하지만 분명 불쾌한 감정이 담긴 목소리로 말했다.

"알아요. 그런데……."

"아직은 분명 결혼한 상태고, 또 다른 날은 강요하지 않을 테니 시애틀에 있는 동안엔 끼도록 해."

지후가 기분이 상한 표정으로 말했기 때문에 분위기는 일순간에 서먹해지고 말았다. 그리고 그 '아직은'이라는 말이 서영의 가슴에 아프게 박혀 버렸다. 아직은 이라는 말은 언젠가는 그렇게 될 것이다 라는 것을 암시하는 말이니까.

서영과 지후는 토마스가 특별하게 만든 아침이 나올 때까지 또 다시 아무 말도 하지 않았고 식사 중에도 맛이 어때요? 맛있군 정도의 두세 마디 외엔 대화가 없었다.

이 시간에 뭘 먹어본 적도 없고 기분도 썩 밝지 않기 때문인지 얼마 먹지도 않았는데 속이 더부룩한 것이 불편해져 서영이 슬그머니 포크를 내려놓자 지후가 서영을 쳐다봤다.

"왜?"

"다 먹었어요."

"토마스가 서운해할 거야."

"아는데, 아침을 안 먹다가 먹으니까 금방 벅차서요."

지후는 뭔가 할 말이 있는 표정으로 서영을 쳐다보다가 서영의 접시를 자신 쪽으로 끌어당겼다.

"다 먹게요?"

"말했잖아. 토마스가 서운해할 거라고. 그를 서운하게 만들고 싶지 않아."

"내가 남긴 걸 먹을 수 있어요?"

서영이 미간을 찌푸리며 물었다.

"왜 안 되지?"

"더럽지 않아요?"

"당신이 남긴 건데 뭐가 더러워. 당신은 내 아내잖아."

지후가 말했고 서영은 순간 심장이 짜릿하게 저리는 것을 느꼈다.

조금 전까지만 해도 멀지 않은 시간 안에 헤어질 사람처럼 말하더니 지금은 영원히 함께 살 사람처럼 말하고 있는 지후. 서영은 지후의 본심이 무엇인지 가늠할 수가 없어 말없이 바라만 보고 있었다.

지후는 정말로 서영이 남긴 것까지 모두 먹어치웠다. 서영이 먹다 남긴 음식인데도 전혀 거리낌없이.

"집에 가면 좀 자야겠는데, 침대를 써도 될까?"

음식값을 치르고 다시 들러달라는 토마스에게 '약속할게요' 라는 대답을 남긴 후 밖으로 나온 지후가 차에 오르며 물었다.

"그래요, 써요. 그런데 여기 오는 동안 안 잤어요?"

"볼 서류가 있어서."

대화는 그것으로 끝이었다.

집으로 돌아오자 지후는 이층 침실 옆에 있는 욕실에서 샤워를 한 후 그 길로 조용해졌는데 꺼져 있던 벽난로에 불을 피우고 한참 후에 서영이 올라갔을 때 지후는 서영의 침대에서 깊은 잠에 빠져 있었다.

침대 옆에 있는 안락의자엔 지후가 벗은 옷가지들이 걸쳐져 있었고 지후가 벗어놓은 양말은 바닥에 돌아다니고 있었다. 내일 아침에 신으려면 다른 옷은 몰라도 양말은 빨아둬야겠다 생각하며 흘낏 지후를 보자 이불을 덮고 있긴 했지만 드러난 어깨를 보니 아무것도 입지 않은 것 같았다.

서영은 자신도 모르게 지후가 벗어놓은 팬티가 없는지 두리번거렸는데 얼른 눈에 띄지는 않았다.

서영은 지후가 팬티를 입었을까, 아니면 그야말로 완전한 알몸으로 자는 것일까를 생각했고 그러다가 자신도 모르게 지후의 알몸을 상상하다가 얼굴에 따끈한 열기가 번지는 것을 느끼며 얼른 양말을 들고 밖으로 나왔다. 이제 막 성에 눈을 뜬 사춘기 소녀도 아니고 이 무슨 음탕한 상상인지.

양치를 하고 세수를 한 후 지후의 양말을 빨아 벽난로 근처에 널어놓고 소파에 앉았던 서영은 일 분도 앉아 있지 못하고 일어나 커피 한 잔을 따라 마시고 별로 어질러진 데도 없는데 거실을 치우고 다녔다.

몇 번이나 소파에 앉았다 일어났다를 반복하고 커피가 생각나 또 한 잔 따라 마시다가 실없이 마르지도 않은 양말을 얼마나 말랐는지 만져 보다가 쓸데없이 안절부절못하는 자신을 발견했다.

지후는 태평하게 이층에서 자고 있는데 이유도 없이 치질 걸린 강아지처럼 안절부절못하는 것이다. 자고 있는 사람이니 그냥 없는 사람 취급하면 되는데 아무것도 손에 잡히는 것이 없었고 뭘 해야 할지도 모르겠고, 몸과 마음이 마치 공중 부양을 하는 기분이었다.

"그래, 전화!"

서영은 마침내 자신이 해야 할 일이 무엇인지를 알아냈다.

서영은 부리나케 수화기를 집어 들고 서울에 있는 은수에게 전화를 걸었다. 지금 서울은 한밤중이라는 것은 문제가 되지 않았다. 이렇게 초조할 때는 이 초조함을 풀어줄 사람과 대화를 하는 것이 최고였다.

[여보세요?]

"나야, 은수야."

서영은 괜히 목소리를 잔뜩 낮추었다. 지후가 통화 내용을 들을 가능성은 3% 정도였지만 그 3%마저도 조심스러워 목소리를 잔뜩 낮추었다.

[그래, 그럴 줄 알았어. 이 시간에 너 말고 전화를 걸 만한 사람이 누가 있겠니.]

은수는 이 시간에도 찾아만 주면 언제든지 환영이라는 듯 친절했다.

"안 잤지?"

[잤어도 받았을 거야. 또 외로움에 치를 떨다 못 견뎌 전화 한 거야? 내 대답은 항상 같아. 당장 시애틀로 가.]

"그 사람이 왔어."

[그 사람? 네 신랑님 말이니?]

은수가 놀란 목소리로 물었다.

"그래. 왔어."

[어쩐지, 목소리가 좀 다르다 했네.]

"내 목소리가 어떤데?"

[오늘은 청승맞지 않거든.]

"그렇게 들려?"

[그렇게 들려. 다른 날하고는 많이 달라.]

서영 자신은 속마음을 아주 잘 숨겼다고 생각했는데 아까 만난 토마스도 얼굴이 활짝 피었다 말하고, 은수도 목소리가 달라졌다고 하는 걸 보니 지후가 온 후 달라지긴 달라진 모양이었다.

[지금 뭐 하고 있니?]

"자고 있어."

[왜? 오랜만에 만났는데 왜 자?]

"네가 와서 물어봐. 칠 개월 만에 만나서 혼자 자는 이유가 뭔지."

서영이 불만스럽게 툴툴거리자 은수가 웃었다.

[나한테 하소연한다고 풀리니? 그냥 네가 올라가서 깨워. 아니면 아예 덮치든지. 덮치는 게 좋겠다. 완전 무방비 상태잖아. 저항 못할 때 가서 덮쳐 버려.]

은수가 말해놓고 보니 저도 웃긴지 또 까르르 웃었고, 서영도 따라 웃었다. 하여튼 박은수. 어떤 주제의 대화든 가리지 않고 음담패설 쪽으로 몰아가는 특출한 재주를 가졌다.

"아버지가 시애틀 오신다고 해서 같이 사는 척하려고 데리러 왔대."

[무조건 따라가.]

은수가 뭔가 입에 잔뜩 물고 있는 듯 우물거리는 목소리로 말했다.

"너 뭐 먹니?"

[열무김치 비빔밥. 고추장에 들기름 둘러서.]

"한밤중 아니니? 그 시간에 비빔밥을 해먹어?"

[나 임신했어.]

"뭐, 뭐? 임신?"

[응. 십팔 주.]

서영은 깜짝 놀랐다. 십팔 주? 가만있자, 십팔 주면 몇 개월이지? 결혼한 지 몇 달이나 됐다고 벌써 임신이라니.

[계산할 것 없어. 너네 집에서 생긴 일이고 차질이 빚어진 거야.]

은수가 간단하게 설명했다. 은수가 말한 너네 집은 서영의 알래스카 집을 뜻하는 것이고 은수는 신혼여행을 서영이 있는 알래스카로 와서 서영의 집에서 묵었었다.

은수의 결혼식에 참석하지 못하는 게 너무 미안해서 신혼여행지를 알래스카로 적극 추천하며 최상의 서비스로 숙식 제공은 물론 관광 일체를 책임지겠다고 꼬드겼는데 은수 부부가 도착하고 불과 다섯 시간이 지나지 않아 얼마나 후회했는지 모른다.

밤이면 밤대로 낮이면 낮대로 뜨거운 두 몸을 살포시 포개며 사랑을 해대는 통에 도무지가 질투가 나서 견딜 수가 없게 했었다. 은수네도 서영을 생각해서 최대한 조심한다고 했을 테지만 한 번 불이 붙으면 조심이고 뭐고 소용이 없었다. 저러다 이 집이 무너지지 걱정스러울 만큼 사랑을 해대더니 허니문 베이비가 생긴 모양이었다.

신혼여행을 끝내고 서울로 떠나는 은수네를 배웅하며 내가 저들을 또다시 알래스카로 부르면 사람이 아니라고 했었는데 은수네 사랑이 삼신할미가 보시기엔 더없이 귀엽고 어여쁘셨던 모양이다. 재깍 아기를 점지해 주신 것을 보면 말이다.

차질은 차질이었다. 은수는 일 년이나 일 년 반 정도 신혼을 즐긴 다음에 아기를 가질 계획이라 했는데 한 달도 못 즐기고 아기를 가졌으니.

그런데 친구가 아기를 가졌다는데 갑자기 가슴 한쪽에 욱신거리는 이유는 뭘까. 단지 아기를 가졌다는데, 그뿐인데 왜 기쁘게 축하하고 싶은 마음 반대편엔 한없이 부럽고 또 무너지게 속이 상하는 것일까.

"축하해."

눈치 빠른 은수가 눈치 챌까 봐 서영이 기쁨이 담뿍 담긴 목소리로 말했다.

[그래, 고마워. 그런데 이쯤엔 보통 입덧 때문에 물만 마셔도 토한다는데 난 벌써 4kg이나 늘었어. 오죽 먹어대면 주혁 씨가 차라리 소를 한 마리 키우지 하더라.]

은수가 또 웃었다. 많이 먹는다고 신랑이 핀잔을 줘도 듣기 싫지 않았던 모양이다.

그러고 보면 은수는 참 성격이 좋았다. 고깝게 듣자면 얼마든지 고까워 쌈 구실 잡아 한판 부숴댈 여자도 많을 텐데 웃고 마는 것을 보면 말이다.

"네 신랑님 좋아하지?"

[신났어. 육아 책도 자기가 사 오고 초음파 사진도 자기가 갖고 다녀. 사실 초음파 사진이라 해봐야 볼만한 게 요만큼도 없고 점 하나 찍혀 있는데도 어디서 요렇게 예쁜 게 생겨났는지 모르겠대. 좀 웃겨.]

은수가 제 신랑의 유별난 태아 사랑에 대해 홍보는 듯 말했지만 목소리에는 고마움과 행복이 가득했다.

서영은 또다시 속이 상했다. 친구의 행복을, 은수의 행복을 자신도 느껴보고 싶었기 때문이다. 아직 한 번도 임신이나 아기나 그런 것을 생각해 본 적이 없었고 엄마가 되고 싶다는 생각도 한 적이 없는데 갑자기 별안간에 은수가 너무너무 부럽고 속이 상했다.

내가 먼저 결혼을 했는데, 나도 남편이 있는데…….

'만약에 아기가 생긴다면…… 그럴 리도 없겠지만, 만약에 그렇다면 저 사람도 좋아할까?'

"좋겠다."

부러운 내색하지 않으려 했는데 서영은 자신도 모르게 잔뜩 부러운 목소리로 말하고 말았다.

[부러워 말고 올라가. 올라가서 화해하고 소중한 씨앗을 받아내.]

"화해하자는 말을 안 해."

[네가 먼저 해. 네가 먼저 말문도 열고 마음도 열어. 네 장독은 꽉 닫아놓고 남의 창고는 왜 넘보니? 너 있지, 장독도 한 번씩 열어서 환기시켜 주고 볕도 쫴주고 해. 아님 곰팡이 슨다.]

은수가 타일렀다.

[장담하는데 네가 외로웠던 시간 동안 지후 씨도 외로워 죽을 뻔했을 거야.]

"그랬을까?"

[제발 내 말 들어. 몸서리치게 외롭잖아. 외로움도 지나치면 병 된대. 병 나 앓느니 네가 먼저 말해.]

"그런데 알다시피 복잡하잖아."

[그러니까 까놓고 풀어. 차라리 서울서 담뱃불 빌린 여자가 누구며 카페에서 손잡고 길에서 껴안은 여자는 누구냐고 따지란 말이야. 너 결국은 혼자 뚝 떨어져서 살지 않으면 자존심 상해 죽을 것 같았던 것들을 조목조목 털어놓고 따져 물어. 그럼 답을 내놓을 것 아니야.]

알래스카에 와서도 종종, 아니, 꽤 자주 은수와 통화를 했기 때문에 은수는 그간의 비하인드 스토리를 모두 알고 있었다.

"나 자신없어, 은수야."

서영이 슬픔이 배어나오는 목소리로 말했다.

"저 사람이…… 그 여자를 사랑한다고 할까 봐…… 헤어지지 못하겠다고 할까 봐…… 그 말을 들을까 봐 도저히 말 못하겠어. 차라리 떨어져서 외로움 때문에 저 사람 미워하고 또 혼자 그리워하는 건 견딜 수 있는데, 그건 못 견딜 것 같아. 그래서 도저히 물어보질 못하겠어."

서영의 말에 은수가 한숨을 내쉬었다.

[그래, 이해해. 까짓것 그래, 그렇게 좋으면 니들끼리 잘 먹고 잘살아라 욕해주고 돌아서라 하고 싶은데 그건 제삼자니까 그렇게 말하는 거고 만약에 내가 직접 당한다면 나도 너처럼 그럴 것 같아.]

은수는 서영의 마음을 충분히 이해할 수 있었다.

"내 용기는 저 사람을 시애틀에 두고 혼자 여기로 온 것까지였나 봐. 솔직히 말하면…… 저 사람 왔을 때 이혼 서류 들고 온 줄 알고 가슴이 철렁 내려앉았었어."

[그랬구나.]

"나 바보 같지?"

[바보는 무슨. 직접 당하지 않은 이상 누구도 함부로 판단해서는 안 되는 거니까.]

"어떻게 해야 할지 모르겠어."

[내 생각엔, 어떻게 해야 할지 모를 땐 억지로 무엇인가를 하려 하지 말고 그냥 시간에 맡겨두는 게 좋을 것 같아. 너 남편한테 애인 있다는 소리를 듣느니 외로워하는 편이 더 쉽다고 했으니까 그럼 덜 힘든 쪽을 택해.]

"그래. 고맙다, 은수야."

[내가 더 고맙지. 매번 정확한 답도 못 주는데 속마음 다 털어놔줘서. 있지, 서영아.]

"응."

[잘될 거야. 내 예감은 그래. 너희 두 사람 잘될 것 같아.]

"……고마워."

은수와의 통화를 끝내고 나자 그동안 은수에게도 쉽게 털어놓지 못했던 자신의 못생긴 속마음을 털어놓은 것 때문인지 서영은 조금은 마음이 가벼워진 듯했다. 여전히 울적한 기분은 남아 있었지만 지후와 잘될 것 같다는 은수의 축언 때문에 위안을 얻었는지 한결 편안했다.

"그래, 어쩌면 잘될지도 몰라."

서영은 정말 그랬으면 좋겠다고 생각하다가 조심스레 지후가 자고 있는 침실로 올라갔다. 반쯤 열려 있는 문틈으로 고개를 디밀어보니 지후는 평온하게 자고 있었다.

살며시 방으로 들어와 조심스럽게 침대로 다가간 서영은 미동도 하지 않고 고른 숨소리를 내며 자고 있는 지후를 내려다봤다.

평안해 보이는 그의 얼굴. 넓고 시원한 이마 끝에 고집스럽게 툭 불거져 나온 미간. 그 밑으로 쭉 뻗은 높고 곧은 강인한 코. 역시나 강인해 보이는 광대뼈와 턱선. 남자 피부라 여자보다는 넓은 모공이 눈에 띄는 얼굴. 휴, 잘생긴 남자였다. 아무리 봐도, 누가 뭐라고 해도 강지후는 인물이 상당히 좋은 사람이었다. 젊은 사람이 봐도 훌륭하고 나이 든 사람은 더욱더 칭찬할 외모.

'남편…….'

중요한 것은 지후가 서영의 남편이라는 것인데 안타깝게도 그는 서영에게 아주 편한 상대가 아니라 지금처럼 이렇게 몰래 훔쳐

보고 눈치를 봐야 하는 상대라는 것이다.

그래도 좋았다. 지후가 자신의 침대에서 이렇게 편한 모습으로 잠들어 있는 지금이 참 좋았다.

무정하게 전화 통화로 아버지가 오실 테니 시애틀로 오라고 명령하지 않고 직접 먼 길을 마다 않고 데리러 와준 것이 참 좋았다. 아예 데리고 가주면 더욱 좋겠지만 지금은 이만해도 좋았다. 자신이 남긴 음식을 더러워하지 않고 먹어준 것도 참 좋았고 서영의 저녁 초대를 위해 시간을 늦추어준 것도 참 좋았다.

다 좋은데 이렇게 좋은데도 속마음을 드러낼 수가 없는 현실이 안타까울 뿐이었다.

서영은 조심스레 그를 향해 손을 뻗었다. 얼굴도 만져 보고 싶고, 입술도 만져 보고 싶고, 괜찮다면 가슴팍도 쓰다듬어 보고 싶었다. 얼마나 단단한지, 촉감이 어떤지 다 만져 보고 싶었다.

서영의 손이 지후의 콧날 끝에 닿을 듯 말 듯 주저하고 있는데 손끝에 그의 숨결이 날아와 부딪쳤다. 따듯하고 포근한 숨결이었다.

서영이 용기가 없어 만지지도 못한 채 지후에게서 눈을 떼지 못하는데 갑자기 전화벨이 울렸고 서영이 깜짝 놀라며 침대 곁에 있는 전화 수화기를 얼른 집어 들었다.

〈여보세요?〉

서영이 목소리로 죽여 전화를 받자 수화기 건너편에서 잰의 목소리가 들려왔다.

[내가 시간을 잘못 고른 거야? 왜 이렇게 조심스럽게 받아?]

〈그럴 이유가 있어.〉

[토마스한테서 굉장히 재밌는 얘길 들었는데 네가 오늘 새벽에 남편과 아침을 먹으러 왔다더라고.]

〈맞아. 그리고 옆에서 남편이 자고 있어서 작게 말하는 거야.〉

서영이 지후를 쳐다보자 지후는 전화벨 소리를 듣지 못했는지 여전히 자고 있었다.

[어제까지도 남편이 온다는 말 안 했잖아?]

〈어제까지도 나 역시 남편이 올 줄 몰랐어. 오늘 새벽에 왔어.〉

[결혼해서 남편이 있는데 떨어져 사는 이유에 대해 아직 말해주지 않은 것 알아?]

〈나중에, 나중에 말해줄게. 지금은…… 설명하자면 너무 길어.〉

서영이 조심스럽게 침대에 걸터앉으며 말했다.

[그런데 왜 갑자기 온 거야?]

〈시애틀로 가야 해서 날 데리러 왔어.〉

[오늘?]

〈아니, 내일. 새라의 저녁 초대 때문에 내일 가기로 했어.〉

[좋아. 내가 전화한 이유는 네 남편이 왔다는 것을 새라에게 말했고 새라는 즉시 네 남편까지 저녁식사에 초대했다는 거야.]

〈정말?〉

서영이 약간 흥분한 어조로 되묻는데 갑자기 등 쪽에서 온기가 느껴지는가 싶더니 굵고 단단한 지후의 팔이 허리 쪽에서 튀어나와 서영의 배를 감았다.

서영이 깜짝 놀라며 뒤돌아보자 지후가 눈을 뜨고 서영을 올려다보고 있었다. 서영은 갑자기 지후가 허리를 감싸 안았기 때문에도 놀랐지만 그가 움직이면서 이불이 흘러내렸는지 드러난 상체 때문에도 놀랐다.

그의 벗은 상체가 그대로 드러났고, 그리고 그에게서 풍겨 나오는 그의 냄새, 그의 살 냄새가 가슴이 후들거릴 정도로 짙게 맡아졌다.

[정말이야. 남편과 꼭 같이 오래. 새라는 네가 결혼했다는 걸 몰랐기 때문에 네 남편이 왔다는 말에 굉장히 놀라더라고.]

"……."

서영은 자신의 허리와 배에 걸쳐 감겨 있는 지후의 팔과 자신을 바라보는 지후의 눈, 그리고 그의 벗은 몸 때문에, 아니, 그의 살 냄새에 도취되어 잰이 무슨 말을 하는지 알아들을 수가 없었다.

[남편과 함께 오도록 해. 꼭. 알았지?]

"……."

[여보세요? 서영? 듣고 있어?]

〈어, 알았어. 말할게.〉

서영은 얼렁뚱땅 전화를 끊고 그 자리에서 굳어버린 듯 가만히 앉아 있었다. 지후의 팔은 여전히 감겨 있었고 돌아보진 않았지만 여전히 바라보고 있는 듯했기 때문이다.

그리고 그 무엇보다 더욱 강력하게 서영을 꼼짝 못하게 하는 그의 냄새. 사람은 누구에게나 자신만의 냄새를 갖고 있다는데 사람이 이렇게 짙은 냄새를 가졌다는 것을 서영은 지금 처음 알았다.

화장품 냄새도, 비누 냄새도, 샴푸 냄새도 아닌 온전히 그가 뿜어내는 사람의 냄새, 피부의 냄새였다.

그의 냄새는 친밀하고 포근했다. 전혀 낯설지 않고 불쾌하지 않았으며 오히려 맡으면 맡을수록 친근해지고 다정해지는 냄새였다. 좋은 냄새, 의외로 좋고 따뜻한 냄새.

'내가 왜 이러고 있지?'

결박이나 포박도 아니고 그저 부드럽게 감겨 있을 뿐인데 무슨 이유에서인지 꼼짝을 못하고 있었다. 그냥 나가 버리면 그만인데, 붙잡을 사람도 아닌데 말이다.

"깨워서 미안해요."

낮은 목소리로 미안하다는 말을 남기고 서영이 결심한 듯 침대에서 일어나려는데 지후의 팔에 힘이 들어가는가 싶더니 서영을 단단히 붙잡았고 서영은 순간 가슴 쪽에서 짜릿하게 전기가 통하는 느낌을 받으며 고개를 돌려 지후를 쳐다보다가 드러난 그의 가슴이 눈에 들어오자 괜히 부끄러움을 느끼며 얼른 고개를 돌렸다.

"무슨 전화야?"

"잰이에요."

"왜?"

"새라가…… 오늘 저녁 초대한 사람 말이에요. 당신도 초대한다고……."

"내가 여기 왔다는 게 벌써 소문이 났나?"

"그런가 봐요."

"그래서?"

"어떻게 할래요?"

"어떻게 했으면 좋겠어?"

"……새라가 꼭 같이 오라고 했대요."

"새라 때문이야? 당신은 싫은데?"

"그건……."

"당신이 가달라고 해야 갈 거야."

지후가 태도를 분명히 하라는 듯 말했고 서영은 잠깐 동안 지후를 쳐다보다가 다시 고개를 돌렸다.

"나한테 말해, 같이 가달라고."

지후가 다시 말했고 서영은 자신도 모르게 지후가 시키는 대로 말하고 있었다.

"……같이 가줘요."

"알았어."

지후는 만족한 듯한 음성으로 말하더니 기분 좋은 한숨을 내쉬었다.

"더 자요. 나중에 깨워줄게요."

서영이 일어나려고 하자 지후가 그대로 있어 라고 말하며 서영을 붙잡았다.

"그냥 있어. 이대로 잘 거야."

"이러고 있으면……."

"잠들 때까지만. 금방 잠들 거야. 피곤해."

지후가 중얼거리듯 말했고 서영이 고개를 돌렸을 때 지후는 눈을 감고 있었다.

서영은 그가 하루도 거르지 않고 운동을 한다는 것은 알고 있었지만 몸이 이렇게까지 단단한 근육질인 줄은 몰랐다. 서영은 잡지책 화보에 나오는 근육질의 모델처럼 울룩불룩 근사한 근육이 자리 잡은 지후의 가슴팍을 몰래 훔쳐봤다.

오래전에 이미 본 적이 있었고 그때도 상당히 훌륭한 몸을 가졌다는 것을 알았지만 오랜만에 보니 또 새로웠다. 물론 상체뿐이고 아래쪽은 보지 못해 전체적인 평가에는 무리가 있겠지만 지후는 충분히 에이플러스를 받을 만한 몸을 갖고 있었다.

'만져 보고 싶다.'

음탕하게도 서영은 지후의 몸을 만져 보고 싶었다. 돌덩이를 집어넣은 듯한 가슴과 그 아래로 찰흙을 빚어 만들어 붙인 듯이 재미나고 신기하게 자리 잡은 근육들을 하나하나 더듬고 만져 보고 싶었다.

"다 봤어?"

지후가 불쑥 말했고 서영은 화들짝 놀라며 고개를 돌렸다.

"무슨 말이에요?"

서영이 당황하며 벌떡 일어나자 지후의 낮은 웃음소리가 들렸다.

"내 몸을 보고 있었잖아."

"그런 적 없어요."

서영은 문 쪽으로 가며 거짓말을 했다.

"처음 보는 것도 아니잖아?"

지후의 말에 서영이 걸음을 멈추고 지후를 돌아보자 지후의 눈에는 장난기 가득한 미소가 걸려 있었다.

처음 보는 것도 아니라니? 그땐 얼핏 보고 말았었기에 본 거라고 할 수도 없는데.

"밤새도록 만졌었잖아."

밤새 만졌다고?

"대체 무슨 말이에요?"

서영이 눈살을 찌푸리며 항의하듯 묻자 지후가 '실망이네' 하고 중얼거렸다.

"무슨 말이냐구요?"

"아직도 기억을 못하다니."

"무슨……"

"스위스에서 마지막 날 말이야."

스위스? 스위스라면 신혼여행 갔을 때를 말하는 것 같은데 서영이 스위스에서 언제 밤새도록 지후의 몸을 만졌다는 것일까?

"알아듣게 말해요. 당신은 새벽에 나가서 밤중에 들어왔고 당신과 내가 스위스에서 함께한 일이라고는 한 방에서 각자 알아서 잔 것밖에는 없어요. 그런데 내가 언제 당신 몸을 밤새도록 만졌다는 거예요?"

서영이 쏘아붙이자 지후가 상체를 일으켰다.

"지금 서영이가 나한테 당신이라고 한 거 알고 있어?"

지후의 말에 서영이 무슨 소리냐는 듯이 지후를 쳐다보다가 낮게 한숨을 내쉬었다.

전혀 의식 못했는데 당신이라고 말한 것이 생각났기 때문이다. 지후가 당신이 어쩌고 할 때 괜히 부끄럽고 그랬는데 서영은 아주

자연스럽게 당신이라는 말을 한 것이다.

"그러니까 내 말은 지후 씨가 무슨 말을 하는지 모르겠고, 장난 치지 말아줬으면 좋겠어요."

서영이 화가 났다는 듯이 말하자 지후가 픽 웃었다.

"내 몸을 보여주면 기억할 수 있겠어?"

지후가 몸을 더 일으키며 놀리듯 물었다.

몸을 더 일으키는 바람에 이불은 더 내려갔고 이불은 아슬아슬하게 지후의 허리춤에 걸쳐 있었다.

"뭐라구요?"

서영이 마치 지후의 아랫도리가 드러난 듯 심장이 덜컥 떨어지는 듯한 아찔함을 느끼며 멍한 얼굴로 되묻자 잠깐 동안 탐색하는 듯한 표정으로 서영을 바라보던 지후가 믿을 수 없다는 듯 고개를 가로저었다.

"맙소사. 정말 기억을 못하는군."

"무슨 말을 하는 거예요?"

"마지막 날, 난 다른 날보다 일찍 호텔로 돌아갔어. 말 그대로 마지막 날이었으니까. 당신과 함께 저녁을 먹고 싶었거든. 그런데 당신은 엉망으로 취해 있었고 몸을 제대로 가누지도 못하는 상태에서 나한테 화를 냈어. 당신은 몹시 화가 나 있었고 엄청나게 분노를 쏟아냈는데 결국 당신을 혼자 있게 한 것에 대한 분풀이였어."

그래, 그건 어느 정도 기억하고 있었다. 그런데 밤새도록 지후의 몸을 만졌다니?

"당신이 날 때리기까지 했는데 그것도 기억 못해?"

"그건…… 어느 정도…….."

그랬던 것 같기도 했다. 소리치고 화를 내는 것으로는 풀어지지가 않아 때리고 걷어차고 했던 것 같다.

"당신이 그렇게까지 과격한 줄은 몰랐어."

"취해서 그랬을 거예요."

아주 궁색한 변명이었지만 도리가 없었다. 취한 것으로 밀어붙이는 수밖에.

"도저히 어떻게 해볼 도리가 없을 만큼 화풀이를 하고 나서는 토하느라 욕실을 기어다녔어."

"뭐라구요?"

토했던 건 전혀 기억에 없었다. 맙소사, 술주정을 지나쳐 토하기까지 했다니.

"볼만하더군. 욕실 바닥이며 변기며 당신 몸에도 당신이 토한 것들이 잔뜩 묻어 있었고……."

"그만 해요."

창피하고 부끄러워 더는 들을 수가 없어서 도망치듯 방을 나가려는데 지후의 한 마디가 뒤통수로 날아와 꽂혔다.

"내가 당신을 씻겼어."

서영이 우뚝 멈춰 섰을 때 다시 지후의 목소리가 날아와 꽂혔다.

"당신을 벗기고 씻겨야 했어."

"당신이…… 날 씻겼다구요?"

서영이 사색이 된 얼굴로 되물었다.

강지후가 윤서영을 벗긴 후 씻겼다니. 믿을 수 없었다. 믿고 싶지 않았다.

"어쩔 수 없잖아?"

"농담하는 거죠?"

"당신을 씻기고 나서야 당신은 겨우 잠이 들었고 자면서도 술 때문에 괴로워하는 당신을 편하게 해주려고 등을 쓸어주었는데 당신이 나한테 덤볐어."

"내가 뭐, 뭘 어쨌다구요?"

"당신이 나한테 덤벼들었다고."

서영은 순간 누군가 머리에 달린 스위치를 딱 소리가 나게 끈 것처럼 머릿속이 순간적으로 암전이 되는 듯한 기분에 사로잡혔다가 가까스로 정신을 차렸다.

"말도 안 돼. 취했다면서요. 취해서 잤다면서 당신한테 덤벼들었다니, 그게 말이 돼요?"

"그랬어."

"거짓말 말아요. 내가 기억 못한다고 해서 없던 일까지 만들어 낼 필요는 없잖아요."

"당신이 그랬어."

"지후 씨!"

"당신은 밤새도록 날 만졌고 나한테 달라붙어서 떨어지지 않았어."

"미쳤어요? 설마, 내가 덮쳐 주길 기다리고 있는 거예요? 그런 거라면 솔직하게 말해요."

"당신의 입술은 잠깐도 내 입술에서 떨어지질 않았어."

"차라리 덮쳐 달라고 말하라구요."

"덤벼봐, 그날처럼."

지후가 말했다.

"다시 해봐."

지후가 갑자기 침대에서 나왔다. 완전한 알몸으로, 그 어떤 것도 가려진 부분이 없이 맨몸 그대로 침대에서 내려왔다.

서영은 지후가 알몸일 것이라는 생각은 하고 있었지만 막상 그의 알몸을 마주하고 나자 그 자리에 굳어버렸다. 시선을 피할 생각도 못하고 도망칠 생각도 못한 채 바위처럼 굳어 그를 바라보고 있었다.

기능이 완전히 정지된 기분이었다. 팔, 다리, 목, 어떤 것도 움직이지 못한 채 오로지 눈동자만 운동 기능을 유지하고 있는 듯 서영은 조금씩, 조금씩 눈동자를 움직여 그가 움직일 때마다 실룩거리는 그의 가슴을 바라보고 자잘한 근육이 촘촘하게 배열되어 있는 명치부터 아랫배를 훑고, 그리고 그 아래…… 무성하고 **빽빽**한 수풀 사이에 무섭게 부풀어 치솟아 있는 그의 남성을 바라봤다.

숨은 들이마신 채 내뿜지 못하고 막힌 것이 오래전이고 어서 숨을 쉬고 정신을 차려서 집요하리만큼 뚫어져라 그의 남성을 쳐다보고 있는 시선을 치워야 할 텐데 시멘트를 뒤집어쓰고 그대로 굳어버린 듯 꼼짝도 할 수 없었다.

입가에 희미한 미소를 머금은 지후가 서영에게 다가오더니 손을 잡았다.

"볼만해?"

지후가 짓궂게 물었고 그 물음에 겨우 정신을 차린 서영이 순식간에 새빨개진 얼굴을 감추기 위해 돌아서는데 지후가 서영을 붙잡아 돌려 세우더니 방문에 밀어붙인 후 방문과 자신의 벗은 몸 사이에 가두어 버렸다.

"잠깐만, 놔봐요."

"왜? 갑자기 부끄러워?"

"그게 아니라, 당신 살 냄새가 너무 강해서……."

너무 무안하고 민망한 나머지 무슨 소리를 하는지도 몰랐다.

"아니, 그게 아니라……."

"살 냄새가 좋아? 맡을 만해?"

"아니, 저기, 잠깐만 떨어져 봐요."

"감상을 했으면 평을 해줘야 하잖아. 몇 점 줄 거야?"

강지후 알고 보니 꽤 짓궂은 남자였다.

"농담하지 말고 비켜봐요."

"이제 기억이 났어?"

"기억 안 나요. 안 난다구요."

"나한테 키스해. 그럼 기억날 거야."

지후가 낮은 목소리로 중얼거렸다.

"화나려고 하거든요?"

"내가 할까?"

지후가 서영의 몸을 조이며 조금 더 바짝 다가섰다.

열기가 느껴지는 그의 눈빛, 더욱 강하게 코끝을 파고드는 그의 냄새, 젖가슴에 맞닿아 있는 그의 단단한 가슴.

서영의 시선은 어디에 두어야 할지 몰라 어지럽게 흔들리고 있었다.

"키스해, 그날처럼."

지후의 얼굴이 가까이 다가왔고 그의 입김이 서영의 귓가를 간질이며 속삭였다.

"그날 얼마나 예뻤는지 몰라. 취해서 제대로 몸을 가누지 못하면서도 서툴고 또 서툴게 끊임없이 나한테 덤볐어."

지후가 낮고 허스키한 목소리로 속삭였고 서영은 다리가 떨리고 가슴이 떨려 자신도 모르게 침을 삼켰다.

"내 사랑에 목말라서 밤이 새도록 나한테 키스하고 매달렸었어."

지후의 입술이 서영의 부드러운 목을 타고 흘러내렸다. 그의 입술이 느껴지는 자리마다 불이 붙은 듯 뜨거웠고 서영의 숨소리는 거칠어지고 있었다.

"그날처럼 해봐. 나한테 키스하고 나한테 덤벼봐."

지후가 서영을 더욱 강하게 밀어붙이며 윽박질렀다.

"못할 줄 알아요?"

목소리는 떨렸지만 서영이 강단있게 대꾸했다.

"아니, 할 수 있어. 이미 그렇게 했었으니까."

지후가 속삭였다.

"난 한다면 한다구요."

"그래, 해."

"후회하지 말아요."

"천만에."

"후회할 거예요."

서영은 고집스럽게 내뱉은 후 두 손으로 지후의 얼굴을 움켜잡으며 그의 입술에 자신의 입술을 밀어붙였다.

두 사람의 입술이 맞닿는 순간 지후의 혀가 기다렸다는 듯이 서영의 입속으로 파고들었다. 지후의 혀가 서영의 입속으로 강하게 파고드는 그때 지후의 팔이 서영의 허리에 감기며 서영을 자신의 몸 쪽으로 끌어당겨 안았다.

두 사람의 몸은 입술만큼이나 빈틈이 없이 밀착됐다. 그리고 키스. 서영의 입속을 점령한 그의 뜨거운 혀는 서영의 입속을 샅샅이 훑으며 맛보았다.

두 사람의 혀가 뒤엉키며 타액이 섞이고 혀에 돋아난 돌기들이 서로 마찰하자 서영은 온몸에 전류가 흐르는 것을 느꼈다.

어느 순간 몸이 공중에 뜨는 느낌에 서영은 자신도 모르게 지후의 목에 팔을 감았고 지후는 서영을 단단히 감아 안은 채 침대로 향했다. 몸이 아래로 기울어지는 듯한 기분에 서영이 반사적으로 지후의 목에 더욱 강하게 매달렸을 때 살며시 조심스럽게 침대에 눕혀졌고 지후는 서영의 몸에 체중을 실으며 서영의 몸 위로 올라왔다.

'이러려고 한 게 아닌데……'

서영이 정신이 차리려고 하는 순간 지후의 입술이 귓불 뒤편에 달라붙으며 입김을 불어넣었고, 그리고 그때 지후의 커다란 손이 서영의 젖가슴을 움켜잡았다.

"아······."

서영은 자신도 모르게 짧은 탄성을 내뱉으며 바위처럼 단단한 지후의 어깨를 움켜잡았다.

"그때처럼 나한테 덤벼봐."

지후가 억눌린 목소리로 속삭였다.

"당신에게서 손을 떼면 가만두지 않겠다는 듯이 덤벼보라고."

지후가 서영이 입고 있는 두꺼운 모직 셔츠의 단추를 거칠게 풀어내며 명령했다.

"난······."

서영이 기억하지 못한다는 말을 하려는 찰나 지후가 서영의 입술을 덮어버렸다.

지후의 체중이 서영의 몸에 더욱 많이 실리자 그의 무게감에 아랫배에서 형용하지 못할 짜릿함이 번지는데 아랫배 바로 아래 연약한 둔덕 뼈를 단단하게 성이 난 그의 남성이 뻐근하게 누르며 압박해 오는 것이 느껴졌다.

그가 흥분했다는 것을 알아차리자 짜릿함은 급속도로 증가하더니 온몸이 뜨거워지며 흥분으로 눈을 뜰 수조차 없었다.

"유태호와 만나서 뭘 한 거지?"

지후가 서영의 아랫입술을 깨문 채 낮은 목소리로 물었다.

서영은 순간 퍼뜩 정신이 차려지며 번쩍 눈을 떴다.

"감히, 유태호를 여기에 끌어들여?"

지후가 차갑게 뇌까렸다.

"무슨……."

"과연 당신은 그날, 잠깐도 떨어지지 못하도록 붙잡았던 사람이 나라는 것을 알고 있었을까?"

"무슨 말이에요?"

"당신이 붙잡았던 나를 유태호와 혼동했던 건 아닐까?"

지후가 부드러운 목소리에 뒤에 숨겨두었던 사악하고 날카로운 이를 드러내기 시작했다. 지금 말이다. 결정적인 순간에.

서영은 뜨겁게 달아올랐던 몸이 차갑게 식는 것을 느끼며 세차게 지후를 밀어냈다.

"대체 무슨 말을 하는 거예요?"

서영은 재빨리 셔츠를 여미며 침대에서 일어났다.

"몰라서 물어?"

"유태호를 끌어들이다니, 어떻게 그런 말도 안 되는……."

"그럼 어디 변명을 해봐."

"변명 따위 할 것 없어요. 대체 무슨 소리가 듣고 싶은 거예요?"

"나를 떠나 알래스카로 와서 당신은 이곳에 유태호를 끌어들였어. 당신은 내가 아니라 유태호를 원했다고. 스위스에서…… 당신이 밤새도록 끌어당겼던 사람이 나라는 걸 확신할 수 있어?"

"당신이라는 사람, 끝내 친해질 수 없는 사람이군요."

"어차피 당신은 나와 친해질 생각이 없었잖아? 그래서 날 버리고 이곳으로 온 게 아닌가?"

지후가 날카롭게 되받아쳤다.

"윤서영은 처음부터 강지후란 남자를 원하지 않았으니까. 윤서영이 원하던 남자는 분명 다른 사람이니까."

서영은 화가 나서 당장 내 방에서 나가라고 소리치고 싶었지만 참았다. 그렇게 소리 질러봤자 결국엔 오늘 당장 시애틀로 떠나게 되는 것밖엔 자신에게 이득이 되는 것은 없다는 것을 알았기 때문이다.

"당신이야말로 내가 아니라 다른 여자를 원했어!"

서영도 지지 않고 일갈했다.

"내가 다른 여자를 원했다는 건 무슨 근거로 하는 말이지?"

"가증스럽게 모른 척하지 말아요! 당신은 결혼식 전날에도 여자를 사무실로 끌어들였고 시애틀에 가서까지 그 여자를 만나고 돌아다닌 나쁜 자식이야!"

지후의 미간에 주름이 잡혔다. 불쾌의 뜻인지 당황함의 뜻인지는 모르겠지만 그의 눈동자가 무척 깊어지고 얼굴이 일그러진 것만은 분명했다.

"당신은 분명 여자 문제로 신경 쓰는 일이 없도록 하겠다고 약속했지만 그 약속 지키지 않았어요. 그러니까 내가 원했던 남자가 다른 남자였다느니 하는 소리는 할 자격이 없어요. 뭐? 유태호? 둘 다 지옥에나 가버려요!"

서영이 분노에 차서 소리치고는 방을 나와 버렸다.

제 7 장

"**나**쁜 자식, 나쁜 자식!"

계단을 내려올 때까지 계속해서 욕을 퍼부은 서영은 차가운 물을 벌컥벌컥 들이키고도 화가 가라앉지 않아 모직 셔츠만 입은 채로 현관문을 열고 밖으로 나와 버렸다.

차갑고 매서운 공기가 대번에 서영의 몸을 감싸며 속살까지 한기를 쑤셔 넣었지만 이렇게 춥고 차가운 곳이 아니면 끓어 넘치는 화를 가라앉힐 수가 없을 것 같았다.

"무슨 자격으로 따지는 거야? 무슨 자격이 있다고!"

아무리 양보하고 골백번을 고쳐 생각해도 지후에겐 따져 물을 자격이 없었다. 그는 결혼을 밀어붙이기로 결정했을 때부터 여자 문제로 신경 쓸 일은 없을 것이라 몇 번이나 단언했었다. 서영은 그 약속을 믿었고 그래서 법적 정절은 물론이고 도덕적 정절도 지켰다.

지후와 멀찍이 떨어진 여기 알래스카에서도 겉으로든 속으로든 남자를 품은 적이 없었다. 품을 수가 없었다. 박색으로 생겨먹은 마음보가 배신을 당하고도 강지후만 바라보는데 어떻게 다른 남자를 품겠는가. 품기는커녕 생각조차 해본 적이 없었다. 말하자면 철저하게 의리를 지킨 것이다.

"유태호라고?"

그런데 지후의 입에서 왜 유태호의 이름이 나왔으며 이곳으로 유태호를 끌어들였다는 말은 무슨 근거로 하는 것일까? 하고많은 남자 중에 유태호라니. 유태호 이름만 들어도 토악질이 치미는 것을.

"그 빌어먹을 자식이 지후 씨한테 무슨 말을 한 거야?"

석 달 전? 아니, 넉 달 전인 것 같다. 유태호가 갑자기 알래스카에 나타났었다.

서영을 만나기 위해서가 아니라 유태호가 몸담고 있는 재단일로 스카 앵커리지를 방문했었고 서영은 앵커리지까지 나가야 해결되는 일을 처리하기 위해 갔다가 유태호와 마주쳤었다.

반갑지도 그렇다고 원수처럼도 아닌 인사를 나누고 어떻게 시애틀이 아니라 알래스카에 있냐고 묻는 유태호에게 별거 중이라는 말은 할 수 없어 사진을 찍기 위해 며칠 머무는 것이라 말했고, 알래스카에 머무는 동안 식사라도 같이 하자는 유태호의 제의를 거절하고 볼일을 본 후 곧장 페어뱅크스에 있는 집으로 돌아왔다.

전화번호를 알려달라는 부탁도 거절했건만, 뭐라고? 유태호를 끌어들였다고?

서영은 기가 막혔다. 강지후 자신이 못난 짓을 하니 서영까지도 못난 여자로 만들려는 것이 틀림없었다.

"다른 여자를 끌어들인 사람이 누군데…… 몇 번이나 약속을 하고도 감쪽같이 속인 사람이 누군데…….

기억을 되살리자 짜증이 치밀었다.

이쯤에서 은수가 말한 담뱃불 빌린 여자에 대해 말해야겠다.

그날, 그러니까 결혼식 전날 서영이 지후를 만나기 위해 사무실로 간 건 결혼식을 하루 앞두었다고 해서 갑자기 그와 화해를 하고 잘해보기 위해서가 아니라 그만한 이유가 있어서였다.

대전에 살고 계시는 지후의 부모님들이 내일 있을 결혼식을 위해 하루 전날 서울로 올라와 호텔에 묵고 계셨다.

중간중간 전화 통화는 했지만 상견례 때 한 번 뵙고 결혼식 날 뵙는 것은 도리가 아니니 인사를 드리고 되도록 두어 시간이라도 말동무가 되어드리는 것이 좋을 것 같다는 어머니의 충고를 받아들여 예비 시부모님을 뵈러 가려고 보니 도저히 혼자 갈 용기가 생기지 않았다.

물론 두 분 모두 무척 친절하시고 다정한 분들이셨지만 상견례 때 딱 한 번 뵈었을 뿐인데 혼자 찾아가 인사를 하려고 생각하니 인사는 둘째 치고 서먹하고 어색해 무슨 말을 해야 할지 갑갑했다.

통화하는 것과 직접 만나서 얘기하는 것에는 커다란 차이가 있었기에 그래서 지후에게 원조를 청하러 사무실에 들르던 길이었다.

휴대폰은 꺼져 있고 사무실로 전화를 걸었을 때 비서는 결혼식과 신혼여행, 그리고 미국 지사로 발령이 난 문제 때문에 정리할 것들이 많아 점심시간까지는 회의실에 있을 것 같으나 점심시간 후에는 예정된 일정이 없어 자유로울 것이라 말했기에 시간 맞춰 직접 사무실로 찾아간 것이다.

서영이 기조실이 있는 이십칠층에 도착했을 때는 열두 시 반쯤이었다. 점심시간에 찾아올 것이라는 메모를 비서에게 남겼기 때문에 지후가 기다리고 있을 것이라 생각해 바쁘게 걸음을 옮기는데 어느 방에서 한 여자가 나오는 것이 보였다.

서영은 그때까지만 해도 여자가 나온 방이 기조실이라는 것을 알지 못했다. 여자를 따라 나온 남자가 지후라는 것을 확인한 후에야 그 방이 기조실이라는 것을 안 것이다.

여자와 함께 나오는 지후를 본 서영은 순간적으로 자신도 모르게 비상구로 숨어버렸다. 어째서 당당하게 앞에 나서지 못하고 숨어버렸는지 그건 서영도 알 수 없었다. 서영의 의지와는 상관없이 몸이 뇌에서 보내는 명령을 하달 받기 전에 먼저 움직인, 그러니까 자동 반사적으로 행해진 행동이었고, 그건 불시에 준비 없이 목격하게 된 장면 때문인 듯했다.

어쨌거나 서영은 비상구 철문 뒤에 숨은 채 또각거리며 비상구 앞을 지나치는 여자의 하이힐 소리를 듣고 그 뒤를 따르는 남자

구둣발 소리를 듣고 있었다. 이유없이 긴장하고 이유 없이 곤두선 채로.

"아버님은 좀 어떠셔?"

아버님? 지후에게 물었으니 분명 여자가 말한 아버님이란 사람은 지후의 부친일 것이다. 여자가 이미 법적으로 서영의 시아버님이 된 분의 안부를 물었고, 분명 '아버님'이라고 칭했다. 여자의 입에서 나온 아버님이라는 호칭은 마치 숟가락으로 양푼을 긁는 것처럼 소름이 돋도록 거슬렸다.

아니, 아니다. 친구일지도 모른다. 친구라면 충분히 아버님이라 칭할 수 있다. '너네 아버지'라고 하기엔 예의없고 '아저씨' 하는 것도 우스우니까. 하지만 왜 아버지라는 말을 두고 아버님이라 했을까.

"괜찮으셔."

지후가 담백한 어조로 대답했다.

"내가 불쑥 찾아와서 싫지? 조용히 모른 척해야 하는 건데. 내일 결혼이잖아. 나 실수한 거야?"

여자는 내일 결혼식이 있다는 것도 알고 있었다.

"조금 당황하긴 했어."

지후가 대답했다, 아까보다는 덜 담백한 어조로.

지후의 결혼식이 내일이라는 것을 아는 여자가 불쑥 찾아왔고, 그래서 강지후가 당황했다라……

"나, 여기서 실수한 거 없지?"

"실수는 무슨."

"다행이다. 그럼 시애틀에서 만나."
여자의 목소리가 들렸다.
"그래."
하는 지후의 목소리도 들렸다.
"시애틀에서는…… 좀 편하게 봤으면 좋겠어. 여긴 괜히 눈치 보이네."
잠시 후 비상구 앞을 지나치는 지후의 발걸음 소리가 들렸고 서영은 그제야 조심스레 비상구에서 나왔다. 고개를 돌리자 등을 보이고 걸어가는 지후가 보였고 엘리베이터 앞에는 여자가 있었다.

서영은 삼 초 동안 어느 쪽으로 갈 것인지를 고민했고 삼 초 후 여자의 곁에 서 있었다. 지후에게 누군지 묻기보다는 어떻게 생긴 여잔지가 더 궁금했기 때문이다. 여자의 정체에 대해서 물어봤자 곧이곧대로 대답해 줄 리 없고 추궁하고 따지다 보면 싸우기 십상이니 여자 얼굴이나 잘 봐두자 싶었다.

여자가 잠깐 동안 서영을 쳐다봤지만 서영은 엘리베이터가 도착할 때까지 여자에게 별 관심 없는 척했다.

여자와 함께 엘리베이터를 타고 내려가는 동안에도 여자에게 철저하게 관심없는 척했지만 실은 모든 신경이 여자에게 집중되어 있었다.

서영은 엘리베이터 벽에 걸린 거울을 보며 화장을 고치는 척 여자의 모습을 훔쳐봤다. 고급스럽고 세련된 정장 차림에 미용실에 들러 손을 본 것이 틀림없는 헤어스타일과 메이크업. 여자는 명품 가방에 굽이 상당히 높은 하이힐을 신고 있었는데 하이힐이 아니더라도 서영보다는 훨씬 키가 컸다. 얼굴은 예쁘다고 해야 할지 개성이 있다고 해야 할지 어쨌든 평범하지 않고 꽤 매력이 있는 편이었다.

일층에 엘리베이터가 도착하자 지후의 방에서 나온 여자보다 먼저 내려 두어 걸음 앞서 걸으며 로비를 가로질러 빌딩을 빠져나왔을 때 휴대폰이 진동으로 울리는 것을 감지한 서영이 백에서 휴대폰을 꺼내느라 걸음을 멈췄을 때 여자도 걸음을 멈추며 서영의 곁에 서서 백을 뒤적거렸다.

서영은 여자를 흘낏 쳐다본 후 휴대폰 액정을 들여다보니 '강지후'라는 이름과 발신번호가 뜬 채 울리고 있었다. 서영은 휴대폰을 노려보다가 깨끗하게 무시하며 백에 넣어버렸다. 지금은 그의 목소리조차도 듣고 싶지 않았기 때문이다.

"혹시 라이터 있으세요?"

하는 물음이 날아들었고 서영이 고개를 돌리자 백을 뒤적거리던 여자가 서영을 쳐다보고 있었다.

대낮에 수십 명의 사람들이 들락거리는 빌딩 앞에서 젊은 여자가 담뱃불을 빌린다? 뭐, 남자가 피우는 담배니 여자라고 못 피울 것도 없고 여자의 흡연을 탓하려는 것은 아니지만 이 여자 뱃심이 좋은 것인지 여전히 여자의 바깥 흡연을 터부시하는 시선들을 개의치 않는 것인지 픽 웃음이 나왔다.

"담배 안 피워요."

"아, 그렇군요. 미안해요."

"미안할 건 없구요."

"방배동으로 가려고 하는데 건너서 택시를 타야 할까요?"
"건너지 말고 타세요."
"고맙습니다."
"천만에요."
"그럼."
여자가 가볍게 감사의 목례를 하고 계단을 내려갔다.
'너 강지후하고 어떻게 아는 거니?'
서영은 여자의 뒤통수에 대고 그렇게 묻고 싶었다. 물은 게 아니라 묻고 싶었지만 입이 떨어지지 않았다.
더 솔직한 감정으로는 비싼 돈 들여 만진 머리채를 휘어잡고 질질 끌고 지후의 사무실로 올라가 두 사람을 바닥에 꿇어앉힌 후 어떤 관계인지를 이실직고하게 만들고 결혼식 전날 여자를 사무실에 끌어들인 지후를 추궁해 그 실수라는 말은 무엇을 뜻하며 둘이서 시애틀에서 만나 무슨 짓을 할 계획인지도 낱낱이 밝혀내고만 싶었다.
하지만 그럴 수 없었다. 아니, 못했다. 끌고 간다고 끌려올 여자도 아닐 것이고 그런 짓을 해봤자 격렬한 질투에 사로잡혔다는 것만 들킬 것이 뻔했으니까.
'나 같은 여자 한 트럭 실어다 줘도 안 바꾼다던 그 여자일까?'
그래, 그럴지도 몰랐다. 아닐지도 모르고.
서영은 여자가 택시를 타고 사라질 때까지 도끼눈을 하고 노려보고 있었을 뿐 아무것도 못했다. 서영이 할 수 있는 일이라고는 계속해서 울리는 휴대폰을 끝까지 무시해 준 것 정도?

굉장히 복잡하고 말할 수 없이 께름칙하고 의욕을 상실한 서영은 휑한 기분으로 한참이나 빌딩 정문 앞에 서 있다가 지후의 부모님이 있는 호텔로 향했다. 차라리 그와 그 여자가 함께 있을 때 앞에 나섰더라면 이런 헝클어진 기분에 매어 있지 않아도 될 텐데 후회하면서.

실수는 바로 그 부분인 듯했다. 숨지 말았어야 했고 숨었더라도 재빨리 생각을 바꿔 뒤늦게라도 모습을 드러냈어야 했다. 하지만 이미 엎질러진 물이고 돌이킬 수 없는 시점이었다.

그의 부모님이 있는 호텔로 혼자 찾아가서 저녁식사 시간까지 생각보다 어렵지 않게 대화를 이어나간 후 처음보다 훨씬 좋아진 분위기로 두 분을 모시고 중식 레스토랑으로 내려가 코스 요리를 주문했다.

요리를 기다리며 지후가 초등학교 때부터 동네에 소문이 자자할 만큼 똑똑했다는 것과 고등학교 때도 장학금을 받았고 대학도 차석으로 입학했는데 수석이 아니라 차석이라는 것 때문에 지후가 무척 자존심 상해했다는 등의 아들 자랑에 얼굴에 환하게 꽃이 핀 시어머니의 얘기를 주고받고 있는데 지후가 특실로 들어왔다.

"왔니? 어떻게 알고 왔어?"

어머니가 아들을 반가워하며 물었고 서영은 내일 남편이 될 사람을 맞이하는 얼굴치고는 지나치게 굳어버린 표정으로 지후를 쳐다보고 있었다.

"호텔 직원이 여기 계시다고 알려줬어요."

지후가 비어 있는 자리가 한두 개가 아닌데도 서영의 옆자리에 앉으며 대답했다.

"언제 왔어?"

"두 시쯤요."

지후가 꽤 다정한 어조로 물었지만 서영의 대꾸는 딱딱했다. 어른들이 계신 것을 알고 아차 싶었지만 이미 뱉은 말은 어쩔 수 없었다.

"전화 여러 번 했는데."

"아, 진동으로 둬서…… 몰랐어요. 미안해요."

서영이 억지로 조금 웃었지만 예쁜 미소가 아닌 것은 분명했다.

요리가 나오고 차례대로 나오는 요리를 맛보면서 지후가 몇 번 서영에게 먼저 말을 걸었지만 서영은 간단하게 대답만 해주고 먼저 묻거나 하지는 않았다.

물론 지후의 부모님께는 예의 바르고 친근하게 굴었지만 아마도 지후와 서영의 관계가 사랑이라는 감미료로 잘 버무려진 커플은 아니라는 것을 눈치 챘을 것이다. 부모님, 특히 어머니가 서영의 표정을 무척 신경 쓰며 살펴보셨으니까.

식사가 끝난 후 룸으로 두 분을 모셔다 드리고 지후가 서영을 데려다 주겠다며 따라 나왔지만 서영은 차를 몰고 왔다며 거절했다.

"택시 타고 오면 돼요. 내가 운전할 테니 키 줘요."

"혼자 갈게요."

"왜 그래? 무슨 일 있어?"

서영의 행동과 말투를 내내 신경 쓰여 하던 지후가 물었다.

"아니, 그냥…… 기분이 좀 이상해서 그래요."

서영의 말에 지후가 눈살을 살짝 찡그리며 서영을 쳐다봤다.

'물어볼까?'

서영은 순간 속으로 끙끙 앓지 말고 따져 보는 것이 좋겠다는 생각이 들었지만 어떻게 된 노릇이 입이 열리지 않았다.

"기분이 왜 이상해?"

"아무것도 아니에요. 그렇게 쳐다볼 필요 없어요. 다들 결혼 앞두고 이상한 기분에 시달린다잖아요. 하여튼 기분이 좀 그래요. 갈게요."

서영이 차로 걸어가자 지후도 차까지 따라왔다. 하지만 열쇠를 억지로 뺏지 않고 서영이 차 문을 열고 운전석에 앉을 때까지 내버려 두었다. 서영이 지후를 본척만척하고 시동을 걸자 지후가 창문을 내리라는 듯 손가락으로 창문을 두드렸고 서영은 좀 성가시다고 생각하며 창문을 내리고 지후를 올려다봤다.

"도착하면 전화해."

"어…… 내일 봐요."

서영이 시선을 피하며 중립에 있던 기어를 드라이브에 놓으려는데 지후의 손이 어깨에 내려앉았다.

"전화해. 꼭."

지후가 말했고 서영이 기어에 손을 댄 채 지후를 향해 고개를 돌리는데 지후의 입술이 서영의 입술에 달라붙었다. 짧은 순간이었고 가벼운 입맞춤이었지만 두 사람의 입술이 분리될 때 쪽 하고 소리가 났다.

"전화해. 무사히 들어갔는지 확인하고 싶어."

지후가 말했고 서영은 전혀 감동받지 않은 채 차를 몰고 집으로 돌아왔다. 서영은 기다리다 지친 지후가 먼저 전화할 때까지 집에 무사히 도착했다는 사실을 알리지 않았고 전화도 받지 않은 채 한 시간 후에 도착했다는 짧은 문자만 보낸 후 휴대폰을 꺼버렸다.

모르는 사람이 보면 참 못됐다 하겠지만 낮에 낯선 여자와 함께 있는 것을 목격한 이상 그에게 다정해질 수 없었다. 그때가 첫 번째로 지후가 약속을 어겼을 때였다. 그리고 두 번째는 바로 서영이 지후를 시애틀에 남겨두고 앵커리지 행을 강행하게 만들었던 대낮의 포옹 사건이었고.

"안 맞아. 안 맞다고."

절대 맞지 않는 상극인 궁합이 있다더니 지후와 자신을 두고 하는 말 같았다. 상극이 아니고서야 이렇게 안 맞을 수 없었다.

"그냥 자게 내버려 뒀음 조용했을 걸."

후회도 됐다. 쓸데없이 자는 사람 구경하러 방에 들어간 서영의 잘못이었다.

아무거나 하고 싶은 일을 했으면 좋았을 것을. 저렇게 못돼먹은 남자인데 칠칠맞게 헤벌쭉 좋아서 자는 것 구경하고 있었다니.

서영은 뼛속까지 스며드는 한기에 바들바들 떨며 후회를 한 짐 짊어지고 암실로 들어왔다.

진작 암실에 들어와 어제 찍은 사진이나 인화할 걸 뭐 하러 방에 들어갔을까. 암실에 있었다면 후회할 짓도 하지 않고 얼굴 붉힐 다툼도 하지 않았을 것이 아닌가. 오늘 저녁 초대에 함께 가기로 했는데 이렇게 다투고 무슨 기분으로 초대 받은 집에 갈지.

"휴……."
후회의 한숨이 터져 나왔다.

"당신이 나한테 덤볐어."

지후의 그 말.
서영은 몸이 떨릴 만큼 창피했다. 아무리 생각해도 도무지가 기억나지 않은 일인데 지후의 말을 들어보면 없는 말을 지어낸 것 같지도 않았다. 신혼여행 마지막 날 몸이 이겨내지 못할 만큼 마신 것도 사실이었고 화를 내고 욕을 하고 때린 것도 얼핏얼핏 기억이 났다.

그런데 문제는 토하는 것에서부터 전혀 기억에 없다는 것인데 아무리, 아무리 취했어도 토한 것을 기억 못할 수 있을까? 토한 것 뿐만 아니라 지후의 말대로라면 밤이 새도록 지후를 못살게 굴었다는데—지후는 덤벼들었다는 표현을 썼지만—어떻게 그걸 기억 못할 수 있을까.

"말도 안 돼."
서영은 암실에 있는 의자에 털썩 주저앉으며 그날의 기억을 되살려 보려고 애를 썼다.

그와 열렬하게 사랑해서 결혼하고, 그래서 여느 신혼부부처럼 서로 바라보기만 해도 달콤한 꿀이 뚝뚝 떨어지고 낮마다 밤마다

고소한 향기가 진동하도록 풍기길 바랐던 것은 아니지만 그렇게까지 짐짝 취급 받을 줄은 몰랐다.

아침에 일어나면 남편이라는 사람은 어디로 사라졌는지 알 길이 없고 하루 세 끼를 혼자 챙겨 먹고 남편도 없이 가이드도 없이 혼자 돌아다니며 사진 찍기로 소일해야 했다.

서영이 불편하지 않도록 수행비서 겸 운전기사를 붙여주었는데 서영의 일거수일투족을 불편 없이 보좌하라며 붙여준 비서가 다름 아닌 박정준이었다.

박 비서는 이미 유부남에다 과거에 지후만큼이나 좋지 않은 기억이 있는 사람인지라 서영도 불편하고 박 비서는 어쩔 줄 몰라 할 만큼 더욱 불편해서 박 비서는 호텔에 남겨두고 혼자 움직였다.

서영은 박 비서에게 지후가 어디로 갔는지, 언제 돌아오는지 일절 묻지 않았는데 아마도 박 비서는 지후나 서영 이런 그룹 사람들은 남편의 일에 대해 아내가 개입하지 않고 신혼여행에서조자 잔소리 없이 조용히 내조하는 법이라 생각했을 것이다. 서영이 속으로 얼마나 분통을 터뜨렸는지는 생각도 못하고 말이다.

하여튼 신혼여행 첫날부터 삐걱거리기 시작해 결국 한바탕 싸우고 마지막 날 지후가 돌아왔을 때 서영은 만취 상태였다.

마지막 날인데 그날 역시 서영이 잠에서 깼을 때 지후는 사라지고 없었다. 그놈의 심포지엄인지 뭔지 일주일 내내 꼭 가야 하는 것인지.

눈을 뜨는 순간부터 화가 났던 서영은 정오가 되면서 거의 통제가 불가능할 지경이 됐었다.

끼니를 챙겨주기 위해 말할 수 없이 민망한 표정으로 한 번씩 룸에 들르는 박 비서도 꼴 보기 싫고 혼자 외롭게 둘러보는 스위스의 풍경도 신물이 나버렸다. 아침 겸 점심을 먹는 둥 마는 둥 하고 샴페인을 마시기 시작했고 샴페인 두 병을 마신 후 이미 취한 상태에서 술이 술을 부른다고 포도주를 마시고 그도 모자라 양주를 병째 들이켰던 것이 기억났다.

그 다음 기억은 잘 모르겠고 어느 순간 그에게 마구 소리를 질러대고 있었다. 때리고 꼬집고 걷어차기도 했던 것 같은데 설마하니 강지후라는 남자가 서영이 때린다고 해서 그냥 맞아주고 있었을 리는 없다. 피했거나 때리지 못하도록 붙잡았을 것이다.

그래, 붙잡았던 것이 틀림없다. 놓으라고 소리 질렀던 게 생각나니까. 소리를 너무 심하게 질러대서 호텔에 묵은 다른 손님에게 피해를 준다며 지후가 입을 틀어막으며 미안하다고 사과하고 달랬던 것도 생각났다. 그런데 그 다음이 문제였다.

그 다음은 아주 깜깜했다. 어쩌면 이렇게까지 완전무결하게 깜깜할 수 있을까. 토했다는 것, 그가 씻겼다는 것, 그리고 밤이 새도록 그에게 덤벼들었다는 것은 요만큼도 생각나지 않았다. 분명히 기억하는 것은 다음날 일어났을 때 알몸에 가운만 입고 있었다는 것인데 그땐 전날 술에 취해 기억하지 못해도 샤워를 한 모양이라 생각했었다.

또 곁에는 신혼여행 첫날부터 그랬던 것처럼 아무도 없이 혼자 자고 있었기 때문에 그런 일이 있었다는 것은 상상도 할 수 없었다. 아침을 먹자며 아침 운동을 갔던 지후가 돌아왔을 때 아무런 내색도 하지 않았었지 않은가. 분명히 기억났다. 그가 너무도 멀쩡한 얼굴을 하고 있었다는 것이.

"어제 미안했어."

지후가 아침을 먹으며 사과했고 서영은 술 때문에 약간의 무력증이 있고 또 뿔이 난 기분이 여전했기 때문에 아무 대답도 하지 않았었다.

만약 그런 일이 있었다면 좋았다거나 너무 심했다거나, 뭐 그런 말이 있어야 했지 않을까? 꼴 보기 싫어 미치겠는 사람처럼 너무 퉁명스럽고 쌀쌀맞아서 말을 못했던 것일까? 아니면 먼저 얘길 할 때까지 기다렸거나 말이다.

아무리 쥐어짜고 또 쥐어짜도 도무지가 생각나지 않는데 지후가 없던 일을 지어낸 것 같지도 않고. 머릿속에 뒤엉켜 뭐가 뭔지 알 수가 없었다.

분명히 지후에게도 잘못이 있었다. 신혼여행을 마치고 서울로 돌아와서도 일주일, 그리고 시애틀로 가서도 나흘이나 시간이 있었는데 끝까지 함구한 이유가 뭘까. 시애틀에서의 사흘은 꽤 좋게 지냈는데도 스위스에서 그런 일이 있었다는 것을 요만큼도 내비치지 않았다.

보통 남자라면, 여자가 술에 취했든 어쨌든 지후의 표현대로 밤이 새도록 덤벼들며 붙잡아 가장 은밀한 역사를 만들었다면 그 다음부터는 남자가 행동을 취해야 하는 것이 정상이 아닐까?

'잠깐, 그럼 그 꿈이?'

설마.

서영은 고개를 가로저었다. 현실과 꿈을 혼돈하는 것은 말도 안 되는 소리였다. 누가 믿겠는가. 지후의 말대로라면 스위스의 만년설을 녹일 만큼 뜨거운 밤을 보냈는데 꿈인 줄 알았다면 말이다.

"그날 얼마나 예뻤는지 몰라. 취해서 제대로 몸을 가누지 못하면서도 서툴고 또 서툴게 끊임없이 나한테 덤볐어."

지후가 했던 말을 상기시키는 순간 서영은 가슴이 떨리는 것을 느끼며 손으로 가슴을 꾹 눌렀다.

그는 알고 있을까. 아무것도 아닌 것 같은 그 말 한 마디가 얼마나 가슴을 두근거리게 만들고, 그리고 섹시하게 들리는지.

가끔씩, 아주 가끔씩 꿈을 꿨나 싶게 떠오르는 영상이 있긴 했었다. 불쑥불쑥 의도하지 않은 채 갑작스럽게 떠오르는 영상이었다. 서영은 한 남자를 끌어당겨 안은 채 뜨거운 키스를 퍼부었고 그 남자는 언제나 발가벗고 있었다.

키스하고 만지고 쓰다듬고, 그리고 다시 키스. 영상에서는 서영이 아주 과감하게 그의 가슴 등 팔 배, 그리고 엉덩이까지 그의 몸 구석구석을 만지고 쓰다듬고 입을 맞추었다.

그 영상은 낮과 밤을 가리지 않고 불쑥불쑥 서영의 눈앞에 펼쳐졌는데 주로 멍하게 아무 생각도 아무 일도 하지 않을 때였고 어떨 때는 암실에서 인화하느라 다른 생각을 할 겨를이 없을 때도 떠올랐으며 심지어 잠이 들기 직전에 떠오르기도 했었다.

자신이 내뱉은 색정적인 신음 소리, 헐떡임, 침대와 함께 출렁이던 몸, 젖가슴을 움켜잡던 그의 우악스러운 손. 선정적인 영상 속에는 짙은 사랑을 나누는 연인의 모든 것들이 담겨 있었고 연인 중 여자는 서영 자신이었고 남자는 늘 지후였다. 지후. 그래, 지후였다. 늘, 언제나, 항상.

어떤 날은 매우 흐리게, 어떤 날은 너무 강렬해서 하루 종일 그 생각에 빠져 굉장히 야한 영화나 에로틱한 잡지를 봤을 때처럼 흥분한 상태로 지내야 했다.

그래, 맞다. 그 영상은 지후의 전화를 받은 날 특히 선명했고 오랫동안 서영의 머릿속을 헤집어놓았었다. 서영은 너무나 외롭던 중에 그저 정기적인 그의 안부 전화에도 별안간 고마움을 느꼈기 때문이라고 생각하거나 혹은 결혼을 했음에도 불구하고 잰의 말처럼 욕망을 풀지 못해 저절로 생겨나는 자연스러운 현상이라 생각했는데 만약 지후의 말이 맞는다면 욕망을 풀지 못해 저절로 생겨난 현상이 아니라 땅속 깊은 곳에 묻힌 채 흐르던 마그마가 스스로의 열기를 이겨내지 못해 뜨거운 김을 지면 밖으로 뿜어내듯 서영의 몸 깊숙한 곳이 맛보았던 농밀하고 비밀스럽던 '그것'이 무의식중에 서영의 몸에 강렬하게 각인되어 있다가 비밀로 묻어두기에는 너무 버거운 나머지 환상을 가장해 솟구쳐 오르는 것이 분명했다.

"어떻게 하지?"

꿈이 아니라 현실이라면, 정말로 지후의 말처럼 서영이 술에 취해 덤벼들었다면, 맙소사, 부끄러워서 두 번 다시는 지후의 얼굴을 보지 못할 것 같았다.

"큰일났어."

서영은 화들짝 놀라며 세차게 고개를 가로저었다. 갑자기 그의 몸 중앙에 건장하게 치솟아 있던 그의 남성이 생각났기 때문이다. 부끄러운 줄도 모르고 뚫어져라 쳐다볼 수밖에 없었던 그의 남성.

자신의 벗은 몸을, 그것도 흥분으로 부풀어 오른 몸을 당당하게 내보이며 서 있던 지후. 뻔뻔한 것인지 당당한 것인지 어쨌거나 선명하게 눈앞에서 어른거리며 서영의 머릿속을 사납게 만들었다.

"그만둬, 추하게 무슨 짓이야."

서영이 알싸한 기분에 사로잡혀 가늘게 몸을 떠는 스스로를 나무랐지만 나무라는 와중에도 지후의 시비 때문에 멈춘 것이라 아니라 그대로 끝까지 진행되었더라면 어땠을까 하는 생각을 하자 별안간에 아랫배 저 아래에서 따끈한 열기가 번지는 것을 느꼈다.

'그가 결정적인 순간에 시비만 걸지 않았더라면……'

서영은 입이 마르는 것을 느끼며 혀로 입술을 축였다.

"바보 같은 남자."

괜히 성이 났다. 그가 순서대로 규칙대로 진행되던 판을 깬 것 같아 성이 났다.

"당신이 붙잡았던 나를 유태호와 혼동했던 건 아닐까?"

날 선 칼날과 같았던 그의 말투.

"당신이 밤새도록 끌어당겼던 사람이 나라는 걸 확신할 수 있어?"

지후는 왜? 무엇 때문에 그 순간에 그런 말을 했을까.

흥분과 욕망에 사로잡혀 아무것도 생각할 수 없고 그대로 그렇게 사랑을 나눌 뻔한 바로 그때 왜 찬물을 끼얹듯 그 말을 했던 걸까.

"그는 날 좋아하지 않아."

그가 자신을 좋아하지 않는다는 것을 알면서도 왜 그 사실이 새삼 서운하게 느껴지는 것인지.

그 사실이 서영을 피곤하게 했다. 그 현실이 서영을 계속해서 한쪽 가슴이 결리게 만들었다.

지후는 침대에 누운 채 자신을 향해 욕을 퍼붓고 있었다.

바보 같은 자식.

그러는 게 아니었는데, 분명 다른 방법이 있었을 텐데.

화해할 수 있는 아주 좋은 기회였다. 그런데 칠 개월 만에 잡은 절호의 기회를 스스로 놓쳐 버리고 나자 화가 나서 견딜 수가 없었다.

무려 칠 개월간이나 혈기, 성욕 왕성한 새신랑을 방치한 서영에 대한 서운함도 한몫했을 것이고 결정적으로 기억하지 말아야 될 것이 하필이면 가장 중요한 순간에 떠올라 버렸다.

유태호! 빌어먹을 자식. 쥐새끼 같은 자식.

서영과의 결혼이 결정되고 레스토랑 주차장에서 서영에게 따귀를 얻어맞고 보름쯤 후였다.

혼자 여행을 떠나려던 서영을 공항에서 붙잡아왔던 바로 그날. 유태호는 자신이 속한 비영리 재단에 상당한 금액을 기부해 준 것에 대해 인사차 정일그룹 윤 회장을 찾아와 만난 후 지후를 찾아왔다. 유태호와는 이미 면식이 있었기 때문에 아주 의외라 할 수는 없었지만 놈의 입에서 나온 얘기는 지후를 상당히 불쾌하게 만들었다.

"서영 씨하고 결혼한다는 소식 들었어요. 축하한다는 말 직접 하고 싶어서 들렀습니다."

"고맙습니다."

"서영 씨 말로는 꽤 오래 만난 것 같던데 언제 그렇게 감쪽같이 연애를 한 겁니까?"

유태호의 말에 지후는 재빨리 머리를 굴렸다. 아무래도 서영이 유태호에게 사실과 다른 얘기를 한 것 같았기 때문이다.

"떠들면서 연애할 필요는 없죠."

"하긴, 그렇죠. 그런데 모임에 나오는 사람 누구도 눈치를 못 챘거든요. 서영 씨도 전혀 내색을 하지 않았고. 항상 싱글이라고 말했기 때문에 좀 놀랐어요."

"그랬나요? 오늘 가서 혼을 좀 내야겠네요."

지후가 농담조로 말하자 유태호가 조금 웃었다. 하지만 그 웃음이 썩 유쾌해 보이지는 않았다.

"모임에 나오는 사람들도 모두 놀라는 눈치예요. 알고 있는지 모르겠는데…… 까칠하기로 소문난 서영 씨가 유일하게 나하고 꽤 가까웠거든요. 물론 알고 있겠죠?"

유태호가 지후의 표정을 살피며 물었다. 그런데 그 표정이 어쩐지 이상했다. 자식이 무슨 말이 하고 싶은지 모르겠지만 서영과 꽤 가까웠다고 말하는 뉘앙스가 무척 거슬리고 불량했다.

"그랬습니까? 나한테는 그런 말 없었는데. 이런, 서영이가 다른 남자와 가깝게 지냈다니 혼낼거리가 점점 많아지네요."

지후는 끝까지 농담조로 부드럽게 받아넘겼다.

"혹시 다른 쪽에서 이상한 소문을 듣고 오해할까 봐 미리 말하는 건데 서영 씨와 나 가깝긴 했지만 특별한 사이는 아니었어요. 그저 친구보다는 조금 더 가까운 거리의 관계였다고 할까요?"

유태호는 오해하지 말라며 말했지만 놈의 표정은 일부러 지후의 성을 돋우려고 하는 말이라는 것을 확실하게 알려주고 있었다.

"오해할 리가 있나요. 유 이사님께서 사진에 대한 조예가 깊어 많은 대화를 나누었다는 얘기 서영이한테 들어 이미 알고 있습니다. 사진에 대해 진지하게 얘기할 수 있는 친구라고 자랑하더군요."

"아, 그랬나요?"

유태호가 조금 당황한 기색으로 되물은 후 어색하게 웃었다. 순전히 넘겨짚은 말이었는데 다행히 유태호가 진지하게 받아들였다.

그룹에서 중역 자리를 맡게 되면 자신이 속한 그룹 외에도 다른 그룹의 수장을 비롯해 비중있는 중역들과 나라 안에서 알아주는 인물들에 대한 기본 정보는 수집해 두고 있어야 했다.

더구나 유태호는 차기 대권을 노리고 있는 국회의원의 아들이었고 또 정일그룹에서 정기적으로 기부하는 비영리 단체에서 일하는 사람이기에 기본보다 조금 더 많은 정보를 갖고 있었다.

겉으로 드러나는 대외적인 것 외에도 놈이 겉으로는 깨끗하고 단정한 척해도 속은 말할 수 없이 추잡한 인간이라는 것도 알고 있었다. 그리고 놈이 쓴 몇 편의 기고 글에서 여행이나 사진에 대해 상당히 많은 관심을 갖고 있다는 것을 밝혔기 때문에 서영이 그와 가깝게 지냈다면 분명 사진의 대한 대화가 90% 이상이었을 것이라 짐작했고 그래서 넘겨짚은 것인데 제대로 걸려든 것이다.

"서영 씨가 나한테만 친절했던 건 꼭 사진만이 아니라……."

"태성그룹 양 회장님의 따님과 결혼하신다는 기사가 오늘 조간에 났더군요. 축하드립니다."

지후는 유태호가 더 이상 쓸데없는 말을 지껄이지 못하도록 중간에서 잘라 버렸다.

"예, 보셨군요."

유태호의 표정이 기묘하게 일그러졌다.

그때부터 지후는 유태호의 표정이 눈에 밟히고 유태호의 말투가 귀에 걸렸다. 서영과 유태호가 얼마나 깊은 관계였는지는 모르지만, 서영에게 상관없다고 했지만 전혀 상관없는 것이 아니라 두고두고 거슬렸다.

자신에게도 한때 사랑했던 여자가 있었음으로 서영의 연애 전적을 탓할 권리가 없었고 결혼 전 유태호가 찾아왔던 일은 사실 아무것도 아니었다. 유태호 때문에 기분이 상한 것은 분명했지만 가슴에 담아두고 두고두고 씹을거리는 절대 되지 못했고 지후 스스로도 곧 지워 버린 기억이었다. 하지만 결혼 후 아내가 다른 남자를 만났다는 것, 그건 상당히 큰 문제였다.

넉 달 전 유태호가 시애를 사무실로 지후를 찾아왔었다. 그날을 생각하면 지금도 화가 치밀었다.

유태호는 무슨 일로 미국에 오게 됐는지 정확히 밝히지는 않은 채 볼일이 있어 왔다가 그냥 서울로 돌아가기 서운해 인사나 할까 해서 들렀다며 저녁에 가볍게 술을 한잔하자고 제의했다. 지후는 일부러 들렀다는데 거절하기가 무엇해 퇴근 후 회사 근처 술집에서 유태호와 버번을 한 잔씩 마셨다.

"신혼인데 아내도 없이 외롭겠어요."

유태호가 말했고 지후는 서영이 곁에 없다는 사실을 유태호가 알고 있다는 것에 적잖게 놀랐다.

"어떻게 아셨습니까?"

"서영 씨한테 들었죠."

"서영이요? 서영일 만났습니까?"

"만났어요. 알래스카에서."

"……그랬군요."

지후는 명치끝에서 알 수 없는 분노가 끓어오르는 것을 느끼며 독한 버번을 꿀꺽 삼켰다.

분노는 걷잡을 수 없이 끓어오르고 있었다.

서영과 유태호가 알래스카에서 만났다는 말을 듣는 순간 결혼 전 유태호가 자신을 찾아와 지껄였던 말들이 생생하게 떠오르며 그 즉시 서영과 유태호는 담백한 관계가 아니라 서영의 말대로 서영이 가슴에 담고 있는, 깊은 관계일 것이라는 확신이 들었고 당장에 놈에게 주먹을 날려 코뼈를 주저앉혀 놓은 후 알래스카에서 서영이와 무슨 짓을 했는지 이실직고하게 만들고 싶었다.

"알래스카에는 어쩐 일로 가셨습니까?"

지후가 아무렇지도 않은 척하며 물었다.

"물론 일 때문이죠. 서영 씨를 만나러 간 건 아니에요. 우연히 만난 건데 그 먼 타국에서 우연히 만났다는 게 왠지 우연이 아니라 필연이라는 기분이 들더란 말이죠."

버번 잔을 움켜쥔 지후의 손에 힘이 들어가면서 지후의 머릿속에는 온갖 고문의 기술들이 떠오르기 시작했다.

놈을 화장실로 끌고 들어가 변기통에 대가리를 처박아줄까, 놈의 사지를 묶어놓고 불에 달군 쇠꼬챙이로 쑤셔놓을까, 아니, 놈의 머리 가죽을 벗겨내고 싶었다.

"서영이가 반가워했겠군요."

"나도 반가웠어요."

그 후에 나눈 대화는 기억할 필요도 없었다.

분노가 정수리 꼭대기까지 차오른 상태라 놈이 무슨 말을 지껄이는지 귀에 들어오지도 않았고 우연이 아니라 필연처럼 느껴졌다는 말과 서영이가 반가워했다는 것에 모든 신경이 내리꽂혀 다른 것은 생각할 수조차 없었다.

생긴 것은 말끔하고 담백하게 생긴 놈이 말하는 싸가지는 기술적으로 갈구며 사람을 갖고 노는 듯해 놈을 만나면서 술집을 나올 때까지 약 한 시간 동안 지후는 백오십 번이나 유태호의 면상에 주먹을 날리고 싶다고 생각했었다. 유태호의 면상을 날리는 대신 집에 있는 화장실 거울을 박살내고 말았지만.

거울을 박살낼 때 입었던 상처는 시간이 꽤 흘러서야 아물었고 지후는 상처가 아물어가는 동안 유태호를 만났던 날의 기억을 지우고 부질없는 의심을 지우느라 필사적으로 노력했었다. 그래서 다 지워졌다고, 기억도 의심도 모두 지웠다고 생각했는데 결정적인 순간에 지워졌다 믿었던 기억들이 대가리를 드밀며 아주 소중한 기회를 날려 버린 것이다.
"멍청한 놈."
지후는 자신의 입을 짓찧고만 싶었다.
옹졸한 놈.
그까짓, 결혼 전에 연애한 것이 무에 대수라고.
유태호 놈 하는 짓으로 봐서는 들을 가치도 없는 말인데 고작 그따위 놈의 말에 휘둘렸다니. 지우기로 했으면 지웠어야 하는데 그러지 못했던 모양이다. 못한 게 아니라 그렇게 되질 않았던 모양이다. 정말 미칠 노릇이었다.
아내가 곁에 있었다면 쓸모없는 의심 따위에서 자유로울 수 있었을 텐데.
서영 없이 혼자 시애틀에서 잠자리에 들 때면, 문득문득 서영이 유태호를 알래스카로 끌어들였던 것은 아닐까 하는 생각이 들었고, 가끔 서영에게 전화를 걸었을 때 통화 중이면 유태호와 국제전화로 사랑을 속삭이는 것은 아닐까 하는 생각도 하게 됐다.

유태호는 양설리와 결혼했으니 그런 일은 불가능하다는 것을 알면서도 서영과 유태호의 미심쩍은 과거사와 유태호가 흘렸던 불쾌한 뉘앙스의 말에 신경이 집중되면 다른 생각들은 정지되고 의심만 커졌다. 차라리 서영의 곁에 은밀하게 사람을 붙여 서영의 일거수일투족을 감시하며 그녀가 누굴 만나고 무엇을 하며 소일하는지 감시를 한다면 불쾌한 기분에서 헤어날 수 있었을 것이다.

차라리 방금 전 누구와 통화 중이었냐고 캐물었다면 속은 편했을 것이다. 하지만 아무것도 할 수 없었다.

사람을 붙여 감시하다가 서영에게 들키기라도 하는 날엔 일은 걷잡을 수 없이 커져 가뜩이나 좋지 않은 관계는 더욱 최악이 될 것이며 의처증 환자로 몰리기 십상이었고 서영이 누구와 어떤 내용의 통화를 했는지 캐물어 자신이 질투하고 있다는 것을 서영이 알게 되는 것도 싫었다.

서영이 회장님의 딸이 아닌 그저 보통의 평범한 집안의 여자였다면 이렇게까지 자존심을 세우려고 들지는 않았을 것이다.

하긴, 회장님의 딸이 아니었다면 이런 식의 결혼도 하지 않았겠지만 어쨌거나 서영은 회장님의 딸이었고 그렇다면 더더욱 자존심을 지켜야 했다.

오너의 딸이라고 해서 초장에 기가 꺾인다면 결혼 생활 내내 아내에게든 장인인 회장님에게든 질질 끌려 다닐 것이 불 보듯 뻔했고 체질상 목에 칼이 들어와도 회사를 그만뒀으면 그만뒀지 눈치 보며 끌려 다니는 것은 용납할 수 없었다.

오로지 능력 하나로 이 자리에까지 올라온 지후였다. 운이 좋아 회장님의 전폭적인 지지를 받은 것이 아니었다. 속된 말로 죽자 사자 덤비고 들고 파서 쟁취한 자리였다. 강지후가 얼마나 큰 능력을 가진 남자인지를 증명하기 위해 자신을 무섭게 몰아붙였다. 몰아붙여야만 했다.

한달한달 초인적으로 아끼며 빠듯하게 살아야 하는 가진 것 없는 집안의 장남. 아버지는 밤이 늦도록 버스 운전을 하시고 어머니는 식당 주방 일에서부터 남의 집 도우미까지 해야 했으며 아래로는 대학 공부를 마치려면 긴 세월이 남은 남동생이 셋. 없는 신세에서 벗어나는 일은 개처럼이든 짐승처럼이든 미친 듯이 돈을 버는 방법밖엔 없다고 생각했다. 그 생각은 아버지가 교통사고를 당하시고 가까스로 생명을 구하면서 더욱 강렬해졌다.

"평생을 나하고 너희들 굶기지 않으려고 일만 하시다 돌아가시게 할 수는 없잖아. 너무 억울하잖아……."

아버지가 사경을 헤맬 때 아버지를 살려낼 만한 힘을 가진 어떤 존재를 향해 끝없이 기도를 하시던 어머니가 그랬었다.

지후의 맹세는 더욱 강렬해졌다. 반드시 성공하겠다고. 돈을 벌어서 못사는 집을 잘사는 집으로 바꾸어놓고 말겠다고. 지후의 맹세가 하늘에 닿았던 것인지 윤 회장의 가슴에 닿았던 것인지 묘한 인연으로 지후는 정일그룹 윤 회장과 만나게 됐다.

정일그룹에서 일반인들을 대상으로 육 개월 후 출시를 앞둔 신제품의 마케팅 전략 아이디어 공모를 실시했고 마케팅 공모전에서 지후가 제출한 아이디어가 대상을 받으면서 상당한 금액을 상금으로 받고 윤 회장과의 면담 시간도 얻게 됐다.

당초 삼십 분으로 예정되어 있던 윤 회장과의 면담 시간은 윤 회장이 지후와의 면담 후에 있을 스케줄을 세 가지나 취소를 시키면서 두 시간 남짓 진행됐고 대학생과 굴지의 대그룹 회장의 면담으로 보기엔 무리가 있을 만큼 치열한 대화들이 오갔다.

그날 밤 윤 회장의 비서가 선물을 들고 집으로 찾아왔고 아버지의 수술비는 물론이고 병원비 일체를 부담했다.

사실 아버지가 살아나신 것은 그 무엇보다 감사한 일이었지만 엄청난 병원비를 어떻게 감당해야 할지 막막하던 차였다. 모아둔 돈도 없고, 빌릴 곳도 없어 눈앞이 캄캄하던 지후의 상황을 마침참 신기하게도 윤 회장이 나타나 해결해 준 것이다.

감사의 인사차 또 빌려주신 병원비를 어떤 식으로 갚을 계획인지도 밝힐 겸 윤 회장을 찾아갔을 때 윤 회장이 단도직입적으로 말했다.

"정일그룹에 들어와 봐."

들어오라도 아니고 들어와 보라고 했다. 그 말은 강지후란 놈이 싹수가 있는 놈이란 것은 눈치를 챘지만 아직은 미완성이니 완성시켜 보라는 뜻이었다.

취업을 앞둔 취업 대비생들 사이에서 정일그룹은 입사만 할 수 있다면 죽을 때까지 굶어 죽을 걱정 없는 곳으로 인식되어 있었다. 그만큼 입사가 힘든 곳이었고 치명적인 실수만 하지 않는다면 내쫓길 염려도 없는 곳이었다.

입사 자체가 낙타 구멍이고, 모든 취업 대비생들의 선망의 대상인 회사였기에 윤 회장은 정일그룹에 '들어오라' 가 아니라 '들어와 봐'라고 말한 것이다. 네놈이 과연 정일그룹의 입사 시험, 아니, 입사 함정을 무사히 통과해 낼 수 있는지 지켜보겠다는 뜻으로.

마케팅 공모에서 대상을 받았다고 해서 입사 시험에서 플러스 점수를 주는 아량은 베풀지 않았다. 공모 대상은 완전하게 배제시킨 채 똑같은 조건에서 지후를 시험한 것이다.

그것은, 정일그룹이 번득이는 아이디어 외에도 그 번득이는 아이디어를 오래도록 유지하고 끊임없이 끌어낼 수 있는 잠재력까지 원했기 때문이다.

결론은, 지후는 정일그룹의 입사 함정을 완벽하게 통과했고 강지후의 능력은 입사 시험을 통과하는 것뿐만이 아니라 감히 상상도 못하는 다른 무엇이 있다는 것을 증명하기 위해 하루에 세 시간 이상은 자본 적이 없을 만큼 미친 듯이 일에 매달렸다.

그렇게 이 년. 어느 날 윤 회장이 회장실로 지후를 불러올렸다. 정일그룹에 입사하고 이 년 동안 단 한 번도 개인적으로 만난 적이 없고 제대로 인사 한 번 할 기회조차 허락한 적 없었던 윤 회장이 직접 지후를 불러올린 것이다. 그리고 말했다.

"베트남으로 가."

"예."

지후는 왜 가야 하는지, 가서 어떤 일을 해야 하는지 묻지 않았다. 윤 회장이 시키는 대로 군말 없이 베트남으로 떠났고 일 년 반 만에 다시 한국으로 불려 들어와 보름 만에 다시 인도로 갔다.

인도에서 이 년 만에 돌아왔을 때 지후는 기조실장으로 승진했고, 그리고 윤 회장으로부터 서영과의 결혼 제의를 받았다.

"일 잘하는 사람과 믿을 만한 사람 중에 어떤 쪽이 더 키우기 힘들 것 같나?"

"믿을 만한 사람 쪽입니다."

"맞아. 일을 잘하는 건 훈련시키기 나름인데 믿을 만한 사람으로 키우는 건 훈련만으로는 힘들어. 믿을 만한 사람을 하나 얻는 게 일 잘하는 사람 열 얻는 것보다 힘들어. 믿을 만하면서도 일까지 잘하는 사람은 백배 더 힘들지."

"예."

"일을 잘한다는 건 뭘 뜻하는 건지 아는가?"

"회장님의 생각을 듣고 싶습니다."

"난 무조건 열심히 한다고 해서 잘한다고는 생각지 않아. 성실한 것도 매우 중요한 조건이긴 하지만 내가 원하는 일 잘하는 사람은 사람을 잘 다루는 능력을 가진 사람이야."

"맞습니다."

"록펠러가 이런 말을 했네. 사람을 다루는 능력은 설탕이나 커피와 같은 공산품처럼 구입 가능한 것이다. 따라서 나는 세상의 다른 어떤 것보다 그러한 능력에 대해 가장 많이 지불할 것이다라고. 나 역시 마찬가지야. 사람을 다루는 능력이 탁월한 인재를 발굴한다면 내가 가진 전부를 투자할 거야."

지후는 윤 회장의 한 마디 한 마디를 귀담아 듣고 있었다.

"자네도 명심하게. 쓸 만한 놈을 알아보는 눈을 키워야 하고 인재가 눈에 띄면 수단과 방법을 가리지 말고 내 사람으로 만들어야 해."

"명심하겠습니다."
"결혼할 여자 있나?"
"없습니다."
"확실해?"
"예, 없습니다."
"내가 알아둬야 할 여자관계 있나? 과거에 있었던 일은 필요 없고."
"없습니다. 그런데 어째서 물으십니까?"
지후의 물음에 윤 회장의 표정이 신중해졌다.
"딸이 있는데, 정말 좋은 놈하고 맺어줬으면 좋겠거든. 그 녀석이…… 여기가 얹힌 것처럼 걸리는 녀석이라서…… 정말 좋은 놈하고 맺어줬으면 좋겠거든."
윤 회장이 명치 부근을 꾹 누르며 말했다.
"……."
"박색 아니야. 예뻐. 내 딸이라 예쁘다는 게 아니라 예뻐. 나 안 닮고 먼저 간 애 엄마 닮아서 예뻐. 잘 컸어. 속도 곱고 정도 많고 예의 바르게 잘 키웠어."
지후는 조금 당황한 표정으로 윤 회장을 바라보고 있었다.
윤 회장은 지금 자신의 딸과 결혼을 했으면 좋겠다는 뜻을 지후에게 전달하는 중이었고 그 말은 조금 전 쓸 만한 놈이 눈에 띄면 수단과 방법을 가리지 말고 내 사람으로 만들라는 말과 일맥상통했다.
강지후라는 놈은 윤 회장에게 사위를 삼아서라도 당신의 사람으로 만들어야 하는 쓸 만한 놈이라는 것. 결코 불쾌할 이유는 없었지만 당황스러운 것은 분명했다.

"싫어?"

지후가 입을 다물고 있자 윤 회장이 약간 뚱한 표정으로 물었다.

"제가 좋다고 해서 되는 일이 아니지 않습니까. 따님께서도……."

"그놈은 싫다고 할 거야."

"그러니까……."

"그러니까 자네가 설득해 봐."

윤 회장의 말에 지후가 조금 더 당황한 표정으로 윤 회장을 쳐다보자 윤 회장이 픽 웃었다.

"제가 설득한다고 되겠습니까?"

"어려운 일이기 때문에 자네한테 말하는 거야. 내 딸이 착하고 바르지만 쉬운 애는 아니야. 자기가 납득하지 못하는 것에 쉽게 굴복하지도 않고 설득은 해도 애원하는 법은 없어. 상대에게 세 번의 상처를 받으면 적어도 두 번은 되갚을 줄도 알고. 그래서 쉬운 놈은 붙여주기 싫어."

"……."

"기억하게. 사람을 다루는 능력이 탁월한 인재를 발굴한다면 내가 가진 전부를 투자할 거라고 했던 말."

윤 회장이 의미심장하게 말했고 지후는 굉장히 무거운 짐을 진 기분으로 윤 회장을 바라보았다.

윤 회장으로부터 처음으로 결혼 얘기를 듣고 사무실로 내려왔을 때 지후는 한동안 갈림길에 서서 어느 길이 순조로운 길인지 갈피를 잡지 못하는 사람처럼 이상한 기분에 사로잡혀 있었다. 이런 제의를 받을 것이라고는 상상도 못했거니와 또 이런 식으로 결혼을 하게 될 줄도 몰랐기 때문이다.

무엇보다 윤 회장의 딸이 어떤 사람인지 전혀 몰랐기 때문에 뜨악한 기분이 들었다. 얼굴도 모르고 윤서영이라는 사람에 대해 아는 것이 일절 없는 상황에서 회장님의 말만 믿고 결혼을 한다? 어처구니없는 일이었고 한마디로 느닷없는 일이었다.

그래서 사실 받아들이고 싶은 생각보다는 정중하게 거절하고 싶은 생각이 더 컸다. 거절한다고 해서 윤 회장이 서운해하긴 하겠지만 그렇다고 회사에서 내칠 사람은 아니니까.

그러나 거절 결정을 내리는 일이 쉽지 않은 것은 바로 윤 회장이 던졌던 말 때문이었다. 탁월한 인재를 발굴한다면 가진 전부를 투자하겠다 했던 말.

그 말은 윤 회장이 강지후라는 놈을 전부를 투자해서라도 잡아두어야 하는 인재로 지목했다는 뜻이었다. 윤 회장이 피도 살도 섞이지 않은 강지후를 순전히 능력만을 높이 사서 딸과 결혼까지 시켜서라도 곁에 두려고 하는데 그분의 뜻을 매정하게 거절하기가 쉽지 않았다.

지후의 인생에서 가장 힘겨웠던 날, 끔찍하게 고통스러웠던 날 결정적인 힘이 되어주고 빛이 되어주셨던 분이 아닌가. 그분의 은혜를 생각한다면, 그분이 자신의 능력을 인정해 준 것에 감사하며 무조건 '알겠습니다' 해야겠지만 아무리 회장님 딸이더라도 일면식도 없는 여자와의 결혼은 아무리 생각해도 내키지가 않았다.

또한 혹여 넙죽 받아들였을 때 주변으로부터 강지후 자식 돈보고 덤벼들었다는 오해를 받게 될 것도 전혀 무시할 수 없고.

고민을 거듭하던 지후는 충분히 생각할 시간을 가진 후 마음이 움직이지 않으면 거절하자 싶었다.

그런데 박 비서에게서 윤 회장의 딸에 대한 정보를 얻은 후 생각은 180도로 달라졌다.

"회장님 큰따님이 누군지 아직도 모르십니까?"

박 비서가 의외라는 얼굴로 물었다.

"몰라요."

"실장님, 입사하시고 총괄팀에서 시작하셨을 때 큰따님께서 총괄팀에서 아르바이트도 하셨는데……."

박 비서가 말끝을 흐렸다. 마치 대단히 켕기는 부분이 있는 것처럼.

"아르바이트? 대학생 아르바이트 말입니까?"

대학생 아르바이트생이라면 몇 사람 기억나는 얼굴이 있었다.

"예, 윤서영 씨라고……."

맙소사! 지후는 그제야 박 비서가 왜 대단히 켕기는 표정으로 말끝을 흐렸는지 이유를 알 수 있었다.

"기억나십니까? 얼마 전에 옥상을 소극장으로 개조하는 공사를 끝내고 회지에 실을 사진을 따님께서 직접 찍었는데 따님께서 사진을 배우고 계시거든요. 오픈 식에도 참석했는데 못 보셨습니까?"

"기억납니다. 기억나요."

지후는 해머로 뒤통수를 얻어맞은 기분이었다.

육 년 전 자신에게 사랑을 고백했던 윤서영이 윤 회장의 딸이었다니. 두 번씩이나 서영에게 모욕을 안겨주었었는데 바로 그 윤서영이 회장님의 딸이었다니.

지후는 입 안이 바짝 말라오는 것 같았다.

생각지도 못했었다.

윤서영과 윤 회장. 두 사람이 부녀지간일 것이라는 생각은 단 한 번도 해보질 않았다. 누구도 알려주지 않았고 윤서영도 내색하지 않았으니까. 회장님 역시 마찬가지고. 그리고 이런 식으로 윤서영과 연결될 것이라는 생각도 해본 적이 없었다. 아니, 할 수조차 없었다. 윤서영은 이미 육 년 전에 자신이 매몰차게 잘랐던 여자였고, 그리고 기억 속에서 지워 버렸었으니까.

"맙소사."

지후가 낮은 목소리로 난처하게 중얼거렸다.

베트남에서 부름을 받고 서울로 돌아와 보름을 지내는 동안 딱 한 번 서영을 봤었다. 먼발치에서였고, 그때 서영은 중앙 로비 스테이션에서 경비에게 뭔가를 묻고 있었다.

지후는 그때 단순하게 그때 그 애구나 라고 생각했고 방학이라 아르바이트를 하러 온 모양이라고만 생각했다. 그 외에 다른 생각은 없었고 곧 잊어버렸다. 그리고 다시 윤서영을 본 것은 한 달 전이었고 비서의 말대로 옥상 소극장 오픈 식에서였다.

서영은 커다란 카메라를 들고 소극장 구석구석을 필름에 담고 있었고 꽤 가까운 곳에서 스치긴 했지만 서영은 카메라에 정신이 팔려 지후를 알아보지 못하고 지나쳤다.

그리고 청각을 자극하는 재잘거리는 목소리에 정신을 차렸을 때 지후는 소극장 한쪽에 꾸며진 카페 분위기의 테라스에 놓인 유럽식 테이블에 앉아 있었고 서영은 바로 등 뒤에 등을 맞대고 앉아 누군가와 수다를 떨고 있었다.

서영과 함께 있는 사람은 친구인 듯했고 서영과 친구는 잠깐도 쉬지 않고 참 열심히 수다를 떨었다. 사실 등 뒤에 앉아 떠드는 여자가 윤서영이라는 것은 서영과 함께 있는 여자의 입에서 강지후라는 이름이 나왔기 때문이지, 그렇지 않았더라면 누군지도 모른 채 꽤 시끄러운 여자들이라고 치부하고 말았을 것이다.

"그 사람은 아직 여기서 일하니?"
"응."
"봤어?"
"못 봤어."
"보러 가지 그랬니."
"날 기억도 못할 텐데 뭘."
"그래서 널 기억도 못하는 강지후는 이제 잊었니?"

강지후. 서영과 함께 있는 여자의 입에서 자신의 이름이 나오자 지후는 자신도 모르게 긴장되는 것을 느꼈다.

"잊었지, 그럼."
"잊었다면서 왜 긴장해?"
"긴장한다기보다는…… 하여튼 잊긴 잊었어."

"잊었다면서 소개 받는 사람마다 강지후하고 비교니? 것도 걸어차인 남자랑."

"비교는 무슨. 그런 거 아니야."

"아니긴. 바보."

"그냥 좀…… 인도에 있는 줄 알았더니 서울 들어왔다 하잖아. 서울 왔다 하니까 괜히 마음이 좀 그러네."

"마음이 그러네 어쩌네 하지 말고 가서 만나. 만날 구실 많잖아."

"됐어. 애인 있는 사람 만나봤자 속만 아프지. 그리고 정말로 내가 누군지 기억도 못하고 또 창피당할까 봐 싫어."

"건 그러네. 강지후 그 바보 같은 남자는 너 같은 순애보를 두고 어느 별나라 여자를 품고 있다니."

"순애보 아니야. 이제 잊었다니깐."

"그래, 믿어주는 척할게. 어쨌든 미국은 언제 가니?"

"다음달이나 그 다음날이나, 지금 알아보고 있어."

"미국 가기 전에 정말 안 만나볼 거야?"

"말했잖아, 내가 누군지 기억도 못할 남자라고."

서영이 시무룩한 목소리로 말했다.

"그럼 미국 가서 미국 남자 사귀어. 강지후보다 서른 배는 더 멋지고 정력 좋은 남자로."

친구의 말에 서영이 낮게 까르르 웃었다.

"너 여기 계속 있을 거야? 저녁에 밥 먹을까?"

"그럴까?"

"나 점심시간 다 돼서 은행 들어가야 해. 여섯 시에 통화하자."
"알았어. 아버지 잠깐 뵙고 근처에 있을게."
"그래."

서영이 친구와 지후의 곁을 지나쳐 옥상을 빠져나갔다. 서영이 친구와 재잘거리며 지나가는 것을 조용히 지켜보던 지후는 쓴웃음을 지었다.

두 사람의 대화를 들어보니 윤서영이 육 년 전 좋아한다고 고백했던 것이 내기 때문에 장난을 치고 까부느라 한 소리가 아니라 정말로 순수한 고백이었다는 것을 알게 됐고, 그래서 미안한 마음이 들었기 때문이다.

그땐 도저히 진심처럼 느껴지지도 않고 순수하게 받아들여지지가 않아 장난을 치는 줄로만 알고 모욕을 주었었는데 지금 생각해 보니 완전 오판이었고 사랑을 고백하는 여자를 대처한 방법이 몹시 고약하고 잘못됐었다는 것을 알게 됐다.

미안했고 가능하다면 정식으로 사과도 하고 싶었지만 갑자기 나타나서 우연히 듣게 됐다며 그땐 미안했다고 사과하는 것도 우습고 해서 마음속으로 혼자 미안해할 수밖에 없었다.

그 후로 이상하게 마음에 걸렸었다.

본의 아니게 듣게 됐던 대화 한 마디 한 마디가 귓가에 맴돌며 계속해서 윤서영을 생각하게 만들었다.

벌써 육 년이나 흘렀는데 아직도 첫사랑의 감정을 갖고 있다는 것도 신기하고, 더구나 모욕을 당했으면서도 잊지 못하는 것이 참 딱했다. 몇 년, 아니, 몇 달 정식으로 연애라도 했으면 모를까, 사랑고백 했다가 된통 혼쭐이 났으면서도 잊지 못하고 다른 남자들과 비교를 한다니.

아직도 대한민국에 저런 순애보가 있다니 순진하다 해야 할지 바보라고 해야 할지, 어쨌거나 지후는 다시 만날 일이 없는 윤서영을 문득문득 떠올렸다. 서영이 그날 '아버지 잠깐 뵙고'라고 말했을 때 그 아버지가 윤 회장이라는 것은 요만큼도 눈치 채지 못한 채 말이다.

지후는 윤 회장의 딸이 서영이라는 것을 알고 나서는 거절하려던 생각을 바꿨다.

예쁘다는 윤 회장의 말이 거짓말이 아니라는 것을 확인했기 때문도 아니고 윤서영이 재벌의 딸답지 않게 순수하다는 것을 알게 됐기 때문도 아니었다.

육 년 전 잠깐 스치고 사라진 인연인 줄 알았는데 이런 식으로 다시 만나게 됐다면 그건 보통 인연이 아니라는 생각이 들었기 때문이다.

보통 인연이 아니라면 한번 해보고 싶었다. 서영의 마음에 아직도 강지후가 존재하고 있다는 것을 알게 됐으니 밀어붙여 보고 싶었다.

서영이 아직도 강지후를 마음에 품고 있다고 해도 과거의 전적 때문에 수월하지는 않겠지만 비로소 서영과 인연을 만들어갈 기회가 왔으니 기회를 붙잡고 싶었다.

서영이 지후를 찾아왔을 때, 거절해 달라는 말만 하지 않았더라면 지금과 같지는 않았을 것이다.

그날, 윤서영 씨가 찾아왔다는 비서의 말을 듣는 순간 지후는 순간적으로 너무 당황해서 목이 꽉 막히는 기분이었다. 그뿐만 아니라 서영이 전혀 예고없이 나타났음에도 서영을 맞으러 입구로 걸어가는 몇 초 동안 몹시도 기쁜 만남이 될 것이라 생각했던 예상이 완전히 빗나가자 더욱 당황하고 말았다.

서영이 거절해 달라고 할 줄은 생각지도 못했다. 과거의 좋지 못한 기억 때문에 아마도 몇 번은 사과를 해야 할 것이라고 생각했고 또 몇 번이 되든 순수한 마음을 알아주지 않은 것에 대해 진심으로 사과를 할 작정이었는데 서영은 지후가 생각했던 것과는 전혀 반대의 태도로 나온 것이다.

서영은 강했다. 내색하지 않았지만 지금까지 지후가 상대했던 사람들 통틀어 가장 대처하기 까다롭고 힘겨웠을 만큼 강했다. 오죽하면 서영이 사무실을 나간 후 한 시간 동안이나 아무 일도 못하고 진이 빠진 채 앉아 있었을까. 온몸이 진땀으로 흠뻑 젖은 채 말이다.

"잘해볼 생각이었는데."

두 번째 레스토랑에서 만났을 때 지후는 진심으로 잘해볼 생각이었다. 서영에게 잘 보이기 위해 백화점이 문을 닫는 시간까지 샅샅이 뒤져 새 양복을 구입하고 사과를 어떤 식으로 할 것인지, 어떤 목소리와 어떤 표정을 지을 것인지를 연습했으며 분위기를 부드럽게 이끌기 위해 인터넷을 뒤져 몇 가지 유머거리도 찾아 외웠다. 말 그대로 만반의 준비를 한 것이다.

그런데 서영은 지후의 정성을 깨끗하게 무시하며 수소폭탄을 깔끔하게 터뜨려 주었다. 각자 생활의 카드를 들고 나온 것이다.

지후는 자리에서 벌떡 일어났다. 이렇게 누워서 옛날 생각만 하고 있을 겨를이 없었다. 과거의 일을 되짚는다고 해서 그 시간으로 다시 되돌아갈 수 없으니 지금부터라도 제자리로 돌려놓아야 했다.

이번에 서영을 데리고 시애틀로 가면 다시는 시애틀을 떠나지 못하도록 해야 했다. 반드시 곁에 두고 매일같이 함께 잠들고 함께 일어나도록 만들어야 했다. 강지후가 없으면 못 살게 만들어놓고야 말아야 했다.

"제기랄!"

지후는 옷을 챙겨 입으며 욕설을 내뱉었다.

자신이 분위기를 다 망쳐 놓은 것이 한심해서 견딜 수가 없었기 때문이다.

"멍청한 놈!"

지후는 신경질적으로 뇌까리며 지금부터는 서영의 마음을 풀어 놓기 위해 정말 다정한 남자가 되겠다고 다짐하며 방을 나섰다.

제 8 장

얼마나 앉아 있었는지 알 수 없지만 서영이 깊은 생각에 빠져 시간 가는 줄 모르고 있는데 노크 소리가 들렸다.
"거기 있어? 서영아?"
지후의 목소리였다.
그제야 정신을 차린 서영이 벌떡 일어나 문을 열자 지후가 암실 문 앞에 서 있었다. 아무 일도 없었다는 듯 아주 멀쩡한 얼굴로.
"거기서 뭐 해?"
목소리 역시 조금도 변함없이 지극히 사무적인 억양.
"암실이에요. 사진 인화하고 있었어요."
"여기가 암실이군. 내가 봐도 될까?"
"뭐, 별로 볼 건 없는데……."

서영은 아무렇지도 않은 것처럼 지후를 쳐다보는 것이 쑥스러워 시선을 피했다.

"암실이라는 곳 처음이거든."

"그럼 들어와요."

서영이 비켜서자 지후가 암실로 들어왔고 서영은 문을 닫았다.

붉은빛이 가득한 암실. 지후는 암실 가득 붙어 있는 사진들과 인화 약품들이 담긴 그릇 등을 하나씩 훑어봤다.

"당신 사진은 아마추어 수준을 뛰어넘었군."

지후가 벽에 걸린 사진을 바라보며 말했다.

"아마추어를 면한 건 오래됐어요."

"당신 사진 처음 봐."

"보여준 적 없잖아요."

"여긴 어디야?"

지후가 사진 속의 장소를 가리키며 물었다.

"……"

서영이 아무런 대답 없이 가만히 있자 지후가 고개를 돌려 서영을 쳐다봤다. 서영은 약간 찌푸린 얼굴로 다른 사진을 보고 있었다.

"말하기 싫어?"

"……"

"왜 그래?"

"저…… 앞으로는 안 그랬으면 좋겠어요."

"뭘?"

"그러니까, 스킨십 같은 거…… 하지 말았으면 좋겠어요."

서영이 낮은 음성으로 말했다.

"그러다가 갑자기 싸우고…… 지금처럼 아무 일도 없었던 것처럼 행동하는 거…… 나 적응 안 돼요. 그러니까…… 스킨십 같은 거 하지 말아요. 나도 안 할게요."

"서영아."

"정말 너무 싫어요. 아까 같은 상황…… 진짜 싫어요."

정말 싫었다. 격정적으로 사랑을 나누려던 순간 갑자기 말도 안 되는 소리로 싸우게 되고 또다시 아무 일도 없었던 것처럼 행동하는 지금. 정말 싫었다.

"내가……."

"유태호 끌어들인 적 없어요. 유태호 씨 재단 일 때문에 알래스카에 있는 어느 재단하고 제휴라나 결연이라나 뭐 그런 거 하러 왔던 거예요. 난 다른 일 때문에 앵커리지에 나갔던 길에 우연히 마주친 거고 조금도 반갑지 않았어요. 그리고 난 그 사람이 같이 밥 먹자는 것도 거절했어요. 그냥 사진 찍으러 여행 온 거라고 전화번호도 알려주지 않았어요. 하여튼 내가 하고 싶은 말은, 서로 좋다가 갑자기 싸우고 또 금방 아무 일도 없었던 것처럼…… 그게 너무 싫으니까……."

서영은 갑자기 울음이 터질 것 같아 도망치듯 암실을 나가 버렸고 지후는 암실에 혼자 남겨진 채 한숨을 내쉬었다. 또다시 서영에게 상처를 준 것이 마음에 걸렸기 때문이다.

"내가 여자를 정말 너무 모르는군."

그래, 지후는 여자의 마음을 너무 몰랐다.

지금은 싸웠더라도 어느 정도 침묵의 시간을 가진 후 아무 일도 없었던 것처럼 다정하게 굴면 되는 줄 알았는데 알고 보니 아주 단세포적이고 바보 같은 생각이었다. 여자는 남자보다 천배로 섬세한 마음을 가졌다는 것을 미처 생각지 못한 것이다.

"미치겠군."

지후가 아주 난감한 표정으로 암실에서 나와 이층으로 올라갔을 때 서영은 막 화장실에서 나오고 있었다.

"점심 먹어야죠?"

서영이 운 얼굴을 보이지 않으려고 침대로 가서 흐트러진 시트를 정리하며 물었다.

"먹을 게 있어?"

"없어요."

"또 토마스네 가게에서 먹어야 하나?"

"몇 시죠?"

"두 시."

벌써 두 시라니. 정말 시간 가는 줄 모르고 생각에 잠겨 있었던 모양이다.

"다섯 시 삼십 분까지 새라네 집에 가기로 했으니까 간단하게 토스트나 만들어 먹죠. 내가 빵 사 올게요."

"같이 가지."

"또 양복을 입고 가야 하잖아요. 불편할 테니까 혼자 갔다 올게요."

"상관없어. 오늘 입고 잘 잠옷도 사야 하고."

"그래요, 그럼."

서영이 지후를 지나쳐 가는데 지후가 서영의 손을 잡았다.

"미안해."

지후의 말에 서영은 아무 말도 하지 않고 바닥만 내려다보고 있었다.

"미안해. 내가 실수했어. 사과할게."

"……알았어요."

서영이 알았다고 대답했지만 그 모습이 너무 시무룩해서 더 미안했다.

차를 몰고 시내로 나온 서영과 지후는 적당한 곳에 차를 세워두고 먼저 지후의 잠옷을 사기 위해 옷 가게로 갔다. 이 마을에는 외출복 실내복 할 것 없이 모두 뭉뚱그려 파는 가게가 흔했는데 싸면서도 질이 좋아 서영이 종종 들르는 가게였다. 서영이 안에 입고 있는 모직 셔츠와 외투도 이 집에서 구입한 것이었다.

원래는 잘 때 입을 잠옷만 살 생각이었는데 어떻게 하다 보니 지후에게 잘 어울리고 꼭 맞는 외투가 눈에 띄었고 서영이 입어보라 권하자 지후도 거절하지 않아 입어본 후 두 사람 모두 마음에 들어 그 자리에서 사고 말았다. 바지도 눈에 띄는 것이 있어 사고 편하게 입을 티셔츠도 한 장 사고 하다 보니 잠옷까지 합쳐 가게를 나설 때에는 한아름이었다.

"마음에 들어요?"

서영이 빵집이 있는 곳으로 걸음을 옮기며 물었다.

"다 마음에 들어. 특히 이 외투."

지후는 양털이 달린 두툼한 외투를 툭툭 두드리며 말했다.

"여기선 이런 외투가 최고군."

"잘 어울려요."

"쇼핑할 때마다 싸웠던 것 같은데 오늘은 싸우지 않았어."

지후의 말에 서영이 우리가 언제 쇼핑한 적이 있었던가요? 하고 되물었다.

"웨딩드레스, 예물, 턱시도, 청첩장 등등."

"그건 쇼핑이라고 부르기가 좀…… 하여튼 웨딩드레스는 내가 졌지만 반지는 아무리 생각해도 당신이 졌어요."

"아직도 반지를 끼지 않았군."

지후의 말에 서영은 아차 싶었다.

토마스네 집에서 반지를 끼지 않는 것에 대해 지후에게 싫은 소리를 들은 후 집에 가면 즉시 반지를 찾아 낄 생각이었는데 어떻게 하다 보니 놓친 것이다.

"끼려고 했는데…… 깜빡했어요."

"새라네 집에 갈 땐 끼겠지?"

"그럴게요."

"난 이 반지가 좋아. 너무 화려한 건 싫어."

"내가 고른 반지도 화려하진 않았어요. 당신이 고른 것보다 조금 더 디자인이 예뻤던 거지."

서영이 말했다.

"원래 반지 같은 건 여자가 원하는 취향의 반지를 해야 뒷말이 없는 거예요."

"시계는 당신이 골랐잖아?"

"시계야말로 차고 다닐 일이 없어요."

"난 늘 하고 다녀."

지후가 말했고 서영이 외투 때문에 가려져 있는 지후의 손목을 보기 위해 외투 소매를 걷어 올리자 정말 시계가 있었다.

서영이 골라준 시계. 휴대폰 때문에 시계는 차고 다닐 일이 없었는데 지후는 참 열심히도 챙기고 있었다.

"결혼 예물은 한 가지도 하지 않았군. 당신은 반지가……."

"난 결혼반지를 볼 때마다 너무 무미건조해서 당신이 나를 그렇게 건조하게 생각하는 것은 아닌지 싶어 김샌다구요. 그런데 나한테 무슨 말을 하려던 거예요?"

침울한 얼굴로 중얼거리던 서영이 이상한 기분에 곁을 보자 지후가 없었고 깜짝 놀라며 걸음을 멈추며 돌아봤을 때 지후가 우뚝 멈춰 서서 서영을 쳐다보고 있었다.

"뭐 해요?"

"당신이 내 감정에 신경을 썼단 말이야?"

지후가 선 채로 물었다.

"무슨……."

"난 당신이 내 감정 따위에는 아무런 신경도 쓰지 않는 줄 알았어."

"그건……."

서영이 조금 당황했다. 생각 없이 나오는 대로, 아니, 말을 하다

보니 마음속에 있는 말을 그냥 토해내고 말았던 것이다.

"뭐, 내가 당신 감정에 신경 쓴다고 해서 당신이 달라지는 건 없잖아요."

서영이 말하자 지후는 대답 없이 서영의 곁으로 왔다.

"그런데 무슨 말을 하려던 거예요? 반지가 어쩌고 했었잖아요."

"당신이 말을 잘라 버리는 바람에 무슨 말을 하려고 했는지 잊었어."

지후가 말했고 서영은 지후처럼 기억력이 좋은 사람이 잊었을 리 없다고 거짓말하는 것이라는 걸 알았지만 더 캐묻지 않았다.

지후는 서영과 함께 빵집으로 걸어가며 생각했다. 서영이 자신의 감정에 대해 저 정도로 신경 쓰고 있을 줄은 몰랐다는 것을.

지후는 당신은 반지가 꼴 보기 싫어 견딜 수 없겠지만 적어도 내가 와 있는 동안엔 끼고 있어주면 좋겠다는 말을 하려던 참이었다. 상당히 가시 돋친 말이었는데 서영이 중간에 말을 자르지 않고 했더라면 서영의 마음을 또다시 상하게 했을 텐데 그렇지 않아 다행이라 생각했다.

"여기서 만난 사람 중에 남자 친구는 없어?"

지후의 물음에 서영은 그런 멍청한 질문은 태어나서 처음이라는 듯한 표정으로 지후를 쳐다봤다.

"왜 그런 걸 물어요?"

"난 유혹이 아주 없지 않았거든."

지후가 말했고 서영이 눈빛이 차가워졌다.

"그럴 테죠."

심각하지 않은 척하려고 했지만 어느새 목소리는 심각해져 있었다.

"내가 그런 게 아니라 여자들이 나한테."

지후가 농담처럼 해명하려고 했지만 서영에게 농담처럼 들리지 않았다.

"과연 그럴까요?"

부드럽게 비꼬아주려고 했는데 목소리는 나무토막처럼 딱딱해져 버렸다.

농담이었는데 서영이 너무 진지하게 받아들이자 지후는 또 실수를 한 모양이라고 생각하며 명치끝이 답답해져 오는 것을 느꼈다. 분명 서영은 가슴속에 폭탄을 하나 숨기고 있는데, 그것을 언제 터뜨릴지 알 수가 없었다.

"가증스럽게 모른 척하지 말아요! 넌 결혼식 전날에도 여자를 사무실로 끌어들였고 시애틀에 가서까지 그 여자를 만나고 돌아다닌 나쁜 자식이야!"

여자를 끌어들였다? 그건 하늘에 맹세코 있을 수도 없는 일이었다. 서영이 했던 말, 대체 그게 무슨 말인지 무슨 근거로 하는 말인지 알 수가 없었다.

서영은 금방 구워 나온 크루아상 두 개와 샌드위치 두 개를 산 후 빵집을 나왔다.

서영은 빵집을 나오면서부터 입을 닫은 채 한 마디도 하지 않았다. 별것 아니라고 생각해 버리면 되는데 다른 여자들로부터의 유혹이 없지 않았다는 지후의 말이 비수가 되어 심장에 꽂혀 버렸고 심장에 꽂힌 비수가 시간이 갈수록 더욱 심한 통증을 유발해 입이 닫혀 버렸다.

그러자 지후도 더 이상 말이 없었다.

빵집에서 사 온 빵 중에 서영은 가까스로 작은 크루아상 반 조각만 먹고는 다른 것에는 손을 대지 않았다. 지후가 더 먹으라 했지만 별로 생각이 없다며 아침에 내렸던 커피가 떨어져 다시 커피를 내린 후 커피만 들이켰다.

"왜 그래?"

"뭐가요?"

"화난 사람 같아."

"왜 화가 나요. 화날 일 없잖아요."

서영이 아무렇지도 않은 듯이 미소까지 지으며 말했지만 미소마저도 이상하게 일그러져 있었다.

화가 난 게 아니라 가슴이 아픈 거예요.

"빵집을 나오면서부터 한 마디도 하지 않은 것 몰라?"

"그랬나요? 별로 할 얘기가 없었던 모양이죠. 우린…… 이렇게 많이 얘기하는 거 오랜만이잖아요."

서영의 말에 지후가 서영을 뚫어져라 쳐다봤다.

"시애틀에 김치 있어요?"

서영이 지후의 시선을 피하며 일부러 명랑하게 물었다.

"어머니가 보내셨어."

"잘됐네요. 가면 김치찌개 해먹어야겠어요."

"어머니가 그러시는데, 사흘에 한 번은 꼭 전화를 드린다면서. 고마워."

지후의 말에 서영이 별것 아니라는 듯 손을 저었다.

"시간을 잘못 맞춰서 주무시는데 전화한 적도 있어요. 그 얘긴 안 하세요?"

"아니, 며느리가 전화하는 게 그저 좋으신가 봐."

"한번 뵈러 가겠다고 했는데 약속을 못 지켰어요."

"내가 바쁘다고 했어."

그 말을 끝으로 대화가 끊어지자 한참 만에 지후가 저녁시간까지 얼마나 여유가 있는지 체크한 후 기다렸다는 듯이 가방에서 서류를 꺼냈다.

언제나 바쁜 사람.

맞은편 소파에 앉아 서류를 훑어보느라 여념이 없는 지후를 바라보던 서영은 아마 집을 나서야 하는 시간이 될 때까지는 일을 할 것 같아 조용히 이층으로 올라왔다.

이층에 올라온 서영은 기계처럼 화장대로 가서 서랍을 열고 반지를 꺼내 손가락에 꼈다. 아무리 봐도 정이 안 가는 못생긴 반지.

"난 유혹이 아주 없지 않거든."

그럴 만하다. 잘생긴 외모에 무려 185㎝나 되는 키에 단단한 근육질의 몸. 게다가 한국에서 다섯 손가락 안에 드는 그룹―미국에서의 입지는 몰라도 동남아에서는 일류 기업으로 인정받는―의 시애틀 지사장직을 맡아 돈 냄새도 풍기겠다 돈이든 육체관계든 어떤 이유로든 여자들이 따라붙을 것이다.

결혼은 했다는데 와이프 얼굴은 구경도 못하겠고 부부 관계가 원만하지 못해 욕망에 굶주려 있는 가여운 남자 내가 곁에서 돌봐줘야지 하며 접근하는 여자가 분명히 있을 것이다. 커피숍 앞에서 껴안았던 그 여자뿐 아니라 숱한 여자들이 유혹을 걸어올 것이다.

"정말 미치겠다."

서영은 쓸데없는 생각들 다 털어버리고 청소나 해야겠다 생각하며 그가 잤던 침대를 정리하기 시작했다. 그러나 이내 침대에 누워버렸다.

이곳에서 외롭긴 했지만 평정심을 잃지는 않았는데 지후를 만나는 순간 백년 묵은 여우처럼 수십 번씩 마음이 둔갑질을 해대니 마음이 고단하자 몸까지 고단했다.

"잠깐 자고 나면 괜찮을 거야."

잠이 능사는 아니지만 돌아가신 할머니가 가장 좋은 약은 잠이라고 했었으니까 자고 나면 괜찮아질 것이라 믿고 싶었다.

'그런데…… 이게 무슨 냄새지?'

베개에 얼굴을 파묻던 서영은 콧속을 파고드는 냄새에 눈을 떴다. 이 냄새…… 그의 냄새였다. 그의 살 냄새.

서영은 베개를 끌어안았다. 그냥, 괜히 끌어안고 싶어졌다.

오늘 아침까지 자신이 잤던 자리인데 고작 몇 시간 그가 누웠다 일어난 자리가 가슴에 묘한 파장을 일으켰다.
"그냥 가보는 거야. 이대로 가보는 거라고."
서영이 중얼거렸다. 지금은 그럴 수밖에 없으니까.

머리카락을 쓰다듬는 느낌에 눈을 떴을 때 지후가 서영을 내려다보고 있었다. 깜빡 잠이 들었던 모양이다. 자려고 했었지만 잠이 쉽게 들지 않아 뒤척거렸는데 어느새 잠이 든 모양이었다.
"네 시 사십오 분이야."
"잠이 든 줄도 몰랐는데, 얼마나 잤죠?"
"사십 분쯤?"
"준비해야겠네요."
서영이 일어나려고 하자 지후가 서영의 어깨를 누르더니 곁에 누웠다.
"뭐 하는 거예요?"
"남편이 아내 곁에 잠깐 눕겠다는데 잘못된 것 있어?"
지후는 서영의 곁에 눕더니 눈을 감았다. 팔베개를 해주지도 않았고 끌어당겨 안아주지도 않았다. 그저 말 그대로 곁에 눕기만 했다.
"피곤한 거예요?"
"아니."
"그런데 왜요?"
"늘 혼자 잤는데 곁에 누가 있으면 어떤 기분인지 궁금해서."
지후가 나른한 목소리로 말했다.

'설마, 혼자 잤겠어? 정말 혼자 잤을까? 단 하루도 빠짐없이?'
"어떤 기분이에요?"
"아직 잘 모르겠어. 그냥 잠깐 누운 거라."
'그냥 좋다고 하지.'
"일어날게요. 나 씻고 준비해야 해요."
"당신 기분은 어때?"
"뭐가요?"
"나하고 같이 누운 기분 말이야."
"나도 아직 잘 모르겠어요. 그냥 잠깐 누운 거라."
'난 뭐 좋다고 할 줄 알고?'
서영이 침대에서 빠져나가자 지후도 곧 일어났다.
"나 양복 입어야 해?"
"그러지 않아도 돼요. 편하게 입어요. 다들 편하게 입어요."
서영이 욕실로 가서 다시 한 번 세수를 하고 이를 닦은 후 방으로 들어왔을 때 지후는 그때까지도 침대에 비스듬하게 누워 있었다.
"오래 있을 거야?"
"저녁 먹고 차 한 잔 마시고 오죠 뭐. 내일 일찍 시애를 가야 한다고 하면 붙잡지 않을 거예요. 아참, 표는 바꿨어요?"
서영이 스킨과 로션을 바르며 물었다.
"응, 아침에 나 잠들기 전에."
"저, 나 옷 갈아입어야 해요. 아래층에 내려가 있어요."
"당신 옷 갈아입는 거 내가 보면 안 돼?"
"농담해요?"

"왜 안 되지?"

서영이 일부러 눈을 무섭게 뜨며 나가라고 고갯짓을 하자 지후가 낮게 웃음을 터뜨리며 방을 나갔다.

서영이 옷을 갈아입고 아래층으로 내려갔을 때 지후는 바로 나갈 수 있도록 옷을 다 갖춰 입은 채 휴대폰으로 전화를 걸고 있다가 서둘러 전화를 끊었다.

"나 때문에 끊었어요?"

"아니, 끊어졌다 이어졌다 해서 중요한 얘기만 했어."

"회사 비워서 불안해요?"

"불안할 정도는 아니야. 갈까?"

"가요."

서영이 문을 잠그고 돌아서며 반지가 끼워져 있는 손가락을 지후에게 보여주었다.

"반지 꼈어요."

"고맙다고 해야 해?"

"안 할 거잖아요."

"맞아."

"가요."

서영과 지후가 새라네 집에 도착했을 때 먼저 와서 기다리고 있던 잰을 비롯해 새라네 가족은 지후에게 환영의 인사와 함께 지대한 관심을 보였다.

서영이 잰과 함께 새라의 저녁 준비를 돕는 동안 지후는 새라의 남편인 윌리엄과 잠깐 동안 담소를 나누었는데 얼마 되지 않는 시간 동안 윌리엄과 지후는 금방 친해졌고 식사 중에도 쉬지 않고 대화를 나누었다.

가만히 들어보니 주식에 관한 얘기였고 여자들은 주식에 관해 관심을 가진 사람이 없어서 식사가 끝난 후 후식으로 포도주나 커피를 마실 때에는 자연스럽게 대화 주제는 두 종류로 나누어졌다.

〈그런데 왜 따로 사는 거야?〉

무척 궁금했지만 굉장히 오래 참았다는 듯 잰이 물었다.

〈나도 궁금해.〉

새라도 거들었다.

〈그게 좀, 얘기가 길어서.〉

〈그때도 그렇게 말했었어. 얼마든지 들어줄 시간이 있으니까 말해.〉

잰이 재촉했다.

〈굉장히 개인적인 일이라서…… 저 사람하고 의논한 다음에 해도 된다고 하면 해줄게. 미안해.〉

〈말 못할 이유가 있는 모양이군. 궁금해 죽을 지경이지만 개인적인 사정이 있다고 하니 참아줄게.〉

〈뭐가 그렇게 재밌어?〉

윌리엄이 나무 위에 직접 지은 오두막을 지후에게 보여주기 위해 밖으로 나갔던 두 사람이 들어오며 물었다.

〈지후와 서영이 오랜만에 만난 기념으로 알래스카의 긴 밤을 어떻게 보낼 건지에 대해 말하고 있었어.〉

새라가 은밀한 표정을 지으며 말하자 잰은 웃음을 터뜨렸고 윌리엄과 지후는 짓궂은 표정을, 그리고 서영은 어색하게 미소 지었다.

〈식사 때 말했던 것처럼 내일 새벽에 시애틀로 가야 한대. 그래서 이제 오랜만에 만난 부부를 보내줘야겠어.〉

윌리엄의 말에 잰과 새라가 서운한 표정을 지으면서도 붙잡지는 않았다.

새라와 윌리엄, 그리고 잰과 작별 인사를 한 후 새라의 집을 떠나 집으로 돌아오는 길에 지후가 갑자기 픽 웃음을 터뜨렸다.

"왜 웃어요?"

"윌리엄 때문에. 그 오두막 말이야. 아이들을 위해서 만든 거라고 했는데 알고 보니 애가 없더라고. 아직 태어나지도 않은 애들을 위해서 오두막을 지은 거잖아."

"결혼한 지 얼마 안 됐어요."

"더 재밌는 건 몇 사람이나 올라갈 수 있냐고 했더니 아직 아무도 올라갈 수 없대."

"왜요?"

"아마도 무너질 거라고."

지후의 말에 서영도 웃음을 터뜨렸다.

"재밌는 사람이야."

"그러게요."

"정말이야?"

"뭐가요?"

"정말로 우리가 알래스카의 긴 밤을 어떻게 보낼 건지에 대해 말하고 있었어?"

"농담이에요. 새라가 그런 농담을 할 줄은 몰랐어요."
"당신은 밤에 주로 뭘 해?"
"사진을 인화하거나 책을 읽거나 텔레비전을 볼 때도 있고."
"오늘 밤엔 뭐 할까? 알래스카의 밤은 길잖아."
지후의 물음에 서영은 '새라가 농담한 거예요' 라고 다시 말했다.
"집에 가서 뭐 할까?"
지후가 불쑥 물었다.
"자야죠."
"그렇군."
지후가 낮은 음성으로 대꾸했는데 그 음성이 어쩐지 묘했다.
집으로 돌아오자마자 지후는 벽난로에 통나무를 던져 넣은 후 이층으로 올라갔다.
"욕실을 내가 먼저 써도 될까?"
"그렇게 해요. 커피 할래요?"
"술을 한잔했으면 좋겠는데, 뭐 있어?"
"샴페인 있어요."
서영의 말에 지후가 계단 중간에서 걸음을 멈추며 서영을 돌아봤다.
"샴페인이라고?"
"왜요?"
"설마, 다른 사람이 있을 때 샴페인을 마신 적은 없겠지?"
"그건 왜 물어요?"
"샴페인 마시고 나한테 덤볐던 것처럼 아무에게나 덤볐을까 봐."

지후의 말에 서영이 미치겠다는 표정으로 노려보자 지후가 웃으며 이층으로 올라갔다.

지후가 씻고 내려왔을 때 서영은 테이블 위에 샴페인 병과 샴페인 잔 하나를 놓아두고 소파에 앉아 기다리고 있었다.

"잔이 왜 하나지?"

"술에 취해 당신한테 덤비는 불상사를 미연에 방지하기 위해서예요."

"나한테는 얼마든지 그래도 돼."

"그런 일은 없을 거예요. 이불 갖다줄게요."

"침대에서 잘 거야."

지후가 말했다.

"그럼 내가 여기서 잘게요."

"당신도 침대에서 잘 거야."

지후의 말에 서영이 무슨 속셈이냐는 얼굴로 쳐다보자 지후는 당연한 걸 왜 묻느냐는 투로 말했다.

"어차피 시애틀에 가면 며칠 동안은 한 방에서 한 침대에서 지내야 해. 미리 연습해서 나쁠 것 없잖아?"

"그냥 나하고 같이 자고 싶다고 말하지 그래요?"

"맞아."

서영은 비꼬려고 한 말인데 지후의 대답은 단박에 나와 버렸다.

서영은 지후에게 강한 눈빛을 쏘아주고는 이층으로 올라왔다.

그러면서 생각했다. 미쳤다고. 지후가 미친 게 아니라 자신이 미쳤다고. 단지 그와 함께 한 침대에서 자는 것뿐인데 가슴이 떨려 견딜 수가 없었다.

그가 잠을 자는 것 외에 다른 의도가 있을 리 없고—그거야 아직 모른다. 남자는 언제든 늑대로 변할 수 있고 또 늑대로 변하더라도 그에겐 법적으로 도덕적으로 조금도 하자가 없는 변명거리가 있지 않은가. 부부라는—다른 의도가 있어도 자신이 허락하지 않을 것이기 때문에—이것도 완전하게 자신할 수는 없었다. 오늘 낮에 있었던 일을 보면 말이다—별다른 일이 있을 것도 없었는데 가슴이 떨려 숨을 몰아쉬어야 할 지경이었다.

"뭘 바라는 거야?"

이를 닦으며 서영이 스스로에게 물었다.

지후가 그냥 단순하게 잠만 자는 것이 아니라 그보다 더 진화된 행동을 취해주길 원하는 것이냐고. 답은 애매했다. 그런 것 같기도 하고 전혀 아닌 것 같기도 하고. 애매한 답을 쥔 채 가슴은 여전히 떨렸고 갑자기 아랫배 쪽에서 미미한 통증까지 느껴질 지경이었다.

몸을 씻고 방으로 들어와 잠옷으로 갈아입고는 내려가지도 못하고 그렇다고 침대에 눕지도 못한 채 방을 서성거리고 있는데 지후가 올라오는 소리가 들렸다.

우두커니 서 있는 것을 보면 초조해하는 것이라 생각할 것이 분명하고 뭘 할지 허둥대다가 얼른 화장대에 앉아 빗을 집어 들고 머리를 빗는데 지후가 방으로 들어왔다. 샴페인이 가득 찬 잔을 들고.

지후는 서영이 머리를 빗고 있는 화장대 위에 샴페인 잔을 내려놓은 후 오늘 낮에 산 잠옷을 꺼내기 위해 쇼핑백을 뒤적였다. 서영은 일부러 안 보는 척하기 위해 약간 돌아앉아 이제 더 이상 빗을 필요도 없는 머리를 계속 빗었지만 실은 거울을 통해 지후의 행동을 훔쳐보고 있었다.

지후는 쇼핑백에서 잠옷을 꺼내 펼치더니 생각하고 고민할 것도 없다는 듯이 갑자기 입고 있던 바지를 벗어버렸다.

깜짝 놀란 서영은 거울에서 잠깐 눈을 뗐다가 슬그머니 다시 거울로 시선을 옮기는데 그 순간 지후가 트렁크팬티를 벗는 것이 보였다.

'으…… 또!'

서영은 불에 댄 듯 깜짝 놀라며 벌떡 일어나 방을 나가려다가 그대로 문에 부딪히고 말았다.

쾅.

빌어먹을 놈의 문이 닫혀 있었던 모양이다. 지후가 방으로 들어오며 닫은 것이다.

쾅 소리와 함께 눈앞에서 불이 번쩍했고 그 와중에도 이마를 감싸 쥔 채 방을 나가기 위해 더듬더듬 손잡이를 잡으려는데 서영이 손잡이를 잡는 것보다 지후가 서영을 붙잡는 게 더 빨랐다.

"괜찮아?"

이 창피함을 무슨 말로 표현할까. 어쩌자고 이런 푼수 같은 짓을 했을까. 바보같이, 바보같이, 바보같이!

서영이 돌아서지도 못하고 이마를 감싸 쥔 채 방문에 꼭 붙어 서 있는데 지후가 서영을 돌려세웠다.

"괜찮아?"

지후가 서영의 양쪽 팔을 붙잡은 채 물었다.

"괜찮아요."

서영이 지후와 눈도 마주치지 못한 채 이를 악물고 대꾸하는데 지후가 웃음을 터뜨렸다.

"웃지 말아요."

"문은 괜찮을까? 제대로 박은 것 같은데."

"웃지 말라구요!"

서영이 지후의 팔을 털어내고 침대로 가자 지후가 계속해서 웃으며 화장대에 올려져 있던 샴페인 잔을 들어 올렸다.

"내 엉덩이가 그렇게 충격적이었어? 당신이 그렇게 놀랄 줄 알았으면 아까처럼 앞쪽을 보여줄 걸 그랬어."

"미치겠어, 정말."

서영이 이불을 뒤집어쓰며 침대에 눕자 지후는 웃으며 샴페인을 들이켰다.

"내 엉덩이는 어땠어?"

"안 봤어요!"

믿어주지 않을 걸 알면서도 서영이 우겼다.

"그럼 무엇 때문에 갑자기 도망치듯 방을 나가려고 했으며 문이 닫힌 줄도 모르고 메다꽂을 만큼 당황한 이유가 뭐야?"

메다꽂다니, 표현 한번 죽인다.

"도망치려고 한 적 없어요. 그냥 나가려고 한 거예요. 문이 닫혀 있는 줄 몰랐어요. 머리카락 때문에 미처 못 봤던 거라구요."

서영이 이불을 휙 걷으며 일어나 우긴 후 다시 이불을 뒤집어쓰자 지후가 픽 웃었다.

"난 당신이 내 몸을 훔쳐보는 줄 알았지. 특히 내 엉덩이를 말이야."

"대체 팬티는 왜 벗은 거예요?"

서영이 이불을 걷고 벌떡 일어나며 일부러 신경질적으로 물었다.

"안 봤다면서."

지후가 샴페인 잔을 비운 후 놀리듯이 말했고 서영은 혀를 깨물고 싶다고 생각하며 다시 이불을 뒤집어쓰고 누웠다.

"순진한 척하는 거야? 낮엔 더 센 것도 눈 하나 깜짝 안 하고 보고 있었잖아. 금방이라도 집어삼킬 듯이."

"그만 해요."

"스위스에서 마지막 날 말이야. 저돌적으로 덤비더군. 너무 순진해서 아무 기술도 없이 말이야."

지후가 침대로 와서 서영의 곁에 누우며 말했고 서영은 즉시 등을 보이며 돌아누웠다. 이불을 머리끝까지 뒤집어쓴 채.

"키스해도 될까?"

지후가 갑자기 이불을 걷으며 물었고 서영은 지후의 입에서 튀어나온 갑작스러운 '키스'라는 단어에 흠칫 놀라며 말문이 막히고 말았다. 단지 침만 꼴깍 삼켰을 뿐.

"내 아내에게 키스하고 싶은데."

지후가 더 가까이 다가오자 그의 냄새가 더욱 진하게 맡아졌다. 하루 종일 서영을 꼼짝 못하게 했던 그 냄새 말이다.

"……그, 그런 거 안 하기로 했잖아요."

서영이 목에 닭 뼈가 걸린 듯 가까스로 대답했다.

"그랬지 참. 알았어. 잘 자."

지후는 즉시 포기하며 서영에게서 좀 떨어진 자리로 물러가며 누워버렸다.

'바보 같으니라고.'

지후가 너무도 순순히 키스를 포기해 버렸기 때문에 서영은 갑자기 화가 나버렸다. 저렇게 단번에 포기할 거면서 뭐 하러 물었을까. 묻지나 말든지, 아니면 강제로라도 하든지 할 것이지.

남자가, 남자가 뭐 저럴까.

'난 이중인격자야.'

부끄럽지만 틀림없었다.

그에게 스킨십 하지 말라고 했으면서 왜 그가 애정 표현을 해주길 원하는 것일까. 자존심도 없이 말이다.

'내가 너무 굶주렸나? 너무 외로워서 이러나?'

이유를 갖다 붙이자면 어디 한두 가지겠는가. 중요한 것은 분명 너무너무 미운데도 그의 스킨십을 바라고 있다는 것. 그것이다. 그러니까 이중인격이 틀림없다.

"불 끌까?"

"네."

지후가 침대 곁에 있는 스탠드를 끄자 방 안엔 곧 어둠이 찾아들었다.

어제와는 다른, 외롭지 않은 어둠. 곁에 누군가 있다는 것이 이렇게 다를 수가 있을까? 그 누군가가 다름 아닌 남편이라는 것이 이렇게까지 다를 수 있을까? 외롭지도 않고 가끔씩 느껴지는 무서움도 없이 안락하고 포근하고 안심이 됐다.

'자나?'

잠이 들었는지 미동도 없이 조용했다.

지후도 잠들었으니 아무 생각 말고 자야 하는데 잠이 오질 않았다. 시간이 갈수록 정신은 비 개인 오후처럼 더욱 맑아지고 신경은 안나푸르나 꼭대기처럼 곤두서서 모든 감각이 곁에 누운 지후에게 향해 있었다.

자야 하는데, 내일 일찍 일어나려면 자야 하는데. 자야 한다고 하면 할수록 초점은 더욱 선명해져서 어둠 속에서도 방 안이 훤히 보일 정도였다.

차라리 샴페인을 한두 잔 정도 마실 걸 그랬다, 후회스러웠다. 샴페인 한 잔 정도로 지후에게 덤벼드는 실수를 할 일은 없을 테고 잠자기 딱 좋았을 것인데.

천장을 보고 똑바로 누웠다가 다시 돌아누웠다가 다시 천장을 누웠다가 뒤척뒤척 몇 시나 됐는지는 모르지만 한참 동안 뒤척인 것 같은데 갑자기 지후가 벌떡 일어났다.

자고 있는 줄 알았는데 잤던 게 아니었던 모양이다.

지후는 곧장 욕실로 갔고 잠시 후 물소리가 들렸다. 샤워를 하는 모양이었다.

'자다가 말고 왜 갑자기 샤워를 해? 감기 걸리면 어쩌려고.'

사람 실컷 골려 먹고 난 후에 나무토막처럼 자는 것 같더니 샤워는 무슨 샤워람.

가뜩이나 잠이 안 와 힘들어 죽겠는데 지후가 이 밤중에 샤워를 하는 바람에 미풍처럼 위태롭게 매달려 있던 잠마저 몰래 잔반 훔쳐 먹다 들킨 도둑고양이처럼 줄행랑을 치고 말았다.

"나도 샤워나 할까……."

서영이 한숨 섞인 목소리로 중얼거릴 때 지후는 세차게 쏟아지는 물줄기 아래에서 달아오를 대로 달아오른 몸을 식히고 있었다.

자는 척했지만 실은 잠을 들이지 못했고 수면을 방해하는 무엇 때문에 시달리고 있었다.

수면을 방해하는 것이 무엇인지 지후는 알고 있었다. 몸에 아무런 이상이 없고 지극히 건강해서 혈기가 넘쳐 나는 몸, 아주 작은 느낌에도 즉각 반응을 일으키는 반사 능력이 특출한 자신의 몸 곁에 여자, 아내가 누워 있다.

일곱 달 만에 만난 아내. 너무 오래 함께 살아서 흥분될 것도 설렐 것도 없는, 권태기에 빠져든 아내가 아니라 너무 오랫동안 만나지 못했기에 왠지 설레고 저급한 표현으로 건드리고 싶은 아내가 곁에서 꼼지락거리자 온몸이 아내를 원했고 특히 그의 몸 특정 구역에서 더 이상 나의 번식력을 억압하지 말라고 쿠데타를 일으킬 것만 같았다.

불처럼 뜨거워진 몸이 자제력에 한계를 느끼자 숨이 거칠어지고 짜증도 났다. 마음 같아서는 몸이 시키는 대로 본능적으로 행동하고 싶은데 본능에 따랐다가는 강제로 범할 것 같아 어떻게 하든 참아야 했다.

아무리 아내라 하더라도 여자를 강제로 범하는 것은 법이니 도덕이니 하는 것을 떠나 자신의 자존심이 허락하지 않았다. 어떠한 경우에라도 지는 것은 용납할 수 없었기 때문이다.

그래서 참아야 했다. 참을 수 있을 것 같았다. 그런데 더 참다간 미쳐 버릴 것 같은 것이 문제였다.

지후가 물줄기 아래에서 뜨거운 몸을 식히고 있을 때 서영은 손부채질을 하며 달아오른 얼굴을 식혔다.

사실 서영도 달아오른 건 얼굴이 아니라 몸이었다. 샤워하는 모습을 상상하자 또다시 발가벗고 있던 그의 몸과 기세등등 하늘을 향해 뻗쳐 있던 그의 심벌이 생각났기 때문이다.

자신의 마음속에 이렇게 엉큼함이 숨어 있을 줄은 몰랐는데 생각해 보니 자신의 몸을 이루고 있는 것의 90%가 수분이 아니라 엉큼함과 음탕함인 것 같았다.

서영이 이불을 뒤집어쓰며 제발 이 음탕한 골짜기에서 구원해 죽은 듯이 자게 해달라고 기도하는데 지후가 욕실에서 나오는 소리가 들렸다.

그가 움직이는 소리, 다가오는 느낌. 곧 곁에 눕겠지. 그가 곁에 눕는다면 결코 음탕한 골짜기에서 구원받지 못할 것이다.

서영은 이불을 걷어내고 일어났다. 지후처럼 뜨거운 물에 샤워를 하면 잠도 올 것이고 음침하기 짝이 없는 생각에서 벗어날 수 있을 것 같았기 때문이다.

서영이 침대에서 빠져나와 지후의 얼굴을 보지 않으려고 애쓰며 그를 지나쳐 부리나케 욕실로 가는데 지후가 서영의 손목을 움켜잡았다. 그리고 천천히 서영과 마주 보고 섰다.

지후는 말이 없었고 서영 역시 아무 말도 못한 채 지후를 올려다보는데 지후가 한 걸음 서영에게 다가섰다. 어두웠지만 그의 머리가 젖어 있다는 것을 알 수 있었다. 그리고 물과 비누 때문에 많이 희석되긴 했지만 분명히 맡아졌다. 그의 냄새가.

갑자기 깨달았는데 서영은 자신의 후각이 산골짜기를 어슬렁거리는 승냥이의 그것과 비슷하다 싶었다. 언제부터인지는 몰라도 냄새라는 것에 특히 그의 냄새에 이토록 자극 받는 것을 보면 말이다.

그는 입을 꼭 다문 채 서영을 내려다보고 있었다. 어둠 속이었지만 그의 눈동자와 시선을 맞추는 것에는 어려움이 없었고 눈동자에는 억눌린 불꽃이 타오르고 있었다.

서영은 그가 자신의 손목을 꽉 틀어쥐는 순간 시간이 정지되고 모든 것들이 정지해 버린 듯한 기분이었다. 마치 무중력 상태에 빠진 듯 이유없이 몸이 공중으로 떠오를 것 같기도 했다.

"저……."

무슨 말이든 해야 할 것 같아 서영이 막 입을 여는데 지후가 한 걸음 더 서영에게 다가섰다.

지후와 서영의 사이에 존재하는 거리는 불과 몇 센티미터. 서영의 호흡이 조금씩 가빠지기 시작했다.

"서영아."

지후가 드디어 입을 열었다. 서영의 모든 감각은 지후의 목소리에 집중됐고 그가 무슨 말을 할지 긴장되고 떨려서 가슴이 터져 버릴 것만 같았다.

"내일 일찍 일어나야 해. 어서 자."

지후가 서영의 손을 잡고 침대로 이끌더니 서영이 누울 때까지 기다렸다가 이불을 덮어준 다음 문으로 걸어갔다.

"어디 가요?"

"소파에서 잘게."

지후는 그대로 나가 버렸다. 문을 꼭 닫아버리고.

이럴 수가! 정말 이럴 수가!

이게 말이 되나? 이렇게 말도 안 되는 일이 있을 수도 있나? 금방이라도 답삭 안아 들어 침대에 내던지고는 덮칠 것 같은 분위기를 조성하더니 소파에서 자겠다고? 왜? 대체 왜!

서영은 하마터면 소리칠 뻔했다.

'너 남자 맞니! 네가 신부님이야? 네가 스님이냐고!'

"말도 안 돼."

이 뻔한 거짓말을 누가 믿어줄까.

그날 밤 우린 아무 일도 없이 잠만 잤다라고 말하면 누가 믿어주겠느냔 말이다. 정말 아무 일도 없이 잠만 자게 생겼어도 밤이 새도록 사랑하고 또 사랑해도 부족해 아침이 밝아오는 줄도 모른 채 엉켜 있었다고 거짓말을 해야 믿어줄 것이다.

"문제 있어. 몸에 문제가 있는 거라고. 분명히 심각한 문제가 있는데 나한테 숨기느라 잘 참는 척하는 거야."

바보, 멍청이, 등신, 팔푼이……

"으으!"

서영은 맘 놓고 소리도 지를 수 없자 베개에 얼굴을 양껏 파묻고는 성난 암캐처럼 으르렁거렸다.

"누가 참으래!"

서영이 베개로 입을 틀어막은 채 소리쳤다.

서영이 애꿎은 베개에 화풀이를 해대다 진정시키기 위해 심호흡을 시작했다.

"제발, 이 음탕한 골짜기에서 날 구원해 주세요. 난 이런 사람이 아니에요. 이렇게 음란한 여자가 아니라구요."

온갖 음탕한 상상을 다 하고 온갖 음란한 기대를 다 했으면서 이제 와서 무슨. 낯가죽도 두껍다.

"난 조신해. 저 남자가 안아주길 기대하지 않는다구. 조금도, 조금도 바라지 않아. 네가 하지 말라고 한 거잖아. 잘한 거야. 정숙하게 잘 거야. 잘 거야. 제발 잘 거야."

서영은 눈을 감았다. 아무 생각하지 않고 잘 수 있다고 생각하며. 그러나 서영은 밤을 새고 말았다. 지후와 발가벗고 서로를 격렬하게 탐하는 상상을 하느라고.

"난 조신하지 않아. 조신하고 싶지 않다고!"

서영이 베개를 쥐어뜯으며 푸념했다.

새벽, 두 사람은 토마스네 가게에서 가벼운 아침을 먹은 후 시애틀로 향하는 배에 올랐다.

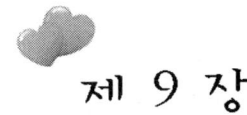
제 9 장

"아직 소식 없는 거야?"

아버지의 물음에 서영과 지후가 동시에 아버지를 쳐다봤다. 소식이라니? 무슨 소식을 말씀하시는 걸까?

"아기 말이야."

아버지가 말했고 서영은 아무 대답도 못한 채 칠 개월 만에 맛보는 김치찌개 국물만 연방 떠먹고 있었다.

"왜 대답이 없어?"

아버지가 대답을 재촉했다.

"노력하고 있습니다."

서영이 못 들은 척하자 지후가 대답했다.

"정말 노력하고 있는 거야?"

"예, 아버님."

"자네 말고 서영이 말이야."

아버지가 서영을 지목하자 서영은 더는 못들은 척할 수가 없어 아버지를 쳐다봤다.

"하고 있어요."

거짓말이다 보니 목소리가 가라앉고 말았다.

"사진 찍으러 알래스카에 갔다던데 아직까지 사진에 정신 팔려서 언제 노력해? 아버지가 보니까 강 서방은 노력하는 것 같은데 네가 협조를 안 하는 것 같아."

"노력하고 있다고 말씀드렸잖아요."

"늦지는 않았지만 칠 개월이면 빠른 것도 아니야."

"그만 하세요. 체하겠어요. 오랜만에 김치찌개에 밥 잘 먹고 있는데 그만 하세요."

어머니가 부드러운 어조로 말렸다.

"왜 오랜만이야? 김치 없었어?"

"있어도…… 내가 끓이는 건 이런 맛이 안 나서요."

"남편 끼니는 제대로 챙겨주는 거냐?"

"……네."

"새벽에 출근하는 사람이야. 한 끼만 굶어도 머리가 안 돌아가. 절대 밥 굶기지 마라."

"……그럴게요."

서영은 조금 전까지 혀에 착착 감기던 김치찌개 국물 맛이 갑자기 변했다고 생각하며 대답했다.

"일하는 사람이 있는 건 알지만 한국 사람은 한국 음식을 먹어야 기운 내서 일하는 법이야. 너 바쁘고 귀찮다고 남편 아무거나 먹이지 말고 한 가지라도 맛있게 해서 챙겨 먹여."

잘 챙겨 먹이라는 사람이 딸이 아니라 사위라니. 서영은 서운함에 한 마디쯤 반박을 할까 하는데 마침 어머니가 아버지의 잔소리에 제동을 걸어주셨다.

"여보, 정말 체하겠어요. 오랜만에 만났는데 왜 이렇게 잔소리가 길어요? 그만 하세요."

"이 사람 잘 챙겨줍니다. 걱정 마세요, 아버님."

지후도 어머니를 거들었다.

"전화 한 통 한 적도 없고 오랜만에 만났는데 반가워하지도 않고 내내 뚱하잖아. 결혼한 지가 언젠데 여태 뚱해서 심술이야?"

공항에서 만나면서부터 지금까지 서영이 살갑게 굴지 않은 것 때문에 아버지는 아버지대로 서운했던 모양이다.

그뿐이겠는가. 아버지 말대로 서영은 미국으로 온 후 단 한 번도 아버지께 전화한 적이 없었다. 하지만 어쩌겠는가. 아직도 아버지한테 골이 나 있는 것을.

"아버지한테는 몰라도 남편한테는 그러지 마. 남자는 안에서 잡음 없이 조용하고 편해야 밖에서도 문제없이 일할 수 있어. 나한테 화났다고 남편한테도 이런 식이라면……."

"아버지."

서영이 더 참지 못하고 조용히 수저를 내려놓고 말았다.

"칠 개월 만에 만나서 저한테 하신 말씀이라고는 사위 잘 챙겨주라는 잔소리밖에 없으신 거 아세요? 이 사람 굶지 않아요."

"너희들 잘살라고 하는 말이야."

"잘살고 있어요. 못살아도 어떻게 하든 잘사는 척이라도 할 테니까 그만 하세요."

"너 이 녀석."

"죄송해요. 먼저 일어날게요."

서영이 자리에서 일어나자 지후가 서영의 손을 잡았다.

"앉아. 그러지 마. 앉아."

지후가 붙잡았지만 서영은 끝내 지후의 손을 뿌리치고는 식당을 나가 버렸다.

"죄송합니다, 아버님. 죄송합니다, 어머님."

"자네가 뭐가 죄송해. 이이가 이렇게 만든 걸."

어머니가 남편을 불만스러운 눈초리로 노려봤다.

"내가 뭘 이렇게 만들어?"

"서영이가 반가워하지 않은 것 때문에 괜히 심술부리는 거잖아요. 딸이에요. 어떤 아버지가 딸이 서운하게 했다고 두고두고 되갚는데요?"

"내가 뭘 되갚아? 저 잘되라고 하는 소린데."

"들어보면 틀린 말은 없었지만 꼭 애 밥 먹는데 했어야 해요? 김치찌개 보자마자 먹고 싶어 죽겠다고 끓기도 전에 침 삼키던 앤데, 한참 맛있게 먹고 있는 애 왜 입맛 달아나게 해요? 고약해요, 당신."

어머니도 수저를 놓고 일어났다.

"나 화낼 거야."

"난 벌써 화났어요."

아버지가 으름장을 놓았지만 어머니는 꿈쩍도 하지 않고 식당을 나가 버렸다.

서영도 나가 버리고 어머니마저 나가 버리자 늙은 남자와 젊은 남자만 식당에 남겨졌다. 두 사람은 당황스럽고 무안해서 서로의 시선을 피하고 있었다.

"드세요, 아버님."

"내가 너무했나?"

"……서영이 잘합니다. 잘하고 있어요."

"남편 챙기지 않고 사진 찍겠다면서 혼자 여행 다니는데 뭘 잘한다는 거야?"

"제가 보내줬습니다. 머리도 식히고 기분도 전환하라고 제가 보내줬습니다."

지후의 말에 아버지가 복잡한 표정으로 지후를 바라보다가 멈췄던 식사를 다시 시작했다.

"내가 나서야 할 일이 있다면 말해."

"없습니다."

"곪은 걸 숨긴다고 치료되는 게 아니야."

"그런 것 없습니다. 걱정 마세요."

"언제까지 참을 수 있을 것 같나?"

아버지의 질문에 지후가 고개를 들고 장인을 바라봤다.

분명 **뼈**가 있는 말인데 속 시원히 드러내지 않으니 지후 쪽에서도 조심해야 했다.

"문제없는 부부 없습니다. 잘 극복하고 있습니다. 심려 마세요."

"……뻣뻣한 것 같아도 속은 여리고 정도 많은 애야. 생각했던 것보다 화난 게 질기게 오래가긴 하지만 그건 자네가 봐줘. 저렇게 오래 심술부리는 거 이번이 처음이야. 수학여행 가서 같이 잘 친구 정해준 게 아니라 남편을 마음대로 정해줘 골 난 거야. 그건 자네가 봐줘."

"알고 있습니다."

"잘해줘. 많이 사랑해 주고."

아버지가 말했다. 그런데 어쩐지 부탁이 아니라 애원처럼 들렸다.

"엄마하고 일찍 작별해서, 그래도 외롭지 않게 하려고 나하고 저 사람 할 수 있는 만큼 사랑을 줬지만 그래도 서영인 부족한 게 있을 거야."

아버지의 목소리에는 딸인 서영을 향한 사랑과 걱정이 가득 차 있었다.

"어릴 때 말이야, 어머니가 꼭 학교에 가야 할 때가 있잖아. 엄마 대신 할머니가 가시고 내가 가고 그랬었는데 엄마가 아니더라도 누군가 올 사람이 있다는 것에 안도하는 표정이면서도 그 속에 엄마가 왔으면 하는 바람이 보이더라고. 송아지처럼 커다랗고 연약한 눈동자에…… 마음이 아팠어."

아버지의 목소리가 작아졌다. 정일그룹의 수장으로서 몇 십만 명의 직원을 호령하는 윤 회장이지만 자식 앞에서는 한없이 작아지는 아버지에 불과했던 것이다.

"아내를 잃고 난 혼자 살 생각이었네. 그런데 서영이 때문에 안 되겠더라고. 학교나 숙제는 물론이고 어느 학원이 좋은지 알아볼 때도 엄마가 절실해지고 아이 옷을 하나 사 입힐 때도 엄마가 너무 절실한 거야. 아이는 분홍색을 원하는데 내 눈엔 분홍색이 별로고. 여자 애들은 한동안 무조건 분홍색을 선호하는 때가 있다는데 내가 알았어야 말이지. 신발, 학용품 하다못해 모자까지 내가 고르는 것하고 엄마가 고르는 것하고는 천지 차이니. 그래서 서둘러 저 사람하고 결혼한 거야. 더는 엄마 없이 둘 수가 없어서. 내가 재혼한 것을 잘한 일이라고 생각한 게 언제인 줄 아나?"

아버지의 말에 지후가 장인을 바라봤다.

"왜, 있잖나. 여자 애들이 중학생 즈음 되면 하는 것 말이야."

"예."

"그때였어. 서영이 중학교 2학년 때 아내가 그러더군. 서영이가 월경을 시작했다고. 여자가 됐다고. 지금부터 정말 소중하게 보호해야 한다고. 친구들끼리 월경에 대해 수다를 떨고 해서 어느 정도 준비를 했을 텐데도 막상 시작하면서 굉장히 당황했던 모양이야. 뒤처리에도 서툴고. 얼마나 부끄러웠겠어. 나한테는 말도 못하고 말이야. 진짜 엄마는 아니지만 그나마 아내가 있었으니 망정이지, 없었다면 한참 동안 곤란했을 것 아니야. 그때 재혼하길 잘했구나 생각했어. 그땐 이미 어머니도 돌아가시고 안 계셨거든."

지후는 장인이 들려주는 서영에 대한 얘기를 경청하고 있었다.

"어떤 집은 새어머니와 친딸이 친해지는 데 오래 걸리고 끝내는 관계가 개선되지 않아 골머리를 앓는다는데 서영인 새어머니라도 좋으니 엄마를 무척 기다렸나 봐. 아무래도 친엄마가 아니다 보니 속에 있는 비밀을 다 털어놓지는 못하는 것 같았지만 새어머니를 잘 따랐고 속도 썩히지 않았어. 늦게 태어난 동생도 무척 예뻐하고. 마음이 고운 아이야."

"알고 있습니다."

"부탁하네. 잘해주게."

"예, 아버님."

"외롭게 하지 마."

"그러겠습니다."

"내가 한국으로 돌아가기 전에 서영이와 화해할 수 있으면 좋겠는데."

아버지가 식사를 끝내지 못하고 일어났기 때문에 지후도 자리에서 일어났다.

"내일 할 일이 많으니 일찍 자."

"주무십시오."

지후가 인사하는데 어머니가 주방으로 들어왔다.

"왜 들어와? 나갈 거야. 이리 나와."

윤 회장이 아내의 손을 잡았다.

"식탁 치우고 갈 테니 먼저 들어가요."

어머니가 남편의 손을 털어냈다.

"놔둬. 서영이더러 하라고 해. 어서 나와."

"왜 애를 시켜요."

"제가 하겠습니다. 들어가세요, 어머니."

"강 서방이 이런 걸 왜 해. 내가 해. 어서 가. 가서 서영이하고 놀아."

"어허, 두래도 그러네."

윤 회장이 다시 아내의 손을 잡아끌었다.

"이이가 정말."

"편찮으신 건 아니죠?"

지후의 물음에 식당을 나가던 아버지와 어머니가 동시에 돌아봤다.

"왜? 나 아파 보여?"

어머니가 물었다.

"안색도 그렇고 체중이 준 것 같으십니다."

"다이어트 좀 했어. 체지방이 많다고 해서. 걱정 말게."

어머니가 웃으며 말했고 아버지는 아내를 데리고 주방을 나갔다.

지후가 장인 장모가 방으로 들어가는 것을 확인한 후 식탁을 치우고 설거지를 하는데 서영이 주방으로 들어왔다가 놀란 얼굴로 지후를 쳐다봤다.

"설거지해요?"

"응."

"그런 것도 할 줄 알아요?"

"설거지 못하는 사람이 어딨어?"

"날 부르지 그랬어요?"

"뭐 하러."

"이리 나와요, 내가 할게요."

"놔둬. 다 했어."

"지후 씨 설거지하는 거 아버지 보시면 또 나만 혼나요. 나 혼나는 거 보고 싶어서 그래요?"

"응."

지후의 '응' 하는 대답에 서영이 찡그린 얼굴로 지후를 쳐다보다가 획 돌아서서 방으로 들어가 버렸다.

"농담도 못 알아듣는 바보."

지후가 픽 웃으며 중얼거렸다.

지후가 설거지를 끝내고 서영이 있는 침실로 들어갔을 때 서영은 귀에 이어폰을 낀 채 침대에 누워 있었다. 높은 볼륨으로 인해 이어폰 밖으로 시끄러운 음악 소리가 흘러나와 지후의 귀에도 들렸다. 지후가 오디오를 끄자 서영이 그제야 눈을 뜨고 지후를 쳐다봤다.

"왜요?"

서영이 뚱한 얼굴로 물었다.

"귀 다쳐."

서영이 괜찮아요 하며 다시 오디오를 켜려는데 지후가 막았다.

"아버님 당신한테 미안해하셔."

"……."

"당신도 아버님 서운하게 했잖아."

"아버지하고는 내가 알아서 할 테니 모른 척해요."

"어떻게 모른 척해? 당신과 아버님의 관계가 나빠진 데는 내 탓도 있는데."

"그 얘긴 하고 싶지 않아요."

"사흘 계실 거야. 가시기 전에 죄송하다고 해."

"내가 알아서 할게요."

서영이 말했고 지후는 더 이상 잔소리하지 않았다.

"조용히 들을 테니까 당신은 당신 할 일 해요."

서영이 오디오를 켜려는데 지후가 다시 서영을 막았다.

"근처에 산책하기 좋은 공원이 있는데 갈까?"

지후의 말에 서영이 지후를 쳐다봤다. 진심으로 하는 소리냐는 듯이.

"싫어?"

"……."

"아버님 어머님한테 잘 지내는 척이라도 해야 하잖아. 그러니까 가자."

"미안해요. 별로 내키지 않아요."

서영이 찌푸린 얼굴로 누우려는데 지후가 서영을 억지로 일으켜 세웠다.

"나, 윤서영 때문에 말라죽겠어."

지후가 중얼거리더니 장롱 문을 열어 카디건을 꺼내 서영의 어깨에 걸쳐 주었다.

"바람이 제법 차."

서영은 지후가 걸쳐 준 카디건을 입고 더는 거절하는 것도 잘못하는 것 같아 못 이긴 척 지후를 따라 거실로 나왔다.
"어디 가려고?"
마침 주방에서 물을 갖고 나오던 어머니가 물었다.
"산책하고 오겠습니다."
"그래, 잘했어. 자네가 서영이 기분 좀 풀어줘."
"예."
"아버지 화 많이 나셨어요?"
서영이 묻자 어머니가 걱정 말라는 듯 웃었다.
"아버지가 괜히 심술부리신 걸. 걱정 말고 나갔다 와."
"물 달라 하세요?"
"나 약 먹으려고."
"저한테 달라 하시지 그러셨어요. 그런데 무슨 약이에요?"
"어? 어, 종합비타민, 혈액순환제, 뭐 그런 것들."
"네. 그럼 갔다 올게요."
"조심해서 다녀와."
지후와 함께 공원으로 온 서영은 사방이 탁 트이고 나무들이 울창한 곳에 오자 그제야 기분이 좀 나아지는 것 같았다. 지후 말대로 저녁 공기가 꽤 차가웠지만 춥기보다는 오히려 상쾌하고 시원했다. 알래스카에 비하면 이 정도는 쌀쌀한 것도 아니었다.
빌딩이 밀집된 곳이라 근처에 이런 공원이 있는 줄 몰랐는데 걷다 보니 상당히 넓었다. 저녁에도 산책이나 운동을 하기 위해 나온 사람들이 많았다.

서영과 지후는 밤이라 잘 보이지 않는 공원 경치를 구경하며 나란히, 천천히 걸었다.
"기분이 좀 나아졌어?"
"네, 좋아졌어요."
시원한 바람 때문인지 복잡했던 기분이 한결 풀렸다.
"여기서 운동해요?"
"여기서 할 때도 있고 회사에서 할 때도 있고."
"회사에 헬스클럽이 있어요?"
"직원들 건강을 위해 무료로 이용할 수 있는 클럽이 있어."
"직원들이 좋아하겠네요."
"음."
두 사람 곁으로 사이클이 달려오자 지후가 서영을 잠깐 막아섰다가 사이클이 지나간 후에 다시 걸음을 옮겨놓았다. 순간 서영은 지후의 사소한 배려가 퍽 고맙게 느껴졌다.
"지난번에, 지석이하고 통화했다면서?"
"어머님, 아버님 등산 가시고 안 계시고 도련님이 받더라구요."
"그랬다 하더군."
"도련님이 나 보고 싶댔어요. 도련님이 형수님 하는 소리가 이상하게……."
"이상하게 뭐?"
"살가웠어요. 듣기 좋더라구요."
"지석이, 당신 보고 싶어해. 형수 예쁘다고, 참 예쁘다고 하더라고. 집에 아들만 넷이고 여자는 어머니밖에 없어서 여자 가족이 생긴 게 신기하고 좋대."

"그랬어요?"

도련님이 그냥 한 소리가 아니라 정말 보고 싶어한다는 말에 서영은 괜히 기분이 좋았다.

"도련님은 지후 씨하고 많이 다른 것 같아요. 지후 씨는 무심한데 도련님은 참 다정다감한 사람 같아요. 도련님하고 결혼하는 사람은 행복할 것 같아요."

그렇게 말한 서영의 얼굴에는 깊은 슬픔이 배어 있었고 지후는 서영의 슬픔을 느낄 수 있었다.

"서영아……."

"미안해요. 내가 쓸데없는 말을 했네요. 그만 돌아가요."

서영이 먼저 돌아서자 지후도 돌아섰고 집을 향해 되짚어 걷기 시작했다. 서너 걸음 걸었는데 지후가 살며시 서영의 손을 잡았다. 서영은 지후의 손이 놀랍도록 따뜻하다고 생각하며 지후를 쳐다봤다.

"손이 차네. 추워?"

지후가 서영의 손을 더욱 꼭 잡으며 물었다.

"춥진 않아요."

"손이 많이 차."

지후가 특히 더 차가운 손가락 쪽을 비비더니 갑자기 자신의 바지 주머니 속으로 쏙 집어넣었다. 서영의 손을 여전히 꼭 잡은 채. 그의 호주머니 속은 그의 손보다 백배는 더 따뜻하고 천배는 더 포근했다. 몸 전체를 따끈하게 데워줄 만큼.

"돌아가면 아버님께 죄송하다고 말씀드려."

지후가 서영의 손을 호주머니 속에서 꼭 잡은 채 말했고 서영은 한참 만에 알았다고 대답했다.

지후와 서영이 집에 돌아갔을 때 장시간 비행으로 고단하셨는지 아버님은 벌써 잠이 드셨고 그래서 잘못을 비는 기회는 내일 아침으로 미뤄졌다.

다음날 일어났을 때 서영이 늦잠을 자는 바람에 지후와 아버지는 벌써 출근하고 없었다.

오늘따라 무척 늦게 퇴근한 지후가 씻는 동안 서영이 지후가 갈아입을 옷을 챙기고 있는데 화장대 위에 놓여 있는 지후의 휴대폰에서 문자 메시지가 도착했다는 효과음이 울렸다.

가뜩이나 늦게 들어왔는데 퇴근 후에도 지후를 찾는 사람이 많은 모양이라며 그냥 무시하려고 하는데 또다시 휴대폰에서 효과음이 울렸다.

"급한가?"

서영이 휴대폰을 들고 폴더를 올리자 메시지가 나타났다.

늦어도 상관없어요. 전화 줘요. 희경.

라고 영문으로 찍혀 있었다.

희경? 희경이 누구지?

그러면 안 되는데 서영은 유혹을 참을 수가 없었다. 분명 효과음이 두 번 울렸으니 그건 두 개의 메시지가 도착했다는 뜻이고 그렇다면 열어보지 않은 메시지에는 무슨 말이 적혀 있는지 알고 싶었다. 지후의 사생활이니 훔쳐봐서는 안 된다는 걸 알았지만 심상치 않은 메시지를 읽고 나자 유혹을 떨칠 수가 없었다.

서영은 휴대폰 버튼을 눌러 메시지 폴더를 연 다음 아직 열어보지 않은 메시지, 그러니까 조금 전에 도착한 남은 메시지를 확인했다.

왜 하루 종일 연락이 안 되죠? 전화 줘요. 중요한 일이에요. 희경.

이번에도 희경이었다. 그러니까 희경이라는 사람이 연속해서 두 개의 메시지를 보낸 것이다.

희경, 희경. 분명히 여자 이름이었다. 그때 그 여자일까? 서영에게 두 번씩이나 함께 있는 것을 목격당했던 그 여자?

서영은 갑자기 심장이 발밑으로 쿵 하고 떨어지는 듯한 기분을 느끼며 어느새 메시지 폴더를 샅샅이 뒤지기 시작했고 메시지 폴더에 희경이라는 여자가 보낸 메시지가 더 이상 없다는 것을 확인한 후에는 통화 내역을 뒤지기 시작했다.

오늘 아침 열 시 즈음부터 조금 전까지 걸려온 전화를 받지 않아 부재중 통화로 기록된 것이 무려 여덟 통. 번호는 모두 같은 번호였다. 서영은 부재중 통화와 방금 희경이란 여자가 보낸 메시지의 번호를 대조해 보았다. 같은 번호였다.

서영은 정신이 멍해지는 것을 느끼며 기계적으로 휴대폰을 내려놓은 후 침대에 걸터앉았다.

갑자기 누군가 서영의 뇌를 드러낸 것처럼 완전 백지 상태가 되어버려 무슨 생각을 하고 있는지도 모른 채 멍한 얼굴로 앉아 있는데 지후가 방으로 들어왔다.

"어디 아파?"

지후가 물었지만 넋이 나가 버렸는지 들리지도 않았다.

"왜 그래?"

지후가 서영의 곁으로 다가와 어깨에 손을 올려놓았다. 서영은 그제야 고개를 들고 지후의 얼굴을 올려다봤다.

"어디 아픈 거야?"

"아니에요. 시장하지 않아요?"

서영이 어깨에서 지후의 손을 걷어내고 일어나며 말하자 지후가 '저녁 먹고 왔어' 하고 대답했다.

"그렇죠, 참."

다섯 시 반쯤엔가 늦을 것이고 저녁 먹고 들어갈 테니 아버님 어머님께 먼저 주무시라 전해달라고는 전화를 했었다. 희경의 메시지를 생각하느라 그가 늦게 왔다는 것도 잊어버렸던 것이다.

"어디 가?"

서영이 방을 나가려고 하자 지후가 물었다.

"먼저 자요."

서영은 낮은 목소리로 대꾸한 후 거실로 나와 소파에 앉았다.

'왜 늦게 왔을까?'

그 여자를 만나느라 늦게 온 걸까? 그 여자와 이렇게 늦은 시간까지 함께 있었던 걸까? 아버지가 와 계신데? 사흘만 머문다 하셨는데 그새를 못 참고 연애질을 하고 왔단 말인가? 뭘 했을까? 두 사람이 뭘 했을까? 잤을까? 오, 맙소사!

너무 어이가 없고 화가 나서 저절로 욕설이 터져 나올 것 같았지만 서영이 순간 그건 아닐 거라고 생각하며 한숨을 내쉬었다.

희경을 만나느라 늦게 왔다면 저런 메시지를 보내지 않았을 것이다. 분명히 메시지에는 하루 종일 통화가 안 됐다고 했고 실제로 그녀가 건 전화는 모두 부재중 통화, 그러니까 지후는 그녀의 전화를 받지 않았다. 종일 전화를 받지 않았기 때문에 전화해 달라는 메시지를 보냈을 것이다. 늦어도 상관없다고 하면서.

아버지가 와 계신 동안만이라도 깨끗한 척을 하기 위해 전화를 받지 않았을지도 모른다. 다른 사람도 아닌 회장님이자 장인이 와 계시니 재수없게 들켜서 혼이 날 짓은 하지 말자 조심했을지도 모른다.

그랬을 것이다. 메시지의 느낌으로는 두 사람이 보통 가까운 관계가 아닌 듯한데 서영은 이 시점에서 어떤 태도를 취해야 할지 알 수가 없어 막막했다.

가슴은 답답하면서도 불안하고 화가 치밀면서도 믿어지지가 않고 한 번에 너무 여러 가지의 감정이 뒤섞여 들쑤셔 대니 오히려 맥이 탁 풀린 듯 멍했다.

'몰래 전화하고 있을지도 몰라.'

서영은 벌떡 일어나 돌진하듯 방으로 갔고 만약 그녀와 통화하고 있다면 가만두지 않겠다고 맹세하며 방문을 벌컥 열어젖혔다.

서영이 방문을 열어젖혔을 때 지후는 옷을 챙겨 입기 위해 걸치고 있던 가운을 벗은 상태였고 그래서 지후는 알몸이었다.

서영은 그의 벗은 뒷모습을 잠깐 동안 빤히 쳐다보다가 몇 초 후에야 들어가든지 문을 닫든지 해야 한다는 것을 깨달곤 얼른 문을 닫았다. 하필 왜 이럴 때 문을 열었을까.

서영은 사람이 멍청해지는 것은 순간이라고 생각하며 다시 소파로 걸어가는데 방문이 열리더니 지후가 나왔다.

"들어와도 돼."

지후의 말에 돌아보니 그새 잠옷으로 갈아입고 있었는데 무슨 의도인지는 몰라도 바지만 입고 상체는 여전히 벗은 채였다. 분명 바지 안은 알몸일 것이다. 사흘 전 알래스카에서 지후에게 팬티를 벗고 자는 버릇이 있다는 것을 알게 됐으니까.

서영은 그를 혼자 두면 분명 희경과 통화를 할 것이라는 생각에 먼저 자라는 말 대신 방으로 들어가 침대에 누웠고 지후가 곁에 누웠을 때는 얼른 등을 보이고 돌아누워 버렸다. 대화를 나누고 싶은 생각이 조금도 없다는 것을 알려주기 위해서.

차라리 메시지를 봤다고 도대체 그 희경이라는 여자가 누구냐고 따져 물으면 좋으련만 쓸데없는 자존심과 두려움 때문에 차마 입이 떨어지지가 않았다. 그깟 자존심과 두려움 따위가 뭐라고. 소용돌이치는 분노에 이 작은 가슴이 빨려 들어가 오그라들 것만 같은데 여간해서는 입이 열리지가 않았다.

그 여자가 목이 빠지도록 여덟 통이나 전화를 건 이유는 무엇이고 당신은 왜 받지 않았으며 이 늦은 시간에 메시지를 보낸다는 것은 보통 관계는 아니라는 것이니 둘러댈 생각 말고 솔직히 말하라고 다그쳐 묻고 싶은 마음이 굴뚝같았다. 그런데 만약에 지후가 그 여자와 깊은 관계라고 답한다면?

좋다. 그래, 잘 걸렸다. 원하지도 않은 결혼 억지로 해서 어차피 남남으로 살았으니 이참에 이혼하고 넌 네 갈 길 가라 하고 소리쳐 주자. 아니…… 그럴 수 없었다. 못할 것 같았다.

"자?"

지후가 물었다.

"……"

"오늘 무슨 일 있었어?"

"피곤해요. 잘게요."

서영은 더 이상 말 걸지 말라는 듯 냉정스레 내뱉고는 지후가 자신을 바라보고 있다는 것을 알면서도 애써 무시하는데 휴대폰에서 메시지가 도착했음을 알리는 효과음이 울렸다.

'미쳤어.'

조금 전 침대에 눕기 직전에 얼핏 시계는 자정을 넘기고 있었는데 이 시간까지 문자질이라니. 미친 것들, 정말 예의도 없는 것들.

당장에 휴대폰을 지후의 면상에 내던졌으면 좋겠다고 생각하며 어금니를 틀어 무는데 지후가 침대에서 내려가 휴대폰을 집어 들었고 메시지를 확인하는 듯하더니 곧 전원이 꺼지는 소리가 들렸다. 꼬리가 길어 걸리기 전에 꺼버리는 것이 안전하다 생각한 모양이었다.

"잘 자."

지후가 곁에 누우며 인사를 했지만 서영은 화가 치밀어 아무 대꾸도 하지 않았다.

'분해. 화난다고.'

멀쩡히 두 눈 뜨고 있는데, 바로 앞에서 오밤중에 문자라니.

아직도, 지금까지도 희경과 만나고 있었단 말인가? 아니지, 서영이 알아서 멀리멀리 떠나주었으니 두 사람이 만나기엔 최상의 조건이었을 것이다.

희경이라는 여자, 언제부터 알고 얼마나 깊은 관계일까.

저절로 한숨이 터져 나오고 가슴은 바윗덩이에 깔린 듯 갑갑하기만 했다.

'괜찮아지고 있다고 생각했는데……'

분명 그렇게 느껴졌었다.

근본적인 문제―그 여자―는 해결하지 않았지만 산책하면서 손을 잡았을 때도 그렇고 이틀 동안 함께 잠자리에 들었을 때 팔베개를 해주고 오늘 아침 출근하던 그가 어머니께 보이기 위해서인지는 몰라도 서영의 볼에 입을 맞추는 등등의 행동에서 지후와 가까워지고 있다고 생각했었다.

잘 진행되고 있다고, 이런 식이라면 어쩌면 살림을 합치게 될지도 모르겠다고, 그와 함께 사는 것이 나쁘지만은 않겠다는 생각도 들고 그가 계속 시애틀에 눌러앉혀 주었으면 좋겠다고 생각하던 참이었는데 찬물이 끼얹어진 것이다.

분명 잠은 들었는데 자는 것은 아닌 상태.

서영이 선잠 상태에서 몸을 뒤척이다 이상한 느낌에 눈을 떴을 때 자신의 내려다보고 있는 지후가 보였다. 지후는 상체를 일으켜 서영 쪽으로 몸을 기울인 채 어둠 속에서 말없이 내려다보고 있었다.

"왜……."

서영이 잠긴 목소리로 들릴 듯 말 듯 물었다.

말없이 서영을 내려다보던 지후가 서영의 허리를 감아 안더니 서영의 목덜미에 입을 맞추었다. 목덜미에 내려앉았던 지후의 입술이 조금씩 위로 올라오더니 서영의 귓불을 빨아 당겼고 허리에 감겨 있던 지후의 손이 서영의 아랫배를 부드럽게 쓰다듬다가 갈비뼈가 있는 곳으로 조금씩 올라오기 시작했다. 귓불을 핥으며 그가 숨을 쉴 때마다 날아와 닿는 숨결에 서영은 아찔한 흥분을 느끼며 자신도 모르게 낮은 한숨을 내쉬었다.

그때였다. 지후가 몸을 움직였고 잠시 후 지후는 서영의 몸에 자신의 체중을 실으며 서영의 몸 위에 있었다.

"못 참겠어."

지후가 격한 숨을 내쉬며 속삭였다.

"못 참겠어, 서영아."

지후가 괴로운 목소리로 속삭인 후 서영의 젖가슴을 감싸 쥐었다. 지후는 몸을 조금 더 움직여 서영의 다리 사이에 안착했고 다시 한 번 짓누르듯 서영의 몸에 체중을 실었을 때 서영은 몸 중앙 둔덕이 있는 그곳을 뻐근하게 눌러오는 딱딱한 그의 남성을 느낄 수 있었다.

"서영아……."

지후가 극에 달한 흥분에 들떠 서영의 이름을 중얼거리며 서영의 파자마 바지를 끌어 내리는데 서영이 입을 열었다.

"희경이…… 누구예요?"

서영의 낮은 목소리로 물었다.

지후의 몸이 일시에 얼음처럼 차가워지더니 상체를 일으키고 서영을 내려다봤다.

"대답해 줘요. 희경이란 여자가…… 당신이 사랑하는…… 그 사람이에요?"

"희경이를 어떻게……."

지후의 눈동자가 깊어지는 순간 서영이 무릎을 접어 올려 그의 급소를 찍어버렸다.

"윽!"

어디서 그런 용기가 터져 나왔는지 그것은 알 수 없었다. 아니, 용기가 아니라 한계에 다다른 분노일 것이다. 그토록 두렵게 만들었던 진실마저도 단숨에 날려 버릴 만큼의 무서운 분노 때문이었을 것이다.

지후는 비명도 제대로 지르지 못하고 몸을 웅크린 채 침대 위에서 꼼짝을 못했다. 하지만 서영은 거기서 그치지 않고 베개를 들고 지후를 향해 세차게 내려친 후 발로 걷어차 침대 밑으로 굴러 떨어지게 만들었다.

지금까지는 그의 입에서 무슨 나올지 몰라 너무 두려웠던 나머지 아무 말도 못한 채 누르고 또 눌렀지만 한 번 터져 버린 분노는 서영을 더 이상은 참지 않게 만들었다.

"나쁜 자식!"

쿵 소리가 나도록 침대 밑으로 떨어뜨렸는데도 화가 풀리지 않았다. 서영은 침대에서 뛰어내려 지후를 때리기 시작했다.

"나쁜 자식, 나쁜 자식! 희경이? 희경이!"

서영은 격렬한 분노에 사로잡혀 지후의 몸뚱이를 미친 듯이 때리고 그도 모자라 지후의 머리채를 휘어잡고 흔들었다.

지후가 윽, 억, 하는 억눌린 신음을 토해냈지만 그가 그런 소리를 낼 때마다 더욱 강한 폭력 본능에 사로잡혔다.

그때 폭발했던 것이 틀림없다. 조금 전 서영아 하고 속삭였던 그 입에서 희경이라는 이름이 나오는 순간 말이다. 그 빌어먹을 여자의 성씨가 뭔지는 모르겠지만 '서영아' 하고 달콤하게 속삭이던 입에서 똑같이 희경이라는 이름이 튀어나오자 가슴에 꾹꾹 짓눌려 있던 분노가 굉음을 일으키며 폭발했고 희경이라는 이름을 부른 지후의 입을 찢어발기고만 싶었다.

"못 참겠다고? 그래, 나도 더는 못 참아, 이 자식아!"

서영이 낮게 소리친 후 지후의 어깨를 깨물었다.

"으윽!"

지후가 신음을 토해내며 자신의 어깨를 깨문 서영을 떼어냈지만 서영은 멈추지 않고 지후를 계속 때렸다.

"낮엔 희경이 이름 부르고 밤엔 내 이름을 불러? 자정이 다 되도록 그 여자한테서 문자 오게 만들어놓고 못 참겠다고? 어떻게 그 더러운 몸으로 날 안을 생각을 해? 짐승 같은 자식!"

다른 방에서 주무시는 부모님이 들을까 잔뜩 낮춘 목소리로 맹렬하게 욕을 퍼부으며 손이 아프도록 지후를 때리던 서영은 어느 순간 지후의 손에 두 손목이 붙잡혔고 한순간에 위치가 바뀌어 서영이 바닥에 깔리고 지후가 서영의 몸을 짓누르며 위에 있었다.

"이거 놔. 너처럼 양심 없는 자식은 맞아야 해!"

"까불지 마, 윤서영!"

지후가 서영의 손목을 바닥에 붙여놓고 강하게 짓누르며 낮은 목소리로 윽박질렀다.

"불결해!"

"말조심해!"

지후가 금방이라도 한 대 칠 기세로 경고했다.

"더는 참아줄 수 없어. 불발탄이든 오발탄이든 걸리기만 해. 한국에서는 절대로 얼굴 들고 못 다니게 만들어줄 테니까!"

"불발탄? 오발탄? 그게 무슨 말이야?"

"불발로 재미만 보다 걸리든 오발로 임신시켜 나 강지후 아이 가졌다며 배 부풀려 찾아오는 여자를 만들든 걸리기만 해보라고. 기필코 박살 내줄 테니까!"

서영이 어금니를 틀어 물고 윽박질렀다. 분노 때문이 아니었다. 눈물이 터져 나올 것 같았기 때문이다. 남편의 여자. 더 이상은 참지 못하고 폭발하고 말았지만 그 깊은 슬픔은 나아지기는커녕 점점 더 아프게 커져 갔다.

"그건 걱정 마. 불발로 재미만 보는 여자도 윤서영이고, 오발로 내 아이 가질 여자도 윤서영이 유일하니까."

지후가 서영의 손목을 움켜잡은 손에 더욱 강한 힘을 가하며 윽박질렀다.

순간, 서영은 아프고 너무 아파서 곪아터질 것 같던 가슴속에서 알 수 없는 감정이 물결치는 것을 느낄 수 있었다. 벅차면서도 설레는 감정.

그는 지금 윤서영이 유일하다고 말했고, 그 말이 거짓이든 진실이든 마치 견딜 수 없이 무덥고 끈적거리는 여름날 얼음처럼 차가운 생맥주를 들이켰을 때와 같이 목구멍까지 꾸역꾸역 차올랐던 화기가 일시에 씻겨 내려가는 듯 가슴속을 후련하게 만들어주었다.

"뭐, 뭐라구?"

"내 아이를 가져. 그래야 해. 넌 유일한 내 여자니까."

"난……."

서영이 막 말을 하려는 찰나 지후가 서영의 입술을 자신의 입술로 덮어버렸다. 지후의 혀가 순식간에 서영의 입속으로 파고들었고 오랫동안 굶주린 사람처럼 게걸스럽게 서영의 혀와 타액을 빨아 당겼다. 빨아 당기는 힘이 너무 강해 서영이 아픔의 신음을 토해내는데 지후가 입술을 떼더니 서영의 달아오른 귓불을 깨물었다.

"말을 하지 그랬어. 말로 하면 다 알아들을 걸, 어디서 사람을 패는 못된 짓을 배운 거야?"

지후가 서영의 귓불을 살짝 깨문 채 거친 숨을 내뱉으며 말했다. 그리고 그 순간 지후의 혀가 서영의 귀를 핥아대기 시작했다.

마치 어린아이가 아이스크림을 핥아먹듯 지후는 맛있게 달콤하게 서영의 귀를 핥았다.

귓속으로 파고드는 그의 숨결, 거친 그의 숨소리.

서영은 눈앞이 캄캄해지는 것을 느끼며 금방이라고 기절해 버릴 것만 같았다.

"저질이야."

"그래, 나 저질이야. 저질 키스 한번 받아보라고."

서영의 귀를 핥던 지후의 입술이 내려오는가 싶더니 서영의 보드라운 목덜미를 핥아대기 시작했다. 그건 그러니까 키스가 아니라 타액 묻히기와 같은 그런 행위였다.

입을 맞추다 보면 약간의 타액은 묻어나오기 마련인데 이건 어쩌다 보니 묻어나오는 타액이 아니라 아주 작정하고 핥으며 타액을 묻히고 있었다. 서영의 목덜미가 지후의 타액으로 온통 끈적거릴 정도로.

"변태 같아."

"난 윤서영한테는 저질이고 변태야."

지후가 낮은 목소리로 뇌까리며 가늘고 동그란 원통 모양의 서영의 목덜미 구석구석을 핥고 또 핥았다. 그뿐이 아니었다. 지후의 혀가 다시 귓불로 올라오더니 서영의 왼쪽 귀 전체를 입 안에 넣고 핥고 빨았다.

서영이 꼼짝 못하도록 포박한 채로 왼쪽 귀를 마음껏 맛본 지후의 혀는 다시 오른쪽 귀를 맹렬하게 공격했다.

"음……."

그가 핥을 때마다 그의 혀가 좁은 귓구멍에 닿을 때마다 오싹오싹 한기가 느껴질 정도의 짜릿함이 느껴졌고 자신도 모르게 한숨과 같은 신음을 토해내는데 서영의 귓불을 핥던 지후가 쉰 목소리로 속삭였다.

"좋아?"

"……."

"좋다고 말해."

"아니야!"

서영이 필사적으로 부정했다.

"내 정성이 부족한 모양이군. 아니면 기술이 부족하든지. 하지만 실망하지 마. 내 무기는 따로 있으니까."

"이 나쁜……."

소리치는 서영의 입술을 지후의 입술이 덮어버리는 순간 지후의 딱딱하게 부풀어 오른 아랫도리가 서영의 둔부를 아프도록 짓눌러왔다. 따로 있다던 무기는 바로 그걸 두고 하는 말이었다. 쇳덩이처럼 단단하게 치켜 선 그의 남성.

지후에 의해 입술이 막히고 지후의 혀로 입 안을 장악당한 채 서영은 둔부에서 엄청난 속도로 번져 나오는 흥분에 들떠 아랫배에서 뻐근한 통증을 느꼈다.

'참을 수 있어. 참을 수 있다고! 이따위 흥분은 얼마든지 참아낼 수 있어!'

서영이 주문을 걸듯 마음속으로 외쳤지만 오히려 그 주문은 흥분을 가속화시키는 주문이 되어버렸는지 서영의 몸은 더욱 강렬하게 그를 원했다.

걷잡을 수 없이 강해지는 흥분을 달랠 방법은 오직 한 가지였다. 그와 사랑을 나누는 것. 온몸이 땀에 젖고 극심한 육체노동에 시달린 듯 쑤시고 아플 정도로 사랑을 나누는 것, 그 방법밖에는 없었다.

지후의 혀는 탐욕스럽게 서영의 입속을 탐하고 있었다. 그리고 어느새 그의 손은 서영의 손목이 아니라 서영의 젖가슴을 움켜쥐고 있었다. 감히 누구 마음대로 남의 순결한 젖가슴에 손을 대는 것이냐고 욕할 수도 없었다. 지후의 손아귀에서 손목이 자유로워지는 순간 서영 역시 지후의 넓은 어깨를 끌어당겨 안았고 어느새 서영의 다리는 그의 두껍고 탄탄한 다리를 휘감고 있었기 때문이다.

"해달라고 해."

서영은 대답 대신 애타는 한숨만 내쉬며 두 다리로 그의 엉덩이를 감았다.

서영의 반응에 지후가 다시 서영의 목덜미를 핥기 시작했다. 처음엔 변태처럼 느껴지던 그의 행위가 지금은 너무도 섹시해서 기절해 버릴 것만 같았다.

지후가 서영의 옷을 벗겨내기 위해 상체를 일으키고 서영이 그의 몸이 자신의 몸에서 분리되는 것을 용납할 수 없어 그의 어깨에 손톱이 박히도록 끌어당겨 안는 순간이었다.

"너희들 싸우는 거냐고…… 어머나!"

갑자기 잡음이 끼어들었고 그 잡음의 출처가 어머니라는 것을 알아차렸을 때 서영과 지후는 그 자리에서 녹인 구리 액을 뒤집어쓴 동상이 되어버렸다. 작품 명 '탐욕을 쫓는 연인'이 된 것이다.

"미안해, 미안하다."

어머니가 부리나케 문을 닫아버렸다.

"싸워? 치고받으며 싸우는 거야?"

아버지의 목소리도 들렸다.

"아니에요. 어서 가요."

아버지를 안으로 들어오지 못하도록 최선을 다해 막는 어머니의 안쓰러운 목소리도 들렸다. 그러니까 두 분은 방문 앞에서 언제든 다시 들어올 수 있는 태세를 갖추고 계신 거였다.

"아니면 왜 놀라? 서영이 다친 것 아니야? 저 녀석 서영이 때린 거야? 비켜봐."

"아니라잖아요. 가서 얘기해요."

"서영이가 지후 때렸어? 얼굴이라도 할퀴어놓은 거야?"

아버지의 목소리가 점점 더 멀어지는 것을 보니 어머니에게 떠밀려 쫓겨가는 듯했다.

"으......"

너무나 어처구니가 없고 창피해서 신음밖에 나오는 게 없었다.

이보다 더 창피할 수 있을까. 너무 창피해서 눈을 뜨는 것도 힘들 지경이었다.

지후도 무안한지 서영의 몸에서 내려오더니 곁에 나란히 누웠고 두 사람은 흥분이 채 가라앉지 않아 아직도 가슴을 들썩이며 거친 숨을 토해내고 있었다.

두 사람은 말이 없었다. 무슨 말을 해야 할지도 몰랐다. 서로에게 말을 거는 것조차 부끄러워 미칠 것 같았다. 공범인데도 말이다.

"저…… 어머니가 부르는 소리 들었어요?"

급한 마음에 서영이 먼저 입을 열었다.

"아니, 못 들었어. 아무 소리도."

"분명히 몇 번은 불렀을 텐데…… 처음부터 열고 들어오진 않았을 텐데……."

"그러게."

"내일 어머니 얼굴 어떻게 보죠?"

"그냥…… 봐야지."

하고 대답하던 지후가 갑자기 웃기 시작했고 서영이 이게 웃을 일이냐는 듯 지후를 노려보다가 덩달아 웃기 시작했다.

"웃지 말아요."

서영이 괜히 화난 목소리로 말했지만 지후는 웃음을 그치지 않았고 서영 역시 한 번 터진 웃음이 멈추질 않았다.

"웃지 말라구요."

서영이 억지로라도 웃지 않으려고 노력하며 침대로 올라가 눕는데 지후가 여전히 바닥에 누운 채 서영에게 말했다.

"내일 두 분 배웅해 드리고 곧장 집으로 오는 거야."

서영의 웃음소리가 잦아들었다.

"곧장 오는 거야."

지후가 쐐기를 박듯 말했고 서영은 침묵으로 동의했다.

이른 아침에 부모님과 식탁에서 마주한 서영은 차마 어머니의 얼굴을 똑바로 보지 못하고 어머니가 끓여주신 김칫국에 빠져 죽으려는 사람처럼 코를 박고 있었다. 어머니는 부끄러워하는 서영을 더 부끄럽게 만들지 않도록 평소와 똑같이 행동했다.

지난밤에 서영과 지후 사이에 어떤 일이 있었는지에 대해 소상하게 얘기를 들었는지 아버지 역시 잠깐씩 서영과 지후의 눈치만 살필 뿐 별다른 말이 없었다.

또 지후에게도 다른 날과 특별히 다르게 대하지 않았는데 어젯밤 어머니가 목격하신 장면이 어머니를 당황하게 만들었을지언정 불쾌하게 만들지는 않았던 모양이다. 종합비타민제를 먹기 위해 주방으로 가는 지후를 따라 주방으로 들어가려는데 어머니의 목소리가 들렸다.

"우리가 서울로 돌아간 후에도 계속 그렇게 재미나게 지내면 좋겠어. 서영이 많이 예뻐해 주고."

"걱정 마세요, 어머니."

"저기, 그런데…… 좀 그러니까…… 살살 해. 다칠라."

"놀라게 해드려서 죄송합니다."

"죄송할 일은 아니구. 보기 좋지, 좋구말구. 그런데 서영이 약하잖아."

"예, 어머니."

아이고, 맙소사. 서영은 주방으로 들어가는 것을 포기하고 방으로 도망치고 말았다.

분에 치받쳐 때리고 꼬집다가 붙잡혀 힘에 눌려 바동거리고 뜨거웠던 순간은 채 오 분도 되지 않은데 어머닌 치고받고 싸운 시간까지 계산에 넣어 열정에 사로잡힌 신혼부부가 과격하게 사랑을 나눈 것으로 오해한 것이 분명했다.

그러다 웃음을 터뜨리고 말았다. '살살 해, 다칠라' 하셨던 말이 서영이 약하잖아 하셨던 말이 서영을 웃게 만들었다. 아마 지후도 웃음이 터지려고 했을 것이다. 약하긴 무슨, 급소를 걷어차고 발길질을 해대기까지 했는데 무엇이 약하단 말인가.

서영이 난감한 표정으로 웃고 있는데 지후가 방으로 들어왔다. 서영이 얼른 웃음을 멈추었지만 여전히 입가에는 웃음의 잔상이 남아 있기 때문인지 지후가 장롱에서 슈트 저고리를 꺼내며 계속 서영을 쳐다봤다.

"왜 웃어?"

"아무것도 아니에요."

지후가 슈트 저고리를 들고 서영에게 다가오더니 서영에게 내밀었다.

"세탁해야 해요?"

"입혀달라고."

서영이 갑자기 무슨 옷을 입혀달라 하냐는 듯 쳐다보자 지후는 늦었어 라는 말로 재촉했다.

서영이 입술을 비죽이며 옷을 받아들고 펼치자 지후가 팔을 끼운 후 걸쳐 입었다.

"회사 들어가면 곧바로 회의라 통화가 어려울 거야. 시간 맞춰 공항으로 갈게."

"알았어요."

"잊지 않았지?"

"뭘요?"

"공항에서 곧장 집으로 올 거야."

지후가 화장대 위에 올려놓았던 휴대폰을 집어 들며 말했다.

"왜 대답이 없어?"

"대답해야 해요?"

서영이 일부러 시선을 피하며 되묻자 지후가 휴대폰 전원을 켜며 픽 웃었다.

서영이 지후가 지나가도록 길을 비켜주려는데 지후 역시 서영과 같은 방향으로 움직였고 서영이 다시 반대편으로 움직이자 지후 역시 동시에 반대편으로 움직여 두 사람은 본의 아니게 잠깐 동안 몸 개그를 하게 됐다.

같은 방향으로 요만큼 갔다 조만큼 갔다를 반복하던 두 사람이 결국 마주 보고 서게 되는데 휴대폰에 전원이 들어왔다는 신호음이 울렸고 잠깐 동안 서영을 내려다보던 지후가 몸을 숙여 서영의 목에 살짝 입을 맞추었다. 그리고 속삭였다.

"저질 맛을 보여줄게."

서영이 웃음이 터지려는 걸 겨우 참는데 지후의 휴대폰에서 문자가 도착했다는 신호음이 들려왔다. 지후가 서영에게서 조금 떨어지더니 휴대폰 폴더를 열고 문자를 확인했다.

휴대폰 전원을 켜자마자 문자라. 그건 지금 막 도착한 문자가 아니라 전원이 꺼져 있을 때 도착한 문자가 있다는 뜻이었다. 어 젯밤 잠들기 전에 전원을 꺼놨던 휴대폰으로 문자를 보낸 사람이 누굴까.

희경? 희경일 것이다. 전원을 죽이기 직전까지 문자를 보낸 사람이 희경이었으니까.

서영은 싸늘하게 굳은 표정으로 지후가 어디론가 전화 거는 모습을 노려보고 있었다.

"강지후입니다. 지금 회사로 출발하니까 사십 분 뒤에 회의실에서 봅시다."

지후는 간단하게 용건을 말한 후 서영을 지나쳐 방을 나섰다.

지후가 출근하고 세 시간 후 서영은 한국으로 돌아가시는 부모님을 배웅하기 위해 공항으로 향했다.

조수석에 앉아 아침에 지후가 통화한 사람이 누군지, 정말 희경일지에 대해 생각하고, 희경이라면 회사 회의실에서 만나지는 않을 거라고 애써 무거운 마음을 털어내려고 노력하다가 혹시 지후가 말한 '회의실'은 지후와 희경, 두 사람만 알고 있는 암호가 아닐까? 하는 생각에까지 미쳤다.

한적한 동네에 있는 어느 모텔이나 도심 한가운데에 있는 호텔을 두 사람만의 회의실로 만들어놓고 밀애를 즐기는 것인지도 모른다는 불길한 생각.

'아니야. 쓸데없는 의심이야.'

설마, 암호까지 만들어놓고 외도를 할 리는 없었다.

'그래, 그건 아닐 거야.'

어제 지후의 말을 곰곰이 생각해 보면 희경이라는 여자를 서영이 지나치게 오해했을지도 모르겠다는 생각이 들었다. 하지만 그럼 그땐 왜 껴안았던 것일까?

"공항에서 곧장 집으로 오는 거야."

지후의 말이 생각났다.

어젯밤, 온몸을 타액으로 도배를 할 듯 핥아대던 그의 혀의 느낌도 생각나고 게걸스럽게 입술을 탐했던 그의 키스도 생각나고 소름이 돋도록 직설적이던 그의 속삭임, 보통 때 같으면 틀림없이 눈살을 찌푸렸을 수준 낮은 언어 표현들이 곱씹을수록 색스럽고 되뇌일수록 자극적으로 와 닿아 벌써부터 몸에 열기가 감도는 듯했다.

뒤에 부모님이 계신데 이 와중에 음탕한 생각이라니.

공항에 도착할 때까지 그 어떤 생각도 하지 말자고 다짐하는데 휴대폰이 울렸다. 지후였다.

[공항에 못 가. 세 시까지 집으로 갈게. 집에서 만나. 아버님 어머님께 배웅 못해 드려 죄송하다고 전해주고.]

공항에 못 온다니? 갑자기 너무 실망스러웠다.

"잠깐만요, 바꿔 드릴게요."

서영은 휴대폰을 뒤에 있는 아버지에게 건넸다.

"괜찮아. 어떻게 진행되고 있어? 음…… 음…… 내가 나서지 않아도 되겠어? 음…… 알았어."

아버지가 간단하게 통화를 끝내고 서영에게 휴대폰을 돌려주었다.

"강 서방 까다로운 일 해결하고 있어. 일 처리 끝날 때까지 하는 대로 받아줘. 지후가 안 하면 아버지가 해야 할 일이야. 아버지 대신 골치 아픈 일 맡아 처리하고 있으니 네가 봐줘."

"네."

잘 봐주고 봐주지 않고는 중요하지 않았다. 지금은 그냥 아버지가 원하시는 대답을 해드리는 것이 제일 좋을 것 같았다.

"지후가…… 네가 여태 골이 나 있는 거 알고 네 눈치 많이 봐. 밖에서 일하는 사람이고 아버지 위해 일하는 사람이야. 잘해줘."

눈치를 본다고? 그가? 아버진 몰라도 너무 모르신다.

"바깥일 하는 사람한테 성질 피우지 말고."

"전…… 속이 못돼서 무조건 참지는 못해요. 미울 땐 미워할 거고 화날 땐 화낼 거예요."

서영의 대꾸에 아버지가 조금 싫은 소리를 하려는데 어머니가 얼른 남편의 손을 잡으며 고개를 저었다. 이제 곧 헤어질 텐데 말다툼하다 헤어져 봤자 후회할 게 뻔했기 때문이다.

차에서 부녀가 나눈 대화가 마음에 걸리셨던지 출국 시간을 기다리던 어머니가 서영에게 조금 더 다가앉으시더니 서영을 달래기 시작했다.

"강 서방 네 걱정 많이 해. 아버지도 마찬가지고. 혹시 너희들 재미나게 못 지내고 있을까 봐. 아버지한테 골난 건 아는데 엄마

봐서 풀고 잘 지내."

"……걱정 마세요. 잘 지낼 거예요."

서영이 시무룩하게 대답했다.

"그래, 잘 지낼 거야. 엄마는 믿어. 우리 딸이 얼마나 지혜로운데."

어머니가 서영의 손을 꼭 잡고 살갑게 매만지며 말했다.

"남자는 집사람한테 기가 죽으면 밖에서도 기죽어 일 못해. 괜히 센 척해도 남자들은 순 겁쟁이들이거든."

어머니의 말에 서영은 조금 웃었다.

"아버지도 겁쟁이세요?"

"남자들은 다 그래. 어쨌거나 강 서방 괜찮은 사람이야. 아버지가 잘 보신 것 같아. 사람이 좀 무뚝뚝하고 표현을 잘 못해서 그렇지 썩 괜찮아. 하긴, 어제 보니 표현을 잘 못하는 것 같지도 않더구나."

어머니의 말에 서영이 얼굴을 붉히며 웃자 어머니도 웃었다.

"그렇게 살아. 날마다 그러고 살아. 재밌잖아."

"……."

"강 서방이 아버지 실망시키지 않으려고 얼마나 노력하나 몰라. 놀고먹으며 허세나 부리려고 하지 않고 정말 열심히 해. 너도 아버지 성격 알잖아. 믿을 만한 사람도 없고 쉽게 믿질 않으셔서 남한테 일 못 맡기시는 분인데 강 서방은 무슨 일을 맡겨도 걱정이 안 된다 하셔. 강 서방 너무…… 외롭게 하지 마. 응?"

"알았어요. 잘해볼게요…… 잘해볼게요. 신경 쓰지 마시고 건

강하게 잘 지내세요. 다음엔 제가 들어갈게요."

"너만 오면 어떻게 해? 같이 와야지."

"같이 갈게요······."

"서영아."

어머니가 서영의 손을 더욱 꼭 잡았다.

"아버지는 너 행복하게 사는 거 보려고, 그래서 강 서방이랑 맺어준 거야. 너 행복하라고. 강 서방이면 평생 너 맘고생 안 시키고 잘해줄 거라서."

'그건······ 두고 봐야 해요. 그 사람 어쩌면······ 여자 있어요. 엄만 여자 있는 남자 믿을 수 있어요?'

"엄마하고 아버지가 바라는 게 뭐 있겠어. 너 행복하게 사는 거, 아들 딸 낳고 그저 행복하게 남편한테 사랑받고 사는 거 그것 말고 뭐가 있겠어. 나중에 라영이 시집보내면 라영이도 그저 사랑만 받고 행복하게 사는 거, 우리가 바라는 거 그거밖에 없어."

"알아요."

"너 싫은 결혼 억지로 하게 만든 것 때문에라도 너한테 잘할 사람이야. 그러니 마음을 열어줘."

마음을 열어라······.

서영은 한숨을 내쉬고 말았다.

"내 아이를 가져. 그래야 해. 넌 유일한 내 여자니까."

어제 지후의 말에서 어느 정도 믿음이 생긴 것은 사실이지만 확실하게 해결된 것은 아니었고, 그래서 의심이라는 것이 여전히 남아 있었다.

의심이라는 것은 참 무서운 것이어서 설사 있는 그대로 진실을 말한다 하더라도 쉽사리 믿지 못하게 하는 강력한 '진실방해바이러스'를 갖고 있었다. 그 어떤 백신을 주입해도 별다른 효능을 보이지 않는, 의심이라는 것은 그만큼 무서운 질병이었다. 그래, 질병이다. 감정이 아닌 질병.

"네가 마음을 열고 받아줘."

"……네."

서영이 복잡한 기분으로 대답하는데 서울발 비행기에 탑승하라는 안내 방송이 울렸다.

"일어나야겠네."

"도착하시면 전화 주세요."

"그래."

어머니는 다시 한 번 서영의 손을 꼭 잡아주었다.

출국장을 빠져나가는 아버지와 어머니를 보며 어머니가 오늘따라 걱정이 너무 많으신 것 같다고 생각하는데 어머니가 서영을 돌아보며 손을 흔들었다.

그래서 서영도 웃으며 손을 흔드는데 갑자기 울컥 서러움이 느껴져 눈물이 날 것 같았다. 아무것도 아닌데, 그냥 아버지 어머니 서울 가시는 길 배웅하러 와서 손 흔들어드린 것밖에 없는데 여태 멀쩡하다가 갑자기 그리움인지 서러움인지 모를 감정이 복발하더니 눈시울이 젖어왔다.

참 별일이었다. 방금 헤어졌는데 그리울 것이 무엇이며 영영 헤어지는 것도 아닌데 서러울 것이 무엇 있다고.

"네가 마음을 열고 받아줘."

눈시울이 뜨거워진 채 공항을 나오던 서영은 어머니가 했던 말을 상기시켰고 그래서 결정했다.
집으로 가는 게 아니라 회사로 가야겠다고. 회사로 가서 흥분해서 따지거나 몰아세우지 말고 침착하고 진지하게 대화를 나누어 가슴에 똬리를 틀고 있는 의심을 풀어버려야겠다고.
이 의심을 풀어서 내버리지 않고 담아두고 있는 한 지후와 진정한 부부의 관계를 이어갈 수는 없을 것 같았다.
희경이라는 여자와의 관계를 속 시원하게 밝혀야 했다. 지금이 그때인 것 같았다. 더 이상 미루어서는 안 될 것 같았다.
차에 오른 서영은 기사에게 회사로 가자고 말했다.
〈고마워요, 필립.〉
서영의 말에 필립이 룸미러로 서영을 쳐다봤다.
〈나 여기 없었던 거…… 아버지한테 말하지 않아줘서요.〉
서영이 말했고 필립은 그저 부드러운 미소를 지어 보였다.
회사에 도착하자 필립이 서영을 에스코트해 빌딩 안으로 안내한 후 일층 로비 데스크에서 지후의 방으로 바로 연결해 서영이 올라간다는 것을 알렸다.
〈엘리베이터 확보해 드리겠습니다.〉

〈아뇨, 그럴 필요 없어요. 혼자 갈게요. 고마워요.〉

서영이 사장실이 있는 층에 도착해 사무실을 향해 걸어가는데 마침 비상구에서 급하게 나오던 여자와 하마터면 부딪칠 뻔했다. 여자는 'I m sorry'와 밝게 웃으며 목례를 하고 잰걸음으로 사장실로 쫓아갔고, 역시 답례로 목례를 한 후 여자를 따라 사장실로 걸어가던 서영은 순간 걸음을 멈추었다. 부딪칠 뻔했던 여자의 얼굴이 무척 낯이 익었기 때문이다.

'저 여자……!'

그래, 맞다. 서울에서 담뱃불을 빌리고 시애틀 지사 빌딩 근처 커피숍에서 지후의 손을 잡던 바로 그 여자, 그 여자였다.

서영이 깜짝 놀라며 급히 사장실로 들어갔을 때 여자가 비서실을 통과해 막 사장실 안으로 들어가는 것이 보였다. 여자가 들어간 후 문은 곧 닫혀 버렸다.

저 여자가 왜 지후의 사무실에 들어갔을까?

서영은 머리에 있던 피가 일시에 말라 버리는 듯 멍해지더니 오한이 든 듯 부들부들 떨리기 시작했다.

담뱃불을 빌리고 남편과 포옹했던 저 여자가, 대체 무슨 이유로 이 시간에 남편의 사무실에 들어간 걸까. 너무도 자연스럽게 당연하다는 듯 당당하게.

저 여자의 출입을 제한해야 마땅한 비서실 직원들은 대체 어디로 간 걸까.

아니, 오히려 다행이었다. 비서실에 아무도 없다는 것이. 누군가 있었다면 틀림없이 하얗게 질려 금방이라도 쓰러질 듯한 자신의 모습을 보았을 테니까.

그때 지후의 사무실 문이 열리며 지후와 희경, 그리고 박 비서가 밖으로 나왔다.

"맥파슨 씨는 분명 보상금 액수를 낮추려고 할 거예요. 그 땐……."

"여보."

서영의 목소리에 희경의 설명을 듣던 지후는 비서실 한가운데에 서 있는 서영을 발견하고는 그 자리에 우뚝 멈춰 섰다. 박 비서가 서영에게 얼른 인사를 건넸지만 안타깝게도 서영은 지후와 여자에게 집중한 나머지 박 비서의 인사를 보지 못했다.

서영은 파란 불꽃이 피어나기 시작한 눈빛으로 지후를 쳐다보다가 천천히 정희경에게로 시선을 옮겼다.

"사모님…… 이세요? 안녕하세요, 정희경이라고 합니다."

희경이 환하게 웃으려고 애쓰며 예의를 갖춰 인사했다.

남편의 여자가 인사를 한 것이다. 남편의 사무실에서.

마녀 같은 여자. 지독한 것.

"안녕하세요, 윤서영입니다. 만나서 반갑습니다."

서영은 높지도 낮지도 않은 음성으로 억양마저도 없는 목소리로 인사했지만 눈가에 최소한의 미소를 걸어두는 것은 잊지 않았다.

"뵙고 싶었는데…… 반갑습니다."

그래, 너도 내가 보고 싶었겠지. 나를 보고 비웃어주고 싶었겠지.

"네, 반갑습니다."

서영도 친절이 섞인 목소리로 인사했다. 하지만 친절인지는 확신할 수 없었다.

"먼저 회의실에 가 있을게요."

희경이 지후에게 말한 후 서영에게 다시 한 번 목례를 하고 사라졌다.

"서영아, 정희경 씨……."

"아버지, 엄마 배웅해 드리고 그냥 잠깐 들렀어요. 바쁜 것 같네요. 얼굴 봤으니까 집에 갈게요."

서영이 미소를 지으려고 너무 애를 쓰는 바람에 입가의 근육이 가늘게 떨렸지만 어쨌거나 끝까지 미소를 잃지는 않았다. 처음 박 비서의 인사는 놓쳤지만 박 비서에게 다음에 또 보자는 인사를 하는 것도 놓치지 않았고.

"세 시간쯤 걸릴 거야."

서영이 돌아서서 비서실을 나오려는데 지후가 말했고 서영은 들릴 듯 말 듯한 목소리로 알았다고 대답한 후 비서실을 나와 버렸다.

지금 나가지 않으면 비서들이 보는 앞에서 지후의 따귀를 올려붙일 것 같았기 때문이다. 따귀뿐이 아니라 더한 짓도 할 것 같았다. 참고 돌아선 것은 그의 체면을 지켜주기 위해서가 아니라 서영 자신의 체면을 지키기 위해서였다. 정일그룹 사주의 딸로서의 체면을 지키고 윤서영 자신을 위해서.

"서영아."

지후가 서영을 따라 나오며 불렀지만 서영은 돌아보지 않았다.

"서영아."

지후가 엘리베이터까지 따라왔지만 서영은 고집스럽게 꽉 닫혀 있는 엘리베이터 문만 노려보고 있었다. 그러다 지후를 향해 돌아섰다.

"정희경 씨가 왜 여기 있는 거죠?"

서영이 누가 목을 조르고 있는 듯 꽉 막힌 목소리로 물었다.

"정희경 씨는 변호사고 정일그룹 미국 지사 고문변호인단 중 한 사람이야."

"변호사였군요. 그래서 매일같이 만났겠군요."

"그게 아니야, 내 말을 들어. 일 때문에 만나는 거야. 일 외에 다른 감정은 없어."

"제발…… 닥쳐요."

서영이 스물네 개의 갈비뼈가 동시에 부러지는 듯한 통증에 가슴을 싸쥐며 낮은 목소리로 내뱉었다.

"일 때문에 만나는 거라 다른 감정은 없는 사람이니까 그렇게 사람이 많은 거리에서 서로 뜨겁게 껴안았군요."

서영의 말에 지후의 얼굴이 굳어버렸다.

"언제까지 날 속일 수 있다고 생각했어요?"

"아니야. 잠깐만, 그건……."

"언제까지 날 바보로 만들 생각이었어요?"

"서영아……."

"한 번만 더 내 이름 부르면…… 죽여 버릴 거야."

서영이 낮지만 무서운 어조로 내뱉었고 마침 엘리베이터 문이 열려 엘리베이터에 오르려는데 지후가 서영을 돌려 세웠다.

"서영아, 내 말 들어봐."

서영을 돌려 세웠던 지후는 움찔하고 말았다.

서영의 송아지처럼 커다란 눈에 금방이라도 쏟아질 만큼 한가득 눈물이 고여 있었기 때문이다. 눈꺼풀만 깜빡하면 와르르 쏟아져 내릴 것만 같은 투명한 눈물이.

서영은 자신의 어깨를 잡은 지후의 손을 세차게 걷어내고 엘리베이터에 올랐다. 그리고 문이 닫힐 때까지 지후를 돌아보지 않았다.

집에 데려다 주겠다는 필립마저도 뿌리치고 택시를 타고 집으로 온 서영은 곧장 안방으로 가서 장롱 속에 넣어둔 여행 가방을 꺼내 짐을 싸기 시작했다.

페어뱅크스에서 가지고 온 옷들은 남김없이 가방 안에 쑤셔 넣고 처음부터 시애틀 집에 있었던 옷가지들까지 모조리 담았다. 가방 하나로는 모자라 다른 여행 가방까지 꺼내 자신의 물건은 스타킹 한 짝도 남겨두지 않고 모두 쓸어 담았다.

전화벨이 계속 울렸지만 서영은 못 들은 척했고 휴대폰이 울렸을 땐 아예 배터리를 분리해 침대에 던져 버렸다. 누구의 전화든 상관없었다. 지금은 누구의 전화도 받고 싶지 않았고 누군가 억지로 말을 시킨다면 고막을 찢어놓을 듯이 악을 써대거나 입에 담지도 못할 욕을 퍼붓거나 둘 중에 하나였기 때문에 받지 않는 것이 좋을 것 같았다.

어젯밤, 정희경이 보낸 메시지 때문에 그 법석을 떨고 단 일 분도 눈을 붙이지 못하고 꼬박 밤을 새웠는데 오늘은 기어이 시애틀을 떠나게 만든 것이다.
　서영은 인터폰으로 아파트 관리인에게 택시를 잡아달라고 부탁한 후 곧장 짐 가방을 들고 집을 나왔다. 그리고 두 번 다시 이곳에 올 일은 없을 것이라고, 두 번 다시 강지후라는 남자를 만날 일은 없을 것이라고 생각하며 페어뱅크스로 떠났다. 그리고 그를 버렸다.

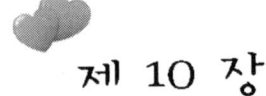

제 10 장

열흘 후.

집으로 들어와 사진 가방을 내려놓던 서영은 집 안에 불이 켜졌다는 것을 알고 멈칫했다.

불을 켜놓은 채 나갔던가? 아니, 그런 적 없었다. 한 번도 그런 적이 없었다. 밤이 아니라 낮에 나갔는데 불을 켜놓고 나갔을 리가 없었다.

갑자기 무서움증이 느껴졌고 그래서 조심스럽게 두리번거리며 천천히 한 걸음씩 내딛는데 주방 쪽에서 검은 그림자가 쑥 나타나자 서영은 자신도 모르게 짧은 비명을 내질렀다.

"나야."

그림자가 말했고 다시 보니 지후였다.

"깜짝이야."

서영은 너무 놀라 쓰러질 것만 같았다.

도둑이나 강도가 들어 맞닥뜨린 줄 알고 얼마나 놀랐는지 다리가 후들거리고 가슴이 벌렁거렸다.

"왜 온 거예요?"

너무 놀란 끝이라 서영의 목소리가 거칠어졌다.

"놀라게 해서 미안해."

"왜 왔는지 묻잖아요."

서영이 열쇠를 탁자 위에 탁 소리가 나게 내려놓으며 신경질적으로 말했다.

"당신 데리러 왔어."

"왜요? 또 아버지가 오셨어요?"

서영이 지후를 지나쳐 계단을 올라가며 짜증스럽게 물었다.

"어떻게 들어왔어요?"

"열쇠 갖고 있었어."

"열쇠를 갖고 있었다구요?"

서영이 계단에서 지후를 노려보며 되물었다. 당신이 뭔데 집 열쇠를 갖고 있냐는 듯이.

"이 집은 내가 구했고 그래서 갖고 있었어."

그렇게 대답하던 지후는 충격을 받은 눈길로 뚫어져라 서영을 쳐다봤다.

열흘 사이, 서영은 깜짝 놀랄 만큼 말라 있었다. 불과 열흘인데 그동안 아무것도 먹지 않은 사람처럼 안쓰럽게 메말라 스치기만 해도 쓰러질 것처럼 보였다.

유순하게 보일 정도로 도톰했던 눈꺼풀은 움푹 패어 있었고 갸름하면서도 알맞게 탄력이 붙어 있던 볼은 살집까지 없이 핼쑥했다. 윤기도 잃고 밝은 기운도 잃은, 서영의 얼굴은 어두운 그늘에 점령당해 있었다.

"내 열쇠도 가져가요. 난 이 집을 떠날 거니까."

서영이 쌀쌀하게 내뱉고는 다시 계단을 올랐다.

"서영아."

"난 안 가요. 아버지가 아니라 누가 와도 난 안 가요. 그러니까 당장 돌아가요. 다음 주에 한국으로 들어가서 서류 준비할 거예요. 이혼해요."

"누구 마음대로?"

지후가 싸늘한 어조로 말했고 서영이 획 뒤돌아보자 지후가 무서운 눈길로 서영을 노려보고 있었다.

"뭐라구요?"

"누구 마음대로 이혼을 하냐고 물었어."

지후가 낮게 으박질렀다.

"내 마음대로예요!"

서영이 격하게 소리쳤다.

"난 강지후란 남자와 법적으로 얽혀 있는 게 끔찍해서 더 이상 못 참아요. 나하고 이혼하고 그 빌어먹을 정희경하고 살아요!"

"못 봐주겠으면 진작 이혼했어야지. 칠 개월을 왜 참은 거야?"

지후가 격렬한 어조로 묻더니 성큼성큼 계단을 올라와 서영 앞에 버티고 섰다.

"말해! 뭣 때문에 칠 개월을 참았는지!"

지후가 위협적으로 다그쳤다.

"아버님 때문에 참았다는 말은 하지 마. 윤서영은 나 싫다고 알래스카로 와서 혼자 살고 있는 여자야. 칠 개월 전에 얼마든지 이혼도 할 수 있었던 여자라고."

지후가 이를 갈듯이 말했고 서영은 주먹을 꼭 틀어쥔 채 지후를 노려보고 있었다.

"그래요. 그때 했어야 해요."

서영이 서리 찬 목소리로 대꾸했고 서영의 얼음장처럼 차가운 두 눈동자는 지후를 향해 한기를 뿜어내고 있었다.

"그런데 몹쓸 미련 때문에 그렇게 하지 못했어요. 부끄럽지만 배신을 당하고도 난 당신이 좋았거든요. 혼자 알래스카로 와버렸지만 그럼에도 난 당신이 좋았어요."

서영의 움켜쥔 두 손과 입술이 파르르 떨렸다.

서영은 치밀어 오르는 분노를 가라앉히려는 듯 길게 숨을 내쉬었다.

"하지만 이젠 미련없어요. 강지후라는 사람에 대해 이제 미련 따위는 없어요."

서영이 지후를 똑바로 쳐다보며 냉담하게 내뱉었다.

"난 당신을 버렸어요. 더는 당신 때문에 울고 싶지 않아요. 이혼해요."

"난 이혼 안 해. 정희경하고 사는 일 절대 없어. 내 아내는 당신이고 난 당신하고 살 거야."

"당신은 늘 그런 식으로 내 감정을 이용했죠, 난 늘 속았고. 하지만 이젠 아니에요. 이젠 속지 않아요."

서영은 흔들리지 않았다. 흔들리지 않으려고 애를 쓴 것도 아니었다. 정말 저절로 흔들리지 않았다.

"당신이 조금이라도 날 배려한다면 말없이 가줘요."

"그럴 수 없어. 그리고 한 번만 더 이혼이라는 단어 입에 올리면 가만두지 않을 거야."

지후가 너무 힘을 줘서 턱이 빠져 버릴 것처럼 실룩거렸다.

"어떻게 가만두지 않을 건데요?"

"목을 졸라 죽이는 한이 있어도 난 이혼 안 해."

지후가 낮지만 확고한 어조로 말했고 서영은 그가 낮은 목소리로 말했지만 천세불변 진심으로 하는 말이라는 걸 알 수 있었다. 하지만 이번 역시 흔들리지 않았다.

"그래요. 차라리 그 편이 나을지도 모르겠네요. 어쨌든 더는 당신을 보지 않아도 될 테니까."

서영이 눈가에 서글픈 미소를 담은 채 말했다.

지후는 명치를 한 대 얻어맞은 듯했다.

열흘 사이에 서영은 지금까지 지후가 알고 있던 그 서영이 아니었다. 미미하게나마 애정이 느껴졌던 서영의 눈빛은 차디차게 식어 있었고 사랑스럽던 서영의 목소리는 낯선 사람의 목소리로 변해 있었다. 열흘 만에 무섭게 말라 버린 서영의 몸만큼이나 감정마저도 말라 버린 것 같았다. 서영이 내뱉는 한 마디 한 마디는 비수가 되어 지후의 심장을 고통스럽게 파고들었다.

"정희경은 아무것도 아니야."

지후가 한참 만에 낮은 목소리로 말했다.

"내가 시애틀로 돌아오라고 했잖아. 내가 오라고 했을 때 왔으면 내 설명을 들었을 거야."

"설명 필요 없어요. 내 눈으로 확인했으니."

서영이 중얼거리듯 말하고는 돌아섰다.

"부탁할게요. 그만 돌아가요."

서영이 계단을 오르는데 지후가 서영의 손을 붙잡았다.

"적어도 해명을 할 기회는 줘야 해. 그래야 공평해."

"난 그 누구에게도 공평한 대접을 받지 못했어요. 그리고 그 어떤 해명도 듣고 싶지 않아요."

"내 말을 들어!"

지후가 소리치자 서영이 인형의 눈처럼 생명도, 감정도 없는 눈길로 지후를 쳐다봤다.

"설명할 기회를 달란 말이야."

"싫어요."

서영이 좋지도 싫지도 않은, 억양이 전혀 없는 무미건조한 목소리로 대꾸했다.

"정희경 씨와 관계된 얘기라면 단 한 마디도, 그 어떤 말도 하지 말아요. 부탁할게요."

서영은 필사적으로 고통을 억누르는 듯 미간이 일그러진 채 말했고, 지후는 가슴이 꽉 막히는 듯한 답답함을 느끼며 한숨을 내쉬었다.

"부탁이에요. 제발 나 좀 쉬게 해줘요."

서영이 완전히 지친 듯 한숨 섞인 음성으로 말했다.

"서영아…… 서울로 가야 해."

"어차피 난 다음 주에 갈 거예요. 아주 들어가려고 정리하고 있는 중이에요. 그러니까 먼저 가 있어요. 서울에서 만나서 매듭지으면 되겠네요."

서영이 지후의 손에 잡혀 있던 손을 빼내고는 말했다.

"어머님…… 병원에 계셔."

병원이라는 말에 서영이 움찔했다.

"병원에 왜요?"

속으론 놀라고 덜컥 겁이 났지만 겉으론 애써 담담한 척 물었다. 하지만 지후는 금방 대답을 하지 않고 심각한 표정으로 서영의 얼굴만 쳐다보고 있었다.

그가 얼른 답을 하지 않고 쳐다만 보고 있자 서영은 점점 더 두려워지기 시작했다.

"왜 병원에 계시냐고 묻잖아요."

"……수술하셨대."

"수술? 무슨 수술요?"

서영은 그제야 막연한 두려움이 그저 두려움으로 끝나는 것이 아니라 현실이라는 것을 깨달았다.

수술이라니, 열흘 전까지만 해도 건강하셨는데 갑자기 수술이라니.

당장 서울로 가야 한다며 데리러 왔을 때는 결코 가벼운 수술은 아니라는 뜻일 텐데 무엇일까. 대체 무엇 때문에 수술을 받으신 걸까.

서영은 불안함으로 가슴이 옥죄어오는 것을 느꼈다.

"무슨, 어디가 어떻게 안 좋아서…… 무슨 수술이요?"

"위암."

지후가 가라앉은 목소리로 위암이라고 말했고 서영은 위암이라는 말을 못 들은 사람처럼, 아니, 위암이 어떤 병인지 모르는 사람처럼 미동도 하지 않고 지후를 쳐다봤다.

"열흘 전에, 시애틀 오시기 전부터 이미 알고 계셨던 모양이야."

"……"

서영이 초점이 흐려진 채로 아무 말고 못하고 멍하게 쳐다보자 지후가 약간 걱정스러운 눈길로 서영을 바라봤다.

"서영아."

"암이라구요?"

서영은 갑자기 목이 너무 마르다고 생각하며 가까스로 물었다. 그리고 암이 얼마나 무서운 병인지를 깨닫는 순간 눈앞이 캄캄해지더니 온몸에서 힘이 쭉 빠지는 듯했다.

"암이, 엄만 그럼 어떻게……"

암은 곧 죽음을 뜻한다는 사실이 서영의 머릿속을 채워 버렸다. 어머니가 죽는다는 것은 인정할 수도 없었고 생각하고 싶지도 않았지만, 암이 얼마나 무서운 병인지는 알고 있었기 때문에 그저 두렵고 무섭기만 했다.

"우리 엄마 어떻게 되는 거예요?"

서영이 가늘게 떨리는 목소리로 물었다.

"진정해. 수술을 하셨다는데, 아주 나쁜 상황은 아닐 거야. 손을 못 쓰는 단계라면 수술하자며 나서는 의사도 없어."

"왜, 왜, 시애틀에 오셨을 때 왜 말씀 안 하신 거죠?"

"걱정할까 봐."

"말도 안 돼……."

서영이 고개를 가로저었다. 걱정할까 봐 말씀을 안 하셨다니, 맹장 수술이나 쌍꺼풀 수술도 아니고 암 수술인데 걱정할까 봐 말씀을 안 하셨다니.

친엄마가 돌아가셨을 때도 그랬었다. 엄마는 하늘나라로 떠나버렸는데 아버진 하루가 꼬박 지난 후에야 알려주신 것이다. 사랑하는 딸이, 하나밖에 없는 자식인 서영이 충격받을까 봐, 그 충격에서 헤어나오지 못할까 봐.

엄마가 그렇게 유언을 하셨단다. 너무 많이 놀라고 너무 많이 슬퍼하고 너무 많이 고통스러워할 테니 하루라도 늦게 알려주라고. 우리 딸이 조금이라도 덜 울었으면 좋겠다고. 친엄마가 돌아가셨을 때도 그러시더니 이젠 새어머니마저 늦출 만큼 늦춰서 알려주신 것이다.

서영은 두 손으로 가슴을 감쌌다. 너무 아프고 괴로워서 가슴이 무너지는 것 같았다.

"수술은…… 어떻게 됐대요? 아니, 내가 전화해 봐야겠어요."

서영이 전화를 하기 위해 돌아서는데 지후가 서영을 붙잡았다.
"서울은 이른 새벽이야. 주무시게 해드려."
"그럼, 그럼……."
"수술은 잘됐다고 하셨어."
"잘됐대요?"
서영이 그나마 안도하며 되물었다.
"아버님이 잘됐다고 하셨어. 잘됐으니 걱정 말라고. 그런데 암이라는 소리에 더 크게 부풀려 걱정할까 봐 최대한 좋은 쪽으로 말씀을 하시는 것 같아서 들어가서 확인하려는 거야."
"그래야죠. 그래요, 짐을 싸야겠어요."
서영의 눈이 촉촉하게 젖어오기 시작했다.
서영이 불안함에 깊은숨을 내쉬며 계단을 오르는데 지후가 괜찮냐고 물었다. 서영은 걸음을 멈추고 지후를 돌아보았지만 결국 아무 대답도 못했다. 괜찮을 리도 없었지만 괜찮은지 괜찮지 않은지 모를 만큼 충격을 받은 상태였기 때문이다.
서영은 방으로 올라왔고 옷장에서 여행 가방을 꺼내 침대 위에 올려놓았을 때야 뚝 하고 굵은 눈물방울을 떨어뜨렸다.
'엄마……'
암 진단을 받으셨을 때 말씀을 하셨더라면 당장 어머니를 따라 한국으로 들어가 곁에서 수발을 들었을 것이다. 당연히 그랬을 것이고, 그래야 했다. 딸이니까. 다른 누구도 아닌 딸이니까. 어머니가 편찮으시면 딸은 당연히 걱정을 하는 것인데 아버지와 어머니는 대체 뭐가 미안하고 안쓰러워 당신이 아픈 것 때문에 딸이 걱정하는 것을 걱정하셨단 말인가. 죽고 사는 문제가 걸린 일인데 걱정 좀 하면 어때서.

가방을 양쪽으로 열어놓고 손에 잡히는 것이라면 닥치는 대로 가장 속에 쑤셔 넣는데 눈앞이 부옇게 흐려지며 눈물이 차오르더니 하염없이 흘러내리기 시작했다. 닦아내고 닦아내고, 또 닦아냈지만 눈물샘이 고장나 버렸는지 멈출 수도, 멈추게 할 수도 없었다.

어머니가 병에 걸렸다는 사실을 알게 되면서 어머니가 아픈 것과 더불어 속에 꾹꾹 눌려 있던 여러 가지 속상한 것들이 덩달아 한꺼번에 복발하며 눈물샘을 부추긴 것 같았다.

두 분의 연세가 질병에서 자유로울 수 없는 연세라는 것을 알면서도 우리 어머니도 위험한 병에 걸릴 수 있다는 것을 생각하지 못했다.

어머니는 여간해선 감기도 잘 앓지 않을 만큼 늘 건강하셨다. 틈틈이 운동도 하시고 기분 전환용 취미를 몇 가지 갖고 계셨기 때문에 이런 중한 병은 우리 어머니만큼은 피해갈 것이라 생각했다.

다른 것은 몰라도 건강만큼은 자신해서는 안 된다는데 그 말은 다른 사람에게나 해당되는 말인 줄 알았다. 아버지라면 몰라도 어머니는 절대 힘든 병은 얻지 않으실 거라 생각했었다. 아버지를 걱정하느라 어머니가 병들고 있다는 것을 생각 못하다니.

사실 아버지가 늘 걱정이었다. 아버지는 애주가였고 애주가를 지나쳐 술을 과하게 드셨다. 아버지가 스스로 양을 조절하지 못하게 된 계기는 바로 조강지처의 죽음이었다.

서영의 기억 속에서도 또렷하게 남아 있는 것은 어머니가 돌아가신 직후 참으로 오랜 날 동안 밤마다 폭주를 하시며 우시는 아버지의 모습이다. 소리 내어 우시지도 않았다. 눈과 얼굴이 온통 눈물에 젖어 있었지만 울부짖지도, 흐느끼지도 않았었다. 조용히 하염없이 눈물만 흘리며 연방 술잔을 기울였고, 그리고 쓰러져 주무셨다.

정말 오랜 날 동안 그러셨다. 할머니는 그만 해라, 몸 상한다, 따라 죽으려고 작정을 했니 라는 말들로 아버지의 폭주와 아내를 잃은 슬픔으로부터 그만 헤어나오길 채근하셨지만 서영의 기억 속의 아버지는 할머니의 잔소리에도 술을 끊지는 못하셨다.

그 후로도 담배는 태우시지 않았지만 술은 끝내 끊지 못하셨고 아내를 잃었을 때처럼 폭주를 하시진 않았지만 여간해서는 아버지께 잔소리를 하지 않는 새어머니마저도 몇 번이나 싫은 소리를 했을 정도로 아버지는 음주가 지나쳤다. 그래서 아버지를 걱정했던 것이고, 그래서 아버지만 걱정했던 것이다.

서영은 죄책감에 가슴이 오그라드는 것만 같았다. 딸 노릇을 못한 것 같아서, 그리고 그분의 안위를 보살필 생각조차 하지 않은 자신이 너무 부끄러워서.

"수술 잘됐다잖아. 괜찮으실 거야."

수술이 잘됐다는데도 왜 이렇게 진정이 되지 않고 계속해서 두렵기만 할까. 그냥 딱 믿어버리면 되는데.

"괜찮으실 거야. 괜찮으셔야 해."

서영이 스스로에게 주문을 걸었고 그 주문은 서울로 향하는 비행기 안에서도 계속됐다.

지금까지 살아오면서 기도라는 것을 별로 해본 적이 없는데 서울로 향하는 비행기 안에서는 잠시도 멈추지 않고 기도를 하고 있었다.

어느 신이든 상관없으니, 아니, 이 세상에 존재하는 모든 신들은 협력해서 아픈 어머니를 도와달라고, 아픈 것을 낫게 해주고 어머니의 건강을 찾아달라고 기도했다.

멋지고 근사하게 기도하는 방법 따위에는 관심도 없었다. 그저 살려달라고, 제발 어머니의 몸에서 암 세포를 몰아내 저 우주 밖에서 태워 버리라고 기도했다.

"서영아."

지후가 불렀지만 서영은 아무 대답도 하지 않았다. 기도를 방해받는 것도 싫었고 지금은 별로 말이 하고 싶은 기분이 아니었기 때문이다.

"식사해야지."

지후가 다시 말했다.

"……생각없어요."

어머니가 위암이라는데 밥이 넘어가겠는가. 일단 어머니를 만나야 하고 어머니의 상태가 어떤지 확인한 다음에 먹더라도 먹고 싶었고 먹어질 것 같았다.

"안 먹으면 금방 지쳐. 금방 지치면 어머니 병 수발도 못하고 오히려 편찮으신 분한테 걱정만 끼치는 거야. 먹어. 걱정도 먹어가며 해."

지후가 낮은 목소리로 설득하려는 듯 말했고 서영은 지후의 말이 틀린 말은 아니지만 지금은 아무것도 삼키고 싶지 않았다.

"무슨 말인지 알겠는데 지금은 입맛도 없고 배도 안 고파요."

"조금이라도 먹어. 그래야 해."

지후의 말이 채 끝나기도 전에 승무원들이 1등석 칸으로 들어와 식사 서비스를 시작했다.

"어서 일어나."

끈질긴 남자. 서영은 하는 수 없이 눕혀놓았던 의자 등받이를 세우며 몸을 일으켰다.

식사가 앞에 놓였지만 서영은 멍하게 쳐다볼 뿐 여전히 먹고 싶다는 생각은 들지 않았다. 원래 기내식이 입에 썩 맞는 편도 아니었고 지금은 입맛이나 밥맛을 떠나 식욕 자체가 말라 버렸기 때문이다.

서영이 멀뚱하게 쳐다만 보고 있자 지후가 서영의 앞에 놓인 스테이크를 먹기 알맞은 크기로 자르더니 고기 한 점을 포크에 찍어 내밀었다.

"먹어."

"내가 먹을게요."

서영은 지후가 내민 고기 한 점을 거절한 후 자신이 직접 한 점 찍어 입에 넣었다. 하지만 맛을 느낄 수가 없었다.

서영이 포크만 들고 있을 뿐 먹을 생각을 하지 않자 한참 동안 말이 없던 지후가 조용히 입을 열었다.

"아버지 교통사고 났을 때, 나도 그때 못 먹었어. 나뿐만이 아니라 온 가족이 다 그랬지. 아버진 사경을 헤매는데 때마다 배가 고프고 배고픈 걸 느끼는 게 죄송하더라고. 온 가족이 아버지가 깨어나실 때까지 먹지도 못하고 잠도 못 자고 그랬어. 그런데 막상 아버지가 깨어나시자 너무 기쁘면서도 결국 어머닌 이틀 만에 혼절하셨어. 아버진 거의 일주일 만에 깨어나셨는데 그동안 내내 굶고 잠을 못 잤던 바람에 정작 본격적으로 병 수발을 시작해야 할 때엔 되레 병이 나서 돌봐 드리기가 힘들었다는 얘기야. 그러니까 먹어."

지후가 달래듯 말했고 서영은 조금 놀란 표정으로 지후를 쳐다봤다.

"아버님 발만 다치셨던 게 아니에요?"

"머리도 크게 다치셔서…… 병원에선 살리기 힘들 것 같다고 했었어."

"그렇게 큰 사고인 줄은 몰랐어요."

"버스 운전하셨거든. 자정이 거의 넘어서 차고로 돌아오시던 중이었어. 좌측에서 신호를 무시하고 달려오는 대형 트럭이 있었고 아버지는 신호를 받고 직진을 하시다가 그대로 부딪친 거야. 처음엔 아버지 과실 쪽으로 기울었어. 버스도 그렇고 트럭도 그렇고 다소 난폭 운전을 하는 경향이 있으니 어느 쪽 과실인지는 먼저 말하는 사람 쪽으로 기울기 마련이잖아. 트럭 운전사도 다치긴 했지만 중상은 아니었고 아버진 사경을 헤매는데 우리한테 불리하게 돌아가는 거야. 다행히 목격자가 나타나고 경찰 조사에서 트럭 운전사가 음주 상태였다는 게 밝혀졌어. 그것도 만취. 다행히 그날 마지막 운행이고 거의 차고에 다다랐을 때라 승객이 없어서 대형 사고는 면했지만 아버진……."

지후는 지금 생각해도 너무 끔찍해서 진땀이 흐르는 듯했다. 겪어보지 않은 사람은 결코 알 수 없는 그 끔찍함과 막막함. 목을 꽉 눌린 채 바다 속으로 끌려 들어가는 것만큼이나 끔찍했다. 망망대해에서 통나무 하나에 의지한 채 생사의 기로에 놓여 있다가 굶주린 상어에게 살이 뜯겨 죽어가는 자신을 바라보는 듯한 공포.

그때 그랬었다. 끔찍함과 막막함과 공포가 지후의 숨통을 끊을 듯 조여오고 있었다.

"당신 기분 알아. 나도 경험자기 때문에 잘 알아. 지금 당장은 아무것도 먹고 싶지 않다는 것도 알고. 하지만 먹어야 해. 내 말 들어."

"……그래요. 먹을게요."

서영이 포크로 고기 한 점을 찍는데 지후가 다시 입을 열었다.

"아버지 사고 나시고 내가 처음 들었던 말은…… '아버지가 죽었다'였어."

서영이 놀란 얼굴로 지후를 바라보자 지후가 심각한 눈길로 앞에 놓인 스테이크를 내려다보고 있었다.

"난 그때 학교 다니면서 철거반을 따라다니며 잡일을 하는 아르바이트를 했는데 몸은 몹시 고달팠지만 수입은 꽤 좋았어. 학교 끝나면 바로 달려가서 철거할 때 나오는 건축물 쓰레기들을 한곳에 모으거나 담벼락을 허무는 뭐 그런 일을 했어. 그날 일을 끝내고 아저씨들과 어울려 술을 한잔했었어. 그날따라 몸살이 날 것처럼 피곤해서 집에 들어가고 싶었는데 아저씨들이 그러더라고. 노가다를 뛰다 보면 처음에 꼭 한 번은 된통 앓는다고. 몸살이 나려고 할 때 술 한잔 마셔주면 사흘 아플 거 하루 아프고 낫는다고. 그래서 따라가서 소주 반병쯤 마시고 집에 왔는데 막내가 울면서 말하더군. 아버지가 죽었다고. 아버지의 사고 소식을 전해줬던 사람이 죽었다고 말했던 모양이야. 눈앞이 캄캄한 것은 말할 것도 없고, 병원까지 어떻게 갔는지 기억도 안 나. 내가 기억하는 건 수술실 앞에서 벌벌 떨고 계시던 어머니가 나를 보고서야 울음을 터뜨렸다는 거야. 그리고 알았어. 아버진 죽지 않았고 살아 계시다는 걸."

너무 울어서 목이 쉬어버린 막내로부터 아버지가 돌아가셨다는 얘기를 듣고 넋이 나가 버린 상태에서 병원으로 달려갔었다. 막내의 손을 잡은 채 집에서 나온 것까지는 기억이 나는데 병원에 도착해서 수술실 앞에 계시는 어머니를 만날 때까지 그 도중의 일은 까맣게 기억에서 사라졌을 만큼 넋이 나간 상태였다.

병원에 버스를 타고 갔는지 택시를 타고 갔는지도 기억이 나지 않았는데 나중에 막내로부터 택시를 탔다는 얘기를 들었지만 택시비가 얼마가 나왔는지도 전혀 기억할 수 없었다.

그만큼 아버지의 사고는 충격적이었고 돌아가셨다는 말이 일시적으로 기억을 상실하게 할 만큼 지후를 두려움에 떨게 했던 것이다.

그래서 지후는 서영의 심정을 알 수 있었다. 그때 지후의 심정과 지금 서영의 심정이 다르지 않을 것이다.

"어떻게…… 견뎠어요?"

"돌아가신 게 아니라 살아 계시니까 견뎌지더군. 살아 계시다는 걸 확인하고 나니까 무조건 무엇이든 다 견뎌지더라고. 어머니 살아 계셔. 돌아가신 거 아니야. 그러니까 기운 내."

"……알았어요."

서영이 고개를 끄덕인 후 포크 끝에 걸려 있는 스테이크 조각을 입에 넣고 씹기 시작했다.

"고등학교 때…… 너무너무 좋아했던 가수가 있었는데 학원 간다고 거짓말하고 그 사람 콘서트에 갔다가 들켜 버렸어요. 콘서트 같은데 가면 돈을 안 주실 것 같아서 참고서 산다고 거짓말해서 그 돈으로 표도 샀고…… 그런데 어머니가 그걸 아버지한테 말씀드린 거예요. 거짓말하는 건 절대 용납할 수 없다고. 아버지한테 엄청 혼났어요. 서운하고 속상해서 몇 날 며칠을 울었을 만큼 심하게 혼이 났어요. 난 너무 서운해서…… 한 번쯤 그냥 덮어주시지 아버지한테 이른 것 때문에 어머니한테 너무 서운하고 화가 나서…… 심한 말을 했어요."

"어떻게?"

"……친엄마가 아니라서 아버지한테 이른 거라고. 친엄마였다면 덮어주셨을 거라고…… 내가 친딸이 아니라서…… 혼나게 만들려고 아버지한테 이른 거라고……."

서영이 깊은 한숨을 내쉬었다.

"어머니가 무척 서운해하셨어요. 그런데 난 어머니가 서운해하시는 것도 연기하는 것처럼 보이더라구요. 그런데 한날 밤에 화장실에 가다가…… 부엌에서 울고 있는 어머닐 보게 됐어요. 어머닌 불도 켜지 않고 식탁 앞에 앉아서 울고 계셨어요. 난 나 때문에 우신다는 걸 알면서도 그냥…… 모른 척해 버렸는데 어머니가 편지를 써서 내 책가방에 넣어두셨더라구요. 정말 미안하다고, 그리고 정말 사랑한다고. 얼마나 후회했는지 몰라요. 어머닌 날 용서하셨지만 난 아직도…… 너무 후회돼요. 엄마한테 그런 말을 했다는 게……."

서영이 물기가 섞인 한숨을 내쉬었다.

"당신이 후회하고 죄송해하는 거 어머니도 아실 거야."

"그럴까요?"

"그럴 거야."

식사가 끝난 후 지후와 서영의 사이에는 또다시 침묵이 찾아왔다.

지후가 이따금 할 말이 있는 듯 서영 쪽을 쳐다보긴 했지만 서영은 고개를 30도 정도 돌린 채 깊은 생각에 빠져 있었기 때문에 결국 착륙할 때까지 두 사람은 더 이상 아무 대화도 나누지 않았다.

지후는 서영에게 할 얘기가 있었다. 서영이 격분해 시애틀을 떠나게 했던 그 일에 대해서 말이다.

그날 공항으로 가던 서영과 통화할 때까지만 해도 그런 난처한 상황이 벌어질 것이라고는 생각도 못했었다. 서영이 단단히 오해할 만한 상황이었지만 어디까지나 그건 오해였다. 정희경과 관계가 아주 없다 할 수는 없었지만 그것은 순전히 공적인 관계일 뿐 사적인 관계는 단 1%도 없었다.

차근차근 제대로 된 설명을 해서 오해를 풀어주기 위해 쉴 새 없이 전화를 걸었지만 집전화도, 휴대폰도 먹통이 되어 있었다.

자신의 전화를 일부러 피한다고 생각해 참석하지 않으면 안 되는 협상 회의를 끝낸 후 과속에 신호 위반까지 온갖 교통법규를 어겨가며 집으로 달려왔을 때 서영은 이미 알래스카로 떠나고 없었다. 서영이 그렇게 떠나 버릴 줄은 생각지 못했다. 단단히 화가 나고 격분한 상태라는 것은 알았지만 그 즉시 알래스카로 가버릴 줄은 상상도 못했었다.

참담했다. 아주 우습게 들리겠지만 지후는 참담함과 함께 완전히 버림받은 기분이었고 그 기분은 도저히 말로는 형용할 수 없을 만큼 더러웠다.

칠 개월 중 단 며칠만 자신 외에 다른 사람이 있었을 뿐인데 텅 비어버린 집은 완전한 적막감에 휩싸여 있었다. 며칠 동안 가족들이 함께 있었다는 것이 믿어지지 않을 만큼 서영은 자신의 흔적을 완벽하게 지워 버리고 떠난 것이다. 서영이 남긴 흔적은 단 한 가지였다. 배터리가 분리된 채 침대 위에 나뒹굴고 있는 휴대폰.

다음날 지후는 서영에게 전화를 걸어 당장 시애틀로 돌아오라고 했다. 하지만 서영은 단칼에 거절했다.

"내 설명을 들으란 말이야!"

[아뇨. 듣고 싶지 않아요.]

서영의 목소리는 그때 이미 다른 사람의 목소리가 되어 있었다.

지후의 아내가 아닌 다른 사람.

"지금 당장 오지 않으면 앞으로 절대 날 보지 못할 거야."

[내가 원하는 게 바로 그거예요. 제발…… 내가 당신을 보지 않게 해줘요.]

서영이 차갑게 말했다.

다음날 다시 전화를 걸었을 때 서영은 지후의 전화라는 것을 확인한 순간 끊어버렸다. 그리고 다음날 서영은 지후의 전화를 직접 받아 끊는 것도 싫어졌는지 응답기를 설치해 버렸고 서영에게 전화를 걸면 늘 기계에 녹음된 서영의 냉랭한 목소리만 흘러나왔다. 서영은 철저하게 강지후를 거부한 것이다.

지후는 페어뱅크스로 찾아가지 못했다. 서영이 어떤 태도를 보일지 걱정되고 겁이 나서였다.

제발 내가 당신을 보지 않게 해달라던 서영의 말, 그 말은 독약처럼 지후의 가슴속에 파고들었다.

너무 두려웠다. 서영이 정말 떠나 버린 것 같아서. 정말로 자신을 버린 것만 같아서. 그래, 바로 그것 때문에 찾아가지 못했다.

어떻게 설명해야 할까. 결혼을 하고 시애틀로 온 후 나흘 만에 서영이 짐을 싸들고 알래스카로 떠나 버렸을 때 그때 지후는 버림받은 기분이었다.

낯선 땅, 낯선 사람들이 우글거리는 너무도 위험한 우범 지역에 혼자 버려진 기분. 지후는 버림받은 기분을 떨쳐 낼 수가 없었다. 그리고 지후는 날마다, 하루에도 수십 번씩 전화 온 것 없나? 하고 묻는 것이 버릇이 되어버렸다.

물론 지후와 통화하게 해달라고 걸려오는 전화는 수십 통이었다. 하지만 지후가 기다리는 전화는 바로 서영의 전화였다. 잘 지내냐는 인사도 좋고, 뭐 하냐고 묻는 것도 좋고, 심심해서 걸었다는 말도 좋았다. 하지만 그 무엇보다 너무 무섭고 외로워서 못 견디겠으니 당장 데리러 와달라는 전화가 걸려오길 매일매일 기다렸다.

　그러나 서영은 끝내 전화가 없었다. 전화뿐이 아니라 집이나 회사로 배달되는 우편물 역시 지후에겐 한가닥 희망이었다. 서영이 그럴 리가 없다는 것을 알면서도 혹시나, 어쩌면이라는 기대에 서영이 보낸 편지가 없을까 일일이 살폈다. 매번 실망하고 매번 서운했지만 말이다.

　일주일이나, 혹은 열흘에 한 번씩 안부만 체크하는 척 전화를 걸었지만 실은 하루에도 몇 번씩 서영이 궁금해 수화기를 들었다 놓았다 했었다.

　세수를 할 때마다 이를 닦을 때마다 서영이 두고 간 칫솔과 클렌징 폼을 쳐다보며 서영을 생각했고 시애틀에서 머무는 나흘 동안, 그 짧은 시간 동안 서영이 남겨두고 간 흔적이 지워질까 전전긍긍했던 지후.

　혹 청소도우미가 서영이 자리를 잡아준 장식품들의 자리를 흩트려 놓을까 봐 식탁 테이블에 '절대 위치를 바꿀지 말 것'이라는 메모를 붙여놓아야 했고, 장식품은 물론이고 식기와 수저 하다못해 수건을 개키는 방법까지 서영이 했던 방법대로 하라고 요구했을 정도였다.

무슨 남자가 저렇게 잔소리가 많은지 모르겠다고 뒤에서 흉을 봐도 상관없었다. 지후는 서영이 언제든 돌아올 수 있다고 생각했고 서영이 오랜만에 돌아왔을 때 조금이라도 덜 낯설게 하려면 서영이 했던 그대로 유지하는 것이 좋을 거라 생각했다.

아버님으로부터 업무와 여행을 겸해 시애틀을 방문하시겠다는 전화를 받았을 때 그때의 심정을 어떻게 설명해야 할까. 사흘 동안 신혼부부에게 불편을 끼치기 싫어 호텔에 머무는 것이 아니라 신혼집에서 머물겠다 하셨을 때의 기분도 어떻게 설명해야 할까. 풍선! 그래, 풍선이었다. 두둥실 하늘 위로 솟아오르는 풍선. 하늘 위로 훨훨 날아오르는 빨갛고 파랗고 노란 풍선. 풍선처럼 행복하고 풍선처럼 높게 높이 떠올랐었다.

드디어 서영을 제자리에 돌려놓았을 때 두 번 다시 그 자리를 이탈하는 일은 없도록 하겠다고 맹세했었는데 자신이 할 수 있는 짓이라면 무슨 짓이든 해서 서영을 자신의 옆자리에 붙잡아두겠다고 결심했었는데 서영은 또다시 지후의 곁을 떠났고, 그리고 이젠 아주 떠나 버릴 차비를 하고 있었다.

스위스에서의 마지막 밤.

그날을 어떻게 잊을까.

지후는 그날 밤이 마치 꿈인 듯했다. 동화 속에 나오는 꽃밭과 끝없이 꽃잎이 흩날리는 아름다운 꿈.

그날 밤에 일어났던 모든 일들은 서영의 머릿속에 존재하지 않는다는 것을 알면서도 지후는 그날 밤에 있었던 일과 너무도 사랑스럽고 또 사랑스러웠던 서영을 잊을 수가 없었다.

"나쁜 자식."

지후가 호텔 방으로 들어갔을 때 서영은 안락의자에 몸을 웅크리고 앉아 있다가 욕설을 내뱉었다.

서영이 앉아 있는 안락의자는 창을 바라보는 방향으로 지후를 등지고 있었기 때문에 서영의 모습은 보이지 않았지만 목소리는 분명 서영이었다. 발음은 엉망인데다 몹시 화가 난 음성이었다.

지후가 의자로 다가갔을 때 양주가 든 샴페인 잔을 들고 몸을 잔뜩 웅크린 서영이 보였다.

"나 왔어."

지후가 인사를 하자 서영이 콧방귀를 뀌었다.

"술 마셨어?"

"재밌게 놀았어? 재밌었어?"

서영이 다시 욕설을 내뱉더니 비꼬기 시작했다.

"혼자 돌아다니니까 재밌어? 재밌어 죽겠어?!"

지후의 시선은 탁자로 향했고 탁자에는 서영이 마신 샴페인 병 두 개와 포도주 병 두 개, 그리고 거의 바닥이 드러난 양주병이 놓여 있었다.

목소리와 손에 들고 있는 술잔에서 서영이 술을 마셨다는 것을 알았지만 술병들은 단순하게 술을 마신 것이 아니라 정도가 지나쳤다는 것을 알려주고 있었다. 술이 술을 부른다고 샴페인 두 병째에서 이미 몸에 무리가 왔다는 것을 알면서도 멈추지 못한 듯했다.

"그만 마시는 게 좋을 것 같아."

지후가 서영의 손에 들린 잔을 빼앗으려 하자 서영이 지후의 손을 쳐냈고 그 바람에 잔에 들어 있던 양주가 이리저리 튀어버렸다. 서영의 얼굴은 물론이고 지후의 양복에도 튀었는데 바로 그것이 서영을 격분하게 만드는 기폭제가 됐다.

"바보같이, 뭐 하는 짓이야!"

서영이 소리를 질렀다.

서영은 너무 심하게 취해 몸을 제대로 가누지 못할 정도였기에 그래서 안락의자에서 내려와 똑바로 서기까지 꽤 시간이 걸렸고 그 와중에도 알아듣지 못할 폭언을 계속해서 퍼부었다.

"왜 결혼했어? 이럴 거면 왜 결혼했냐고! 내가 왜 여기까지 와서 강지후한테 버림받아야 하는 거야!"

서영이 악을 썼다.

"버린 게 아니라 일이……."

"버린 게 아니라고? 그럼 이건 뭐야! 뭐냐고!"

서영은 말이 통하지 않을 만큼 취해 있었고 또 타당한 이유를 들어 화를 내고 있었기 때문에 사과하는 편이 서영을 빨리 달랠 수 있는 방법일 것 같았다.

"미안해."

상황 설명을 해보았자 서영이 받아들이지 않을 것이라는 걸 알았기 때문에 다시 한 번 미안하다는 말로 달래보려고 했지만 안타깝게도 사과는 전혀 효과가 없었다.

"미안하다고? 미안해? 첫날부터 지금까지 날 쓰레기처럼 버려 두고선 미안하다고?"

서영이 지후의 미안하다는 말에 더욱 화가 나서 소리쳤다.

"오늘이 마지막 날이야. 내일이면 서울로 가야 한다고. 이렇게 날 귀찮아할 거면 왜 결혼했어? 여긴 왜 온 거야? 여기 왜 왔냐고, 이 나쁜 자식아!"

"나는……"

당신이 함께 있는 걸 원하지 않는 줄 알았다고 말하려던 지후는 말끝을 흐렸다.

"나는…… 미안해."

달리 할 말이 없었다.

서영을 마지막 날까지 혼자 둔 것, 용기를 내지 못해 서영이 술에 취하게 만든 것, 이 모든 것이 자신에게 책임이 있었기에 미안하다는 말밖엔 할 말이 없었다.

"거짓말하지 마. 미안한 게 뭔지도 모르면서 그런 말 하지 말라고!"

"난……"

"나쁜 자식, 치사한 자식, 잘난 척만 하는 개똥 같은 자식!"

서영이 덤벼든 것은 그때였다.

비틀거리며 덤벼들더니 때리기 시작했다. 너무 취하는 바람에 조준도 엉망이고 그저 허우적거리는 몸짓에 지나지 않았지만 서영이 얼마나 화가 많이 났는지는 알 수 있었다.

지후는 그냥 맞아주었다. 가슴팍을 때리면 가슴을 내주고 팔을 때리면 팔을 내주었다.

"미안해, 내가 잘못했어."
"네가 뭔데 날 외롭게 만들어!"
"잘못했어. 미안해, 서영아."
"외로워…… 죽겠단 말이야."

서영의 눈에 눈물이 고였다. 눈물이 가득 고인 눈으로 원망스럽게 지후를 노려봤다.

"내가…… 그렇게 싫어?"

서영의 눈에서 또르르 눈물이 굴러 떨어졌다. 그리고 갑자기 헛구역질을 시작했다.

"토할 것 같아."

서영이 하얗게 질린 낯빛으로 중얼거렸고 이내 몸에서 힘이 빠져나가더니 주저앉았다.

어떻게 할 틈이 없었다. 서영은 곧 쏟아낼 듯 구역질을 해댔고 지후는 급하게 양복저고리를 벗어 던진 후 서영을 번쩍 안아 들고 화장실로 내달렸다.

변기 앞에 서영을 내려놓고 지후가 서영의 등을 쓸어주는데 배를 움켜잡고 헛구역질을 하던 서영이 변기를 움켜잡고 고개를 숙이는 순간 토하기 시작했다.

음식은 아무것도 먹은 것이 없는지 술만 쏟아냈다. 쏟고 또 쏟고. 한바탕 쏟아내고 기진맥진 쓰러졌다가 또다시 쏟아내고 나중에 더 이상 나올 것이 없는데도 계속해서 구역질을 하니 노란 위액까지 토해져 나왔다.

서영의 얼굴은 도저히 안쓰러워 봐줄 수가 없을 정도로 하얗게 질려 버렸고 스스로 몸을 통제하는 것이 불가능할 정도로 기진맥진이었다.

욕실 바닥에 쓰러져 고통스럽게 신음해 대는 서영의 등을 쓸어주던 지후는 토악질이 멈춘 모양이라고 생각하며 샤워기 물을 틀어 온도를 맞추었다. 정신없이 토해대는 바람에 옷에도 토사물이 묻어 씻기지 않고서는 재울 수가 없었기 때문이다.

물 온도를 맞춰놓고 욕실 바닥에 쓰러져 있는 서영을 바라보던 지후는 옷을 벗기는 줄 알면 서영이 가만히 있을 리가 없을 텐데 하며 고민하다가 옷을 입힌 채 씻기는 법은 없다는 것은 상식이기에 옷을 벗기기 시작했다.

아니나 다를까, 서영이 몸을 가누지 못하면서도 정신은 놓치지 않았는지 왜 옷을 벗기냐며 신경질을 부리기 시작했다.

"손대지 마, 어디다 손을 대는 거야?"

서영이 가까스로 몸을 일으키더니 지후의 손을 떼어내려고 허우적거렸다.

"씻어야 해."

서영이 지후의 손길을 거부하며 발버둥치는 바람에 한참 걸렸지만 어쨌거나 지후는 서영이 입고 있던 티셔츠를 벗겨내는데 성공했다.

술에 취해 혼자 일어나 앉지도 못하는 여자가 무슨 힘이 그렇게나 센지 악착같이 반항하는 바람에 고작 티셔츠 하나 벗겨내는데도 진땀이 났다.

티셔츠를 벗겨내자 검은 바탕에 짙은 퍼플 컬러의 물방울무늬 브래지어가 보였다. 그리고 그 속에 감춰진 젖가슴.

"어딜 보는 거야?"

서영이 지후를 때리려고 손을 휘둘렀지만 지후는 간단하게 피했고 지후는 서영의 젖가슴에서 가까스로 시선을 뗐다.

지후는 갑자기 목이 마른 것을 느끼며 다른 생각 하지 말자고 마음을 다잡으며 서영의 바지에 손을 댔다.

"무슨 짓 하는 거야? 무슨 짓 하려고 그래? 내가 가만있을 줄 알아? 내 몸에 손대면 가만 안 둘 거야!"

서영이 협박하는 듯 소리쳤다.

"아무 짓도 안 해. 씻길 거야. 씻기려고 그래."

지후가 허리춤을 잡고 버티는 서영에게서 바지를 벗겨내며 말하는데 서영이 찢어죽일 듯한 표정으로 지후를 노려봤다.

"왜?"

"뭐라고?"

"왜? 왜 아무 짓도 안 해?"

"무슨……."

"난 매력이 없어?"

서영이 자존심이 상한 듯 물었다.

"예뻐."

지후가 낮게 웃으며 말한 후 서영의 바지를 벗겼다.

바지를 벗기자 브래지어와 세트인 듯한 팬티가 드러났다. 검은 바탕에 짙은 퍼플 컬러의 물방울무늬 팬티. 저 팬티 속에는 비밀의 숲이 숨어 있을 것이 틀림없었다.

"내가 매력이 없어? 매력이 없냐고!"

서영이 취한 상태로 같은 말을 반복했지만 지후는 어떻게 대답해야 할지 몰라서 또 이제 브래지어를 벗겨내야 할 차례였기 때문에 온몸이 긴장되어서 아무 말도 하지 못했다.

"이래도 매력이 없어? 이래도?"

서영이 자신에게도 섹시한 매력이 있다는 것을 보여주려는 듯 몸을 이상하게 비틀어대며 소리쳤는데 취해서 몸이 말을 듣지 않는지 서영이 의도하던 것과는 전혀 다른 포즈가 나와 지후는 그만 웃음을 터뜨리고 말았다.

웃지 않을 수 없어서 웃음을 터뜨렸지만 지후의 숨소리는 거칠어지고 있었다.

바로 눈앞에는 속옷만 입은 서영이 있었다. 젖가슴을 감싼 브래지어와 숲을 가린 팬티만 입고 있는 서영. 브래지어 속에 감춰진 젖가슴과 팬티 속에 숨은 숲이 보고 싶었다. 모두 다 벗겨내고 온전하게 알몸이 된 서영을 안고 싶었다. 안고 만지고 입 맞추고 싶었다. 모두, 전부, 한 군데도 빠뜨리지 않고.

"예쁘다고 해."

"예뻐. 미치게 예뻐."

지후가 눈빛을 이글거리며 쉰 목소리로 속삭였다.

정말 미칠 것만 같았다. 당장에 욕실 바닥에서 서영을 안아버리고 싶을 만큼 예뻤다. 서영을 꼭 껴안고 입을 맞추며 얼마나 예쁜지, 못 견디게 예뻐서 가만히 둘 수가 없다는 것을 보여주고 싶었다. 손으로, 입술로, 혀로, 온몸으로 보여주고 알려주고 싶었다.

"나하고 하고 싶다고 말해요."

서영이 지후의 눈을 똑바로 올려다보며 말했다.

"하고 싶어."

지후가 서영의 손을 더욱 꼭 움켜잡으며 속삭였다.

정말이었다. 서영을 갖고 싶어서, 서영을 취하고 싶어서, 당장 서영을 눕히고 사랑을 나누고 싶어서 미쳐 버릴 것만 같았다.

"그럴 줄 알았어."

서영이 승리감에 도취된 듯 미소 짓다가 몸이 고달픈 듯 얼굴을 찡그렸다.

"그럴 줄 알았다고."

서영이 속이 부대끼는 듯 얼굴을 찌푸리며 중얼거렸다.

"힘들어……."

서영이 중얼거렸고 지후는 치솟아오르는 욕망을 가라앉히려고 애쓰며 얼른 서영에게서 브래지어를 벗겨내고 팬티도 벗겨냈다.

서영은 완전한 알몸이었다. 실오라기 하나 걸치지 않은 알몸.

지후는 태어나서 지금처럼 욕망을 억누르기 힘든 적은 없었다고 생각하며 서영의 벗은 몸을 바라봤다. 꽤 까무잡잡한 속살. 그래서 더욱 탄력 있고 탱탱하게 물이 오른 듯한 피부. 만지지 않고도 매끄럽다는 것을 알 수 있었고 만지지 않고도 탄력이 넘친다는 것을 알 수 있었다.

'만지고 싶다.'

만지고 싶었다. 쓰다듬고 만지고 입 맞추고 싶었다. 품 안에 끌어당겨 안고 입을 맞추며 맛보고 싶었다.

지후의 시선은 서영의 길고 가는 목선을 따라 천천히 내려와 그린 듯 정확하게 양쪽으로 갈라진 쇄골 뼈를 더듬은 후 그 아래 봉긋하게 솟은 젖가슴에서 분주하게 점을 찍었다.

탄력 있게 솟은 젖가슴 그 가운데 여린 분홍빛의 꽃잎이 있고 꽃잎 중앙에 약간 짙은 핑크빛의 열매가 맺히듯 앉아 있었다.

봉긋한 가슴, 도도하게 고개를 치켜든 젖꼭지.

발가벗은 채 몸을 가누지 못하는 서영은, 속이 불편해서 찡그리는 표정마저도 도발적이었다.

서영은 자신의 알몸을 지후가 바라보고 있다는 것을 전혀 의식하지 못하는 듯했다. 지후의 욕망으로 불타오르는 시선을 조금도 의식하지 못한 채 발가벗은 몸을 욕조에 기대고 있었다.

지후는 습기 가득한 욕실에 있었지만 목이 타고 입술이 말랐다. 서영의 벗은 몸을 바라보고만 있어도 온몸에 땀이 비 오듯 흐르고 열이 나는 듯 몸이 뜨거웠다.

욕망이 가득 담긴 지후의 눈길은 한동안 서영의 젖가슴에 머물러 있다가 천천히 아래로 내려가기 시작했다. 군살 없이 부드럽게 쭉 뻗은 윗배와 탱탱한 아랫배. 그리고 그 아래 새침맞게 자리한 검은 숲. 윤기나는 검은 잎을 드리운 숲.

지후는 온몸이 화끈거리는 것을 느꼈다. 불이 붙은 듯했다. 금방이라도 온몸이 타버릴 것만 같았다. 불이 붙은 몸으로 서영을 취하고 싶었다. 뜨거운 몸으로 서영을 안고 만지고 쓰다듬고 핥으며 사랑하고 싶었다.

지후는 어금니를 꽉 틀어 물며 마음을 다잡았다. 서영은 아내이고 지금 서영을 취한다고 해서 욕할 사람은 아무도 없지만 이렇게 가질 수는 없다고, 이성과 의지를 놓친 사람을 안을 수는 없다고, 그러니까 참아야 한다고.

지후는 서영을 안아 들고 물줄기가 쏟아지는 샤워기를 아래로 들어갔다. 벗은 몸에 물이 닿자 서영이 흠칫 놀란 듯 몸을 웅크리더니 이내 지후의 목에 팔을 감으며 안겨왔다.

"뭐예요?"

서영이 얼굴에 튀는 물을 피하려는 듯 지후의 가슴에 얼굴을 묻으며 짜증을 부렸다.

"씻어야 해. 토해서."

서영이 씻는다는 말의 뜻을 못 알아듣는 듯 손을 휘저었다.

"금방 끝날 거니까 가만히 있어."

지후의 팔에 안긴 서영이 그만 하라며 발버둥쳤다.

무슨 짓을 해도 상관없었다. 무슨 짓을 해도 밉지 않았다. 중요한 것은 서영을 안고 있다는 것, 서영이 자신의 품 안에 있다는 것. 그래서 지후는 서영이 짜증을 내고 발버둥치며 힘들게 해도 싫지 않았다.

발버둥치며 짜증을 부리는 서영을 가까스로 씻겨 밖으로 나온 지후는 서영을 침대에 눕혀놓은 후 서영의 짐 가방과 서랍장을 뒤져 속옷을 찾아냈다.

그런데 기껏 찾아낸 속옷을 지후는 도로 서랍에 넣어버렸다. 서영에게 무엇인가를 입히는 게 싫었기 때문이다. 벗은 채로 두고 싶었다. 음탕하고 음흉한 놈이라 욕해도 좋았다. 지금은 벗은 서영의 몸을 더 보고 싶고 그대로 두고 싶었다.
 지후는 침대에 웅크리고 누워있는 서영에게 이불을 덮어주고 서영을 씻기느라 온통 젖어버린 옷을 벗기 시작했다. 물에 젖은 것인지 땀에 젖은 것인지 속옷까지 몽땅 젖어버렸고 서영을 씻기느라 애를 먹었던 탓인지, 아니면 알몸의 서영을 씻기면서도 욕망을 억누르느라 기력을 소진해서인지 지치고 몹시 피곤했다.
 군에서 40km 행군 때도 이렇게 힘들지 않았었고 혹한기 훈련을 할 때도 이렇게 힘들지 않았었다. 낙하산 훈련 때도 마찬가지다. 공수부대 출신이라 흔히 말하는 독하고 끔찍한 훈련을 다 받아봤지만 지금에 비하면 아무것도 아니었다.
 무엇인가를 참아내고 인내하는 것에는 그 누구보다 자신이 있었지만 인내 따위는 당장에 들개한테 던져주고 싶을 만큼 지후는 서영을 안고 싶은 욕망과 충동에서 벗어날 수가 없었다. 몰매를 맞아 죽어도 좋으니 겁탈이라도 하고 싶었다.
 지후는 다시 한 번 어금니를 꽉 틀어 물며 욕실로 들어가 세찬 물줄기 아래 몸을 내맡겼다. 한 번만 더 서영의 알몸을 보게 되면 그땐 자신이 무슨 짓을 할지 자신이 없었기 때문에 이 세찬 물줄기가 숨이 막히도록 이성을 압박하는 욕망을 말끔하게 씻어주길 바랐다.
 피부가 따갑도록 쏟아지는 물줄기 아래에 선 지후. 남자. 지후의 몸을 대변하며 꼿꼿하게 부푼 건장한 남성은 자극에 즉각 반응을 일으키는 건강한 남자라는 것을 여실히 증명하며 가라앉을 기미를 보이지 않고 있었다. 가라앉기는커녕 서영의 여린 속살 안에서 종마처럼 달리게 해달라고 몸부림치고 있었다. 나를 달랠 수 있는 유일한 방법은 샤워가 아니라 그녀와 온몸이 땀에 젖도록 사랑의 유희를 즐기는 것이라고 소리치고 있었다.

"양 하나, 양 둘, 양 셋…… 양 마흔여섯……."

잠이 안 올 때 써먹는 고전적인 방법을 써보았지만 흥분을 가라앉히기에는 너무 단순무식해서 아무런 소용이 없다는 것을 알면서도 지후는 양 세기를 멈추지 않았다.

"양 일흔일곱, 일흔여덟…… 훗."

지후는 웃고 말았다.

서영 앞에만 서면 약해지는 자신의 꼴도 우스웠고 안지 못한다는 것을 알면서도 미련을 버리지 못한 채 무섭게 부풀어 있는 자신의 살덩이도 너무 우스웠기 때문이다.

샤워를 끝내고 나온 지후는 자동적으로 서영을 바라봤다. 씻는 동안 많이 뒤척였는지 서영은 덮어줬던 시트를 둘둘 만 채 침대 끝 쪽에서 곧 떨어질 듯 아슬아슬하게 누워 있었다.

벗은 등은 드러나 있었고 시트는 가느다란 허리께에서 날씬한 하체를 감싸고 있었다. 발가벗은 몸에 감겨 있는 얇은 시트를 통해 멋지게 굴곡진 몸매가 도드라져 보이자 지후는 가까스로 가라앉혔던 욕망이 다시금 치밀어 오르는 것을 느끼며 돌아섰다. 시각적인 유혹에서 벗어날 길은 오직 하나, 보지 않는 수밖엔 없었다.

지후는 트렁크 팬티를 입고 불을 끈 다음 재빨리 침대에 누웠다. 시각적인 유혹과 그 외에 모든 감각을 자극하는 유혹에서 안전하게 벗어나는 길은 잠을 자는 일이었다. 깊이, 아주 깊이 잠이 들어 부디 만취 상태인 아내를 범하는 우를 저지르지 않길 바랐다.

1m의 공간을 두고 두 개의 침대가 나란히 놓여 있었다. 1m 건너에 있는 침대에선 서영이 자고 있었고 지후는 바로 옆 침대에 누워 있었다.

두 사람의 거리는 고작 1m. 손만 뻗으면 서영의 벗은 등을 쓰다듬을 수 있었다. 아니, 한 걸음만 다가가면 서영의 곁에 누워 잘 수 있었다. 하지만 고작 1m의 거리가 왜 이렇게 멀고 험하게 느껴지는지.

지후가 고개를 돌려 서영을 바라보자 창을 통해 스며드는 약한 불빛에 의해 서영의 실루엣이 선명하게 드러났다. 부드러운 곡선이 이어지는 라인. 흐트러진 풍성한 머리카락. 숨소리, 또 숨소리.

지후는 돌아누워 버렸다. 그리고 기도했다. 제발 깊은 잠에 빠져들게 해달라고.

"으음……."

괴로워하는 서영의 신음 소리가 들렸다.

괴로움에 터져 나오는 신음일 텐데 어찌나 섹시하게 들리는지 마치 유혹하는 것처럼 들렸다.

서영이 연방 신음을 토해냈다. 그 정도 양이라면 남자라도 열에 아홉은 정신을 놓을 것인데 여자인 서영은 오죽할까. 끼니라도 든든하게 챙긴 다음에 마셨다면 덜할 텐데 빈속에 들이부었으니 온몸이 고달프고 괴로울 것이다.

"으으음……."

서영이 계속해서 불편한 신음을 토하며 뒤척였다.

지후는 무시하려고 애썼다. 서영이 토해내는 신음이 유혹이나 도발과는 전혀 상관없는, 괴로운 몸 상태를 주체하지 못해 터져 나오는 신음이었기에 안쓰러웠지만 지금 당장 괴로움을 달래줄 만한 특효약도 없고 그렇다고 괴로움을 덜어줄 기발한 방법이 있는 것도 아니었기에 무시하는 수밖에 없었다.

쓰다듬어 주는 것이 도움이 된다면 그렇게라도 해주고 싶었지만 그런 접촉 행위는 서영이 아니라 자신에게 도움이 될 것 같지 않았다.

"으으……."

다시 신음 소리가 들려왔다. 신음 소리와 함께 뒤척이는 소리.

지후가 몸을 일으켜 돌아보자 서영이 몸을 웅크린 채 계속 신음을 토해내고 있었다.

지후는 결국 몸을 일으켜 서영의 침대로 건너가 걸터앉아 서영의 등에 손을 댔다. 자신에게 전혀 도움이 되지 않는 행동이라는 것을 알았지만 더는 무시할 수가 없었다.

미열이 있는 듯 서영의 몸은 따뜻했다. 따뜻하면서도 촉촉하고, 그리고 섹시했다. 지후의 가슴에 불을 지피고 그 불길이 곧바로 아래쪽으로 번질 만큼 섹시했다.

"힘들어?"

지후가 물었지만 서영은 대답 없이 계속 신음을 내뱉었다.

지후는 뭘 어떻게 해줘야 할지 몰라 하며 서영을 내려다보다가 등을 쓸어주기 시작했다. 크게 도움이 될 것이라는 생각은 하지 않았지만 뭐든 해줘야 할 것 같았기 때문이다.

"으으......"

짜증이 배인 신음을 내뱉은 서영이 지후 쪽으로 돌아누웠고 돌아누우며 시트가 흘러내려 젖가슴이 드러났다. 지후는 순간 긴장해 서영의 몸에서 손을 뗐다가 조심스럽게 흘러내린 시트를 끌어올려 덮어준 다음 얼굴로 흘러내린 머리카락도 넘겨주었다. 그러자 얼굴도 드러나고 길고 가는 목선도 드러났다.

예쁜 사람. 서영은 정말 예쁜 사람이고 예쁜 여자였다. 남편임에도 함부로 마음대로 만질 수 없기에 더욱 예쁘고 사랑스러운 여자.

"말해봐. 왜 난 싫다는 거야? 내가 매력이 없어? 매력이 없냐고!"

따지듯 소리치던 서영.

지후의 입가에 미소가 걸렸다.

매력이 없냐고? 어떻게 매력이 없을 수가 있을까. 이렇게 예쁘고 사랑스럽고 고집이 센 여자인데 어떻게 매력적이지 않을 수 있을까. 퉁명스럽고 쌀쌀맞은 것조차도 미치도록 매력적이었다.

서영이 한숨을 내쉬었다. 몸이 고달파서 내는 한숨이었다. 지후는 조심스럽게 손을 뻗어 서영의 등을 쓸어주었다. 등이 아니라 가슴을 쓸어주고 저렇게 멋진 목선을 쓸어주고 싶었지만 꾹 눌러 참으며 등을 쓸어주었다. 그리고 생각했다, 키스하고 싶다고. 키스하고 싶어 미쳐 버릴 것 같다고. 그때였다.

서영이 눈을 뜨고 지후를 올려다봤다.

서영의 눈동자와 지후의 눈동자가 정확하게 맞물리자 지후는 순간 등을 쓸어주던 손길을 멈추었다. 서영의 등에 손을 댄 채 마치 그 자리에서 바위가 되는 마법에라도 걸린 듯 굳어 있는데 서영의 손이 천천히 지후의 얼굴을 향해 다가오는가 싶더니 지후의 얼굴을 쓰다듬었다. 서영은 말없이 지후의 얼굴을 쓰다듬었고 그리고 믿을 수 없을 만큼 놀라운 말을 들릴 듯 말 듯 속삭였다.

"하고 싶어. 할 거야."

지후가 서영이 무슨 생각으로 그런 말을 한 것인지에 대해서는 미처 생각할 겨를도 없이 갑자기 아래쪽에서 열기가 번지는 것을 느끼는 순간 서영이 지후의 목에 팔을 감더니 끌어당겼고 지후의 얼굴이 서영의 얼굴에 닿는 순간 서영의 입술이 지후의 입술에 부딪혔다.

두 사람의 입술이 부딪치자마자 서영의 입술이 열리더니 지후의 혓바닥을 자신의 입속으로 빨아 당겼다. 아니, 서영이 빨아 당긴 것이 아니라 서영의 입술이 열렸다는 것을 알아차린 순간 지후가 먼저 혀를 넣은 것인지도 모른다.

어쨌거나 입술이 부딪친 후 즉시 지후의 혀는 서영의 입속을 파고들었고 타액으로 촉촉하게 젖은 두 사람의 혀는 정신없이 급하게 엉켜들었다.

'오래 참았어.'

지후는 생각했다. 너무 오래 참았다고. 잘 참았다고. 하지만 이젠 참지 않겠다고.

서영은 뜨거웠고 거칠었으며 열정적이었다.

서영의 두 팔은 지후의 목을 꼭 감은 채 계속해서 끌어당겼고 지후는 서영의 힘에 못 이긴 듯 서영의 몸 위로 자신의 체중을 실었다. 지후의 몸 아래에서 꿈틀거리는 서영의 여체. 얇은 시트 한 장을 사이에 두고 열에 들뜬 두 사람의 몸은 서로의 몸에 더욱 강하게 밀착시켰다.

서영이 가늘고 긴 다리로 지후의 허리를 감았다. 서영이 다리로 허리를 감아 조이자 지후의 성난 남성이 서영의 숲이 있는 곳을 강하게 압박했다. 서영은 자신의 둔부를 압박해 오는 지후의 남성을 친절하게 달래려는 듯 어느새 뜨겁게 달아오른 둔부를 지후의 남성에 밀착시키며 허리를 움직이고 엉덩이를 꿈틀거리며 비벼댔다.

서영의 과감한 행동에 극한 자극을 받은 지후의 영민한 브레인은 잠깐 꺼졌다가 다시 켜지며 가득 차 있던 갖가지 고급 정보와 지식은 깡그리 사라지고 원시적인 상태로 환원되어 원초적인 기능만 유지한 채 작동하기 시작했다.

초기화 상태의 브레인이 내릴 수 있는 행동 강령은 오로지 한 가지. 서영을 가져라, 그녀가 원하는 대로 그녀가 바라는 대로 최선을 다해 만족시켜라. 그것, 그것 한 가지였다.

지후의 몸은 중추신경을 자극하며 전달된 브레인의 명령에 따라 움직이기 시작했다. 서영, 아내가 원하는 것을 충족시키는 한편 흥분으로 충만해지고 굶주림으로 으르렁거리는 자신의 남성에게도 어서 먹이를 먹여 허기를 달래주기 위해 명령을 충실하게 수행하기 시작한 것이다.

지후는 서영의 허리를 으스러져라 끌어안으며 아파서 신음을 토해낼 만큼 강하게 서영의 혀를 빨아 당겼다. 타액으로 촉촉하게 젖은 서영의 혀. 마시멜로처럼 말랑거리다가 한순간 도발적으로 꼿꼿하게 힘이 들어갔다.

두 개의 혀, 그 혀의 표면에 돋아난 돌기들이 서로 얽히고설키며 깊은 숙면을 취하던 세포들을 하나씩 깨우기 시작했다. 잠에서 깨어난 세포들은 두 사람의 성적 기대감을 극대화시키기 위해 호르몬 분비를 가속화시키고 극점의 성적 만족감을 끌어내기 위해 지후의 남성을 휘감은 혈관을 최대한 확장시키고 팽창시켰다.

그리고 서영의 몸속에 숨어 있는 소통의 아방궁은 언제든지 성난 지후의 심벌을 받아들일 수 있도록 신선한 애액을 분비해 촉촉하게 적시기 시작했다.

지후는 알았다, 이제는 정말 참을 수 없다는 것을. 몇 시간 동안 억누르고 억눌렀던 한계의 벽을 단 몇 초 만에 뛰어넘어 버렸고 이젠 돌아설 수도 멈출 수도 없었다.

지후는 돌처럼 단단해진 남성으로 서영의 둔부를 압박하며 드러난 젖가슴을 움켜잡았다. 탄력이 넘치는 서영의 유방이 지후의 손아귀 안에서 요동을 쳤다.

"아……."

서영의 입에서 탄성이 터져 나왔다. 그 짧은 탄성이 지후의 가슴에 더욱 강한 불을 질렀다.

지후는 키스를 멈추고 서영의 목을 핥기 시작했다. 얼마나 맛보고 싶었던가. 얼마나 핥고 싶었던가. 지후는 자신의 타액으로 서영의 목이 번들거릴 정도로 핥으며 천천히 아래로 내려와 흥분으로 곤두선 서영의 젖꼭지를 입속으로 빨아 당겼다.

"아!"

다시 신음이 터져 나왔다. 흥분으로 가득한 신음.

지후는 참는 동안에 받아야 했던 스트레스를 보상받으려는 듯 뜨겁게 서영을 탐했다. 서영의 뜨거운 손은 연방 지후의 등을 쓰다듬고 있었고, 지후의 애무가 강해질 때는 손톱이 피부를 파고들 만큼 지후의 팔을 움켜잡기도 했다.

서영의 젖가슴을 마음껏 탐한 지후는 마지막 남은 요새를 정복하기 위해 입술을 움직였다. 아슬아슬하게 서영의 몸에 걸쳐져 있던 시트를 거추장스러운 듯 걷어내 침대 밑으로 내팽개친 지후는 이제 더 이상은 거칠 것이 없었다.

눈앞에 벗은 서영이 있었고 서영은 하고 싶다고 말했었다. 아니, 지금도 온몸으로 말하고 있었다. 하고 싶다고. 할 거라고. 빨리 사랑을 나누자고.

하고 싶다고 말했던 서영의 말을 상기시키는 순간 지후의 입술이 서영의 숲을 맛보았다.

"아아!"

서영이 거친 신음을 토해냈고 지후는 서영의 탄력 넘치는 힙을 단단히 고정해 붙잡은 채 숲을 맛보고 숲에서 솟아나는 맑고 달콤한 샘물을 마셨다. 너무나 달콤하고 너무나 부드러운 샘물이었다.

베개를 쥐어뜯을 듯 움켜쥔 채 지후의 애무에 몸부림치는 서영.

서영이 꿈틀거릴 때마다 탐스러운 두 개의 젖가슴이 출렁거리고 지후는 탄력적으로 튕겨지는 젖가슴에 더욱 강한 자극을 받으며 서영의 여심을 마음껏 탐했다.

지후는 몸을 일으켜 자신의 타액으로 사랑스럽게 반짝거리는 서영의 숲을 노려보며 서둘러 트렁크 팬티를 벗으려는데 갑자기 서영이 몸을 일으켜 지후에게 덤벼들더니 그대로 지후를 넘어뜨리며 단번에 지후의 몸 위로 올라왔다.

완전하게 벗은 서영의 몸이 지후의 몸 위에서 꿈틀거렸다. 서영은 허기진 사람처럼 끊임없이 지후에게 키스를 퍼부었고 끊임없이 지후의 몸에 자신의 벗은 몸을 비벼댔다.

서영의 등과 허리와 탄력 있는 엉덩이를 분주하고 정신없이 더듬고 쓰다듬던 지후는 찢을 듯이 자신의 옷을 벗겨내는 서영을 도와 순식간에 옷을 벗어 던졌다.

"내가 왜 싫은 거야?"

서영이 취한 어조로 원망하듯 물었다.

"아니야. 싫지 않아."

"난 좋아서 미칠 것 같은데 왜 내가 싫은 거야? 왜 날 좋아해 주지 않아?"

"좋아, 좋아해. 너 좋아해, 서영아."

지후가 안타까운 어조로 말하며 서영을 끌어당겨 안자 서영이 잠깐 동안 지후의 품에 안긴 채 숨을 몰아쉬었다.

서영이 이런 식으로 진심을 토해낼 줄은 몰랐던 지후는 조금 충격을 받은 채로 서영을 꼭 끌어안고 있었다.

"난…… 좋단 말이야."

서영이 잠에 취한 듯 술에 취한 듯 속삭였다. 술주정이라도 좋았다. 그토록 냉정하고 쌀쌀맞던 서영이 비로소 진심을 털어놓는 이 순간이 몹시도 행복했다.

"그런데 날 너무 무시해."

"잘못했어. 무시한 거 아니야. 잘못했어."

서영이 몸을 일으키더니 지후를 내려다봤다.

"나하고 하고 싶죠? 하고 싶다고 말해요."

"하고 싶어."

지후가 즉시 대답하자 서영이 살며시 미소 지었다. 엉망으로 취한 상태에서 짓는 서영의 미소는 그 어떤 미소보다도 사랑스러웠다.

꿈틀꿈틀 지후의 몸 위에서 무엇인가를 찾는 듯 허둥거리던 서영이 들릴 듯 말 듯 '어딨지?' 하고 중얼거렸다.

자신의 몸도 제대로 가누지 못할 정도로 취한 상태였기에 서영은 뭔가 진행을 해야 하는데 어떻게 진행해야 하며 자신이 찾고 있는 목표물이 어디 있는지 찾아내지 못하고 있었다.

자신의 몸 위에서 중심을 잡는 것도 힘들어하며 꼼지락꼼지락 지후의 남성을 찾는 서영의 모습을 바라보던 지후는 터지려는 웃음을 꾹 눌러 참으며 서영의 허리를 붙잡고 서영의 숲과 자신의 남성이 만날 수 있도록 도와주었다.

드디어 서영의 숲 속에 있는 옹달샘과 지후의 성난 남성이 만나 꼭 맞물렸을 때 서영과 지후도 약속이라도 한 듯 동시에 탄성을 내뱉었다.

서영의 몸은 놀랍도록 뜨겁고 황홀하도록 촉촉하게 젖어 있었다. 지후는 순간적으로 정신을 놓칠 듯한 흥분이 치미는 것을 느끼며 자신의 몸 위에서 어쩔 줄 몰라 하며 '어떻게 하는 거지?' 라고 중얼거리고 있는 서영을 대신해 허리를 퉁기기 시작했다.

"아."

서영의 입에서 짧은 신음이 터져 나왔다.

서영의 허리를 꼭 붙잡은 채 연방 허리를 퉁기던 지후는 이대로는 참을 수 없다고, 지금 당장 충족시켜 주지 않으면 폭발해 버릴 것 같은 욕망을 주체하지 못해 몸을 돌려 서영을 쓰러뜨리며 그녀의 위로 자신의 체중을 실었다.

지후는 그때 비로소 '미친다' 라는 표현이 어떤 느낌인지 정확하게 알게 됐다. 뇌를 감싼 혈관에서 혈액이 순환을 멈춘 듯 멍해지고 몸은 불이 붙은 듯 뜨거웠으며 서영의 숲을 찍어 누르는 남성은 경련을 일으키며 당장 그녀의 몸속으로 돌진하라고 아우성치고 있었다.

빨리 해달라는 듯 서영이 엉덩이를 들썩이며 애교 섞인 한숨을 내쉬자 지후는 서영의 앙증맞은 엉덩이를 양손으로 꽉 틀어잡아 고정한 후 거침없이 서영의 속살로 치고 들어갔다. 처음 맛보았던 것보다 훨씬 더 뜨겁게 달아오른 서영의 숲.

"아아!"

다시 한 번 동시에 두 사람의 입에서 탄성이 터져 나왔다. 서영은 흥분을 주체하지 못해 지후의 머리카락을 움켜잡으며 새근새근 숨을 몰아쉬었다.

지후의 정성스러운 애무로 충분하게 젖은 서영의 속살은 지후의 남성을 녹여 버릴 만큼 뜨겁고 뜨거웠다. 뜨거움과 촉촉함, 그리고 남성을 조여오는 탄력. 세상 그 어떤 맛과도 비교할 수 없는 특별하고 묘한 맛에 취한 지후는 뜨겁고 거칠게 서영을 탐했다.

지후가 몸을 움직이자 서영의 몸도 함께 흔들렸다. 탱탱하게 물이 오르고 흥분으로 긴장한 유방, 그 중앙에 도도하게 곤두선 젖꼭지도 지후의 몸 아래에서 섹시하게 흔들리고 있었다.

스위스에서의 마지막 밤, 서영과 지후는 그렇게 서로에게 도취된 채 끝나지 않을 것 같은 사랑을 흠뻑 주고받았다.

제 11 장

서영과 지후가 병실로 들어가자 돋보기를 쓰고 침대에 비스듬하게 누워 책을 읽고 있던 어머니가 깜짝 놀라며 바라봤다.
"오지 않아도 된다는데 그예 왔네."
어머니가 놀라우면서도 반가운 듯 서영의 손을 잡았다.
"거기서 여기가 어디라고…… 얼마나 피곤할까."
어머니가 서영과 지후를 번갈아 쳐다봤다.
"침대 조금만 세워줘."
"네."
서영이 움직이자 지후가 '내가 할게' 라고 말한 후 침대 발치에 달린 손잡이를 조작해 등받이를 세웠다.
"얘, 서영아. 너 왜 이렇게 말랐니?"

어머니가 깜짝 놀라며 말했다.

"얼굴이 왜 이렇게 됐어? 어디 아프니? 못 먹은 거야?"

어머니가 안타까운 듯 서영의 얼굴을 쓰다듬으며 말했다.

"아니요, 못 먹긴요. 아프지도 않아요. 사진 작업하느라고 며칠 밤을 새서 그래요. 좀 피곤해서 그런 거예요."

"적당히 했어야지. 어머나, 이 손목 좀 봐. 부러질 것 같네."

"부러지긴요. 며칠 푹 자면 금방 괜찮아져요. 그런데 엄마, 이렇게 아프시면서 시애틀 오셨을 때 왜 말씀 안 하셨어요?"

"수술하면 금방 괜찮아진다는데 뭐 하러."

"말씀을 하셨어야죠. 전 딸인데 어떻게 나한테 아무 말씀을 안 하실 수가 있어요."

서영의 눈에 눈물이 고였다.

"걱정할까 봐…… 나 괜찮아, 서영아. 선생님이 괜찮다 하셨어. 걱정 마. 미안해할 것도 없어."

어머니가 서영의 손을 꼭 잡은 채 달래자 서영은 치밀어 오르는 서러움과 눈물을 필사적으로 꿀꺽 삼켰다.

"왜 혼자 계세요? 아버진요?"

서영이 걱정스럽게 묻자 어머니가 서영의 손을 쓰다듬으며 '회사 가셨지'라고 말했다.

"여기 계시지……."

"내가 다녀오시라 했어. 일주일 넘도록 자리 비우고 옆에서 꼼짝을 안 하시잖니."

"자리 좀 비우면 어때서요. 얼마나 혼자 계신 거예요?"

큰 수술을 받은 뒤끝이라 그런지 몰라도 많이 수척해지신 듯해 마음이 아팠다.

"왜 혼자야. 임 비서가 일주일 동안 죄없이 불침번 섰어. 나 때문에 제때 끼니도 못 챙겨서 가서 밥 챙겨 먹고 오라고 보냈어. 안 가려는 거 억지로 보냈어."

어머니는 항상 이러셨다. 당신은 뒷전이고 늘 아버지가 먼저였고 늘 딸들이 먼저고 다른 사람 걱정이다.

"정말 괜찮으신 거예요?"

"괜찮고말고. 수술 잘됐어. 크기가 크지 않아서 깨끗하게 잘 도려냈다 하셨어."

"엄마 말씀 못 믿어요. 선생님 뵙고 와야겠어요."

"정말이야."

"내가 확인해야겠어요."

서영이 병실을 나가려는데 지후가 서영을 붙잡았다.

"내가 다녀올게. 어머니 옆에 있어."

"……그래요. 그렇게 해줘요."

지후가 병실을 나간 후 서영이 어머니 곁에 앉자 어머니가 서영의 얼굴을 쓰다듬었다.

"피곤하지?"

"전 괜찮아요."

"고맙다. 그 먼 길 재깍 달려와 주고. 이런 맛에 자식 키우나 봐."

직접 낳은 딸도 아닌데 어머니는 단 한 번도 서영을 중간에 얹어 키운 딸이라는 말을 내뱉은 적이 없었다.

"뭣 좀 드셨어요? 드실 수 있어요?"

"그럼. 건강 체질이라 수술하고 다음날 바로 가스 나와서 며칠 미음 먹고 오늘은 밥 비슷한 죽도 먹었어."

건강 체질이라니. 암 수술한 양반이 무슨.

"소화는 잘되시구요?"

"그럼. 소화 방해하던 것 떼어냈는데 잘되고말고."

어머니가 서영의 손을 토닥거리시다 꼭 잡으셨다. 무척이나 따뜻한 손으로.

"얼굴이 이게 뭐야. 무슨 걱정 있어?"

"없어요······."

"걱정거리 있으면 엄마한테 말해. 속 썩은 일 있었던 거야? 그러지 않고서야 어떻게 며칠 만에 얼굴이 이렇게 돼."

"없어요. 사진 일 하느라······."

"강 서방하고 싸웠어? 강 서방이 속상하게 한 거야?"

"······."

"어지간한 건 봐주고 그래야 속 덜 썩어."

"싸운 거 아니에요. 그냥······."

"혼자 끙끙 앓지 말고 엄마한테 말해. 엄마가 들어줄게."

"아니, 그냥······."

서영은 그만 눈물을 쏟아내고 말았다.

어떻게 하든 참으려고 했는데, 큰 수술 받고 회복도 되지 않은 어머니 가슴 아프게 하지 않으려고 온 힘을 다해 참았는데 결국 눈물을 막지 못했다.

서영은 어머니 손에 얼굴을 묻은 채 소리 없이 흐느꼈다. 이미 터져 버린 눈물 막으려야 막을 수도 없고 멈추게 할 방법도 없었다.

"얼마나 속이 상했으면……."

어머니가 안타까운 한숨을 내쉬며 서영의 등을 쓰다듬었다.

"지후 씨하고 문제 아니에요. 그냥…… 그동안 잘해 드리지 못한 게 죄송해서 그래요."

서영이 울면서 둘러댔다. 지금은 그렇게밖에 말할 수 없었고 또 거짓말이 아니었다.

"얼마나 잘한 딸인데 잘해주지 않았다는 거야. 그런 말 마. 나한테 얼마나 잘했는데."

"잘못했어요…… 잘못했어요."

서영은 잘못했다는 말을 중얼거리며 실컷 울어버렸다.

무너지는 가슴을 추스르지 못해 먹지도 못하고 자지도 못했던 열흘 동안 마치 눈이 고장난 것처럼 눈물마저도 메말라 버렸었다. 차라리 펑펑 울기라도 했다면 가슴속이 이토록 엉망진창으로 망가지지는 않았을 텐데. 차라리 울부짖기라도 했다면 이 가슴이 이렇게까지 갈기갈기 찢어지지는 않았을 텐데.

늦었지만 어머니 곁에서 실컷 울고 나자 조금은 견딜 수 있는 힘이 생기는 듯했다.

그렇게 한참을 울고 난 후 고개를 들었을 때 병실 문 앞에 서 있는 지후가 보였다.

지후는 가까이 다가오지도 못한 채 굳은 표정으로 서영을 바라보고 있었다.

"강 서방, 서영이 데리고 나가서 뭐 좀 먹이는 게 좋지 않을까?"

"예, 그렇게 하겠습니다."

"아니에요. 나 지금 배 안 고파요. 나중에 먹을게요."

서영이 고개를 젓는데 병실 문이 열리며 윤 회장이 들어왔다.

"오셨습니까?"

지후가 인사를 하자 아버지가 반가운 듯 지후의 어깨를 다독였다.

"서영이 왔냐?"

"네."

"너 울었어?"

"……조금요."

"걱정하지 마. 엄마 수술 잘됐어."

"네……."

"회사 간 지 얼마나 됐다고 그새 왔어요? 하여튼 못 말릴 사람이라니깐. 조용히 혼자 좀 있으려고 했더니 성가셔요, 정말."

어머니가 나무라는 투로 말했지만 아버지는 아랑곳하지 않았다.

"당신 보러 온 줄 알아? 서영이네 도착했다는 얘기 듣고 온 거야."

아버지의 말에 어머니는 그냥 웃고 말았다.

"얼마나 깨 있었어? 좀 잤어?"

"저 왔을 때 책 읽고 계셨어요."

"그럴 줄 알았어. 네 엄마 자야 한다. 환자는 무조건 푹 자야 빨리 회복돼. 엄마 자야 하니까 집에 가."

"이이는 정말. 금방 왔어요. 삼십 분도 못 봤는데 그 먼 길 온 애를 어떻게 그새 쫓아요."

어머니가 화가 난 표정으로 말했다.

"내일 보면 되지."

"일단 주무세요. 옷 갈아입고 저녁에 올게요. 오늘 제가 여기서 잘게요."

"내가 잘 거야. 넌 강 서방하고 집에서 자."

"제가 잘 거예요."

"둘 다 집에서 주무셔요. 나 혼자 있을 테니까."

밤에 누가 어머니 곁을 지킬 것이냐로 아버지와 서영이 아옹다옹하는데 엄마가 중간에서 잘랐다.

"당신은 잠이나 자."

아버지가 근엄하게 말한 후 서영과 지후를 데리고 병실을 나와 병실 옆에 딸린 별실로 왔다.

"수술은…… 정말 잘된 거예요?"

"잘됐어. 비교적 초기에 발견이 돼서 그나마 다행이야. 앉아. 앉아서 얘기해."

윤 회장이 먼저 앉은 후 서영과 지후도 앉았다.

"시애틀에 오셨을 때 왜 말씀 안 하셨어요?"

서영이 불만스럽게 묻자 아버지가 픽 웃었다.

"네 엄마 고집 누가 꺾어? 사람이 말이 없고 푸념 없고 조용한 대신에 고집이 동아줄이잖아. 네 엄마 이길 수 있는 사람 있어? 너 기함하고 강 서방 일 못한다고 비밀로 하라면서 기어이 수술 전에 네 얼굴 봐야 마음이 놓이겠다 해서 갔던 거야."

"몰래, 몰래라도 말씀해 주시죠."

"그렇게 됐어."

아버지가 씁쓸한 미소를 지으며 말했고, 서영은 하고 싶어도 할 수 없었던 그 심정은 오죽했을지 알 것 같아 더 이상 투덜거리지 않았다.

"힘드셨죠, 아버님?"

지후가 묻자 아버지가 또다시 씁쓸한 미소를 지었다.

"하나 앞세워 보냈으면 됐지 두 번째도 먼저 보낼까 봐 답답하더라고."

아내가 암이라는 진단을 받았을 때 얼마나 막막하셨을까. 암을 얻은 당사자인 어머니는 절대 비밀로 하라며 아버지를 압박하고 어머니 말대로 비밀로 하자니 그 속은 새까맣게 탔을 것이다.

어머니 고집에 못 이겨 암 환자 데리고 장시간 비행해 시애틀로 날아올 때 아버지는 또 얼마나 초조하고 겁이 났었을까. 수술실에 들여보내면서도 수술이 끝나길 기다리는 동안에도, 그리고 수술이 잘됐다는 그 한 마디를 듣기 직전까지 아버진 당신이 가진 모든 체력을 다 소진하며 견뎌냈을 것이다.

"오늘은 제가 여기 있을게요. 들어가서 쉬세요."

"무슨 소리야. 내가 해. 내 마누라는 내가 챙길 테니까 넌 네 남편 챙겨."

"힘드시잖아요. 저 여기 있는 동안이라도 쉬세요."

"힘은 무슨. 죽지 않고 산다는데 힘들 게 뭐야. 멀쩡해. 힘들 것 없어."

말씀은 저렇게 하시지만 수척해지고 까칠해진 안색이 주무시지도 못하고 챙겨 드시지도 못한다는 것을 말해주고 있었다.

"너희들, 잘 지낸 거야?"

아버지가 갑자기 물었다.

"잘 지냈습니다."

서영이 차마 아버지와 눈을 맞추지 못해 시선을 피하는데 지후가 재빨리 대답했다.

"서영아."

"네."

"네가 대답해 봐. 잘 지낸 거야?"

"잘 지냈어요."

서영이 아무렇지 않은 듯 말하려고 애를 썼지만 아버지는 무엇인가 짐작하는 것이 있는 듯 불만스러운 낯으로 서영을 바라봤다.

"너희들……"

아버지가 무거운 어조로 입을 열었다.

"따로 사는 거 알고 있다."

아버지의 말에 서영이 깜짝 놀라며 아버지를 쳐다봤다.

"모를 줄 알았어? 강 서방이 말 안 해도 얼마든지 알 수 있어. 전화할 때마다 넌 집에 없고 강 서방은 잠깐 산책이나 미술관, 도

서관에 갔다고 둘러대는데 한두 번도 아니고 매번…… 왜 모르겠어."

"……."

서영은 할 말을 잃고 말았다.

"죄송합니다, 아버님."

서영이 아무 말도 못하고 있자 지후가 대신 용서를 빌었다.

"칠푼이처럼 여자 하나를 못 휘어잡아서 하겠다는 대로 풀어놔? 그러다 놓치면 누굴 탓하려고. 내 딸 이혼녀 만들어놓으면 내가 가만히 있을 것 같아?"

아버지가 성이 난 얼굴로 야단을 치자 지후의 얼굴이 보기 안쓰러울 정도로 굳어졌다.

서영은 지후가 혼이 나자 기분이 좋기보다는 이상하게 미안하고 죄스러웠다. 혼이 날 사람은 지후가 아니라 자신인데 지후가 죄없이 뒤집어쓴 것 같았기 때문이다.

"죄송합니다. 용서해 주십시오."

"사내놈이 안사람 하나도 단속을 못하면서 바깥일은 어떻게 하겠다는 거야."

"죄송합니다."

"자네, 여자 있어? 서영이 알래스카에 처박아놓고 다른 여자하고 노는 거야?"

"아닙니다. 그런 일 없습니다."

"아니면. 아니면 사지 멀쩡한 놈이 왜 마누라 보내놓고 혼자 지내?"

"잘못했습니다, 아버님."
"서영아."
"네……."
"우리 시애틀에서 돌아오고 그날 곧장 알래스카로 가버린 것도 알고 있어."

서영이 놀란 얼굴로 아버지를 바라보자 아버지가 몹시도 화가 난 표정으로 서영을 노려봤다.

"엄만 몰라. 처음부터 지금까지 한집에 살고 있는 것으로 알아."
"……."
"내색하지 마."
"……."
"엄마 힘드니까…… 부탁한다. 내색하지 마."

아버지가 안타까운 표정으로 서영을 바라보며 말했다.

"서영아, 아버지가 부탁할게. 엄마한테는 내색하지 마. 잘 지내는 척해다오. 응?"
"그럴게요…… 죄송해요……."
"이제…… 어떻게 할 거야?"
"……."
"어떻게 할 거냐고 묻잖아. 도저히 못 살겠는 거야? 아버지가 정말 잘못한 거야?"
"……."

서영은 목에 뭐가 걸린 것처럼 아무 말도 나오지 않았다.

당초 다음 주에 서울로 와서 지후와 헤어질 수밖에 없는 이유를 설명한 후 이혼을 강행할 예정이었는데 갑자기 어머니가 대수술을 받게 되고, 또 병이 든 어머니가 그동안 딸 내외가 잘 지내고 있는 줄 알고 계시다고 하니 어떻게 해야 할지 답답하기만 했다. 게다가 아버지께서 저토록 간절하게 내색하지 말아달라 부탁하시니 도저히 못 살겠다는 말을 할 수가 없었다.

"강 서방, 못 살겠나? 도저히 안 돼?"

"아버님……."

지후가 어떻게 대답해야 할지 몰라 난감해하는데 윤 회장이 서영을 쳐다봤다.

"너희 못 살고 여기서 관두면 네 엄마…… 수술은 잘됐지만 앞으로 몇 년 동안은 정기적으로 검사를 받으면서 약물 치료를 받아야 해. 수술 한 번으로 완치된 게 아니야. 너희들 잘못되면 엄마가 받을 충격도 상당하고 그렇게 되면…… 엄마 회복될 때까지만 그때까지만 참아주면 안 되겠어?"

"……."

"서영아."

"네…… 그럴게요."

어머니의 건강과 생명이 달려 있으니 거절할 수도, 거절해서도 안 되는 일이었다.

"부탁한다. 도저히 안 되겠다면 그땐 나도 말리지 않으마. 하지만 엄마 회복될 때까지만 참아다오."

"네, 그렇게 할게요."

"그래, 고맙다. 먼 길 오느라 고단할 테니 어서 들어가서 쉬어. 그리고 저녁에 올 생각 하지 말고 푹 자고 내일 와."

윤 회장이 말한 후 잠깐 동안 걱정스러운 낯으로 서영을 바라보다가 어머니가 있는 병실로 들어갔다.

서영이 침울한 기분으로 앉아 있는데 지후가 서영의 손을 잡고 말했다.

"가자."

하지만 서영은 찌푸린 얼굴로 지후를 쳐다보다가 지후의 손을 가만히 치워내고 병실을 나갔다.

결혼하기 전에 자신이 쓰던 방으로 온 서영은 여행 가방을 열어 주섬주섬 옷을 꺼내놓기 시작했다. 기분이 엉망이었다. 오랜만에 친정에 왔는데도 즐겁기는커녕 칙칙하기만 했다.

"빈 서랍 있어?"

한쪽에서 여행 가방을 풀고 있던 지후가 물었다.

"내가 다 챙길게요. 그냥 둬요."

서영의 말에 지후가 여행 가방에서 가벼운 옷을 꺼내 옷을 갈아입은 후 서영을 쳐다봤다.

"괜찮다면 잠깐 잘게."

"그래요, 자요."

지후가 침대에 누워 잠을 청하는 동안 서영은 가방에서 꺼낸 옷가지들을 서랍장에 채워 넣기 시작했다.

"두 시간만 잘게."

"알았어요."

"당신도 좀 자."

"난 괜찮아요. 그런데…… 아버지가 그 사람도 아실까요?"

"누구?"

"정희경 씨 말이에요."

서영의 말에 지후가 약간 굳은 표정으로 서영을 쳐다봤다.

"아버지는 아시더라도 모른 척하시겠지만 엄만 모르셨으면 좋겠는데……. 나중에 얘기하죠. 자요."

서영이 어두운 표정으로 조용히 방을 나갔다.

방문이 닫히자 지후는 낮게 한숨을 내쉬었다.

이렇게 위태롭고 이렇게 아슬아슬할까.

장모님께서 수술을 받지 않았다면 아마도 서영은 당장에 이혼 도장을 찍게 만들었을 것이다. 죄송한 말이지만 장모님 덕분에 큰 위기를 넘긴 것인데 위기를 넘겼음에도 위태로움은 여전히 팽팽하게 지후를 괴롭히고 있었다.

"이번엔 정말 마지막이야."

마지막 기회였다. 이번엔 어떻게 해서든 오해를 풀고 서영을 붙잡아야 했다.

잠깐 잠이 들었던 것 같은데 부스럭거리는 소리에 눈을 뜨니 서영이 바닥에 이불을 깔고 있었다.

"올라와."

"여기서 잘게요."

"올라와서 자. 내가 내려갈게."

"아뇨. 그냥…… 잘게요."

서영의 목소리가 어쩐지 좀 이상했다. 아픈 사람처럼.

"왜 그래? 어디 안 좋아?"

"괜찮아요……."

"목소리가 이상해."

"좀 아픈 것 같아요."

서영이 몸을 웅크리고 누우며 중얼거렸다.

"어디가 어떻게 아파?"

"쑤셔요."

지후가 몸을 일으켜 침대에서 내려가 서영의 이마에 손을 댔다.

"열은 없어요. 그냥 몸이 쑤셔요."

서영의 말대로 열은 없었다. 몸살이 난 듯했다.

"병원 가자."

"아니, 그냥 좀 자려구요. 자면 괜찮아질 거예요."

서영이 힘이 드는 듯 한숨을 내쉬며 말했다.

"긴장이 풀렸나 봐."

"그런가 봐요."

"약 없어?"

"쑤실 때 먹는 약 한 알 먹었어요."

"내가 어떻게 해줄까?"

"아무것도…… 그냥 잘게요."

서영이 힘겨운 듯 속삭인 후 눈을 감았다.

지후는 서영이 아무것도 해줄 것이 없다고 했지만 서영의 팔을 주무르기 시작했다.

"놔둬요. 약 먹었으니까 괜찮아질 거예요."

"주물러 줄게. 자."

"그냥 자요…… 주물러 주지 않아도 괜찮아요."

괜찮다 했지만 서영은 지후가 주무를 때마다 끙끙 앓는 소리를 냈다.

"그러지 말고 병원에 가자."

"고작 이런 걸로 병원에 가면…… 엄마는 수술도 받으셨는데…… 잘게요."

서영이 속삭였고 지후는 조용히 계속해서 서영의 팔을 주물렀다.

꽤 오랫동안 낮게 앓는 소리를 내던 서영이 어느새 잠이 들었다. 잠이 들어서도 꽤 쑤시는지 가끔 앓는 소리를 냈지만 어쨌거나 잠이 들어 다행이었다.

서영이 잠들고도 한참 동안 팔다리를 주무르던 지후는 가슴이 쓰려오는 것을 느끼며 한숨을 내쉬었다.

서영이 아픈 것이 자신의 탓이라는 것을 알았기 때문이다. 이렇게 말라 버린 것도 모두 자신의 탓이었다.

잠든 서영을 걱정스럽게 내려다보던 지후는 서영이 깨지 않도록 조심하며 곁에 누웠다. 서영의 곁에 모로 누워 불편하게 자야 했지만 넓은 침대가 아니라 서영의 곁에 눕고 싶었다.

지후는 망설이다 가만히 서영을 껴안았다. 작고 가녀린 서영의 몸. 지후는 조금 더 힘을 주어 서영을 껴안았고 그렇게 오랫동안

새근새근 내쉬는 서영의 숨소리를 듣다가 자신도 잠이 들었다.

지후가 다시 잠에서 깼을 때는 밤이 됐는지 방 안이 캄캄해졌을 때였다. 너무 많이 잔 모양이라고 생각하며 몸을 일으키려던 지후는 왼쪽 허벅지에 무엇인가 묵직한 무게감이 느껴져 조심스레 더듬어보자 서영의 다리가 걸쳐져 있었다. 서영도 깨지 않고 내처 잤던 모양이었다.

서영의 다리를 내려놓고 일어날까 하던 지후는 서영이 몸살이 나서 약을 먹고 잠들었다는 것을 기억해 내곤 그대로 있었다. 이왕 잠이 든 것 실컷 자게 내버려 두는 것이 좋을 것 같았기 때문이다. 꽤 괜찮은 기분이었다, 아내의 다리가 자신의 한쪽 허벅지를 점령하고 있는 이 순간이.

서영이 살짝 뒤척였고 뒤척이는 순간에 지후의 허벅지에 걸쳐있던 오른쪽 다리가 내려갔다. 솔직히 좀 서운하다고 생각하는데 서영이 다시 뒤척이는가 싶더니 이번엔 왼쪽 다리가 배로 올라오더니 거침없이 걸쳐졌다.

서영의 한쪽 뺨은 지후의 왼쪽 팔에 달라붙었고 잠깐 동안 어수선하던 숨소리가 고르게 정리되더니 서영은 다시 깊은 잠에 빠져들었다. 끙끙 앓는 소리를 내지 않는 것을 보니 약이 꽤 효과가 있는 모양이었다.

팔베개를 해줄까, 이대로 둘까를 고민하는데 아주 약한 노크 소리가 들리더니 곧 문이 열리며 불빛이 새어 들어왔다.

"아직 주무세요?"

모기만한 목소리였다.

"누구?"

지후도 조용히 물었다.

"라영이에요, 형부."

"아, 처제."

"아직도 주무시는 거예요?"

"난 일어났는데 서영이가 아직 자."

"스탠드 켜도 돼요?"

"음."

라영이 조심조심 들어오더니 스탠드를 켰다. 방 안이 알맞게 밝아졌다.

라영이 지후의 얼굴을 확인하더니 반갑게 웃으며 손을 흔들었다. 지후도 라영을 따라 손을 흔들었다. 서영의 다리에 눌려 여전히 누운 채로.

"아까도 들어왔었는데 주무시고 계셔서요. 저녁 드셔야 하는데. 많이 늦었어요."

"언니가 계속 자는데 어쩌지?"

"형부라도 드실래요?"

"나 혼자 먹으면 서영이 뿔 내. 아파서 잠들었거든."

"아줌마한테 들었어요. 지금은 어때요?"

"그냥, 잘 자고 있어."

"시장하지 않으세요?"

"조금."

"그럼 드세요."

"보다시피 언니가 날 눌러놓고 있어서."

지후의 말에 라영이 소리 없이 키득거리고 웃었다.

"그럼 계속 눌려 계실 거예요?"

"그래야 할 것 같아."

"그럼 수고하세요."

"응."

라영이 방을 나가려다가 다시 한 번 지후에게 손을 흔들었고 지후도 라영에게 손을 흔들자 라영이 스탠드를 끄고 방을 나갔다.

방엔 다시 어둠이 찾아왔고 라영 저제 하는 짓이 꽤 귀엽다고 생각하며 고개를 돌려 서영을 쳐다봤다. 서영은 여전히 깊은 잠에 빠져 있었다.

저녁시간이 지났다는 걸 보니 이른 저녁은 아닌 것 같은데 뭘 먹여서 더 자게 하는 편이 좋지 않을까 싶어 깨우려다 그만뒀다. 배가 고파서 스스로 깨지 않는 이상 지금은 이 평온한 분위기를 계속 유지하고 싶었기 때문이다. 약간 시장기가 느껴지긴 했지만 참을 수 있었다. 그깟 밥 한 끼 굶는다고 죽는 것도 아니고.

지후는 꿈나라를 순회 중인 서영을 바라보다 어느새 잠이 들었다.

다음날.

지후가 간단하게 샤워를 하고 욕실을 나왔을 때 침대 밑에 깔려 있던 이불은 깔끔하게 개켜져 있고 서영은 보이지 않았다. 지후가 씻는 동안 먼저 아래층으로 내려간 모양이었다.

어제 서영이 짐 가방을 정리했기 때문에 갈아입을 옷들이 어디로 들어갔는지 알 수가 없어 두리번거리던 지후는 서영을 부를까 하다가 찾아서 입자 싶어 화장대 서랍을 열기 시작했다.

첫 번째 칸에는 서영의 속옷이 들어 있었다. 지후는 깔끔하게 정리되어 있는 서영의 속옷을 설레는 기분으로 내려다보고 있었다. 결혼을 했어도 함께 살았던 시간이 너무 짧았기 때문인지 묘하게 가슴이 설레었다.

그러다 이게 무슨 음흉한 짓인가 싶어서 서랍을 닫고 두 번째 칸을 열려던 지후는 다시 서영의 속옷이 들어 있던 서랍의 문을 열었다. 음흉함을 누르지 못해 속옷을 구경하기 위해서가 아니라 눈에 띈 다른 물건 때문이었다.

지후는 속옷 사이에 반쯤 가려져 있는 수첩을 내려다보다가 조심스레 집어 들었다. 분명 서영의 수첩인데, 주인의 허락도 없이 수첩을 훔쳐보는 것은 목욕하는 여자를 훔쳐보는 것이나 다름없는 짓이라는 것을 알면서도 도저히 유혹을 떨칠 수가 없었다.

수첩을 쥔 채 제자리에 내려놓고 서랍을 닫아야 한다는 양심과 서영이 없으니까 잠깐 훑어보아도 괜찮다고, 어떤 용도의 수첩인지만 확인해 보라는 호기심 사이에서 고민하던 지후는 결국 수첩을 펴고 말았다.

별다르게 비밀스러운 내용들이 적힌 수첩은 아니었다. 이미 몇 해나 묵은 수첩이었고, 그래서 아주 오래전 연도의 달력에 며칠 몇 시에 누구를 만난다는 약속의 메모가 되어 있거나, 며칠까지 어느 과목의 과제물을 제출해야 한다는 정도의, 주인이 아닌 다른 사람이 보기에는 평범한 일상이 기록된 수첩이었다.

아마도 대학교 다닐 때 쓰던 수첩인 듯했다. 과목의 과제물이나 변경된 강의 시간이 기록되어 있는 것으로 보면. 대학 때 쓰던 수첩이라면 정말 꽤 오래된 수첩이었다.

그런데 서영은 이렇게 오래된 수첩을 왜 버리지 않고 숨겨두었을까.

여자들은 좀 특이하다고 생각하며 휘리릭 수첩을 넘기던 지후는 수첩 중간에 붙어 있는 포스트잇 메모지를 보게 되었고 강지후라는 이름이 눈에 띄자 순간 긴장했다.

서영 씨, 책상에 있는 회의 자료 2시 30분까지 50부 복사 부탁합니다.

―강지후.

언젯적 메모인지, 이런 메모를 남긴 적이 있었다는 것도 기억나지 않았지만 강지후라는 이름이 적힌 것을 보니 분명 지후 자신이 쓴 메모였고 필체 역시 자신의 것이었다.

그 메모지 밑에는 서영의 일기가 적혀 있었다.

그가 '서영 씨'라고 부를 때가 제일 듣기 좋다.
매일매일 그렇게 불러줬으면 좋겠다.
하루에…… 한 백 번쯤? 키득키득.
지후 씨는 어쩜 글씨도 이렇게 멋지게 잘 쓸까.

그가 오늘 진혁 씨한테 캐비닛 정리하는 것 도와주고 가라고 하는데 너무 서운했다.

나한테 하라고 하지.

얼마든지 할 수 있는데.

밤이 새~~~도록.

저절로 미소를 짓던 지후는 다음 장으로 넘겼고 다음 장에도 역시나 포스트잇 메모지가 붙어 있었다.

파일 21번 출력해서 총괄팀 직원 모두에게 배부 부탁합니다.
―강지후.

그리고 서영의 메모.

지후 씨가 '서영 씨 어디 아파요?'라고 물었다.

짝짝짝! 내가 아픈 것을 그가 알아차리다니.

역시 똑똑한 사람♥

내가 사람 볼 줄 안다니까!

매우 기쁨~

오늘 정말 너무너무 아파서 도저히 일어날 수가 없었지만 지후 씨 때문에 출근했다. 열도 많이 나고 두통도 심하고 코까지 막혀서 윽, 오늘 정말 죽을 맛이었지만 그가 아는 척을 해주는 순간 아픈 게 싹 사라졌다.

매우 신기함~

그런데 지금 또 아프다.

그를 보면 나을 텐데…….

그는 나에게 해열제와 같은 존재?

그냥…… '어디 아파요' 하지 말고 이마라도 짚어주지.

손이라도 좀 잡아주든지.

손은 잡으라고 있는 건데…….

코 후비라고 있는 게 아닌데…….

지후는 푹 하고 낮게 웃음을 터뜨렸다.

지후가 재빨리 다음 장으로 넘기자 포스트잇이 아니라 종이를 잘라 붙인 듯한 메모가 투명 접착테이프로 고정되어 있었다.

고맙습니다. 잘 먹을게요

―강지후.

오늘은 밸런타인데이!

그에게 초콜릿을 선물했다.

아, 물론 그에게만 주면 내가 그를 좋아하고 있다는 것을 들킬까 봐 총괄팀 남자 직원 모두에게 돌렸다. 팀장님까지. 솔직히 팀장님한테 줄 때는 초콜릿이 매우매우 아까웠다.

포장지는 똑같았지만 지후 씨 초콜릿은 전혀 다르다.

이 세상에 유일한 초콜릿. 윤서영표 러브러브 초콜릿♥♡

다른 직원들이 알면 아마 깜짝 놀랄걸?

내가 그 초콜릿을 만들기 위해 얼마나 노력했는지 알면…… 아, 눈물 겹다. 흑흑흑.

나와는 일면식도 없었지만 은수의 친구의 친구를 통해 쇼콜라띠에 언니에게 무려 3박 4일 동안 배워서 만든 초콜릿이다.

원래는 하트 모양으로 테두리를 두르고 그 안에 작은 하트 모양의 종이 달려 있는 디자인이었는데 3박 4일의 수업으로는 어림도 없어서 커다란 하트 모양에 땅콩과 아몬드 가루 화이트 초콜릿으로 작은 하트 모양 장식을 했다.

내가 초콜릿을 만들면서 깨닫게 된 진리 한 가지.

난 정말 손재주가 없다. 여자로 태어나서 어쩜 이렇게까지 손이 둔할 수가 있는지. 머리가 나쁜가 봐…… 좌절.

커다란 하트에 작은 하트.

하트는 사랑을 뜻하는데 그가 알아차렸을까?

땅콩이나 아몬드 가루가 아니라 내 마음을 넣어서 장식할 수만 있다면!

그런데 너무 서운하다.

그가 '고맙습니다. 잘 먹을게요'라고 메모를 A4지에 남겨두었는데 '서영 씨'라고 불러주지도 않고 이면지가 뭐니!

서영 씨, 고마워요~ 잘 먹을게요~ 라고 해야지!

어깨라도 좀 토닥여 주지…… 무심한 사람.

지후는 서둘러 페이지를 넘겼다. 다음 장에는 지후의 메모 없이 서영의 일기만 적혀 있었다.

아, 떨린다.

떨려 죽을 것 같다.

죽어도 좋을 만큼…… 행복하다.

행복해서 미칠 것 같다.

회의실에 차를 배달하기 위해 준비하고 있는데 지후 씨가 불쑥 들어왔다.

난 하마터면 들고 있던 커피 통을 떨어뜨릴 뻔했다.

그가 뭐라고 했냐면 '맛있게 잘 먹었어요'라고 했다.

그가 나를 보고 미소 짓고 있었고 나는…… 까무러칠 뻔했다.

너무 좋아서. 심장이 터질 것만 같았다.

난 약 오 분 동안 그와 마주 보고 서 있었다.

그는 나를 내려다보고 있었고 나를 그를 올려다보고 있었다.

아~ 행복한 날.

세상에서 제일 행복한 날.

고백을 하고 싶은데…….

뭐라고 말해야 할지 모르겠다.

애인이 있으면 어떻게 하지?

확…… 뺏어버릴까? 크득크득.

어떻게 고백해야 할지 모르겠다.

어떻게 하지?

어떻게 하면 좋을까?

어떻게…… 어떻게…….

가슴이 떨려서 미칠 것만 같다.

바라만 봐도, 목소리만 들려도, 그가 내게 다가오기만 해도……

나는……

나는…… 강지후 씨를…….

나는…… 지후 씨를…….

사랑해요, 사랑해요, 사랑해요, 사랑해요, 사랑해요, 사랑해요, 사랑해요…….

지후는 빽빽하게 끝도 없이 적혀 있는 '사랑해요'라는 글자를 바라보다가 울컥 명치끝에서 뜨거운 것이 치밀어 오르는 것을 느꼈다.

육 년 전, 서영의 사랑이 이렇게 깊은 줄 몰랐었다. 자신을 향한 서영의 사랑이 오래된 메모를 지금까지 간직하고 있을 만큼 이토록 진하고 깊은 줄은 정말 몰랐었다.

수첩을 제자리에 넣고 서랍 문을 닫던 지후는 코끝이 찡해지고 눈시울이 뜨거워지는 것을 느끼며 후욱 하고 길게 숨을 내쉬었다.

이렇게 자신을 사랑해 주던 여자였는데…… 마주 보고 있던 날 이 세상에서 제일 행복하다고 했던 서영이었는데 서영은 이제 그 사랑을 다 지워 버린 것 같았기 때문이다.

지후는 오랫동안 미안함으로 아무것도 못한 채 우두커니 서 있었다.

"그랬어?"

"언니 때문에 형부도 저녁 굶고 주무셨어."

"드시라 하지 그랬니."

"언니 다리가 형부 배를 눌러놓고 있어서 깨울까 봐 못 일어나시더라고. 혼자 먹으면 언니가 뿔 낼 것 같다고 안 드시겠다 했다니까. 우와, 언니한테 꽉 잡혔나 봐."

라영의 말에 서영은 그저 희미하게 웃고 말았다.

"굉장히 시장하실 거야. 왜 안 내려오셔?"

"씻고 있어."

"몇 시간이나 잔 거야?"

"다섯 시 좀 못 돼서 잠들었으니까 열네 시간 정도 잤나 봐."

"우와. 소도 그만큼은 안 자."

"그러게."

"언니, 결혼하니까 좋아?"

라영이 궁금하다는 얼굴로 묻는데 지후가 식당으로 들어왔다.

"안녕히 주무셨어요, 형부."

라영이 꾀꼬리처럼 인사하자 지후가 씩 웃었다.

"안녕, 처제."

"빨리 앉으세요."

"어."

서영의 옆자리에 앉으려던 지후가 한 손으로 서영의 머리를 감싸 당기더니 서영의 정수리에 가볍게 입을 맞추었고, 지후의 행동에 서영이 당황해서 지후를 쳐다보는데 라영은 키득거리고 웃기 시작했다.

"나도 결혼하면 신랑더러 아침 먹기 전에 입 맞춰달래야지. 꼭 여기다가."

라영이 자신의 정수리를 찍으며 말했고 서영은 아무렇지도 않게 씩 웃는 지후를 보다가 라영에게 눈을 흘겼다.

"고2가 벌써 결혼할 생각이야?"

"언니, 고딩 정도면 알 만큼은 알아."

"잘나셨어."

"어."

라영이 서영을 보고 샐쭉 웃더니 지후에게 시선을 돌렸다.

"형부, 저 학교까지 태워주시면 안 돼요?"

"알았어."

"좋아하는 애가 있는데 형부가 좀 봐주시라구요."

"너 사귀는 애 있어?"

서영이 놀란 얼굴로 물었다.

"그건 아니구. 그 자식이 사귀자는 말을 안 해서 지켜보고 있는 중이야."

"네가 사귀자 그러지, 왜."

"존심 상하게. 그 자식 좋아하는 여자 애들 무지 많단 말이야. 진짜 잘생겼어."

"아무한테나 마음 뺏기지 마. 남잔 얼굴이 아니라 마음을 봐야 해. 너만 사랑해 주는 남자를 만나. 너 없인 못 사는 남자, 너만 흠뻑 사랑해 주는 그런 남자를 만나야 해."

말을 하다 보니 어쩐지 산파조가 되어버렸다.

"고등학생 붙잡고 무슨 소린지…… 얼른 먹어. 학교 늦겠다."
 서영이 괜한 소리를 했다 싶어 후회하며 밥을 께적거리는데 라영이 입을 열었다.
 "형부가 그러신가 봐요. 언니만 사랑하고 언니 없인 못 사시나 봐요."
 "맞아. 나 언니 없인 못 살아."
 지후가 말했고 서영은 그저 슬프게 웃고 말았다.
 아침식사가 끝나고 지후가 라영을 학교까지 태워다 주기 위해 나간 후 서영이 방 청소를 하고 있는데 주방 도우미 아줌마가 무선전화기를 들고 방으로 올라왔다.
 "회장님이셔."
 "네."
 서영이 수화기를 건네받았다.
 "저예요."
 [일어났지?]
 "그럼요. 라영이하고 같이 아침 먹고 지후 씨 라영이 태워다 주러 나갔어요."
 [몸 안 좋다더니.]
 "이젠 괜찮아요. 푹 잤더니 말끔해요."
 [다행이구나.]
 "엄만요?"
 [엄마도 아침 드셨어. 어제보다 소화도 괜찮고.]
 "곧 갈게요."

[너희들 갈아입을 옷 충분히 챙겨서 나와.]

"갈아입을 옷이요?"

[시키는 대로 해.]

"알았어요. 그럴게요."

서영은 전화를 끊으며 아마도 며칠 동안 병간호를 맡기시려 하나 보다 생각했다. 하루도 빠짐없이 어머니 곁을 지키셨으니 아버지도 많이 지치셨을 테고 자리도 여러 날 비우셨으니 시간이 필요하신 듯했다. 어차피 어머니 병간호 때문에 왔으니 잘된 일이었.

서영이 작은 짐 가방에 갈아입을 옷가지들을 챙겨 넣고 있는데 지후가 방으로 들어왔다.

"며칠 병원에서 지내야 할 것 같아요. 아버지가 옷 챙겨 오라세요."

"응, 알았어."

"라영이 좋아한다는 애 봤어요?"

"봤어."

"어때요?"

"귀엽게 생겼더라고."

"남자애가 귀엽게 생겼어요? 잘생겼다더니."

"걱정 마. 나보다는 못해."

지후의 말에 서영이 조금 어이없다는 듯 쳐다보자 지후가 웃으며 다가왔다.

"어머니 회복되시면 하늘정원에 갈까? 그때 눈이 와서 못 갔잖아."

지후가 말했고 서영은 참 이상한 사람이라는 듯 지후를 쳐다보다가 고개를 저었다.

"우리가 어떻게 거길 같이 가겠어요. 불가능한 일이라는 거 알잖아요."

"서영아."

"엄마 때문에 아무 일도 없는 것처럼 행동하게 해서 미안해요. 어쩔 수 없어서 그렇지만 그래도 미안해요. 하지만 엄마 회복되시면 결국 우리는……."

서영이 침울한 목소리로 말하는데 지후가 서영을 뒤에서 껴안았다.

"내가 해명할 기회를 줘. 난 이렇게 끝낼 수 없어. 나도 억울해. 나도 억울한 누명은 벗어야 하잖아."

"아뇨. 듣고 싶지 않아요."

"서영아, 정희경 변호사는……."

지후가 정 변호사에 대해 설명하려는 찰나 노크 소리가 들렸다.

"제기랄."

하는 수 없이 서영을 놓아주고 문을 열자 도우미 아줌마가 문 앞에 서 있었다.

"차 대기했어요."

"예, 알겠습니다. 내려갈게요."

문을 닫은 후 지후가 서영을 돌아보자 서영은 굳은 표정으로 장롱에서 코트를 꺼내 입고 있었다.

"서영아."

"당신이 대체 뭐가 억울하다는 건지 모르겠지만…… 억울한 게 있다면 언젠가는 풀리겠죠. 하지만 아마도 난 당신 말을 믿지 않을 거예요. 그러니까 설명하지 말아요."

서영이 슬픈 표정으로 두 번째로 해명 부탁을 거절한 후 먼저 방을 나갔고 지후 역시 슬픈 표정으로 서영의 뒤를 따랐다.

"대전엔 전화 드렸어요?"

병원에 거의 도착해서야 시댁 어른들이 생각난 서영은 어제 도착하고도 여태 연락하지 않아 많이 서운해하시겠다 싶어 걱정스러웠다.

"아직."

"당신이 전화 드려요."

"그럴게."

"난…… 인사 못 드릴 것 같아요."

"……."

"거기까지는 자신없어요."

"알았어."

정말 자신없었다. 시부모님은 뵐 자신이 없었다. 자신들의 문제로 시부모님들에게까지 상처를 드리게 될 것이 몹시 죄송했고, 그리고 서영의 마음에는 그분들에 대한 애정이 아직 남아 있었기 때문이다.

그런데 병실로 들어서자마자 아버지가 당장 대전으로 내려가라고 명령하셨다.

"네?"

"대전에 가라고."

"대전엔……."

"다녀와. 가서 사흘은 자고 와."

이번엔 어머니가 말했다.

"얼마나 보고 싶으시겠어."

"하지만 엄마……."

"내 말대로 해. 홍잡혀. 딸자식 잘못 가르쳤다 하실 것 아니야. 근 일 년 만에 서울 들어와서 내 옆에만 붙잡아놓으면 양심 없어. 얼른 가."

"저희 어제 왔습니다. 며칠 더 있다가 다녀오겠습니다."

당황하는 서영 대신 지후가 나섰지만 어머니는 꿈쩍도 하지 않았다.

"시키는 대로 해. 어서 내려가서 맏아들 얼굴도 보여 드리고 맏며느리 얼굴도 보여 드려. 서영아, 알았지?"

"……."

"서영아."

"……네! 그럴게요."

"가서 사흘은 자야 해. 사흘은 며느리 도리 하고 와."

"그럴게요…… 그런데 정말 그래도 돼요? 엄마 수술하셨는데."

"되고말고. 그렇죠, 여보?"

"네 엄마 시키는 대로 해. 시간 끌지 말고 바로 내려가."

서영과 지후가 멀뚱하게 서로의 얼굴만 보고 있는데 아버지와 어머니가 다시 한 번 당장 떠나라고 재촉하셨다.

두 분께 떠밀려 병원을 나온 서영은 지후가 대전을 향해 차를 모는 동안 연방 한숨만 내쉬고 있었다.

어떻게 일이 이렇게 돌아가는지. 마치 인내심을 시험 받는 것 같았다.

"불편하게 하지 않을게."

서영의 한숨이 그칠 줄을 모르자 지후가 조용히 입을 열었다.

"당신, 불편하게 하지 않을 테니 너무 걱정 마."

"지후 씨가 좀 도와줘요. 솔직히 어떻게 해야 할지도 모르겠고, 아무 일도 없는 척할 자신도 없어요."

"알았어. 내가 어떻게 해볼게."

"그나저나 정말 걱정이네요. 난 음식 잘 못하는데. 할 줄 아는 것도 없는데……."

"어머니가 안 시킬 거야. 걱정 마. 내가 도와줄게."

"뭐 좀 사야잖아요. 아버님이랑 어머니 뭐 사다 드릴까요? 이럴 줄 알았으면 서울에서 사 올 걸 그랬네요."

서영이 또 한숨을 내쉬었다. 도저히 시부모님들을 뵐 용기가 없는데 볼 수밖에 없는 상황이 되어버리자 막막하기만 했다.

"사흘 있을 거니까 대전에서 사도 돼."

"전화 드렸어요?"

"아직."

"전화 드려요! 우리 간다고. 아버님도 놀라시겠네요."

"알았어."

지후는 서영이 부탁하는 대로 아버지께 전화를 걸었고 서영은 잠자코 지후가 통화하는 것을 듣고 있었다.

"아버님 밖에 계시대요?"

서영은 가만히 기다렸다가 지후가 통화를 끝낸 후 물었다.

"응."

"금방 들어오신대요?"

"아니, 밤에."

"어디 계신대요?"

"아버지, 아파트 경비 보셔."

"아버님이 왜 경비 일을 보세요?"

서영이 조금 충격을 받은 듯한 표정으로 물었다.

"아버님 일 안 하셔도 당신이 생활비 드릴 것 아니에요."

"내가 드리는 것보다 당신께서 벌어 쓰시는 게 좋으시대. 하지 마시라 말렸는데 할 일 없이 집에 앉아 있으니 없던 병도 생겨 못 살겠다고. 평생 쉬어본 적이 없던 분이라 일 없이 계시니까 더 힘드신가 봐. 아버지 고집 못 꺾었어."

"하지만 큰 사고까지 당하시고 좀 쉬셔도 될 텐데. 발도 아프시다면서. 아버님 일하시는 줄 몰랐어요. 전화 드릴 때마다 그냥 마실 나가셨다고만 하셔서……."

큰 사고로 겨우 목숨을 건지신 아버님이 경비 일을 보신다고 하자 이상하게 안절부절못하며 죄지은 기분이 들었다.

"우리 집 식구 모두 가만히 앉아 있는 거 잘 못해. 잠시도 쉬지 않고 움직이는 편이야."

그건 좀 큰일이었다.

"난 가만히 앉아 있는 거 잘해요. 대체로 가만히 있는 걸 좋아하는데…… 잘 못 따라가면 어쩌죠?"

서영이 걱정스럽게 묻자 지후가 웃었다.

"한 명이라도 덜 부지런한 사람 생겨나서 좋다 하실 거야. 다들 지나치게 부지런해서 서로들 불편해하거든."

"부지런한 것도 불편해해요?"

"너무 부지런하면 그래. 잠깐을 못 앉아 있고 왔다 갔다 하니까 번잡스럽다고 서로들 야단이야."

"우리 집에선 아버지만 그래요. 나머진 느긋하고. 우리 아버진 답답해하시는데."

"이해하실 거야."

"아버님께 바로 갈 거죠?"

"그쪽으로 간다고 했더니 집에 가 있으라 하시네."

"왜…… 못 오게 하세요?"

"글쎄, 당신 좋아서 하시는 일인데 자식들이 괜한 죄책감 느낄까 봐 걱정되시나 봐."

"저…… 그냥 아버님 계신 곳으로 가요."

서영이 말했다.

"정말?"

"네, 거기로 가요."

지후는 서영의 말대로 대전 집이 아니라 아버님이 경비 일을 보시는 아파트로 향했고 서영의 일행이 도착했을 때 아버님은 비좁은 경비실 구석 자리에서 점심을 드시고 계셨다.

서영은 아버님이 좁은 경비실 한쪽에서 끼니를 대충 해결하시는 것을 보는 순간 마음속에서 죄송함과 함께 슬픈 연민이 치밀어 오르는 것을 느꼈다. 짠한 마음에 콧잔등까지 시큰해졌다.

"아버님…… 저희 왔어요."

서영이 억지로 웃으려고 노력하며 경비실 안으로 들어서자 뜻밖의 등장에 놀라신 듯 한동안 아들 내외를 멍하니 바라보시던 아버님이 당황하며 서둘러 여기저기 찌그러진 자국이 많은 양은 냄비를 덮고 초라한 점심상을 치우기 시작했다.

"집으로 가라니까 뭣 하러 애기를 델꼬 여기로 왔냐."

아버님이 당황하시는 것을 보자 서영도 당황했다.

"제가 오자고 했어요. 아버님 빨리 뵙고 싶어서 제가 오자고 했어요."

서영이 어색하게 웃고 계신 아버님 곁으로 다가가 아버님의 손을 꼭 잡았다.

"집에 가서 보면 되는디, 여가 어디라고……."

아버님이 당신의 손을 꼭 잡아준 며느리 서영의 손을 연방 쓰다듬으셨다.

"아버님 늦게 오신다 하셔서요. 기다리기 싫어서요."

"아이고, 그려도 여가 얼마나 좁은디……."

아버님이 서둘러 간이 의자를 찾아와 펴주시며 서영을 앉혔다.

"아이고, 우리 아기가 요렇게 누추한 곳에 있어서 되겠냐?"

"누추하다뇨. 아버님 계신 곳인데요."

서영의 대답에 아버님이 듣기 좋으신지 함박 웃으셨다.

"아버님, 이거 된장찌개예요?"

서영이 양은 냄비를 가리키며 물었다.

"어, 어. 그려."

"아, 배고프다. 저도 좀 먹으면 안 돼요?"

"배고파? 점심 안 묵었냐?"

"아버님하고 같이 먹으려구요. 된장찌개 냄새 맡으니까 갑자기 배고파요."

"야, 지후야. 얼른 애기 델꼬 가서 밥 맥여라. 얼른."

"아뇨, 아버님. 여기서 아버님이랑 된장찌개에다 먹고 싶어요."

"여기서? 아이고, 여기서 어떻게…… 지후랑 나가서 맛난 것 묵제."

"전요, 아버님이랑 여기서 같이 먹는 게 훨씬 좋아요."

서영이 얼른 냄비 뚜껑을 열며 킁킁 냄새를 맡았다.

"와, 끝내준다."

서영은 두리번거리다가 전기밥통을 발견하고 얼른 뚜껑을 열었다. 모락모락 김이 피어 나오는 하얀 쌀밥이 방긋 웃고 있었다. 서영은 얼른 밥공기에 밥을 푸기 시작했다.

"지후 씨는요?"

"어? 어, 그래, 먹자."

서영은 밥 두 공기를 퍼서 아버님 곁에 바짝 붙어 앉았다.

"그런데 아버님, 이 찌개는 누가 끓인 거예요?"

서영이 사흘은 굶은 각설이마냥 복스럽게 퍼먹다가 물었다.

"엄마가. 엄마가 끓여준 거 여기서 데웠제."

"와, 진짜 맛있다. 청양 고추 넣으셨나 봐요."

"잉, 나가 얼큰헌 것을 좋아하거든."

"저도 얼큰한 거 좋아해요. 깻잎 장아찌도 진짜 맛있어요."

"아이고, 우리 애기가 기양 먹는데 복이 꽉 찼네. 복스럽게도 먹네."

아버님이 칭찬했고 서영은 해맑게 웃었다.

"아버님도 어서 드세요."

"어이 먹제. 우리 애기가 옆에 있응께 오늘따라 별나게 맛나네."

아버님이 그저 흐뭇해서 어쩔 줄 몰라 하며 웃었다.

서영은 웃으실 때 빈틈없이 자글자글 주름이 잡히는 아버님의 얼굴을 바라보다 갑자기 울컥 눈물이 치밀어 올라 입 안 가득 물고 있던 밥을 꿀꺽 삼켰다. 밥을 삼키면 치밀어 오르는 울컥거림도 쑥 내려갈 것 같아서.

눈물을 복받시킬 그 어떤 구실도 없었는데 그냥 갑자기 아버님의 주름 가득한 얼굴을 보자, 그 주름 가득한 얼굴로 며느리인 서영이 예뻐서 함박 웃으시는 모습을 보자 갑자기 눈물이 쏟아질 것 같았다.

이렇게 예뻐해 주시는 시아버님인데, 무슨 짓을 해도 예뻐해 주시는데. 이제 더는 웃게 해드리지 못하는 것이 저렇게 기쁘게 웃는 모습을 보지 못할 것이라는 사실에 마음 아프고 죄송해 눈물이 치솟았다.

"어야, 애기, 밥 더 줄까?"

"네, 조금만 더 먹을래요."

서영이 밥공기를 들고 일어나자 아버님이 극구 서영을 끌어 앉혀놓고 서영의 밥그릇을 빼앗았다.

"아부지가 주께. 가만 앉아 있어."

아버님이 서영의 밥그릇을 들고 가셨고 서영은 그만 또다시 울 컥 뜨거운 것이 명치끝에서 치밀어 오르는 것을 느꼈다.

서영은 우는 것을 들키고 싶지 않아 코를 박을 듯 고개를 숙이고 말았다. 지후에게도 들키고 싶지 않고 아버님도 못 보시게 하고 싶었다.

"여까지 오는데 힘들었제?"

아버님이 며느리의 밥그릇에 밥을 푸며 애정이 담뿍 담겨 넘치는 목소리로 물었다.

"아뇨……."

억양이 흔들리면서 후둑 하고 눈물이 떨어졌다.

서영이 재빨리 눈물을 닦아내며 어금니를 틀어 무는데 목덜미 뒤에서 따뜻한 온기가 느껴지더니 지후의 손이 천천히 서영의 목을 주무르기 시작했다. 서영이 운다는 것을 눈치 챈 모양이었다.

그냥 내버려 두지. 지후의 따뜻한 손길 때문에 괜히 더 눈물이 쏟아질 것 같아 미칠 것 같았다.

아버님이 퍼주셔서 그런 더욱 살갑게 느껴지는 밥그릇이 서영의 눈앞에 놓여졌고 서영은 꾸역꾸역 담아주신 밥을 남기지 않고 다 먹었다.

"아버님, 제가 내일 점심으로 김밥 싸드릴까요?"

"김밥? 아이고, 귀찮을 텐디."
"안 귀찮아요. 저 김밥 되게 잘 싸요."
"그려?"
"제가 싸드릴게요."
"아이고, 아부지야 좋제."
아버님이 다시 한 번 자글자글 주름을 만드시며 웃었고 서영도 이번엔 밝게 웃었다.
저녁도 경비실에서 해결하시고 밤 열 시쯤 집에 오신다는 아버님을 남겨두고 아파트를 빠져나오는데 지후가 서영의 손을 꼭 잡았다.
서영이 깜짝 놀라며 얼른 손을 빼냈지만 지후는 다시 서영의 손을 잡았고 서영이 손을 빼지 못하도록 꽉 틀어잡았다.
"핸들 두 손으로 잡아요."
서영이 말했지만 지후는 꼭 잡은 서영의 손을 놓지 않았다.
"미안해."
지후가 말했고 서영이 미안하다는 말도 하지 말아요 하고 대꾸하는데 지후가 예전에 말이야 라고 말했다.
"예전에, 육 년 전에. 당신 나한테 좋아한다고 했을 때."
"그 얘긴 하고 싶지 않아요."
서영이 거부했지만 지후는 멈추지 않았다.
"그때 당신 진심을 모르고 오해해서 미안해."
"……."
"내가 너무 몰랐어. 큰 실수였어. 그렇게 대처하는 게 아니었는데. 많이 후회해."

"지금 와서 후회한다고 달라지는 건 없어요."

서영이 한숨 섞인 목소리로 대꾸했다.

"미안해. 내가 잘못한 거야. 내 잘못이야."

"……."

서영은 아무 말도 하지 않았다.

그가 사과했지만 늦게라도 사과해 줘서 고맙다는 말은 나오지 않았다. 뒤늦은 사과는 이제 아무 소용 없으니까.

"누구지? 되게 예쁜 척했던 애."

"누구…… 여대 다니던 영애 말이에요?"

"맞아, 걔."

"내기 같은 건 없었어요. 순전히 영애 혼자서 까분 거였어요."

서영이 여전히 손을 빼내려는 시도를 하며 말했다.

"걔가 오진열이 하고 잤어."

"오진열? 얼굴 뽀얗던 그 사람이요?"

"응."

서영이 기겁할 얼굴로 지후를 쳐다봤다.

"정말이에요?"

"그랬더라고. 박 비서가 알바생들이 프린트 실에서 종알거리는 소리를 듣고 알바생들 조심하라고 경고했는데 알고 보니 오진열이 벌써 영애하고 잤더라고. 박 비서가 들은 소리가 있지, 오진열은 영애하고 잤다고 하지, 그때부터 알바생들이 곧이곧대로 보이지 않는데 박 비서는 알바생들 조심하라고 경고했으면서 서영일 무척 좋아했어."

"집적거린 거겠죠."

"집적거린 거 아니야. 정말 좋아했어. 그래서 몇 번 좋아한다는 내색했었잖아."

"박 비서가요? 언제요?"

서영은 전혀 기억에 없었다. 아르바이트 마지막 날 회식 때 화장실 앞에서 축축한 입술을 막무가내로 들이밀었던 추태를 피운 것 외에 기억나는 것은 아무것도 없었다. 박 비서, 박정준이 언제 어떤 식으로 좋아한다는 내색을 했다는 것일까?

"프린트 작업도 되도록 서영이한테는 시키지 않고 커피 심부름도 시키지 않고 그랬었잖아."

"그건 나한테만 그런 게 아니라 다른 알바생들한테도 다 그랬어요."

"박 비서는 나름대로 노력을 했다고 하던데?"

"무슨 노력을 했는지 몰라도 난 기억에 없어요. 어쩌면…… 내가 보려고 하지 않았을 수도 있구요. 그때 난 지후 씨 때문에 다른 사람에겐 관심이 없었으니까."

서영의 말에 지후가 기분이 좋은 듯 슬며시 웃는데 서영이 슬프게 웃었다.

"정말 바보 같은 짓이었어요."

서영의 말에 지후의 얼굴에서 즉시 미소가 사라졌다.

"바보 같은 짓을 참 오랫동안 했죠……."

서영이 기어이 지후의 손에서 자신의 손을 빼내며 중얼거렸다.

지후도 더 이상 아무 말 할 수 없었다.

"그거 기억해요?"

백화점에 도착해 식품 매장 정육 코너에서 주문한 갈비가 포장되길 기다리던 서영이 불쑥 물었다.

"뭘?"

"출근하기 전날 내가 총괄팀으로 전화했었는데."

"언제? 육 년 전에?"

"회사가 신사옥으로 이사해서 몇 층인지 물어보려고 전화했었어요. 그때 내 전화 받아준 사람이 지후 씨예요. 기억 못해요?"

"미안해. 기억 못하겠어."

"목소리가 너무 좋았어요…… 얼마나 설레었지 몰라요. 처음이었어요! 단지 목소리만 듣고 그 사람에 대해 상상하고 기대감을 갖고 가슴이 설레었던 건."

지후가 고개를 돌려 서영을 바라봤을 때 서영은 육 년 전 그날로 돌아간 듯한 표정을 짓고 있었다.

"지후 씨는 상상도 못할 거예요. 드디어 목소리의 주인공을 만났을 때 내 기분이 어땠는지."

"어땠는데?"

"……식물이 된 것 같았어요."

"식물?"

"심어주는 대로, 놓아주는 대로 그 자리에서 꼼짝도 못하고 태양빛만을 쫓는 식물."

서영의 두 눈은 여린 이파리에 맺힌 물방울처럼 맑게 빛나고 있었다.

"지후 씨가 물을 줬으면 싱싱하게 잘 자랐을 텐데. 물도 안 주고 거름도 안 주고 그래서 결국 말라죽었어요."

서영이 중얼거렸다. 그때의 아픔을 고스란히 담은 채.

"내가 왜 좋았던 거야? 난 여자한테 그다지 친절하거나 다정한 사람이 아니었는데."

지후의 물음에 서영이 지후를 물끄러미 쳐다봤다. 아직도 그 이유를 모르냐는 듯이.

"글쎄, 왜 그랬을까요?"

"말해봐. 내가 왜, 어디가 좋았던 거야? 난 늘 그게 궁금했어."

"그건…… 그냥 좋았어요."

서영이 대답했다. 그냥 좋다고. 그냥 좋아했다가 아니라 현재형으로 대답한 것이다.

"그냥? 그냥이라는 말은 식당에 가서 아무거나 먹자는 말처럼 김새고 애매한 대답이야."

"맞아요. 김새고 애매한 대답이죠. 하지만 아무거나 먹자는 말은 어떤 것이든 다 맛있게 먹어줄 용의가 있다는 말이니까 오히려 까탈스럽지 않고 수더분한 거예요."

"그럼 당신이 말한 그냥은 아무 남자나 다 만나줄 용의가 있다는 말이야?"

지후의 말에 서영이 기운 없이 조금 웃었다.

"그건…… 당신의 어떠한 단점도 내 마음을 꺾을 수 없을 만큼 무작정 좋았다는 말이에요. 단점마저도 눈에 보이지 않을 만큼 그냥. 그냥, 정말 그냥. 원래 누군가를 좋아한다는 것은, 그 사람을 내 마음속에 담아버리면 그 다음부터는 이유나 조건 따위는 큰 의미가 없거든요."

말을 끝낸 서영이 한숨을 내쉬었다.

"총괄팀에서 일했던 삼 개월 동안 내가 지후 씨 때문에 얼마나 가슴앓이를 했는지 지후 씬 절대 모를 거예요……. 그러고 보니 당신과 함께했던 모든 시간 동안 가슴앓이를 했네요."

서영이 너무 가라앉아서 들릴 듯 말 듯 말했다.

"생각해 보니 그때가 행복했던 때였어요. 다른 생각 없이 그저 짝사랑만 하던 그때가."

서영이 억지로 미소를 지었지만 그 미소는 너무나 슬퍼서 금방이라도 일그러질 것만 같았다.

"당신도 모를 거야. 알래스카로 가버리고 내가 얼마나 가슴앓이를 했는지."

지후가 말했고 서영이 고개를 들어 믿지 못하겠다는 얼굴로 지후를 쳐다보는데 갈비 포장이 끝났다며 정육 코너 직원이 커다란 선물 박스를 내밀었다.

조금 더 있다가 주었으면 좋았을 테지만 갈비 때문에 이미 대화는 끊어져 버렸고, 서영 역시 굳이 더 자세히 들으려 하지 않았다. 들어봤자 이젠 아무 소용이 없는 말일 테니까.

갈비 외에도 굴비 한 두릅과 제주도에서 오늘 아침에 올라왔다는 은갈치도 몇 마리 사고, 아버님이 특히 좋아하신다는 알이 큰

전복도 담고, 물이 상당히 좋아 보이는 새우도 사고, 개불과 맛조개 등 어패류도 종류별로 담고, 내일 아버님 점심으로 싸드릴 김밥 재료도 사고, 과일도 푸짐하게 담아 쇼핑 카트 한 대가 꽉 차도록 먹을거리를 산 다음 다른 선물은 당사자를 모시고 와서 사기로 하고 백화점을 나와 집으로 향했다.

맏아들 내외를 맞이하는 어머니는 그야말로 신이 나셔서 어쩔 줄 몰라 하셨다. 아들 내외가 이러저러한 사정으로 한국에 들어와 대전까지 그새 내려왔다는 아버님의 전화를 받고 밖에서 볼일을 보고 계시던 어머니가 부랴부랴 집으로 쫓아오셔서 별로 치울 것도 없는 집을 소제하고 잔칫상은 아니더라도 입맛 돋우는 반찬은 준비해야겠다는 생각에 쇠고기를 끊어다 불고기를 재우고 며느리가 된장찌개를 잘 먹더라는 정보에 찌개도 새로 끓이고 어머니 표현대로 마음이 급해 법석을 떨으셨단다.

이제 오려나 저제 오려나 급히 와도 곤란하고 더디 와도 기다려지고 봄처녀 꽃구경 갈 날 기다리는 것처럼 싱숭생숭 가슴팍이 요상했다며 연방 서영의 손을 쓰다듬었다.

"집으로 오제, 아부지헌테는 뭣 허러 가서는. 아부지 신나셨다. 며느리가 밥까지 묵고 갔다고."

"연락도 못 드리고 갑자기 와서 죄송해요."

"이렇게라도 와주니 얼매나 좋은디. 근디 사부인께서는 어떠신 거냐? 아부지헌티 얘기는 들었는디 수술까지 하셨담서."

"괜찮으세요. 수술 잘됐어요."

"친정어머니 병간호해 드려야 할 텐데 여길 와서 어쩐다니."
"어머님이랑 아버님도 봬야죠."
"고맙다, 고마워."
어머니가 그저 예뻐 죽겠다는 듯이 서영의 어깨를 쓰다듬었다.
"그란데 혹시 아기 가졌니?"
어머님이 너무도 조심스럽게 물으셨다.
"네?"
어머님의 갑작스러운 물음에 서영과 지후가 당황하며 서로를 쳐다봤다.
"아기 가진 것이 아니면 어째 얼굴이 이렇게 못해졌다니? 아버지도 그러시더만. 애기 얼굴이 꼭 한 달 열흘 굶은 사람처럼 쪽 빠졌다고. 아기 가진 것 아녀?"
"아뇨, 아니에요."
"아녀? 아이고, 난 또……."
어머님이 못내 아쉬운 듯 아기 가진 줄 알았네 하고 중얼거렸다.
"인자 들어설 때도 되았다 싶어서 기대했었거든."
"아직은……."
"언제 가질라고? 한 살이라도 덜 먹었을 때 얼른 낳아야 허는디……."
"그게……."
서영이 어쩔 줄 몰라 하며 도와달라는 듯 지후를 바라보는데 지후가 엉뚱한 대답을 했다.
"노력하고 있어요. 노력하는데 금방 안 되네."

지후의 대답에 서영이 뜨악해서 쳐다보는데 지후는 모른 척 딴 곳을 쳐다보고 있었다.
"그려? 보약을 한 재 해맥여야 쓰겄다. 요렇게 말라 가지고는 애도 얼른 안 들어서. 낼 나허구 한의원에 좀 가자. 애 잘 들어서게 하기로 유명한 한의원 있어."
어머님의 말씀에 서영이 더욱 뜨악해하며 말리는데 지후가 한술 더 떴다.
"그러지 말고 지금 갔다 올까요?"
"아뇨, 저기, 지후 씨……."
"그럴까? 그려, 마음먹은 길에 나서자."
서영이 말릴 틈도 없이 어머님이 일어나더니 옷을 챙겨 입겠다며 방으로 들어갔다.
"왜 이래요? 갑자기 왜 이러는 거예요?"
서영이 낮게 쏘아붙이는데 지후가 어쩔 수 없어 하고 말했다.
"어쩔 수 없다뇨. 당신이 도와줘야죠."
"난 지금 당신을 붙들어야 하는 처지라서 어쩔 수 없어."
"뭐라구요? 어머니한테 빨리 말해요, 안 간다고."
서영이 항의하는데 그새 어머님이 옷을 챙겨 입고 나오셨다.
"어여 가자. 약 잘 짓기로 소문난 곳이라 하루 종일 사람이 바글바글 혀."
"어머니 그냥 다음에……."
서영이 어머님을 붙잡으려는데 어머니는 들은 척도 하지 않고 집을 나가 버렸기 때문에 서영도 꼼짝없이 따라 나설 수밖에 없었다.

엘리베이터를 타고 지하 주차장으로 향하는데 어머니가 아들인 지후를 쳐다보시더니 씩 웃으셨다.

"오메, 우리 아들 때깔이 좋아졌네그려."

"언젠 안 좋았어요?"

"더 좋아졌다고. 가만 본께 너는 약 안 묵어도 되겠다. 신수가 훤혀."

"난 안 먹어도 돼요. 서영이나 좋은 약으로 지어주세요. 요즘 너무 말라서 마음이 아파요."

지후가 서영의 어깨에 팔을 두르며 말했다.

"왜 이래요, 어머니 보시는데."

서영이 지후의 품에서 벗어나려고 하는데 지후가 서영의 어깨를 더욱 꼭 안으며 놓아주지 않았다.

"그려. 어이그, 엄마 앞에서 지 안사람 아끼는 것 하고는."

"질투나요, 엄마?"

"그려, 질투난다."

그렇게 대답하면서도 보기 좋으신지 호탕하게 웃으셨다.

"서영이 아기 낳으면 엄마가 아기 봐줄 거죠?"

지후의 말에 서영이 거울 속에 비치는 지후를 향해 허튼소리 말라는 듯 무서운 눈길을 보냈지만 지후는 못 본 척했다.

"봐주다말다. 낳기만 혀. 나가 다 켜줄 탱개. 말하는 것 본께 자식은 엄청 갖고 싶은 모양이구만."

"서영이 꼭 닮은 딸 하나 있었으면 좋겠어요."

"그려, 참말로 예쁠 것이구만. 내가 아들만 네놈을 키우다가 아주 죽을 뻔했응께 너는 딸을 낳아라. 나나 아부지나 딸 가진 집들을 얼마나 부러워했나. 아이고, 고물고물 아양 떠는 딸 하나 낳아 보려고 넷을 낳았는디 기어이 막내 놈꺼정 아들인겨."

어머니가 서영의 손을 쑥 잡아당기시더니 꼭 잡았다.

"아가, 너는 꼭 딸을 낳아라. 얼마나 예쁠까. 기양 낳기만 혀. 나가 아부지랑 다 켜줄 탱게. 알았제?"

"네······."

"몇 명이나 낳을까?"

서영의 의사와는 상관없이 지후가 어머님께 물었다.

"못 해도 둘은 낳아야제. 하나는 외로워서 못 쓰고 넷은 너무 힘들고 둘은 낳아야 혀. 셋도 괜찮을 것 같은디. 하긴, 넷이면 워뗘. 나허구 아부지가 키면 되제."

어머니가 아직 아기가 생기지도 않았는데 잔뜩 들떠서 말씀하셨다.

아니, 대체 어쩌다 일이 이렇게 진행되었는지는 모르겠지만 서영은 어느새 한의사 앞에 불려가 진맥을 짚고 있었고 어머니는 연방 서영의 손과 등을 쓰다듬으며 백발의 한의사를 향해 아기만 들어서게 해달라고 부탁, 아니, 애원을 하고 있었다.

아무리 애를 써도 아기가 들어서지 않는 상황도 아니고 아기를 가져보려고 갖은 노력을 하고 있는 상황도 아닌데 어머니는 마치 서영의 임신 여부는 한의원 선생님께 달려 있다는 듯 거듭 잘 부탁드린다는 말씀을 하셨다.

이런 상황인데 서영으로서도 어쩔 수 없었다. 아기 때문이 아니더라도 어머님 때문에라도 일단 약은 무조건 먹어야 될 상황이었다.

다음날 오후에 약을 찾아오기로 하고 한의원을 나서 집으로 돌아오자 어머님은 서둘러 저녁상을 차리기 시작했다.

"한의사 선생님이 그러시지 않냐. 너무 말랐다고. 약도 약이지만 우선은 무조건 잘 먹고 잘 자야 한다고."

"네……."

"먹고 또 먹고 혀."

"네…… 어머니, 뭐 도와드릴까요?"

가만히 앉아서 어머님이 차려주시는 밥상을 받아먹을 수가 없어서 다가가자 어머니가 손사래를 치며 서영을 밀어냈다.

"가서 가만히 누워 있어. 여자는 아기를 가지기 전부터 편안해야 하는 것이여."

"저 괜찮아요. 제가 도와드릴게요."

"가서 누워 있으라니까. 어여, 지후야, 얼른 아기 데려다 눕혀라."

"아뇨, 어머니……."

서영이 하다못해 수저라도 놓으려고 하는데 눈치없는 지후가 다가오더니 서영을 붙잡고 거실로 끌어당겼다.

"놔봐요. 어머니 도와드리게……."

"이리 와서 앉아, 그냥."

지후는 힘으로 서영을 소파에 앉혔고 몇 번이나 일어나려는 서영을 꽉 붙들었다.

"어머니 서운해하셔요."

"안 서운혀. 서운할 것 없어."

지후 대신 어머님이 대답하셨다.

그나저나 아버님더러 배고프다며 밥 먹고 싶다고 했던 건 정말 배가 고파서가 아니라 당황해하시는 아버님 덜 당황하시라고 일부러 배고픈 척 먹었던 건데 시장하지 않은 상태인데다 더는 못 먹겠는데도 더 먹겠냐는 아버님 기쁘게 해드리려고 억지로 떠 넣었던 터라 아직 배가 부른 채였다.

시애틀을 떠나 페어뱅크스로 돌아가 열흘을 지내는 동안 하루에 거의 한 끼도 제대로 먹지 못하고 지내다가 낮에 갑자기 많이 먹는 바람에 속도 불편했다.

게다가 느닷없이 한의원에 끌려가 아기를 수월하게 수태하게 만드는 약을 짓는 해프닝도 있었지 이래저래 기분도 멍해서 한두 시간 더 있다가 먹거나 저녁은 건너뛰어도 될 듯싶은데 어머닌 이미 저녁을 차리고 있었다. 아들 내외 먹일 거라고 잔뜩 준비하셨는데 어머니 정성이 황송해서 안 먹을 수는 없고 걱정이었다.

"조금만 먹어."

서영이 뭘 걱정하는지 눈치 챘는지 지후가 어머니 모르게 속삭였다. 하지만 지후 말대로 조금만 먹을 수 없는 상황이 되어 버렸다.

경찰 도련님은 오늘 들어올지 안 들어올지는 들어와야 오는 갑다 할 만큼 언제 들어올지 모르는 사람이라 어머님이 차려주신 밥을 먹을 사람은 오직 서영과 지후 두 사람뿐이었는데 어머닌 아기를 가지려면 무조건 잘 먹어야 한다는 말씀을 몇 번이나 강조하시며 당신이 준비하신 음식을 한 가지도 빠뜨리지 않고 모두 맛보아 주길 원하시는 얼굴로 해바라기처럼 바라보시니 무리해서라도 먹지 않을 수가 없었다.

 불고기며, 된장찌개며, 그 외에 어머니가 내놓은 밑반찬으로 한 공기 싹싹 긁어먹고 한계점에 다다랐는데 조금 더 먹으라는 말씀을 차마 거절하지 못해 담아주시는 대로 다 받아먹고 나니 더도 말고 덜도 말고 딱 죽을 지경이었다.

 설거지는 무슨 설거지냐며 앉아서 텔레비전이나 보면서 쉬라는 어머니에게 억지로 우겨서 설거지를 해놓고 군에 간 셋째와 넷째 도련님이 쓰던 방에 짐을 풀고 이것저것 나름대로 부른 배를 꺼뜨리기 위해 애를 썼는데도 소용이 없었다.

 열 시가 조금 지나 아버님이 귀가하시고 또다시 이야기꽃을 피우며 어머니가 과일을 벌거 다 사 왔다며 종류별로 내놓으시니 그렇게 좋아하던 과일이 그저 무섭게만 보였다.

 "제가 깎을게요."

 칼질도 잘 할 줄 모르면서 어머니가 깎아주시는 것 받아먹기가 죄송해 칼을 들었는데 어머나, 어쩌다 보니 크고 실하던 황금빛 신고 배 하나가 칼질을 끝내고 나니 강원도 감자만해져 버렸다.

 서영이 자신이 생각해도 하도 황당해서 껍질 벗은 감자만해진 배를 들고 어쩔 줄 몰라 하는데 지후가 드디어 입을 열었다.

 "배 어디 갔어?"

 지후의 말에 서영의 얼굴이 새빨개지는데 며느리 사랑은 시아버지라고 아버님밖에 없었다.

 "요즘은 농약 땜에 껍질을 바짝 깎아야 혀."

 아무리 농약 때문이라 하더라도 너무 두껍게 깎았다.

아버님이 편을 들어주시는 게 좋으면서도 한편으론 못하는 것 투성이라는 걸 들킨 것이 부끄러워 슬그머니 칼을 내려놓자 어머니가 기다렸다는 듯 칼을 받아 깎기 시작했다.

배 한 쪽으로 충분했는데 아버님 어머님이 번갈아가며 서영이 먹는데 복이 꽉 들어찼다고 복스럽다는 말씀을 연방 하시는 통에 요것도 한 쪽 조것도 한 쪽 하다 보니 미련맞게 또 꾸역꾸역. 잔다고 누운 지가 언젠데 속이 부대껴서 견딜 수가 없었다.

명치끝이 꽉 막혀 소통이 전혀 안 되는 것 같고 숨을 쉬는 것도 힘이 들어 속으로 끙끙 앓으며 어떻게든 참아보려 했지만 도저히 어떻게 할 수가 없어 일어나 앉았다.

"왜?"

지후도 따라서 일어났다.

"나 소화제 좀 줄래요?"

"그럴 줄 알았어. 조금만 먹으라니깐."

지후가 얼른 일어나 불을 켰다.

핏기 없이 하얗게 질린 얼굴로 배를 싸쥐고 있는 서영을 안쓰럽게 쳐다보던 지후가 기다리라며 나갔다가 잠깐 후에 난처한 얼굴로 들어왔다.

"약 없네."

"나 토할 것 같아요."

서영이 금방이라도 토할 듯이 헛구역질을 해대자 지후가 얼른 서영을 일으켜 세웠다.

지후의 손에 잡혀 화장실로 들어간 서영은 지후가 문을 잠그고 세면대에 물을 트는 동시에 와라락 토해내기 시작했다.

"더 못 먹겠다 하면 되지 뭐 하러 주는 대로 다 먹어."

서영이 나가라고 손짓을 하는데도 기어이 옆에 붙어 선 지후가 서영의 등을 두드려 주며 딱하다는 듯이 나무랐다.

"안 먹으면 서운해하실까 봐…… 어서 나가요……."

대꾸를 하던 서영이 또 와라락 토해내고 몇 차례 꼭 막혀 있던 것들을 쏟을 만큼 쏟아낸 후에야 하얗게 질려 있던 서영의 피부색이 정상으로 돌아오기 시작했다.

이를 닦아 입 안을 씻어내고 이제 좀 살 것 같다는 얼굴로 화장실을 나오는데 아버님 어머님이 무슨 일인가 하는 얼굴로 앞에 서 계셨다.

"화장실서 둘이 뭣 했다니?"

어머니가 물었다.

"어디 안 좋은겨?"

아버님도 물으셨다.

"아, 아무것도 아니에요."

서영이 손사래를 치며 웃었다.

"뭣이 아무것도 아녀. 뭣 하는 것 같더만."

"별것 아니에요. 서영이 변비가 좀 있어서."

지후가 말했는데 하필 변비는 무슨.

"이잉. 시댁이라고 어려워서 안 나오는 모양이네. 우리 신경 쓰지 말고 맘 푹 놓고 볼일 봐. 똥은 누고 살아야제."

아버님이 말했고 서영과 지후가 황당해서 싱겁게 웃는데 아버님과 방으로 들어가시던 어머니가 지후를 쳐다봤다.

"근디, 넌 안사람 똥 누는 것도 쳐다본다니?"

"예?"

"하여간 요즘 젊은애들은 이상허단게."

"냅둬. 당신더러 보라는 것도 아닌디 뭔 참견이여. 언능 들어와."

고개를 절레절레 젓던 어머님이 아버님 손에 끌려 들어가시고 난 후 지후와 서영도 방으로 들어왔다.

"미치겠다."

서영이 창피해하며 웅크리고 눕자 지후가 낮게 웃음을 터뜨리며 불을 끄고 곁에 누웠다.

"아버님 어머님 왜 여태 안 주무셨을까요?"

"잠귀도 부지런하셔서 그래. 내가 말했잖아, 너무 부지런해도 불편하다고."

"그러니까 토하는 건 뭐 하러 보고 있어요? 밖에서 기다리지."

서영이 툴툴거리며 돌아누웠다.

서영의 곁에 조용히 누워 있던 지후는 서영과의 관계 개선을 위해 어떤 행동을 취해야 할 때가 아닌가 생각했다.

우여곡절 끝에 대전까지 왔고 이렇게 한 방에, 한 이불 속에 나란히 누워 있게 되었는데 이렇게 남처럼 데면데면하게 누워 있어서는 안 될 것 같았다.

그래서 지후가 용기를 내서 서영을 뒤에서 가만히 안으려고 하는데 갑자기 서영이 벌떡 일어났다.

"집에 콜라나 사이다가 있을까요?"

"사이다? 방금 토하고?"

"사이다를 먹으면 좀 내려갈 것 같은데. 슈퍼 문 닫았겠죠?"

"단지 입구에 편의점 있어."

"잠깐 나갔다 올게요."

"이 밤에 혼자 어딜 가? 같이 가."

"혼자 조용히 갔다 올게요. 먼저 자요."

서영이 혼자 가겠다며 극구 말렸지만 절대 혼자 보낼 수 없었기 때문에 지후도 서영을 따라 밖으로 나왔다.

겨울이 닥쳐왔고 열두 시가 넘은 깊은 밤이라 아파트 단지 안은 쥐 죽은 듯이 고요했는데 고요한 밤길을 걷는 기분이 꽤 좋았다. 약간 시릴 정도의 차가운 밤공기도 퍽 상쾌하고.

편의점에서 산 사이다를 단숨에 주욱 들이켜고 나자 정말로 막혔던 것이 쑥 내려간 것처럼 속이 편해지는데 지후가 '우리 놀다 갈까?' 하고 말했다.

"이 시간에 어디서 놀아요?"

"아무 데서든."

"됐어요. 들어가요."

서영이 거절했지만 지후는 억지로 서영을 데리고 단지를 둘러싼 산책로로 이끌었다.

키가 작거나 아주 큰 나무들로 제법 울창하게 조성된 산책로에는 은은한 빛의 백열등이 불을 밝혀 아늑했다.

"기어이 약을 짓게 하면 어떻게 해요. 나중에 우리 갈라서고 나서 뒷감당을 어떻게 하려고."

"당신하고 갈라서지 않아. 그럴 일은 절대 없어."

지후가 우뚝 걸음을 멈추며 말했다.

"내가 어떻게 하면 내 말을 믿어주겠어?"

"그런 얘기…… 하지 않기로 해요. 어쩔 수 없이 여기까지 왔지만 우리 두 사람의 결말이 어떤 것인지 이미 알고 있잖아요."

"아니, 난 당신이 원하는 대로 할 수가 없어. 어떻게 하면 되는지 말해줘."

"어떻게 하기엔…… 너무 늦었어요."

"아니, 늦지 않았어. 제발 한 번만 오해를 풀 기회를 줘."

"진실을 말할 기회는 많았어요. 하지만 당신은 늘 거짓말을 했죠. 난 이제 당신이 어떤 말을 해도 믿지 않을 거예요. 설사 그게 진실이라 하더라도 믿지 않을 거예요."

"서영아……."

"부탁이에요. 더 이상 날 흔들지 말아요. 난 이제야 비로소…… 내가 행복하려면 어떻게 해야 하는지 알았어요. 당신과 함께하는 동안 난 내가 행복한 줄 알았는데 그건 행복하길 바랐던 내 소망에 불과했어요. 사실은 조금도 행복하지 못했던 거죠."

서영이 애원하는 눈길로 지후를 바라봤다.

"나도 행복하게 살고 싶어요. 정말 그러고 싶어요. 그러니까…… 제발 헤어져요. 그렇게 해줘요. 부탁할게요."

서영이 진심으로 말한 후 먼저 걸음을 옮겼다.

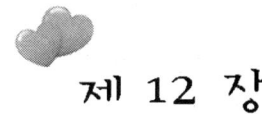

제 12 장

"지후 씨, 지후 씨, 일어나 봐요."

서영의 목소리에 눈을 뜬 지후는 걱정으로 일그러진 얼굴로 자신을 내려다보고 있는 서영을 발견했다.

"왜?"

"큰일났어요."

서영이 작은 목소리로 속삭였다.

"뭐가?"

"잠깐만 나와볼래요?"

서영이 근심이 가득한 얼굴로 부탁했다.

대체 무슨 일인데 서영이 저럴까 싶어 서둘러 주방으로 나온 지후는 식탁 위에 있는 김밥을 보고 깜짝 놀랐다.

시계를 보니 아직 여섯 시도 되지 않았는데 언제 일어나서 이 많은 김밥을 쌌는지 식탁 위에는 서영이 싼 김밥이 한두 말이가 아니었다.
"언제 다 쌌어?"
"싸긴 쌌는데……."
서영이 말끝을 흐렸다.
"아버지 좋아하시겠다."
"그게 아니에요."
"왜?"
"이것 좀 봐요."
서영이 냄비 뚜껑이 덮여 있는 접시를 슬그머니 앞으로 내밀었다.
"뭔데?"
"좀 봐요."
지후가 뚜껑을 들어보자 거기엔 완전히 갈기갈기 흐트러진 김밥들이 한아름이었다. 분명 칼질을 잘 못하는 서영이니 칼질에서 실수를 한 것일 테다.
"내가 썰게. 칼 줘."
"잘못 썬 게 아니에요."
"칼 줘봐."
서영이 지후에게 칼을 건넸고 지후는 정말로 아버지가 몹시 기뻐하시겠다고 생각하며 두툼하게 말아진 김밥 한 줄을 도마에 놓고 칼을 들이대는데 그 순간부터 뭔가 좀 비었다 싶은 생각이 들더니 아니나 다를까, 한 토막씩 썰 때마다 옆구리가 터지며 흐트러지기 시작했다.

옆구리가 터지지 않아도 속에 든 양념들이 알알이 분리되는데 김밥에는 분명 문제가 있었다. 김밥용 김에도 나름대로 문제가 있는 것 같았지만 무엇보다 바로 야무지게 싸지 않았다는 것. 그게 문제였다. 밥과 속이 찰기있게 달라붙도록 힘을 줬어야 하는데 너무 헐렁헐렁 싸는 바람에 지후가 칼질을 한 김밥 두 줄도 모두 해체되어 버렸다.

김밥 두 줄에서 온전하게 건진 것은 딱 다섯 개. 그나마도 언제 흐트러질지 모르게 위태위태했다.

"어떻게 해요?"

서영이 울상인 얼굴로 물었다.

새벽같이 일어나 김밥을 싸면서 서영은 아버님이 기뻐하실 것을 생각하며 조금 들떴었다. 그런데 김밥 세 줄을 썰면서 들떴던 마음은 온데간데없이 절망하고 말았다. 한둘도 아니고 무려 세 줄인데 세 줄 모두 이 모양이니 다른 김밥도 보나마나 똑같을 것 같아 써는 것도 겁이 났다.

어떻게든 혼자 해결을 하고 싶은데 방법은 없고 오죽하면 지후를 깨웠을까. 지후에게 도움을 청하는 것은 정말 싫었는데 지후를 깨우지 않고서는 안 될 상황이 되어버렸다.

"아버님한테 되게 잘 싼다고 했는데 어쩌죠?"

"다시 만들면 되지. 내가 할게."

"밥도 없고 김밥 속도 없어요. 단무지만 두 개 남았어요."

어림잡아 식탁 위에 올려진 김밥이 열다섯 줄은 돼 보이는데 남은 양념이 있을 리 없었다.

"여기 근처에 김밥 집 없어요?"

"김밥 집?"

"아버님 실망하시게 하느니 그걸로 대체할까 해서요."

"이 많은 건 다 어쩌고?"

"그건…… 나도 모르겠어요."

서영이 시무룩한 얼굴로 대꾸하다가 일단 숨겨야겠어요 하며 김밥이 가득 쌓인 쟁반을 들어 올리는데 때마침 아버지가 방에서 나오셨다. 세상에 비밀은 없다더니.

"일어났냐?"

"아, 아버님…… 안녕히 주무셨어요? 일찍 일어나셨네요."

서영이 웃는 것도 아니고 찡그린 것도 아닌 얼굴로 인사하는데 아버님이 쟁반에 놓인 김밥을 보고 반색하셨다.

"아이고, 참말로 쌌냐?"

"네, 그런데 그게요……."

서영이 뭐 마려운 강아지처럼 쩔쩔매며 지후를 쳐다보는데 어머니마저 방에서 나오셨다.

"오메, 이게 다 뭐여? 참말로 쌌다니? 선생님이 잠을 푹 자야 아기가 잘 들어선다고 하셨는디 뭣 하러 잠 안 자고 이걸 쌌다니."

"저기, 그게…… 이거 못 드세요."

서영이 쟁반을 내려놓으며 중얼거렸다.

"왜? 짜다니?"

"아뇨."

"싱거워서? 괜찮여. 김치랑 묵으면 되제."

"것도 아니에요. 그게……."

서영이 난처함에 입술을 깨무는데 지후가 분리된 김밥 그릇을 앞으로 밀었다.

"워메. 왜 이런다니?"

"그게…… 속이 좀 덜 들어가서……."

서영이 모기만한 목소리로 중얼거리는데 아버님이 혀를 찼다.

"써글놈들이 김을 좋은 놈으로다 팔아야제 죄 구멍 뚫린 것을 팔았나 보구먼."

김은 그다지 큰 문제를 일으키진 않았는데…….

"어이구, 맛나네."

아버님이 그새 하나 맛을 보시며 쩝쩝거리셨다.

"맛은 좋단게."

"그러게요."

어머니도 맛을 보셨다.

"맛은 있더라구요."

지후도 슬쩍 거들었다.

"써글놈의 김 때문에 우리 애기가 고생한 보람이 없어졌구만. 어이 숟가락 좀 줘봐라."

아버님의 말씀에 지후가 얼른 숟가락을 가져다드리자 아버님이 김밥을 숟가락으로 떠드시기 시작했다. 김밥을 숟가락으로 드시는 분은 아버님이 유일할 것이고 김밥을 숟가락으로 떠먹도록 싼 사람도 서영이 유일할 것이다.

"도시락에 담아줘."

"이걸 어떻게 도시락에 싸요."

"기양 담어. 숟가락으로 묵으면 되제."

"아버님 그냥 집에서 드시고 점심은 다른 거 드세요. 죄송해요."

"아녀, 이것 싸주어. 두텁게 썰면 덜 터질겨."

"그려, 두텁게 썰면 되겠네."

어머니가 칼을 들고 김밥을 썰기 시작했다. 말씀대로 아주 두텁게. 그래도 터진 것이 생겨나긴 했지만.

"아버님, 그럼 저녁에 스파게티 해드릴까요?"

"스파 뭔티? 고것이 뭐라니?"

"스. 파. 게. 티라고 서양 국수에요."

"이잉. 나 국수 좋아혀."

"그럼 해드릴게요. 그건 진짜 잘하거든요. 깜짝 놀라실 거예요."

서영의 말에 지후가 미소 지었다.

"그려, 깜짝 놀라는 놈을 먹여다고."

"네."

기어이 숟가락으로 먹어야 하는 며느리 서영이 싼 김밥을 도시락 통에 담아 출근하시는 아버님을 배웅하고 아버님 가시는 길에 따라 나가서 바람이나 쐬고 오시겠다는 어머님도 배웅하고 다시 식탁 앞으로 온 서영은 뚱한 얼굴로 원수 같은 김밥을 노려보고 있었다.

"어우, 정말…… 쪽팔려."

서영이 식탁을 치우며 투덜거리는데 지후가 다가왔다.

"맛있다 하셨잖아. 그리고 정말 맛있어."

"정말 잘 싸고 싶었는데. 새벽에 일어나서 얼마나 노력했는데 내가 실수한 거지만 좀 억울하네요."

"노력한 거 알아."

"스파게티는 정말 맛있게 만들 거예요. 생각할수록 속상하네……."

서영이 낯을 찡그리며 김밥을 싸느라 어수선해진 식탁을 치우는데 지후가 한 걸음 다가섰다.

"저, 서영아."

"왜요?"

"입 맞춰도 될까?"

"뭐라구요?"

"괜찮다면 입 맞추고 싶어서."

"안 돼요. 하지 말아요."

서영이 단칼에 거절한 후 설거지거리를 챙겨 싱크대 개수대로 가버렸지만 지후는 포기하지 않고 서영을 따라왔다.

"서영아."

지후가 말했고 서영이 쓸데없는 짓 하지 말라고 나무란 후 물을 트는데 지후가 서영을 뒤에서 껴안았다.

"입술 좀 줘."

"이러지 말아요. 왜 이래요?"

서영이 몸을 비틀며 지후의 품에서 벗어나려 했지만 지후는 더욱 꼭 껴안으며 서영의 얼굴에 입을 맞추기 시작했다.

"입술 줘."

"안 줘요. 안 준다구요."

서영이 강하게 지후의 입술을 거부하며 어떻게 하든 지후의 품에서 도망치려고 하는데 지후가 서영을 돌려 세우고는 커다란 냉장고 문으로 서영을 밀어붙인 후 서영의 얼굴을 두 손으로 감싸 쥐었다.

"입술 한 번만……."

"하지 말라고 했어요. 하지 말아요."

자신의 입술을 향해 내려오는 지후의 입을 손으로 틀어막으며 필사적으로 키스하려는 지후와 결사적으로 막으려는 서영이 촌극을 벌이고 있던 그때였다.

문 열리는 소리가 들리는가 싶더니 도로 쾅하고 닫혔다. 서영이 깜짝 놀라 문소리가 난 쪽으로 고개를 돌리는데 지후가 낮게 욕설을 내뱉더니 '나와라' 하고 말했다.

지후의 말에 다시 삐거덕 문이 열리더니 경찰 도련님이 몹시도 민망한 표정으로 나왔다.

서영이 너무 창피해서 어쩔 줄 몰라 하는데 경찰 도련님 역시 몹시 난감한 목소리로 입을 열었다.

"죄송해요. 화장실 가려다가…… 이런 사태가 벌어진 줄은 모르고……."

"눈치없는 자식."

"죄송해요, 형. 죄송해요, 형수님."

"아뇨…… 아니에요."

서영이 기어들어 가는 목소리로 대꾸하자 경찰 도련님이 다시 한 번 죄송하다고 한 후 화장실로 들어갔다.

"내가 하지 말라고 했잖아요."

서영이 새빨개진 얼굴로 쏘아붙였지만 지후는 아무 말도 없이 웃었다.

서영이 화끈거리는 얼굴을 식히기 위해 손부채질을 하며 개수대로 가서 수세미에 세재를 짜서 막 설거지를 시작하는데 도련님이 화장실에서 나왔다.

"언제 왔냐?"

"두 시쯤에. 왔다는 전화 받았는데 사건이 있어서 들어올 수가 없었어요. 죄송해요, 형수님."

"괜찮아요, 바쁘신데요."

서영이 차마 도련님 얼굴을 보지 못하고 대답했다.

"김밥이네. 먹어도 돼요?"

"숟가락으로 먹어."

지후의 말에 경찰 도련님이 왜? 하고 물었다.

"썰면 분리되거든."

"그럼 안 썰면 되지."

도련님이 그렇게 말하며 김밥 한 줄을 집어 들더니 통째로 뚝 뜯어먹기 시작했다. 굉장히 원시적인 방법이긴 했지만 이렇게 좋은 방법이 있었다니.

"맛있네요."

"형수가 쌌어."

"와, 진짜 맛있네. 맛있어요, 형수님."

몇 번이나 맛있다고 하는데 모른 척할 수가 없어서 서영이 아직도 화끈거리는 얼굴을 돌려 억지로 웃는데 도련님이 다시 한 번 뚝 뜯어먹는 순간 단무지 한가락이 끊어지지 않고 가락째 쑥 빠져 올라왔다.

도련님 입에 물린 채 길게 늘어진 단무지 가락을 서영이 무안한 얼굴로 쳐다보는데 도련님이 단무지를 입에 문 채로 씩 웃었다.

"단무지가 싸가지가 없네."

도련님의 말에 무안해하던 서영이 그만 웃음을 터뜨리자 지후도 따라 웃었다.

"난 두 시간쯤 더 자도 되는데 혹시 지금 당장 나가줬으면 좋겠다면 바로 나갈게."

"아니에요."

"그래."

서영과 지후가 동시에 대답했다. 서영은 아니라고 지후는 그러라고.

"아니에요, 도련님. 더 자요."

"고맙습니다, 형수님. 두 시간만 더 잘게요. 대신에 절대 안 나올게요."

경찰 도련님이 서영에게 짓궂게 씩 웃어 보이고는 형인 지후를 쳐다봤다.

"그런데 형님은 무슨 죄를 졌기에 키스를 구걸해요?"

"시끄러, 자식아."

"아, 진짜 같은 남자로서 쪽팔리네."

"시끄럽다니까. 빨리 들어가."

"그냥 확 해버리면 되지 뭘 그걸 구걸을 하고 그래요? 안 그래요, 형수님?"

도련님이 짓궂게 서영에게 물었고 서영은 아무 말도 못하고 창피해서 금방이라도 불이 붙을 것처럼 달아오른 얼굴을 숨기기 위해 다시 설거지를 시작했다.

한 마디만 더 하면 가만 안 두겠다는 지후의 으름장에 떠밀려 도련님은 방으로 들어갔지만 서영은 여전히 창피해서 견딜 수 없을 지경이었다.

"서영아."

지후가 서영에게 다가오더니 서영의 어깨를 붙잡았다.

"제발 한 마디도 하지 말아줄래요? 창피해서 죽을 것 같거든요?"

서영이 심통난 어조로 말하자 지후가 '미안해'와 '씻을게'라고 말하더니 다짜고짜 서영의 얼굴을 부여잡고는 입을 맞추었다. 그리고는 서영이 항의할 겨를도 없이 화장실로 들어가 버렸다.

"정말 미치겠다."

도련님이 방에 있으니 소리를 지를 수도 없고.

서영은 서둘러 설거지를 끝낸 후 지후가 화장실에서 나오기 전에 스파게티 재료를 사기 위해 집을 나왔다.

낯선 곳이라 슈퍼마켓이 있는 상가가 어느 쪽에 있는지 몰라 지나가는 사람들에게 묻다 보니 단지 안에 있는 상가 마트는 거의 구멍가게 수준이라 물건이 다양하지 못하고 원하는 물건을 사려면 단지 밖에 있는 대형 마트를 이용하는 것이 좋다는 것을 알게 됐다.

단지를 벗어나 이십 분쯤 걸어야 했지만 운동도 하고 원하는 물건을 얻으려면 그 정도 수고쯤은 하는 것이 좋겠다 싶어서 몇 사람에게 묻고 물어 마트를 찾아 장을 보았는데 계산을 끝내고 밖으로 나오니 비가 내리고 있었다.

집을 나설 때부터 하늘이 좀 수상하다 했지만 이렇게 빨리 비가 올 줄은 몰랐었다.

마트 밑에서 미처 우산을 챙기지 못해 갑자기 비를 만나 난처해하는 사람들과 함께 비를 맞으며 걸어갈 것인지, 아니면 비가 그칠지도 모르니 기다려 볼 것인지, 아니면 우산을 하나 살 것인지를 생각하며 하늘을 올려다보는데 눈앞에 커다란 우산 하나가 확 펼쳐졌다.

서영이 조금 놀라며 쳐다보자 지후가 우산을 받쳐 들고 서 있었다.

"같이 나오지 왜 혼자 왔어? 가자."

지후가 서영의 손에 들린 비닐 쇼핑백을 받아 들더니 서영에게 우산을 씌워주며 걸음을 옮기기 시작했다.

"내가 여기 온 걸 어떻게 알았어요?"
"아파트 사람들 대부분이 여기 마트를 이용하거든."
"갑자기 비가 올 줄은 몰랐어요."
"같이 오자고 하지 그랬어."
"그냥 혼자 왔어요."
"갑자기 없어져서 깜짝 놀랐어."
"뭘 놀라요."
"정말 놀랐어."
"우산 씌워줘서 고맙다고 해야 해요?"
"안 할 거잖아."
"고마워요⋯⋯."
서영이 말했고 그건 진심이었다.
갑자기 만난 비라서 사실 좀 막막하던 차였는데 예상치 못하게 지후가 우산을 들고 나타나자 고맙고, 그리고 반가웠다.
건널목에서 파란 신호를 기다리느라 잠깐 서 있는데 지후가 서영의 쪽으로 몸을 돌려 마주 보고 서더니 서영에게 주머니에서 뭘 좀 꺼내달라고 했다.
"뭔데요?"
"손 넣어봐."
서영이 조금 망설이다 지후의 외투 주머니에 손을 넣는데 지후가 그쪽 말고 다른 쪽 하고 말했고 서영이 반대쪽 주머니에 손을 자 손에 뭔가가 잡혔다. 작고 딱딱한 상자 같은 물건이었다.
서영이 주머니에서 꺼내보자 역시 상자였다.

"이거요?"

"열어봐."

지후가 말했고 서영이 상자와 지후를 번갈아 쳐다보다가 상자 뚜껑을 열었을 때 그 안에는 팔찌가 들어 있었다. 나뭇잎 모양의 백금 체인에 투명한 다이아몬드가 스무 개나 박힌. 무척이나 아름다운 팔찌였다.

"이게…… 이걸 왜…… 팔찌잖아요."

"팔찌 아니야. 수갑이야."

지후의 말에 서영이 고개를 들어 지후를 올려다보자 지후가 긴장한 표정으로 서영을 내려다보고 있었다.

"당신은 나한테서 도망 못 가. 내가 놔주지 않을 거니까."

"난……."

"제발 부탁이야. 내 얘기를 들어줘. 한 번만 나한테 해명할 기회를 줘. 내가 해명을 하고 나서 그래도 날 믿지 못하고 떠나겠다면……."

"그러면요?"

"그래도 놔주지 않을 거야."

지후가 긴장 때문인지 어색하게 픽 웃었고 서영은 말없이 지후를 올려다보다가 상자 뚜껑을 덮었다.

빨간불이었던 신호등은 한참 전에 파란불로 바뀌었지만 서영과 지후는 건널목에서 하나의 우산 안에 서 있었다.

"서영아……."

"아주 오래전에…… 지금처럼 당신하고 마주 보고 있었을 때,

난 세상에서 제일 행복했어요. 아마 당신은 기억도 못하겠지만."

서영이 팔찌 상자를 꼭 쥐고 눈가에 슬픈 미소를 머금은 채 나지막이 말했다.

"난 지금 행복해. 당신과 마주 보고 있는 지금이."

지후의 말에 서영이 슬픈 눈을 들어 지후를 쳐다봤다.

"해명할 기회를 줘. 마지막으로. 마지막이야. 세 번씩이나 거절했으니까 마지막으로 한 번만 거절하지 말고 들어줘."

지후가 말했고 가만히 지후를 올려다보던 서영은 천천히 고개를 끄덕였다. 그건 그렇게 어려운 일이 아니니까. 그의 배신으로 몸도 마음도 망가졌고, 그래서 해명할 기회를 달라던 그의 부탁을 세 번씩이나 거절했지만 마지막으로 한 번쯤은 들어보고 싶었다. 설사 그의 해명이 거짓이라 할지라도.

서영은 지후가 방에서 휴대폰으로 통화를 하는 동안 도마를 식탁에 놓고 버섯, 피망, 파프리카, 양파, 토마토 각종 재료들을 깨끗하게 씻어 다듬기 시작했다.

정말 칼질에는 젬병이었다. 종이도 자를 수 있을 만큼 기가 막히게 잘 갈린 칼이건만 양송이버섯 하나 채 써는 데 일 분은 족히 걸리니 더디기 짝이 없었다. 더디기만 한가, 동글동글 양송이버섯이 자꾸 도망치며 바닥에 떨어져 몇 번이나 새로 헹궈내야 했다.

"왜 자꾸 도망가니. 가만히 좀 있지."

서영이 칼질 못하는 자신이 아니라 버섯을 향해 툴툴거리는데 지후가 방에서 나왔다.

"어머님 아침 드시고 드레싱 하셨대."

"아 참, 전화했어야 하는데 깜빡했어요. 아침 식사는 소화 잘 시켰다 하세요?"

"남기지 않고 다 드셨다고 하시네."

"남겼어도 다 드셨다고 하실 분이에요."

"그러시겠지."

"나 김밥 쌌다가 망쳤다는 얘기 했어요?"

"놀라시네. 한 번도 안 해봤다며?"

"딱 한 번 친구 집에서 싸봤었어요. 은수 말이에요. 은수랑 같이 쌀 땐 잘했는데 오늘은…… 애고."

또 바닥에 떨어진 버섯을 다시 주운 서영이 도마에 놓고 썰려는데 지후가 서영을 뒤에서 가만히 감싸 안는 듯하더니 칼자루를 쥐고 있는 서영의 손을 겹쳐 잡았다.

"이렇게 해야지. 버섯을 이렇게 잡고 칼질은 이렇게 하고."

지후가 설명을 하며 버섯을 써는데 서영보다 훨씬 솜씨가 좋았다. 하지만 솜씨가 좋은 것은 둘째 치고 지후에게서 전해져 오는 따뜻한 온기와 그의 살 냄새 때문에 서영은 버섯을 써는 방법에는 집중할 수가 없었다.

"언제 이런 거 해봤어요?"

서영은 버섯은 쳐다보지 않고 곁눈질로 그의 어깨를 바라보며 물었다.

"베트남에서도 혼자 살고 인도에서도 혼자 살았잖아. 삼 년 넘게 밖에 나가 있어서 웬만한 건 다 해."

"정희경 씨하고…… 같이 갔던 거예요?"

서영의 물음에 칼질을 잠깐 멈췄던 지후가 낮게 한숨을 내쉰 후 다시 썰기 시작했고 버섯을 다 썰어준 후 서영에게서 떨어지더니 식탁 맞은편으로 갔다.

"정희경 씨는, 맞아. 예전에 만났던 사람이야."

피망을 반으로 갈라 씨를 빼내던 서영이 멈칫했다.

"그때…… 당신한테 사랑하는 사람이 있다고 말했었던…… 그 사람이야."

칼자루를 쥔 서영의 손에 저절로 힘이 들어가며 칼끝이 지후를 향하자 지후가 조금 놀란 표정으로 칼과 서영을 번갈아 쳐다봤다.

"칼은 내려놓고 말하는 게 좋지 않을까?"

지후의 말에 서영이 칼을 내려놓았다.

"지금 해명 중이에요?"

"아마 그럴 거야."

"그렇군요. 그런데 해명치고는 시작이 좀 그러네요."

"그렇게 됐네."

지후가 싱겁게 조금 웃었다.

"……베트남이랑 인도에 같이 갔었어요?"

서영이 지후를 쳐다보지 않으려고 애쓰며 물었다.

"아니, 절대."

"많이…… 사랑했어요?"

서영이 다시 칼을 들고 피망을 반 토막 낸 다음 씨를 빼낸 후 잘게 썰며 물었다. 아무렇지 않으려고 애쓰며.

"아니."

지후의 대답에 서영은 자신도 모르게 안도의 한숨을 내쉬었다.

지후는 아니라고 대답하길 잘했다고 생각했다. 이런 질문에는 되도록 솔직하지 않은 답이 정답일 수도 있으니까.

"정희경 씨는…… 왜 계속 만났던 거예요? 나한테는 정리했다고 했었잖아요. 나한테 최선을 다하겠다고…… 그랬었잖아요."

서영이 칼을 내려놓고 칼만큼이나 굳은 얼굴로 지후를 바라보며 말했다.

"만나지 않아."

지후가 단정적으로 말했다.

"정일그룹 시애틀 지사 변호인단 중에 한 사람일 뿐이야. 일 때문에 만나는 거야. 그 이상도, 이하도 없어."

"당신은 회사를 위해 일하는 사람은 다 안아줘요?"

"그렇지 않아. 그건……."

"하필이면 왜 정희경 씨였을까요?"

서영이 지후를 쳐다보며 물었다.

"왜 하필이면 당신 옛날 여자였을까요?"

"그러게. 그렇게 됐네."

"……결혼식 전날, 아버님 어머님 혼자 뵙는 게 쑥스러워서 당신한테 도와달라고 했었죠?"

"당신은 나한테 오지 않고 혼자 갔었어."

"그때 당신 사무실에서 정희경 씨하고 같이 나오는 걸 봤어요. 엘리베이터에서 나누었던 대화도 모두 들었고."

"정 변호사가 찾아왔어. 그리고 엘리베이터에서 나누었던 대화는 기억에 없어. 인사 정도였겠지."

"아뇨. 해석이 필요한 대화를 했었어요."

"무슨?"

서영은 망설이다가 그때 두 사람이 나누었던 대화를 그대로 재연해 주었다. 지후의 아버지를 아버님으로 칭한 것부터 시작해 불쑥 찾아와서 싫으냐, 내일이 결혼식이라서 조용히 모른 척해야 하는 건데 실수한 거냐, 서울은 눈치 보이니 시애틀에서는 편하게 보자 했던, 서영은 자신이 들었던 내용을 그대로 말했다. 지후는 잠깐 생각하는 듯한 표정으로 서영을 보더니 입을 열었다.

"그건 설명할 수 있어."

보탤 것도 뺄 것도 없이 정희경은 지후가 사랑했던 여자였다. 대학 졸업반부터 이 년 동안. 서로 결혼하자는 말은 없었지만 지후는 때가 되어서 결혼을 해야 한다면 신부는 당연히 희경이라 생각했다. 그런데 희경은 아니었던 모양이다. 아니, 아마 희경도 자신의 마음을 뒤흔들어 놓은 남자를 만나기 전까지는 남편이 될 사람은 지후라고 생각했을지도 모른다.

희경이 언제부턴가 굉장히 큰 고민거리가 있는 얼굴을 하기 시작했을 때만 하더라도 지후는 희경이 다른 남자와의 결혼 때문에 괴로워한다고는 생각하지 않았다. 그저 집안일이거나 대학 2학년 때부터 준비한 사법고시 공부 때문에 힘들어하는 줄만 알았다.

희경이 로스쿨을 졸업해 미국 법률 회사에서 일하고 있는 재미

교포 3세를 소개 받아 지후 몰래 꾸준히 그 남자를 만나고 있었고 급기야 프러포즈를 받았을 줄은 꿈에도 생각 못했던 것이다.

희경은 이미 자신의 마음에서 내버리기로 작정한 지후에 대한 사랑과 의리, 뭐 그런 따위의 감정들과 이미 50%는 먹고 들어가고 국제변호사라는 대단히 '있어 보이는' 시각적 능력에 매료된 교포 사이에서 한두 달 갈등하다가 지후에게 이별을 통보했다.

"그 사람이 좋아. 그 사람 사랑해."

희경이 그렇게 말했었다. 강지후가 아닌 다른 사람을 사랑한다고. 그리고 아주 솔직하게 그 사람을 사랑한다기보다는 그 사람의 배경이 탐나서 놓치고 싶지 않다고도 말했다. 어쩌면 그 당시 희경이 취한 이별에 대한 깔끔한 태도가 지후를 더욱 빨리 단념하게 만들었을지도 모른다.

희경은 자신을 변심하게 만든 교포 3세에 대해 있는 그대로 설명했다. 그의 집안, 배경, 능력 등등 굳이 지후와 비교하지 않아도 저절로 비교가 되어서 누가 봐도 강지후가 아닌 교포 3세가 남편감으로 횡재수를 잡은 것이다 라고 말해줄 만큼 교포 3세의 휘황찬란한 이력을 명료하게 설명해 주었다.

그리고 그와 결혼하면 미국으로 건너가서 자신이 하고 싶은 일을—희경의 목표는 국제변호사였다—마음껏 할 수 있고 자신의 꿈을 이룰 수 있기에 그를 놓치는 것은 바보 같은 짓이라고도 말했다.

희경의 말이 맞는지도 몰랐다. 희경은 국제변호사가 돼서 전 세계를 누비고 싶은 열망이 있었고, 그래서 악착같이 영어를 공부해 영어 회화에 능통했다. 그런 희경에게 기회가 왔고 희경은 교포 남자가 자신의 열망을 충족시켜 줄 것이라 굳게 믿고 있었다.

지후는 희경의 눈빛에서 그녀를 붙잡을 수 없다는 것을 알아차렸다. 희경의 마음이 태평양을 넘어 교포 놈에게 가버렸다는 것을 알아버린 것이다.

희경을 사랑했는데 그 사랑이라는 것은 믿기 어려울 만큼 순식간에 변질되어 버렸다.

희경으로부터 이별을 통보 받고 난 후 지후는 마지막으로 희경에게 연락하고 만났을 때 딱 한 마디만 물었다.

"마지막으로 확인할게. 정말 내가 아니라 그놈한테 갈 거니?"

"……프러포즈 받아들였어."

희경이 대답했다.

프러포즈를 받아들였다면 더는 말할 필요가 없었다. 다른 남자의 프러포즈를 받아들인 여자라면 지후에게도 더 이상 의미 없는 여자였다. 희경도, 희경에 대한 사랑도 그것으로 끝이었다.

그리고 육 년. 정희경이 다시 나타났다.

엄밀하게 따지자면 지후의 앞에 나타난 것이 아니라 지후의 주변에 나타났다는 표현이 옳을 것이다.

희경은 육 년 사이 국제변호사가 되어 있었고, 그리고 결혼 사 년 만에 이혼했으며 세 살 된 아들이 있었다. 희경은 이혼녀가 되어 혼자 아이를 키우며 국제변호사가 돼서 정일그룹에 나타난 것이다.

희경이 정일그룹을 위해 일한다는 것을 지후가 알게 됐을 때는 이미 희경이 정일그룹을 위해 꽤 중요한 소송을 두 번이나 승리로 이끈 후였다.

정확하게 말하자면 희경 개인이 아니라 미국 시애틀에 있는, 정일그룹 시애틀 지사를 위해 일하는 법률회사가 승리로 이끈 것이지만 희경은 그 법률회사 소속 변호사였고 또 확실한 의사소통을 위해 영어에도 능하고 한국어에도 능하고 법률적인 용어에도 능했기에 소송에 깊이 관여하며 아주 중요한 역할을 수행했다.

시애틀뿐 아니라 세계 여기저기에 지사나 공장을 갖고 있는 정일그룹이었기에 크고 작은 소송들을 대비해 잘 처리할 수 있도록 현지에서 가장 실력이 좋은 법률회사와 손을 잡아야 했다.

희경이 정일그룹 시애틀 지사를 위해 일을 하게 된 경로도 그런 식이었다. 소송에서 질 경우 회사 이미지에 꽤 큰 타격을 받을 수 있는 사건이 있었고, 그 소송을 승리로 이끄는 일에 희경이 상당히 큰 역할을 한 것이다. 한 번도 아니고 두 번씩이나.

그 일을 계기로 희경은 자신이 소속된 법률회사에서 정일그룹과 관련된 일을 전담하게 됐고 지후가 시애틀 지사로 가기 전의 전임 사장이나 지사의 중역들과도 친분이 두터웠으며 자연스럽게 서영의 아버지와도 알게 됐다.

지후가 희경을 다시 만난 것은 서영과의 결혼식을 사흘 앞둔 날이었다. 희경은 개인적인 일로 서울을 방문하면서 시애틀 법률회사 수장의 안부편지를 직접 전달한다는 명목으로 정일그룹 사주인 윤 회장과 면담을 가졌고, 윤 회장이 곧 시애틀 지사장으로 부임할 지후에게 희경을 소개하면서 만나게 된 것이다.

새로운 시애틀 지사장일 뿐만 아니라 윤 회장의 사위가 될 지후를 맞닥뜨렸을 때의 희경의 표정은 보고 있기 안쓰러울 정도였다. 지후와 제대로 눈을 마주치지 못하는 것은 물론이고 하얗게 질린 얼굴을 하고 있었다. 지후 역시 놀라긴 했지만 놀란 것 그 이상도 이하도 아니었다.

간단하게 인사는 나누고 시애틀에서 다시 만나자고 한 후 지후는 윤 회장의 방을 나왔고 시애틀로 가기 전에는 희경을 다시 만날 일이 없을 것이라 생각했는데 결혼식 하루 전날 희경이 지후를 찾아왔다.

"그날, 너무 놀라 제대로 인사를 못한 것 같아서. 만나줘서 고마워."

희경이 지후에게 말했다. 긴장됐지만 꽤 친근한 미소를 머금고. 앉으시죠 하고 지후가 사무적으로 말했을 때 희경의 얼굴에 담겨 있던 미소는 즉시 사라졌지만 말이다.

"이렇게 만날 줄은 몰랐어요."

지후의 냉랭한 태도에 적잖게 당황했는지 희경이 한참 만에 존댓말로 말했고 지후는 '그러네요' 하고 대꾸했다.

"시애틀로 오시면 자주 뵈어야 할 텐데 아무래도 한 번은 더 뵙는 게…… 나중에 껄끄럽지 않을 것 같아서요."

"껄끄러울 것이 있습니까? 어차피 일 때문에 만날 텐데요."

"……그런가요?"

희경의 얼굴은 당혹감으로 붉게 물들기 시작했다.

"결혼…… 하신다구요?"

"예."

"윤 회장님 따님이시라고 하던데."
"맞습니다."
"결혼식이 언제예요?"
"내일입니다."
"아, 아…… 그렇군요."
희경은 앞에 놓인 커피 잔을 들어 올려 한 모금 마셨고 지후는 물끄러미 희경을 바라보고 있었다.
"내가 찾아온 게 불편하시다면……."
"괜찮습니다."
"십 분만…… 편하게 얘기할 수 없을까?"
희경이 불안한 표정으로 지후를 쳐다봤다.
"숨이…… 막힐 것 같아서. 후…… 이런 긴장감, 한밤중에 형사들이 총 들고 우리 집에 쳐들어왔을 때 이후론 처음이네."
희경이 한숨을 푸욱 내쉬었다.
"남편이…… 회사 돈으로 도박을 해서…… 횡령이지. 한밤중에 형사들이 쳐들어왔었거든."
먼 타국에서 당한 일, 듣기만 해도 떨리는데 당사자인 희경은 얼마나 공포에 떨었을까. 삼 년 사귄 남자를 매몰차게 걷어차 버리게 만들었을 만큼 두루두루 매력적이었던 교포 3세는 결국 빛 좋은 개살구에 지나지 않았던 것이다.
"그래, 앉자."
"고마워."
희경이 약간 일그러진 미소를 지어 보였다.

"나…… 많이 미워졌지?"

미워졌다기보다는 예전과 많이 달라진 것 같았다. 뭐랄까, 육 년 전보다는 나이가 들어 보인다고 할까? 썩 밝아 보이는 표정도 아니고, 그렇다고 해서 아주 찌든 것도 아니지만 육 년 전엔 지후의 눈에 예뻐 보였던 그 모습은 아니었다. 마음이 변해 버렸거나 이미 잊혀진 사람이기 때문에 달라 보이는 것인지도 모르지만 하여튼 희경은 이제 예쁜 사람은 아니었다.

"지후 씬 좋아 보이네."

"고마워."

"나…… 이혼했어."

"그랬구나."

희경이 이혼했다고 해서 고소하거나 혹은 안쓰럽거나 하진 않았다. 그냥 있는 그대로 받아들였다. 이혼했구나 그 정도로.

"……통쾌하지?"

"왜?"

"다른 남자 쫓아갔다가 꼴 우스워졌잖아."

"갈라설 만하니 갈라섰겠지."

"벌 받은 것 같아. 지후 씨 마음 아프게 해서 벌 받은 것 같아."

"설마."

희경이 비통함이 배어나오는 미소를 지었다.

"아들 하나 있어, 나."

"그래?"

"내가 키워."

"……."
"세 살이야."
"귀엽겠네."
지후의 말에 희경이 '응' 하고 대답하며 쓸쓸하게 웃었다.
"예쁘고, 좋은 사람이겠지? 지후 씨 신부님."
"응. 몹시."
지후의 대답에 희경의 미간에 아주 잠깐 동안 아픈 주름이 잡혔다가 사라졌다.
"많이…… 사랑해?"
"목숨 걸고."
지후는 즉시 대답했다. 서영을 가슴에 담은 이상 목숨 걸고 사랑하는 것은 당연했기에.
"그렇겠지…… 항상 최선을 다하는 사람이니까."
희경의 목소리에 한숨이 배어 있었다.
"시애틀로는 언제 와?"
"글쎄, 아직 정확한 일정은 안 나왔어."
"그렇구나…… 저, 지후 씨……."
"오 분 뒤에 회의야."
"어, 알았어. 그만 갈게."
희경은 얼른 자리에서 일어나 지후의 사무실을 나섰다.
지후는 말없이 희경을 따라 나와 엘리베이터까지 배웅했다. 엘리베이터 버튼을 누른 희경이 지후를 돌아봤다.
"아버님은 좀 어떠셔?"

"괜찮으셔."

지후가 담백한 어조로 대답했다.

"내가 불쑥 찾아와서 싫지? 조용히 모른 척해야 하는 건데. 내일 결혼이라 바쁠 텐데…… 나 실수한 거야?"

"조금 당황하긴 했어."

"나, 여기서 실수한 거 없지?"

"실수는 무슨."

"다행이다. 그럼 시애틀에서 만나."

"그래."

"시애틀에서는…… 좀 편하게 봤으면 좋겠어. 여긴 괜히 눈치 보이네. 시애틀에서 만나."

희경이 어색하게 웃으며 말했고 지후는 대답 없이 엘리베이터 위 벽면에 설치된 액정 화면에서 위를 향해 올라오고 있는 화살표 표시를 바라보고 있다가 손목시계로 시간을 확인한 후 '잘 가' 하고 인사 후 돌아섰다.

"그게 다야. 그런데 솔직히 말하면 당신이 말해줬으니 어렴풋이 기억나는 거지, 난 전혀 기억도 못하고 있었어."

지후의 설명을 듣고 보니 엘리베이터 사건의 오해는 어느 정도 풀리는 것 같았다. 하지만 한 가지 가장 크고 중요한 문제가 남아 있었다.

"시애틀의 그 카페에서도 만났잖아요. 손도 잡고 정 변호사를 안아주기까지 했어요. 대낮에 회사 앞에서 그렇게 사람이 많은데도 개의치 않고. 그건 어떻게 설명할래요?"

희경을 다시 만난 것은 시애틀에서였다. 지후가 새로운 시애틀 지사장으로 부임하고 나흘째 되던 날이었는데 회사 중역들과 함께 점심을 먹고 회사로 들어가던 길에 정일그룹 지사에서 볼일을 끝내고 자신의 법률회사로 돌아가던 희경과 빌딩 입구에서 마주친 것이다.
"안녕하세요, 강 사장님."
희경이 깍듯하게 인사했다.
"안녕하십니까."
"오셨다는 얘기는 들었는데 아직 인사를 못 드렸네요. 조만간에 정식으로 인사를 드리겠습니다."
"인사부 쪽에서 약간의 문제가 생겼다는 얘기가 들리던데 그 문제로 온 겁니까?"
"네. 소송까지 가지 않고 끝낼 수 있을 것 같습니다."
"잘됐군요. 점심시간이 많이 지났는데 식사했습니까?"
"샌드위치로 끝내려고요. 건너편 카페에서 파는 샌드위치가 꽤 먹을 만하거든요. 사주실래요?"
"좋아요, 갑시다."
지후는 희경의 부탁을 거절하지 않았다. 그건, 희경과 얘기가 하고 싶어서거나 지친 기색이 역력한 희경의 모습에서 연민이 느껴져서가 아니라 회사를 위해 일하는 사람인데 고작 샌드위치 하나로 옹색한 남자가 되고 싶지 않았기 때문이다.

지후는 희경과 빌딩 건너편에 있는 카페로 갔고 희경이 원하는 대로 빅 사이즈 샌드위치 하나와 커피를 주문해 주었다.

"이제 좀 살 것 같네요."

빅 사이즈 샌드위치를 단숨에 먹어치운 희경이 피부색이 정상으로 돌아온 얼굴로 말했다.

"정말 배고팠거든요."

"점심시간 전이나 후에 만나지 그랬습니까?"

"서로 다른 일정이 있어서 시간을 조정할 수가 없는 상황이었어요."

"그랬군요."

"저…… 여쭤볼 게 있는데요, 사장님…… 인사부장님께도 부탁을 드려놓았는데…… 정일그룹 직원 자녀들을 위한 유치원 말이에요…… 제 아이가 들어갈 순 없을까요? 물론 정일그룹 직원이 아니라서 불가능하다는 건 알지만 상황이…… 좀 곤란해서요."

지후는 잠깐 동안 대답 없이 희경의 얼굴을 쳐다보다가 알았다고 대답했다. 희경이 지후에게까지 부탁했을 때에는 그렇게라도 하지 않으면 몹시도 곤란한 상황일 것이란 생각이 들었기 때문이다. 더는 어찌할 수 없는 상황에까지 몰리지 않았더라면 희경은 자존심까지 구겨가며 부탁하지는 않았을 것이다.

"고맙습니다. 부끄럽지만 베이비시터가 보수를 더 올려달라는데 그럴 사정이 못 돼서…… 오늘 당장 유치원이 끝나면 데리러 갈 사람도 없고…… 무척 곤란한 상황이거든요."

"유치원에 말을 해둘 테니 그렇게 해요."

지후의 말에 희경의 눈시울이 붉어지기 시작했다.

한참 동안 어금니를 꽉 다문 채 샌드위치 부스러기가 떨어진 티슈를 노려보고 있었는데 아마도 쏟아지려는 눈물을 필사적으로 참고 있는 듯했다.

"다른 걱정 있는 겁니까?"

"아닙니다. 너무 감사해서요."

곧 울음을 터뜨릴 것처럼 희경의 목소리가 흔들렸다.

"정 변호사……."

"고마워. 고마워, 지후 씨. 정말 고마워."

희경이 가까스로 눈물을 참으며 말했다.

"지후 씨한텐 아쉬운 소리 하기 싫었는데…… 참 자식이 뭔지…… 하게 되네. 고마워. 진심으로."

"괜찮아. 회사를 위해 일하는 사람이니까 자격 있어."

"다신 곤란한 부탁 안 할게……."

"곤란한 부탁 아니었어."

"휴…… 무지 민망하네. 창피하고."

희경이 무안한 미소를 지었다.

"양육비 안 받니?"

"……교도소에 있어."

"결혼 생활 중에 저축해 둔 거나 위자료 받은 거 없어?"

"모두 차압당하고, 압수당하고, 몰수당하고 그랬지 뭐. 횡령이잖아."

참 기가 막혔다.

"안쓰럽게 보지 말아줘. 죽고 싶을 것 같아."
"그렇게 안 봐. 걱정 마."
"고마워…… 고마워, 지후 씨."
희경이 정말 고마운 얼굴로 지후를 바라봤다.
"유치원도 고맙고, 샌드위치도 고마워."
희경의 눈시울이 다시 붉어졌다.
"휴…… 베이비시터 구하는 게 너무 어려웠거든. 며칠 유치원에 늦게 찾으러 갔다가 싫은 소리도 듣고. 그것보다 애가 자꾸 우니까…… 일을 안 하면 안 되는데 일하지 말라고 자꾸 울어서…… 남편 그렇게 되고 집도 뺏기고 옷가지 몇 개만 들고 내쫓겨서는 한동안 가까운 사람 집 며칠씩 전전하면서 지냈는데…… 가까운 사람도 거의 없었어. 가깝다 해봤자 인사 나누고 저녁 식사 몇 번 한 정도지 뭐. 한국이 아니라 미국이니까 그동안 친구를 사귈 겨를도 없었고. 나중엔 하룻밤씩 묵는 것도 눈치가 보여서 시에서 제공하는 시설에도 들어가고…… 자리 잡기 전까지 그런 생활이 계속돼서 그때 애가 조금 놀랐는지 요즘도 떨어지려고 하질 않아. 속이 많이 탔었는데 이제 한시름 놓이니 맥이 풀리네."
희경이 눈시울이 붉어진 채 억지로 웃었다.
"한국으로 가지 그랬어?"
"가고 싶어도 갈 수 없는 복잡한 사정이 있었어. 전남편 사건 때문에 나도 수시로 불려가야 했고 혹시 내가 횡령한 돈을 빼돌려서 숨길까 봐 출국 금지를 시키더라고."
"시댁은?"

"도와줄 수 없다고 잘라 말하고. 참…… 웃기지?"

희경이 창피한 미소를 흘렸다.

"기운 내라. 지치지 말고 이겨내."

"응, 그럴 거야. 최선을 다해서 살아보려고. 낳았으니까…… 책임을 져야지."

"그래, 그렇게 해."

지후가 미소 짓자 희경도 미소 지었다.

"역시…… 고향 친구가 좋네. 고마워. 은혜 잊지 않을게."

"은혜는 무슨."

샌드위치 값을 계산하고 카페를 나와 작별인사를 하고 돌아서려는데 희경이 금방이라도 눈물을 떨어뜨릴 듯한 눈으로 지후를 바라보며 말했다.

"기가 막히겠지만…… 나 한 번만 안아줄래?"

"정 변호사……."

"다른 뜻 없어. 그냥 친구로. 지후 씨가 아니라 다른 친구였더라도 부탁했을 거야. 너무 힘들고 외로워서…… 포기하고 싶은데 누가 어느 누구라도 기운 내라고 잘될 거라고 말해주면 살 수 있을 것 같아서……."

희경이 끝내 눈물을 떨구었고 지후는 가만히 희경을 안아주었다. 단지 자신의 일을 도와주는 사람을 위로하는 동료의 마음이었다.

"기운 내. 잘될 거야. 할 수 있어. 이겨낼 수 있어."

"그래, 고마워. 기운 낼게."

희경이 곧 떨어졌다.

"고마워."

희경이 눈물로 얼룩진 얼굴로 환하게 웃었다.

"결혼 축하해. 지후 씨 신부님하고 더없이, 한없이 행복하라고 기도할게. 나 이혼하고 교회 다니거든."

희경이 픽 하고 웃으며 말했고 지후도 웃었다.

"그래, 고맙다."

두 사람은 샌드위치를 파는 카페 앞에서 밝게 웃으며 헤어졌고 그 후로 지후와 희경은 철저하게 공적인 일로 만났을 뿐 잠깐이라도 개인적으로 만나 대화를 나누거나 차를 마신 적도 없었다.

일부러 피했거나 각자 너무 바빠 따로 만날 시간이 없어서라기보다는 서영이 페어뱅크스로 떠나 버리고 난 후 극심한 외로움에 빠져 업무 시간 외에는 집에 틀어박혀 혼자 외로움과 서운함을 곱씹었기 때문이다.

"한 번 안아달라는 친구의 부탁을 들어준 것 때문에 용서를 구하라면 구할게. 무릎을 꿇으라면 그렇게 할게. 미안해. 잘못했어."

지후가 말했고 서영은 아무 말도 없이 자신이 썰어둔 조각난 피망을 내려다보고 있었다.

"서영아……."

지후가 미안함에 서영의 이름을 부르는데 서영이 천천히 고개를 저었다.

"아니, 잘했어요. 잘한 거예요."

서영이 가라앉은 목소리로 말한 후 물기가 묻어나오는 한숨을 내쉬었다.

"초등학교 때 피아노 대회에 나간 적이 있는데 대기실에서 순서를 기다리면서 얼마나 떨었는지 몰라요. 너무너무 긴장했거든요. 그때 내 다음 순서였던 아이의 엄마가 그 아이를 끌어안고 잘할 수 있다며 긴장하지 말라고 달래주는데 그때 그런 생각을 했었어요. 저 아줌마가 나도 좀 안아주면 좋겠다고……."

아주 오래전 기억이 떠오르자 서영의 눈에 눈물이 고였다.

"나한테도 잘할 수 있으니까 걱정하지 말라는 말 좀 해줬으면 좋겠다고…… 그땐 새 엄마가 없었거든요. 할머니하고 아버지가 내 손을 붙잡고 잘할 수 있다고 말하는데도 난 그 애가 부럽더라구요. 정희경 씨 마음을 이해할 수 있을 것 같아요. 아마도 나보다 훨씬 절박했겠죠."

서영이 눈가에 눈물을 매단 채 지후를 쳐다봤다.

"하지만…… 하지만 두 번은 안 돼요."

서영이 말했고 순간 지후는 가슴속이 환하게 밝아지는 것을 느끼며 서영을 바라봤다.

두 번은 안 된다는 서영의 말은 분명히 밝은 미래를 기약할 수 있는 긍정적인 말이었기 때문이다.

"나 용서해 주는 거야?"

"……."

"서영아……."

"배신당한 줄 알았어요."

서영이 가늘게 떨리는 목소리로 말했다.

"당신이 날 버리고 나 몰래 정희경 씨하고 바람을 피우는 줄 알았어요. 당신이 그랬잖아요. 내가 좋아서가 아니라 우리 아버지 사위가 되고 싶어서 결혼하는 거라고. 그래서 난……."

"그건 당신이 결혼 거절해 달라고 해서…… 화가 나서 한 말이었어."

"전혀 화난 사람 같지 않았어요. 당신은 너무 여유로웠잖아요."

"아니야. 화나고 두려웠어."

"두려웠다구요? 지후 씨가 날 두려워했다구요?"

"응. 아주 많이."

지후의 말에 서영이 믿지 못하겠다는 고개를 저었다.

"내가 당신 말을 믿어도 될까요?"

"믿어줘. 당신이 삼자대면을 원한다면 그렇게 해줄게."

지후가 조금도 거리낄 것이 없다는 얼굴로 말했다.

"진작 물어봤더라면…… 시간이 너무 아까워서…… 제일 재밌었을 시간인데……."

서영이 후회 가득한 얼굴로 안타깝게 말하자 지후가 서영에게 다가와 그녀를 가만히 껴안았다.

"내가 미안해. 미리 말했더라면…… 당신을 오해하게 만들었어."

"정말 지나간 거죠? 나하고 결혼하고 나서……."

"아무것도 없어. 아무것도. 한 가지도 없어."

지후가 진심으로 말했고 서영은 너무도 어리석게 아까운 시간을 흘려보낸 것에 대한 후회로 한숨을 푹 내쉬었다.
"속이 상해 죽을 것 같아요……."
서영이 지후의 가슴에 얼굴을 묻은 채 울먹이자 지후는 서영의 등을 천천히 쓰다듬기 시작했다.
"미안해. 당신 마음 아프게 해서 정말 미안해."
지후가 서영의 얼굴을 들어 올리자 서영의 눈에서 굵고 맑은 눈물이 방울방울 흘러내리고 있었다.
"미안해, 내가 잘못했어."
지후가 서영의 눈물을 닦아주며 가슴 아프게 속삭였다.
"정말 최선을 다할게. 최선을 다해서 잘해줄게."
"어떻게 최선을 다할 건데요?"
서영이 흐느끼며 속삭였다.
"하라는 대로 다 할 거야. 죽으라면 죽을게. 울지 마. 가슴 아파 미치겠어. 울지 마, 서영아."
지후가 고통스럽게 흐느끼는 서영을 꼭 껴안았다.
"앞으로 의심스러운 거 있으면 속에 넣고 있지 말고 말해. 나도 그럴게."
지후의 말에 서영은 목이 메어 아무 말도 못한 채 고개를 끄덕였다.
"울지 마. 과거에 있었던 일도 사과를 하라고 한다면…… 할게. 기꺼이. 그러니까 울지 마, 서영아."
"해줘요. 내가 처음이 아니라 다른 여자를 거쳐 왔다는 것에 대해서 사과해 줘요. 난 아무도 거치지 않고 당신이 처음이란 말이에요."

"미안해, 잘못했어. 아주 많이 잘못했어. 나 죽일 놈이야."

지후가 즉시 진심을 다해 사과했다.

"나…… 용서해 줄 거지?"

"그건…… 내 수갑 언제 채워줄 거예요?"

서영이 온통 눈물로 얼룩진 얼굴을 들어 지후를 올려다보며 말했고 지후는 가슴이 벅차서 터져 버릴 것 같은 기분으로 서영을 내려다보다가 서영을 꽉 끌어안은 후 속삭였다.

"고마워……."

한 시간 후 서영은 손목에 다이아몬드로 만든 수갑을 찬 채 스파게티 소스를 만들고 있었다. 서영이 손목을 움직일 때마다 다이아몬드가 반짝이며 빛을 발했고 서영은 몇 번이나 팔찌를 매만지며 미소 지었다.

"마음에 들어?"

제발 거실에 가서 앉아 있으라는 대도 말을 듣지 않고 서영의 곁에 꼭 붙어 서 있던 지후가 물었다.

"마음에 들어요."

"얼마만큼?"

"많이. 아주 많이요."

서영이 미소 짓자 지후도 미소 지었다.

"언제 샀어요?"

"당신이 다시 페어뱅크스로 가버렸던 그날 점심시간 때."

지후의 말에 서영이 미안한 듯 미소 지었다.

"아참, 한 가지 빠뜨린 게 있는데."

"뭐?"

"시애틀에서 그 늦은 밤에 정 변호사가 당신한테 계속 문자를 보냈던 이유는 뭐예요? 그때…… 당신이 씻는 동안에 문자가 도착했고 난…… 그러면 안 되는 줄 알면서도 계속 문자가 도착하는 소리가 들리니까 급한 줄 알고 열어봤다가 정 변호사라는 걸 알게 됐어요. 정 변호사는 그날 당신에게 계속 전화를 했고 당신은 계속 받지 않았고 자정이 넘어서도 정 변호사는 계속 문자를 보내며 늦어도 상관없으니 전화해 달라고 사정했어요."

"그때 그 문자를 보고 사실은 그 즉시 전화를 했어야 했어."

지후의 대답에 서영의 미간에 잔주름이 잡혔다.

"왜요?"

"그때 회사에서는 어떤 문제 때문에 소송이 진행 중이었고 정 변호사는 상대방 변호인들과 원만하게 합의를 보기 위해 노력하면서도 한편으로는 우리에게 유리한 증거를 찾기 위해서 최선을 다하고 있었어. 내가 정 변호사의 전화를 받지 못한 건 회의 중이나 혹은 시찰 중일 때였기 때문에 받지 못한 거였는데, 정 변호사는 더 이상 소송을 진행할 이유가 없을 정도로 우리에게 유리한 증거를 찾아냈던 거야. 상황이 급반전된 만큼 우리가 취해야 하는 행동도 달라져야 했기 때문에 세부적인 행동 지침을 다시 만들거나 역으로 우리 쪽에서 다시 소송을 걸어 피해 보상을 받아내야 하는 상황이었어. 정 변호사는 상대방 변호인단으로부터 소송까지 가지 말고 피해 보상금을 합의 보는 선에서 끝내자는 제안을 받아둔 상태에서 나에게 결정을 지어달라는 전화를 걸었던 거야. 그 모든 일의 결정권자는 나였으니까. 그런데 난, 오너로서 큰 실수를 했어. 집안 문제와 회사 문제를 어떤 일이 있어도 구분 지었어야 했는데 난, 페어뱅크스에서 당신을 시애틀로 데려오고 다시는 페어뱅크스로 돌아가지 못하게 만들어야 한다는 생각에 집착한 나머지 그 큰일은 뒷전으로 미뤄두고 당신하고 보낼 시간에 대해서만 생각을 했던 거야. 다음날에야 내가 큰 실수를 했으며 오너로서 자질이 부족하다는 것을 깨달았지만 그날 밤 난, 당신이 있는 곳에서든 당신의 눈을 피해서든 정 변호사와 개인적으로든 회사 일로든 통화하는 것은 좋지 않다고 판단했고 그래서 휴대폰을 껐던 거야."

"그럼 날 배려했던 거예요?"

"그냥 그런 생각이 들었어. 그날은 늦게 퇴근했기 때문에 당신이 날 기다리느라 화가 났을지도 모른다고 생각했고 그래서 집에 돌아오는 내내 초조했어. 내가 일을 핑계로 당신에게 소홀하다고 오해할까 봐 그래서 당신이 화가 나서 차가운 얼굴로 날 본척만척 할까 봐 초조했었어."

"……회사 일 때문에 늦게 온다고 화내고 그러지 않아요. 난 그렇게 속 좁지 않아요. 어머닌 아버지와 결혼하시고 평생을 그러셨는걸요. 좀 지루하긴 했지만 화가 나진 않았어요."

"난…… 당신이 무서웠거든."

지후의 말에 서영은 픽 웃고 말았다.

"그럼 그 일은 어떻게 됐어요? 당신이 문자를 받고도 전화를 해주지 않아서 일이 잘못된 거예요?"

서영이 걱정스럽게 물었다.

"그건 아니야. 오히려 내가 빨리 결정을 내려주지 않고 시간을 끄니까 상대 쪽에서 몸이 달아 피해 보상금이 조금 더 올라가게 됐어."

"잘된 거네요?"

"덕분에."

지후의 대꾸에 서영이 웃자 지후도 웃었다.

"그럼 다음날 공항에 가던 도중에 통화했을 때 공항으로 못나오게 됐다던 일이 바로 그 일 때문이었어요?"

"맞아."

"내가 공항에서 회사로 찾아갔을 때는 정 변호사와 마무리 협상 중이었구요?"

"정 변호사가 상대 쪽에서 마지막으로 제시한 보상금 금액을 들고 내 방으로 왔고, 그 정도 금액이면 충분하다고 판단해 상대방 변호인단이 기다리는 회의실로 함께 올라가려고 사무실에서 나오다 당신과 마주친 거야."

"공항에서 엄마가 마음을 열고 당신과 잘 지내라고 해서…… 큰 결심을 하고 당신을 찾아갔던 거예요. 정희경 씨 존재에 대해 확실하게 설명을 듣기 위해서. 당신이 정희경 씨와 깊은 관계가 아니라면 더 이상 의심하지 않고 깨끗하게 마음 정리하고 당신과 잘 지내고 싶어서요. 그런데 정희경 씨가 회사 직원이라는 소리를 들으니까…… 갑자기 머리 속이 하얘지는데…… 죽어버리고 싶더라구요. 남편의 여자가 회사에서 일하고 있었다는 것도 너무 충격이고…… 남편을 다른 여자와 나눠 가져야 한다는 것도 화가 나고 남편에게 사랑을 못 받고 있다는 사실이 너무 비참해서…… 정말 죽고 싶었어요."

서영이 그때를 생각하자 또다시 가슴이 아팠다.

"나, 시애틀에서 혼자 지내는 동안 외로워서 미칠 것 같았어."

지후의 말에 서영이 미안한 듯 바라보자 지후는 일부러 더 외로운 표정을 지어 보였다.

"연기가 꽤 늘었네요."

서영이 기다란 주걱으로 소수를 휘저으며 말했다.

"연기 아니야."

지후가 무안함을 감추기 위해 발끈하며 대꾸했다.

지후의 표정에 픽 웃던 서영이 낮게 한숨을 내쉬었다.

"나도 외로웠어요."

"거짓말. 당신은 신나게 살았잖아."

지후가 일부로 심술난 목소리로 말했다.

"아니에요. 일부러 신난 척한 거예요."

"페어뱅크스로 돌아가고 아무것도 안 먹었어? 얼마나 놀랐는지 몰라. 마치 미라를 보는 기분이었어."

지후의 말에 서영이 깜짝 놀라며 자신의 얼굴을 더듬었다.

"나 그렇게 추하고 무섭게 보여요?"

"아니, 너무 말라서 안타까워서 하는 말이야."

"밥이 넘어가야 먹죠."

서영이 눈을 흘겼다.

"당신이 날 버리면 나도 말라죽을 거야."

지후의 말에 서영이 다시 눈을 흘기며 픽 웃었다.

"갑자기 왜 이렇게 약한 척이에요? 안 어울리게."

"버림받을까 봐 발버둥치는 거야."

지후가 대답했고 서영은 웃음을 터뜨리고 말았다.

"앞으론 절대 집 나가지 마. 화난다고 또 집 나가면 정말 나도 끝이야."

지후가 으름장을 놓았다.

"내가 언제 집을 나갔다고 그래요? 별거한 거지."

"집 나간 거야. 집 나가서 칠 개월이나 떠돌다 온 여자를 받아주는 남자가 나 말고 또 있는 줄 알아?"

지후의 말에 서영이 너무 어이가 없어 웃고 말았다.

"빨리 맹세해! 나가지 않을 거라고."

"알았어요. 안 나가요. 나도 힘들었단 말이에요. 결혼한 여자가 혼자 사는 게 얼마나 힘든 줄 알아요?"

"결혼한 남자가 혼자 사는 건 쉬운 줄 알아?"

"그래도 남자는 여자보다는 덜 무섭잖아요. 외로움 때문에도 무서워 죽겠는데 난 낮에도 밤에도 무서웠다구요. 도둑이 들까 강도가 들까."

서영의 말에 지후가 일부러 무서운 얼굴로 서영을 내려다봤다.

"나 모르게 감쪽같이 남자를 집으로 끌어들인 건 아닐 테지?"

"말도 안 돼. 난 그런 여자 아니에요. 날 어떻게 보고!"
서영이 발끈해서 쏘아붙였다.
"그거야 내가 안 봤으니 모르지."
"당신이나 조심해요. 나 없을 땐 바람피운 흔적만 나와봐요."
"하늘에 맹세코 그런 적 없어."
"그거야말로 안 봤으니 모르죠."

서영이 받아치는데 방에 있는 휴대폰이 울리자 지후가 전화를 받기 위해 방으로 들어간 사이 서영은 완성된 스파게티 소스의 맛을 본 후 만족스러운 미소를 지으며 가스레인지의 불을 껐다.

"감쪽같이 남자를 끌어들인 건 아니냐고? 진짜 말도 안 돼. 결혼한 여자가 인적이 드문 몸을 지켜내는 게 얼마나 힘든 일인지 알지도 못하면서."

서영이 소스가 식는 동안에 개수대에 있는 몇 개의 그릇을 닦으며 중얼거렸다.

"결혼을 했는데, 유부녀인데 남편도 없이 혼자 살면서 마치 처녀처럼 인적 없는 몸으로 지내는 게 쉬운 줄 아나? 결혼식장에서 부부선언을 한 순간부터 문이 열렸는데 정작 왕래가 없으니 문만 열어놓으면 뭐 해 드나드는 사람이 있어야 할 것 아니야. 그렇게 힘든데도 불구하고 난 아무도 찾지 않는 바람 부는 언덕 같은 몸을 지켜냈는데. 뭐 어째? 남자를 끌어들여?"

"당신이 말하는 그 문은 혹시 당신 몸에 붙은 문을 말하는 건가? 저기 아래쪽에?"

갑자기 지후의 목소리가 들려 돌아보자 지후가 음흉한 미소를 지은 채 서영을 바라보고 있었다.

서영이 빨개지기 시작한 얼굴을 감추고는 더 헹굴 필요도 없는 그릇을 계속 헹구는데 지후가 다가오더니 서영의 허리를 끌어안았다.

"그러니까 그 말은 야동이 필요하다는 뜻이지?"

지후가 은밀한 목소리로 물었고 서영의 얼굴은 토마토처럼 빨개져 버렸다.

"그런 거 아니에요."

"아니면?"

"그러니까 내 말은…… 결혼한 여자는……."

"결혼한 여자는?"

"말하자면 열린 문으로 가끔 내방해 주는 사람도 맞이하고 어쨌거나 인적이 드문 몸으로 있는 것은 정신 건강에 별로 좋지 않고 음양이 소통을 못하면 없던 병도 생기고…… 아우, 무슨 말을 하는 거야……."

조리있게 설명, 아니, 변명을 해야 하는데 내뱉으면 내뱉을수록 더욱 야릇한 말만 튀어나왔다.

서영이 발을 동동 구르며 어쩔 줄 몰라 하는데 지후가 서영의 목덜미에 입을 맞추었다.

"거봐, 야동 찍자는 말이잖아."

"그게 아니라니깐요."

서영이 부인했지만 자기 자신조차도 믿기 힘든 항변이었다.

"걱정 마. 앞으론 인적이 들끓는 몸이 될 테고 왕래가 빈번해질 테니까."

"나는 그냥 일반적으로……."

일반적으로 그렇다는 것이지, '나 밝히는 여자는 아니에요'라고 말하려는데 문이 열리며 경찰 도련님이 나왔다. 서영이 놀라서 얼른 지후에게서 얼른 떨어지자 지후가 '눈치없는 새끼' 하고 중얼거렸다.

"죄송한데, 정말 웬만하면 대화가 끝날 때까지 기다리려고 했는데 자꾸 호출이 와서…… 제가 출근을 해야 하거든요."

"너 어디까지 들은 거냐?"

지후가 물었다.

설마 인적 드문 몸, 잦은 왕래, 이런 건 듣지 않았겠지?

"별다르게 들은 건 없구요. 두 분 사이에 있었던 일은 아버지, 어머니께 함구할 테니 걱정 마세요."

"점심 드셔야죠. 스파게티 해줄게요."

서영이 비닐 쇼핑백에서 스파게티 면을 꺼내며 말했다.

"바로 나가야 해서, 김밥 하나 더 먹을게요."

도련님이 김밥 한 줄을 들어 올리더니 또 통째로 뜯어먹기 시작했다. 이번에도 어김없이 단무지가 통째로 끌려 올라와 도련님 입에 대롱대롱 매달렸고.

"이놈의 단무지는 끝까지 싸가지가 없네."

도련님의 말에 서영이 또 픽 웃는데 도련님이 '형수님' 하고 불렀다.

"네."

"형님 구속시켜 버릴까요?"

도련님의 말에 서영이 깜짝 놀라 쳐다봤다.

"내가 같은 남자라서 잘 아는데 바람피운 게 틀림없거든요."

"이 자식이, 너 돌았어?"

지후가 버럭 소리를 질렀다.

천신만고 끝에 오해를 풀었는데 동생이라는 놈이 초를 치고 있었다.

"아니야, 서영아. 이 자식이 돌았나 봐."

"형수님, 말씀만 하세요. 간통죄로 구속시켜 버릴 테니까."

도련님이 몰래 서영에게 윙크를 하며 말했다.

"이 자식, 너 맞을래?"

순진한 지후가 펄쩍 뛰는데 서영도 몰래 도련님에게 윙크를 했다.

"네, 구속시켜 주세요."

"아, 나 미치겠네."

지후가 약이 올라 펄쩍펄쩍 뛰는데 도련님이 김밥을 쥔 채로 현관으로 가서 신발을 발에 꿰기 시작했다.

"도련님, 오늘 들어와요?"

"아마 못 들어올 거예요."

"내일은요? 내일 사진 찍어줄게요."

"노력할게요. 저 이제 나가니까 두 분 왕래를 좀 하세요, 빈번하게."

"네?"

서영의 얼굴이 새빨갛게 물들기 시작했다.

"이 자식이 진짜."

"그리고 형님, 구속되기 싫으면 형수님한테 무조건 잘못했다고 빌어요. 샌드위치는 뭐 하러 사주고 그래요? 나 같으면 굶어죽어도 상관 안 해."

"야 인마, 시끄러. 빨리 가."

"왜 안아줘? 안아달라고 한다고 다 안아줘? 안아달라고 하면 세상 여자 다 안아줄 거야? 그게 말이 돼? 형수님, 그걸 왜 용서하세요? 나 같으면 가만 안 둬요."

"이 자식이 정말!"

"지은 죄가 있으니 형수님 없어졌다고 자고 있는 나한테 그 난리를 쳤군요? 자다가 웬 날벼락인지 형수님 나가는 거 몰랐다고 형님이 나 밟아 죽이려고 했어요. 분명히 형님이 구린 데가 있는 거야."

"야, 이 자식아!"

있는 대로 약을 올려놓고 휙 나가 버린 경찰 도련님 때문에 잠시 멍하게 서 있던 서영이 지후를 올려다봤다.

"도련님이 지금 우리 이간질시킨 걸까요?"

"저 새낀 내일 나한테 죽었어."

"구속시킨다더니 왜 그냥 나갔지?"

서영이 놀리자 지후가 미치겠다는 얼굴로 서영을 쳐다봤다.

"정말 내가 구속됐으면 좋겠어?"

지후가 서운한 얼굴로 물었다.

"바보."

서영이 눈을 흘긴 후 픽 웃는데 지후가 서영의 손을 꼭 틀어잡았다.
"문 잠그고 올게. 방에 가 있어."
지후의 목소리가 갑자기 달라졌다.
"방엔 왜요?"
"일단 들어가."
"그러니까 왜요?"
"왕래해야지. 지석이가 하랬잖아."
"놀리지 말아요! 못됐어."
"농담 아니야."
"그만 해요."
서영이 끝끝내 지후의 왕래 작업을 거절했고 거절하길 정말 다행이었다. 삼십 분도 지나지 않아 어머니가 한의원에서 약을 찾아 돌아오셨으니까.

"아버님이랑 어머니요."
"응."
"스파게티 맛없어하시는 것 같았죠."
"처음 드셔보셔서 낯설어 그렇지. 아버지 맛있다 하셨잖아."
"억지로 하신 말씀 같아요."
"아니야. 괜찮아."
스파게티를 드시며 떨떠름해하시던 아버님, 어머님의 얼굴을 상기시키자 서영은 의욕을 잃고 말았다. 김밥도 망해, 스파게티도

망해 제대로 실력 발휘를 하고 싶었는데 모두 실패한 것이다.

서영이 한숨을 푹 내쉬며 돌아눕자 지후가 뒤에서 가만히 서영을 안았다.

"남기지 않고 다 드셨잖아."

"남기지 않고 다 먹어준 사람은 지후 씨예요. 어머니랑 아버님은 조금씩 남기셨다구요."

"국수 몇 가락인데 뭘. 그건 남긴 것도 아니야."

"남긴 건 남긴 거지 뭐."

서영이 또 한숨을 푹 내쉬는데 지후가 '걱정 말고 자' 하고 말했다.

"내일은 뭘 해드리지?"

서영의 말에 지후가 픽 웃었다.

"내일부터는 아무것도 안 한다 할 줄 알았더니."

"……."

"왜 아무 말 안 해?"

"내가 할 줄 아는 게 뭔지 생각하고 있는 중이에요."

"할 줄 아는 게 또 뭐 있는데?"

"음…… 이제 생각이 안 나요. 큰일났네."

서영이 졸린 듯 중얼거리며 말하고는 천장을 보고 똑바로 누웠다.

"내일 아버님 일하시는 곳에 가서 사진 찍어드릴 거예요. 어머니도 찍어드리고."

"좋아하실 거야."

"그랬으면 좋겠어요. 우리나라 사람들은 사진 찍히는 걸 너무 싫어해서 아버님이랑 어머니도 그러실까 봐 걱정이에요."

"며느리가 찍어드린다 하면 좋아하실 거야."

부잣집 딸로 태어나 험한 일은 물론이고 힘하지 않은 간단한 일도 해보지 않았을 터라 곱고 귀하게 자란 티를 내느라 난 아무것도 못해요, 하고 싶지 않아요, 내가 왜 이런 일을 해야 해요? 라며 시부모 보기를 개떡 보듯 하며 무시할 수도 있는데 서영은 어떻게든 어여쁘고 착하고 사랑스러운 며느리가 되기 위해 부단히 노력하고 있었다.

서툰 칼질이나 어정쩡한 음식 솜씨에서 손에 물 잘 안 묻히고 자라난 티를 여지없이 드러내긴 했지만 무턱대고 절대 하지 않으려는 것과 잘하든 못하든 하려고 애를 쓰는 것은 엄연히 달랐다. 뭐든지 열심히 최선을 다해 하려고 하는 모습이 어떻게 예쁘지 않을 수 있을까.

"졸려?"

"……."

서영이가 대답 없이 조용해서 고개를 돌려보자 서영이 눈을 감고 있었다. 팔베개를 해준 팔에 서서히 서영의 머리 무게가 실리는 것을 보니 잠에 빠져들고 있는 것 같았다.

김밥 싸느라 새벽에 일어났고 지금이 자정이 조금 넘은 시간이니 피곤할 만도 했다.

하지만! 오늘은 절대 이대로 지나칠 수는 없었다. 더 이상 서영을 인적이 드문 몸으로 둘 수도 없었고 위태로운 고비를 가까스로 넘기고 비로소 따뜻한 관계를 회복했는데 그 관계에 대한 기쁨과 반가움의 회포를 풀어야 했다.

지후는 서영이 놀라서 소리치는 것을 미연에 방지하기 위해 손으로 서영의 입을 지그시 눌러 막는 순간에 서영의 몸에 자신의 체중을 실었다.

아니나 다를까, 서영이 지후의 손에 입이 막힌 채로 깜짝 놀라 웅얼거렸지만 지후는 깨끗하게 무시하며 서영이 입고 있는 파자마를 벗겨내기 시작했다.

"왜 이래요?"

"약 먹었잖아. 아기 가지는 약."

"미쳤어요?"

서영이 옷 벗김을 당하지 않으려고 몸부림을 치며 반항을 하고 지후는 어떻게 하든 벗겨내려고 힘겨루기를 하다가 결국 지후가 승리를 하며 옷을 벗겨내는 데 성공했다. 하지만 서영의 반항은 거기에서 그치지 않았다.

"들으시면 어쩌려고 그래요!"

서영이 지후의 손을 치워내며 조마로운 음성으로 속삭였다.

서영의 말에 지후는 더욱 용기를 냈다.

끝내 절대 안 돼요! 하지 말아요! 라고 말했다면 물러섰을 테지만 들으시면 어쩌냐는 말은 받아들이겠다는 속마음을 내포하고 있었기 때문이다.

"조용히 하면 되잖아."

조용히? 그래, 그 방법이 있었구나. 하지만 무슨 수로 조용히?

"갑자기 들어오시면 어쩌려구요."

서영이 불안한 목소리로 속삭였다. 역시 거절하는 것은 아니었다.
"문 잠갔어."
용의주도 강지후.
"그런데 어떻게 조용히 해요?"
"당신이 소리를 지르지 않으면 돼."
그래, 소리를 지르지 않으면 된다.
하지만! 그게 어디 쉬운 일인가. 그것이 실 매달고 하나, 둘, 셋 하는 순간 이마를 탁 치면서 흔들리는 이 뽑아내는 일곱 살배기 이갈이 하는 일도 아니고 하다못해 등짝에 난 여드름 하나 짤 때도 비명이 터져 나오기 마련이건만 세상에서 제일 큰 주사를 한 방 놓아주시고 맞아주시는 엄청난 일에 소리를 지르지 않으면 된다니.
엄청난 체력을 소모하며 힘든 과정을 거쳐야 비로소 순고한 결정체를 얻어내는 과업의 순간에 환희의 비명도 지르지 말란 말이 아닌가. 이토록 잔인할 수가. 그것은 순전히 서영만 희생하라는 뜻이었다.
"당신은요?"
"난 원래 조용해."
지후가 바지를 벗어 던지며 속삭였다.
"이런 법이 어딨어요?"
"대전엔 있어."
세상에 어떤 나라에도 없는 법이 대한민국 대전에 존재한다니. 기네스북에 오를 일이었다.

"대전에 오면 대전의 법을 따르는 거야."

"언제부터 대전에서 소리 안 내고 사랑을 나누라는 법을 만들었냐구요."

"그건 나도 몰라."

지후가 서영의 다리 사이에 자리를 잡으며 말했고 서영은 수풀에 닿는 지후의 남성을 느끼며 지후가 몹시 흥분했다는 것을 알 수 있었다.

"자주 왕래하기로 했잖아."

"잠깐만요."

서영이 지후의 팔을 붙잡았다.

"왜?"

"나…… 너무 떨려요."

서영이 정말 떨리는 목소리로 말했고, 지후는 아무 말 없이 가만히 서영의 입술에 입을 맞춘 후 서영의 입을 틀어막았다.

서영이 입은 왜 막냐며 손바닥 아래에서 웅얼거리는 찰나 지후의 남성이 서영의 수풀을 헤치며 치고 들어왔다.

"으윽!"

지후가 서영의 입을 틀어막은 것은 아주 탁월한 선택이었다. 만약에 막지 않았더라면 입체 서라운드 음향이 밖으로 고스란히 터져 나갈 뻔했을 만큼 탄성이 순간적으로 크게 터져 나왔다.

"조금만, 조금만 참아."

지후가 허리를 움직이며 속삭였다.

참으라고? 어떻게? 벌써부터 온몸을 집어삼킬 듯 흥분이 치받쳐 오르는데 어떻게 참으라고.

서영이 다리로 지후의 허리를 감으며 끌어당기자 지후가 낮은 탄성을 쏟아내며 허리의 힘이 더욱 강해졌고 힘의 강도에 따라 튕김 현상이 격해지자 서영의 출렁거림 현상까지 거세졌다.

애무도, 전희도 생략한 그저 관계에 급급한 사랑일 뿐이지만 서영은 오랜 시간 전희를 즐긴 것처럼 이미 충분히 젖어 있었고 짜릿함과 흥분은 충분한 애무를 받았을 때와 못지않게 충만해져 있었다.

이미 아주 익숙한 듯 서영은 지후의 몸을 자연스럽게 받아들였고 지후 역시 흥분을 주체하지 못하는 듯 연방 낮고 뜨거운 탄성을 쏟아내며 서영을 마음껏 탐하고 있었다.

"미안해, 다음엔 다르게 해줄게."

지후가 거친 어조로 속삭였다.

"다르게 어떻게?"

"정성을 다할게."

지후의 거친 어조에는 미안함이 가득 배어 있었다.

어떻게 보면, 너무 성의가 없는 행동이었다. 키스도 충분히, 애무도 충분히, 그래서 서영의 몸이 지후의 몸에 긁히거나 무리 없이 너끈하게 받아들일 수 있도록 풍부한 애액으로 통로를 적셔둔 다음에 행해져야 할 관계였는데 지금의 사랑은 몸 풀기도 없이 곧바로 시합에 출전해 시작 호루라기가 울리자마자 골을 넣은 것이나 다름없었다.

하지만, 엉뚱하게 당하다시피 시작된 사랑이었지만 서영은 만족스럽게 즐기고 있었다. 시부모님이 눈치없이 갑자기 들이닥치시면 어쩌나, 은밀한 행위의 음파가 건넛방에까지 전달되면 어쩌나 하는 걱정이 있음에도 불구하고 심장이 저릴 만큼 짜릿했다.

어금니 틀어 물고 필사적으로 격한 흥분의 신음을 꼴깍꼴깍 삼켜야 했지만 그럼에도 짜릿하고 만족스러웠다. 숲 사이 좁은 동굴을 빈틈없이 꽉 채운 채 기운차게 왕래하는 그의 힘살 좋은 남성이 주는 기쁨으로 서영은 오랜 세월 감금 생활에서 풀려난 듯한 해방감을 맛보고 있었다.

"정말이야. 정성을 다할게."

서영은 웃음이 터질 것 같았지만 너무 흥분한 나머지 웃음마저도 잦아들고 말았다. 그는 이미 정성을 다해 서영을 탐하고 있었고, 서영을 꼭 끌어안은 몸짓과 끝없이 서영의 목덜미와 입술을 핥아대는 행동에서 흠뻑 젖은 사랑을 느낄 수가 있었다.

절정은 아주 빨리, 그리고 극한의 오르가슴을 선사하며 찾아왔다. 서영이 절정을 느끼며 지후를 꼭 끌어안았을 때 지후 역시 절정을 느끼며 자신의 분신과 함께 거친 숨을 쏟아냈다.

지후는 서영이 오르가슴을 충분히 느끼고 즐길 수 있도록 서영의 몸 위에서 기다렸고 서영은 지후의 체중을 느끼며 그리고 그의 거친 숨소리를 들으며 온몸을 뒤흔들었다가 서서히 내려앉는 오르가슴에 흠뻑 취해 새근새근 숨을 몰아쉬고 있었다.

한참 만에 지후가 서영의 몸에서 내려가더니 서영을 끌어당겨 안았다. 지후의 품에 꼭 안긴 서영은 무슨 말을 해야 할지 지후는 왜 아무 말도 없는지를 생각하다가 지금은 아무 말 하지 않아도 충분하다고 생각하며 지후의 품으로 파고들었다.

공중으로 치받쳐 올랐던 흥분이 서서히 가라앉으며 졸음이 몰려들었다. 아주 기분 좋은 나른한 졸음이었고 오늘 밤에는 좋은 꿈을 꿀 것 같은 몹시 편안하고 포근한 느낌의 졸음이었다.

서영의 거칠고 뜨거운 숨소리가 천천히 정상으로 돌아오며 잠에 빠져드는데 지후가 약간 뒤척이는 듯하더니 서영의 목덜미에 입을 맞추었다.

지후는 퍽 좋은 냄새를 가진 남자였다.

페어뱅크스에서 잠들어 있는 지후를 내려다보고 있을 때에도 서영은 지후가 내뿜는 강지후 냄새에 매료되었었는데 지금 역시 자신의 목덜미를 섹시하게 핥아대는 지후의 혀가 아니라 그의 냄새에 도취됐다. 아무것도 섞이지 않은 순수한 사람의 냄새가 이렇게 도발적일 수 있다는 것을 신기해하며 서영은 잠에 취한 채 지후의 냄새에 취한 채 지후의 등을 어루만졌다.

이대로 언제 잠이 든지도 모르게 잠이 들고 싶었다.

누군가 살짝 안아서 토닥여 주는 듯 안락함을 느끼며 가물가물한 기억 속에 돌아가신 친어머니가 자신을 안고 잠을 재워주시던 아주 오래전의 빛바랜 영상이 불현듯 떠오르며 입가에 미소가 걸리는데 지후가 서영의 몸에 자신의 체중을 실으며 다리 사이에 자리를 잡았다.

서영은 막 잠 속으로 빠져들다 화들짝 놀라서 다시 깨어났다.

설마 또?

"뭐 하는 거예요?"

서영이 자신의 젖가슴을 안타까운 손길로 어루만지는 지후에게 물었다.

"한 번만 더 하게 해줘."

"금방 끝냈잖아요."

"또 할 수 있어."

또 할 수 있다는 지후의 말은 사실이었다.

어느새 빛의 속도로 회복된 지후의 남성은 예고 없이 서영의 속살 속으로 파고들었고 서영은 다시 한 번 어금니를 틀어 물어야 했다.

조금 전, 갑작스럽게 시작됐던 애정의 관계에서 쏟아냈던 서영의 애액과 지후의 분신이 서영의 몸 안에서 채 마르지 않은 상태였기에 서영의 연약한 속살이 지후의 성난 남성을 받아들이는 데에 조금도 무리가 없었다.

하지만 어떻게 이토록 빨리 회복할 수 있을까? 지후가 아무리 건강한 남자라 해도 십대도 아닌데. 혹시 몰래 비아그라를?

"약 먹은 거 아니죠?"

서영이 조심스레 물었다.

"무슨 약?"

"비아그라 같은 거."

서영의 말에 지후가 낮게 웃음을 터뜨렸다.

"웃지 말고 대답해요."

"먹었어."

서영이 눈을 동그랗게 치켜뜨고 지후를 노려보자 지후가 서영의 귓불을 살짝 깨물며 속삭였다.

"윤서영이라고, 진짜 맛있는 약이야. 그 맛만 생각하면 곧바로 이렇게 돼."

지후가 손바닥으로 서영의 입을 지긋하게 누른 후 세차게 허리를 퉁기며 말했다.

"으윽……."

서영의 입에서 터져 나온 신음이 지후의 커다란 손바닥 아래로 묻혔다.

"매일 먹을 거야."

지후가 또다시 허리를 강하게 퉁기며 속삭였다.

"매일매일 챙겨 먹을 거라고."

이제 서영의 귀에는 아무 소리도 들리지 않았다.

마치 비행기를 타고 높은 고도로 올라갔을 때 낮아진 기압 때문에 압력을 받아 귀가 순간적으로 먹먹해지는 것처럼 지후의 야한 속삭임이 먼 기적 소리처럼 들릴 뿐이었다.

지후의 손바닥과 입술에 눌려 단 한 번도 마음 놓고 신음을 흘리지 못하고 탄성 한 번 내지르지 못했지만 서영은 삼십 분 동안 두 번이나 격한 절정을 맛본 후 달콤한 꿈나라로 떠났고, 지후 역시 그동안 오랜 시간을 참아내느라 탈수증에 시달렸던 가엾은 자신의 몸이 건강을 회복했다고 생각하며 서영을 꼭 끌어안은 채 빠져들었다. 아주 달콤한 잠 속으로.

아파트 근처 공원, 아버님이 일하시는 곳, 되도록 자연스럽고 있는 그대로의 모습을 담아낼 수 있는 장소로 이동하며 어머님, 아버님의 사진을 찍었다. 너무도 쑥스러워하시는 어머니와 아버님을 설득하고 달래 수십 장 찍은 다음 밤을 새워 일해 몹시 피곤한 경찰 도련님의 사진도 몇 십장 담아낸 서영은 시어머니표 된장찌개와 겉절이 담그는 방법을 배우며 온종일 바쁘게 지냈다.

어젯밤 두 번씩이나 신음과 사투를 벌이며 사랑을 나누었기에 몹시 피곤할 줄 알았는데, 웬걸 오랫동안 끓이고 살던 병이 만병통치 약 한 병 털어 넣고 거짓말처럼 씻은 듯이 치료되는 기적을 맛본 병자처럼 그렇게 개운하고 싱싱할 수가 없었다.

몸은 날아갈 듯 가볍고, 발걸음도 사뿐사뿐, 얼굴은 방긋방긋 그저 경쾌하고 그저 행복했다.

저녁을 먹은 후에는 하룻밤만 더 자고 나면 헤어져야 하는 것을 못내 아쉬워하시는 아버님, 어머님과 자정이 넘도록 이야기꽃을 피웠다. 이야기의 주제나 대상은 굉장히 다양했다. 지후의 네 형제가 어릴 적 일으켰던 자잘하고 개구진 사고에서부터 친척 분들의 집에서 일어난 재미난 사건들이나 일가친척이 아닌 그저 알고 지내는 분들의 소소한 일상들까지 정치 얘기를 제외한 온갖 것들이 주제로 올라왔다.

"막내가 두들겨 맞고는 코피가 터져서 앙앙 울고 들어온께 지후가 몽댕이를 집어 들고 죽여 버리겠다고 쫓아나가니 밑에 두 놈도 빗자루 잡고 쫓아 나간겨. 우리 막내가 여덟 살 땐디 열 살짜리 놈들이 애를 뚜드려 가지고서는, 어쨌거나 그래서 막내가 맞아서 우는 것을 보더니 저 세 놈이 동시에 쫓아가서 막내 뚜드린 놈들을 잡아다 개 패듯 한겨. 알고 본께 막내를 때린 놈은 하난디 암 상관 없이 옆에서 구경한 놈덜까지 죄 패서는 내가 아부지랑 집집마다 찾아다니며 빌러 당겼잖여."

이 얘기는 지후 형제들의 얘기였다.

"그뿐이 아니야. 큰애가 얼매나 개구졌나, 쓰잘떼기없이 남의 집 항아리 뚜껑을 깨부수고 댕기고 제 동생 놈들 계단 위에서 뛰어내리기를 시키는데 애들이 겁에 질려 벌벌 떠는데도 고것도 하나 못하냐고 소리를 질러대서 애들이 제 형 무서워 뛰어내렸다가 셋째는 턱이 쭉 찢어져서, 하이고 놀래서 병원 쫓아가느라고……."

이건 유별났던 강지후의 어린 시절 얘기였다.

"디스크 수술을 두 번이나 했잖여. 그 양반은 수술을 허지 말라는데 기어이 하더니 허리를 더 못쓴당게."

여기서 말하는 그 양반은 지후의 고모부를 가리키는 말이었는데 서영은 몇 번째 고모부인지는 알 수 없고 뵌 적도 없는 것 같았다.

"얼매나 웃겼나 모른당게. 당신도 봤잖아요. 생긴 것은 막 띄운 메주를 길바닥에 패대기친 것마냥 생긴 남잔디 이상허게도 여자가 잘 붙는단 말이여. 그 집 아줌마가 얼마나 수더분하고 순했는디 세상에, 신랑을 빤스만 입혀서 집 밖으로 쫓아냈더랑게. 이 남자가 꼬질꼬질 누래진 빤스 한 장만 입고 대문 밖으로 쫓겨나서는 문 좀 열어주던가 바지라도 던져 달라고 비는디, 동네 사람들이 얼매나 웃었나. 그 순한 여자가 무슨 수로다 옷을 다 벗겼나 몰러."

 이 얘기는 이십 년도 더 된 얘긴데 이십 년 전에 살던 동네에 함께 살던 문씨 아저씨 얘기란다. 막 띄운 메주를 길바닥에 패대기친 것처럼 생겼다는 것은 그만큼 못생겼다는 뜻이었다.

 "여동생이 있제? 그때 본께 어려 보이던데."

 어머니가 물으셨다.

 "고2예요."

 "터울이 제법 나네."

 "네."

 "남자 형제는 없었제?"

 "없어요."

 "중간에 남자 형제도 있었으면 좋았을 것을. 남동생 하나 낳아달라 그러지 그랬어."

 어머니의 말씀에 서영은 그냥 조금 웃었다.

 "동생은 바깥사돈을 닮은 것 같던데 너는 안사돈도 안 닮은 것 같고 할머니나 할아버지 닮았다니?"

 "할머니 아니구요, 친어머니 닮았어요. 친어머니 여덟 살 때 돌아가시고 지금 어머닌 새어머니세요."

 서영의 말에 어머니와 아버님이 서영을 쳐다봤다. 서영은 아무렇지도 않게 말했는데 어머니와 아버님은 꽤나 놀라신 듯했다.

 "아이고…… 그랬니? 친어머니가 돌아가셨어?"

 "네, 암으로 돌아가셨어요."

"어쩐다니, 어떻게 그 어릴 때…… 발길이 안 떨어져서 어찌 가셨을꼬."

어머니가 안쓰러운 낯으로 서영을 바라보며 말씀하셨고 서영은 그저 희미하게 미소 지었다.

"그려도 지금 어머니가 잘해주셨제?"

"그럼요."

"그랬을 것이여. 안사돈께서 네 걱정을 많이 하시더만. 세상에 그 귀부인께서 내 손을 잡고 몇 번이나 허리가 꺾이게 인사를 하시며 예쁘게 봐주시라고 예뻐해 주시라고 부탁을 하시더만. 난 그래서 새어머닐 줄은 생각도 못했다."

"네, 어머니 절 친딸이라 생각하며 키워주셨어요."

"친 엄마보담은 아무래도 뭔가 다르긴 허겠지만 그려도 내가 봤을 땐 안사돈께서도 너 서운허게는 안 하셨을겨. 나헌티 잘 부탁드린다고, 애가 끓는 낯으로다 성에 안 차는 부분이 있어도 그저 예쁘게 여겨주세요 하시는디 눈에 눈물이 차올라서 금방 떨굴 것 같더라고. 나는 딸을 키워보지 않아서…… 딸 가진 집들 딸 시집보낼 때 펑펑 운다는디 안사돈이 눈시울을 붉히시는 것 보구 철석같이 친딸인 줄 알았다."

"훌륭하신 분이세요. 서영이 애지중지하세요, 지금도."

지후가 약간 시무룩해진 서영을 대신해 말했다.

서영의 친어머니가 일찍 돌아가시고 지금의 어머니가 새어머니라는 것을 알게 된 어머님, 아버님이 서영을 안쓰러워하시고 멀쩡하게 웃던 서영이 왠지 시무룩해져서 어색한 미소만 짓게 되자 자연스럽게 벌써 열두 시가 넘었네 하며 늦은 시간임을 자각한 후 잘 자라는 인사를 나누고 잠자리에 들었는데 이상하게 잠이 오질 않았다.

멀쩡한 얼굴로 친어머니가 돌아가셨다고 말씀드렸다. 그 말을 내뱉을 때만 해도 별다른 심경의 변화가 없이 괜찮았는데 서영은 이상하게 잠자리에 들자 울적해졌다.

어젯밤, 지후와 은밀한 사랑을 나누고 그의 살 냄새를 맡으며 잠 속으로 빠져들 때 불현듯 어릴 적 돌아가신 어머니가 등을 쓰다듬고 엉덩이를 토닥여 주며 자장가를 불러주던 장면이 떠올랐었는데 오늘은 이상하리만치 돌아가신 어머니의 모습이 선명하게 떠올라 잠이 오지 않았다.

그리움이야 어떻게 말로 표현할 수 있을까. 지금은 많이 희석이 됐다지만 밤마다 낮마다 어머니의 목소리를 그리워하고 손길을 그리워하고 눈길을 그리워했었다.

어디서 요렇게 예쁜 아기가 나왔을까? 뽀뽀, 엄마는 우리 서영이가 세상에서 제일 좋아, 우리 아기는 엉덩이도 요렇게 예쁘네, 뽀뽀, 잘 갔다 왔어? 오늘은 뭐 했어? 엄마한테 오늘 배운 노래 불러줘, 우리 서영이 진짜 잘하네, 목욕하자, 우리 아기 자야지…… 옛날 옛날에 백설공주가 살았어요, 신데렐라도 살았어요, 숲 속의 잠자는 공주도 살았구요, 엄지공주도 살았어요, 아기 돼지 삼형제는…… 그래서 콩쥐는…… 미운오리 새끼는 백조였어요…….

그분의 목소리를, 그분의 손길을, 그분의 눈길을 누가 대신할 수 있으며 무엇으로 대신할 수 있을까.

더는 잘할 수 없다 할 만큼 새어머니가 최선을 다해 정성을 쏟아 부어주셨어도 채워지지 않는 원초적인 사랑, 그것은 분명 존재했다. 친어머니와만 나눌 수 있는 접촉, 친어머니와만 교류할 수 있는, 설명할 수는 없지만 분명히 존재하는 감정적 교감.

엄마…….

"나 벌 받을 것 같아요."

"왜?"

"지금 어머니가 그렇게 잘해주시는데도 돌아가신 엄마가 보고 싶어요."

"걱정 마, 벌 안 받아."

"어머니 아시면 서운해하시겠죠?"

"서영이, 어머니한테도 잘하잖아."

"그런데 오늘은 괜히…… 기분이 복잡해요."

서영의 기운 없이 중얼거리자 지후가 서영을 꼭 껴안았다.

"부탁이 있는데 들어줄래요?"

"응, 들어줄게."

지후의 대답에 서영이 지후의 팔을 베고 등을 보이며 누웠다.

"나 등 좀 쓸어줘요. 우리 엄마처럼 내가 잠들 때까지 등 쓸어줘요."

서영이 부탁하자 지후가 곧장 서영의 등을 부드럽게 쓰다듬기 시작했다.

서영은 눈을 감은 채 지후의 손길이 엄마의 손길과 닮았는지, 아주 오래전 엄마의 손이 그랬던 것처럼 더없이 따뜻하고 포근하고 지극한 평온과 안정을 주는지 느끼고 있었다. 그리고 알았다. 지후의 손길이 그리움에 떨게 하는, 하지만 결코 꺼내 보이지 못하고 숨기고 있어야만 했던 엄마의 존재가 주는 강력한 안정감과 아주 많이 닮았다는 것을.

서영은 미소 지었다. 꼭 감은 눈가가 촉촉하게 젖어왔다. 엄마를 잃은 후 영원토록 두 번 다시는 맛보지 못할 절대적 안정과 따스함을 맛보게 해준 지후가 고마워서.

"지후 씨."

"응."

"고마워요."

서영이 들릴 듯 말 듯 속삭였다.

"되도록 자주…… 이렇게 만져서 재워줘요."

"매일매일 재워줄게."

"고마워요."

서영이 안도의 숨을 내쉬며 말했다.

"그런데 서영아."

"네."

"자주 만져 달라는 건…… 나하고 이혼 안 할 거라는 말이지?"

지후의 물음에 서영이 낮게 웃음을 터뜨렸다.

"도망 못 가게 할 거라면서요."

"그래도 불안해서."

"괜히 약한 척은."

서영이 또다시 낮게 웃음을 터뜨렸다.

"서영아."

"응."

"사랑한다."

지후가 서영의 머리에 입을 맞추며 속삭였다.

서영은 움찔하며 눈을 떴고 심장에서부터 번지기 시작한 무한한 감격과 기쁨에 목에 매는 것을 느끼며 가까스로 입을 열었다.

"뭐라고 했어요?"

"사랑해."

"잘 안 들려요."

다 들렸는데, 똑똑하게 들렸는데 서영은 다시 물었다.

"사랑해. 사랑해."

지후가 서영을 꼭 끌어안으며 말했다.

"언제부터요?"

"그건…… 잘 모르겠고 언제까지 사랑할지는 알아."

"언제까지요?"

"앞으로 계속. 계속."

서영은 얼굴 근육이 제멋대로 실룩거릴 만큼 미소 짓고 있었다. 너무 좋고, 또 너무 좋아서 웃지 않고는 견디지 않을 만큼 좋아서 서영은 웃고 또 웃었다.

"아버지가 나하고 결혼하라 하셨을 때 무슨 생각으로 받아들였어요?"

"서영이가 나에게 고백했던 게 진심이었다는 걸 알게 되고 나를 육 년 동안이나 잊지 않고 사랑하고 있었다는 걸 안 순간 이미 서영이는 내 마음속에 들어와 버렸어. 내 마음속에 담겨 버린 거야."

"빨리 좀 말해주지."

"미안해."

"용서해 줄게요."

"그런데 나한테는 사랑한다는 말 안 해줄 거야?"

지후가 물었다. 약간 서운한 듯이.

"꼭 말을 해야 알아요?"

서영의 대꾸에 지후가 기가 막힌다는 듯 코웃음을 쳤다.

"정말 말 안 할 거야?"

지후가 이번엔 성이 난 음성으로 물었다. 당장 화답하라는 듯.

"난 말 같은 거 안 해요. 조금 더 고차원적이라구요."

"고차원?"

서영이 지후의 몸에서 풀려나 몸을 일으키더니 잠깐 망설이다가 지후의 몸 위로 올라와 타고 앉았다.

"나…… 무거워요?"

"아니, 솜털처럼 가벼워."

"그럼 확인할 게 있는데 문은 잠갔어요?"

"잠갔어."

"훌륭해요."

서영의 칭찬에 지후가 낮게 웃음을 터뜨렸다.

"저기…… 내가 옷 벗겨도 돼요?"

서영이 수줍게 말했고 지후가 빨리 벗겨줘 하고 대답하자 서영이 지후의 옷을 벗기기 시작했다. 부끄러움이 많은 손놀림이었지만 어느새 지후가 입고 있던 옷을 모조리 벗겨냈다.

옷을 모두 벗겨낸 서영이 지후의 남성을 내려다보더니 거기서 눈을 떼지 못했다.

"그렇게 아무렇지도 않게 쳐다보는 건 실례 아니야?"

"아, 그게……. 걱정 말아요, 실눈 뜨고 있으니까."

수줍어하면서도 여전히 눈을 떼지 못하는 서영의 말에 지후가 또다시 웃음을 터뜨렸다.

다시 지후의 몸 위로 올라온 서영이 지후의 도움을 받아 몸 위에서 티셔츠를 벗었고 브래지어만 입은 채로 지후를 내려다보며 조심스레 질문을 던졌다.

"내가…… 뭣 좀 실험할 게 있는데."

"실험? 무슨 실험?"

"혹시 풍차 돌리기라고 알아요?"

"풍차 돌리기?"

"은수가 그러는데 풍차 돌리기 한 방이면 세상 남자들 다 죽일 수 있대요."

서영의 말에 지후가 다시 웃음을 터뜨렸다.

"몹시 기대되네."

"준비는 됐죠?"

"아까부터……."

"어쩌면 깜짝 놀랄지도 몰라요."

서영이 말했고 지후는 서영에게서 브래지어를 벗겨내며 '빨리 놀라게 해줘' 하고 속삭였다.

서영은 재빨리 몸을 일으켜 입고 있던 파자마 바지와 팬티를 벗어 던지고 또다시 지후의 몸 위에 올라탔다. 알몸인 서영과 알몸인 지후. 지후는 까슬까슬 아랫배 피부에 닿는 서영의 숲을 느끼며 후욱 숨을 내쉬었다.

"풍차 돌리기 전에 해야 할 일이 있는데……."
"뭐?"
"내가 애무 좀 해도 돼요?"
서영이 물었고 지후는 언제든 환영이라고 대답했다.
"빨리 좀 해주면 안 될까? 머리가 작동을 멈춘 것 같거든."
"갑자기 왜 이렇게 단순해진 거예요?"
"남자는 원래 그래."
"짐승."
"응, 짐승이라 그래."
지후가 조급해서 숨이 찬 목소리로 대답했다.
"알았어요. 할게요."
서영이 대답하더니 그 즉시 지후의 몸에 입을 맞추기 시작했다. 엄격하게 말하면 입맞춤이 아니라 핥으며 침 바르기였다. 이 기술은 지후에게서 배운 것이고 신기술을 받아들이는 능력이 탁월한 서영은 배운 그대로 지후에게 시범을 보이고 있었다.
"으, 서영아."
지후가 서영의 젖가슴을 움켜잡으며 신음을 토해냈다.
지후의 탄탄한 가슴에 빽빽하게 입을 맞춘 서영은 드디어 천천히 아래쪽을 향해 이동하기 시작했다.

"후욱……."

서영의 입술이 아직 목표 지점에 도착도 하지 않았는데 지후가 벌써부터 가쁜 숨을 내쉬기 시작했다.

지금, 이제 목표 지점에 도착해 바로 그 꼭짓점에 침 바르기를 행할 차례인데 서영이 행동을 멈추더니 내려갔던 곳에서 다시 되돌아오기 시작했다.

"아쉽겠지만 참아요. 하이라이트는 서울에 가서 해줄게요."

서영이 속삭였다.

"그러는 법은 없거든?"

"대전엔 있어요."

"대전에 언제부터 그런 법이 생긴 거야?"

지후가 약이 올라 낮게 윽박질렀다.

"옛날부터 있었어요."

서영이 대꾸한 후 지후의 배 위에 걸터앉더니 지후의 입에 쪽 소리가 나게 입을 맞추었다.

"이제 시작할 거예요. 준비해요."

"준비는 아까부터 하고 있었어."

"그럼 이번엔 내가 지후 씨 입을 틀어막을 차례예요."

서영이 손으로 지후의 입을 지긋하게 누르는 동시에 음기를 내뿜는 숲 속으로 성이 나서 푸드덕거리는 지후의 남성을 쪽 빨아당겨 삼켜 버렸다.

"윽!"

서영이 입을 틀어막았음에도 지후의 입에서 터져 나온 탄성이 새어나왔다.

"조용히 해요. 어금니 꽉 틀어 물라구요."

서영이 천천히 허리를 움직이며 나무랐다.

"지금부터 풍차 돌리기 할 건데 벌써부터 소리를 내면 어떻게 해요."

"그런데 그 풍차 돌리기는 어떻게 하는 건데?"

"나도 처음 시도해 보는 거라서…… 이건가?"

서영이 허리를 비틀자 지후가 억눌린 신음을 토해냈다.

"조용히 해요, 제발."

"노력할게."

"나보다도 못 참아."

"이게 참는다고 참아지는 게 아니거든?"

지후가 어금니를 틀어 물고 쥐어짜듯 속삭였다.

"원래부터 소리 안 낸다면서요!"

"그런 줄 알았는데……."

"이렇게 하는 건가?"

서영이 다시 허리를 비틀자 지후는 정신이 아득해지는 것을 느끼며 눈을 감았다. 허리를 이쪽으로 비틀든 저쪽으로 비틀든 정신을 혼미하게 만들기엔 충분한 기술이었다.

"훌라후프 할 때처럼 허리를 살살 돌리라고 했는데……."

서영이 지후의 가슴에 두 손을 짚고 훌라후프 돌리듯 천천히 허리와 엉덩이를 돌리기 시작했다.

"으윽!"

지후가 서영의 젖가슴을 움켜잡으며 터져 나오는 탄성을 필사적으로 억눌렀다.

"이건가 보네."

서영이 깜짝 놀라 속삭였다. 드디어 풍차 돌리기의 메인 코드를 찾아낸 것이다.

"좋아요?"

서영이 속삭여 물었다.

"좋아."

지후가 누가 목을 조르고 있는 듯한 목소리로 대답했다.

서영은 지후에게 섹시하고 야릇한 미소를 날리며 다시 허리를 돌렸다.

"아……."

"조용히 해요."

서영이 지후의 입을 틀어막으며 더욱 강하게 허리를 돌리기 시작했다.

"아. 서영아!"

"조용히 하고 숨만 쉬라구요, 숨만!"

서영은 지후의 입을 더욱 힘차게 눌러 막았다. 그리고 풍차 돌리기에 박차를 가했다. 아주 유연하면서도 거칠게, 거칠면서도 기술적으로.

서영은 서서히 속력을 내기 시작했고 드디어 속도의 정점에 다다랐을 때 쉰 개의 계란을 거품기로 풀 때와 같이 360도 회전의 필살기를 구사하며 지후를 압박하기 시작했다. 지후는 영원히 이곳에서 벗어나지 못한 채 노예살이를 해도 좋다고 생각하며 눈앞이 캄캄해질 정도로 거센 풍차 돌리기에 휘말려 들어갔다.

에필로그 I

"그래서, 반응은?"

"숨 고르기만 한 시간 하더라고."

"당연하지. 돌아가는 풍차에 휘말렸는데 살아남은 것만도 용해. 우리 그이보다 체력이 좋네. 우리 그인 사흘 만에 깨더라고."

은수의 말에 서영이 웃음을 터뜨리자 은수도 따라 웃다가 배가 뭉친다며 웃음을 참았다.

"그래서 일주일에 몇 번 하는데?"

"닷새 전까지는 거의…… 매일."

서영의 대답에 은수의 눈빛이 날카로워졌다.

"닷새 전까지 거의 매일? 닷새 동안은 왜? 기운 딸린다고 쉬재?"

"아니, 월경 때문에."

"이런, 니들 사람이니?"

"그것도 아침저녁으로. 날 영양제라 생각하며 챙겨 먹겠대. 하루에 두 번씩."

서영이 약 올리듯 말하자 은수가 눈꼬리가 찢어지도록 서영을 째려봤다.

"우리 그인 아침저녁으로 보약을 달여 먹여도 기운이 딸리는데, 제기랄."

이를 갈듯 구시렁거리는 은수를 보며 서영이 웃음을 터뜨렸다.

"우리 그이가 임신했다는 말 듣더니 뭐랬는지 아니? 겁나서 못하겠다는 거야. 그래서 뭐가 겁나는데? 했더니 자기 무기로 아기 머리 칠까 봐 겁난대."

심각한 얼굴로 듣고 있던 서영이 생각해 보니 너무 어이없고 웃겨서 배를 잡고 웃었다.

"아니, 자기 무기가 전봇대도 아니고 무슨 수로 아기 머리를 치냐고."

"아기 다칠까 봐 걱정되니까…… 생각해 보니까 그럴 수도 있지 않을까?"

"으이그, 모질란 것. 구조적으로 아빠의 무기가 뱃속의 아기 머리를 칠 확률은 0%거든? 여자인 너도 이렇게 무지한데 남자들은 오죽하겠니. 하여튼 그래서 우리 그이는 지금 나를 좀 멀리하고 있어. 아껴준다는 명목하에."

"그래서 싫어?"

"아니, 솔직히 말하면 고마워. 엄청 피곤해서 하고 싶은 생각도 안 들거든."

은수가 볼록하게 불러온 배를 쓰다듬으며 말했다.

서영은 아주 예쁘게 불러온 은수를 배를 부러운 눈으로 바라보다가 자신도 모르게 불쑥 '나도 아기 갖고 싶다' 하고 말했다.

"부럽니?"

"응. 너 임신했다는 얘기 들었을 때부터 부럽더라고. 우리 어머니 아기 가지라고 약도 지어주셨는데 안 생기네."

"너도 금방 임신할 거야. 매일같이 널 영양제 먹듯 한다며."

은수의 말에 서영이 웃었다.

"활짝 폈어."

"뭐가?"

"네 얼굴. 짝사랑하느라 속으로 끙끙거리던 낯이 아니야. 빨갛게 활짝 폈어."

"정말 그래? 그렇게 보여?"

"응. 뭐니 뭐니 해도 결혼한 여자는 남편한테 사랑을 담뿍 받아야 행복한 법인데 사랑을 차고 넘치게 받는 티가 확 나. 보기 좋아. 예전보다 훨씬 더 예뻐졌어."

"고마워. 그냥…… 너무 좋아. 재밌어."

서영이 배실 웃으며 말하자 은수가 '좋아 죽네' 하며 웃었다.

"그런데 언제까지 있을 거야? 갑자기 가버리는 거 아니야?"

"글쎄, 원래는 들어갔어야 하는데 아버지 도와드려야 할 일이 있다고 조금 더 있자 하더라고."

"가기 전에 한 번은 더 보자."

"그래야지."

"어쨌거나 너네 부부 오해 다 풀고 마음자리 잡아서 다행이다. 어머니도 회복하셨다니 다행이고. 내가 그랬지, 너네 부부 잘될 거라고?"

"응, 맞아."

오랜만에 은수를 만나 실컷 수다를 떨다 보니 새삼스럽게 친구라는 것은 참 좋은 존재라는 것을 깨닫게 됐다.

마음이 통하고 생각이 통하고 그때나 지금이나 변함이 없고 무엇보다 어떤 대화를 나누어도 밖으로 새어나갈 걱정이 없는 든든한 벗을 갖고 있다는 것은 참 멋진 일이었다.

"밥은 해먹이니?"

"당연하지. 나 잘해."

"건 못 믿겠다."

은수가 말했고 서영은 곧 잘하려고 노력 중이라고 정정했다.

"내가 우동 육수 내는 비법을 배워서 끓여줬거든. 지후 씨가 먹어보더니 뭐라는 줄 알아?"

"푼수처럼 맛있어 죽겠다 하디?"

"그냥 생생 우동 사다 끓여 먹재."

"어머, 너무 솔직한 사람이다. 마음에 드네."

은수가 깔깔거리고 웃으며 말했고 서영도 따라 웃었다.

"김밥도 그냥 사다 먹재."

"그래, 못하는 거 억지로 해서 재료비 축내느니 사다 먹는 게 더

싸게 먹히지."

"바로 그 이유야. 아참, 우리 지후 씬 밤마다 내 등 쓰다듬어 주면서 재워준다."

서영이 자랑하자 은수의 눈빛이 또다시 날카로워졌다.

"우리 그인 여드름 뻗친 등짝 밤마다 긁어달래는데, 제기랄."

은수의 성난 대꾸에 서영이 깔깔거리며 웃음을 터뜨리자 은수도 너도 멀지 않았어 하고 말했다.

"뭐가?"

"곧 그 달콤하던 것도 끝나고 별것 아닌 것 가지고도 지지고 볶고 싸우게 될 거야."

"우린 초장에 다 싸웠잖아. 너무 심하게 싸워서 칠 개월 동안 별거까지 했는데?"

"그렇구나. 그래도 싸우지 않고는 살 수 없는 게 부부야. 저 인간하고는 하루도 더 못 살겠다고 당장 이혼하자고 소리치면서도 며칠 후면 배시시 웃으며 살 부비고 사는 게 부부라고."

"난 안 싸울 거야. 우리 지후 씨가 그랬어, 내가 무슨 짓을 해도 예쁘다고."

서영이 약을 올리듯 말하자 은수가 가증스러운 것 하며 콧방귀를 꼈다.

"서영 씨."

갑자기 남자의 목소리가 끼어들어 고개를 들어보니 성환이었다. 유태호의 친구 성환.

"아, 성환 씨."

서영이 자리에서 일어나자 성환이 오랜만이네요 하며 악수를 청했다.

"정말 오랜만이네요."

"반가워요."

"네, 반가워요. 잘 지냈죠?"

"그럼요."

"어떻게 지내요?"

"요즘 대선 때문에 많이 바빠졌어요. 알죠? 유 의원님 후보로 나오셨잖아요."

"네."

요즘 뉴스마다 온통 대선 후보들의 얘기만 흘러나왔기 때문에 알고 싶지 않아도 저절로 알 수밖에 없었는데 결론은 나의 소중한 한 표를 유태호의 아버지인 유 의원에게 보태주고 싶은 생각은 추호도 없다는 것이다.

"그 일 때문에 강 지사장님도 한국에 들어온 거죠?"

그 일?

"그렇죠 뭐."

무슨 일인지 전혀 몰랐지만 전혀 모르는 내색을 할 수 없었기에 서영은 두루뭉술한 대답으로 대신했다.

"윤 회장님하고 남편 분, 서영 씨가 잘 설득해 보세요."

뭘 설득하라는 말일까.

서영은 직감적으로 성환의 말을 예사롭게 그냥 흘려들어서는 안 될 말이라는 것을, 분명 날카로운 의미가 감춰져 있는 말이라는 것을 눈치 챘다.

"윤 회장님께서 워낙은 대쪽 같은 분이시라…… 너무 강하면 부러진다잖아요. 열에 아홉은 유 의원님이 당선될 것이라고 하는데 고집 피우시다 대선 후에 피해 보시지 말고 적당한 선에서 굽히시라 말씀드리세요."

성환이 많이 걱정해 주는 척, 충고랍시고 떠든 후 가버린 다음 서영은 복잡한 기분에 사로잡혀 버렸다.

"누구니?"

밝았던 서영의 얼굴빛이 어두워지자 은수가 걱정스럽게 바라보며 물었다.

"유태호 알지? 그 사람 꼬봉이야."

"아까 그치가 한 말 이상하게 거슬린다."

"그러게."

"무슨 내용인지 알아?"

"실은 아무것도 몰라. 아버지나 지후 씨한테 들은 거 없거든. 회사 일은 절대 말씀을 안 하셔서. 회사에…… 문제가 생겼나?"

"집에 가. 얼른 가서 물어봐."

"아냐, 저녁 먹자. 어차피 지금 간다고 해서 당장 만날 수 있는 것도 아닌데 뭐."

"너 지금 밥 넘어갈 얼굴이 아니야."

"아니야. 괜찮아."

"고집 피우지 말고. 넌 좋으면 좋고 싫으면 싫고 불안하면 불안한 게 얼굴에 다 나타나서 아무도 속일 수가 없어. 그러니까 어서 들어가."

"아니야. 얼마 만에 만났는데 이렇게 가면 안 돼. 그럴 순 없어. 밥 먹자. 먹을 거야."

고집을 피워 저녁을 먹긴 먹었는데 저녁을 먹는 동안에도 내내 성환이 했던 말을 곱씹느라 결국 은수와 대화도 제대로 이어가질 못했고 표정도 우중충할 수밖에 없었다. 오랜만에 만났는데 은수 기분까지 망치는 것 같아 몇 번이나 사과를 하며 잠깐 동안이라도 성환에게서 들은 얘기를 잊으려고 노력했지만 원하는 대로 되지 않았다. 은수는 충분히 이해해 주었고 이해뿐이 아니라 저녁을 먹은 후에 더 붙잡지 않고 어서 집에 들어가서 알아보라며 양해까지 해주었다.

"너네 집처럼 재벌 집엔 걱정이 없을 줄 알았더니 것도 아닌가 보다."

"왜 걱정이 없겠어. 터지면 크게 터지잖아."

"크게 터질 일 아니라고 믿어. 내가 기도해 줄게."

"고마워. 그리고 미안하다, 은수야."

"나한테는 그런 말 안 해도 돼. 어서 들어가서 알아봐. 무슨 일인지 말해주면 더 좋고."

"응, 그럴게."

은수와 헤어져 집으로 돌아온 서영은 어머니께 여쭤볼까 하다가 참았다. 아버지 역시 회사에서 일어난 바깥일을 안으로 가져오는 법이 없는 분이었기에 어머니가 알고 계실 리가 없었다. 더구나 어머닌 암수술 후 회복 중에 계시기에 아버지는 더더욱 어머니에게 함구하셨을 것이다.

"무슨 일일까……."

좀 이상하다 했었다.

회사에서도 종일 함께 있었던 아버지와 지후는 퇴근 후에도 오랫동안 서재에서 비밀회의를 했었다.

중요한 일이 있는 거냐는 서영의 물음에 지후와 아버지 모두 별다른 내색 없이 회사 일이야 늘 중요하지 라고만 답했었기 때문에 그런가 보다 했는데 너무 무심했던 모양이다.

초조하기도 하고 불안하기도 하고 제발 별일 아니었으면 좋겠다고 그럴 거라고 스스로에게 최면을 걸며 기다리길 한 시간. 지후가 혼자 퇴근했다.

"아버진요?"

서영이 지후의 서류 가방을 받아 들며 물었다.

"모임이 있으셔서 그쪽으로 가셨어."

"좀 늦었네요."

"응, 조금."

지후가 양복저고리를 벗어 서영에게 건넸고 서영은 냉큼 받아 장롱에 건 후 다시 지후에게 다가왔다.

"저녁은요?"

"먹었어. 당신은?"

"은수하고 먹었어요."

"재밌었어?"

지후가 넥타이를 끄르며 물었다.

"성환 씨를 우연히 만났어요."

"성환 씨? 누구야?"

"유태호 씨 밑에서 일하는 사람 있잖아요."

"아. 본 것 같아."

"나 들은 얘기 있는데……."

서영이 조심스레 말하자 지후가 서영을 바라봤다.

"무슨 일이에요? 성환 씨가 나한테 아버지랑 당신을 설득하라고 하던데. 그게 무슨 말이에요? 유 의원님이 당선될 확률이 높다고…… 아버지 고집 피우시다 나중에 피해보지 말라고……."

"미친 새끼."

지후가 미간을 찌푸리며 낮게 내뱉었다.

"지후 씨, 무슨 일이에요? 대선하고 관계있는 거예요? 나도 알아야 하잖아요. 이번에도…… 대선 자금 때문에 문제가 생긴 거예요?"

정일그룹 윤 회장, 서영의 아버지는 원래 대선 자금을 내놓지 않기로 유명한 분이었다. 그래서 대선 때마다 알게 모르게 여러 방향에서 압박이 가해졌었다. 하지만 그때마다 다행스럽게도 별다른 피해 없이 위기를 잘 넘겼었다. 피해가 없었다고는 단언할 수 없다. 그건 어디까지나 아버지가 괜찮다고 말했기 때문에 그런 줄 알았을 뿐 아버지를 제외한 나머지 가족이 모르는 피해가 분명 있을지도 모를 일이었다.

"유 의원이 대선 자금을 내놓으라고 압박하는 거예요?"

"아버님께서 집안 여자들은 모르게 하라고 하셔서……."

"아뇨, 나도 알아야 해요. 말해줘요. 대선 자금이에요?"

"현재로선 유 의원의 당선이 90% 이상이니까. 당선되고 나서 혼쭐나고 싶지 않으면 알아서 내놓으라는 거야."

"아버진 거절하셨구요?"

"거절이라기보다는…… 복잡해. 자세하게 설명할 수 없어."

"그래서 시애틀로 돌아가지 못하고 여기 있는 거예요?"

"아버님이 들어가라고 하셨는데 내가 있겠다 했어. 분위기가 심상치 않아서."

"분위기가 어떻게 심상치 않은데요?"

"최악의 상황은…… 구속될지도 몰라."

"누가요? 아버지가요? 아버지가 무슨 잘못을 했다고……."

서영은 온몸에 소름이 돋으며 부들부들 떨리는 것을 느꼈다. 구속이라니, 구속이라니!

"아무것도 아니던 것도 정권이 바뀌면 죄가 되는 게 이 바닥이야."

"하지만……."

"최악의 상황이 그렇다는 거야. 거기까지는 가지 않게 해야지. 만약 거기까지 가게 된다면 내가 갈 거야."

"여보!"

서영이 소리쳤다. 자신도 모르게 '여보!' 하고 소리를 친 것이다.

"내가 갈 거야. 아버님이 가시게는 안 해."

"당신도 싫어요. 난 당신이 가는 것도 싫다구요."

서영이 하얗게 질린 얼굴로 소리치자 지후가 두 손으로 서영의 얼굴을 감쌌다.

"공짜로 그 큰 회사를 물려받을 수는 없잖아. 나도 최소한의 대가는 지불해야지. 그래야 양심 있지."

지후가 서영의 걱정을 덜어주기 위해 일부러 장난스레 윙크까지 하며 말했다.

"지후 씨."

"여보라고 부르니까 더 좋던데."

"지후 씨, 지금 그런 말 할 때가 아니잖아요."

"여보라고 해봐. 훨씬 듣기 좋다니까."

"여보, 난 당신이 거기 가는 거 싫어요."

서영이 지후의 허리를 껴안으며 울먹이자 지후가 서영을 꼭 끌어안았다.

"거기까지 가지 않게 하려고 최선을 다해 노력 중이야. 걱정 하지 마."

지후가 서영을 안심시키기 위해 강한 어조로 말한 후 서영의 정수리에 입을 맞추었다.

"누가 왔었어요? 유 의원 쪽에서 누굴 보낸 거예요? 유태호예요?"

"맞아."

"유태호 이 나쁜 놈!"

서영의 입에서 저절로 욕을 튀어나왔다.

"아버지가 재단에 기부하는 금액이 얼만데!"

으드득 이가 갈렸다.

"유태호가 어떤 놈인데, 유태호 완전히 저질이에요. 그런 놈을 아들로 둔 사람이 대선에 나와서 당선 확률이 90%라니. 말도 안 돼."

서영은 분해서 견딜 수가 없었다.

"나쁜 자식. 유태호가 아버지한테 뭐라고 협박한 거예요?"

"흥분할 것 없어. 말했잖아. 이런 바닥이야."

지후가 서영의 등을 따뜻하게 다독였다.

"난 우리 아버지도, 당신도 구속되는 건 못 봐요. 절대 안 돼요. 나한테는 절대 그런 일이 일어나지 않아요. 안 돼요. 무조건."

서영이 애가 타 들어가는 목소리로 말했다.

"그래, 그렇게 안 되도록 할게."

"약속할 수 있어요?"

"음…… 그래, 알았어. 약속할게."

함부로 약속할 수 없는 일임에도 지후는 약속했다. 겁에 질려 있는 서영을 일단은 안심시켜 주고 싶었기 때문이다.

서영도 알고 있었다. 약속을 받아내서는 안 되는 일이라는 것을. 이 문제는 지후의 탓도, 아버지의 탓도 아닌 전혀 엉뚱하고 사악한 사람의 탓이었기에 누구도 약속할 수 없고 누구도 자신할 수 없는 그래서 어떻게 풀리고 어떤 결말이 날지도 알 수 없는 일이었기 때문이다.

지후가 먼저 잠든 후 자정이 훨씬 지나도록 잠들지 못하던 서영은 조심스레 참대에서 빠져나와 아래층으로 내려갔다. 따뜻한 차나 혹은 술이라도 한잔해야 입 안이 바짝 메말라 오는 초조함에서 벗어날 수 있을 것 같았기 때문이다.

아래층으로 내려오던 서영은 거실 소파에 홀로 앉아 술을 마시고 있는 아버지를 발견했다. 아버지는 손에 술잔을 든 채 우두커니 앉아 있었다. 서영은 오늘따라 아버지가 너무 작아 보인다고 생각했고 그래서 가슴이 아팠다. 아무에게도 말 못하고 혼자서 속으로 끙끙 앓고 있는 아버지.

모든 것을 혼자 짊어지시려는 아버지. 누구보다도 강해야 할 시기이기에 겉으론 아무 일 없는 척하시지만 얼마나 속이 타 들어가면 이 늦은 밤 홀로 술을 드시고 계실까.

서영은 아버지에게 큰 도움이 되어드리지 못하는 것에 죄책감을 느끼며 몹시도 외로워 보이는 아버지를 위해 자신이 할 수 있는 일이 무엇일까 생각하다가 조심스레 아버지 곁으로 다가갔다. 인기척을 느낀 아버지가 서영을 돌아보았고 서영은 일부러 환하게 웃어 보였다.

"왜 안 자고?"

"잠이 안 와서요."

"왜 잠이 안 와?"

"아버지하고 같은 이유로요."

서영의 말에 아버지가 살짝 움찔하셨다.

"지후 씨한테 들은 거 아니에요. 밖에서 들었어요. 유태호라는 친구한테서요."

"걱정 마. 별일 아니야."

에필로그 539

"별일이 아닌 건 아니죠. 하지만 괜찮아요. 저 아버지가 생각하시는 것보다 강해요."

서영의 말에 아버지가 약간 의외라는 표정으로 서영을 바라보셨다.

"처음 들었을 땐 되게 무서웠는데…… 이젠 무서워하지 않기로 했어요."

그건 거짓말이었다. 사실은 지금도 무서웠다. 아버지나 지후가 구속이 되어서 끌려가는 생각만 해도 오금이 저렸다.

하지만 서영은 알았다. 일부러라도 아버지에게 강한 모습을 보여 드려야 한다는 것을. 다른 것으로는 도와드리지 못하지만 아버지의 딸이 생각보다 훨씬 강하고, 그래서 어떤 어려움도 극복할 수 있는 힘이 있다는 것을 보여 드려야 한다는 것을. 이렇게 연기를 해서라도 가족들이 받을 충격까지 걱정하시는 아버지의 부담을 조금이라도 덜어드려야 한다는 것을.

"강 서방은 무사할 거야. 강 서방 다치게 안 해. 그건 아버지가 약속할게."

"아뇨, 아버지, 어떠한 경우라도 기운차게 받아들일게요. 저한테는 아버지도, 강 서방도 똑같아요. 누구 한 사람에게 기울지 않아요. 제가 똑같이 사랑하는 사람이에요."

"서영아."

"저 마음고생 할까 봐 걱정하지 마세요. 우리 집 남자들은 자기들만 강한 줄 아는데 저도 굉장히 강해요. 아시잖아요, 제가 얼마나 지독한지. 강 서방하고 억지로 결혼시킨 게 화나서 칠 개월이

나 별거한 사람이에요. 저 무지 독해요. 깜짝 놀라실 만큼."

서영의 말에 아버지가 낮게 웃었다.

"이렇게 독한 놈인 줄 알았으면 경영 수업을 받게 할 걸 그랬네."

"그러게요. 후회되네요."

서영이 활짝 웃자 아버지도 웃었다.

"아버지, 제가 한번 안아드릴까요?"

"어?"

서영의 말에 아버지가 조금 놀란 얼굴로 서영을 쳐다봤다.

"생각해 보니까 초등학교 졸업하고 그 후론 아버지를 안아드린 적이 한 번도 없는 것 같아서요."

"어, 그랬나?"

"싫으세요?"

"그럴 리가 있나. 우리 딸이 안아준다는데."

서영은 활짝 웃으며 아버지에게 다가가 아버지를 꼭 끌어안았다.

"저 어른이에요. 제 걱정은 마세요. 전 괜찮아요."

"그래, 아버지도 걱정하지 마. 아버지도 괜찮아."

서영과 윤 회장은 한동안 서로를 꼭 껴안은 채 하루 뒤 혹은 한 달 뒤 어떤 식으로 불어와 닥칠지 모르는 한파에도 끄떡없이 견뎌 낼 것을 다짐했다. 그리고 서영은 다짐했다! 앞으로는 자주 아버지를 껴안아 드리겠다고.

"아버지, 존경해요. 그리고 아버지 믿어요, 저."

"그래, 고맙다, 우리 딸."

아버지의 목소리는 감격으로 촉촉하게 젖어 있었다.

아버지가 방으로 들어가시는 것을 확인한 후 방으로 돌아온 서영이 조심스럽게 침대로 올라오자 '어디 갔다 와?' 하고 지후가 물었다.

"깼어요?"

"안 잤어."

"자는 줄 알았는데."

"당신이 없으니까 잠이 안 와."

"어린애야."

"맞아."

서영이 곁에 눕자 지후가 서영을 끌어당겨 안았다.

"아버지 안아드리고 왔어요."

"잘했어."

"당신도 안아줄 테니까 자요."

서영이 지후의 목에 팔을 감아 안았다.

"생각해 봤는데 딸은 꼭 있어야 할 것 같아."

"왜요?"

"그래야 내가 힘들 때 우리 딸이 날 안아줄 것 아니야."

"아기 낳고 싶어요?"

"음…… 그랬으면 좋겠어."

서영은 살며시 미소 지었다. 자신만 아기를 원하는 줄 알았는데 지후도 아기를 원하고 있다는 것이 기뻤기 때문이다.

"내가 꼭 딸을 낳아줄게요. 깜짝 놀랄 만큼 예쁜 딸을 낳아줄게요."

서영의 말에 지후가 낮게 웃음을 터뜨렸다.

"이런 말 하면 흉볼지도 모르겠는데……."

"무슨 말요?"

"서영이가 있어서 겁이 안 나."

"당신…… 겁나요?"

"겁났었어. 그런데 이젠 겁이 안 나. 어떤 경우라도 당신이 내 옆에 있을 거니까."

"맞아요. 어떤 경우에도 당신 옆에 있을 거예요."

"응. 그래서 겁이 안 나."

서영은 참 잘생기고 아름답게 생긴 남편의 얼굴을 바라보다가 살며시 입을 맞추었다. 그리고 아주 오래전, 어머니가 했던 말이 사실이라는 것을 깨달았다.

남자는 강해야 한다고. 하지만 그 강한 남자를 길러내고 지탱해주어야 할 사람은 여자이기 때문에 여자가 더 강해야 한다고.

서영은 지금이 바로 그 어느 때보다 자신이 강해져야 할 때라는 것을 깨달으며 지후를 꼭 끌어안았다. 그리고 확신에 찬 목소리로 속삭였다.

"안심해요. 내가 있으니까."

그 일은 누구도 예상치 못했던 일이었다. 갑자기 그런 일이 일어나리라고 생각지 못했고, 그런 식으로 터뜨려져서 자연스럽게 해결이 될 줄은 아무도 상상하지 못했다.

　유태호와 폭로자의 사이에 어떠한 악감정이 자리하게 되었는지는 우리가 알 바가 아니었다. 중요한 것은 유태호가 몸담고 있던 재단의 비리가 폭로되면서 사건은 일파만파 걷잡을 수 없이 커졌고 난치병 환자들을 위해 쓰여져야 할 재단 공금의 상당 부분이 유 의원의 대선 자금으로 쓰여졌다는 것까지 까발려지면서 유태호를 비롯한 유 의원은 사면초가에 빠졌다.

　그뿐이 아니었다. 호랑이 담배 피울 적에 있었던 비리들까지 하나둘씩 들춰지고 재단의 공금을 유태호가 개인적으로 유용한 사실까지 폭로되면서 압도적인 지지를 받고 있던 유 의원의 지지도는 바닥으로 곤두박질쳤다.

　회복 불가능한 상태에서도 어떻게든 무마시키려 노력하던 유 의원은 유태호가 공식적으로 구속이 되면서 결국 눈물의 기자회견을 끝으로 사퇴하기에 이르렀다. 대선을 정확하게 삼 주 앞둔 시점이었다.

에필로그 II

"**애**쓰지 않아도 된다고 했잖아."

지후가 서영의 발을 씻어주며 화가 난 어조로 말했다.

"그래도 만들어주고 싶었단 말이에요."

"다쳤잖아."

"다칠 줄 몰랐어요."

유 의원이 사퇴한 직후 시애틀로 돌아온 서영과 지후는 하루하루가 달콤 그 자체였다.

서영은 지후를 위해 요리를 연구하고 그를 기다리며 소일하는 생활에 무척 만족하고 있었고, 지후는 특별한 일정이 없는 한 곧장 집으로 달려와 서영과 함께 했다.

요즘 부쩍 요리 연구에 재미를 붙인 서영은 요리 책이나 인터넷에서 배운 요리를—주로 정력에 좋은—만들어 지후를 먹였고, 지후는 맛이 있고 없고를 떠나 서영이 해주는 음식은 군소리 없이 받아먹었다.

서영이 만든 열 가지 음식 중에 여덟 가지가 실패한 쪽에 속했지만 아무래도 좋았다. 아내가 노력해서 만들어준 음식을 먹고 아내와 대화를 하고 아내와 장난을 치고 아내와 사랑을 나누고 아내와 함께 잠자리에 드는 그 모든 것이 그냥 좋고 행복했다.

그런데 오늘 문제가 생긴 것이다. 아침 출근길에 오늘 드디어 오븐 요리에 도전한다며 깜짝 놀라게 해주겠다고 큰소리쳤었는데 시간과 불 조절에 실패하는 바람에 오븐에 들어갔던 오리는 검댕이가 되어서 나왔고 타는 냄새에 깜짝 놀란 서영이 당황하는 바람에 벌겋게 달아오른 무쇠 요리 판을 맨손으로 꺼내려다 화상을 입고 말았다.

지후가 아파트 경비원의 연락을 받고 깜짝 놀라 달려왔을 때 서영은 불에 댄 양 손바닥을 찬물에 식히고 있다가 지후를 보자마자 울먹거렸다.

"나 다쳤어요."

"혼나기 싫어서 일부러 우는 척하는 거 다 알아."

지후가 일부러 무서운 얼굴로 말하자 서영이 씩 웃었다.

"티나요?"

"티나."

서영을 데리고 병원으로 가서 화상 치료를 한 후 회사가 아니라 집으로 온 지후는 환부에 물이 들어가면 안 된다는 의사의 경고를 지키기 위해 샤워는 피하고 대신에 세수와 이를 닦인 후 마지막으로 발을 씻기고 있는 중이었다.

"그런데 갑자기 오리는 왜 구운 거야?"

아직도 집 안에는 탄 냄새가 가득했다.

"몸에 좋으니까."

"그 뜨거운 걸 맨손으로 잡는 사람이 어딨어? 그건 상식이야."

"너무 당황해서요."

"큰일날 뻔했잖아."

"진짜 깜짝 놀라게 해주려고 했는데."

"진짜 깜짝 놀랐어. 다쳤다는 연락 받고 얼마나 놀랐는지 알아?"

지후가 성이 난 얼굴로 서영을 노려봤다.

"……미안해요. 나름 엄청 연구한 건데. 다 태워먹었네."

"그냥 아무거나 먹어도 돼. 앞으론 연구하지 마. 손까지 태워먹었잖아."

"화 많이 났어요?"

"아프니까 그러지."

지후의 미간에 여전히 성이 난 주름이 잡혀 있었다.

"진짜 속상해요."

"뭐가?"

"오늘이 그날이라…… 몸에 좋은 거 먹고 하려고 했더니."

"무슨 날인데? 몸에 좋은 거 먹고 뭘 해?"

"오늘이 그날이거든요, 아기 갖기 딱 좋은 그날."

서영의 말에 지후가 서영을 물끄러미 쳐다보다가 어이없다는 듯 웃음을 터뜨렸다.

"그래서 그날이라 힘쓰라고 오리 먹이려고 했던 거야?"

"이왕이면 힘 좋을 때 가지면 아기도 건강할 것 같아서……."

서영이 우물거리자 지후가 웃으며 서영을 번쩍 안아 들고 욕실에서 나와 거실 소파에 앉혀주었다.

"어쩌지? 오리는 타버렸고 우리 서영이는 화상 약을 먹어야 하는데."

"한 달을 어떻게 기다리지?"

서영이 구시렁거리자 지후가 웃음을 터뜨렸다.

"먹을 것 있어?"

"없어요……."

"사 올게. 중국 음식 포장해 올까?"

"같이 가요."

"환자야. 누워 있어."

"발 다친 것도 아닌데요 뭘."

"내가 사 올게. 쉬고 있어."

지후가 서영에게 가볍게 입을 맞춘 후 나갔다가 중국 음식을 한 아름 포장해서 돌아왔다. 서영이 한입 지후 한입. 양손에 다 붕대를 감은 상태라 음식도 처음부터 끝까지 먹여줘야 했다.

"귀찮죠?"

"귀찮지 않아. 재밌어."

"나한테 밥 먹여주는 게 재밌어요?"

"응, 재밌어. 나한테 까불면 밥 안 먹여줄 거야."

지후의 말에 서영이 치사하다는 듯 눈을 흘기자 지후가 픽 웃었다.

"궁금한 게 있는데."

"뭔데요?"

"유태호하고 사귄 거야?"

"누구? 내가 누구랑 사귀어요?"

"유태호 말이야. 유 의원 아들."

"내가 아무리 남자가 궁했어도 유태호는 아니에요. 그런데 그건 왜 물어요?"

"오래된 얘긴데, 결혼하기 전에 유태호가 찾아왔었거든."

"당신을요?"

"기부금 때문에 아버님 뵈러 왔다가 내 방에 들렀더라고. 결혼 축한다 고맙다 그런 얘기 끝에 말하는 품이 꼭 당신하고 사귄 것처럼 말하더라고."

"흥! 웃겨, 정말."

서영이 콧방귀를 뀌었다.

"아니면 됐어."

"내가 당신 찾아갔던 날 있죠?"

"응."

"마음에 둔 남자가 있다고 했던 말은 거짓말이에요. 당신이 너무 세게 나와서 약 올리려고 한 말인데 그날 사실 유태호를 찾아가긴 했었어요."

"왜?"

"당신을 굴복시킬 묘안을 얻을까 해서. 그게 어떻게 된 거냐면……."

서영은 유태호와 있었던 일을 상세하게 얘기했다. 한 점 오해도 없고, 부끄럼도 없이 있는 그대로 설명해 주었다.

"워낙 매너가 좋았던 사람이라 난 아주 좋은 친구를 하나 얻었다고 생각했는데 그 자식은 나를 지 놈 배 밑에 깔 생각을 하고 있다가 딱 걸린 거예요."

"미친놈."

지후가 생각만 해도 화가 나서 욕을 내뱉었다.

"내가 좀 까칠하고 거만하게 굴어서 그 모임에 있던 남자들이 나한테 말을 잘 못 붙였거든요. 친해지고 싶었던 남자들도 없었고. 그중에서 유태호가 제일 말이 잘 통했기 때문에 괜찮은 사람인 줄 알았는데 잘못 짚었던 거예요."

"그럼 그 모임에 나오는 사람들한테는 늘 날 찾아왔을 때처럼 사납게 대했던 거야?"

"그 모임 내에서는 나에 대한 평이 별로 안 좋아요."

서영의 말에 지후가 만족스럽게 웃었다.

"잘했어."

"되게 못된 여자로 찍혀있는데도 잘했어요?"

"응, 계속 그렇게 해."

지후의 말에 서영이 픽 웃었다.

"그런데 내가 찾아갔을 때 지후 씬 왜 그렇게 못되게 굴었어요?"

"당신보다는 못되지 않았어."

"나보다 당신이 훨씬 지독했어요."

"당신은 날 때리기까지 했잖아. 개똥 같은 자식이라 욕도 하고."

"그거야…… 하여튼 왜 그렇게 못되게 굴었냐구요."

"초장에 잡아놓지 않으면 평생 힘들 것 같아서."

지후의 말에 서영이 어처구니없다는 얼굴로 지후를 노려봤다.

"당신이 회장님 딸이 아니었다면…… 미안해. 쓸데없는 자존심이었어. 난 당신이 날 찾아왔을 때 정말 잘해보고 싶었거든. 지난날에 있었던 일들도 진심으로 사과를 하고 싶었고. 그런데 내가 생각했던 것과는 정반대로 진행되니까 당신이 내 기를 죽이려는 것 같아서…… 회장님의 딸이라는 걸 앞세워 날 밟으려는 줄로만 알았어."

"그건 아니에요. 그냥 난…… 두 번씩이나 거절당했던 남자하고 결혼을 하라니까 억울하기도 하고 화도 나고 그래서 나도 성깔이 있다는 걸 보여주려고 했던 건데. 난 내가 아무리 사납게 굴어도 당신이 잘못했다고 빌 줄 알았어요. 그래서 당신이 사과하면 못 이긴 척 받아주려고 했구요. 나 있죠, 아버지가 당신하고 결혼하라고 말씀하시는데 숨이 막히더라구요."

"왜? 그렇게 싫었어?"

"아뇨. 너무 좋아서요. 꿈같아서요."

서영의 말에 지후가 가만히 서영을 바라보다가 서영의 옆자리로 옮겨와 서영을 꼭 끌어안았다.

"미안해. 내가 너무 몰랐어. 강하게 나오면 더 강하게 눌러야 한다고만 생각했어. 당신의 진심을 몰랐어."

"내가 내 진심을 숨겼으니까 몰랐을 거예요. 그래서 너무 안타까워요. 아까운 시간을 내버린 것 같아서."

서영이 후회 가득한 어조로 말하자 지후가 서영의 입술에 입을 맞추었다.

"내가 매일매일 잘할게. 한 시간 한 시간 최선을 다해서 잘할게. 손만 태워먹지 마."

지후의 말에 서영이 낮게 웃음을 터뜨렸다.

"그런데 점심은 어쩌죠?"

"들어와서 먹여주고 갈게."

"정일그룹 시애틀 지사 강 사장님께서 와이프 밥 먹이러 점심에 집에 온다구요?"

"지사장이 아니라 지사장 할아버지라도 와야지."

지후의 대답에 서영이 슬며시 웃었다.

"근데…… 내일부터 어쩌죠?"

서영이 걱정스럽게 물었다.

"뭘? 내가 와서 먹여준다니까."

"그거 말고 나 씻는 거 하고……."

"내가 씻겨줄게."

"그거 말고 다른 건요?"

"다른 거 뭐? 청소도 하지 말고 설거지도 하지 마. 어차피 한동안은 사먹어야 하니까."

"그것 말고 다른 거……."
"뭐?"
"화장실…… 일 보는 거."
서영이 민망해서 눈치를 보자 지후가 웃음을 터뜨렸다.
"내가 닦아줄게."
지후의 말에 서영이 얼굴을 붉히자 지후가 계속해서 웃었다.
"웃지 말아요."
서영이 노려보며 웃지 말라고 했지만 지후는 웃음을 멈출 수가 없었다.
"나한테 까불면 하루 종일 변기에 앉혀놓을 거야."
"매일매일 한 시간 한 시간 잘한다더니."
"그러니까 까불지 말라고."
"장난치지 말고."
"내가 닦아준다니깐."
지후가 웃음을 터뜨리며 말했다.
"웃지 말라구요!"
서영이 징징거리는 소리와 지후의 웃음소리가 집 안을 떠도는 탄 냄새를 희석시키며 가득 채워지기 시작했다.

에필로그 III

〈자, 보이시죠? 아기 심장이에요.〉
 은발에 가까운 금발을 반짝이는 여자 의사선생님이 초음파로 아기의 심장을 짚어주었다.
 〈소리 한번 들어볼까요?〉
 의사가 스위치를 켜자 콩닥콩닥 아기의 심장 소리가 커다랗게 울려 퍼졌다.
 〈심장 소리가 아주 우렁차네요. 건강해요.〉
 의사의 말에 서영과 지후가 서로를 바라보며 미소 지었다.
 〈심장이 빨리 뛰네요.〉
 〈태아는 이게 정상이에요.〉
 〈아.〉

서영과 지후는 다시 한 번 서로를 바라보며 웃었다.

〈첫 번째 임신이죠?〉

〈네.〉

〈모든 게 다 정상이에요. 심장 소리도 좋고 움직임도 좋고……잠깐만요…….〉

의사의 표정이 갑자기 심각해지자 서영과 지후 역시 긴장감을 느끼며 의사 선생님의 심각해진 표정을 바라봤다.

〈무슨…… 문제가 있나요?〉

서영이 떨리는 목소리로 물었다.

〈둘이네요.〉

〈네?〉

〈아기가 둘이에요. 쌍둥이예요. 여기 둘째 심장이 보이네요.〉

의사가 초음파 화면을 가리키며 말했고 서영과 지후는 깜짝 놀라며 화면을 들여다봤다. 정말로 심장이 두 개였다. 심장뿐이 아니라 머리도 두 개고, 팔은 네 개, 다리도 네 개였다. 정말 쌍둥이였다.

〈쌍둥이예요.〉

서영이 놀라서 소리치자 지후의 입이 함박 벌어졌다.

〈와, 진짜 신기하다.〉

지후가 어린아이처럼 신이 나서 말했다.

집으로 돌아온 두 사람은 한참 동안 별다른 대화도 없이 계속 웃기만 했다. 눈만 마주쳐도 웃고 화분에 물을 주다가도 웃고 밥을 먹으면서도 웃었다.

잠자리에 들어서도 마찬가지였다. 자는 줄 알았던 사람이 벌떡 일어나더니 서영의 배에 귀를 댔다.

"뭐 해요?"

"혹시 심장 소리가 들릴까 싶어서."

"안 들릴 거예요."

"그러네."

"어서 자요. 내일 출근해야 하는데."

"너무 흥분돼서 잠이 안 와."

지후가 서영의 배를 쓰다듬으며 말했다.

"그렇게 좋아요?"

"응. 신기하잖아. 생각해 봐. 나하고 똑같이 닮은 아기가 한 번에 둘이나 생기는데 신기하지 않아?"

"나하고 똑같을지도 몰라요."

"그럼 더 좋고. 딸일까?"

"그거야 모르죠."

"딸이면 좋겠다."

"그만 흥분하고 어서 자요."

서영이 베개를 두드리자 지후가 마지못해 자리에 누웠다. 그러더니 심각해진 얼굴로 또다시 벌떡 일어났다.

"괜찮을까?"

"뭐가요?"

"어제 말이야."

"어제? 어제 왜요?"

"당신 풍차 돌리기 격했잖아."

지후의 말에 서영이 웃음을 터뜨렸다.

"웃을 일이 아니야. 우리 아기들 머리 괜찮을까?"

"괜찮죠, 그럼."

"그렇게 쉽게 말하지 마. 혹시 나 때문에 우리 아기들이······."

"못 살아, 정말."

서영이 깔깔거리며 웃었다.

은수 남편도 그랬다더니, 남자들이 여자들보다 훨씬 더 순진하다더니 은수 말이 맞았다. 아주, 아주 똑똑한 강지후도 아기 앞에서는 어쩔 수 없이 엉뚱하고 순진하고 겁 많은 아빠에 불과했던 것이다.

"당신 무기가 전봇대인 줄 알아요?"

"지금 나 무시하는 거야?"

지후가 눈을 부라리며 따져 물었다.

"무시라니····· 당신 좀 짱인 듯."

서영이 가수 서태지의 말을 흉내 내며 말했다.

"하지만! 아기를 다치게 할 만큼은 아니에요."

"당신은 아기들이 걱정도 안 돼?"

"오늘 병원에 다녀왔잖아요. 선생님이 아무 문제가 없다 했으니까 걱정 말라구요."

"안 되겠어. 앞으로 우기 아기들이 태어날 때까지 하지 않을 거야."

지후가 폭탄선언을 했다. 하지만 서영은 꿈쩍도 하지 않았다.

"누구 맘대로요?"

서영이 되묻자 지후가 경악한 얼굴로 서영을 바라봤다.

"아기들이 다치면 어쩌려고."

"절대 다치지 않을 거예요. 그리고 난 당신을 영양제라 생각하고 챙겨 먹을 거예요."

서영이 지후의 배에 올라앉자 지후가 겁에 질린 얼굴로 서영을 올려다봤다.

"서영아, 아기."

"아기들도 원할 거예요."

서영이 지후의 바지를 벗겨내기 시작했다.

"서영아, 참아. 이러면 안 돼."

지후가 서영의 손목을 움켜잡았지만 서영은 지후의 손을 뿌리쳤다.

"돼요."

"서영아, 난 못해."

"할 수 있어요."

서영은 지후의 바지를 벗겨낸 후 팬티마저도 벗겨 버렸다.

"서영아, 난 참을 수 있어."

"난 못 참아요."

"서영아, 제발 풍차 돌리기만은!"

"가만히 있으라니깐요."

"서영아, 제발."

"반항하지 말라니깐요."

"서영아, 서영아, 서영아!"

서른여덟을 앞둔 서른일곱의 겨울.
〈행복한 날 마주 보기〉를 읽으시는 모든 분들께 따뜻함과 행복이 가득하시길 바랍니다.
다음에 더 좋은 글로 인사드릴 수 있기를 소망하며……

—2008년 12월 5일
늘 행복한 김랑.

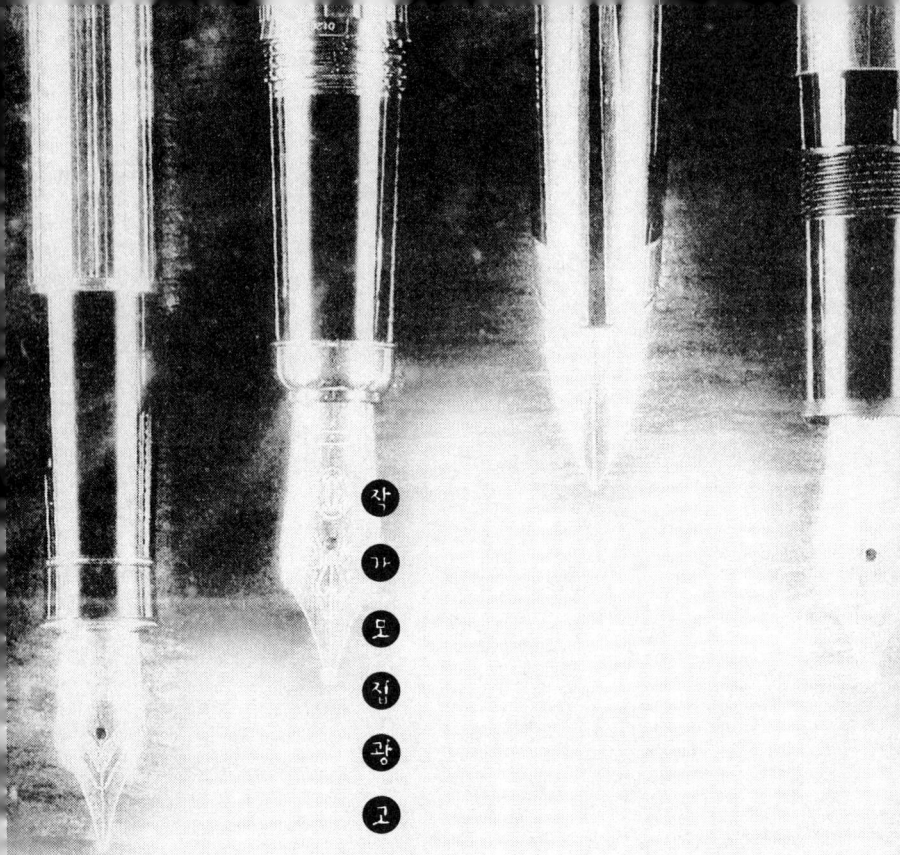